槐花巷

Sophora Flower Lane

朱日光 著

江苏凤凰文艺出版社
JIANGSU PHOENIX LITERATURE AND ART PUBLISHING

图书在版编目（C I P）数据

槐花巷 / 朱日光著. -- 南京：江苏凤凰文艺出版社，2022.12（2023.7重印）
ISBN 978-7-5594-6862-8

Ⅰ. ①槐… Ⅱ. ①朱… Ⅲ. ①长篇小说－中国－当代 Ⅳ. ①I247.5

中国版本图书馆 CIP 数据核字（2022）第 088494 号

槐花巷

朱日光 著

责任编辑 梁雪波
装帧设计 王 灿
责任印制 刘 巍
出版发行 江苏凤凰文艺出版社
南京市中央路165号，邮编：210009
网 址 http://www.jswenyi.com
印 刷 三河市双升印务有限公司
开 本 800毫米×1230毫米 1/32
印 张 20.25
字 数 437千字
版 次 2022年12月第1版
印 次 2023年7月第2次印刷
书 号 ISBN 978-7-5594-6862-8
定 价 138.00元

序

《槐花巷》的作者是我的朋友，确切地说是文友。他在工作中勤勉并在事业上大有成就，但令我惊讶的是在繁忙的事务中他竟然创作出数十万字的长篇之作。而且文字功夫相当娴熟，特别是对民国时期至新中国成立之初的人文地理、世俗风情的描写如此活灵活现，充满深重历史感和浓厚乡土气息。坦率地说，一个20世纪50年代出生的人，能如此真切地描绘出生前数十年的社会风情及世俗景象，我认为这是创作的奇迹。

《槐花巷》以大连百年商业老街天津街为视角，以闯关东的安、吴两家几代人命运纠结、起伏为脉络，折射出近一个世纪以来的中国社会进程和人文变迁。俗话说“自古山东出好汉”。这些好汉为生存、为人生追求跨海北上闯荡，形成“闯关东”现象，演绎出惊心动魄更惊天动地的故事。《槐花巷》的主人公就是闯关东潮流中的人物，为我们演绎着他们的奋斗和拼搏、痛苦和欢乐。“闯关东”是中国历史上最轰轰烈烈，也是最令人深思的一次人类大迁徙。有人为了温饱，也有人不尽如此。有人奔赴东北黑土地为摆脱穷困而挣扎，也有人闯入大连这个当时的“大码头”，为另一初衷而“深耕”。这种“深耕”精神，对至今仍汹涌的移民潮是否应有所启示。

大连是东北的桥头堡，是山东人闯关东的第一站。在这个已具繁荣之象却鱼龙混杂的“大码头”上扎下根来，且繁衍出优秀的子孙后代，无疑是对这座城市的一大贡献。作者以安、吴两家的“扎根”经历，创作出既具高品位艺术性并具深刻思想内涵，又有社会档案价值的长篇小说，是对艺术的，也是思想文化的贡献。

小说中，安、吴两家共同历经了四代人的生命延续，风雨磨砺中家族命运此起彼伏——安家始终秉持家族传承，负重艰行，初心不移，家族基因日趋成熟、强大。吴家狭隘、自私的人性弱点也日渐暴露、膨胀。共同的岁月中，安、吴两家划出两道截然不同的生命轨迹。文学作品中家族小说是一种重要类型，需要深入挖掘、提炼素材与驾驭结构的能力。尤其这部描写四代人（往上还有两代人铺垫）、近百年历史的家族小说，在家族的繁衍与年代的更迭上更需匠心独具方能丝丝入扣，展现出纵向的流畅与起伏，横行的恢弘与壮丽，显然，它做到了。

浪花展现出澎湃身姿，瞬间荡然无存。暗流虽无汹涌之躯，却永恒朝着一个方向潜潜涌动。任何时代都会呈现出波涛撞击礁石的景象。往往，人们只是目不转睛于浪花的澎湃，而对默然屹立的礁石视而不见。正如《槐花巷》第二代主人公安承业所说：清流之所以是清流，因为它始终有深山为源头，按自己的轨迹去安详地流淌。安承业的儿子安子健进一步做了诠释：礁石之所以岿然屹立，是下面有清流做支撑。人性是复杂的，何谓美丑、善恶，有时一片迷蒙，只要盯准旗帜。旗帜是上帝拯救人类的圣物，虽然有时它并不艳丽，甚至被扯撕破碎，旗杆却始终有人牢牢高擎。任何年代、每个家族、每个人都有悲喜。何为悲喜？时间自有定夺——在小说开篇之初作者似乎已经写出了答案。

人性的美与丑、善与恶都在经受着进化与异化的考验。但最终的优胜劣汰是魔鬼与天使的较量。阅读这部长篇小说，你的情感会在喜怒哀乐中穿梭，你的思绪会在变幻莫测中潜行，作品中的人物令你感到栩栩如生，场景的描绘引你身临其境。随着阅读的深入，你会渐渐看到人心深处的皱褶，洞观灵魂隐秘的色彩。他或她，或使你心生悲悯。随着乌云的淡去，缕缕阳光又使你渐渐进入欢愉的彼岸。转回头望去，又顿然感慨万千，荡气回肠：我们到底应该为谁悲悯，为何悲悯？

作者对我说，写这本书“是为了完成自己的一个夙愿，给自己一生一个交代”。这令我有些震撼，一个并非专业的创作者，一个正在事业上奔波的创业者，为什么会有这样宏大的心愿？为什么会停下脚步回望足迹，又眺望向前方？我想，也许他的祖辈有着“深耕”的经历，他的血液里流淌着作品中人物的基因，所以文字才如此流畅和生动，字里行间更是透着追求的执著和思想的坚定。

创作更重要的并非是才气，而是作者面对社会进程的认真思索，并形成一种自觉的责任感。这种思索和责任感就会逼使他挥笔奋书，一泻千里。如此，也激励我写出以上的文字，且为序。

邓 刚

2020年9月于大连

（本文作者为中国著名作家，曾任辽宁省作协副主席）

目　录

楔　子　/ 001
第一章　/ 003
第二章　/ 023
第三章　/ 040
第四章　/ 052
第五章　/ 071
第六章　/ 087
第七章　/ 088
第八章　/ 109
第九章　/ 122
第十章　/ 142
第十一章　/ 158
第十二章　/ 171
第十三章　/ 181
第十四章　/ 198
第十五章　/ 214
第十六章　/ 234
第十七章　/ 261
第十八章　/ 277

第十九章 /297
第二十章 /321
第二十一章 /337
第二十二章 /349
第二十三章 /367
第二十四章 /383
第二十五章 /403
第二十六章 /420
第二十七章 /440
第二十八章 /459
第二十九章 /481
第三十章 /502
第三十一章 /518
第三十二章 /533
第三十三章 /555
第三十四章 /568
第三十五章 /588
第三十六章 /605
尾　声 /626
后　记 /632

楔 子

十五年后的一天。在女儿安然的陪伴下，安子健在去往羁押吴永杰看守所的路上，又途经市中心再熟悉不过的人民广场，却蓦然想起那年千禧夜的一幕——

当钟声骤然敲响那一刻，一切仿佛都凝固了。拥挤在广场上的人群得了号令般霎时安静下来。连正跌撞着往那儿赶着的人流，顿时也齐刷刷停下杂乱的脚步。数万颗头颅一下子共同昂起，仰望突然炸开的漫天的礼花。

不过一个再普通不过的时间接力，秒与秒之间的告别，里面却似蕴藏着巨大的福泽。人人争先恐后，孩子挤丢了，鞋子踩掉了，自行车被踩翻在地，又踏上千万只脚。警察喝斥着、推搡着时而膨胀出的不规矩的人流，前方此刻俨然是一座金矿之主在普济众生。人心有时是齐的，只要有共同的方向。此时的方向是什么？

漆黑的天空眨眼间苏醒了，数万张脸荡着光彩，被天空中变幻着的五彩斑斓映射着，像极了川剧的变脸，也给了大地阵阵白昼。他是逆着浩大的人流去找寻昨日的槐花巷的。脑子有病，人家向西你向东！一路上，他被人们怒目推搡着。

光亮中，槐花巷已被夷为平地。眼见着百岁了，眼见着沐浴“千禧”了，却不幸未迎来新的“复活”。她瞬间又苍老了千年，老的只剩下这遍地骨头渣渣。安子健站在空旷的废墟上，眼睛直勾勾凝视着脚下，怎么也辨认不出原来小洋楼前院那棵老槐树的位置。以往的高楼、矮厦已经没了差别,统统变成了一个模样的砖头瓦砾,哪还能寻到一棵树的位置。以往被那树干捂得发热的脊梁,此下像被揭了皮,凉飕飕的。往上数,它捂热过安家三代人的脊梁,前不久还正捂着女儿安然的脊梁。树干上,后脊梁总靠着的那块地方都被磨得油光铮亮,竟无了槐树皮的粗糙。上面,不也有着吴家几代人靠过的痕迹?老槐树被大吊车连根拔起,像犯人一样提溜在半空那一刻,安然都用手捂住了眼睛。他不明白为什么非得看它最后一眼,而且还带了女儿来。树,是爷爷当初从老家烟台带回的苗子,说是老院子后面最壮实的那棵下的崽儿。那次,爷爷一块儿带回的还有他两个儿子,一个八岁,一个六岁。六岁那个,后来成了他爹。

槐花巷尘埃落定后,吴永杰来过,只往那废墟上看了一眼,却被记者留下了一个仰望天空、神采奕奕的瞬间。

槐花巷从地球上消失了。这名字还是爷爷安礼盛起的,那时,爷爷说话好使,别说给一个小胡同起名字。

爷爷第一次从大海那边儿漂来大连街的时候,带着的只有老家的佃户吴顺儿。

第一章

海猫子落地虽小，张起翅膀却如鲲鹏展翅翱翔在大海之上。

小火轮儿终于靠上了码头。初始，岸壁上那排粗大的胶皮滚子还顽强地抵抗着将小火轮一次次推出，小火轮却经一根绳索牢牢套在岸上的铁墩上，它顿时被服服帖帖挤在夹缝中没了脾气，小火轮儿以胜利者的姿态一声长鸣。昨儿，上船的时候日头还笑吟吟地贴着烟台山，现在却仿佛去哪儿歇息了。安礼盛从衣襟儿里掏出怀表看看，表针还落在昨天上船时那个地方儿。贴耳朵听听，表针却还在有节奏地嘀嗒着，原来它悄没声地转了一圈儿把自己已经送到了大海的这边儿。他忽然想起，出门儿前吃完娘包的荠菜饺子，去后院看了看那两棵老槐树时，晴朗的天儿上就槐树顶上站着一块灰灰的云彩，当时心里还膈应了一下。眼下却更是阴云密布。

回到船舱，旅客们已经开始躁动，纷纷起身打点起行李。众人中，像他这样穿长衫的居多，手里顶多拎了个皮箱，倦容未消的疲色中极力显出些雍容，就连打着的哈欠中也闪着不得已似的慵懒。像吴顺儿这样一身短打扮的极少，即便大包小卷儿的一看也非自家物品，留意看去，果然都是跟着主子。吴顺儿一个骨碌从床上爬起，搓了搓眼睛，明白了咋回事，忽地下地撅着腚去拖床下的行李，却一个踉跄坐在地上。安礼盛拽了他起来，吴顺儿麻袋似的堆在床上，又闭上眼睛，两只手抄进袖筒子，皱着眉头像上神儿。短打扮的几个皆笑，见主子微蹙眉头便又吞了回去。安礼盛朝众人豁然一笑，拱手说："不必拘礼，大家敞开些倒好，他头次坐火轮儿，还在迷糊着呢。"穿长衫的便回敬一笑，看着吴顺儿，眼睛里晃着同情。几个短打扮的则也张眼向吴顺儿看去，虽也是短打扮，却一身新衣、新裤、新鞋，不仅自身爽亮，更显出主子的豪气。羡慕之下，不禁都畏手畏脚起来。

刚离开烟台不久就起了风，这大铁壳子像一片树叶在大海上荡着。小树叶，顶多有槐树叶大，两人站在甲板上看着远处一片"树叶"比量过，人家还是插着外国旗的大火轮哩。吴顺儿开始还爽朗地叫着船头船尾地跑。有大鸟儿张着双翅追逐着船尾的浪花，不时往海里钻。吴顺儿就嚷着："什么鸟儿胆儿恁大跟着人飞，咱老家的鸟儿看到人吓得都扑棱扑棱飞。""海猫子，船尾有鱼。"安礼盛说。"为口吃的就不要命？"吴顺儿缩缩脖子。"鸟为食亡嘛，天性。"吴顺儿又缩缩脖子，忽又伸出："其实人不也一样，饿急眼了都能豁上命。就像满山蚂蚱那年，俺不也跟蚂蚱抢地瓜蔓子，还是你给了俺块地瓜，当时俺都想叫你一声爹。""就知道吃。"安礼盛瞅他一眼，他耷拉下脸，又献媚地笑笑。又说："你看，那海猫子落下也不大。"吴顺儿指着一只落在船尾的海猫子说。"咋不看人家张着大翅膀飞的时候"安礼盛看着海面。一会儿，吴顺儿就蔫儿了，撅着腚嗷嗷吐，倒没忘记把那双新布鞋脱下来提在手中。他第一次穿这么展扬的鞋，布底儿，布面儿。白底儿，黑帮儿，还是走前儿少爷领着在朝阳大街李记鞋铺买的哩。甲板上，他时不时把两只脚亮出来，人多的时候还故意跺跺脚。安礼盛也感到有些晕，都是第一次坐大铁壳呢！

船舱渐渐空了，主仆二人也下了船。刚才灰蒙蒙的天儿此时淅淅沥沥下起了小雨。打油伞的,没打油伞的,都紧着走。看着前面的人流,有钻进小卧车的,有上了骡子、马拉的洋车的。他们没带油伞,也没上车,安礼盛却走得不紧不慢。吴顺儿左手一只皮箱,右肩扛着圆滚滚的一个大行李包,怕雨淋了皮箱,索性捧在胸前。他走得快,不时停下回头看看,安礼盛却未在乎雨,还把礼帽摘下拿在了手里。吴顺儿又顺眼看看停靠着的大大小小的火轮儿,有的烟囱里在冒着滚滚浓烟,许是累了在喘息,像他此时这样。见安礼盛又低头看看脚下的铁轨,站住了看,很仔细,像当年老爷下乡到地里看年景。等安礼盛终于走上来他又随在身后,似一条瘦马后面拖着满满当当一胶轮车麦秸。终于迈上一条石阶,进入一座宽敞明亮的大房子。"歇歇吧。"见安礼盛发话,吴顺儿赶忙放下行李。他又想起停在岸边的火轮儿帮子上,那些窟窿眼还哗哗地往外冒水,火轮儿也尿尿?他也想尿了。

尿毕转回来,见安礼盛还在看这一眼望不到头儿的大房子,看那长板凳上坐着的,地上站着的,还有走着的熙熙攘攘的人流。"少爷,也不怕丢了。"吴顺儿斜眼瞅一下安礼盛身后的行李,安礼盛没理会。一泡尿已经把先时的迷糊尿跑了,吴顺儿此时又来了精神,也随着看。好长,赶上烟台一条街了,宽敞得又赶上好几个打麦场,却带棚儿,四下又都透着亮。他踮脚张望了一下,原来那些火轮儿就在窗下。"就是气派,还是大码头,无怪少爷在烟台好日子不过,非得到这儿来。"来之前他问过:"咱去哪?"少爷只说:"去大码头。"他又问:"有多大?"少爷却只问:"你怕不?""有你,俺就不怕。"他虽没弄明白大码头有多大,却知道跟着准没错儿。少爷从来不亏人,还有本事,跟着他没亏吃。这些年,娘没少念叨这些。他也知道少爷"牌子正",可跟着少爷这几年就觉得心底慢慢生出点儿什么。爹就拎起鞋底子抽他:“有什么×脸儿跟人家攀,人家是大户,给你口饭吃就不错了,有出息好好混!”挨了鞋底子他就闷头琢磨,什么叫“出息”?他不懂。好像有钱了就是出息,还有进出了大场面就是出息。安家不就是吗?进进出出的不是套着大骡子大马就是长袍马褂呼呼带风。小少爷安继业过百岁那当,虽然安家这几年败落了只摆了个场面不大的席,可来的人穿的、戴的都亮亮堂堂,打躬作揖的就像过年拜祖宗,连门外那些拉车的马个个都威风凛凛打着响鼻,比着自己还不如一条草驴。眼下这大楼,还有那冒烟儿的小火轮,不也是大场面,烟台人有几个坐过,来过?他觉得开始有出息了,心里有点痒,像小虫在爬。

“顺子,走喽!”吴顺儿回过神儿时,安礼盛已走出好几步,头也没回。

安家在烟台确是有名的大户。别说在烟台,往南走福山、海阳;往西走栖霞、莱西;往东去牟平、乳山,提起烟台安家,大点儿年岁的无人不知,无人不敬。

19世纪中叶烟台开埠,随着各国列强的涌入渐入繁华。海边的烟台山下,矗立起一片片大大小小、风格迥异的洋楼、庭院。清同治十一年,紧挨着烟台山,南起北马路,北至海岸街之间,形成一条繁华的商业街,因地处烟台山之阳故名朝阳大街。大街上洋行、钱庄、商号、酒肆等大买卖云集。德式、俄式、民国初风、本地胶东四合院种种建筑形态各异。其中,最耀眼的当属位于北端的那座德国建筑,和位于南端的那座胶东四合院。两厢一首一尾似虎踞龙盘,在朝阳大街掀起了波澜。

这座德国建筑叫琼斯洋行,是1880年一个叫瓦格纳的德国人所建。那座四合院叫德安记,正是当时烟台安家的产业,也是惟一的买卖。巧的是,街上几百家商铺,经营门类繁多,惟此两家做的是同一宗买卖儿——花生。不同的是琼斯专做出口,不仅德国,火轮开往地球上好多码头。德安记却恰恰相反。山东当时是中国花生主产地,尤其莱西,大片的土地几乎都是花生,农民世代以此为生。中国人对花生的依赖已经源远流长,不仅是生活需要,也是商品流通中最大宗的品种之一。花生是山东人的命。说到这里,就有了话儿。

琼斯开张要早几年,仗着财大气粗和先于中国人的商业头脑,不到几年就垄断了整个花生市场。原来的花生商人本就小本小利,经不起几番折腾,三拳两脚就卷了铺盖卷。洋人开始一统天下,他们垄断收购价格,农民苦不堪言。辛辛苦苦土里刨出的粒粒花生,可是全家老小一年的活命钱,火轮撅着腚一冒烟儿,转眼成了洋人们手中的金豆豆。

安家来了,在这大码头上安下营盘。没盘别家店铺占据好的地段,而是顺着街尾盖起一溜青砖青瓦高昂门头的四合大院。本来,这朝阳街是北兴南衰,北面朝着大海,紧挨烟台山,青松翠柏掩映着山下聚着堆的高宅阔院。愈往南愈呈衰态,像一颗镶着金的虎头拖着一个长长的蛇身,到了南头更似疲了的蛇尾已欠生气。安家大院一开张,那蛇尾顿时如龙尾般摆动起来。虽不似高昂着的虎头那般威风凛凛,却也不动声色中显示出非凡之势——门口拴着整排胶轮大车,高头大马皆清一色的赤红,精神抖擞地喷着响鼻,像一团团升腾的火焰。开张那天,没有鞭炮也没有甚别的响动,却还是惊翻了整条街。这可是大名鼎鼎的朝阳大街呀,普通百姓平常走在街上都腿肚子发颤,此时却都大胆地围了过去,德安记门前水泄不通,张张黄脸涨得发红。北端洋楼里,白脸们却灰白了，转而阴得发青。何方怪物，敢来此处虎口夺食！接下来，更令白脸儿们不可容忍的是，这个黄脸儿岂止是虎口夺食，更是夺食后喂狼——他与农民议价，又以微薄小利装上火轮，只是火轮不出中国海面。白脸们脸色由青变紫了，忘了绅士风度，慌了手脚。

是何来路？洋人们未敢轻易造次，他们知道这是中国地面儿，得按中国人路数，对官宦人家他们还得在意。

原来，只是普通殷实人家，祖上既无显赫家世，更无钉大芝麻官。只是在西南河那里开了几间私塾，生员还不收任何资费。又不是名门望族，哪来此等家财和豪气。似有打家劫舍一夜暴富之嫌，可匪盗之辈又怎会有此等情怀？

查他八辈儿祖宗！不打无把握之仗，洋人们鬼着哩。他们使出浑身解数，甚至不惜重金请来职业密探，恨不得挖出安家祖坟讨个究竟。可安家到底何方神圣却还是茫然不知，莫非天外来人？

非也。安家不仅非天外来人，还是地地道道的山东人。往上数两辈儿，安家还是穷苦农家。说是一夜暴富也不为过，却不是因打家劫舍，而是另有缘由。

安家祖籍鲁西，世代农耕为生。祖上也并不姓安，而姓卢。只是那一辈卢家天造地设出了一个晚生，干了一件惊天动地的大事——刺杀那位威震天下的朝廷重臣，萧大帅。由此，家族命运巨变，并改了姓氏，安姓还是萧大帅所赐。

那年，山东遭受多年不遇蝗灾，大部地区庄稼歉收。鲁西尤甚，蝗虫遍地，几乎颗粒无收，哀鸿遍野，卢家也只剩下一个苟延残喘的十七岁的儿子。官家苛捐杂税未减，富贾为富不仁犹然。济南府德州那厢有人高举义旗，聚众杀富济贫还夺了皇仓。霎时，四方纷纷响应，呈燎原之势渐渐浩大，开始动摇大清根基。义军大旗一到，卢家儿子看到生的希望，埋了爹娘投了义军。吃了几日军粮，顿感义军恩德，誓死效劳。他本就刚烈性情，此时又了无牵挂，战时勇猛无比。鲁西民间自古盛行武术，他自幼耳濡目染，略通几路拳脚，几战下来立下战功。尤其菏泽高楼寨一战，全歼曾格林沁7000人马战役中，他身中两箭，还奋勇追截逃跑的曾格林沁至其最终毙命，威名大振，被义军首领纳为帐前护卫。

那时，萧大帅刚刚剿灭南方义军，又奉朝廷之命挥师鲁西，气势浩大。无奈此义军却不攻城掠寨、抢夺城池，而善游击战法，无固定居所，萧大帅难施旧技，一筹莫展。

那日，探子至义军首领帐前禀报，山前十几里处，有小股清军安营扎寨，其中似有那萧老贼身影。首领略一思忖，哈哈大笑。他已讨研过萧某平素习性，大敌当前他极善出其不意，孤军深入敌营前沿，探子所报理应不虚。老狗故伎重演，此等伎俩实是觑我等如小儿，合该死在俺手里。说毕急令升帐，大喊速取战袍来。灯影儿处，一道银光闪出，叩拜道："何劳大帅大驾，杀鸡岂用宰牛刀。"首领定睛看去，却是卢护卫。正欲问去，只听又说："千军万马恐还不便，别中老贼埋伏，俺自己去便是，没有声响，定取了人头纳于案上。"首领微蹙眉头片刻轻轻颌首："小心便是，俺立于大帐等你立下大功！"

是夜月黑风高，三更响过更是万籁俱寂，仅几只蛐蛐儿打着小鸣儿。营中大帐前两个小卒听着也不禁陶醉然然，似入梦乡。窥视已久的卢护卫一跃而出，一刀一个，正中要害，连吭声都无。军帐中灯光昏暗，一老者头着顶戴花翎，借着灯光伏案在读，猩红色顶珠熠熠生辉。必是那老贼，他已帐外观察良久。待老者举目望时，他已在眼前，手中尖刀闪着寒光。

老者略一吃惊，看着眼前明晃晃的刀刃，身体颤抖了一下。旋即轻轻将手中书放在案上，慢慢抬起头，仿佛在看一个邻家顽皮的孩童。很慈祥地笑着，眸中却射出一丝幽光。倒是卢护卫愣住了，偾张的血管似瞬间凝固，手擎着刀，呆在那里。

“你是义军？”老者轻声问。卢护卫又举起刀。“俺杀了你这老狗，替百姓雪恨！”他大吼一声。老者闭上眼睛，手捋胡须，嘴角微微在抖。他看到，那手闪着古铜色的亮光，干巴巴的似曾相识，老者脸上布满了皱纹，丝瓜形状，哦！像乡下那个看瓜的老头。那次他饥渴难耐，偷瓜被抓着，那老头不但没恼怒，还摘了一个饱熟的瓜让他吃了个够儿，吃的时候老头也是手捋胡须慈祥地看着他。举刀的手颤抖着，垂了下来。帐外嘈杂起来，又有军士冲将进来，围住卢护卫。他欲举刀自刎，老者大声喝退众人，起身从他手中拿下刀，转身放于案头。抬臂，微微摆了一下手，军士们悄悄退出。

“你是饿极了，不怪你，都不怪，我也该杀。”老者白白的山羊胡须似在颤抖。

卢护卫僵在那里，老者上前扶他坐下。尔后一手轻捻胡须，另一手轻轻擦拭他额头上渗出的斑斑血痕，慈爱之情如含饴弄孙。他扑通跪地，嚎啕大哭，久久不起。

“你独身闯我大营取我首级，实乃孤胆英雄，老朽本钦佩不已，为何又跪拜于我？”他仍在垂头抽泣。

“如此看来我萧某命不当绝，哎！老天尚有此怜悯，人却为何死死相逼？”老者声音抖着，卢护卫抬起头泪眼以望。

“起来，待我说与你听。”老者抚着他的头颅，卢护卫乖乖起身，轻轻坐下，见那老者目光炯炯起来。

老者确是萧大帅。那个指挥千军万马杀人无数的魔头，怎么又像了儿时见过的弱弱的私塾先生？手持利刃，威猛雄壮的卢护卫倒兵不血刃乖乖成了他的俘虏？这一点，他后来开始明白了。

萧大帅（他开始称萧大帅了）和他拉呱到五更，问了他许多。萧大帅赞叹道："山东是孔孟之乡，人杰地灵，贤良辈出，不仅出智者，还出勇士，真正的勇士，比如吴起、戚继光。都是真男儿。"

"什么是真男儿？"他一脸稚诚，像祖辈膝下玩童。

"为国尽忠，为民谋利，师出有名。"大帅正色道。

"那你杀人也是？"他又跃起。

大帅一怔，嘴角歪了一下，面色黯淡下来，看着他片刻又道："早看出你这孩子秉性刚直，果然如此。不过话糙理润，实乃老夫痛处。惭愧，惭愧！"说罢站立起来，在帐内踱着步子。

"还是做普通人吧！"大帅站住，望着他，"但得做贤良，益于民，哪怕一点一滴。做官会身不由己贤良难为，污了名节。唉——"说罢望着帐顶，长叹一声。他点点头，尽管似懂非懂，此刻却感受到句句源自大帅心底，是醒言。

大帅告诉说，此次入鲁不利，朝廷已欲招他回京，命运如何不得而知。高官厚禄业已看淡，如能解甲归田做一介草民，含饴弄孙教其为人之道，也是大贤之为，平终生之所愿了。

"俺随你去！"他又双膝跪下，泪如泉涌。

"差矣！"大帅摇头，扶起他，"我运几何尚无定数。你正当青春年华，且天性善良、忠直，如经教化必成大器。""家中祖辈为农无一丝墨迹，俺又混沌未开，怎敢有此——？"卢护卫诚惶诚恐起来。"非也！"大帅止住他，"老夫略通识人之术，观你面相，资质极佳，虽出绿林，却宅心仁厚，实乃忠义之士。来日方远，如濡圣贤，经教化，加修为，一代、两代——坚持不懈，必出大贤。”见卢护卫面露炯炯之色，大帅转身进入帷后。片刻，双手捧一只黄绫包裹徐徐而出，看似沉重。放在案上，打开内中木箱，顿时光彩夺目。满满黄金珠宝！他一惊。

“趁天色尚早，快快去吧。”他一时血涌天灵，似一根木桩杵在那里。

“内中几件宝物价值千金，切不可外露，否则会招杀身之祸。此等什物于我本无大益，于你应大有用场。义军乌合之众终成不了大事，朝廷定当倾力围剿，早早离开方为明智之举。寻一太平之处，做一粒金色种子娶妻生子。养子须诲其不倦，教其重贤。子生子，纵者子子孙孙，横者陶染四邻，天下皆大贤也。教化为天，惟有教化，世间才会多贤良。惟有多贤良，天下才会长治久安，百姓才会安居乐业。”他扑通跪地，手拭泪水。

“不能回乡。一则，一日为匪污及后人。二则，鲁西动荡不安，不宜修心养性。”大帅略一思忖又道：“去登州烟台吧。那里依山傍海，儒基厚重。且无战乱，宜滋养人心。”大帅取一红缎展开，提笔写下：“善人种德，降祥于天。恶人种祸，贻殃于后。”他凝视许久，双手捧起，叠好放入木箱。

“不可为官，此大忌也！”大帅语重心长，“做乡绅吧，贵气凛然却非官，非民却又近民。孟子说‘用下敬上谓之贵贵；用上敬下谓之尊贤’。”见卢护卫不解，又道：“地位低的人尊敬地位高的人敬的是身份。地位高的人尊敬地位低的人敬的是贤良。你说哪个高，哪个低？”“贤良！”卢护卫不假思索地说。大帅手拈长须看着他：“置几亩良田，办所学堂，走耕读之路。其间广播贤德，弘扬儒风。看似平淡，实为大贵。”大帅又徐徐说道。

遵大帅之言，他连夜奔向东方大海边去了烟台。按大帅之意改姓安。大帅说，平安即福。

烟台本就富庶，开埠以后更显昌盛。它东西狭长，自北向南呈坡地状，"西南河"则高坐于烟台街南坡之上，面向大海，俯瞰着整个烟台街。背靠大海抬眼望去，一片片胶东四合院坐落于山坡之上，与北边烟台山下那些飘着异国气味的洋楼阔宇遥遥相望。屋面虽不似来自遥远的欧罗巴大理石那般华贵，青砖青瓦间，厚重的门楼后，却隐着一种久埋在泥土里的幽深与博大，远远望去，升腾着一种别样的豪迈之相。据说，制作这些青砖青瓦所需的泥土，皆来自向东几十里之外的昆嵛山，那里曾是全真教的真正发祥地。王重阳当年到了这里，收了马钰、谭处端、丘处机等七位烟台人为徒，才使全真教在这里发扬光大起来，这七个人后来成了中国道教文化中有名的"全真七子"。"西南河"成了烟台街上众多大户人家安居乐业之处，安家也在这里安营扎寨，并渐渐声名鹊起。未如萧大帅心愿的是，卢护卫虽在乡下置了良田，却在富庶的烟台城里安家落户。

安家的声名不是富，也非贵。也就三座挨着的三进大院，还是别家遗下的旧宅，并无显赫之处。一对不足30岁的夫妻怀拥一个男孩儿，平常之极，也无甚别的产业。此地本有一处私塾，却门面不大。安家来后不久就大手脚办起了私塾，两座大院皆做学堂，更令人费解的是入学无需任何资费。问及祖上是否有进士、举人抑或秀才，当家的却也直率，皆无。见他本人，不仅闻不出一丝书香之气，更像乡下车把式。还在一里地外种下一片菜地，两口子常常锄苗日当午，汗滴苗下土，那汉子一招一式活生生一个“菜园子”。竟然有人还看到，那汉子在菜地里还对妻子动着粗鲁，斯文扫地。东家无学，先生却皆四方品学兼优之士。众皆哗然。有人窥视，院子内外除却小儿朗朗读书之声，再无其他响动。久之，安家始终如一默默办学，众人也就安然，不再揣测。

只是这次，默默的安家猛然间又有了更大手脚，不仅斜刺里杀向朝阳街，还在洋人腚上重重踹了一脚，震动了烟台城。老虎的腚眼儿都无人敢闻，何况腚片被一头草驴当街一踹。

这只虎却也不凡，它并未倒竖虎须直捣驴槽，只是嗓眼里轻轻一声低吟，龙，闻声而动了。龙虎从来不斗，两厢是连着血脉的亲家。

这龙却也未大动干戈，而是双爪温柔地按着虎颅和驴头，都给予了深深爱戴。此时正值大清王朝风雨飘摇之际，列强虎视眈眈瓜分中华，割地掠银，已令清政府苟延残喘，自身难保。加之民怨鼎沸，义和团正高举义旗“扶清灭洋”，慈禧欲结其为同盟，更不敢正面牺牲国人利益而迎合蛮夷。几番调停下来，各尝五十大板，南辕奔天南，北辙撒地北，划分各自势力范围，互不相扰。龙已经彰显王法，虎口里拽出两条驴腿。虎虽瞪了龙一眼，然腹中还有两条驴腿，虽只半饱，但这是东海，非自家山林，已奈何不许多。不管怎样，此事毕竟终结了洋人独霸莱西花生市场的局面，安家此举彰显了民族大义，不仅在朝阳街，就连整个烟台街也广受拥戴。

卢护卫谨记萧大帅教诲，洗心革面以贤德立世。白天，他劳于田间，扎根土地。夜间，他苦读圣贤，修心养性。朗朗的读书声滋润了心根，老先生们的教化他茅塞顿开。此番争斗过后，长了中国人志气，救了莱西农民命脉，德安记门前拜访者络绎不绝。伙计们说:“东家回了书房(私塾)。”众人又蜂拥着去了西南河。先生们说:“东家去了乡下。”众人面有不甘。先生又说:“不必多礼,东家此意已明,安家义不容辞。”“拿笔来!”一老者撸起衣袖将手擎在空中。一学童取来笔和纸。老者接过奋然写下:为民者大贤也。

民国初年,卢护卫背部旧伤频频复发,伤痛困扰中家业交由儿子安濡贤主掌。安家始终是洋人们的肉中刺,原来的一统天下成了半壁江山,卧榻之侧岂容他人酣睡。他们豢养了狗,一挥手狗们扑向了安家。买办更通黄脸儿的人性,他们深谙同胞,尤其是安家这种黄脸儿的七寸。安家遭了暗算,鲜血淋淋倒下了。一年后卢护卫终于离开人世。出殡那天,西南河安家大院门前送葬的人流排成长龙,很多是当年安家私塾莘莘学子,其中不乏如今各界名流。

安濡贤四岁开始在私塾中读诵四书五经,饱读诗书,在圣贤中浸染,性情儒雅,心怀坦荡。他继承家业时虽已而立之年,却对经商之道知之甚少,更难谈方略,尤对奸阴龌龊之事无所是从。卢护卫病榻之上,已吩咐将朝阳街德安记关了门,他一心守着私塾却也愉悦。安家大笔家资投入德安记,败落后已大伤元气,私塾又只出不进,久之家道渐呈衰落,私塾也渐难以为继。眼见安家基业毁于一旦,安濡贤却又一筹莫展,郁郁寡欢之中他日渐衰弱,后又病卧在床。病入膏肓之际他痛定思痛,将儿子安礼盛唤到近前:“再不可轻商。安家广施善举是因萧大帅馈赠资财方得实施。如今坐吃山空家资渐尽何谈乡绅贤达,何闻耳边书香?欣慰的是,大帅馈赠也收益颇丰,安家三代血脉已得改良,钱财散尽也是益于民间。却不能止于此,安家子孙已非当年草莽,你当重建家业。切记,安家人经商也必儒商,咱们为的不是钱财!若不成大业，方寸之间也有天地，点滴之事于人有益即为安家子孙！”

安濡贤去世后，安家只剩下三座空落落的大院和乡下几十亩薄田。虽然私塾还在，然先生们大多在无奈之下不得不含泪离去，以往的读书声已远非当年响亮。

安礼盛23岁娶了私塾高先生之女高雅枝为妻。此女虽未在私塾读书，却因母亲早亡，一直跟随在爹的身边在安家长大，耳闻目濡，也熏染出书香之气，且刚直大义，远胜平常女子。安家一直待此女如同己出。见安家日渐萧条，私塾用度也现出难处，安家对先生们酬金还有生员的花费却一如既往，高老先生心生不忍，执意离开。临行前，他操办了安礼盛和女儿的婚事，欣然离去。

安礼盛和爹一样，四岁就在私塾里有了自己的位置。高先生带的二十几个生员里他年纪最小，坐在学堂里就像一颗小豆芽夹在葱苗子间。声音却响亮，稚嫩中显着铿锵有力，每逢大家一起读诵文章，他这个角落里总传出那种非于一般的声音。高先生煞是喜爱，就格外对他投以关切。课堂提问时他不仅能对答如流，且面目庄严，毫无羞怯之色，起坐又大方得体。第一次提笔写字时，高先生竟惊呆了。那是个晚间，饭后高先生又在房间里布下文房四宝提笔写字。门开了，安礼盛拱了进来，也不言语，趴在案头看。见他聚精会神的样子，高先生心里一喜，问：“喜欢吗？”“嗯。”他点点头，只在案前露出两只眼睛。“试试？”高先生提起笔问。“嗯。”高先生把他抱到椅子上，拿出一张描红字帖，把笔递到他手里，又握着小手，边讲着要领边在帖子上描着。不觉间，高先生松开了手，那只小手竟自如地自己描起来，还执笔有力，运笔有度，着墨时显然对高先生的指点有所领悟。“奇才！”高先生大喜，青出于蓝远胜于蓝。20岁定亲后的一天，高先生和安濡贤拉起了呱，他对安濡贤说：礼盛性情随了老东家，又沾着你。随老东家是说随了他老人家那股子豪气，沾了你是沾了你那股子墨气，却又都胜过。必大贤也！气于内，华于外，又多了贵气。这烟台街要出能人哩！只是有一宗，富家多纨绔，所谓富不过三代正因如此。这人养尊处优惯了就像撒缰的马，收住难。见安濡贤面露愧色，接着又说，如今我俩已是亲家，礼盛是我女婿，我就多说几句。虽说人无完人，我还是盼着礼盛尽善尽美，因他资质太优，理该成为国之栋梁，安家也该享这福分。安濡贤听出其中话味儿来，赶紧说，亲家尽说便是。高先生捋捋胡须环目说，咱这烟台街上张家、刘家、史家，还有咱安家共四大家子，如今看看还有谁家像当初繁华似锦？只安家是因大义招来横祸，虽衰犹荣外，那三家子不都是子孙纨绔致家业败落？反观栖霞牟氏，300余年历经十代未衰，还不就是世代秉持节俭持家庄稼人的本分，连当家人出门都提溜着粪篓子。看似小气，实为大气，是怕在衣食无忧中磨尽立家之本。礼盛资质过人又心地善良，虽未纨绔，却毕竟生长于富家，唯恐不经意间流失坚韧之气，这却是安家立家之本。安濡贤惶恐起来。尤其读书之人容易脆弱，经不起风浪，高先生又说。安濡贤想想自己这些年——不觉汗流浃背。读书人就怕恃才傲物，尤其像礼盛这种才华横溢之晚辈，不可只关心学业而不及其余，失之偏颇。安濡贤眉目渐锁，猛然警醒，想想自己是对儿子在这方面疏于教诲却多了娇宠。“濡贤谨记先生之言。”他面色凝重起来。

安礼盛第一次见到吴顺儿是在乡下的麦田里，那次他跟着父亲去查访农情。自打定亲以后，每次去乡下父亲都唤着他。到了田间，佃户们围了上来，父亲就背着手走远了，甩下他自己去跟他们拉呱。他喜欢起这些朴实的乡民,虽然见了他都拘谨着,这种自卑倒激发起他的怜悯。为了打消这种仰视,他就操起家什下到地里,走出地头后手又沾着泥土和他们一起坐在地头大嚼粗茶淡饭。后来,他就撇了父亲自己隔三差五跑到乡下,一见他出现在地头,佃户们就纷纷围拢过来嬉笑着。那次,他们又围拢过来恣意地有说有笑,唯独一人还哈着腰在地里劳作。他下到地里走了过去,那人直起身看着他,只是憨笑,也就十七八岁的样子。安礼盛不禁对他多了好感,以后每逢下乡就攀着和他多唠几句,久了颇觉对了心思。人虽粗糙、嘴拙,猥琐中还有些许黠气。方方的脸上却又多了几分憨厚,做事颠颠的倒也讨喜。农民终年地里刨食再无进项,也无其他见识,心里藏些小私小念也在情理之中,安礼盛心里闪出一丝怜悯。把他从乡下唤过来,先是做车把式,见他确也尽职尽忠,就留在身边做些杂事。虽不经意间人面儿上对他少了些礼数,他却也未入心的样子。"少了心肝。"安礼盛时常说他。"你对俺好,俺知道。"他将手从袖筒子里抽出,闷声一句。这次安礼盛要带他闯大码头,他可着嘴儿乐了。走前儿跟安礼盛说:"俺娘说俺家就我一个男崽儿,可得把命带回来,被俺爹甩了一巴掌。""为啥?"安礼盛问。"说她不知好歹,人家少爷是把俺往好处带哩!"安礼盛笑笑。他又问:"你说俺爹俺娘谁说得对?""你说呢?""俺觉得俺爹说得对。""都对!"安礼盛严肃起来。

安礼盛几次拿出爹临死前儿,双手托给他的那个黄缎子包着的木盒凝神看,又想起爷爷临死前儿也是这样托着给了爹。那时他九岁,爷爷当时的模样却还记着。他让爹从一个大樟木箱子里捧出这个褪了色的黄缎子包着的木盒子,爹捧着它走进正屋，轻轻放在正中央那个红木八仙桌上，然后被拉过去扑通跪地。爹哭了，头垂在青砖地上说，俺没能守住安家产业，你在朝阳街置下的四进大院儿还有高头大马都败在了俺的手里。爷爷变了脸色："那不叫产业，只是给咱中国人争气，值。书房（私塾）才是安家的产业，丢了它才叫败家。"爷爷颤着身子打开黄缎，结儿已经打不开了，轻轻一扯，黄缎子碎了，里面掏出一块红绸子，也褪了颜色，轻轻展开。"大帅的话没错，八辈子都管用。"他朝着跪着的安礼盛问："看清楚这十六个字没？"安礼盛伸直腰杆子，一躬身咚咚咚朝着那红绸子磕了三个响头。爹拿出一幅崭新的红绸子，拿起笔，又蘸上墨——"让礼盛写，上次是你写的，该轮到他了。"爷爷说。

安礼盛站在烟台城伸向最北端的芝罘岛海边，向大海那边眺望。爹说得没错，安家为何能慷慨解囊办学堂，还不是"有囊可解"。又为何不惧洋人停在海里的坚船利炮，在朝阳街弄出那么大响动，都惊动了朝廷，还不是拿得出大把的银子。都说北边儿如今是大码头，很多山东人都漂洋过海去了那里。穷的为了讨口饭吃，富的想做更大的事情。那海上冒着烟儿的火轮据说也是山东人在大连街开的买卖，那东家正是在那边儿把家业做大的。他去了朝阳街，那里有一个火轮的分号。他攀谈着，试着打听大连街那边儿的人和事儿。这东家也是胶东人，文登的。现在养着20多条火轮，说是全亚洲最大的船务公司，最大的一条有5000吨。5000吨有多大？他心里盘算过，却始终没个长短，直到在烟台码头上看到那条船，嗬！比芝罘岛山后那个石婆婆（岸边一座礁石，外貌酷似一个老太太端坐在海边）还要大。据说，大连街头些年还只是个不起眼的小渔村，先是俄国大鼻子看中了这块宝地，在这里建了城市，起了个名字也古怪，叫什么“达理尼”。后来日本小鼻子又眼红了，架着大火炮跟大鼻子在大连干了起来。双方死的人都把海水染成了红的，小鼻子打赢了占了大连。这小鼻子也挺能耐，不几年儿的工夫就把大连舞弄成了大码头。这“明治维新”挺邪乎，小日本几年间就从一个穷国呼呼撵上来，现在张牙舞爪谁都不怵，原来也是跟那些欧洲人学来的。你能学，俺也能。说是那条浪速町大街比烟台朝阳街要繁华好几倍，不少买卖儿还都是山东人开的。他们行，安家一定行。出去闯，就去大连，到大连就到浪速町，俺倒和你比试比试。还得坐着火轮去，山东人开的火轮。

码头上，二人走出熙熙攘攘的大厅，眼前顿时豁亮起来，好高的台阶，往下看像是站在楼顶上。开阔的街面上攒动着各种各样的人和车，还有各种颜色的骡子、马。

“少爷，那小房子还扎着小辫儿，还会跑！”吴顺儿呆眼叫到。

“那叫电车。”安礼盛睃他一眼。“真稀罕，咱们坐吗？”吴顺儿一脸眼热。

“今儿不坐。”安礼盛径直走着。吴顺儿没吭声。

“记住，从今儿起不许叫少爷，咱都是来做伙计的。还有，少说话，这不是咱烟台。”吴顺儿咂咂舌头，安礼盛在前紧走了起来。眼前扎着草筒子卖糖葫芦的，卖烤地瓜的，卖糖炒栗子的——一片嘈杂。吴顺儿后面呼哧呼哧赶上趴在安礼盛耳边说：“俺看这大连街是比咱烟台牛，可咋说话声儿却像。”安礼盛见他往一个卖糖葫芦的努努嘴。顺着看去，那人在怯怯叫卖着，是听出很浓的胶东话。他笑了笑，走过去买了两串儿,刚要搭讪说点什么,两个警察模样的走了过来,上下看了看他:“刚下船?”安礼盛笑着点点头。“山东的?”又问。“是,过来串亲戚。”“串完亲戚赶紧走,别想在这儿发大财,大连街都叫恁们海南丢子搅和死了。”说完转身走了。“这俩一听可不是咱山东人,干么那么横,咱也没惹乎他。”吴顺儿小声嘀咕着。

几驾马车停在路边,把式们在大声揽着客儿,惟有一个把式擎着鞭杆悄默声地站在车辕边儿望着行人。安礼盛前走几步,问:“拉客?”“你坐‘妾’(胶东方言,“车”)?”把式赶紧点点头,一脸期盼。安礼盛撩开长衫抬腿上了车,吴顺儿赶紧卸下肩头行李,坐下后还抱着那只皮箱。

“去浪速町大街。”安礼盛说。“好嘞!”车把式一扬鞭杆儿。“你也是胶东人?”安礼盛笑着问。“对!咱都是海南家过来的,俺早就听出来了。”把式兴高采烈起来。“过来做买卖儿?”

“串亲戚。”“大包小卷儿的不像,干俺们这行的就懂这个,”他眨眨眼,又说,“大连街都叫咱海南丢子,别说小鼻子瞧不起咱,就此地巴子也没把咱当盘菜。”把式忿忿地说。

“看得出来。”安礼盛说。把式瞅着大辕马的屁股,想了想说:“不瞒你说,俺当初也觉得大连街满街都是金子,家底儿都揣了过来,”他看着安礼盛苦笑了一下,拍了拍衣兜,“结果怎样,吊蛋精光,就剩下这辆大车了,要不然也一样住在红房子(码头工人聚集地),在码头上抗大抗(出苦力)。”见安礼盛歪头在看着他,又说:“都说咱山东人豪爽,讲义气,其实心儿里偷着说咱没有心根眼子。这年头儿,哪都难混,在大码头得添一个‘更’字。唉!”

马路很宽阔,路旁掠过一排排梧桐树,掩映着各种样式、各种颜色的小洋楼。安礼盛微微闭上眼睛。

今儿是民国十六年，大清亡了十六年。小日本儿明治维新也换了一个朝代。都是走了旧的换了新的，人家却漂洋过海跑到咱大连耀武扬威。算算日本人来大连街不过二十年，这大连街还真摆弄得有模有样。安礼盛不时微睁开眼看看车外。虽然下船后到现在还没有看到一个日本人，他却感觉出被一种无形的森严压迫着。他迷瞪起眼睛，朦胧中做了一连串的梦。一忽，瘦骨嶙峋的萧大帅安然地手抚着怒瞪双目、手持利刃的卢护卫的头，卢护卫扔了利刃跪倒在地；一忽，朝阳街北头的琼斯洋行巍然挺立，南头的德安记四合院轰然倒塌，一片狼藉。眨眼间，那狼藉之中又长出青青绿荫，四合院又生了出来完好如初，那挺立的洋楼却轰然倒塌；一忽儿，卢护卫手捧着那只黄缎包裹的盒子缓缓走着，他喊着追着，卢护卫一回头竟无面目。

第二章

月亮还是那个月亮。星星不是那颗星星。

“吁——”把式轻轻一声吆喝，马车停下了。一声响鼻，安礼盛睁开眼睛。把式露出歉意，说：“这畜生是习惯了，在报功哩。”“报得好，俺也该醒了。”安礼盛定定神，下了车。趁二人往车下搬行李之际，他打量了一下眼前，“同安绸缎庄”牌面是不大，邢掌柜说过，眼下还是颇觉意外，它在左邻右舍中似垂暮老者。顺着街面望去，成排的铺子都高昂着头，它便又显出些猥琐。尽管刚下过雨，脚下却未见泥泞，一块块铺列整齐的方砖清晰地透着本色。马路上，笔直的沥青路面因为着了雨水显得更加黑亮，如一个伟岸男子挽着两排大家闺秀。他不由想起朝阳街，相比竟小气了许多，充其量是小家碧玉。

早有一穿灰色长衫青年快步迎出，恭恭敬敬站在路边：“可是烟台来的安先生？”青年问。

“是我，有劳。”安礼盛拱手抱拳。青年走到把式面前递过一张钞票，安礼盛一把拦住：“怎劳您来破费。”

“掌柜的吩咐过的。”青年也拦住他。见安礼盛又再推搡，把式说：“这钱俺谁的都不收，权当接亲戚了。”安礼盛已从长衫里掏出一张钞票塞进把式怀里，又对吴顺儿说：“顺子，快拿出些饽饽来。”吴顺儿赶紧打开那个大大的包裹，安礼盛上前拿出两个镶着枣的大饽饽。

“这个你该稀罕。”安礼盛将饽饽塞给把式。“这怎么好意思,恁是捎给亲戚的。”把式拦着。

“咱都是亲戚,赶紧拿着。”把式感激地接了过去,说:“看着还真想起了山东家”。

“这馒头真白,还带花带朵的,大连街可吃不到。”青年称羡着。

“都有份儿。”安礼盛笑呵呵说。

“可是来了,掌柜的已等些时日。”待大青马又“嘚嘚嘚”地走了,青年提起地下皮箱。三人前后进入店中。

“二位歇息片刻,我去招唤掌柜的,”回过身又说,“我姓李,叫李海儿,以后有什么事尽管喊我。”李海儿很热情。

“多谢,还请多担待。不急着喊掌柜,现在还早。”李海儿恭敬地笑笑转身去了。

这是一间客屋,不大,一条沙发靠在窗下,皮面有些毛糙。前面一条木制茶几,上面壶、杯摆放整齐,亮着湿润,显然刚刚经过擦拭。墙上一幅画,有些发黄,显出几分苍老,因是几株竹,苍老中又有了苍劲,再无其他物件,遍屋收拾得倒挺洁净。

随着楼梯吱吱响动,一老者大步走了进来,安礼盛赶忙起身。

“安公子驾到,有失远迎!”老者双手抱拳,“俺姓何。”安礼盛深深一拱:“何掌柜客气,是俺讨扰。”何掌柜五短身材,方脸、平头,须发有些灰白,比想象的苍老些。

“快吩咐秋子上茶。”何掌柜回头对立在身后的李海儿说。

“为何不书信告知行期,俺好码头迎接,公子舟马劳顿,还劳一路找上门来?”

“晚辈怎敢劳您大驾,何况也想熟悉一下街路,如是天不下雨，车也是不坐的，何况还有吴顺儿为伴。”说完看了立在身边的吴顺儿一眼。吴顺儿脸有些涨红，怔怔地点头。何掌柜笑笑。

说话间，一女孩儿提着水壶悄声走了进来，冲好茶水，抬头看了一眼对面坐着的安礼盛，又朝着何掌柜说：“掌柜的有事喊俺。”待她出去后，何掌柜说：“这是秋子，在这儿做点杂役，以后就都熟络了。”“她该不是咱山东人？”安礼盛笑着问。“这边儿旅顺人，娘死得早，爹在水师营草场替人赶车拉草，来这送过几次草，熟了些就求我帮助安顿下闺女。这人倒也豪爽，我就收了这闺娘儿在这做些杂务，都不容易呀。”安礼盛微微点头。身边吴顺儿望着门外，显得有些局促。

“烟台邢掌柜来信提到你的事情，俺很乐意。安家大名俺早已如雷贯耳，实是敬佩。”

“掌柜过誉。”安礼盛放下手中茶杯，双臂低垂。

“公子不必过谦，这是老夫心底之言。虽与安家无过往，却口碑相传，可见人心是杆秤。安家现今境况邢掌柜信中谈及甚多，深有忿忿不平之意，俺也感慨良多，世道不公，百姓奈之以何。”安礼盛垂头不语。

“说实在话，你来是在帮俺，”或觉话语有些唐突，何掌柜又说，“且不说邢掌柜举力相荐，今儿见公子气度和修养，绝非一般富家纨绔之流，足见安家贤德之底蕴。公子此来，小店如沐春风，只是店小恐委屈了公子，公子不嫌，老夫求之不得。”何掌柜有些激动。

安礼盛站起，深深一躬：“承蒙长辈厚爱，晚辈当竭尽全力。”

“好！”何掌柜爽朗地哈哈大笑，面色红润起来。安礼盛此时看到，他其实却也不老，像了邢掌柜说的那个年纪。忽地，笑声停下了，何掌柜俯下身子问：“安公子这次来如何打算？”这话来得突兀，安礼盛一时怔在那里。来前儿，邢掌柜说得一清二楚，没说是暂留，自己更没有其他想法，难道出了岔头？“打算——？”他蠕动着嘴唇，神色茫然。“俺是说长有长的计议，短有短的计议。以公子气度，我这儿小店——现在又——”何掌柜堆着笑说，又摊开手流连了一下四周。到底是商人。刚才还谈笑风生，满口赞誉，突就转了风向。安礼盛有些失落。想起刚才路上车把式说的那些，何掌柜能在这浪速町上有一席之地，如无些伎俩苦心经营何以立足，倒也可以理解。见何掌柜望着他长久不语，他额头沁了汗，双手在搓着，安礼盛镇定下来诚恳地说：“何掌柜千万不要为难，不瞒您说，俺这次来也揣了一些家当。听说小岗子那边儿咱山东人也多，可以在那儿开一个铺子，您也帮俺张罗张罗，日后咱们还互相有个照应。”他看着何掌柜。

“俺不是这个意思！”何掌柜惶恐起来，“俺是说，如果公子看得上这儿，咱得从长计议。老夫言语不当，千万别误会！”

“那就这样，”安礼盛说，“俺揣来这点儿就存入同安，”转过头对旁边的吴顺儿轻声说，“顺子，把皮箱拿来。”吴顺儿不知所措地站着。“快去！”安礼盛声音大了起来，吴顺儿慢慢挪向皮箱。“羞煞老夫！”何掌柜慌忙站起欲拦吴顺儿。

“何掌柜请勿推辞，礼盛早有此意，如此俺也死心塌地。”安礼盛声音不大却掷地有声。何掌柜一摆手，“此事却也不忙，你刚进屋怎好说这些，把俺都显得小了。”他扯着安礼盛又重新坐下，又喊了秋子将茶壶续上水。看着秋子轻快地出去了，何掌柜脸色郑重下来，思忖一下，说：“俺有一事相托，请不要推辞。”

“掌柜请讲。”安礼盛一脸真诚。

“俺已老迈，时感力不从心，想把此店托付与你，如何？”见安礼盛面有疑惑，又说，“你来执掌”，“俺也是早有此意”，何掌柜又补充一句，口气坚定，然后看着他，目光里却闪烁着。

安礼盛一怔，呼地站起：“掌柜何出此言，晚辈无德无能，怎堪大任，更无任何资历正需磨砺。能在此处安身已经满足，怎敢有此奢望，万万不能！”言毕眼泪涌出。见状，何掌柜低头不语。

“掌柜不要再说，不然折煞晚辈，请给俺个做下人机会，也好见些世故。如再坚持俺只好早去。”

何掌柜点点头。“也罢，既然如此，来日方长。”他给安礼盛杯中又续了水，自己先喝了一口，声音低下来，说：“这浪速町是大连街买卖最多，也是日本人最多的街面儿，在全中国都有名。大连街现在日本人说了算，心里有个数。这旁边就守着浪速町官吏派出所，老百姓都叫小衙门，里面的‘大金线’看着点头哈腰的，鬼心根眼子可多，得防着点儿。”

“大金线？”安礼盛疑惑地轻声问。

“对了，你不懂，”何掌柜笑了起来，“这是中国人给那些日本警察起的外号。他们裤缝儿上都镶着一条金色的线。”安礼盛也笑。何掌柜起身道：“今天先歇歇，吃完饭去街东头双泉堂泡个堂子，松快松快，不远，百十步，顺便熟悉一下街面，”刚要走，又说，“浪速町东西划分五个丁目，咱这儿是二丁目，在浪速町中间儿。先在这转转，就能了解个八九。过几天儿，俺带你到小岗子转转，那里中国人开的买卖儿多，也是咱山东人聚堆儿的地方儿。”

安礼盛道：“掌柜放心就是，”紧接着又说，“还有一事，请掌柜的应允。”

“你尽管说,只要俺能做的。”何掌柜爽快地说。

“请日后不要称俺公子,方方面面跟伙计们一视同仁,这样俺也好做事。”安礼盛恭敬地站着。

“好,就按你说的,俺就称你礼盛。”何掌柜拍拍安礼盛的肩膀转身去了。

何掌柜也曾在烟台朝阳街做过事,他是厨子出身,烟台福山何家夼人。中国四大菜系,鲁菜、川菜、粤菜、苏菜。鲁菜为首,而鲁菜的源头就是福山。想吃正宗的鲁菜,必得福山的厨子。

当年,何掌柜就是邢掌柜开的鲁菜馆的福山厨子,馆子从福山开到了烟台,何掌柜也跟到了烟台。后来,何掌柜另起炉灶,自己把馆子开到了大连,先是在小岗子。何掌柜自己掌勺,既怕闲了手艺,又怕砸了牌子,污了鲁菜的名声。何掌柜为人厚道,菜做得又地道,特别山东人一进门,更是精神抖擞地甩开了膀子颠着大勺,人和酒菜都对食客的胃口,馆子渐渐在小岗子有些名声。不幸,拿刀的手被一帮吃闲饭的打伤,又不想请外人来颠勺,索性关了店。邢掌柜提议说,开个绸缎庄吧,这东西现在挺时兴,洋人也稀罕。此时邢掌柜已经在朝阳街开了间绸缎庄,干得挺顺手。何掌柜就用手中积蓄改行开了这家“同安绸缎庄”。起时,绸缎庄生意不错,不仅中国人来买,日本人也喜欢,浪速町这里日本人又多。慢慢,大连街绸缎庄多了起来,光浪速町上就排了好几家,一个比一个排场。再后来,洋货也铺天盖地来了,不但洋人们欢迎,中国人也跟着稀罕起来。几年下来,昔日青春靓丽的同安绸缎庄已然成了一个街头老妪,虽然还立在浪速町大街上,瞅着却一脸的凄楚。

安礼盛来之前询过，浪速町是与北京王府井、上海南京路齐名的全中国最大的商业街。北京是什么地儿，那曾经是好几个朝代百八十个皇帝住过的地方。那上海也了得，全世界的洋人都打着滚儿往那儿跑，是举世闻名的大都市。这浪速町和它俩排在了一起，可见气势非凡。这“哥仨”相比，浪速町岁数最小，它1909年才建街，是以甲午海战时期日本的旗舰“浪速丸”命名。仅仅十几年工夫，大连街的千家日商中，就有五成多聚集在浪速町，五行八作，一应俱全。白日，人流熙攘，车水马龙。晚间，夜夜笙箫，歌舞升平。今早儿马车从东头上了浪速町大街时，把式轻声说了一句：“这条街就是浪速町了。”安礼盛睁开眼睛向外看着，一排排店铺匆匆从眼前掠过，像男人，器宇轩昂，衣冠楚楚；像女人，卓越多姿，朱唇皓齿。虽然都打着烊，却还能感觉到不久前的躁动，像是刚刚进入梦境。那吴顺儿早已伸着脖子，恨不得生出四只眼睛。

吃过早饭，安礼盛带着吴顺儿出了门，吴顺儿边走边不停打着饱嗝儿。昨晚，肚子里的嚼果儿被他佝偻着身子慷慨地献给了船上，下了船他的肚子就响了鼓。路上被光景吸引着竟又忘了，吴顺儿看见雪白的大枣饽饽端上桌，眼珠子早已流到桌子上了。待何掌柜一张罗，他拿起一个就大嚼起来，腮帮子都鼓着。安礼盛嗔怪地看了他一眼：“也没个吃相。”转过脸又朝着何掌柜和何氏笑着打着圆场：“他这是饿急眼了，昨晚吃得荠菜饺子都留给了船上，又挑了一路行李。”何掌柜笑着说：“不打紧，自家人，实在点儿好。”何氏伸着脸说：“也怪咱山东家的饽饽就是待人稀罕，哪个看见了不像饿狼见了羊羔子。”“那你就多吃几口，人家礼盛大敬意捎过来的。”何掌柜说着拿起一个自己先咬了一口：“嗬，又香又甜，是咱山东家那味儿。”“俺还得给栀子多留两个，这闺娘儿几天没正八经吃饭了。”何氏幽幽地说。安礼盛手里擎着馒头看向何掌柜。“你也是，今儿说这些干什么，人家礼盛刚进门。”何掌柜睃了她一眼。见安礼盛还存着疑惑，又说：“她说的是俺那闺娘儿，前几天受了点欺负。”说完皱了皱眉头。

出门向西隔着一个金物店，再前面街头拐角处就见几个警察进进出出，还真是裤子上都镶着一条明晃晃的金线，安礼盛知道那就是浪速町官吏派出所了。他看了看，和中国人也没什么两样，只是互相见了面都低头哈腰，却板着脸，挺滑稽，像中国人鞠躬致哀。安礼盛心里嘀咕。按何掌柜的嘱咐，转过头向东，顺着同安，隔壁是一家咖啡店，一看门头味道就不一样，朝阳街没有一家这个样子，那应该就是日本的味道。再往东，依次经过了宫崎贵金属店、大森屋西餐店、大谷食品批发店和东方地下餐厅。所见处除去胡同口的一个火烧铺外，店店牌面显赫，十足的洋味儿中多了另一种风情，和朝阳街那些“抠喽鼻子挖啦眼”的又不是一个味儿。显赫中又飘着细腻、雅致，同安确似一“粗陋的乡下人夹在众雅士之间”。邢掌柜跟他介绍同安的现状时如此形容过，现在看看还真是。安礼盛暗自嘀咕。

送出安礼盛二人到门口，伙计已在忙活打开店门，何掌柜回到客屋，坐下后刚端起一杯茶，妻子何氏站在门口摆手唤他。何掌柜蹙了一下眉，放下茶杯跟了上楼。刚进寝间未及坐下，何氏即掩上门。

“跟你说过，就是不听，怎么还轻生生就把买卖送给别人？”何氏埋怨道。何掌柜未发话，想着什么。

“大户人家，有几个好人，咱吃亏还少？”

“你说的不是真正的大户，安家之名人言不虚！”何掌柜顾自微微颔首。

“才见一面儿？谁知道都安得什么心，这可是咱的血汗，就这点家当！”何氏紧追不舍。

“老娘们懂什么。”何掌柜回了一句。

“你懂，懂还做傻事！”何氏抬高了声音。

“这不是傻事，”何掌柜看了何氏一眼，低下头，“摔得跟头多了才能看出子午卯酉，这小子有德有能，现今这世道少有。邢掌柜没熊咱。”

“同安现在不死不活的，邢掌柜不能不学，就他这大少爷还肯在这小破庙念经，那叫——什么来着？对了，饥不择食，等缓过劲儿来还——”“其实，我也是在试探一下，”何掌柜截住她的话，看了她一眼，“看着还真不是你想的那样儿？咱也别小人之心。”低下头又说。“倒也是，恁俩刚才那些话儿俺也伸着耳朵眼子听了几句，这小子不像是有花花肠子，挺敞亮，”何氏眨着眼，“总归没扯筋挂肉，还是外人。”又咕囔一句。

“你有儿子吗？”何掌柜扳了脸。何氏一扭脸：“咱可以有女婿。”

“你那闺娘儿还不知道，眼珠子朝天，哪辈子能有人家。”何掌柜声调扬了起来。

“咱闺娘儿怎么了，要模样有模样，还念过大书，那个武田整天缠缠她，却也没瞎眼。”

“你这念头赶紧休了，小日本总归瞧不起咱中国人，不能让他要了。咱一个黄花大闺女。”何掌柜一声长叹。“是得赶紧有个主——”何氏茫然着，“可——唉！”

澡堂子出来，一路的疲惫被热水蒸发掉了，浑身清爽起来。此时，天空也一扫来时的阴霾，街上铮明瓦亮，早上还沉寂一片的商铺也都睁开眼睛看着来往的人流。不同于朝阳街,这里一个个大都是黄脸儿,看着像中国人,却趿着嘎达板儿,穿着像中国古代人穿的那种衣裳招摇过市。安礼盛听说过,那叫和服。站着看了一会,目光停留在斜对面一家门头很大的铺子上,“大平洋行”,下面还有一行勾勾丫丫的看不懂,显然是日本字。两扇大门阔阔的,门口一穿着和服的俊俏女子见人就低头哈腰。

“顺子,你先回去,听掌柜吩咐,我再转转,跟掌柜说一声。”

“少爷,别走丢了。”

“不许叫少爷,说过!”安礼盛瞪了一眼,吴顺儿伸了下舌头迭迭走了。安礼盛跨过马路,冲那又低头哈腰的女子客气地点下头,挺胸走进去。

是家钟表店。好宽阔,门口立着一座巨大的钟表,足有两人高,表针有胳膊长。高高的棚顶垂着大吊灯,灯芯却像萤火虫。大玻璃柜台却铮明瓦亮,将本就开阔的通道衬得更加壮观。几株雄壮的大理石柱子下围着高级的座椅,虽说椅子上静悄悄的没有人,却似听到了簇簇佳人在窃窃私语。听说话,店员大多是中国人,派头却又和中国人不一样。原来,店里不光是表类。往里走,还有各种各样的眼镜。又有表面涂抹的厚厚的、疙疙瘩瘩的画儿,有画着尖尖的教堂,有画着戴着高高礼帽的男人,有露着半截胸脯子的女人,还有一个小子身上插着翅膀。连烟袋锅子都有,东西不大却装在金次金鳞的大盒子里。一看,价钱吓人,顶了乡下一头牛。不过,放在这座大厅里还确实一下子显得增了身价。朝阳街一比,确实矮了半截子,无怪乎浪速町这么有名,仅此一斑便知。

往回走,前面不远看到了同安,立足看了看,安礼盛蹙了眉头。经门前而不入,径直越过小衙门。穿过马路,左侧一个门面摩登耀眼,门楣上一块匾,上书“四雅堂”。里面,铮亮的钢管椅子闪着银光,咖啡色的大理石柜台前端立着身穿统一咖啡色衣服的俊男靓女。坐下,点了一份蔬菜沙拉,一杯咖啡,东西和烟台朝阳街的差不多,价钱却翻了番。看着人人都在吃着一种海菜叶子包着的米饭,原来叫“寿司”。这朝阳街倒没见过,点了一份,也这么贵！刚咬一口未待咽下,一股浓浓的腥气直冲脑腔,差点要吐。轻轻哈了一口气,又慢慢嚼着,喝着,咂摸着。不但咂摸嘴里的,更在咂摸心里的。别说,这浪速町还真能咂摸出些滋味儿。四书五经里咂摸不出这种滋味。足足吃了近一个时辰,目送着陪走的一拨拨客人,还纹丝不动坐着,看那些店员却没有一丝介意,他自己倒不好意思起来。

回到店里,已是过午时分。三个身着长衫的店员柜台内垂立着,六只眼睛随着两个客人的走动转动着,直到目送着背影走出门口。

“安先生,掌柜的说您回来后不急找他,让您先休息。房间秋子已经收拾好了,你自己一间,上楼左手里面那间就是。”李海儿恭敬地说。

“不必称我先生,咱们都是伙计,叫名字就行。哦,对了,我叫安礼盛,请大家多关照。”他双手抱拳笑着说。三个人也都抱拳,李海儿说:“掌柜的都说了,名字我们也知道了。”大家一起乐。

“掌柜的在不?”安礼盛问道。“在,刚送走一个熟人。”李海儿答道。

“找掌柜的可要通过谁?”“直接找就行,掌柜的没架子。”

这时,秋子咚咚跑下楼来:“安先生,用俺伺候不?”安礼盛笑了:“别说‘伺候,’咱们都一样,都是伙计。”“你是少爷,不一样。他都说了。”秋子红了脸。安礼盛皱下眉头,随即笑笑:“别听他胡说。”“胡不胡说俺一看就知道,你跟他可不一样。”秋子挺执拗。

随着秋子上了楼,刚想问掌柜的房间在哪,秋子已经引着去了自己房间。不大,一张单人床,一张小桌子,看地板的痕迹,显然刚挪腾过。见秋子还站在那里,就和颜悦色地问:“你跟吴顺儿说过话?”“是他跟俺,还给俺地瓜干。”秋子红了脸。安礼盛看着她,笑笑。看那秋子也有二十了,眉眼还周正,只是脸膛红红的,也粗糙些。有点儿像烟台芝罘岛海边那些小闺娘儿。

“他现在在哪?”“刚搬完货,在屋里呢。找他吗?”

“不用,你忙吧。”安礼盛有了目送的眼神。秋子低着头又说:“那边两间,外面是掌柜的,里面是小姐的。这面把头的是厨房,我也住那儿。”说完看了一眼安礼盛走了。

晚饭好丰盛。何掌柜亲自掌勺,何氏改刀。何小姐出门未归,六个人围成一桌早已坐得满满当当。不愧正宗鲁菜师傅出身,全是鲁菜当家,道道精致。糖醋黄花鱼、溜鱼片、熘肝尖、火爆腰花、拔丝地瓜,就连白菜丝拌海蜇皮都刀工细腻,脆生生酸咸正好。那边李海儿偷偷朝安礼盛挤挤眼儿,分明在说,是沾了光啦。

“多吃点儿,都是老家的菜,”何氏一改早饭时脸面,热情张罗着,“俺叫他做些大连街的菜让恁尝尝,他偏不,”又嗔怪道,“这些东西人家礼盛天天吃,不稀罕。”

“谁说不稀罕,俺就稀罕。大连街哪有什么像样的菜,也就东北的小鸡炖蘑菇还拿得出手,再就是些煮的海货,算什么手艺。”何掌柜反驳道。

“总是个稀罕儿，”何氏撇撇嘴，朝着安礼盛又笑着说，“你大老远儿来这儿，也没有个家，可别亏了自个身子骨。往后在这儿就随便些，俺瞅着你也太斯文。”见何氏眼神有些异样，安礼盛欠了欠身子，有些局促。

“这糖醋黄花鱼是他的拿手菜，鱼头炸得酥脆，尝尝。”何氏张罗道。安礼盛看那鱼头，两个腮帮子炸撒着，圆圆的眼珠子还瞪着，又被炸成了金黄色，竟像了威风凛凛的虎头，心里喜爱着竟没忍心去动。见状，何氏夹起整个鱼头放进安礼盛碗里：“别光瞅，嚼了它，这鱼头不光香脆，还养人。”安礼盛赶紧称谢拿起筷子。秋子今天也上了桌，何掌柜看出安礼盛的心思给召唤过来的。秋子羞红着脸不知所措地坐在吴顺儿旁边。吴顺儿竟也随着红了脸。

“吴顺儿今晚儿是怎么了，早晨还挺实在，吃呀，没人给你记账。看得出礼盛拿你当兄弟儿，往后俺们也一样。”何掌柜吟吟笑着。吴顺儿看了安礼盛一眼，低下头。“快谢谢掌柜的。”安礼盛道。吴顺儿嗓子眼挤出俩字，众人都笑，秋子也想笑，却像哭。她瞅着安礼盛在津津有味嚼着鱼头，忽地说：“这好好一条鱼炸了拙唆了（可惜了），跟不上俺旅顺刚从海上捞上来的大鲅鱼，就海水洗巴洗巴直接下锅煮，可鲜溜了。”众人哄堂大笑起来。这秋子也怪实在，安礼盛心想。何氏剜了秋子一眼，撇着嘴说：“也没见你从旅顺拿回一条。”“赶明儿俺去旅顺让爹上船去买一条活蹦乱跳的，回来给礼盛哥尝尝鲜儿。”秋子说完瞅了安礼盛一眼。“俺们也不是没见过鲅鱼，烟台芝罘岛有的是，也都活蹦乱跳。”吴顺儿低着头闷声说。“烟台也有海？”秋子望着安礼盛。安礼盛笑着点点头。“那鲅鱼味儿也不一样。”秋子低下头嘀咕一句。

秋半天儿，安礼盛领着吴顺儿回了一趟烟台。顺子的婚事该张罗了。看着吴顺儿整天跟着人家腚儿，安礼盛上了心。心想这吴顺儿看着木讷羞腼，这种事却也没了皮脸。看着秋子虽心有不甘，吴顺儿却说眼前儿没人的时候经常跟他打情骂俏，安礼盛出了面。“往后大小事你得给俺做主。”秋子泪汪汪地盯着安礼盛。“你就是俺弟媳妇。”安礼盛说。秋子眼泪吧嗒了出来。走前儿，虽说浪速町大街上见了树叶儿，才几天回来树上却都成了空枝，树梢被小北风摇曳着像孤苦的婴孩。大连这地方，三面被两个大海裹挟着，西边是渤海，东边是黄海。顺着东北腹地，它孤傲地伸长脖子，探出的头似去亲吻大海那边儿的胶东半岛，那厢却似羞羞答答不情愿。老大连人说，黄海是大连的爹，渤海是大连的娘。不是吗？黄海面向汹涌的无边的大洋，像个汉子护着自己的巢屋。渤海却待在平静的湾里，似静待闺中的女人守着襁褓中的婴儿。惟有大北边儿，西伯利亚的寒潮强盗般入侵过来的时候，爹娘都无可奈何了，任其宰割自己未经世的弱子。大连人就怕北风，哪怕轻轻掠过，也预示冬天就要来了。这大连街变脸真快。走出码头时，吴顺儿缩着脖子说。

何先生要出钱操办，被安礼盛谢绝。见安礼盛跟何掌柜在争执，何氏也附和着何掌柜的意思，安礼盛更红了脖子。“这孩子还真是仁义，也一根肠子到底。”何氏不觉间微微点着头。婚事办在东乡盯的群英楼，这群英楼离同安绸缎庄不远，东行百十步到浪速町一丁目向北一拐就到。群英楼是鲁菜大家，何先生介绍过。由一山东王姓人家所创立，从清光绪年间至今已有50余年历史，从最初一个经营小吃的小店，发展到现今居大连街字号最大的4家馆子——三楼一阁（群英楼、泰华楼、共和楼、登瀛阁）之首。此时已是孙辈执掌，与何掌柜有些交情。安礼盛来过几回，深感齐鲁之风犹在，甚是喜欢。本来未想太大阵势、太过招摇。吴顺儿那面爹娘也嫌自己寒碜拒不过来,穷亲戚也是。没成想娘家要赫然出动几十号人马。好事做到底,哪怕千军万马这事儿也不好阻挡。秋子姓刘,有个大名叫刘桂秋。办喜事那天,刘家浩浩荡荡从旅顺来了一大帮子人马车队,足占宴席的半壁江山还多。来者多为车把式,九辆大车,人头攒动,九杆红缨大鞭高高昂起,马蹄嘚嘚直捣群英楼。到得门前,把式们齐勒马缰,顿时众马长嘶。安礼盛先是惊了一下,想到了义军。到了近前,头车辕头跳下一人,一脸浓须,黑黑的脸膛,手扬红缨大鞭,像了长坂坡上尘烟滚滚中手持丈八蛇矛的张翼德。哈哈大笑大喊一声:“俺来了!”秋子拽着吴顺儿扑通跪地:“爹!”原是娘家贵客,安礼盛心里一松,上前笑颜相迎。早听秋子说,这几年,她爹已经在旅顺口水师营朝颜桥草市混出点名堂,成了把式头领。今日看来她并未夸口,刘父已褪何掌柜所说当日上门送草沮丧之气。何掌柜上前寒暄几句,刘父不觉减了威风,还有些唯唯诺诺起来。

九杆长鞭齐刷刷竖起进入群英楼,男女老少相拥而入。安礼盛陪娘家主桌,何先生陪客桌去了。

一阵喧嚣过后,刘父朝桌上客人威严地摆了摆手,然后冲安礼盛说:“俺旅顺人就这规矩,一人有事,八方来援,别嫌人多。也不是为赚份子钱,图个人多势众,展扬。”刘父直截了当。然后,这位是我兄弟丈人家的侄子,这位是秋子表叔的姑姑的孙子——安礼盛脑瓜飞速转着,到底是叫大爷还是叫孙子,该叫嫂子还是奶奶?怕叫错了就索性不叫,只冲着刘父指划的每个人笑笑。

“秋子得你济了。不对,是顺子这小子得你济了。”“全家福”没上,刘父已开始微醺。

"伯父客气,都是应该。"安礼盛赔着笑脸。

"你的大名秋子经常念叨,今日一见还真有大户人家底子,还不是一般大户人家。俺们小家小户高攀不起,这不怪你,爹妈没给她那命,做小都不配。"安礼盛无言以答。"吱。"他呷了一口酒又道:"其实秋子长得不赖,就是生在穷家,假使拾掇拾掇,再抹点粉,也俊着哩。哎!就像今天这样,恁看,'醋哪个巴拉眼子'(不差于谁,有轻蔑对方之意)?"他扬起粗黑的大手向四处点唤着,大家都点着头,安礼盛也随着点。那厢,新郎新娘正在被"大了"领着挨桌敬酒。他又指着说:"看那熊样,人前都直不起腰杆子,哪配。看他乐的,鲜花插牛粪上了。"众人皆笑。"唉!"他又拿起酒杯咕咚喝了一口,"今天也不是多喝了几口儿,今天这席,这排场,俺刘大杆子也没白混一场,在哥们中长了架儿。""只是——"他瞅着桌子上的一盘溜鱼片说,"这有钱人就是瞎讲究,好好的一条'大牙片'给整得细碎,外边儿还黏糊糊的,中看不中吃,哪跟上旅顺龙王塘大鲅鱼,大块儿上那才过瘾。"这旅顺人眼里还都是大鲅鱼。安礼盛暗自发笑。刘父又扭头冲安礼盛说:"这天这事办得俺老刘心里有数,你这人,别看轻声细气的,办事不含糊,像爷们,俺认你!"说到后面这句,他靠近安礼盛,附在耳朵边,一脸猥琐笑着。安礼盛木然着没接话。"话还得说回来,秋子跟了这小子是冲了你,知道有你护着。高攀不上,当靠山也行啊,哈哈!"刘父脸色已像了紫猪肝,又朝安礼盛耳边趴过来,安礼盛下意识躲了一下。他还是顾自说:"告诉你,秋子这丫蛋儿不白给,她恨着你哩!如果这小子混得不好,她会撒丫子就跑。她知道你拿他当兄弟看。懂我意思不?"安礼盛心里微微一震。

安礼盛的房间腾出做了新房,他和李海儿住在了一起。

转过年又刮小北风的时候，秋子生了一个小子，虎头大脑。百岁那天，刘父赶着大车来了，从秋子怀里一把抱过孩子，盯着看了半晌："不错，脑壳子像俺，可惜姓不了刘。"秋子说："俺家顺子脑壳也大。""他那个脑壳子里净是马粪，像他一辈子就瞎喽。"说着又把脸凑过去用胡子扎那孩子的脸。"爹，你胡子拉碴的，别把孩子扎哭了。"秋子疾呲败坏地说。"哪那么娇怪，这不还往我脸上贴哩。"大家一看还真是，那孩子不但没哭，还大瞪着眼笑哩。"安少爷，孩子这名儿得你给起。"刘父嚷着说。名字起好了，吴越前，刘父嚷着："好，这个我懂，是要比那彪爹强！还是你有学问，也有本事，无怪同安现在又在浪速町上伸直了腰杆子，秋子都说跟着展扬，"忽又板起脸，"听说你现在撑门头了，你那个兄弟都当爹了，不能总抗大抗，这辈子窝囊下辈子还窝囊。指他自己妈个巴子是不行了。"他拿眼想去扫吴顺儿，吴顺儿却不知什么时候溜走了。

第三章

鸟儿最终没飞入那方眷恋的窝巢，凄惶中却心甘地飞走了。

一年下来,同安绸缎庄变了模样。不仅门面旧貌换新颜,彰显着底气,人气也旺了起来,连客屋都总是闲客不断。里面备了茶水、点心还有水果,这里已经成了安礼盛的营寨。客人大都没人动点心、水果,顶多客气地喝口茶水。“看来,来这儿的客人还都是体面人。”安礼盛思忖着。闲聊中,他细心揣摩着客人们的口味,哪些地方应该合着他们心的。同安越来越招客了,不仅总比别家先推出新货,价格也诱人。店员们对客人就像对自家亲戚般体贴,说得都让你服服帖帖。店里安装了电话,来了新货立马告诉老主顾。新招了三名店员,都读过书,接人待物自然不同,个个带着喜庆,透着雅致。李海儿已经从柜台上撤了下来,专门给客人送货上门,顺便唠唠嗑。安礼盛做了经理,内外打理,调度有序。何掌柜安得做甩手掌柜,心里喜着,有时竟重操旧业,哼着山东小调儿颠起勺来,为店员做好吃的嚼果儿。

安礼盛头次见到何家女儿何秀栀,心里就不禁一颤,无怪引来旁边小衙门的武田成天献殷勤。这武田也不似想象中那么下作,甚至还彬彬有礼,个子高而挺拔,只可惜了是日本人。这女子长得确是太惹人,真是爱美之心人皆有之。她明眸皓齿,口鼻小巧,肤白皮嫩,一头齐耳短发更显英气。与闺中妙龄女子又不同,读过书的女孩子更显气华。何氏有一次跟他闲聊中说起过，栀子幼时在山东老家跟着婆，念过几年私塾，后来来了大连又继续念学堂。安礼盛知道她今夏毕了业，却未与同学一道去大洋行找个体面又挣钱的差事，倒是留在同安做了账房。别说何掌柜夫妻为此大为光火，自己都觉得怪可惜，这女子确实不同常人。何氏又数落着，咱这小小绸缎庄养着这么个水灵灵儿的大闺娘儿里出外进的，别说隔壁那些生蛋子大金线眼珠子跟着，连客人中白了胡子的都转着脖儿看一眼。你说当爹妈的不有心思？那个武田不时过来凑磨，咱也不敢撵他。好不容易念了大书也不找个正八经的营生，白供她了。起码离这个小衙门远点，这下倒送到那些苍蝇鼻子底下了，活该成天过来恶心她。何氏喋喋不休气恼地说。

这是一个令人欢愉又撩人的早上，睁眼就是艳阳天儿，树上的家雀欢快地叫着，格外清脆，里面还夹着稚嫩，原来还有幼崽。出了门儿，微风拂熙着像雅枝温热的手掌抚摸着脸，心里都暖着。中午，在群英楼请了客，请的是小衙门里的警长和几个警察，当然少不了武田，武田才是主角。席间，安礼盛有意无意散布了一个“谣言”，说俺同安老东家这下子可抖起来了，给闺娘儿找了个乘龙快婿。亲家是“满洲国”国务院的一个要员（这个名字几乎人人皆知），儿子现在日本东京帝国大学留学，学的军科，毕了业就回来完婚。众人一时哑然。这帝国大学日本人哪个不知，现今正是培养日本军事人才的摇篮，毕业生在关东军中将佐云集，现任校长就是赫赫有名的平贺让中将。安礼盛眼角扫了一下武田，见他面色苍白下来只顾闷头喝酒，心中窃喜。小个子警长端着酒杯反敬起安礼盛，安礼盛也欣然接受。心中嘀咕道，此招奏效了。看来跟鬼打交道还真得来点阴的，不然他就伸着长舌头吓唬你。脚步轻快地刚进门儿，一个店员就说："安经理，您有封信。""在哪？"他急切地问。"何小姐说她给收着，"又说，"老家来的。"安礼盛心里瞬间塞满了喜悦，又往外鼓胀，他紧着去了账房。进了门屋里空着，看了看桌面没见着那熟悉的信皮儿，怅然了一下。刚转回身，听到楼梯有脚步声，抬眼一看，栀子缓缓走了下来。"回来了？"她轻声问，手指捏着那封信，眼神幽幽的。又微垂下眼皮，更显出睫毛长长的，弯弯的。脸上留着一丝倦容，像是刚才有过凄楚还未走出。栀子哪都好，就是太过文静，像了多愁善感的林黛玉，弱不禁风的样子总招人怜。也太少言寡语，像是怕惊了别人。这两处不如雅枝，雅枝也文静，却柔中有刚，栀子只是柔弱。雅枝有话痛快就说，不当说悄默声的一个字都没有。尤其这阵子，栀子脸上更多了凄楚，言语更少了。想想刚才自己做的那件"惊天动地"的大事（自己心里认为），虽说破天荒第一次编了瞎话，却也镇住了武田和那些大金线，想必不会再骚扰她，安礼盛心里欣慰起来。栀子没有把信给他，而是捏着信进了屋，安礼盛紧跟进去。"今天的信好像就一张纸。"栀子说。安礼盛赶紧接过，是很薄，往常雅枝来信可是厚厚的，有时还夹着大儿子继业的一张。那字歪歪扭扭的没个样子，安礼盛却如见了圣旨般，肃穆着一遍遍看。"打开看看吧。"栀子轻声催促道。栀子是很有礼节的人，按理说此刻不该站在这儿看人家看家信，或是应该等着人家拿着信离开。安礼盛竟也不好意思拿着信走了。他赶紧打开信皮儿，抽出一看仅仅几个字："爹，这是俺写的。儿子安承业。"安礼盛激动起来，抬起头看着栀子，原来栀子也在看他。"小儿承业写的，"他把信递给栀子，"才六岁，学写字儿不久，不成样子。"栀子接过看着，说："很不错了，有你的风骨。"抬头看了一眼又垂下了，安礼盛看到她眸子里闪了一下,里面像有一汪晶莹。“嫂子也没写俩字,不觉少了什么?”栀子还垂着眼皮,面色淡淡的。“老夫老妻也没太多话儿可说,翻来覆去就那么些。”安礼盛道。“她爱你吧?”栀子声音轻快起来。“嗯,还行。”安礼盛有些尴尬,腮边有了微红。“你一个人在这儿她不担心?”栀子胸脯起伏起来,像在鼓着勇气。安礼盛显然觉察到了,看似她静静地站在那里,心里却在涌荡着什么。他心头一震,不觉有些恍惚。栀子近来已经褪下学生装换上了旗袍,更添了妩媚和婀娜多姿,尤其是刚才垂下头那一刻更有了东方女人那种阴柔。这阴柔却又不是以前的那种柔弱,而是隐着一种毅然决然。他低下头佯装还在看那信,眼角却溜开了。栀子一袭淡蓝色的旗袍紧紧裹着凹凸有致的玲珑身躯,上面那白色的小碎花仿佛都在泌着芬香。长长的下摆低垂着,深深的开叉处,那嫩白、秀美的双腿分明就在眼前。他不由微抬起头,眼光落在那被旗袍裹得紧紧的微翘的臀上,心头一阵剧烈地撞击,气血上涌开来,他感觉喉疙瘩在滞涩地滑动。倏地,栀子身边又多了一颗头颅,四只眼睛都在盯着他。“雅枝?昨晚念叨起雅枝,雅枝真被念叨来了!”栀子眼睛透着青春的萌动,雅枝含着深深的慈爱。一个是秀外慧中的芊芊玉女,一个是心如赤子的贤妻良母。怎么,眼神里又都多了哀怨。他试着挪了一下脚,竟没挪开,雅枝却不见了,分明又闻到了刚才那股芬香。他感到胸口一阵紧缩,后脊梁呼地一阵麻酥。魂魄回来了,他瞬间为自己刚才的邪恶念头不耻。情窦刚萌,却又仓惶逃窜了,逃得无影无踪。“家里老的小的已够她操心,我亏她。”他说。他没抬头,栀子身子显然有了晃动。他将信装入信皮儿,抬起头欣喜着说:“这小子是个书苗儿。”“还不是青出于蓝。”栀子说,声音像一只雨中被淋湿了的鸟了无生气。“更得胜于蓝。”他从容地说。“咚！咚！”有人捶门。“又是前子，”他仿佛看到栀子蹙了眉，“五岁了还成天野跑，该念点书了。”栀子声音中隐了幽怨。安礼盛打开门，吴越前扑了进来。“这屋往后不能进来，这是重地。”安礼盛点着他的头。“啥叫重地?”“回去问你妈。”安礼盛领着他走了出去。“俺妈也没说这是重地。”吴越前嘟囔着。

这天生意又好，傍晚何掌柜喜笑颜开从账房出来后，见何氏站在大门口，凑过去说：“刚才礼盛盘点今儿又冒了一个高儿。”见何氏还在那儿张望着什么，问：“你在杵着干吗?”“这栀子出门儿都三天了，大闺娘儿家能不担心。”栀子去了旅顺，说是看望一个同学。“前晚儿才走的，咋说成三天?”何掌柜纠正说，不禁也往远处望望。“武田这几天也不过来缠缠了，还有什么好躲的。这闺娘儿大了操不够的心。”何氏嘟念着，何掌柜转身又回了账房，何氏跟了进去。安礼盛还在“噼里啪啦”扒拉算盘珠子，何氏说：“这买卖好了全亏人家礼盛里里外外的，这下可好又当上了账房。忙了一天，今儿你该犒劳犒劳人家。”说完瞅了何掌柜一眼。“婶子，自己人何必这么外道。”安礼盛扬起脸。“哎呦，这可不是外道，是正经事。”何氏瞅着安礼盛，目光温温的。“走，这些天儿净光忙活，俺爷俩也好久没唠嗑了。去群英楼，礼盛喜欢这里，俺也喜欢。”何掌柜笑呵呵拨了一个电话，安礼盛只好收拾好账本起身随着。经过双泉堂，安礼盛站住了，看着对过那座“大本洋行”问：“东家可去过大本?”“没去，那是冤家。改了名儿也不会有大折腾。”何掌柜没好气地说。大平洋行前不久已经改做大本洋行。“为啥?”安礼盛问。“看着小鼻子犯膈应，没有他们咱同安何至于这么费死扒力。”“也不尽然。”安礼盛说。“你该进去过。”何掌柜用了肯定的语气。安礼盛凝重地点点头。

“其实该进去望望，可俺这心儿里就是别扭。”何掌柜叹了口气。

到群英楼进屋刚坐定，何掌柜一声吩咐，酒菜很快上齐。“掌柜的，今儿还喝景芝白干？”跑堂的问。“那是，山东家的酒，今儿更得喝这个。”跑堂的拿了酒来，见何掌柜扭了一下脸，知趣地关门退下。

“这酒也就群英楼有。”何掌柜边起着瓶塞边说。

“俺也稀罕。”安礼盛说着要拿过酒瓶。“这俺知道，”何掌柜拦住他，“今儿个俺来斟酒。”见他一脸诚意，安礼盛站起双手端起酒盅：“那就谢东家！”

酒过三巡，聊着买卖的事，二人甚欢。

“老家如何？”何掌柜转过话题。

“还算安稳，谢掌柜挂念。”安礼盛答道，何掌柜笑而不语，只是瞅着。

“两个孩儿也都好，小的也上学堂了。”安礼盛被瞅得一时不知所以，捡着话说。何掌柜还在瞅着，安礼盛又说：“前个小的还勾勾巴巴给俺写了封信。”“好啊，不愧是安家，对子孙学业如此看紧。”何掌柜微微颌首。

“老辈儿教诲定当谨记，教子乃人生要务。”安礼盛面色郑重起来。“如此担当，好男儿，好男儿！”何掌柜连连点头。

“夫人也定教子有方？”何先生伸出筷子夹了一块海参放到安礼盛碟中，自己也夹了一块，边嚼边点头说：”群英楼这道菜就是地道，别家馆子做不出来。”

“相夫教子乃妇家本分，顺便照顾老娘，倒也操劳。”安礼盛面露愧色，他放下筷子。何掌柜也放下筷子，沉吟片刻说：“如此贤惠也是你修来福分。”何掌柜深深呷了一口酒。安礼盛褪了笑意，他见何掌柜红红的脸上涌上忧色。

"东家还在为栀子的事儿操忧?"

"那么大个闺娘儿也没个婆家,俺两口子怎能安心。"安礼盛点点头,说,"女孩子读了书眼界就高,依栀子资质不愁找个好人家,这倒不必过虑。只是应该出门儿找个像样的营生。"他满目郑重。

"她心里存着事儿哩。"何掌柜低垂下头,沉默下来。安礼盛不安起来。片刻,何掌柜抬起头,想了一下,说:"你一人在外,孤单清苦,无人照料,夫人不为此担心?"

"书信中也问寒问暖,她也读过几天书,明白些事理。男儿志在四方,清苦倒也不去计较。"安礼盛挺了挺身子。

"其实,再有个人身边抚慰也合常理,何况依你家业,还有现在身份。再者,老太太、夫人也更安心。"何先生眼睛看着安礼盛,又说:"你也该看出栀子——"

安礼盛面色顿时涨红了。栀子的连日出走,他料定必和自己有关,一直在深深自责,何掌柜夫妻却浑然不觉?此刻他又郑重把这件事端了出来,面对如此厚道的一家人决不能再态度暧昧、等闲视之。既伤害了栀子纯洁的感情,又伤害了二老真诚的期待。必须——他忽地站起,深鞠一躬:"请东家听礼盛一句肺腑之言!"直起身后他热泪盈眶了。何掌柜一怔,凝神看着他。"栀子正值芳龄,知书达理,聪慧贤淑,风光无限。礼盛已有家室,万不可污了栀子清洁和青春年——""不是这话儿。"何掌柜摆摆手示意他坐下。"另者,安家几代皆从一而终,礼盛岂能枉有开端,如此,死后也无颜进安家祠堂。"他还恭敬地站着。感觉到过于激动,顺了一口气,又轻缓着说:"恕晚辈言重,东家厚爱礼盛在此领受。"说完,又深深鞠了一躬,泪珠落下。何掌柜也红了眼圈低下头来。安礼盛又说:"如东家、婶子不弃,我愿结栀子为妹,与她一道为您二老养老送终!”他扑通跪地。

“罢罢罢!”何掌柜慌忙起身将他扶起,连声说,“好男子!不愧安家子孙,老夫真正领教,”扶住安礼盛肩头又说,“今儿的话也没白说,没得到女婿倒得了儿子,照样欢喜。”安礼盛看着他嘴唇在颤抖,心里更是添了歉疚。他扶着何掌柜坐下。

二人重新坐定,见饭菜已冷,何掌柜欲喊跑堂的,安礼盛拦住。

“今已酒足饭饱,不必烦劳再热,”接着说,“我倒有一席话于心已久,正好趁今天敞开心窝子说与东家,如不当请东家见谅。”安礼盛有些激动。

何掌柜看看他:“你我之间但说无妨,你的话必是善言,俺愿听。”

安礼盛说出一个思考好久的事情,事关同安的前程——何掌柜感到了惊天动地。

“跟大本对着干?它现在可是浪速町最大的买卖,还是日本人开的,咱能行?”何掌柜咂着舌。

“都是从小变大。日本人也是跟人家学来的,咱也可以,还得超过他。

“怎么超?怪吓人的。”何掌柜脸色阴冷。

“改!里里外外都改,”见何掌柜还在发呆,他压住心气儿,平静下来,“您别着急,我早就盯着它了,这事儿盘算过,能行。”何掌柜盯着他的嘴唇。

也就今年春天,这条街上生意兴隆的大平洋行跟隔壁山本洋行合并,成立了大本洋行。发起者是原大平洋行老板大平原二。之前,大平先是兼并了旁边另一家奢饰品店松井洋行。几家都是浪速町街上知名度很高的店铺,山本资历最老，声势也曾经最大。大平1916年才开业，最初只是一个普通的钟表店，却经营有方后来居上，渐渐声名显赫起来。安礼盛专门琢磨过大平原二这个日本人。此人很有脑瓜，总能生出新点子，待人还很谦恭。

那时，日本国内时髦点儿的男子时兴戴麦秸编的礼帽，大平把它引入了大连，却销路不畅。原因不仅是价格不菲，两元多一顶，还因大平当时没有什么名气，虽有新玩意儿面世却未引起太多关注。当时，大连有两支最有名的棒球队，一支是"满洲"俱乐部，一支是大连实业团。

大平瞄到了机会：这两支球队将有一场重大对垒，日本国内都将有不少人前来观看比赛。赛前两个月，大平在街面玻璃橱窗上全部展示了麦秸礼帽，其中一个大的占了整整一个橱窗，店内最显眼的柜台也换上草帽，一时间，大平成了草帽世界，并大搞惠宾将价格降低到每顶一元，又在比赛头儿日将草帽摆在车站、码头。比赛当天，安礼盛去看过，整个中央大球场如同滚滚金色麦浪，甚是壮观。店里有直通电话通报比赛实况，人人知道了大平。

大、新、奇。安礼盛脑子里装进了这三个字。他要将同安重新打造。

何掌柜听着，若有所思，时而面色兴奋，时而又皱起眉头。安礼盛看出他的心思。

"东家不必过虑，相关事务我已有盘算，还都有过打探。"安礼盛了然于胸的样子，目光透着坚定。何掌柜张眼看着他。

"总的想法是先盯住大本，向他看齐，然后从他头顶上过去，超过它。"

"总得有法子？"

“法子倒是有,就待锁定。今儿正好咱俩坐一块了,先说个大约摸。总的来说得三点。”何掌柜又盯着他的嘴唇。

“第一,盘下咱旁边三家铺子。”安礼盛说。“谈何容易?”何掌柜惊讶了。

“我已观察过他们,生意并不好,老板成天拉沓个脸子,显然在硬撑着。小日本儿也不是都有本事,人家呼呼往前跑,他们这是跟不上趟了,会被拖死。他们自己心里溜清楚,拉呱的时候我能听出来。”安礼盛紧着说。

“难道咱就行?”

“您先听我说这第二:增加百货,不能光守着这些布料儿一成不变。如今大连街别说富的、贵的、洋的,就连普通本地人眼光也越来越高,没看到那些新鲜玩意儿最招人稀罕?那是面子,不怕贵。”何掌柜更加聚精会神听着。

“把几家铺子跟同安打通,重新修造。再花些钱在门头、店内摆设上下些功夫,”何掌柜张大眼睛。安礼盛轻轻摆了一下手,“您先别急,我自有办法。”

“这第三,也是最要紧,这店得变个法儿开。新同安不自己花钱进货,也不自己卖。”“那咋买?又咋卖?”何掌柜惊讶了。

“租赁柜台。这样不压咱自己的钱。只把钱花在盘铺子和改造上,这是刀刃,也是功在千秋。”

“什么,租赁?这自古没有。”何掌柜腮帮子要掉下。

“已经有了,国外。”

“咱怎够得着?”

“我能够着,”安礼盛郑重起来,“我有一私塾时同学,小时我家给过接济。他人现在日本,在英国、法国都有不少熟人。我已经多次和他通信,他介绍得很详细,现在国外已经开始这种方式。先收定金,签契约,自个的柜台自个经营。既不占咱自己的钱,还不用咱吆喝着卖。”

“有这等好事?”

“消息绝对可靠,您一百个放心。”

“这没的说,你的话,我信。只是得大笔的钱,那些货源咱也摸不着门路?”

“我开头说过,我有办法。”何掌柜期待地看着安礼盛。

“这钱,我出。”安礼盛声音不大,何掌柜却感到如雷贯耳。

“这可不是小数目。盘铺子、收拾门面、添人手,还有……”

“这我都盘算过,钱,我那同学也答应帮我,货源他也可以帮我组织。”何掌柜脸色舒展开,看着安礼盛。还是那么斯斯文文的,还带着些稚气。心儿却不小,闷闷儿就把这么大的事儿,这么粗、这么大的一根大链子,丁是丁卯是卯地连系得这么周密。他叹服中又不禁倒吸一口凉气。

“那哪行? 怎能用人家钱,假如——”

“做大事总有风浪,什么事体都得有人蹚路子,不成我也认。”

“这样吧,我也出点儿。不过我小家小业没太多。”何先生沉吟片刻,小心地说。他看着安礼盛。

“只要您支持就好,余下的事儿都由我。您的钱留着养老,还有给栀子办置嫁妆。如果这事做好了,我拿四成,其余给您,做不好我自个担。”安礼盛一脸真诚地说。何掌柜看着他,眼睛有些模糊。自打安礼盛当了经理顶起了门头了,仅占了同安两成份子。如今独自出资操办这么大的事仅增两成? 何掌柜真真感动了。

“这万万不成，我一定得担些！”见何掌柜如此坚决，安礼盛想想说：“也好，不过顶多出两成。”

“今后同安你是东家，占六成。”何掌柜重重地说。

“不，必得倒过来，您六我四，您还是东家。”

“这不行，我刚才盘算了一下，同安往后的家底儿怎么也是原来的五倍。”

“东家不必再争计！再说，咱不也是一家人了吗。你要是不愿操心就尽管享清福，我来操持。等栀子出了门子，你就在家安心抱外孙吧。”

第四章

不因为有风雨，花儿就不绽放。

同安重新开张了。高大、肥硕的门面一改昔日的狭小和低萎，张着翅的鹤一样昂着头立在浪速町二丁目西街头。门头上横着一块硕大的黑色长匾，上书四个金色的颜体大字："同安百货"，令人感到一种庄重、古朴并典雅。仿佛看到里面大堂之上的主人正神采奕奕地笑迎宾客，虽正襟危坐，华贵中却不失谦恭。进入内里，顿时眼花缭乱，俨然一个商品世界：时髦的，诸如电影中头面人物穿用的物件——手里擎着的烟斗，脚上穿的皮鞋，头上顶着的礼帽，还有各式各样的洋号；传统的，诸如绸缎、布鞋、烟袋锅。却又不杂乱，一楼是洋货，店员都着黑色西装，系红色领带，脚穿皮鞋，面孔都生得有棱有角，头发中间两边分着。柜台和大本一样是玻璃的，擦得铮明瓦亮，清晰地透着里面卧着的、立着的，还有干脆屁股朝上的各种商品。比如那呢子礼帽，一个岸然的顶朝下，一个慵懒的底儿朝天，既一目了然看清楚了里外的质地，又显出些调皮，多了些情趣。楼梯口有一休息室，排着皮面儿的座椅，围着大大的玻璃墙，墙内墙外都人头攒动，两厢清晰可见。一孩童新奇地跑到外面，将脸紧贴在玻璃墙上，向里面坐着的母亲招着手，众人见那孩童都压扁了面目，甚是有趣，都开心笑了。二楼是土货，店员都穿灰色长衫，脚穿黑面白底儿布鞋，齐刷刷地剪着平头，脸上都带着乡下人的憨厚。休息室在里侧，四面木制屏风围着，座椅也是木制的。

每层楼内又有划分，相近种类的商品都相邻着，比如布匹、鞋和帽，中画儿和笔砚，绒衣和毛线，井然有序，又相互衬着，扯住客人的脚步。不同于大本立在大门口的大钟，门口却置着一座足足得两人才能围过来的转动着的地球。

开张半年前，同安已在冬日里燃起了一把火。不开铺子，不用大本钱就可以做买卖，可了不得，真是太稀罕，太诱人。有人却又丧了脸，人家划分了土货和洋货两个地界，土货尚可找到货源，洋货小家小户的中国人哪有这能耐去找。人家同安早已给你想到，各种洋货列了清单，品名、价格一清二楚，还盖着“同安”鲜红的大印。日本货、英国货、法国货——凡是大连街见到的样样俱全，更有见都没见过的。只待想卖什么你自个筹划、挑选，同安负责为你送到柜台。签了契约，详细列明一应条款，甲乙双方两厢情愿，各取所得，皆大欢喜。租户无不叹服。尤其叹服的是同安的风范，那姓安的经理言谈举止分明一学子模样，眉宇之中无丝毫市井之气，不卑不亢，娓娓道来，闻不到丝毫欺瞒之气。规矩却是严明，契约中丁丁卯卯透着威严。众人一一看过，虽严格些，细一琢磨，又绝不是苛刻，都在理儿上。像三军统帅阵前严明军规，分明利害，赏罚有据，不得不服。一时间，同安门庭若市。开张仅半年光景，各自一亩三分地上都收获颇丰。不仅同安店内租户受益良多，就连浪速町大街上同行也未因此受到影响，反倒更加火红。同安在浪速町二目街头竖起大旗，大有与街尾的大本呈分庭抗礼之势。大本视同安为入侵者，慌急中却未急于出手迎击，而是冷静观望其功夫路数，找寻七寸。不料，同安看似门前人声鼎沸，里出外进的显着杂乱，内里却一招一式透着岸然和亲和，书生般面带稚气闲庭信步，并无与人争扰之相。使人感到纵有一身力气也无法与之动粗。况同安开业后不久，整条街上也随之人流如织，更加繁荣。浪速町二丁目在浪速町整条街，乃至大连街上名气越来越大。大本不但未受影响，还从中受益，由此得出一个道理，买卖不怕聚堆，也不怕你红火，互相烤着都暖和。大本也就对同安相泯一笑，如此何乐而不为。

那日傍晚，何掌柜出门匆匆归来，进门就喊秋子。秋子正在屋里操爹操妈骂着，前子刚才在外面惹了祸，一块石头砸在一个妈妈扯着过路的孩子头上，顿时出了血，人家找上门来，她刚把人家哄走。

“你这个驴操的，才六岁就败家，还不如你那熊爹，没能耐倒也不惹祸。”吴越前挣脱了秋子的手跑了。她又撵到门口喊，“记着，往后再惹祸别往自个家跑！”听到何掌柜喊她，就出了房门。何掌柜手提一个饭盒子，见到她又喊：“快把这馄饨煮了，礼盛还没吃饭吧？”秋子就沉了脸，嘟囔一句，“也不是没别人。”还是接过饭盒子去了厨房。自从同安新开张，人手多了，秋子又有儿子牵着，也就每天收拾一下安礼盛的办公室、账房两间屋子，不觉身价高了起来。从前，买菜的事归秋子，现在嘴多了，何氏没让。

安礼盛屋里亮着灯，何掌柜敲门进去，见他坐在沙发上看着一摞子账单，上前拖了他就走：“吃馄饨去，俺买了共庆园的馄饨。秋子正在煮，凉了不好吃。”安礼盛笑笑起身。他也知道这家馄饨馆，刚开张不久。掌柜的姓吕，也是胶东人。原来挑着担子沿街叫卖，后来在常盘桥开了店，还增加了火烧等小吃，生意红火。这馄饨确是不错，皮滑肉嫩还不腻，他和何掌柜都好这口。

两人刚进得饭堂，秋子端着一个热气腾腾的青花大海碗进来，放在一张八仙桌上，抬头问何掌柜，“加一副碗筷不？”何掌柜摆摆手。

“快趁热吃。”见安礼盛望着他，没动，何掌柜说他吃过了，下午在双泉堂泡了澡，想起了馄饨，还吃了一个芝麻火烧，边说边摸着隆起的肚子。近来，他有些发福，或许刚烫了澡，面色红润。

“没考虑把家眷带过来？”安礼盛吃了一会儿，何掌柜开口道。

“茂全胡同有幢小楼想出手。我今儿去转了一下。”安礼盛放下手中汤勺，若有所思。这条胡同他知道，就在浪速町三丁目街面南侧后身，记得胡同口有几棵梧桐，那里是有几幢小楼。

“你先吃，看我这么急。”何掌柜埋怨自已道。

“已经饱了，这碗太大。”安礼盛站起身，何掌柜也起身，随着安礼盛去了他的房间。同安新开张后，他换了新屋子，里外两间，都比先前的那间宽敞。安礼盛请何掌柜沙发坐下，泡上茶，拿过一把椅子坐在何掌柜对面。

“这事俺也想过。去年回去为老父烧周年，老母也曾提过。言及雅枝，老太太甚觉不安，说是全家老少三辈，只她一人太过操劳，俺两口子多年隔海相望也非长久之计。看得出雅枝也有此意，说是两个儿子渐大，离了当爹的终会少些管教。说得也是些道理。”安礼盛慢吞吞地说。

这时，屋外有些嘈杂，安礼盛正待起身出去看个究竟，咚咚有人敲门，门刚打开，见武田高挑的身子站在门前，后面随着耷拉着脑袋的秋子。安礼盛一怔，“何事有劳武田先生来访？”自打那次安礼盛编排栀子“有了当大官的婆家”之后，一年多了栀子至今待字闺中没有一丝出嫁的痕迹，武田虽未再来，却能感觉出他揣着怨气。安礼盛明白他是看出些端倪，不禁有了些歉疚。

“你们支那人太无道理，小孩子打了人也不赔礼道歉，给人赔偿，还把受害人撵走，”武田神色严肃地看着安礼盛，又说，“支那人还是没有教养，大人、孩子都是。”安礼盛吃惊地看着秋子：“怎么回事？”“有事请进来说。”又上前让着武田。“就是两个小子打架。”秋子嗫嚅着说。“出血了，红红的。”武田站着没动，指着自己的脑袋。

“人呢？”安礼盛惊着问。“去医院了。”武田说。

“小孩子惹祸是我们管教不严——”“是疏于管教！”武田迎头一句。这家伙对汉语还颇有造诣，竟见缝插针。

“终归是管教事宜，不属法律范畴。”安礼盛赔笑说。

“范畴，是什么？”他皱起眉头。这人挺认真。安礼盛将眼光从他肩膀处越过，对秋子说，“赶紧去账房拿些钱，跑步去医院。一，医疗费我们担，再额外给些。二，向人家赔礼道歉。三，今晚儿你和顺子领着前子那混小子到我这来。”说完冲秋子一挥手说，“赶紧去账房。”“嗯。”秋子冲武田背影一撇嘴，扭身迭迭走了。武田扭身要走，安礼盛说：“今晚群英楼，您也劳苦。”武田没应声，径直去了。安礼盛看着他的背影摇摇头。

“前子该读些书了。”安礼盛重新坐下。“有六岁了吧。”何掌柜说。

“小我小儿承业半年，虚岁6岁。”“公子必是不同。”

“正在私塾读着，婆和娘看得也紧。”

“这吴顺儿也是，过了几天好日子倒偷着学上了玩牌，不趁着日子好些手里攒点钱，也把儿子送进书房。那秋子也是，紧着想做高贵人，可不把儿孙往正经地场儿领。”何掌柜晃着头。

“那老丈人也是无底洞，不时搜刮。”安礼盛也摇摇头。

“都没想着把这根儿正过来。俺看这前子还得瞎。”何掌柜皱皱眉，“算了不说他们，自己的道儿自己走。咱俩说正经事。”何掌柜摆摆手，又回到刚才话题：“那房子你去看看？”

“这事儿俺也早有此意，只是老母不肯离开老家，所以耽搁下来。”安礼盛给何掌柜续上茶。

“这倒也是，”何掌柜点着头，又说，“身边再没有亲近的人，或是老家那面？”

安礼盛一怔，随即答道：“祖上不知哪辈子逃荒来到烟台，在我记事中早无来往。”

“找一合适的人陪伴呢，或是丫环？”

“想过，老太太不喜欢小年纪的，说不上话。岁数大的哪有这般合适，也不便轻易上门，这是过日子。今东家体贴礼盛，俺就说几句。按理说，孩儿成长是当爹的大事，虽说私塾读着，不在眼前总觉愧疚。现在，时兴洋学，虽说咱不懂，但洋人有些地方走在咱前面，必有其道理。儒家学说虽然源远流长，是中国文化的正宗，但学贯中西，再汲取些好的更能游刃有余，世界之人啊。”何掌柜低头寻思着。

次日一早，安礼盛刚出房门，何掌柜面带喜色走了过来。

“有办法了，两全之策。”说完推着安礼盛，进门后又赶紧扯着他坐下。

“你婶子有一老嫂，应与你家嫂子年纪相仿，也是福山人。哥已过世，也曾读过书，膝下无子。她家嫂子不仅慈善，还性情乐观，知书明理，乡间无不敬重，现今只一外甥女陪伴。这闺娘儿也倒可怜，天生聋哑，一直没有婆家。性情却好，两人在一起三年，胜似母女其乐融融。不如两人搬去烟台与老太太同住?”安礼盛低头想了一会儿,眉头舒展开。

何氏推门走了进来,脸上笑盈盈地说:“别嫌俺多嘴,俺琢磨了半宿,两个老嫂子都会愿意。那闺娘儿同时照顾俩老人也没添太多累赘,多一副碗筷呗,反倒更热闹了,你说是不?”她看着何掌柜。何掌柜点头称是:“是添了气氛,何况烟台比福山毕竟更繁华许多。”说完看着安礼盛。安礼盛感激道:“多谢婶子为礼盛想得如此周到。”“一家人嘛,应该。俺都惦记着你家老嫂子哩!”何氏爽快地说。

安礼盛说:“依我看,老娘会称心。”

“那就赶快回烟台,把一家子接过来。”何氏着急起来。

“兵马未动粮草先行,不得先安营扎寨,一大家子。”何掌柜故意一板脸。

“那你赶紧出去找称心的地方,还在这杵着。”何掌柜和安礼盛对望一眼哈哈大笑。

“敢情有了着落?”何氏眨着眼焦急地问,安礼盛笑着点点头,何掌柜也笑。

“这老东西,你要我,不管了。”何氏抬手搡了何掌柜一把,何掌柜赶紧学了茂全胡同小洋楼的事。“茂全胡同?那地方好啊!胡同里面悄默声的,转过腚儿大街面上就热热闹闹的,上哪儿都方便,配礼盛一家子住,”何氏高兴起来,抬手又戳了何掌柜额头一下,“你这老东西,总算做了一件人事儿。”说完乐颠颠走了。

“附近再有无闲房?俺想把顺子一家子也带过去。”

“三十步开外就有一处。”何掌柜开口就说。

“多谢掌柜的如此周到。”安礼盛感激地说。

“你的心思俺能不知道。”何掌柜说。

“那一家子总待在同安也不是长久之事,更何况孩子渐大，对他，对同安都不宜。"安礼盛说。

"吴顺儿那房钱俺出。"何掌柜说。安礼盛摆摆手。

新房子安礼盛颇为满意，是一幢二层小楼。虽不宏伟，却也风雅别致。这茂全胡同一纵两横，呈"I"形，东西一条修长，紧贴浪速町三目。南北两条粗短，都汇入浪速町大街。小楼儿恰在巷子东西处中间儿，似被怀抱。东出口两侧皆有一株梧桐，两厢茂密的叶子触在了一处，似两扇大门环着巷口。小楼主向朝南，窗外两米处围着涂着黑漆、雕着图形的铁栅。门楼的形态一看就是日式建筑，绛紫色的门虽不宽阔，却由于多了几阶青石台阶，比别家就显出高耸、屹立的感觉。北面窗外一开阔院落，以前应该是花园。院落背后依着一栋两层商铺，前面就是浪速町大街了。真可谓繁华背后的宁静之处。楼下，进了门首先是客厅，客厅一墙壁下还留着钢琴的陈迹。往里是餐厅，对过是厨房。卫生间和浴室在一处，窗外看去就是那个花园。楼上是几间卧室和一间书房。房龄虽久了些，里里外外却闻不出旧尘味道，尤其楼上似还飘着清新。小楼斜对面有一处空地，周围一排排低矮的日式建筑，吴顺儿的新家就在拐角处，看着进出的大都是普通职员模样。

选了搬家的日子，安礼盛只身去了烟台。秋子早已等不得，拽着吴顺儿开始忙活新家呢。

去码头之前，安礼盛给孙先生打了电话，说了回烟台接家眷的事。电话中，孙先生很是欣喜，执意要开车送他去码头。安礼盛说也没多少行李，一人走走倒也随意。孙先生又叮嘱说，哪天儿回来一定告诉声儿，我去码头接嫂子，早就想一睹嫂子芳容了，说完又是那样爽朗地大笑起来。安礼盛称谢后撂下电话笑了笑，寻思，这孙先生果然豪气，无怪在大连街三教九流都能打得通，连衙门里的日本警察都敬他三分。

算算，两人结识才一年，还是孙先生找上门儿来的。孙先生叫孙钧儒，也是胶东人，祖籍招远，来大连也就四五年光景。在小岗子开着一家商号，名叫大明商行，在小岗子地界挺响亮。那里是中国人聚堆儿的地方，尤其山东人，山东人中又以胶东人居多。安礼盛特别喜欢那里，时不时过去溜达溜达，也不远，坐着电车咣当咣当就四站地儿。听听满街的胶东话，坐下吃一碗福山打卤面，就着白菜心拌猪头肉，喝两口地瓜干烧酒，和掌柜的或跑堂的用胶东话唠两句烟台的事儿，回来就长精神。大明商行做药材生意，还从外国进，有时也装船，铺面、排场都挺大。虽说买卖做得大，孙先生人倒和善，还是没磨掉胶东人那种热情、豪爽还夹着厚道的天性。读过书的人必是不同，虽说成天周旋于生意场，还是能渗出一股子儒气。

他俩相识是在同安百货新开张的第三天。那天安礼盛心情颇佳又去了小岗子，多喝了几盅，意犹未尽，就顺着电车道悠悠哉哉溜达着，路过常盘桥还站在路边看了好一会儿。那儿现在也繁华起来，高楼林立，矮铺连片，风头直逼浪速町。回来已是傍晚了，店门口停着一辆新崭崭的白色雪铁龙轿车。进门就有店员说二楼休息室有人在等他，安礼盛赶紧上楼。休息室里一个人正在看着报纸，戴着礼帽，身穿西装，鼻梁上架一副金丝眼镜，脚下白色皮鞋一尘不染。安礼盛走了进去，这人抬头看见安礼盛，稍一打量，轻轻站起，含笑问："可是安经理？"这人躯干挺长，比安礼盛高半拉头。

"您是？"

"俺姓孙，老家也是胶东，也在大连街做点事情，今儿特来拜访。"说着掏出一只金色小盒，从中拈出一张名片，双手递过来。安礼盛看了一眼:“幸会,幸会。”也掏出名片递过去。两人相望一会儿,都含笑未语。

“请去俺屋里坐坐。”安礼盛热情相邀。

“稍等,还有大人物哩。”孙先生爽朗哈哈大笑。安礼盛怔了一下,刚要问,身后跑过一个小闺娘儿。“爸爸,这里比小岗子好玩儿,再玩会儿好吗?”小闺娘儿甩着两只小辫子。挺待人亲,看着应该和承业大小无几。安礼盛心里活泛起来。

“这是俺闺娘儿孙倩,小名儿就叫倩倩喽。”孙先生又爽朗地哈哈笑着。安礼盛一下子想起当兵的。

“快叫安叔叔,是老家亲戚。”

“安叔叔好,你是招远亲戚吗?”眨着大眼睛,好天真。安礼盛不觉与孙先生也亲近起来。两人话来话去,竟如神交已久,甚是投缘。

渐渐安礼盛感到,孙先生见多识广,绝非常人,看似嘻嘻哈哈很随意,不经意中却透出博大胸怀和深邃思想。当然,这是两人后来深交之后聊得耳酣之时安礼盛的感触。每次来,孙先生都带着倩倩,久了不见倒念着。

太阳贴在海面的时候,远处芝罘岛又先冒了出来。每次回烟台,他就盼着看到这芝罘岛,看到它就像是看到了雅枝在西南河安家大院向他招着手,脸上还羞羞答答的。接着,看见了烟台山,芝罘岛和它一左一右像两只臂膀伸出怀抱着烟台港。虽然烟台很早就开埠通商,码头却远不如大连那样伟岸又气势磅礴。无怪都说大连是先有码头,后才有了大连街,那码头是城市的爹。这湾水他往返多次了,却头一次坐大火轮,还正是那条5000吨的,这是事先盘算好了就等着它。大火轮庞大的身躯山一样移向岸边,旅客们已经拥到甲板上,像站在高高的楼顶。安礼盛还是稳稳站在船尾,这里不拥挤。看着粗壮的大烟囱里骄傲地喷出滚滚浓烟,把天都蔽了。安礼盛嗅着,腥咸的海水比以往更有滋有味,像家里常年存着的老酒。微醺中,忽然眼睛亮了,一簇簇人群中分明站着那三个人,他直起身,使劲儿扬起手。三人中,一左一右四只小胳膊也张着摇动起来,两个小家伙还蹦跳着,此时像站在山顶看着溪边两只嬉闹的兔子。安礼盛一夜的疲惫顿时一扫而光。

“爹,这火轮真大,赶明儿俺也坐。”老大声音粗犷,上来抱住腿,安礼盛感到一股力量。

“爹。”老二小声小气,眨着眼看着他。

继业8岁了,自己刚去大连那当口他刚会爬。虎头虎脑,挺着厚厚的胸脯,婆说长得像他太爷。

承业比“同安”大三岁,两个生日却巧,一个春分,一个秋分。安礼盛还记得,同安百货筹办的时候他回来给承业过的生日,回去时带足了筹集到的置办同安的用资。何掌柜还说,春华秋实啊,这孩子必和同安有缘。这次走之前,又不断催促说,快回去把儿子带回来,看同安现在这架势,他的出息连着同安的旺盛,咱都盼着他有大出息。安礼盛当时心中一跳:莫非还真有些玄机,他动了扩大同安的念头还真是在一次去烟台回来的船上。记得那个晚上,他站在甲板上看着黑黝黝的海面,脑子里倏地豁出一道缝,这个念头就蹦了出来,像海水似的哗哗涌入心口。

他看着承业,看来书念得不错,这么小就有了书气。娘说承业长得像他小时候,安家一文一武,安邦定国,合着安家的风气。

“坐车不?”雅枝在旁边问。

“咱溜达回家,也没拿什么东西。”

“亏你还当爹，管多久回来手都空着。”

“都是小子，摔打养不打紧，你不也这么想吗，今天怎么了？”

“说是说，做是做。”雅枝一噘嘴，眼睛睃了安礼盛一下。安礼盛心里一热，她这是在故意耍巴呢。这耍巴看着是不悦，其实更是欣喜，是思念的流淌，是久旱逢甘霖的得意忘形，是多少东西在身体里憋久了的宣泄。这就是女人的特有方式，尤其是雅枝这样的女人。看那眉眼里分明已经在春意盎然，还跳动些火苗儿，他感到自己被燎着了。雅枝松了手，俩小子似被弹簧射出，蹦跳着跑前面了。雅枝的手空了下来，安礼盛一把握了一只。好热。雅枝红了脸，安礼盛等着她在说，“不害臊。”却没听到，那手倒是更握紧了他。雅枝还没显老，看不出成天忙着老少三辈的操劳之相。穿了件紫色镶着碎花的旗袍，这还是上次回来栀子送的料子，安礼盛陪她在朝阳街那家“敬人斋”成衣铺做的。看得出，今儿还抹了点儿脂粉，虽细眉淡眼，和浪速町那些花枝招展、浓妆艳抹的女人比倒现出一种别样的灵秀。雅枝跟着爹长大，虽是女子，高先生却一直当小子待。高先生虽是教书先生，生性却刚直，这也是当初私塾七八个先生中，安家对他最另眼相看的原因。雅枝性情随了爹，自小在私塾边儿熏着，知书达理，又比平常女子多了刚毅、豁达。当初，高家觉得是高攀了，安礼盛却压根没有一丝俯视，反倒是敬仰着的爱慕。

不觉间到了家门口。西南河离码头不远，站在空旷处就能看到船上高高的烟囱中冒着的黑烟。安礼盛没有像以往那样一步跨进门楼，先是站在门前看着，竟有些不舍。

三座并排着的大院一模一样。门楼是如意门样式，却比普通如意门高大、华丽些。许是当初主人非达官显贵，虽富足却无显赫身份，建成广亮门会违了王法，故建成这种。这种门楼，样式虽说普通但气派不减，这在当时烟台街颇为流行，当初安家朝阳街“德安记”正是这种。两座租着，主人住一座，另一座办着私塾，这也是安礼盛租给这家的原因。继业、承业就在这里读书。

顺着门楼转眼望去，山墙上雕着博古纹样，墙头仰合瓦缝隙间露出缕缕青芽。两棵槐树高耸着越过墙头，又长高了，又粗壮了。历经三十多年的风雨，它们早已成熟，黝黑、粗糙的树干甚至有些苍老。似不服老，用点点的花蕾证明着青春无限。安礼盛想起小时候，老迈的爷、年轻的爹，带着他一起种下它们的情景。树苗儿还是爷俩专门儿偷偷去了鲁西，趁着夜色扛回来的，还卷着一层厚厚的油毡纸。爹还告诉说，别跟人提鲁西。自己当时还问，干吗还撒谎？被婆拍了一下头。

门楼屋顶的仰合瓦也青芽葱葱，门板却露出苍老，门楣上那些雕饰，尤其门额上那个如意图形却清晰如初。他知道这是雅枝经常擦拭的。双双牵着儿子，推开大门，石墩上的门簪转动灵巧，没有一丝声响，这是被花生油喂着。进了去，越过照壁，他转身向那槐树看去，在更粗壮的那棵下面，一棵小的依偎在旁边，像领着手，安礼盛轻轻点着头。这是他吩咐雅枝用这棵老槐的种子育了苗种下的。

顺着院子中间青砖铺的甬道，抬腿迈过垂花门，抬眼一看，娘已立在正房前向他望着。还是那样硬朗、矍铄，未添老迈。安礼盛甚觉欣慰，不由看了身后雅枝一眼。雅枝未在意般只顾朝前看着婆婆。

“雅枝都安排停当，你们放心去吧。”安礼盛坐下后，娘笑呵呵说。

“儿不孝，撇下您老人家。”安礼盛愧疚地说。

“什么话儿，好男儿志在四方，这些年你也亏欠了雅枝。何况听说福山那人家做派随我，有老有小我倒稀罕，年岁差不多能说上话，还不缺操持家的人手。那闺娘儿品行只要好，模样也差不离，咱也不能耽误人家，帮她在这儿找了婆家，也积了德，就在一起过，还多了人丁。妥当，妥当。”老太太哈哈乐着。安礼盛想起娘就自己一个后人，她为此常觉惆怅，此番倒因她这些心里话，不觉心里又安稳了些。

“只是——”老太太闭了笑意看着安礼盛。

“您说。”安礼盛心一提。

“俺这两个孙子却不敢大意，安家后人当怎样你该知道。”

安礼盛赶紧答道：“这俺随时记着，他们到大连还会多些长进，也是带他们过去最要紧的。”看了一眼正在给承业洗着手的雅枝，说：何况还有雅枝。老太太重重点着头。

“大的调皮些，却也别管得太紧，扭着反倒压断喽，别惹祸就行。小的稳当，心儿却厚重，得扶着点，别压弯喽。”安礼盛频频点头。

“那槐树苗子长得挺招人稀罕，好好带上去吧。”

下了船，孙先生已经站在码头上。他今天穿了一件蓝色长衫，脚上一双黑面布鞋。旁边，站着孙倩，瞪大眼睛张望着。几步外，停着白得分外耀眼的雪铁龙。

“这就是俺兄弟媳妇儿吧！”未等安礼盛开口，孙先生冲着高雅枝笑呵呵说。

“这位就是孙先生。”安礼盛赶紧介绍道。

“孙先生好，总听礼盛念叨您。”高雅枝莞尔一笑，微微弓了身子。

“好人儿，礼盛有福。”说完又哈哈笑着。高雅枝脸上顿时一粉，眼皮垂了下来。

“呦，这两个就是令郎？”他两只手伸过去摸着一双头，端详着：“好哇，一文一武。不，文中有武，武中有文，双杰。”

“快叫大爹。”高雅枝说。

“大爹好。”继业抢着说，扬着脖颈。

“好响亮，像咱山东爷们。”孙先生又大笑起来。

“像俺爸。”孙倩旁边说。

“这可是你安叔叔的宝贝，你得叫哥。”孙先生把孙倩拖到继业眼前。孙倩眨着眼看，没说话。

“妹妹好。”继业又大声说。孙倩还是看着他没张嘴。

“你怎么不问我好？”继业挺着胸脯。孙倩忽地脸红了，跑着去了车里。孙先生和安礼盛都笑了起来，高雅枝也抿嘴笑。

“你也问大伯好啊！”高雅枝蹲下来，看着承业扭头冲着孙先生说。

“大伯好。”承业扑闪着眼睛，腼腆着。

“好啊，好斯文，眼睛里透着灵气，不愧为安家后人，都是可塑之才，安家是积德啦！”看着安礼盛又说，“也是咱山东人的根儿，是不？”又哈哈大笑起来。

听见喇叭声，吴顺儿先是跑了出来，脸上还挂着沁沁汗珠。紧跟着，儿子吴越前从身后钻了出来，嘴上挂着鼻涕。后边儿秋子跟着撵了出来，手里擎着一条毛巾喊着：“小脏样，不怕大妈笑话。”边说边弯腰擦着儿子的脸，又抬起头看着高雅枝说，“刚才正在忙活，也没顾上他，连俺都没拾掇自己，”说着直起身，拢了拢头发冲高雅枝尴尬笑着，“嫂子还是老样儿,一点没显老。”“小子都这么大了,你不也还是葱嫩儿。”高雅枝笑眯眯瞅着秋子。“还是嫂子会说话,看俺这一脸褶子,哪像你细皮嫩肉的,还是大户人家会养活自己,”秋子红了脸,又拢了拢头发说:“房子俺都给拾掇好了,也不知道当意不。”

“自家人哪那么些讲究,倒是让你们受累了。”高雅枝带着歉意。她手端着吴越前的下巴,慈爱地说:“前子比头两年又壮实了,越长越带着顺子小年纪儿时的模样。”

“俺的妈呀,那可就瞎了,没指望了,”秋子瞥了吴顺儿一眼。又说,“看你这俩小子,让人看着就舒坦,老吴家祖坟冒不出这青烟儿。”上次回烟台,安礼盛让吴顺儿三口儿也随了去。一是给老辈儿上上坟,二是也让老婆孩子跟安家人见见面儿。当时,老槐树刚打着花骨朵,三个孩子还在树底下照了一张相。

“还记得你爬大槐树上不?”高雅枝笑着问吴越前。那天,吴越前嚷着非要上树摘槐花,没办法,高雅枝搬来梯子,吴顺儿抱着他上了树,爷俩还留着在树上的相片。

“俺和爹在树上,老高啦。”吴越前抬起小手擦了一下又流出的鼻涕。“那相片儿俺还留着呢,她还时不时拿出看看,彪乎乎地说这把咱可高出一头。”吴顺儿旁边瓮声瓮气插了一句。“你才彪乎乎,彪得不吃食。”秋子呼地红了脸,瞪着吴顺儿。

“进家吧。”高雅枝说。“对呀,这半天还在街上,都拾掇差不离儿了。”秋子忙转身迭迭前头领着,吴越前呼地又跑到前面。众人都随着走了进去。

“咋样?”安礼盛前面领着上了楼梯,回头问高雅枝。

“不错。”高雅枝想了想说。

“这是洋房，各有各的味道。”安礼盛知道她在想什么。

“俺家怎么不是洋房？”吴越前眨着眼，大家一时都怔住了。“咱家也上天堂了。”吴顺儿使劲儿拍了一下他的头。“那这是什么堂？”吴越前昂了一下头，还在问。吴顺儿又拍了他一下。

“什么堂也跟不上学堂。好好念书，书念好了什么堂都有。”高雅枝说。“哪有那个根儿，就知道瞎作。”秋子后面耷拉着脸拖了儿子回来。

“小子作点儿也不要紧，领上正道就好。”高雅枝说。

事先选好的位置，在小洋楼南面那个大院儿的一侧。这儿靠着一面大墙不远，大墙上正爬满绿绿的爬山虎。油毡纸一层层打开。刚偎在老槐树旁边那会儿，显得那样单薄，皮儿嫩嫩的不像个槐树。现在一下子长大了许多，皮儿还粗糙地张裂开，有了槐树的模样。孙先生领着倩倩也来了，他今天穿了一身干活儿的衣裳，倩倩脚上也穿了一双小胶鞋。虽然早上临走时下起毛毛雨，却没坐雪铁龙，也没坐电车，爷俩一大早撑着伞从小岗子走了来。安礼盛打开油毡纸端详了一会儿，吴顺儿看着他，安礼盛微微点点头，吴顺儿操起早已握在手中的洋镐刨了起来。新土翻了出来，带着些褐红色的石块。安礼盛和孙先生不约而同点着头。安礼盛拿起铁锹，孙先生也拿起一只，两人一起铲着，不时有石块垫着，很吃力。

“这土能行？”秋子说。

“槐树行。”安礼盛边铲边说，额头上已经沁了汗，往手上唾了一口又用力铲着。

“那兔崽子哪去了？”吴顺儿见旁边围着的孩子没了吴越

前,转着头问。

“早跑没影了。”秋子低头说。

“给他找回来,一会儿让他们一起浇水。”高雅枝对秋子轻声说。秋子回身去了。

“行不?”吴顺儿看着高高的土堆问安礼盛。安礼盛从他手中拿过洋镐又跳进坑里。

一会儿,高雅枝提着一筲水,后边继业、承业四只手踉踉跄跄地也提着一个小铁筲溅着水花过来。看那水已经所剩无几,哥俩还湿了鞋,大家都笑了起来。见状,秋子牵了吴越前过来,说,“快跟倩倩一起提水去。”

“不稀罕小闺娘儿。”吴越前小脖子一梗。

“谁稀罕你。”倩倩脖子一扭跟着继业哥俩跑了。

“来,大家一起填土。”孙先生一挥手,几只铁锹纷纷扬起,吴越前向里面扔着石块。

“进去把土压实。”孙先生说着脱下鞋,挽起裤腿跳进土坑使劲儿踩着土。

苗子直挺挺立起,安礼盛摇了摇,树干颤动了一下又挺直了。

“爸爸,那槐树哭了。”忽然,孙倩说,她大张着眼在瞅着槐树下。大家顺着望去,只见那槐树下新填的土里在咕嘟咕嘟冒着水泡儿。

“是在说话。”承业眼睛里亮晶晶地说。“它想娘了?”孙倩说,然后用手揉着眼睛。“它在尿尿。”吴越前嚷道。“尿尿也往你身上尿。”继业推了他一把。“给它拔了,看还敢不敢尿。”吴越前喊着转身跑了。

“还不知能不能活。”秋子晃着头。

“槐树的命大着哩。”高雅枝双手牵着两只泥乎乎的小手,眼中闪着什么。

“这条胡同该改个名儿?”高雅枝看着安礼盛。

“已经起好了。”安礼盛在看着树苗。高枝枝惊讶地抬起头,露出期盼。

“槐花巷。”安礼盛脱口说到。

“槐花巷?”高雅枝未有一丝思忖,眉头绽开说:“好!也合俺的心儿。”安礼盛冲孙先生相视一笑。

“日本人那边可是说过?”高雅枝忽又问。

“孙先生已经打理妥当。”安礼盛说。

“那个小衙门没下绊子?”秋子问。

“这事儿他们说了不算,上面有当官的。”孙先生笑道。

“他们也说这名字好,有东方味道。”安礼盛说。

“那得花多少钱,不就是个名儿。”秋子嘟囔着。

“你们办事还就是稳当,街头街尾都能寻思到。”高雅枝赞许地说。

“没法子,现在是日本人的地盘儿,只得活泛些。”安礼盛说。

“魔高一尺道高一丈。”孙先生说。

“那咱也不能耍横,戗着谁总归难做事。”高雅枝说。

“放心吧嫂子,礼盛现今可不是当初的嫩犊子。”孙先生笑呵呵地说。

“那你也得多看着点儿,俺还不知道他。”高雅枝说。

“今儿是个大日子,咱都高兴,晚上宏济大舞台,我请客!”孙先生又爽朗地笑起来。

第五章

雏燕出窝了，衔回了新草。远方的青山都为她奏鸣。

岭前青云台一所日本学校新来了三个中国小学生。这里原本专收居住在岭前一带的日本孩子，住在街里的中国学生大都是在距浪速町五丁目不远敷岛广场的一所中国学校。

一个清秀的中国女人领着，三个孩子脸蛋都红扑扑的，额头上沁着汗。看着是步行而来，青木校长却客气地迎了出来。

学校看着不大，一横一竖两排房子，顶多二十间的样子，比西南河安家私塾兴旺的时候大不多少，那是整整的两座两进大院哩。微红色的墙面上带着些麻点儿，屋顶铺着麻黄色的瓦。

外边儿围着也是带着麻点儿的墙，不高，都能看见墙内那一片开阔的场地上一群孩子在蹦蹦跳跳地玩耍。走近时，一左一右两个牌子，右边一个是学校的名字，白底黑字，大且鲜亮。左边那个小，字也不大，涂着一层桐油，露出木头本来的面目。高雅枝牵着承业靠近看，那两个已经跑进里面了。

“妈，这是什么？”承业指着那个小牌子问。

“你自己仔细看，都认得。”

“昭和六年六月十八日上栋，建立者鸿业公司，请负者，共进组。”承业一个字一个字念着。“是这房子盖的日子吗？”高雅枝点点头。“那昭和是啥意思？”“日本人的皇帝。”“怎么不叫民国？”“房子是日本人盖的，昭和是他们的叫法。”高雅枝看着这牌子,没经历太多风雨的样子,看来年代并不久。“日本人咋到咱中国盖房子,那个昭和还管着咱?”“小年纪的不懂这些。”高雅枝拽着他进去了。“也没咱西南河大院年纪大。”安承业还在说。

青木校长笑吟吟地引着高雅枝和承业进了他的办公室。乍一看,以为是中国人,长相不说,说话也像,还带着秋子说话的味儿。房间也不大,挺简朴,墙上挂着一幅“竹”。看着是郑板桥的,虽不是赝品却顶多是临摹。高雅枝心里嘀咕。

“安夫人一看就大家闺秀,仪表万千哪。”待高雅枝坐下后,青木端坐着说,眼镜片熠熠发光,声音中透出由衷赞许。

“校长过奖,普通百姓罢了。”高雅枝略一欠身。

“无怪乎孙先生敬仰,安先生不仅自己在浪速町赫赫有名,家眷都如此不凡,足见宅上根基深厚,这中国文化确有可取之处。”高雅枝抬头看了他一眼。

“不过日本文化虽源于华夏,现在却更接近于西方,向着现代文明……”有轻轻的敲门声,高雅枝心里松了一下。转头一看,进来一个青年人,很斯文,虽一副毕恭毕敬的样子,却未掩饰神情中含着的忧郁。两人叽里哇啦说了几句,高雅枝感觉出青木是在说她,那青年人朝高雅枝深深一躬:“您好。”

“这位是桥本次郎先生,我校最优秀的老师,令郎以后就进他的班级。”高雅枝起身微微低头回敬了一下。

“桥本老师年轻有为,品才兼优,不仅漂洋过海献身大东亚教育事业,还是我们大日本帝国小有名气的音乐家,尤其擅长洋号,西洋乐器造诣很深。哦,洋号就是你们中国的喇叭,不过不是你们那种简单的喇叭,要更为复杂,更加文明,能立于真正的大雅之堂。”这青木许是课堂上呆久了,讲起话来习惯于口若悬河,还带着俯视的语气。看那桥本却很谦恭,脸上还有了孩子似的绯红,却也年轻,看上去像个小弟弟,书生似的一直双手垂立着。青木刚才后面那番话引起的不悦被冲淡了些。

“你叫什么名字?”青木笑着问承业。高雅枝一看,承业正怔怔地看桥本,桥本也在看他,高雅枝发现桥本抑郁的眼神中在亮着。

“安承业。”

“哦,典型的中国名字。”青木似很欣赏。

“叫老师。”高雅枝朝着桥本说。

“老师好。”承业眼睛一直冲着桥本,声音响亮地张口说。

“老师是做什么的?”青木插嘴问。这人话是挺多。

“师者,授业解惑也。”声音更加清脆。高雅枝含笑点头,桥本也有了笑容。看那青木眯起了眼看着承业。“你读过书?”他问。承业点点头。“只是私塾念过几天,未经雕琢。”高雅枝接上说。青木站了起来,指着身后墙上那幅“竹”,问道:“这是谁人所画?”“郑燮。”承业答道。“郑燮?”青木扭着头。“郑燮是板桥先生的原名。”高雅枝微笑着说。青木一副恍然的样子。“这人倒也率真。”高雅枝心里说。“青木校长对中国文化颇有所爱。敬佩!”她露出敬重神情,想给青木一个台阶。不料那青木又走到那幅画前,指着下方那颗红色印鉴问:“这是何字?”“七品官耳。”承业动也没动张口就说。青木瞠目了。“这字儿笔画重,看得清。”高雅枝又打着圆场说。“孺子可教,孺子可教也!”青木称赞着,神情中却似在想着什么。

“把萨克斯拿过来,吹吹我们听。”青木坐下后说。桥本踌躇地看着他,青木一挥手。

高雅枝出去领了那两个孩子回来时,桥本已经拿了一把洋号站在那里。金次金鳞的，身子比唢呐大很多，还镶着些密密麻麻的小圆圈儿，喇叭头却差不多大，但拧了个弯儿向上翘着。好像两人刚说过什么，桥本脸上还留着一丝激动。青木却岸然地坐着，眼睛里留着坚定。

"这叫萨克斯，铜管乐器中的经典。开始吧。"青木声音中荡着自得。

"不好听。"刚吹了一会儿，继业捂起耳朵。

"像家里死了人。"吴越前也大声嚷着。高雅枝知道这是日本国歌，头几天安礼盛单独带着她在辽东百货大楼里吃饭时，屋里就飘着这首歌，当时她也这么觉得。安礼盛还说，这辽东百货是大连街数一数二的大百货公司，日本人开的。她不禁看着两个小子笑了笑。桥本停住了，青木脸色黯淡下来直视着他，桥本又吹下去。

"那就再吹一首那个。"见两个孩子捂着耳朵，青木对桥本说。他歪着脸又看着承业，惟有他一直在听。萨克斯声舒缓响起，继而悠扬起来，这悠扬声向着远方伸展开来，似在旷野中缠绵地倾诉着思念。

"这是莫扎特那首著名的《安魂曲》中的一段。"桥本吹完，冲着承业说，"是以此来悼念亡妻。"又说。

"这个好听！"继业先喊了起来。

"好听吗？"桥本问承业。承业点点头，眼睛亮着又问，"莫扎特是谁？""奥地利的著名作曲家。"桥本回答。"奥地利？""奥地利是欧洲一个国家，很遥远。又很近，音乐没有国界。""桥本君！"青木声音中现出威严，显然他对桥本对承业如此亲近与不厌其烦有些不悦。"可惜的是，"桥本未加理会，"他有生之年未将这部巨作写完，而是由他的学生，也是朋友续写完毕。"桥本说完，凝视了承业一下，转身出去了。"都好听。”见青木在眯缝起眼睛目送着桥本，高雅枝赶忙说，说完也顺眼望向桥本的背影。“悼念亡妻？”刚才桥本在吹奏时虽然一直闭着眼睛，却让人能感到那眼睛里分明在溢着泪水。此刻她仿佛又看到了那双忧郁的眼睛。

吴越前又起祸端。来大连不久，他就随着继业、承业在槐花巷不远的一家私塾上了学，不到仨月就滋事无数。这家学堂，安礼盛常有些资助和照应，老先生也就忍着让着，他更加肆无忌惮起来。那次又摘了老先生的眼镜自己戴上，瞎了眼的老先生伸手去抓，他就转身绕着桌子跑，老先生跟着追，被凳子绊着摔倒了，老先生额头磕在了桌角，鼓起一个大包。见安礼盛亲自来了，本来老先生是息了怒的，怎奈跟了去的秋子旁边说了一句："吃了俺们、喝了俺们的怎么也不当自家养的。"老先生卷起铺盖卷走了。学堂中一个女生，有一次去茅厕不知里面蹲着人，急匆匆进去后竟然看到了一个老先生裆下之物，女学生哇哇哭着跑了出来，老先生也捂起脸羞愧不已。后来写了“男”“女”两个牌牌挂在茅厕门口，进去时分别翻过一个。一次，一个男生翻了牌牌进去，不料竟看到正在蹲着的女生雪白的屁股。原来女生进去后，吴越前偷偷将牌子翻了回来。继业朝他腚上踢了一脚，他一个踉跄站住了，回头正要撒野，见是继业撒腿跑了。先生老泪横流，颤抖着说了一句，实乃朽木不可雕也！

进了这所日本学校，安礼盛揪着吴顺儿和秋子的耳朵叮咛，可得好好管着，不能让日本人瞧不起咱，这不单单是安家、吴家的脸。这可倒好，又在那里称王称霸起来。安礼盛赶紧要打电话，那边青木校长倒先打了过来，却没恼怒，只是娓娓叙说着像是在安礼盛的办公室促膝谈心。每当吴越前惹了祸青木校长总是这样，安礼盛知道他这是在变相嘲讽，心里揣着蔑视。这次被打的竟又是桥本,青木还是如此心平气和,安礼盛脸色发青了。最让他无法容忍的是青木那句话:男孩子有野性好,符合大日本帝国的武士精神。继业气呼呼学了事情原委:这天放学后,桥本在教承业吹萨克斯。承业对这喇叭着了迷,桥本很乐意教他。承业拿着萨克斯在认真地吹,吴越前上前说:"什么破玩意儿,别吹了,总是那一个破调儿,鬼哭狼嚎的。"又一把将萨克斯夺了过来。承业伸手去夺,力气小挣脱不过,憋红了脸。见状桥本也伸过手去,他竟扬起那只重重的铜号朝桥本头上砸去。"出了很多血!"承业说。"把顺子给我找来!"安礼盛怒声说。

吴顺儿拿起了腰带,秋子上前扯着,吴越前趁机想从两人中间跑出去,吴顺儿横腿拦住,挥起腰带。"打俺干吗?"他抱住他爹的一条腿,又使劲推了一把,吴顺儿竟趔趄了一下。"他们合伙欺负俺,你咋不管?"说完嚎啕起来。"咋欺负你了?"秋子哈腰替他抹泪儿。"那鬼子什么都向着他俩,对承业就像儿子,就不理俺,还不是咱家穷。"

"该打。"秋子忿忿的。吴顺儿垂了胳膊。

青木笑了。说你们愚昧无知,缺少教化,还打肿脸充胖子。忍着,是为了更加暴露你们天生的劣性,让你们自己感到在大日本帝国面前的低卑,这下自己打道回府吧。

孙先生来了,本来安礼盛要来被他挡了。安礼盛向他学青木打电话的事的时候,现出从未有过的狰狞。他知道安礼盛对待这种事远非青木对手,反而会被青木更加羞辱,铩羽而归。秋子也要来,安礼盛狠狠瞪了她一眼。

青木客气中扬着轻蔑。"孙先生又一次亲临大驾,这次不觉少了底气?"

“丝毫没有。”孙先生含笑道。端起青木递过的茶杯，用杯盖拂了一下上面漂着的些许叶子。抬起头，看着青木，说：

“安家兄弟怎样？”青木一怔。

“吴越前顽劣正是因为少了教化，或者，教化不当。”孙先生说。

“据我所知，安家兄弟品学兼优，已是贵校楷模。这也正是自小受益于良好的中式教育，当然也受益于后来在贵校的些许滋养。中学、西学各有所长，教育的初衷应是一样，而非其他。如有偏见乃至歧视是否有悖教育初衷而误入歧途？”孙先生还笑着，语气却分明有了力量。青木面色黯淡下来。

“孙先生此论不比寻常，似乎另有别意，不像商人所见。”青木抬眼问道。

“哈哈！”孙先生大笑起来：“青木校长差矣。鄙人所见其实再寻常不过，世人都懂。商与学虽所务不同，其实隔行不隔理，世相万千都有遵循，乃至敬畏，所别之处在于遵循与敬畏不同罢了，”他呷了一口茶，看着青木又说，“校长声名我也略知一二。”青木默默望着他。“您半生献身教育事业，成就斐然，桃李满天下，不正是坚守育人初衷、心怀职业遵循与敬畏使然，难道搬家西渡会改了不成？我看未必，因这已成您人格的一部分，难以磨灭。东亚共荣，也是以人为本哪，日本，中国，难道人性会不同？”他挺起身，又说，“我虽一介商人，为赚几个小钱儿却从未改商人所该遵循和敬畏的诚信。若丢了这个能混到现今？诚乃万事之本，我想，贵国也应如此。”青木侧头默然不语。

“听孩子们说，贵校还开了汉文课程，为此还专门请了优秀的中国教师，不正是为了文化的交融？难道，还为别的？看得出，您，青木校长，心中唯一装的是教育之重任，本色未改，”他身子往前凑了凑，贴近青木说，“据我所知，这事开了日本小学校的先河，为此您还据理力争过？”青木一愣，神情晦涩地笑笑，轻叹一口气。

安礼盛带着三个孩子去了桥本居所。桃源台离青云台很近，同属岭前。日俄战争后，日本人大量涌入大连，随着人数的增多，南山等原先的日本住宅区已容纳不了，便在葵英台到桃源台这一带路边的坡地上新建了大量住宅。日本人管平地叫町，坡地叫台。房子都挺新，看来始建并不久。一层居多，两层的也不及南山那一带宅门府邸般显赫。高高低低却错落有致，看上去简朴却宁静。安礼盛知道，这里大都住着日本小商人和会社、洋行中低级职员，还有一些满铁职员家属，和槐花巷差不多。

桥本家在坡顶，爬着窄窄的小路，渐渐淡出了两边排排的房子，周围几乎没了人家，显得孤单、寂冷。不用打听，顺着萨克斯声音就找到。虽是低哀，还是传得很远。敲了门，许久有人出来，蓬松着头发，还有点睡眼蒙眬的样子。竟像刚起床，可萨克斯声却飘了许久。许是额头上缠了纱布的原因，更显潦倒之气。他看到几个孩子规规矩矩站在那里，瞬间一愣，竟也未冲淡眼中的忧郁神色。安礼盛想起他听说中的桥本，不由点着头。

“老师好。”两个孩子齐声说。

“您是？”桥本看着安礼盛。

“这是俺爸。”继业抢先说。

“俺大爹，同安大掌柜。”吴越前高声说。

“你也问老师好。”安礼盛拍了一下他的头。

“老师好。”吴越前瓮声一句，缩了脖子。承业上前牵了桥本的手。

屋子不大,里外两间,倒很清雅。一应杂物摆放都很整齐,显然打理过不久。里间房门关着,没看到萨克斯。

安礼盛放下手中礼盒,挺身一拱,诚恳说了几句赔礼的话。桥本眼睛有些发红,低下头没说什么。安礼盛坐了下来,这桥本未像大多日本人那样点头哈腰,也没让座。

“这孩子确实顽劣了些,家中也曾管教。”安礼盛又在表示歉意。

“是的,我也费了些心思,可是——”桥本又垂下头来,脸上生起歉疚还有些惊惶。安礼盛竟莫名生出些疼怜。

“听说桥本先生洋号吹得很好,我家承业也受益颇多。”安礼盛转了话题。桥本抬起头,眼睛亮了一下。

“安先生过奖,我只是喜欢。承业资质不错,重要的是也难得喜欢。”桥本轻声说,然后看着承业。见承业眨着眼睛在四处张望,又扯过他的手,承业还在张望,桥本说,“萨克斯坏了,正准备修理。”

“刚才——”安礼盛拉过承业,旋即说道:“难得您看上承业,日后还请多加指教,我定当有所酬谢。”

“安先生说哪里话。”桥本孩子似红了脸,喃喃地说,竟又怯生生低下头。安礼盛有些尴尬,觉出话语不妥。

“听承业说您得过大奖?可见西方乐器造诣很深。”安礼盛眼中闪出由衷敬佩。

“父亲早年在德国读书时学了这个,后来教了我,就迷上了。只是倾心些,也无太多造诣,得奖是他们的事。”桥本幽幽地说。安礼盛轻轻点头,看着他,又露敬意。桥本眼神似在躲闪着,安礼盛却觉得心在靠近他。

“先生只身来此,未带家眷?”安礼盛关心地问。

“我单身一人。”桥本闪出一丝慌乱,捋了捋额头凌乱的头发，两腮却泛起两晕微红。安礼盛瞬间闪出惑色，见桥本有些失态的样子，抬眼看了自己一眼，似乎还含着一丝哀求。他顿时感到自己失言了，不安起来。

“先生独自一人实在清苦，如不嫌弃请经常到家中走走，也解寂寞，承业还可多学些。”他说。桥本未置可否，眼中露出感激，垂下头。

安礼盛起身告辞，怀中掏出一个大大的牛皮纸信封，轻轻放在桌上。

“这是?”桥本惶恐着。

“算是赔罪，不成敬意，先生安养身体。告辞。”转身欲走。

桥本一把拽住安礼盛，拿起信封：“安先生把桥本看得轻了。”

安礼盛心中一颤，看那桥本脸都涨红了，不知所措的样子。

“那好，恕安某俗气，我们来日方长。”安礼盛收起信封，见桥本轻舒一口气。

“撒由那拉。”桥本笔直地对安礼盛深深一躬。

送走客人回到屋内，见杨慧已出了里屋正低垂着头坐在桌前，眼圈儿上还闪着泪痕。桥本慢慢坐了下来，显得很疲惫。杨慧正是学校里教汉文的老师。她祖籍江南小镇，幼时家境殷实，父亲在茶叶生意上与东洋时有来往，生意颇佳。大连浪速町开街后，生意中的一个日本客户也来了大连，在浪速町三丁目劝业商场开办了一家今中商行，他也举家从江南迁移过来，在今中商行旁开了一间茶叶行。一天夜里，劝业商场内一家日本料理店突发大火，商场的18个店一夜间毁于一旦。大火也殃及了今中洋行和茶叶店，住在店中的杨慧父母睡梦中遇难，只有当时在南山神名女子高中读书的杨慧由于寄宿校中幸免此难。杨家在此举目无亲,杨慧读完高中后流离失所,绝望中恰逢这所小学校招聘汉文老师。杨慧自小在家乡读过私塾,又因祖父曾中过举人,家学渊源,她深厚的汉文化功底,娴静、典雅的东方女子气质受到青木的青睐。慌不择路中,杨慧只好暂时在此安身,另做计议。她遇到了桥本,两人相爱了,双双竟不能自拔。尽管,桥本在日本已有家室。

“气都不敢喘。”杨慧还透着紧张,面色哀哀的。桥本愧疚地看了她一眼,低下头,轻声说:“幸亏安家人懂礼仪,没待多久,不然……”桥本一副心有余悸的样子。

“看来安家人确实不错,你没看错,中国人讲究根梢儿。”杨慧说。

“日本人也是一样,讲究家传。”桥本郑重起来。

“那也是受了中国文化影响,连那和服都是唐朝人穿的,国名都是中国皇帝赐的。”杨慧现出不屑。

“可现在怎样?”桥本幽幽地说。

“那是你们野心膨胀,两国人民都跟着遭殃,我们不也是!”杨慧眼睛里噙了泪。桥本垂了头,散开的眼神中更显了忧郁。

“中国有救。”他忽地锁起眉头说。

“先想想我们自己,路在何方?”杨慧忧容满面。桥本似还在深思。“安承业是个好苗子,天资极佳,教养深厚,不可多得。安家人都是用心做事的人,中国的好东西没丢。”他顾自说着。

“那你就好好带他。中国人如果接受了新事物会有大的超越,现在已经有人开始觉悟,在宣传、提倡新思想。”桥本微微点着头。“别和青木一个心思。”杨慧又说。“青木校长其实并非品行不端,这是建立大东亚共荣,不得不效忠天皇。”桥本说。

“中国会赢，两个党正在加紧合作，民众也已发动起来。”杨慧神采飞扬起来。

“不错，中国底蕴深厚，只要人心齐。”忽又说：“真赢了，我们将怎办——？”桥本似在惊悚着，垂下头。

“目前是他怎办？”沉寂了一会儿，杨慧轻声说，一只手轻轻抚摸着微微隆起的肚子，忧容重了。

“先打掉。”桥本挤出一声，声音抖着，却未抬头。

“我不。”杨慧泪水簌簌滚了出来。桥本闭上眼睛。

半年后，杨慧生下个女婴。此时，安礼盛已安排她在同安做了职员。产后不久，杨慧还是喜欢教书，就去了另一所学校。安礼盛为母女俩在槐花巷另租了房子，桥本每逢周日来槐花巷时，必来安家。那次，还悄悄带来些大米，大米中国人可是不许吃的，要以经济犯论罪。

“俺家有，俺爹认识制米所的。”继业往外推着桥本。桥本一愣，转头看着高雅枝，高雅枝抿嘴笑着，说：“看见没，这孩子已经把你当成了俺中国人，不然就是不打自招了，”又说，“赶紧拿走，俺知道你也不富裕，省下留给小闺娘儿。”“仅凭继业的信任，也得留下。”桥本执拗起来。“前子俺都不让他知道。”继业又说。高雅枝张嘴笑了，冲桥本说：“也不是偷着吃，是怕那个前子嘴惹祸。”说话间，恰吴越前呼呼跑了过来，“大妈，刚才说俺啥哩！”“在说你前子有出息呢。”高雅枝说。“恁才不会呢，鱼嘎鱼虾嘎虾，王八嘎——”说着手伸向那个米袋。“滚开！”继业踢了他一脚。“藏着掖着，俺回去告诉俺娘。”他说着悻悻走了，胡同里他顶怕继业。晚上她跟安礼盛学了这事，安礼盛说：“这前子得有正气压着，久了也直苗喽。”

“那他回去学了大米的事秋子不会记恨咱？这顺子也是，咋就压不住秋子那邪性！”高雅枝说。“那是他自己正气不足。”

那天暮色已浓，桥本来了，提着一个大大的盒子，黑色的，两尺多长。进屋打开，一把洋号卧在里面，铮明瓦亮，身下衬着紫红色绒布。

“萨克斯！”承业惊喜起来。

“喜欢吗？给你的。”桥本爱怜地看着他。承业眨眨眼睛，扭头看高雅枝，她正露出感激的目光：“桥本先生这是干吗，太贵重。”

“到了这里却轻得很，尤其到了承业手里。”桥本还是不苟言笑。

“君子不言谢，承业一定好好学。”高雅枝神色凝重地看着桥本。承业使劲一点头。

“俺今儿给你包槐树花包子，继业刚树上摘的。”高雅枝说着，进到厨房端出满满一笸箩槐树花。白白的朵鼓鼓的，朵底下镶着紫红色的腚儿。

“好香。”桥本鼻子伸过去贴着那些花儿闻着，霎时闭上眼睛，嘴也贴在了花儿上，像婴孩儿在贪吮着乳头渐入梦中。高雅枝看着他的眼圈儿似都被熏红了，她一下子想起那大在青木办公室，桥本闭着眼睛吹洋号那副表情也像是沉睡中。她也被感染了，眼睛红了起来。看看承业，眼睛中也闪烁着什么，大人似的激动着。

“那槐树长大了，花儿一年比一年茂，今年也是第一次舍得摘，不是继业嚷着俺也不舍得。你今儿是有缘，好久没吃了，还真馋得慌，山东家那阵子年年吃。”高雅枝说。

“快去，把你杨慧阿姨召唤过来，”高雅枝拍了一下承业的头，承业刚要转身，又说，“别张罗。”“知道了。”承业一溜烟跑了出去。

“安先生今晚不回来吃饭?”桥本问。

“是啊,今晚儿在群英楼请小衙门里那些大金线。”高雅枝说。

“大金线?”桥本不解地问。高雅枝呵呵笑了起来:“那些警察裤缝上不都镶着一根金色的线儿?”桥本眨眨眼苦笑一下,又问:“怎么请他们?”

“他们管着咱同安那个片儿,得时不时哄着点儿。”桥本皱皱眉头。

“虽说他们也敬着咱,可咱这做买卖的就怕贼惦记,”见桥本尴尬着,又说,“这人和人真是不一样,哪个国家都是。”桥本又不断点着头露出感激的神情。

“咱吃咱的,你随便坐,俺做饭去。”高雅枝做饭的当口,桥本打开盒子拿出那只萨克斯,又从盒子里拿出一鹿皮,轻轻擦拭着。吹着试了试音,满意地点点头,德国货,昨天才寄过来的。

“真好听。”高雅枝从厨房门钻出头,端着沾满面粉的双手说。

“承业会吹得更好。”桥本神情严肃地说。

说话间,杨慧来了,手里抱着孩子。高雅枝赶忙擦了手接过孩子,笑着仔细看:“真待人亲,像娘。”

“亏没像爹,以后还不知在哪。”杨慧睃了一眼桥本,眼圈儿红了,桥本唯诺着垂下双手。

“像爹也好,人好,日子总会好,”又对着桥本说,“做男人你也算值了,遇到这样的女人,说气话儿也像哼小曲儿。”杨慧粉了脸。桥本说,”那是。”

“承业呢?”桥本问。“去找继业吃饭了,真懂事。”杨慧说。

“这孩子心思重。”高雅枝说。说话间继业和承业回来了。“你们家真好。”杨慧环视着说。“赶不上俺西南河大院。”承业说。“比那儿好，这是小洋楼。”继业说。“你们江南老家也是院儿吧？”见杨慧在想着什么，高雅枝问。杨慧点点头，从高雅枝手里接过孩子，眼圈儿又红了，低下头看着孩子。

“来，包子好了，开饭。”高雅枝张罗道。

两种面儿的，一种白面儿，中间捏着像麦穗似的，看着饱满却不失灵秀。一种苞米面儿，像大饼子，壮壮实实的。继业儿口吞下去一个白面儿的，边吃边喊好吃、好吃。杨慧拿起一个苞米面儿的，高雅枝给夺了下来：“你们不习惯吃这种粗东西，俺们稀罕，得给他爹留两个。“承业说：“俺也稀罕。”桥本望着高雅枝说：“我俩尝一个？”高雅枝拿起一个一掰两半，杨慧咬了一口，先皱了一下眉，品了品又点着头：“两样都好，这个粗中有甜，味道更纯，吃着想起了风中的山野。我们南方的小笼包太柔嫩，吃着想起了小桥边静静的水。”桥本停住了正嚼着的嘴凝神想着。

“看你们俩真是天生一对，你一说话，男人心里就能随上。南方闺娘儿真好，心思细，声儿也细。不像俺山东老娘们，大咧咧，嗓门也大。”

“您和安先生也般配。”杨慧说。

“俺俩也算天猫儿配地狗儿。”高雅枝脸上淡着，声音却甜着。“天生是两口儿。”继业大声说。“还懂得不少，吃饭也堵不住嘴。”高雅枝嗔笑道。“俺奶说的。”继业声音更大，见杨慧释怀地笑了，桥本眼睛里露出欣慰。

“两家都好，都好。”桥本不停点着头。

吃过饭，杨慧提议去看看槐花。

它真是长高了，种下才五年光景，看着竟快有了小洋楼高。也壮了,快有了烟台它老子的粗细。月光下,黑黝黝的树皮也像它老子那样张裂开来,像在显示着它已成年。枝叶都快触碰到了那面墙上爬着的大片藤蔓,刚种下时可是老远地够不着,现在它们像手牵着手融在了一起,满墙的藤蔓和茂密的槐树叶一样绿莹莹的,又像是在护着、衬着那槐树。杨慧看着说,“看那槐树一脸高傲,是在说,我哪里用你在旁簇拥,自己就可以顶天立地。”高雅枝看看那片藤蔓也说,“看看也是,那细枝儿嫩叶的和槐树比确实单薄了。俺们槐树像一个横刀立马的将军,藤蔓倒像是跟随在后面的一群小卒。”“俺也是大将军。”继业打着饱嗝看着槐树说,众人都笑起来。“真香。”杨慧闭起眼睛嗅着。夜色已深,弯弯的月牙挂在东边的屋顶,朦胧中,前几天还是缀着的星星绿点,现在已是满树白花。巷子里挤着香气,装不住了,顺着巷子口涌到了浪速町大街上,又升腾起来,那月牙像是被熏得闭上了眼睛。

“这么好的花儿,怎么舍得吃了?”杨慧惋惜着。

“是俺要吃的。”继业嚷道。

“山上不是有?”

“不一样,山东家槐树多着呢,哥俩就愿吃自家院子里的,俺就让他们吃,这花儿养人。”

“这不仅是吃槐树花。”桥本把抱着的小闺娘儿轻轻放到杨慧怀里,弯下腰拾起一朵槐花放到嘴里,慢慢嚼着。高雅枝把两只手从继业和承业头上收起,上前摸着树皮,说,“这树皮上还印着他哥俩的脊梁印,夏天的时候,就喜欢拿着书跑在树下倚着它看。前子有时也跟了来。”

“他不是看书,是来抓知了。”继业冒了一句。

桥本看着哥俩,又看看树,慢慢说:“大嫂,依我看,继业像你,也像安先生。承业像安先生,也像你。”

第六章

话儿糙理不糙。他后面又加一句，皮儿糙里不糙。说的就是槐树。

安子健时常想起小的时候，父亲安承业总念叨这一段儿。爸还说，那天晚上往回走的时候，他回头又看了一眼，眼瞅着那槐树呼地又冒高了，树梢儿都擎起了月芽。树皮像被什么撑得嘎巴嘎巴响，裂开的口子眼见着更大了，那些藤蔓都被惊得摇摆起来。树干上，惟有那块磨得发亮的地方没有开裂，依旧平滑如初，像是在给他留着，怕硌着他。

后来，他自己也拿书倚着树看。第一次的时候，他认认真真看了那块地方，还真是。又都过了好多年了，它还是那么光亮，一丝裂纹儿都没有。家里下乡那阵子，爸总说，他就想老槐树，比小洋楼都想。被爹总念叨着，他也想，还想槐花巷。

第七章

鹊往巢里拽着鸠，自己扬着肥硕的身子飞去了。

民国二十二年秋半天儿，随着一声响雷，浪速町上来了个“巨人”：日本最大的百货公司“几久屋”声势浩大地摇着大旗在浪速町安营扎寨了。这件事不但震撼了大连街，连在旅顺帮着老丈人在地里收拾苞米的吴顺儿也被秋子扯着嗓子一声呐喊，未待歇息就又被秋子撵着回到槐花巷。“同安这下完喽，得让小鼻子碾瘪喽，赶紧回去跟着拾掇拾掇，卷铺盖卷时咱也不能两手空空。记着别光盯着大的，悄默声捡值钱的。俺等着马下完驹儿跟着爹拴着大车就去。”吴顺儿愣怔了一会儿返过劲儿来：“同安是金刚钻，小衙门里大金线都敬着，还怕他——”“你懂个屁，没听见旅顺大街上人说，这家老板是小日本皇帝身边的大臣，浪速町街上那个大楼盖得像皇宫，这又当官又做买卖的最吓人！”刘父吼着说。“那也轮不到咱土匪样跟着去抢。”吴顺儿嘟囔着当下就回了槐花巷。先是站在巷口看着对过威风凛凛的那个大楼张着大嘴，满大街的人都被它吞了进去，他不禁缩了脖子赶紧进了巷子。

这几久屋确是日本赫赫有名的百货公司，此番将支店开在了浪速町三丁目，这座据说比在东京的那座还要大，还要气派，就立在整条浪速町大街的正中央。这浪速町说来不宽，马路也就不足两丈，却蜿蜒着像条长蛇，从东到西跨过好几条宽阔的大街。几久屋雄壮的三层大楼在中间儿一下子高高凸起，像一条长蛇吞了一个巨大的蛋，腹中间突然隆起。

那蛋里像有吸铁石，浪速町上的人流一股脑地被张着的大口吞噬进去。

浪速町劝业商场那把大火以后，浪速町三丁目上败迹了许久。尽管如此，却未削减整个浪速町在大连人心中的影响。稍东一点，二丁目街头的同安百货与街尾的大本洋行，像两个英俊的壮士手拉手，顾盼生辉地夺着流连在浪速町上的俏妇、尚女，甚至雍容的老妇们的目光，就连优雅的男士们也为之翘首，争相蜂拥。两家以首尾强强之势早已使浪速町中心东移。

这块土地归日本广岛议员安田正吉所有，火灾后，他立即来到大连。安吉深谙中国文化中"塞翁失马"的哲理，他顺势而上，不但要挽回损失和名誉，更可借机做得更大，重振雄风。经过几番筹划，他筹措300万日元巨资，聘请了著名的大茂森设计事务所进行规划设计。仅两年多时间，几久屋大连支店便在一片废墟上崛起。新开张的几久屋，地上三层，地下一层，占据着这里原来18家店铺的庞大地盘儿，规模宏大，气势不凡。浪速町气势更大了，号称着"满洲"第一街，说是第二个东京银座。

几久屋雄踞浪速町之后，同安的光彩瞬时黯淡了许多，以往沸沸扬扬的场景已不再现。每天清点账目，日渐单薄，已与鼎盛时期少了不下五成。

几久屋开张之初，曾聘请安礼盛做几久屋副经理，被安礼盛婉拒。后来与孙先生念叨起此事，孙先生一改往日倜傥之态，面色凝重，感慨赞道："做得好，大义之举，大贤之道。愚兄敬佩！"安礼盛连称言重。"绝非一件小事，这是日本人的狼子野心，是经济侵略。想想您做的是何意义？"安礼盛心中掀起一丝波澜，更感到他深不可测。孙先生又嘱咐安礼盛日后要小心为是，同安是他们的肉中刺，日本人不会善罢甘休。安礼盛觉得或有偏颇，小心是要的，也只是同行间的争夺罢了。至于“侵略”什么的却有些深奥，和商人本分扯得远些。见安礼盛未有警觉之意，孙先生一副忧心忡忡的样子，安礼盛就对他多了审视。他隐约感觉到，孙先生在生意场上，或与人交往中谈笑风生之余，总似有别的心思萦绕于胸。特别当他俩有时唠到深处时，他眉宇间时而露出义薄云天之气。他对孙先生是信任的，后来并添了崇敬。历朝历代，都不乏胸怀大略之人，有些看似平凡，甚至潦倒终身，却胸怀天下，忧国忧民。对此，他是敬仰的。如此看，孙先生难道就是？不管怎样，是与不是，他胸中装的起码不是仅为自己生计，以他个人资质和当下家业，他完全犯不着有分外之忧。个中隐着什么？

前天，几久屋的安田正次郎来拜访过。

安礼盛知道此人，他是安田正吉胞弟，半年前接替哥哥正式接管了几久屋。报纸上还登过这个消息，配着挺大一张照片，年纪轻轻，看上去挺斯文。说他早年留学英国学的贸易专业，刚从英国学成归来不久。安田正次郎接手不过仨月，几久屋更变了模样。店里店外多了中国味道，更显丰盈、亲和，还隔三差五频频打折，一改当初伟岸、高傲，向过往路人递着媚眼。一个中秋一个过年，打折之后竟和同安的本儿差不多。报纸上说是几久屋移植西方先进经营理念，薄利多销，并摈弃民族歧视，造福大连民众云云。几久屋本来在大连街已经首屈一指，年销售已高达900万日元。不仅同安、大本，就连位于常盘町的三越洋行和大山通的辽东百货也被超过。现在更是一骑绝尘、独领风骚。

这三越洋行和辽东百货曾也非比寻常，都是日本人所办，在浪速町崛起前后，曾是大连街百货业内的两个龙头老大。这俩，一直是安礼盛心里横着的高山，他殚精竭虑经营着同安，已经渐渐向他们逼近。

三越最早只是一家吴服店。吴服起源于中国三国时期东吴流行的服装。三越吴服店最早在高丽的汉城建起，浪速町开街不久，三越又在浪速町开办了事务所。后来，常盘桥一带逐渐繁荣，三越吴服店大连出张所（支店）正式在常盘町开张。店铺两层，铺面千余米见方，却在大连街开了先河。几年后又加盖一层，还在卖场的摆设上下了功夫，减少了楼内支柱等。又在三楼设立了餐厅，营业面积扩大至初时三倍。一楼靠街显眼处，设有一巨大陈列窗，吸引来往行人，三越日渐兴旺。后来，满铁在俄国人修建的大连火车站旧址上，重新扩建了新的火车站，常盘桥一带迅速形成一条纵横交错的商业连锁街，最多时达到200多家店铺。连锁街各条街巷路名很有特色，全部用的是日本有名的繁华街名，如银座通、本浪速町通、荣定通等。当时日本国内还没有这种大规模的连锁街，故称东洋第一连锁商街。三越生意受到影响，在吴服店基础上，三越又建成五层，并一改吴服单一面孔，增加了全宗百货，三越百货大连支店正式面世，又成为当时大连街商业的翘楚。

辽东百货也非等闲。它位于浪速町与大山通交界处，始建虽晚于三越，经营却很有特色，并未与三越分庭抗礼在一个锅里搅食。它主营地方土特产、东北土特产、免税舶来品等，与三越各领半壁江山。各卖场区域分类划分，标牌指示清晰可见，看上去熙熙攘攘，却顺达便捷。里面还设有饮茶店，异国情趣露西亚餐厅、中国料理店、理发店等。每天也都人声鼎沸，招引着八方来客。

随着后来大本、同安的崛起,浪速町又渐入繁华,大连商业中心又渐有东移之势,浪速町重新声名鹊起。三越、辽东百货龙头之势不在,却未动摇其各自在常盘桥、大山通一带根基。几年来,浪速町二丁目已渐呈与其三足鼎立之势,彼此遥相辉映了。安礼盛虽感疲惫,却欣慰着同安终于在浪速町上站稳了脚跟。正待立足喘息,几久屋又在眼皮底下浪速町三丁目上脱颖而出,显示出独步天下的气概。安礼盛正待催马扬鞭再奋蹄,又一个安田杀出,接手几久屋后频频出手,招式翻新,令人眼花缭乱中几久屋赚得盆满钵满,还顺了民意,买了民心。安礼盛心中阴云密布,渐感回天无术。

虽有久闻,同安田正次郎本人倒是第一次直面相见,一看就是不折不扣的洋务派。西装笔挺、礼帽高高,手里握着一个大大的烟斗。这东西同安店里有,虽说大连街人未都手上擎个烟斗,买的人还是喜欢来同安,现在那东西摆在柜台里已无人问津。那是西洋人中达官显贵之流才手持的物件,仿佛是高贵的符号。安礼盛心中不觉顿生抵牾。虽不失礼仪,还是少了些热情。安田却仍绅士般大度,举止、言谈都操持有度,谦恭中又渗着宽宏、豁达。

在安礼盛的办公室,两人稍许寒暄,安礼盛请他在沙发坐下,也未让茶。安田似乎并未介意,他摘下高高的礼帽拿在手中,头发梳得一丝不乱,闪着光泽,安礼盛闻到一股淡淡的香气,是从全身挥发出来的。安田移目打量着房间,不断轻轻点头。

“安先生——果然——清雅之人。”安田赞许着,游移的目光停了下来,很由衷的样子,却无笑意。

“陋室寒酸,让您见笑。”安礼盛也未露声色,客套着。

“NO,NO、NO!”安田瞪大眼睛。

“小店本就微小，公干之地更不敢奢侈。”安礼盛微微笑了一下。

“这，正是，您的人格，过人之处！”安田目光转向安礼盛。他的中国话很糟，舌头像在嘴里艰难地绕着，一个字一个字地在往外蹦，发音还跑了调儿，安礼盛还是能感觉到他在说什么。心里说，应该带个翻译。

“您，别介意，我有翻译，但今天，没带，您懂？”安田眼睛里有了孩子气。安礼盛看着他，未语。

“那样会，缺少亲近，我们之间，会——OK？”他两只手使劲儿往外伸着，做了个扯东西的动作，张着嘴看着安礼盛。安礼盛不觉笑了起来，他是在说，把距离拉远了。这家伙倒怪有意思，也有些真诚。

“安先生，咖啡？”他也许真是口干舌燥等不得了。安礼盛心里笑笑，生出些歉意，抬身出去了。安田把礼帽放在沙发上，挺直身子等着，表情极像一个饿了的孩子在等着饭菜上桌。

咖啡上来了，还有一壶茶。安田抢先拿起两个茶杯放在茶壶前，然后伸手去拿茶壶，安礼盛挡了他的手。

安田先是大口喝着，兴许烫着了，咧了一下嘴，耸耸肩自己笑了。然后开始慢了下来，凝神默默品着：“龙井，好喝！”他舌头好像捋直了，开始说明来意。他说得很慢，看着安礼盛，还不断打着手势。安礼盛始终看着他，最后，他听明白了。

大意是说，几久屋又要聘请安礼盛做副经理。说到这里时，安田竖起一个手指，拍拍自己胸脯，又竖起一个，稍低，指指安礼盛。安礼盛明白，是说就他一个副经理，仅在他之下。待遇不菲！安礼盛心里一惊，真敢开价儿。又说上一次几久屋聘请他时安田正吉只派了手下人来轻待了他，这次来顺表歉意。他指着自己又指指安礼盛，“刘备，诸葛亮，OK?”然后伸出三个手指头，眨着眼看着安礼盛，“这里茅庐。”安礼盛不由笑了，这家伙在说，如果这次请不到他会学刘备三顾茅庐。

后来又说，他久闻安礼盛大名，经营奇才。现今同安已今不如昔，不是安礼盛无能，是市场规律造成。依浪速町目前状况，几久屋必会成为大连人购物的首选。同安风光不会再现，如想扭转局面，得换换脑筋。他指指自己的太阳穴。和几久屋合作，成为几久屋的分号。他两只手一上一下握着拳头擎起，又朝安礼盛努努嘴。安礼盛未解其意地看着他滑稽的样子，安田又摆动了一下双手：“几久屋，大旗，OK?”哦，是要同安打着几久屋的大旗。又说他已经了解了安礼盛的为人和家世，很敬佩。并无不遗憾地说，依他本人如专研学问，定会成为大学者，但已入商道就得在商言商，按商家规矩处事。同安与几久屋合作，既不使安礼盛难堪，坏了以往名誉，同时也对同安有益，两全其美，何乐不为？见安礼盛一直默默听着，时而皱起眉头，他沉思了一会儿又说，当今世界的未来在西方，尤其英国，工业革命后已率先进入了工业文明，走在世界的前列。东方则非常迟缓，尤其中国还在故步自封，停滞不前。他看着一直低头在思索的安礼盛此时抬起了头，说，您别介意，这是事实，我说的东方也包括日本。要想赶上，不能孤芳自赏，要向西方看齐。最重要的是洗脑，他拍拍自己的脑袋，看着安礼盛眨着眼又说，旧式教育确有束缚，先进的人才必须有新思想，才能引领进步潮流。他显然有些激动，接连喝了好几口茶。平缓了一下又看着安礼盛说，听说您两个儿子都很优秀，这正是您重视教育并教子有方，何不接触一下新思想，学贯中西更会出类拔萃。他停住了，安礼盛在盯着他。如果您愿意，我将竭力为两位公子办理出国留洋，我建议最好是英国，那里我很了解。他一副很真诚的样子。所有费用我来出。安田又说。

送走安田，安礼盛返回后深思许久。安田今天这番话，那个在日本的私塾同学也曾经说过，并主动提出帮助两个孩子去欧洲留学。不料正在操办期间他突然渺无音讯。安礼盛托人百般打听他的消息，原来他是革命党，身负重任紧急回到上海，已经在那里被捕入狱。为此他还嗟叹了好一阵子。安田也不是要挟，同安如今每况愈下，回天无力不是危言耸听，连大山通上的辽东百货都日渐萧条。常盘桥的三越虽距离远些，却显然也受到了冲击。毕竟几久屋太庞大、太显赫，路数也新鲜。他给孙先生打了电话，先回槐花巷带上了继业，他看出孙先生很喜欢他，继业也愿围着他，倩倩也喜欢和继业玩儿。

爷俩坐车去了小岗子，这是前年才买的一辆美国别克。孙先生商行在大龙街西头，安礼盛吩咐司机在东头街口停了车。昨晚下了大雪，厚厚的积雪被行人、车辆碾压得如同亮亮的冰面，继业高兴地前面跑着滑了起来，帽子都摘了下来擎在手里。安礼盛从后面瞅着，这小子看着粗壮，身子倒轻灵，孙先生说是当兵的料儿。继业停下了，从身边高高的雪堆里掏出两把雪窝成雪球，扔向不远处一个卖烤地瓜的老汉。安礼盛一惊，大步撵了过去，脚下一滑仰面朝天躺在地上，皮帽子滚出老远。老汉紧着跑过来扶起安礼盛，又看着远处的继业笑着说："臭小子，爹都摔倒了还在那儿作。""老哥也是山东人？"安礼盛爬起拍着身上的雪问。"俺老家儿是鲁西菏泽。"老汉说。安礼盛心中一动。"听说话儿你是胶东？"老汉问。"俺老家是烟台。"继业抢着说。"烟台好地方，不像俺鲁西兔子都不拉屎。”“还那么穷?”安礼盛认真问。“不穷咋来大连街,你看这满街筒子都咱山东人,不都是来混口饭吃。不过也有好的,过来做大买卖发大财。”他上下打量起安礼盛。安礼盛从兜里掏出皮夹子,老汉一把拦住:“可别寒碜俺,俺说这话儿是看你一表人才能干大事儿,俺高兴小岗子有人为咱山东人挣个脸儿。”

这小岗子在俄国人在时就被划为“中国区”。最早住着一些开荒、打鱼的本地人。渐渐外地人多了,山东的、河北的、河南的,就滋生出一些供生活需要的小店铺,如杂货铺、豆腐坊、大车店、挂马掌的小铁匠炉等小作坊。后来,俄国人将柳树屯儿那里的中国人开的中小商号迁入这里,发了酵似的越来越多就蔓延开来,日本人刚来那会儿就已经成为“中国商业街”。转过年,日本人将居住在南山一带的不少中国人强迁过来,这里更成了华商的主要集聚地。至今,大龙街、新开大街、小岗子市场附近大街小巷上,开着上千家大大小小的商行、店铺,开铺子的已经以山东人居多。高一点的三四层,矮的两层或一层,都是日式仿欧的小楼。厚厚的砖墙,小拱窗,山墙上雕着欧式刻画。远处望去,坡屋顶上高高矮矮的烟囱一排排挤在一起,看似杂乱,有了满街筒子的人声鼎沸,倒显得一派繁荣。

小岗子的名字来源有这样一说:日本人来了以后,那时只在西头有一个出口,他们在街口处设了关卡,来往中国人都要接受检查后才能出入,慢慢“小岗子”就被叫起来了。

孙先生的商行就在卡子口不远处,不高不矮的两层,虽稍逊于制造油坊机器的“顺兴炉”、开中药铺的“大仁堂”,还有“华春照相馆”等大铺面,倒也不温不火显出些不同。门旁挂着一块牌匾,上面的“大明商行”字面虽小,字儿却秀气。

前面铺面不大，不像斜对过大仁堂那样高阔、宽敞，门前进进出出显着兴旺。安礼盛知道，两家不是一码事，大明商行是以经营中药材和西药贸易为主，生意都是在客房里坐着做，柜台只是陈列些样品，也没有中医坐堂，无需太大场面。所以门前很清静，无太多闲杂人等。

孙先生早已等在前厅，迎了安礼盛上楼，喊了一声："孙倩同学，看谁来了。"小闺娘儿甩着两只小辫儿应声而出，只站在那儿仰脸儿看着他爹。孙先生和安礼盛都笑了，继业只站着搓着手，眼睛四下张望着。

"又不是第一次来，看啥呢。"孙先生抚摸了一下他的头，笑呵呵说。继业扭了一下脖子，红了脸。

"他管多都这样生分。"倩倩瞪着眼睛看着爹，噘着嘴咕囔说。

"你不是就愿来大爹家吗，怎么来了倒扭捏起来？道儿上还生龙活虎的差点惹祸。"安礼盛说。见孙先生不解地望着，他就说了刚才路上的事，还说了那个老汉。

"我们的确都有责任，不光对山东人。"孙先生严肃起来，安礼盛颌首。

"好了，快带继业哥哥去玩儿吧，我和安叔叔有事。"孙先生朝着倩倩说。

"走呀。"倩倩一甩小辫儿扭身就走，继业后面挪着步跟了去。

"这孩子底子真好。"孙先生看着继业的背影顾自说。

两人前后上了楼，进了里间孙先生的卧房。掩上门，孙先生拿过一把椅子，两人对面坐下。他抬眼看着安礼盛，问："事儿很要紧？"安礼盛锁着眉头，点点头。孙先生未语。

安礼盛慢慢说了安田来访的事，一字一句很详细。孙先生一直静静听着,不时眯起眼睛,专注中又在沉思。安礼盛心里有些发紧。待安礼盛终于讲完了,孙先生摘下眼镜,拿出一个手帕,若有所思地擦拭着。好半天,又立起身,在屋里来回走着。安礼盛觉得自己的预感果然没错。

“你如何想?”孙先生又坐了下来,拿起刚才放在桌上的眼镜,又擦拭着。

“我仔细想过,对同安倒是有好处,”见孙先生在认真听,又说,“同安在走下坡路啊。”安礼盛面带忧色。见孙先生还在听,他打住了。

“对两个孩子或许是好事。”孙先生思索着说。

“我不是为孩子,更重要的是同安。”安礼盛有些发急。

“同安为何现在会这样,想过没有?”孙先生眼睛闪着一丝光亮。这话他不久前问过。

“是因为有了几久屋,但是——”安礼盛有点不知该如何往下说。来前,他想过这个问题,但从路上到现在也没捋清头绪。

“我知道你现在的心思,其实,早就想好好唠唠,”孙先生笑笑,放下眼镜,“你的品行,做事的态度,还有本事我早已敬佩,都无话可说,”他看着安礼盛,“只是,书生气重了些,‘世道’这本大书看得却浅,有些事情还没掰扯清楚。咱哥俩今天不妨敞开心扉深说几句,恕我直言。”孙先生褪了笑意,目光炯炯看着安礼盛。

“对日本人我比你更了解,他们亡我之心不死,怎会做慈善?”孙先生压低声音,“应验了,同安就是最好的佐证!”“经济侵略?”安礼盛心里一惊,看着他,想起他曾经用过的这个词儿。

“是经济侵略,没错。日本一个小小的岛国,物产极少。

他们占领了咱们东北三省，把资源源源不断运到日本，”见安礼盛若有所思，又说，“就像当初咱们烟台的花生被德国人抢走一样，你们安家那可是为中国人做了大好事，这就是民族工商业的力量。”孙先生看着安礼盛。

“这日本人很鬼，他们不光是动用武力，还在征服人心，打着大东亚共荣的旗号，实则是蚕食民族工商业，达到垄断中国市场的目的，最终——”孙先生脸上现出一副痛苦的神情，低下头，抬起又说，“是要实现控制中国经济的狼子野心。想想，结果会怎样，同安为什么会现在这样？”他愤然站起，踱着步子，忽又转过身走近安礼盛，低声说，“我们将国之不保，成为亡国奴。”安礼盛后背一阵发凉，睁大了眼睛看着他。

“爸爸，继业说他也要当兵。”倩倩突然推门闯了进来，手里扬着一张相片。孙先生微微一惊盯着相片，旋即笑道，“好哇，有志气。”他从倩倩手中拿过相片，递给安礼盛。安礼盛张着疑惑的眼睛接过，低下头看着。相片不大，也就半巴掌，有些发黄，边儿都毛糙着，但很板正。一男一女两个人并排站着，很年轻。穿着破旧的军装，戴着皱巴巴的八角帽，腿上缠着裹腿布，俩人笑得都很灿烂。安礼盛抬眼看看孙先生，又低下头看着相片，不断轻轻点着头，抬起头又看着孙先生时眼睛有了湿润。

“快去玩儿吧，别把继业自己扔那儿。”孙先生含笑说。倩倩看着安礼盛手中的相片，孙先生朝门口一努嘴，倩倩有些依依不舍地走了。

“不错，这是我们两口子。当兵那阵子。”安礼盛有些恍惚地看着孙先生，孙先生眼睛中现着憧憬，还有哀伤。

“那夫人——？”

“战斗中牺牲了，死在中国人自己手里，国民党反动派。”

孙先生长呼一口气，看着安礼盛。安礼盛身子微微有些颤抖，又琢磨着这句话。“您是——？”

“不要去想什么党，只要解救劳苦大众于水深火热之中。当今最重要的是民族大义，反对外来侵略。”孙先生恢复了刚才严峻的神情，沉思了一会儿，又说：“我虽已弃戎从商，但未忘使命，这也是每个有良知的中国人的使命，就像您。”他给两个茶杯都重新斟满，望着安礼盛。安礼盛这才觉得口中干渴，刚才都忘了喝茶，拿起茶杯喝了一大口，顿觉浑身清爽许多，又为自己斟满。孙先生笑笑，安礼盛难为情似的咧了一下嘴，轻轻舒了一口气。

“您是民族工商业的栋梁，同安是星星之火。”孙先生缓缓地说，却很有力。安礼盛感觉身上热了，拿出手帕擦了擦额头，又在擦着，边擦边想着什么。

“那日本学校，青木，还有桥本——”安礼盛抬起头疑虑地看着孙先生，他双手抱着茶杯，刚才手感觉发凉。

“这不用多虑。”孙先生又像平常两人唠嗑似的说。安礼盛还带着不解的神情。

“日本人并非都是坏人，人民是好的，就像桥本，就很正直。又是艺术家，无论从哪方面我们都要尊重。承业继续和他学洋号，我们以后也需要艺术人才。”安礼盛心里松快了一下，绷着的面皮舒展开来，眼睛还是看着孙先生。

“还有青木，我也了解一些。此人在日本基础教育界有些名气，半生致力于教育事业，很勤勉，口碑不错。他是受了日本军国主义的熏染，觉得应该不辱使命。据说，当初派他来是安排在小岗子一所挺大的中国学校，青木本人却执意到那所日本学校。后来我开始明白了，他思想中还是有些复杂，或者说还怀揣着对教育初衷的坚守，不愿直面中国孩子，也就是他们所说的奴化教育。”

“日本学校继续念。刚才说过，我们国家也需要人才，外国确实有些先进的东西。我们正好拿来，来日方长，为我所用。只要我们守住该守的。”孙先生站起身，目光很深邃。

“还有……”孙先生忽然一转身。安礼盛迎住他的目光。

“吴家那孩子得留点心，这小子品性差，别走了歪路，于你也不好。”孙先生露出一丝忧色。安礼盛轻叹一口气，歪头想着，又摇摇头。

日本人轰炸了美国人在太平洋上的珍珠港。300多架飞机蝗虫一样飞了过去，一夜间毁了了美国第七舰队六艘战舰和200架飞机。正像孙先生说的那样，他们自己没有资源，又在和中国打仗，美国人却断了他们的后路。不但封锁了他们的能源，还冻结了他们在美国的存款，这小日本是疯了。二次大战打起来后，日本经济本来就开始萧条，这下，更是被美国人掐住了脖子。后来又听说，别看日本人出了气，美国人火了，两颗原子弹扔进了日本，两座城市炸成了废墟，小鼻子这下惨了。

“野心膨胀，搬起石头砸自己的脚。”孙先生说。

“那日本老百姓不跟着遭殃了？”安礼盛说。

“他们是急眼了，挑起太平洋战争扩大战火，自己的百姓不但遭殃，还会烧着我们。”孙先生看着安礼盛说。

果然转过年，这把火“烧”到了大连街，“烧”到了浪速町。大连街的商品，很多都来自日本，现在日本国内都民不聊生，哪还有能力输出。不仅如此，大量的中国商品也被火车拉着，轰隆轰隆运往关里关外，打仗要用。满大街都萧条着，柜台空空。店家哭丧着脸，就连几久屋都耷拉了脑袋。就连蔬菜都抢空了,浪速町笼罩起一片惶恐不安的气氛。

“救市,不能让大连人没菜吃,小日本蹦跶没几天了,得先让人民看到曙光。”孙先生来到同安,神色严峻地对安礼盛说。

“常盘桥丛家哥几个都空着场地无菜可卖。乡下的菜地都被日本人看着,装火车运走了。大连街的日本人都限量,前天,桥本偷偷送家里几颗茄子,也是他们自己省下的。”见孙先生一脸忧色,安礼盛也焦急地说。孙先生更感到了事态的严峻。安礼盛说的丛家他知道,早年丛家是常盘桥一带的菜农,日本人在这儿建立信浓町官立市场,占用了菜地。丛家不得已另开门路,弃农经商,做起了批发果蔬的买卖。丛家兄弟上辈子也是从山东过来的,忠厚、仁义,入行不久就成了大连街最大的蔬菜批发商。他们不用菜农送菜,每天用浩浩荡荡的胶轮大车从刘家桥、辛寨子,甚至旅顺、金州菜地里拉回满满当当的新鲜蔬菜。小贩子都是从这里挑着担子、推着小车进着菜,然后像网一样张着送到大连街各个角落。大连人大都吃着丛家的菜,如今他们也断货?现在又正是大连街家家储备冬菜的时候,街上一棵萝卜白菜都见不着。

孙先生紧锁眉头。好一会儿,他眼光一亮,说:“眼光放远一点?”

安礼盛一愣,随即明白了他的意思,低下头想想说:“营口那面种菜的倒多。倒是如何运?”他瞅着孙先生。

“没关系,你先去联络营口那面的货源,其他我想办法。价格嘛——”他思忖片刻,说,“不要过多交涉,肯卖就行。运到大连价儿高了也按往常价儿卖,赔的我来补,先把局面打开。”

“我也算一份,用自个儿的。”安礼盛说。孙先生郑重地点点头。

“这事儿以同安的名义，现在人也都闲着，不用再添人手，”安礼盛说。见孙先生一摆手，“你出面恐不方便。”安礼盛紧跟着说。孙先生很果断：“不妥，日本人本就盯着同安，同安又不是干这个的，会留话把儿，”沉吟一下又说，“还得丛家兄弟出面，这是他们的营生，不上眼，日本人也无话可说。要紧的是这家人有些骨气。”

“我来通融。”安礼盛说。

“不用，这事我来安排。”孙先生很坚定。

“那让继业帮着？”

“继业不能出面。”孙先生严肃起来。安礼盛看着他，默默点头。

继业这阵子常不着家，也不说去哪。店里现在也没太多事儿，忙啥？他跟高雅枝念叨这事儿。二十岁的大小伙子了，不跟倩倩黏着还能忙啥？高雅枝说着还挺高兴。安礼盛却有些疑惑，这几年，继业身上怎么多了孙先生的影子。现在看来，莫非？安礼盛一个激灵。

“那我们分头去吧。”孙先生看着愣着的安礼盛，转身欲走，想起什么又回过身来，“这事儿背着吴家点儿，吴越前那小子虎气中带着狼性，越大越还多了鬼儿。”

“这阵子物品奇缺，吃喝都成了问题，账房里也没太多营生，呆在同安也闲着，全家三口子去了旅顺水师营。吴顺儿老丈人那儿毕竟是乡下，老把式现在吆五喝六也成了点儿小气候，总比在街里能多吃一口。”孙先生点点头匆匆走了。

那次孙先生提醒安礼盛留心吴越前别让他走歪了，还真给他提了醒。看着吴越前越来越不安心念书，时常出去晃悠，安礼盛开始不安起来。头年春儿，他就和吴顺儿两口子合计了一下,把他安排在同安做了账房。两口子很高兴,吴越前更是巴不得。安礼盛是想,不管成不成器,总能拴着他些,自己心里求个安稳。这次,两口子说是要去水师营,吴越前也争着要去。前几天他还跟着大车,装着点儿地瓜、土豆什么的回过槐花巷,说是他厚着脸皮跟姥爷要的。安礼盛心里沉了一下,去年他就曾从账里拿过钱,倒也不多,核账时出了窟窿却栽赃给别人。查清楚后,这小子竟给安礼盛跪了下来,还打着自己嘴巴,小小年纪真不一般。“不信你问俺爹,当时他在眼前儿,俺是心疼承业吃不饱。”看他脸庞在乡下晒得黝黑,委屈中倒也真诚,安礼盛心里不忍起来。毕竟是个孩子,也别一个门缝看到底,年轻人,学好也快。

营口的事情办妥后,安礼盛连夜赶回,向孙先生说完结果又商量好相关事情已经夜深了。他回到槐花巷,老远看到小洋楼里还灯火通明着,原来何掌柜从烟台回来了。同安开张三年后,何掌柜就带着妻女回了福山,做起了甩手掌柜。那时,栀子都25岁了还没找婆家,何氏夫妇急得恨不得用同安换个女婿。又不敢多说,他们知道闺女的心思。本来,家里家外大小事,憋得慌就和安礼盛念叨念叨,可就这事不好说。他们知道安礼盛心里一直觉着亏欠着栀子一份情意,说了会使他加重负疚感。回烟台前,有次何氏试着催促了栀子一嘴,栀子板着脸一扭头:“不找男人也不丢人。”何氏大着胆回了一句:“你不嫌丢人我们嫌。”“那就回山东老家,这儿的男人不稀罕。”栀子也回了一嘴,眼泪儿汪汪的。当时安礼盛在场,竟灰了脸。何氏也眼泪儿叭嚓回屋了。前年老娘走的时候,何家人都来西南河奔丧。栀子的小闺娘儿都九岁了,叫兰子,眉眼长得像栀子,一家三口黏糊着,栀子现在看样子过得还舒坦。老娘突然过世带来的悲哀,因为见到栀子的一家安礼盛生出些许慰藉。

和以往何掌柜只身一人往返于大连和烟台不同,这次场面宏大,不仅何氏,连栀子都带着女儿,还有她男人都来了。小伙子安礼盛见过两次,第一次是栀子在烟台订婚,何掌柜请安礼盛回趟烟台帮着长个眼儿。小伙子在朝阳街一家洋行做事,长相、派头和栀子挺般配,只是文弱了些,少了这个年纪男子的气色。安礼盛觉得许是小时家中惯着,光读书了没经过风雨,身体没毛病就行。一唠,上辈子也有念书的,竟是在安家私塾,也就更觉心慰。

来之前,何掌柜只来信说有点事儿要商议,没承想浩浩荡荡来了大队人马,就差打着小旗儿。地瓜、苹果、花生堆了满地。雅枝从厨房里擎出两个雪白的大枣饽饽说:"多长时间也没见着这样的饽饽了。"说着眼泪叭嚓的。何氏说:"这遭恁就使劲吃,俺都知道大连街现在缺吃少喝。"何掌柜说:"福山咱家光景还行,起码有钱买得到,就多带些过来。"栀子捧着一把花生:"哥,你尝尝这大花生,肚儿都鼓鼓的。"安礼盛喜滋滋拿起几颗送到鼻子下闻着,又捏开一颗放进嘴里嚼着,脸上顿时花开了一样。"甜吧?""真甜,甜到脑门子上了。"安礼盛不住点头。"这还是栀子两口子专门从莱西那儿买的,知道你稀罕那儿的花生。"何氏说。栀子旁边红了脸。

这次来,何掌柜要彻底离开大连告老还乡,和同安道别,和安礼盛道别。

"东家这是为何?"安礼盛吃惊着。

"老喽,事儿看得淡喽,钱多钱少不要紧。俺们一家子现在你也看到,俺知足了。往后也别叫俺东家喽。"何掌柜和颜悦色地说。

"叔这是嫌礼盛没把同安侍弄好?世道不会总这样,俺会让它翻身。”安礼盛惶恐不安起来。

“你这老东西，直着跟礼盛说，云山雾罩的，看把人家礼盛惊的。”何氏着急起来埋怨何掌柜。

“俺这也是心里话儿。慢慢说，唠嗑不是。”何掌柜看着栀子。

“这倒也是，不过还是把由头先跟俺哥说了吧，看把人家急的。”栀子说。何掌柜点点头：“那好，俺就先捡心底儿的话儿说。”见安礼盛还在不解地望着他，何氏冲着他说：“都是好话儿，你放松快些。”

“俺们全家心里不忍哪！”何掌柜重重说出一句。栀子和她男人都在点头。“你一个人在大连街拼死拼活，俺们全家跟着吃现成的。”何氏解释道。

“这不公平，俺们寻思着把同安东家交给你，份子也得少吃。如今这年景，同安一年总共也剩不几个，你忙活一年手里空空——”安礼盛明白了，心宽了一下：“这话不对，这可是您辛苦半辈子的家底子。”

“这话也丢人，同安还不是有你。这些年钱也攒了不少，还得多少才叫多。再说，这兵荒马乱的俺也不愿再提心吊胆的。其实，叫你自个儿撑着俺也心亏得慌，这不想跟你商量商量？”何掌柜说，又冲着栀子：“这不栀子说，本钱俺们还留这儿，但份子就顶多留两成。”何掌柜回烟台做甩手掌柜后，同安的份子一直是何掌柜六，安礼盛四。其间何掌柜提过好几次要倒过来，安礼盛执意坚持。

“这话先撂这儿，今儿太晚了，明个咱再商议。”安礼盛说。

一大早，安礼盛出门儿去丛家菜市转了转，见改了头些天清冷的样子，丛家兄弟在张罗着伙计忙碌着，场地已经收拾利利索索。心想孙先生是安排妥当了只等营口那面送菜过来。心里安稳了。又去了吴家,房门上照旧挂着锁。回到家后,继业正在和何家人一起围着听承业吹萨克斯。安礼盛心里彻底松快下来。

晚间吃完饭后,何掌柜说今晚天儿挺好,去槐花巷大槐树下坐坐。大家欣然赞同。栀子男人说:"俺早就想看看这棵树,心里一直惦记着。"何氏睃了一眼何掌柜:"真是人老奸,马老滑。"何掌柜急了,这怎么叫奸滑。何氏又睃了他一眼:"敬着你呢,不知好歹。""娘你比喻得不对,应该是说爹讲究个意义。"栀子插嘴说。"我也就这意思。"何氏嘟囔一句。安礼盛瞅着他们不知所云地笑笑。

"几年儿没见,这树都赶上了人腰粗。"何氏摸着干裂的树皮仰着脸说。"那得看谁的腰?"何掌柜瞥了一眼何氏敦实的后背,打趣说。"说像我小年纪时总对吧,老东西嫌弃我了。"何氏也不示弱,噘嘴道。大家都笑。"俺娘意思是说同安的基业像这树,再过几年儿这槐树真要比她现在腰板子还粗。"栀子说。大家又都收了笑,看着那树。

围着槐树坐下时,高雅枝已经提了茶壶、暖瓶还有一摞青花小碗来了。喝了一碗茶,何掌柜放下碗,面色庄重地扫了一眼何氏、栀子、女婿,大家都严肃着。然后慢慢转回头又看着安礼盛,看着高雅枝。他又提出份子的事儿。

"顶多二八开。"何掌柜语气很坚定。"何家拿二。"何氏接上说,眼巴巴瞅着安礼盛,栀子两口子点着头。安礼盛看看高雅枝,她摇摇头。"同安这些年没有你,哪有今儿?"何氏急了,竟嘤嘤起来,栀子拿手帕给娘擦着:"哥,俺们都记着……"栀子也落了泪。女婿又给栀子擦:"哥,何家不能再退了。"他说。

“那就四六，跟以前倒过来，何家本钱收回去。”安礼盛说。

“同安开张你出的大头儿，俺这个东家当得心亏。”何掌柜正色道。安礼盛瞅着高雅枝，高雅枝说：“俺俩商议过，四六倒开这是底儿了。”

“三七开，三七开，马兰花开二十一……”忽然，一直自己在玩耍的兰子蹦蹦跳跳唱了起来。众人一怔，互相望着。

“那就借小闺娘儿吉言，不争执了，三七开！本钱留这儿，同安现在难。”何掌柜大声说，见安礼盛和高雅枝还在犹豫，又说：“再不能退，不然俺们怎么有脸回烟台！”何掌柜有了愤懑。“俺就撞这树上。”何氏站起身。

下半夜了，小洋楼里还亮着灯。安礼盛和何掌柜坐在楼下客厅里唠着。楼上灯也都亮着。

第八章

山路崎岖，曾经却更是遍地荆棘。

孙先生失踪了。“救市”以后近一个月再没声响，商行里电话也打不通，安礼盛一惊，赶忙去了小岗子。昨晚下了一夜的大雪，出门一看，满大街、满屋顶都被大雪覆盖着。大连是比烟台雪要多些、大些，可来大连街还是头一次见到这么大的雪，都没了脚脖子。今年北风来得早，雪也跟着就来了。出来得太早，马路上的积雪还安然无恙懒洋洋地沉睡，向满世界撒出一片冰冷。安礼盛深一脚浅一脚地踏着雪，心里颤着，几次险些摔倒。

商行大门紧闭，门中间赫然斜着一张封条，上面盖着一个血红大印，像是风月场所门口扭着腰身那些女人的嘴唇，在脚下白白的世界里更显妖艳。安礼盛头皮一炸，惊出一身冷汗，又险些摔倒。定定神看了看四周并无动静，商行门前积着的厚厚的雪未受任何惊扰的样子，那扇大门像是寂冷了许久，了无生气。他后背又一阵冰冷。想了想，继业这几日倒是没出门，昨晚也没觉着有何异动。他赶紧走开，急匆匆回到同安，继业不在。他又慌忙回到槐花巷，继业正在小洋楼二楼房间里躺着看书。安礼盛幽幽地回到自己房间。

也就在救市前不久，他在同安和孙先生闲聊的时候，有意无意提起过继业和倩倩的婚事。雅枝念叨过几次，他心里重重地成了一桩心事。孙先生怔了一下，旋即笑着说，现在大连街不清净，倩倩前些日子去了北边舅舅家，何时回来，回不回来还不好说。又说，现在同安也冷着，整个大连街都罩着寒气，不然，让继业也寻思着过去在那边找个营生。嘴里在随便念叨着，也没看他，安礼盛觉得像是探询的口气。北边，安稳吗？由于惦记着救市的事儿，这事儿也就在心里放下了。

大明商行犯了事，一定跟“救市”有关，孙先生会安然无恙？他极力镇静着理着思绪。去了丛家菜场，院子里的积雪已被扫尽，烟囱里徐徐冒着白烟儿，不像是发生过什么祸端。想着孙先生那张穿着军装的相片儿，又想着他平常时而西服革履，时而长袍马褂，时而爽朗地高声大笑，时而面目严峻、神色深邃，安礼盛逐渐坦然淡定下来——他定会化险为夷！可他能撇了大连街走了？北边儿？一定是情不得已。这下子爷俩都走了？孙先生说话管多靠谱，谈笑风生中也从不信口开河。安礼盛失了神，他找出最近的报纸，急急忙忙翻着仔细看。出了城子坦往北都是扛着枪、架着炮的日本人的天下。再往北更是打得炮火连天，说是中国人被日本人打得钻进山沟里不敢出来，都啃着树皮。不过私下里又听说，日本国内被扔了两颗原子弹以后，已经扛不住了。安礼盛心里麻麻的，又去了继业房间，还在躺着看书，挺安详。他心里安稳了些。

转过两天，安礼盛正在同安店里转悠。走过一个人，二十几岁的样子，先机警地扫了一眼四周，然后掏出一封信塞到他手里：“您回房间再看。”说完笑笑转身走了。店里稀稀拉拉人不多，看那背影不紧不慢的，脚下却很利落。安礼盛急忙回到办公室。掩上门，别了插销后便一把撕开信封。没错，是他，笔锋柔中有刚，透着锋利。

信中说，他已去了北边儿。救市之事日本人已知道内里，他的真实身份已经暴露，情急之中不得不紧急离开大连，领受新的“使命”(使命两字打着引号)，安礼盛明白了。

又说，“救市”之事有人告密！是浪速町小衙门警察上报的关东警视厅。小心为是。安礼盛脑袋嗡的一下，沙发上呆坐了会，眉头皱起一个疙瘩。

安礼盛匆匆去了水师营。刘家杂乱的小院紧闭着门，邻居说头些日子一家人赶着大车串亲戚去了。

继业还是失踪了，没有一丝迹象，第二天早晨人就没了，也没有留下只言片语。像大槐树下的落叶，一夜间被一场北风卷得片叶无存，无影无踪。“俺的继业！死了也叫娘看看尸首！”高雅枝嚎啕着。“没死，去北边了，干大事。”安礼盛心里说。

公历一九四五年夏末的一天，天天瞪着发红的眼睛肆虐了两个月的日头，累了似的朦胧起来，天气没了往日的炎热。行走在浪速町大街上稀稀拉拉的男男女女，却还是蔫着打不起精神。

天空一阵隆隆轰鸣，像是晴空中传来滚滚重雷，震撼着浪速町大街。睁眼抬头看去，数架大飞机张着翅膀在空中盘旋，日头都吓得躲到了后面。转了几圈儿，又折成两队翩翩起舞着飞走了。它们分别落在了大连周水子机场和旅顺土城子机场。威严的舱门打开后，数百名全副武装的苏联士兵匆忙跳下，分乘十几辆大卡车风驰电掣般直奔旅顺日军司令部和大连日军司令部，苏军兵不血刃进驻大连。转过几天，大街上轰轰隆隆地开来了坦克，直直地伸着大炮筒子穿街而过，上面站着头上严严裹着皮帽，挺着大鼻子的苏联大兵。

大连光复了。运动场那面开了大会，苏联人威武地站在前台。

说是共产党开始管着大连，却还是没有孙先生的消息。大广场一带，先是竖着国民党党部牌子，后来才竖起中共大连市委的牌子。街上的警察说是共产党，却穿着国民党警服，戴着国民党徽章。说是关东公署官员都是共产党，却都西服领带，脚上铮亮的皮鞋，还留着分头。安礼盛有些迷惑。又想，孙先生当初不也这样。寻思一下还是不对，当初是日本人的天下，孙先生那是乔装打扮掩护自己，现在日本人不是投降了吗，苏联人不也是共产党吗？不管怎样，和孙先生一样就不会错。安礼盛有些捋清了头绪。他想起了孙先生，是不是做了大官儿，也该回来了吧。还有继业，也该回家了，让雅枝看着儿子活蹦乱跳地回来，大街上已经活蹦乱跳了。

沉闷了许久的浪速町重新复活了，店铺都收起打烊的牌子，行人们也现出尘封已久的笑模样。不久又锣鼓喧天，大街上扭着大秧歌，彩绸飞舞。安礼盛不禁想起爹曾经说的，安家在烟台朝阳街上闹出那声巨大的响动后，德安记大院门前也曾这个情景。那却是德安记一家势单力薄，这可是整条浪速町大街，这个大连街呀！他盼着孙先生班师回朝，盼着继业凯旋而归。

都没回，还连一点儿音讯都没有。慢慢他看到，原来大连街并没就此太平，还有人在跟共产党较着劲儿。局面混乱着，商行关闭，学校停课，盗匪四起，枪声不断。今天煤场被抢，明天码头发生骚乱，就连小岗子那面的木材厂都给抢了。石道街还打死了3个中国人，说是100多个日本学生干的。桥本昨天来说，桃源台他以前的隔壁太田家被一伙人端着枪给抢了，说是“左翼”。后来破了案，歹徒正在富久町141番地一幢小白楼密谋武装暴乱被抓获。街上贴了告示,原来也是一伙儿日本人,要全部枪决。好像名字里面有一个叫武田鸠夫的名字,不知是不是浪速町小衙门那个武田?安礼盛心底一揪,有一阵子吴越前有事没事好往小衙门里钻,有一次回来还炫耀武田把他那只盒子炮给自己摆弄?可自从小衙门变成新政府的派出所之后,那里的日本警察都已不知去向。见桥本心有余悸的样子,安礼盛想起报纸上看到过新政府颁发的《对日本侨民施政纲领》,其中说过不得私藏武器弹药,否则以战争罪犯严惩,但对守法者保护生命财产安全。安礼盛说:“这些事跟你都沾不上边儿,你是守法侨民,我看共产党执政有方、有节,讲理着哩。再者,你又从未参与过政治,没人惹你。”“如今这兵荒马乱的,我下一步又不知是何去向,杨慧带着孩子孤儿寡母的——”桥本还在忧虑。“车到山前必有路,无需忧虑过多。如今新政府会护着老百姓。想起孙先生我这心里就有数。”安礼盛坚定地说。“孙先生这人是值得信赖。”桥本说。看着他眼睛又恢复了以往那种透着赤诚、娴静的神色,安礼盛心里安了。“杨慧在几久屋生意还行?”他问桥本。“也算有件事情做,我俩也能先维持着。”桥本幽幽地说。日本战败后,桥本没了工作。青木回了日本,走时要拽着桥本一起,他踌躇了许久。安礼盛出面担保,以艺术人才的名义暂时留了下来。办这事儿的时候,看得出都还对他挺尊重,安礼盛回来后感叹着共产党人的胸怀。

几久屋改了名字,叫作裕华商场。当时大连有20多万日本人等待回国,安田将商场分散成单个柜台出租给滞留在大连的日本人,全家回国了,倒也解救了许多失去工作和生活来源的日本侨民。桥本也租了一个柜台。高雅枝不同意:“同安现在眼见着好起来,浪速町的日本买卖都灰头土脸了,咱不去。恁两口子来同安也添了人手,稀罕洋号就在洋号柜台。"桥本还是担心自己这日本人的身份牵连了同安。在几久屋卖洋号其实也就杨慧在那儿看着摊子,生计都难保了,谁还有心思玩儿这种玩艺儿,别的他又不懂,杨慧也是,也就是图个拖一天是一天,一家三口子早晨起来还在一起,也不知道晚上会怎样。

出门送走桥本,安礼盛转身去了旁边已改名的"合作街"(1949年改天津街)派出所。刚才桥本提起武田,安礼盛陡然想起什么。孙先生说过救市被告密是旁边小衙门警察报的案,这事会不会和同安的人有关?武田必知底细。这事儿太怪,他去营口时只带了承业,连对雅枝都说是去见个买卖上的朋友,带上承业是为了让他见见风雨。武田虽然不知去向,派出所警察许会查到。如果武田还在大连,这事儿能查清楚。现在是共产党的天下也不怕人了。孙先生为此差点遭了难,他心里一直扎着根刺儿。

他愕然了,那个武田鸠夫确是武田这个大金线。不过,已被枪决了,就在昨天。

转过年初夏,国民党与共产党真刀真枪干起来了。国民党军队推进到了石河驿以北,对大连实行扇形包围之势。他们隔断大连与外地的陆路联系,又实行海上封锁,扣押、击沉船只90余艘,大连成了一座孤岛。工厂停工,商铺闭店,老百姓缺衣少粮,大多靠野草和豆饼充饥。共产党领导发起生产、生活自救运动,恢复工业、商业、渔业的同时,号召市民种粮种菜。一时间,房前房后,院内院外,连马路边都种上了粮食、蔬菜。又从胶东、北满、辽西采购粮食十几万吨,突破陆上和海上封锁,运进大连。浪速町欢腾着,像乡下人久旱逢甘霖似的敲锣打鼓，又有了往日的喜庆和欢笑。回到家，安礼盛坐着抹眼泪儿，雅枝愣着问："今儿这是咋的了？也就他婆走时见你掉泪儿。""唉，又想起那次救市，想起孙先生，虽然一直没露面儿，一定在背处使着劲儿，他不会忘记大连街。"安礼盛说。"没准，里头还有咱继业。"雅枝现出喜气，忽又说，"头些日子你跟俺说救市被告密的事儿，承业从山东家回来后，俺问过他有没有顺着嘴和别人秃噜出来，承业倒说从营口回来后见过前子。俺又盯着问，承业仔细想想说，那天前子还真有点贼眉鼠眼的样儿。""那跟他说了什么没有？"安礼盛睁大眼睛。"好像提过跟着你去营口帮孙先生谈买卖的事儿。"见安礼盛眉头挤出一个疙瘩，雅枝说："也别太担心，现在不是共产党的天下吗，等孙先生还有继业都回来了，咱还有功呢。"

不久，苏联人也从海参崴运来大豆粮食、蔬菜、食油还有罐头。是绕着道儿经朝鲜运过来。同安将原来的柜台撤掉，卖场里堆满了大卡车从码头运过来的样样数数的吃食。安礼盛打听了一下，没有从烟台运过来的。却又顾自笑了，烟台现在还被国民党占着哩。这是馋那莱西的花生、烟台的头麸面蒸的枣饽饽昏了头。同安得了政府夸奖，门头上给拴了一个大大的红花，两条大红绸子都垂到了地上。那天领头的是中山区的一个区长，灰色的制服兜盖儿上插着一支铮亮的钢笔，身后的两个兵儿却是全副武装显着很威严。区长紧紧握着安礼盛手的时候，目光柔和中透着庄重。安礼盛激灵了一下，孙先生脱了西装、长衫也会是这样。还有继业，现在是穿军装还是穿制服？

桥本还是回国了，在大连的日本人全部遣乡。那天，安礼盛没去码头，承业要去，被高雅枝拦了。在槐花巷小洋楼里，安礼盛看着承业呆呆地看着那把萨克斯，又拿起狠命吹了一下，萨克斯尖锐地响了一声，他又看着承业提着它上了楼。一会儿，楼上又传来那首桥本经常吹着的曲子《安魂曲》。那声音悠扬，却又如泣如诉，将人领到遥远的过往。那悲哀又在遥远中雾一样悠悠散去，天空中现出缕缕光亮，像阴阴的霏霏细雨中一张眉梢滴着水珠的脸。桥本昨晚儿来告别时说，杨慧已经抱着女儿回了江南老家。说解放军这样打下去那里就快解放了，再没有兵荒马乱，也没有人知道他们的过去。女儿可以无忧无虑地生活，就像刚从石头缝里蹦出来，和这个世界，和任何人没有过往，她也想和女儿一起重新从石头缝里蹦出来。高雅枝咚咚上了楼，萨克斯声音戛然而止，传来承业的哭泣。“男子汉，心里都得装得下！”传来高雅枝嘶哑的一声吼。安礼盛却呼地涌出了眼泪。

20万日本人陆陆续续打着铺盖卷回国了。那阵子，先是位于狮子口的旅顺军港成天跑着冒着黑烟的日本军舰，装着一批批耷拉着脑袋、丢了魂魄似的日本兵去了大海那边的老家。

这旅顺军港是大清年代所建，多少年了都威武着，这旅顺也就因为有了它才赫赫有名。其实，明代时就有军队在旅顺驻扎出海巡哨，吴顺儿老丈人家那“水师营”的地名就是由此而来。到了清朝，越来越多的外国人把中国当成肥肉，不断侵入黄渤沿海。为加强防务，李鸿章花了朝廷300多万两银子在这儿正式修建了港口，使之成为当初世界五大军港之一，中国人第一支海军舰队，李鸿章的北洋水师就驻扎在这里。靠着天然的地理优势，旅顺军港牛气冲天地傲视着一望无尽的两片大海,一片是蓝色,一片是黄色。说它“狮子口”,是因为那条仅300米宽、两山对峙夹成的出海口,像一头凶猛的狮子怒张着两片嘴唇,那停泊在港湾里的军舰就是那排锐利的巨牙。这300米中,仅有一条90米宽的狭长航道,一次只能航行一艘军舰,说它“一夫当关万夫莫开”一点都不为过,历来兵家都把它当作必争之地。西南一点儿的老铁山就是黄海和渤海的交界线,曾有诗道,“一山担两海,一港写春秋。一个旅顺口,半部近代史。”可怜那北洋水师只在这傲视了6年,日本人发动了甲午战争,一仗下来北洋水师竟全军覆没。日本人侵占旅顺后,进行了四天三夜大屠杀,杀了3万多人,整个旅顺口仅剩36个中国人。后来,俄国人又对旅顺口虎视眈眈,出动大批军舰在这里打了起来。昏天地暗打了多个时辰,沉了22艘战舰,5万人葬身黄海,还有7艘战舰归了日本人。而日本人这边,只丢了3艘鱼雷快艇,死了百来个人。

这次是小鼻子丢人丢大发了,统治了大连街40年,灰头土脸地回了东洋老家。大鼻子也出了一口恶气。

那阵子市面上太乱,吴家回了旅顺水师营。吴越前在他姥爷那儿闲得五脊六兽,就跑到狮子口看热闹。一群一群垂头丧气的小鼻子被端着枪的大鼻子看着上船,手里没了枪,就像狮子秃了牙。看那一艘艘军舰歪歪趔趔跑不动似的冒着滚滚黑烟出了狮子口,“猫都不如,还嘚瑟。”他心里有些失落。回到家后他丧着脸,冲着他爹没好气,对他娘、姥爷可不敢。见他失魂落魄的样子,把式老刘伸出一个手指头戳着他脑门子悄声说:“去狮子口逛荡顶个屁用,小鬼子自己都拉稀了,还顾上你?”虽说手没使劲儿,脑门子上还是印了大红点子,这成天握鞭杆子的手虎钳子一样,生疼。吴越前揉揉脑门子，看着眼前那张飞似的脸，又摸摸自己的脸，也开始有了络腮胡子，怎么也生了这么一张不值钱的脸。“张飞”背着手走后他身后瞪着：“还成天长坂坡、当阳桥的，还不如常盘桥卖肉的。”就伸手去拽脸上那些胡茬子，疼，又打了自己一个耳光，更疼。想想，又去了狮子口。这次不光是看，还朝那冒着烟儿的军舰屁股后面扔着石头：“放屁还带烟儿，哄臭！”他骂着。一个背枪的大鼻子兵过来撵他走，他把左手的拇指和食指围成一个圈儿，右手食指伸着往那小圈儿里一捅一捅的，“操！”又往那些军舰上努努嘴。大鼻子明白过来哈哈笑了：“哈了少，哈了少！”大鼻子脸上也炸撒着浓浓的络腮胡子，还是红毛。他又摸摸自己的腮帮子，又指指那大鼻子：“哈了少，哈了少！”大鼻子更乐了，使劲儿点着大鼻头。他不懂那“哈了少”是啥意思，但他看出大鼻子是欢喜的。

到了1948年，东北全境解放。浪速町大街上的店名儿又都换了新的，连改名裕华商场没几天的几久屋又改成了关东百货，插着红红的镶着五颗星的中国国旗。继业还是没有音讯，孙先生、倩倩都没有。

“死不了，没看见战场上牺牲的家属都光荣着，也没谁给咱送过‘光荣烈属’的红牌牌。他们命都大着哩，一个也死不了！大禹治水三过家门都不入，都是干大事的人。”安礼盛对高雅枝说。“这江南才解放，杨慧带着孩子这几年也不知道怎么过来的，你说当初就冒冒失失回了去。”高雅枝又担忧起杨慧来。“杨慧这女子性子你还不知道，桥本走了她哪能还在大连街待得下？吉人必有天相。”

吴家三口子赶着大车回槐花巷了，吴越前握着鞭杆坐在大车辕子上。两匹枣红色大马架着车，长长的鬃毛被他给剪短了，像他姥爷的胡子。这两匹马他很稀罕，威风凛凛的。

剪了鬃毛他有点后悔，这哥俩咋没了以前的气势，像是合伙耍流氓了似的，它们自己都抬不起头来，生怕看到有人指指划划。大车直接停在小洋楼门口，爷俩往下搬着些吃食，样样数数还不少。高雅枝出来时，秋子正小心翼翼拐下一篮子鸡蛋，马粪蛋子拉了一地。

“咋不给它弄个粪兜子，粪卷子糟蹋了不说还脏了街。”高雅枝嗔怪着。吴顺儿看看儿子，没言语。“说得也是，在乡下他管多这样，说也不听，说在鼻子底下嫌臭。”秋子瞅了儿子一眼，吴越前脖子一梗，回瞅了他娘一眼。“那是乡下，这是街里，会招人骂。”高雅枝没看地下堆着的那些东西，转身回屋拿了一把笤帚扫了起来。秋子赶紧抢过笤帚，吴越前睃了他娘一眼，往楼里搬东西，秋子又拐起那篮子鸡蛋跟着。“可别都搬这儿，你们不也要回街里了嘛，两家匀着。”高雅枝后面赶着说。“这车都是送这儿的，俺家的赶明儿俺爹再打发人送过来，送到新家。”秋子说。“新家？”高雅枝眨着眼问。“小鼻子都跑了，房子不都空了嘛，赶明儿俺们就去找房子，这下可抖起来了。”秋子喜滋滋地满眼笑儿。“还真是。信儿挺灵，那得赶紧。”高雅枝一下想起这些日子满大街都是搬家的，大街小巷拉着家具、铺盖卷的大车小车都排起了长队。车帮子上贴着花花绿绿的标语，上面写着：“从草屋到天堂”。有辆车的车头上方横着一条大红纸，写着四个粗粗的大字：“搬家运动”。有的车上敲锣打鼓，人人脸上扬着喜气。“也是才听人家说的，俺在乡下就是瞎子、聋子。”秋子话儿里透着话儿。高雅枝一愣神儿，显得有些尴尬，欠着似的说，“倒真是把这出儿给忘了，那今晚儿赶紧让他大爹给参谋参谋。”“不用了，道儿上俺们都寻思好了，”秋子撇了一下嘴，又说，“俺今晚儿可得先住这儿，老房子久了没住脏兮兮的，马上搬新家也不拾掇了。”

大连街一下子走了20万人，很多房子人去屋空，还都是好房子，水、电、煤气都通着。日本人在那会儿，他们平均一人六个榻榻米，中国人三个人才一个榻榻米。大连人这下子可展扬了，好些日本房都闲了。槐花巷也闲了一些，都是当初满铁的一些日本普通职员住的。吴家这是回来要新房子，全家人都穿得新崭崭的像过年。

吴越前挑着鞭梢赶着车，专捡日本房儿多的地方跑。傍晚儿回来后却都耷拉了脸。两匹马早上还精神抖擞地喷着响鼻，此刻也迷瞪起马眼，亏脖子上没有了鬃毛，不然也会耷拉下来。一大早先去的南山，那可是当初大连街大户人家云集的地方，连张作霖、孙传芳等达官显贵在这儿都有府邸。完喽！家家户户都有了新主人。却不是“晚”喽，早了也没用，一打听都是些有头有脸的。转过来又去了凤鸣街，马蹄子从街东头顺着往西走了两里地，嘎嘎哒哒，走走停停到了西头，一丈多宽的街面上被惊得鸡飞狗叫，竟也没有一户空着。还没进去就看见家家院子里都晃着人，有的在搬腾着东西，有的在擦玻璃，还有的剔着牙花子在院儿里溜达。“净他妈做梦想着枣饽饽，也不知道自己半斤八两！”吴顺儿闷头儿吼了一嗓子。“俺就不信吃屎也赶不上热乎的。”秋子白着脸儿说。“这凤鸣街当初都是什么人住的你不知道？”吴顺儿又说。“不就是住过那个什么郭沫若的老婆，还住过什么市长，可那是当初。”吴越前插话说。“现在你也还屎橛子一个，敢往这地方凑！”吴顺儿说。“就你窝囊吧，咋知道咱孩子就不能进步，”秋子手指头戳了他一下，“不歹饭了，赶紧往聋哑学校那儿跑，放屁工夫就到。”秋子说的这地方离凤鸣街不远，穿过几条街就是，那片儿日本房也不少，原来也都是些有身份的日本人住的地儿。“不吃饭哪来的屁。”吴顺儿嘴还不停嘟囔着。满街转着还是泄了气，都有了主。晚上高雅枝说明儿早去岭前看看，虽说房子不算太排场，却也都是日本房。过午回来后又都耷拉着脸。从逢板町(现武昌街)一直跑到鹤舞桥(现秀月桥)，胡同里边边角角都跑遍了，不是有了人，就是门前、院儿里都干干净净着，还上着新锁。

“樱花台那间俺看挺好，听说以前还是一个在大广场那嘎啦儿开银行的日本人住的，俺娘偏不去。”吴越前板着脸瞅着他娘。“没听邻居说那个日本人在家里被人打死，那叫凶宅，要不能空着等你来住。进去就闻着一股死尸味儿，你鼻子瞎！”秋子要哭的样子。“再说也不是开银行的，就在那儿上班儿。”吴顺儿操着手接上一句。“那也差不离儿。”吴越前眼珠子剜了他爹一眼。“唉，就该这信儿知道晚了，你这老鬼就知道成天窝在院子里，大门不出，吃粑粑赶不上热乎的。”秋子扯嗓子朝吴顺儿喊一句。“就吃凉粑粑命儿。”吴顺儿瞪起眼大声吼着。身边那驾辕的马颠着四只蹄子，扭了扭脖子，拉出一串儿粪卷子。“抽死你个驴操的。”吴越前扯起鞭子。

“这是干什么，不就个房子吗，从前不也住了。挣啊，抢的，给孩子陶熏成什么样，再好的瓜蔓也踩扭摆喽！”高雅枝脸儿白了，转身回了屋。吴越前冲小洋楼看着。“该谁就谁，都在瓤里待着，抢去了也只得了个皮儿。”高雅枝身后又恶狠狠传出一句。

安礼盛帮忙在槐花巷申请了另一套房子，里外两间，还带着厨房，以前是一个满铁的普通职员家人住的。吴家终于也搬进了新居，不过两家比从前远了，还拐了一个弯儿，从前顺着宽宽的巷子直着就过来了。

第九章

园子里都爬着瓜蔓，得看蒂落儿的时候。

同安摘下了门头上的字号牌匾，门旁挂上一块崭新的白底黑字的店牌，上面写着“旅大振中百货公司”八个宋体字。挂牌子那天，区上来了干部给剪了彩。没见到上次来的区长，安礼盛心里不觉生出些惆怅。鞭炮放完之后，望了那块牌子许久，回到屋里，不由又想起那几个人。如今全中国都太平了，孙先生的使命已经实现，怎么还没声响，这些日子，他心里一直都悸着。高雅枝越来越紧念叨着继业，他嘴上不说，心里其实更七上八下的。到底都去了哪，“北边”？孙先生给的信儿不该有误。这共产党打下了天下，可都是用多少命换来的，连杨靖宇那么大的官儿都死在小鼻子的枪炮下。想想后背直冒冷汗。又想起烟台朝阳街曾经高高挂着的“德安记”那块大匾，爹说从摘下的那一天“德安记”就倒了，朝阳街上的中国人精神头儿也跟着倒了。可“同安”牌匾摘下后却是换了新的挂上去，还是政府的大官儿给亲自挂上去的，看眼儿的老百姓都可劲儿鼓着掌。心思用在“振中”上吧，他们几个真“光荣”了，也叫他值。他心里又活泛起来。

振中学着关东百货的样子，里里外外楼上楼下都变了新模样。一楼和二楼没有了原来洋货和土货的区分。货柜也重新倒腾了，只是乐器柜台不仅还在一楼楼梯口处占着显眼的位置，而且还扩大了许多，这是承业坚持的。柜台后壁还是陈列着两件一大一小的洋号，一把巨大的“圈贝斯”，承业管他叫“扛号”，因为它是绕在身上背着吹，把整个人都圈小了。另一件就是低音萨克斯，虽说在萨克斯中它是“大哥”，身量最大，被那“扛号”衬着还是小了许多，像是一个粗壮的汉子旁边站着一个灵秀的雍雅女子。上面灯光照射着，两把号都金光灿灿，那把萨克斯更熠熠生辉。承业这几年迷上了洋号，除了萨克斯还从桥本留下的一些书中学了别的。不但会吹，还学了各种洋号的维护和修理。安礼盛就在柜台后面隔出一个小屋，当作承业的作坊。

吴越前重操旧业，回来继续做起账房。账房三个职员，其余两个是新来的，本来吴越前盼着当大账房，安礼盛安排他做了二账房。

正月初五刚过，安礼盛去了烟台。除了去福山何家看看，把账务向婶子念叨念叨，顺便也看看栀子，现在娘俩在一块儿过。三年前，栀子男人还是早早走了，到底是肺痨，撇下了栀子娘俩。何掌柜不久也去世，家里就剩老少三辈儿三个女人。唉，栀子的命这是怎么了。还有那兰子虽说出门子了，命儿也不济，好好个男人都不知现在在哪，是死是活。安礼盛时常为此嗟叹。还得去烟台邢掌柜家看看，每到烟台他必要去邢家探望。烟台没解放邢掌柜就走了，家里就剩儿子两口子和孙女儿邢慕乔。每年到烟台他都带了承业。都老大不小了，这件事这次来该有个尾儿了。

下了船，先去邢家拜了年。见承业来，邢慕乔红了脸，看得出期盼了许久。去年来的时候，两人还谈笑风生上了街，孩子似的街上并排走着。今年来了她却扭捏着躲进自己的小屋去了，承业却不懂人家心事，在外面紧着召唤。“承业，慕乔今儿不舒坦，你就不能进屋里看看？”慕乔娘说。“这好吗？

闺房……”承业看看安礼盛。安礼盛笑笑扭身走开了。“这傻小子。”慕乔爹嘟囔一句，也随安礼盛去了。

把承业留在烟台，安礼盛只身去了福山。福山自古富庶，风气中不光有着山东人的勤劳、忠厚，还由于一辈辈读书人多，自然就多了些华气。这儿离烟台只十几里地，烟台开埠后，朝阳街的味道顺着海风就吹了过来。似被洗礼了，人都更显清爽，连走路都轻快，脚下却有根儿。街巷里，人来人往的还留着年味儿，见面都在说着过年话儿。家家门上对联儿也都新着，那字儿一看就是自家写的，字迹不同却都是一样的新词儿，这和大连街差不多。看着，门前都还落着鞭炮的碎屑，祥和中也是荡着欣欣的气氛。何家住在一条宽宽的巷子里，门楼不大，虽不在大街面儿，却也是城里的繁华地面儿。何家门前没有碎屑，宁静中显出些清冷，门上也贴着副对联，安礼盛认得那是栀子的笔迹，也像何掌柜的。句子却和街面上那些不同，一看就含着栀子的风韵。门紧闭着，门缝听听，里面很静谧。轻轻敲了门，听里面的脚步声就是栀子，虽很轻却带着急促。

“哥，到底是你，俺娘都等急了。”栀子嗔怪中闪着兴奋。

“俺就说是礼盛。”何氏颤颤巍巍出来了，安礼盛紧几步上前。何氏拉着安礼盛的手，老泪横流。栀子旁边就说：“成天念叨人家，送眼么前来了倒哭起来。”说着自己也抹起眼泪。老太太说：“俺这是乐得，没看见脸都开了花。”栀子噗哧一声挂着泪笑。栀子脸儿又尖了，比去年脸上还多了褶儿，气色也差。

“您老还硬朗。”进屋坐下后，安礼盛看着何氏问。“老头子也不把俺领去，不死不活的净给栀子娘俩添累赘。”老太太眼泪又涌了出来。“您才74，还不再活20年，奔100岁。”安礼盛摩挲着何氏的手，那手瘦骨嶙嶙暴着青筋。“快别说了，去年阎王爷就该把俺收了。”“还有84呢。”栀子说。“俺可不总拖累你，早走你也再找户人家。”何氏又泪眼婆娑起来。“娘休再说这些！”栀子眼角瞅了安礼盛一眼，扭身出去了。上次来何氏就念叨过这个，当时安礼盛说了一句：“也怪当初，栀子不该回烟台——”何氏知道他又在心疚，觉着是自己把栀子从大连“逼走”，就说：“你也甭这么总压着自己，老话儿说‘红颜薄命’，你看她那个性子还不应了。”安礼盛知道她说的是栀子性子软，心里也太纯净，容不得一丝杂物。

“快去东关外把兰子招呼来，说她大舅坐大火轮从大连来了。”何氏呼地颤着手抹抹眼泪冲着外屋大声说。兰子烟台解放头一年出的门子，婆家姓杨，在城外五里地的杨家夼，家中有40亩多地租着。福山一带地少人多，几十亩地就算是大户。男人本来在福山、牟平做古董生意，后来生意又做到了烟台。兰子结婚的时候，安礼盛见过女婿，人挺好，全家也都顺心。没承想，兰子不到仨月就守了活寡，女婿为生意的事去了香港，烟台不久解放了，人再也没回来。

提到兰子，安礼盛心里又一酸，脸色阴着沉默下来。土改划成分时，杨家被划成地主，因为家里没男人，“帽子”就戴到了兰子身上，刚过门的新媳妇成了“地主分子”。

“兰子现在怎样，男人还没消息？”安礼盛还是满脸忧容问了一句。“活不见人，死不见尸，”何氏颤抖着头。“一个女人，年纪轻轻背上了地主分子的‘帽子’，惊了的兔子一样，成天趴在窝里，”何氏嘤嘤起来，“孩子往后怎么活，不如我去顶了。老天爷也不开眼，老何家这是怎么了。”何氏垂下头。呼地又抬起头，两只手握着安礼盛的手压着声说：“礼盛啊，当初划成分的时候不是你证明俺家败了家，早就跟同安没了瓜葛，俺娘俩现在不也和兰子一样。”“这也是何家造化。”安礼盛说。

安礼盛端起碗喝着栀子刚才给倒的水，有些凉了。起身去了外面灶间，他慢慢盛着，盛了两碗，端着又回到里屋。何氏接过一碗放在炕上，瞅着碗里的水，眼泪与那碗里的水合在了一处。安礼盛眼光也看着碗里的水，喝了许久才喝完。

“俺有个打算。”安礼盛放下碗，看着何氏说。何氏抬眼看着他。

“把兰子带大连去？”安礼盛口气轻轻地探询着，目光却很坚定。

何氏把耳朵侧过来：“你再给俺说一遍？”“兰子跟俺去大连街。”安礼盛声音抬高了慢慢重复一遍。她眼睛一亮，想了一下，说：“那不得拖累你？”

“我现在也算受人敬着。槐花巷那儿吃的住的都现成，兰子过去后，我安排在振中百货干点儿事儿，在那儿不会受欺负。”何氏嘴角颤抖起来：“在你跟前儿俺咋敢不放心，只是现在这政府——”她微张着嘴。“现在政府开明着哩，您就把心踏实下来。这同安的家底子是老何家的，兰子也是名正言顺。”安礼盛说，又望着何氏，“日后女婿有了音讯，两口子如果乐意，他也可以过去帮帮我。看这气候儿，就是回来也是不呆在福山为好。或许女婿真的——兰子年纪轻轻的不能总这样。”

老太太双手合十，仰面朝上，颤颤巍巍地不断点着头。“我看那女婿再是见不着了，苦命的兰子呀，可有救了，菩萨显灵啦！”旋即哇的一声嚎啕起来。

“那就这样，如果栀子和兰子乐意，我这次就带她走。”“乐意死了！俺下去烧灶香去。”何氏说着在炕上挪着身子。

安礼盛伸手扶着她下地。“不用扶我了，腿儿轻快着哪。”何氏甩开安礼盛的手。安礼盛看着何氏挪着步，心里也一下子松快下来。

兰子来了。模样随了小年纪时的栀子，却比栀子更清秀。一年没见竟又变了不少。鹅蛋脸儿尖了，这倒像了那时的栀子。白嫩的皮肤像蒙上了一层灰，明显少了光泽。薄薄的眼皮下面那双不大但溢着娇柔的眼睛掩着忧哀，见到安礼盛顿时又闪出晶莹。两片薄薄的嘴唇微微抖着，最终张在那里。两只小巧的手掩住面，少了以往的细嫩，就站在那儿，身体微动着。兰子见人总是羞腼，两腮粉嫩着招人疼怜，此刻却是煞白的。

“大舅。”兰子声音颤着，背过身。

“你娘呢？”安礼盛从炕沿上下来，轻声问。

“一定是割肉、买菜去了。今儿你来了，俺家都等着过年呢，大年儿三十晚上也没这样。”没等兰子回答，何氏抢先说。安礼盛想起他每次来栀子都是这样。

“做饭吧？”兰子恢复了平静，问何氏。兰子言语少，总是这样几句话并作一句。那眼神里分明有“做什么饭”，还有“舅该饿了”的急切，口气中不只是在问，已是回答。

“擀面，洋柿子、芸豆加大肉片子。红彤彤的喜面，今儿是喜上加喜，双喜临门。”何氏笑眯眯看着兰子，说着又扭头望着窗外念叨着：“俺说今儿早一睁眼就看见柿子树上站着两只大喜鹊，叫得那个欢，”何氏又抬起手擦着眼角，“栀子也不知买没买洋柿子。”她又看着窗外念叨一句。

“样样数数都买了！”接着何氏的话儿梢，外屋传来栀子响亮的一声。

“坐大火轮，跟大舅去大连干营生。”栀子前脚刚跨过门槛,何氏就颤着声儿说,然后朝兰子一努嘴,嘴唇儿上都带着笑。“去大连?”栀子眼神迷茫着看向安礼盛,兰子也呆了似的紧盯着他的嘴唇。安礼盛点点头。忽地,栀子、兰子四只眼睛同时射出异彩,眼神像是见到他脸上贴着喜庆的年画。安礼盛又点点头。

“哥!”栀子音儿颤着,眼睛里起了雾,接着扑簌扑簌滚出一串眼泪。

“俺是地主。”兰子音儿嘶哑着,双手捂住脸,泪水顺着嘴角淌了下来。

“你跟别家地主不一样,往后脖梗子得伸直了,别糟蹋了这腰身。”安礼盛看着兰子,声音透着疼怜。

“嗯。”兰子松开手点点头,扬起湿着的脸,胸口起伏着,煞白的脸上泛起了红晕,安礼盛微微点着头。

“这才是俺的兰子,水灵灵个小媳妇。”何氏笑眯眯看着,又抹着泪儿。

“咱往后再不抹泪儿了,”栀子伸手擦着兰子脸上的泪。又扯起兰子的手,“赶紧擀面去,恁大舅该饿了。”

“从今儿往后兰子就改姓安,名儿还留着,叫安碧兰。”饭桌上,吃着面的何氏突然说。安礼盛忙放下碗筷。

“怎么,你嫌弃?”何氏端着碗,头也不抬。栀子忙冲着安礼盛点着头,兰子羞羞答答低下头。

“那好,从今儿兰子就是承业的亲妹子,俺也有了闺娘儿。雅枝也得乐死,她做梦都想闺娘儿,还怨我。”安礼盛乐悠悠地说。

“这下子圆和了,都圆和了,来,给俺再盛一碗,今儿都把肚子吃圆喽!”何氏把碗递给栀子,自己抹抹嘴角。

“看你,都打嗝儿了。”栀子嗔怪说。

“打嗝儿也吃,今儿撑死都值。”栀子拿着碗下去了,兰子脸上又红着。

“承业那孩子又出息了吧?”何氏闲聊着。

“就稀罕那些洋喇叭,孩子大了由着他吧。”

“那孩子底子好,干什么都差不哪去。”何氏轻声地自言自语说。安礼盛喜滋滋点点头。

“也老大不小了,该给孩子打算打算了。”何氏低下头。

“这次来烟台也有这件事,去了趟邢掌柜家,承业也留在那里。”何氏抬起头,眯起眼看着安礼盛。

“早年,邢掌柜在的时候就看好了承业,要把孙女给了安家。这两年看着闺娘儿长大了,承业人家也留意着,去年人家又提起这码事。俺和雅枝合计过,两家家底子相当,慕乔那闺娘儿也念过几年书,性子也温,俩孩子看着也般配。去年我领承业去拜年的时候,瞅着俩人在一块儿挺和顺。这次去,那闺娘儿见到承业都羞红了脸,一看就是心里装着了,这不把承业留在那儿了。”安礼盛慢悠悠说着,一副欣喜的神情。

“哦,这倒是一桩好事。”何氏低着头说。

“别说,今儿看着兰子还真跟慕乔那闺娘儿有些相像,不光眉眼,性子都像。”安礼盛忽然看着兰子。“俺兰子哪有这福分。”何氏吃了一口面。兰子垂了头,脸上腾起一团红晕,更显娇艳。“赶明儿,两家把这事正儿八经说说。大连街也太平了,就把闺娘儿娶过去。”安礼盛说。“是得找个咱山东闺娘儿。”何氏说。“同安改了字号以后,买卖儿慢慢又有了样儿,俺寻思着就在大连街扎根儿了。大连街地方大,比烟台又走得快,为后人铺点儿底儿,他们就自己扑腾吧。”安礼盛一脸憧憬地叨叨着,何氏眯缝着眼看着他,“为同安你是豁上了血本儿了。”何氏转过话儿来。安礼盛知道老太太说的什么。

烟台解放前些年，他把西南河大院儿卖了两个，留下一个给了盲女两口子。那时，两个老太太都走了，盲女嫁人之后，两口子一直对俩老人没得挑，直到送终。卖宅子还是高雅枝提的，那时正是同安最难的当口，冷了几年本就没什么进项，换字号又得重打锣鼓另开张，收拾铺面、添人手哪都张着手要钱，两口子一咬牙。安礼盛回烟台打理时，高雅枝没去。安礼盛前脚出门，她后脚去了前院，流着泪摸着老槐树。

兰子脸色活泛了。从头到脚，从眉梢到下巴都重现以前的模样，水灵灵没沾过灰儿似的。又回到从前那种羞腼，心里淌着欣喜的那种羞腼。像不声不响缓缓淌着的水儿，却能化掉石头。就连吴越前这种顽石，心也酥了。兰子先是在小洋楼待了些日子，高雅枝那个美呀，拉着她的手："可怜见了你个俊俏的小媳妇儿。"眼睛眨巴着又红了眼圈儿。兰子一天天滋润了，安礼盛带了去振中百货。吴越前一见就眼睛发亮了，兰子走了老远他还在翕动鼻子，像狗嗅到了肉味儿，却又够不着。

兰子也感到了吴越前成天在瞪着发红的眼睛，又朝她伸着鼻子。她处处躲着，怕那粗壮的影子晃到身前。找活儿干，往人多的地方。她并不是想干给人看，兰子管多是低着头不声不响，干活多美，从没这么美过，她怕什么东西脏了她的美。吴越前还是逮着了机会。

这天，打烊的铃声响了，吴越前看着承业出了大门。他知道承业和兰子从不一起回槐花巷，他也知道承业已经定了亲，他还嗅出兰子对承业散发出的那种味道。这小寡妇是在想吃小嫩羔子，晚上自己也不会闲着。承业可出息多了，高挑的身材，直直的身板儿，削瘦的脸盘儿。鼻子笔挺着，眼神管多幽着，里面像有一湾水。他不闻世事，一头拱在音乐的世界里，白天在那间修理乐器的小屋子里大门不出二门不迈。晚上小洋楼里就回荡起萨克斯、手风琴的声音，最近又多了钢琴，不时有路过的人侧耳倾听。吴越前却并未服输，萝卜白菜各有所爱，女人都离不开男人，就像自己成天想女人一个样。辽东饭店楼顶那些骚娘们，别看一天侍候好几个男人，在身底下压着还是舒坦地嗷嗷叫。虽然这丫蛋长得俏，可人家承业并未搭理她。小寡妇，都丢了男人好几年，还装小闺娘儿。不信你浑身不是肉长的，不信你不服服帖帖，干你一次叫你想着下一次。

安礼盛出门未归，兰子在他屋里收拾着。高雅枝说今晚让她陪着去天津街百货公司还有秋林公司逛逛，承业要结婚了，去给他置办置办，说大连街现在这两家东西最齐全。兰子心里被什么硌了一下，可还是为承业高兴，也为自己。那次当她看见新媳妇相片的时候，羡慕中也使自己感到了一丝慰藉，那邢慕乔长得确实跟自己似的。她早就听说过天津街的往事，还有那个几久屋，来大连街后整天在它门前走过，竟没敢一个人进去逛逛。今天得快些把爹的屋子收拾干净，雅枝娘在家等着。

门开了，兰子竟没听到。猛一抬头，吴越前已在眼前。浑身收拾得挺利索，头发使劲儿两面分着还油光瓦亮，有几撮都黏在了一起。她怔了一下，手里的扫帚落在地下，随即一转身绕到写字台后面，盯着吴越前。

吴越前笑了："连这个样子都好看。"身子往前凑过来。

"你干什么！"兰子身子有些发抖，声音怯怯的。

"请你下馆子，群英楼，大馆子。"吴越前嬉笑着。兰子使劲儿晃着头。

“再不,看电影?”“俺不!”兰子涨红了脸。

“再不咱俩在这演?”吴越前张着双手绕过写字台。

“赶快走!”兰子声音大了,脸红到了脖颈,双手伸出像是在推开,往后退着,渐渐绕到门边。

吴越前两步跨向门口,堵了过来,看着兰子剧烈起伏着的胸脯,垂涎着说:“比红脸蛋还好看。”说着一把扑了过来。兰子急急转身,吴越前上前一步又扑过来,兰子一把拽起写字台上的一个砚台,被吴越前一把夺下扔在地上,紧接着后面搂住兰子:“俺可是童子,你不亏。”接着一只手摸向兰子的脸。

“你要流氓!”兰子使劲儿挣脱着。

“俺真心想娶你,承业都快有老婆了,俺还没有。”吴越前气喘吁吁,满嘴粗气喷向兰子脖颈。一只胳臂紧紧箍住兰子的双臂,另一只手在身上狠劲抓着。兰子像被铁索箍着喘不上气,被汗浸湿的头发贴在脸上,仰天绝望着。那只手又一把扯开领口,伸了进来。

“妈呀!”兰子声音噎在嗓眼没了气儿,鼓着发红的眼睛,泪流满面。“别叫,丢人的可是你。”那嘴唇子贴到了耳朵边。

“嘭!”门开了,安承业一步跨了进来,白净的脸庞发了紫。上前一把揪住吴越前的头发,滑了一下脱了手。又上去两只手掐住吴越前的脖子:“松手!”承业吼叫着。吴越前不甘地松开了箍着兰子的那只胳臂,另一只手还停在兰子领口处。兰子使劲一甩,双手捂住脸哭着跑了出去。

四只眼睛怒视着。吴越前用力搓着两个空空的手掌,又垂涎地看着兰子离开的方向。承业紧紧握着两只拳头,脸上的肌肉在抽搐。吴越前慢慢垂下头,耷拉下两只手。

“饱汉子不知饿汉子饥。”他嘟囔一句。

“滚!”承业大声叫着,屋子都在颤动。

吴越前被解雇了。安礼盛没有呵斥他,只是看着那个被摔成两半儿的砚台说了一句:“你不配在同安。”“现在不是同安了,是振中。”吴越前没想到安礼盛会这么不动声色,以为还有转机。安礼盛抬眼瞅着他:“振中也姓安。旁边儿小衙门日本大金线都走了,武田也死了,不也还是派出所。”吴越前耷拉下头走了。没听他爹的话回水师营,在槐花巷窝了几天,憋不住了他就跑出去闲逛,总往天津街、青泥洼桥这种人多的地方挤。最愿去的还是百货公司、秋林公司,看着那些琳琅满目、花花绿绿的商品,心里就觉解气。还是人家,比振中气派多了,以前被振中这棵小树拴着,竟不知道外面还有森林。这下好了,愿去哪去哪,愿干啥干啥,这一想吴越前心里舒坦了。“天高任鸟飞,海阔凭鱼跃”,他忽然想起小时候承业说过的一句话,当时他还刺棱(揶揄)承业,你就是个死鸟,扑棱不到哪儿去。是条臭鱼,也就烂在沙滩上吧。现在想想自己说得还挺灵,简直就是个小神仙。承业现在可不就成天蹲在小屋子里摆弄那些破喇叭。顺着又想,神仙可了不得,山挡不住,海淹不死,大黑山那座庙里不就有神仙吗,那可是高高的坐在山顶上,多少人撅着腚呼哧呼哧爬上去,又撅着腚上香磕头。弄了半天我吴越前就是神仙,可惜了以前关在个小庙里,差点耽误了。这就叫大难不死必有后福,还叫塞翁失马焉知非福——他忽然发现自己原来挺有才,说我不是念书的料那些人都是糊涂蛋,不对,是王八蛋,都不对,是糊涂的王八蛋。越想越舒坦,简直舒坦透了,比那时干辽东百货楼顶那些婊子还舒坦。以前花了钱她们还耍巴,身上爬下来他就心疼,今儿往后,她们就得光着腚求我干,还得往我裤衩子里塞满钱。摸了摸脸上的胡茬子,他乐了,都说贵人不顶重发,可我这没在头顶,挪到了脸上就是贵相。他想起了水师营姥爷,那一脸的胡茬子小时候他羡慕,大了大,见他还是个赶大车的又嫌弃。现在想想,他那是成天喝苞米糊子灌进了脑壳,胡茬子再好也是李逵的,可我才是那张飞的。兰子那个骚娘们是有眼不识金镶玉,早晚给她送到辽东百货楼顶上去。几天闷在肚子里的憋屈一扫而光了,眼前的天津街也宽敞起来,振中百货公司那个大楼却小了起来,还死皮赖脸朝他笑。

进了百货公司,爬上4楼专门看了乐器柜台,这一看,又有些不舒坦了。这个柜台远不如承业那个气派,就一个小闺娘儿冷冷地站在那里,瞅了半天也没个人过来。就几个胡琴、笛子什么的,连喇叭都是乡下人吹的那个,小头巴拉怪不说,还土里吧唧的。别说承业,就连当初桥本那个柜台都赶不上,那个虽然也不大,倒都是洋喇叭,金次金鳞的看着就吓你一跳。没出息的样儿!吴越前悻悻地走了。他又去了3楼,那儿有一间管账的屋子,他瞅着门缝看,数数就五个人,就一个年轻的。下到2楼卖镜子那儿,前后照了照,不差哪儿,起码比那个年轻的还年轻。溜达着又去了秋林,也瞅门缝看了几眼账房里面,没有天津街那家人多。他吁了一口气,心里有了底。走出秋林觉着饿了,坐着电车去了东关街,那里早已不叫小岗子,却还是热闹非凡。馆子也多,还便宜。吴越前找了一家门头大的,挺着胸脯子进去了。晃晃荡荡出来后,脸红脖子粗的像刚刚跟人斗了狠,眼珠子瞪得像发了情的牛蛋子。

吴越前坐在了天津街百货公司的财务科里。礼拜天,他在对过山水楼摆了两桌,一桌是他那一屋的同事,一桌是自家人。水师营姥爷也来了,借的安礼盛的那辆别克拉来的。下车的时候,老爷子精神头不比以前,络腮胡子也发了灰,还打了卷儿,有点儿像坟前刚燃尽的纸。见吴越前在忙活着往司机兜里塞烟,他过去照屁股踢了一脚:“前面领着!”见吴越前又招呼起别人,秋子上前搀了瞅着他说:“也没有个眼力见儿。”吴越前这才拱起腰:“姥爷来了。”“才看到俺。做得也对。”老爷子一挺胸,背起手走了进去。

承业提了萨克斯来,是吴越前央求的。一首曲子以后,同事那桌都站起鼓着掌,吴越前红光满面也站起来鼓着。忽然觉得大腿根儿一阵剧痛,低头一看,身边的秋子在板着脸。“鸡帮着黄鼠狼吆喝。”老爷子闷声一句。吴越前一愣怔,嘴角抖了一下。同事们刚才交头接耳地赞美了优美的萨克斯曲子之后,又纷纷过来给吴越前敬酒,嘴里不断赞美着:“吴越前你真行,身边还有这种朋友,今天这场面大连街没几个。”“再掐我一下!”吴越前说,秋子就又桌底下掐了一下。比刚才还狠,却没感到疼,就觉得木木的一下,却传遍了全身。回过神儿的时候,承业吹完萨克斯已经走了。

五一节那天承业结婚了,没去群英楼,在山水楼简单办了几桌,安礼盛说政府号召反对铺张浪费,高雅枝也应承着。山水楼就在槐花巷东出口天津街的街面上,紧对着百货公司,也是家老字号的鲁菜馆子,与群英楼相比牌面要小些,却也精致。新媳妇娘家也就来了邢家夫妻和两个近亲,按山东家的规矩,闺娘儿出门子爹妈是不出面的,高雅枝执意要请。兰子当的伴娘,本来这也有悖山东家的规矩,寡妇不说,还姓安。见爹妈很坚决,兰子无奈顺从了。兰子这天换上了高雅枝给准备的新衣裳,脸上还按高雅枝的吩咐扑了点粉,越发显得娇美。秋子就不时抬眼瞅她,眼睛里闪着刀尖儿。

新媳妇真不错。机灵灵的样子,眼睛不大,却闪着晶莹,一看就未经世故。不是双眼皮儿,却薄薄的像层纸,眉毛又细细地弯着,看着就招人疼怜。承业就偷偷跟高雅枝说过,一看见她这样子就不由得心里发颤,想去疼她。高雅枝叹气说:“娇女泪多,慕乔这面相不见得有福气。”“俺不管,心收不住。”承业眼睛闪着光亮。“好啊,可心儿就好,人这辈子还图个什么。”高雅枝说。看着兰子步步随着慕乔,高雅枝眯起眼瞅着:“别说,今儿这俩人更像了,说话细声细气羞答答不敢看人都随着。都分不出哪个是新媳妇。”慕乔这一点安礼盛是喜欢的,说能和承业合得来。高雅枝当时念叨说,俩人看着是般配,不过承业找个刚一点儿的更好。安礼盛指指她又指指自己说,就像你我?高雅枝回问道,你说不是?安礼盛说,是倒是,我还是稀罕这样的。眼下,高雅枝瞅着并着肩的承业和慕乔,忽然悄声说了一句:“怎么瞅着哪点儿像了桥本和杨慧?”又轻叹一声。安礼盛不由得也想起了桥本和杨慧,还有那个没爹的闺娘儿,至今都一点儿声儿都没有。按理儿,杨慧该有点儿动静,论年纪小闺娘儿也快出门子了。

傍过年那会儿,吴越前以压倒之势举行了隆重的婚礼。婚事儿是在天津街和上海路交着的大连饭店办的,就是以前那个响当当的辽东饭店,现在归了政府,七层楼的高度也是现在大连街最高的。虽说现在不提倡铺张浪费,但也得接待往来有头面的宾客,彰显出大连市的底气、豪气。民间有头有脸的人物,或是家中有点大事小情的也想借着它的体面显示出自己的底气和豪气,还有贵气。吴越前仗着那几年在这里混得脸儿熟,又塞了“茅台”和“牡丹”打通了关节,才把婚事堂而皇之办进了这大雅之堂。为这事儿,秋子跌跌跑回水师营告诉了她爹,老爷子像大辕马屁股上挨了一鞭子,鬃毛骤然竖起一声长嘶奔向屯子各个角落。“人也别太多,人家就给了六桌。挑这个时候儿办,也是政府考虑民间习俗,过年期间放松一些。”秋子嘟念着。见老爷子并未停下豪迈的脚步,秋子又说:“前子又不是市长,嘚瑟大了,掉毛。”“你懂个屁!哪个马不是越撒欢越长毛。前子这不是进了辽东饭店,是进了金銮殿,皇亲国戚不得供着。”

新媳妇叫马束香,老家吉林榆树。长得倒也标致,高个子,大长腿,端着肩膀子浓眉大眼。人也大方,一看就见过世面。嘴还甜,嗓门也大,三姑父、六大爷叫着,一口北边“丑妮子”腔(大连人形容东北人说话)。性子也豪爽,像关东山林子里出来的,笑起来像在自家炕头上。若不是并肩拉着吴越前的手,倒像是别人结婚她来张罗事儿的。走起路扭着滚圆的屁股,秋子看着嘴儿咧着,悄悄趴在旁边高雅枝耳朵边说:“这闺女看着就有福,准能生大胖小子。”

这新媳妇的出身只有吴越前自己知道。她以前是辽东饭店的舞女。这辽东饭店,原来一楼是百货。二楼到五楼是客房,六楼是餐厅;七楼建了个舞厅,叫第七天国。辽东饭店天天晚上灯火辉煌,莺歌燕舞。来到这里是高贵身份的象征,高贵之余,大把的银子也被舞女们抿着嘴儿笑纳了。新媳妇她妈,当初就是这批舞女的一员,还出类拔萃,骁勇善战。不幸后来得了什么病,于是揣了银子衣锦还乡。那派头,着实一个凯旋的战将,还深切怀念着那青烟弥漫的战场。黑土地长大的人,深得肥水不流外人田的道理,不久,女儿又扛枪出征,替母从戎,完成前人未竟的事业。可惜好景不长。

东北全境解放后,出于交际需要,也考虑到大连市民的生活娱乐,舞厅保留了下来。开始只是每逢周末开放,后来又每天开放了。吴家媳妇坚持站好了最后一班岗。相识吴越前后，昔日那种好时光已近尾声，两人私定了终身。吴越前随着马束香去了趟榆树，在丈母娘坟前，马束香说，快磕三个响头，没有她哪有你今天，吃水不忘打井人。自己又扑通跪下对着坟头说，妈，你可得好事做到底，这井打下了，水儿可得长流啊。

20世纪50年代，太平安和的大连街出现了历史上从未有过的生育高峰。巷子中，楼筒子内，窗户里一声又一声传来婴儿的啼哭。槐花巷也不例外，今天张家生了大小子，明天李家生了小闺娘儿。也快，不几天儿，一个个闺娘儿、小子都蹦蹦跳跳地出了门儿。慢慢地跳出了槐花巷，上了天津街。又慢慢地跑遍整个大连街。

农历乙未年，安子健降生了。从一二九街妇产科医院抱出来就闭着眼睛哭，慕乔也看着哭。这孩子也怪，出生那当儿没哭，现在这是咋的了？进了槐花巷，他忽地睁了一下眼睛，又闭上眼睛哭。回到家放在床上，他住了声儿，睁开眼睛看着安礼盛，又看着高雅枝，好像认识似的。“路上哭得不轻？看眼皮子肿的。”高雅枝心疼地问。“怎么不愿来这槐花巷？有那老槐树护着咱谁也不怕。”高雅枝轻轻擦着他脸上的泪痕轻声说。“宝贝儿，有这槐花巷，还有天津街，都护着你，咱能长得比老槐树还高。”邢慕乔挂着眼泪儿也说。“清清秀秀的，是个念书的料儿，叫子健吧。”安礼盛说。高雅枝轻轻抱起，脸贴着说：“爷爷这个名字起得好，安家人身子健壮，心儿也健壮。”

五个月后，吴家也生了一个小子。“到底没撵上。”秋子一脸扫兴。吴越前比承业晚结婚半年，却早已下了种儿，本来想后来居上，刚生下就夭折了。“小子就好，看着就是越前的种儿，留得青山在不怕没柴烧，”秋子又喜滋滋的，“你看这方方的脑壳子，大脸蛋儿嘟着，手大、脚大都随了爹。”“俺脑壳子也大。”吴顺儿旁边插了一嘴。“唉呀妈呀，你那大脑壳子里净是大粪，杀了他也别像你。”秋子疾呲败坏喊起来。“这小子真他妈怪，一溜道儿也没哭一声，进了门却嚎起来。”吴越前嘟囔一句。“还不是嫌这狗窝太憋屈。”马東香睃了他一眼。“恁俩也别跟着掐，赶紧抱着到水师营让算命的三瞎子给起了好名儿，咱别糟蹋了这好种儿。”秋子怼了她一句说。“找谁不好找个瞎子，闭着眼说瞎话。”吴顺儿又嘟囔一句。“瞎子也比你瞪着傻眼强。”秋子不依不饶。刚满月，三瞎子就被请了来，名子起好了，叫吴永杰。“还是人家有学问，这‘永’字俺懂，是一辈子，好几辈子。‘杰’字儿更好，英雄豪杰，也就咱吴家配。”

兰子也有了儿子。

自打那次遭吴越前羞辱，兰子变得呆呆的。对什么事情都很漠然，一点风吹草动就露出惊恐的神色。连梳理都荒了，高雅枝催着才勉强洗把脸，洗完了又被泪水洗着。也不去振中了，说是没脸儿见人。高雅枝知道，兰子是受了惊吓，惊到了毛孔里，惊到了心肝肺。看着兰子直瞪着玻璃珠似的眼睛，高雅枝心疼着。也是，这孩子的心儿像山里的泉水似的，哪容得下一点污物，何况这种事情，还是吴越前那个兽儿。那女婿现在也不知是死是活，不管怎样，依兰子也是不会另找婆家了。看着兰子又回到在烟台时那个模样，安礼盛也更加不安起来。这可咋跟栀子交代？她好不容易眼巴巴地奔着兰子来大连好起来，却出了这种污浊事。栀子娘俩这是怎么了？还一辈儿不如一辈，栀子好歹小时候有爹娘宠着过了几天好日子，兰子却八岁就没了爹，嫁个男人刚做了仨月新媳妇就独守空房，也不知守的是活寡还是死寡。这人难道还真是生来就带着“命”？他感到了前所未有的惶恐和愧疚。高雅枝知道安礼盛心里在搅着劲儿，心里着慌起来，可变着法地哄，耐着心调，一天天下去总是未见起色。自打见到子健，兰子脸上终于见到了晴色。高雅枝说：“兰子可是回过神来了，可瞅兰子看到子健时既疼爱又失落，她这是心里空着，又忧虑着自己往后的日子。”“别说兰子，俺死了都闭不上眼。栀子也是。”安礼盛声调沉重地说。“不如让她领养一个。身边有个孩子，不但把心填满了，还对往后有了指望。何况，终究也不能一辈子孤零零的没个后人。”安礼盛想想说：“谁家周正的孩子肯给你？”“我昨儿去了趟孤儿院，那里没爹妈的孩子不少，模样也有周正的。”高雅枝说。“我说的不光是模样周正，那些孩子不知根儿不知梢的，不行。这可关系到兰子下半辈子！”安礼盛说。“哎，这倒也是，我也是急昏了头。”

“娘，俺也想养个孩子。”那天兰子回来兴冲冲地说。安礼盛和高雅枝同时一愣，兰子眼睛里闪着光亮。“跟谁？”高雅枝小心问。“不是跟谁。”兰子腾地红了脸。“那是——？”兰子急急说了原委，在山水楼门前有一个老太太抱着一个孩子，说孩子爹妈都死了，她自己养不了想找个人家。“这孩子就该是俺的，还冲俺笑，还是个大小子。”兰子眼圈儿红了。高雅枝看了看安礼盛：“别说，今儿个兰子被俺逼着才出了一趟门儿，就遇上了？”“知道根梢儿不？”安礼盛思忖着问。兰子摇摇头。“人还在不？”高雅枝问。“就刚才，俺紧着跑回来的。”高雅枝一转身跑了出去。事情打听清楚了。老太太就住在百货公司后身胡同里，高雅枝抱着孩子跟着老太太去了家里，老太太讲了孩子的身世。孩子的父母跟她是邻居，爹上了吊。妈不久也戴上了帽儿，押送“北边儿”改造前把孩子托付给了她让给找个人家。“老太太为何自己不先养着？”安礼盛问。“老太太就自己一个人，70多岁了，颤颤巍巍自己都难保。”“那孩子娘不会再回来吧？”兰子焦急地问。“老太太说了，那女子病病殃殃的，男人死了更受了打击，疯疯癫癫了。又去了‘北大荒’，那里天寒地冻的，我看活不几天，也够可怜的。”高雅枝抹起眼泪。“北大荒？去了北边？”安礼盛低头念叨着，抬起头又问：“孩子爹妈都是做什么的？人怎么样？”“这个俺哪能不问，老太太说两口子人都是好人，男的是个写曲儿的，女的是教大书的，你说这巧——”高雅枝看着安礼盛，安礼盛心里一扎，他明白她想起了桥本和杨慧，还有那个孩子。“可这‘戴帽儿’——”他担忧地看着高雅枝，又看看兰子。“俺养！”兰子颤声说，“俺更得养。就这命。”安礼盛看着兰子身子虽在抖，眼睛却大大地睁着，竟有了少有的刚毅神色。

第十章

老槐树用尽了力气，花更茂了。那香气被风吹着溢出槐花巷，飘满了大连街。

报纸上，戏匣子里，都在宣传社会主义工商业改造。“社会主义”？词儿挺新鲜。“改造”？事儿也新鲜。安礼盛又打开那台去年才买的南京产的熊猫牌收音机，他慢慢捋明白了。“社会主义”就是街上所有买卖都归国家，归大连街所有人；“改造”就是“赎买”，公方代表居领导地位，原来的东家(资本家)不参与分红，采取“四马分肥”分配原则，资本家按股本国家给五厘定息。共产党还真有些道道儿，这是在均贫富，为老百姓打算哩！安家当初不也是心里揣着这个赚得了一个“贤”字？孙先生不也是这个主张？还有继业。

区上来了两个干部，领头的正是振中百货开张时挂匾的那位，安礼盛记得他姓包，听介绍方知他现在是副区长。他正襟危坐面色和蔼地和安礼盛谈了许久，讲了许多安礼盛以前从没听说过的道理，很新鲜，安礼盛越来越明白了。共产党的最终目的是解放全人类，实现世界大同(这可比萧大帅和安家想得要更大、更远)。安礼盛心里一动。社会主义是共产主义的前奏，公私合营是第一步，国家出钱先给生产资料，买了去统归全民所有。资本家这一块国家有所保护，资产核定清楚后，国家发放定息来保障资本家的利益。包区长又讲了上海、天津的一些事，临别时紧握着安礼盛的双手诚恳地说：“同安百货公司曾为大连人民做出过很大贡献，现在又是旅大市民族工商业的先进代表，人民都记着。安经理也是我们的老朋友，德高望重，希望这次振中百货发扬当初‘同安’的高尚情操，积极响应国家号召，主动带头申请。”包区长期盼地看着安礼盛，又说：“北岗桥那面的红星木材厂已经动起来了，还是无偿捐赠，由此可见，旅大市民族工商业者不乏胸怀大义之人。希望振中尽快核查账目，盘点资产，走在全市民族商业经营者的前面，做个榜样。”又神色严峻地说：“这事关中国人民的千秋大业，马虎不得。”

干部们走后，安礼盛仔细回忆着刚才的话。渐渐他咂摸出其中那些深刻的道理，刚才包区长说最后那句话时的神情，很像孙先生当年救市时那种大义凛然。想起他说的上海、天津已经轰轰烈烈地动起来了，为全国树了样板。报纸上、戏匣子里听说过一些，安礼盛还有些懵懂，这把明白了，有了先例，有血有肉的，一清二楚了。他又翻出报纸反复看起来。

上海荣家他是知道的，做买卖的谁人不知？中国最大的两个厂子就是荣家的，是全国最大的工商企业。下面18家面粉厂不说，那申新的9个纱厂他是了解的，振中店里还卖着它的货。9个纱厂在全国最先办了公私合营手续，成为中国最早也是最大的“红色资本家”。当家人先是当了全国人大代表，刚刚又成为上海市副市长。荣家现在当家的可是念过大书的人，1937年就在名闻遐迩的上海圣约翰大学毕业，安礼盛曾为之敬慕。

还有天津的王家，当家的也念过大书，北平辅仁大学高材生。化学厂、利生针织厂都在中国响当当，振中也卖着它的货。现在也都公私合营了，王家当家的当了天津工商联副主席。

还有那个也念过大书的孙学悟也义举非凡，刚才包区长还专门提到他是山东文登人。他远渡重洋去了美国念书，在哈佛大学一直念到博士，学成后，拒绝国外高薪一心报国，在天津塘沽创办中国第一个化学研究所，成为业内先驱。30年后，也就是去年，他来了大连街，创立了中国科学院工业化工研究所。

这可都是做大事的人。安礼盛心里活泛起来。包区长说东关街那块儿的木材厂开始动起来了，还要无偿捐献？

一大早，安礼盛穿戴整齐下了楼。慕乔从厨房闪身出来："爹，还没吃饭呢。"安礼盛摆了一下手。高雅枝怀里抱着子健喊着："包儿没拿。"安礼盛又朝身后摆下手，拉开门。

红星木材厂以前叫鸿源制木厂，跟振中百货公司前后改的名儿，买卖做得挺大，安礼盛听说过。老板姓赵，山东胶州人，前两辈儿就到了北边牡丹江的大海林干伐木。赵老板的爷爷年轻时会些拳脚功夫，为人豪侠仗义，深得伐木工们敬重，慢慢就成了这伙人的头头儿，也积攒了些家资。到他父亲那辈儿，举家南下来到大连，利用大海林的老关系，进些原木，开了一间制作家具的作坊。赵家做生意不贪，尤其对一些小家小业的店铺，总是给些照顾，对山东人更是亲和。当年小岗子的一些买卖儿，添置些家当都找鸿源，就连破烂市场上那些摆摊儿说书的，还有唱京戏的磕巴用的桌子、板凳，他们都找鸿源。那年同安重整旗鼓的时候，还有后来振中开业时，店里店外需要一些木制品，都是找的鸿源。两家虽然有些来往，却大都是下面人打理，安礼盛很少出面。但对鸿源的口碑、老板的为人，他还是知道一些。

到了东关街，顺着街道儿找到鸿源，只见大院门口挂着一个牌匾，和振中百货公司的大小一样，上面写着"红星木材厂”。安礼盛没进去，站在对过远远看着。院墙上贴着标语，写着“积极响应国家号召……”什么的。院子里人头攒动，都在忙着，有人拿着本子写着什么，进进出出都脚步匆忙。看到一个管事儿模样的人夹着一个黑色皮包走了出来，安礼盛迎上前去笑着问：“咋没听到大锯声，打烊了？”那人上下打量下安礼盛：“也是来打探的？也不化化妆，一看就是掌柜的，倒也实诚。”安礼盛也上下看了看自己，尴尬地赶紧堆笑说：“学习学习。”“俺们这儿东家要换了，还白给，一个子儿不要，这不正忙活盘点。”见安礼盛扬起头又在往院子里面望，又说：“学不学得自己琢磨自己的，俺东家这几天都没了魂儿似的。”说完匆匆走了。安礼盛站着思忖了一会儿，想起了附近的破烂市场，自从改叫“博爱市场”后还没去那儿，现在该会是怎样？

博爱市场位于现在长江路和长春路交叉处，以前叫一、二、三平房区，都是贫民区，博爱市场在二平房区。之所以叫破烂市场，是因为这里摆地摊卖旧货的居多，配着些茶水房、地摊儿小吃什么，里三层外三层，成天人流熙攘倒也热闹。最大的铺子也就东头的王小辫儿大药房，算是宏伟些。这王小辫儿在这一带有些名气，安礼盛听说过。此人不仅医术高超还功夫了得，在这儿说山东快书的老刘还编了段子，以至于后来坊间传颂。这快书老刘也会些功夫，不但说书，还带了徒弟传授山东螳螂拳。据说，二人曾在大家的撺掇下比试过，还是老刘甘拜下风，二人也是不打不相识，成为莫逆之交。安礼盛挺喜欢来这儿，尽管不买东西，看看、听听倒也有趣。那次气功孙瞎子闭着左眼，眯缝着右眼，腰上绷着铁丝，一掌把鹅蛋大的石头蛋子劈开。然后背朝下砸那碎石时，却砸了场子，后背鲜血淋漓，趴在地上起不得身。还是安礼盛招呼几个人过来,塞了钱送他去的医院。

没大变化,还是热闹着,只是那老刘、孙瞎子们没了踪影。那家山东人开的打卤面馆子也依旧热气腾腾地开着门。几张小桌坐满了吃客,端着大海碗,顶着满脑门子大汗吃着打卤面。这里除了打卤面,水爆肚是又一绝,安礼盛吃过几次,还真有烟台那味儿。一瞅,只角落里有一个空桌,很小,只能摆一把椅子,显然是才搭不久,孤孤的却倒安静。要了一碗芸豆打卤面,一份水爆肚,吃着,品着,嗯,还是那味儿。一个桌上几个人在滋滋喝着小酒儿,讲着当下的一些见闻,还说起了鸿源捐献的事儿,安礼盛竖耳朵听着。其中一个人说,还是咱山东人仗义疏财,八路军帮了咱老家,没忘本。另一个说,人家赵掌柜是活明白了,早看出这满大连街的买卖早晚不都得是国家的。国家嘛,这家里的就是国里的,国里的又是家里的。

"为国为民。"安家这三辈子为了啥！安礼盛一起身走了出去。

振中百货公司无偿捐献给国家了。报纸上第一版最上沿儿占了大半拉儿,还印着一幅安礼盛在大门口站着的照片,电匣子里也一天念叨好几遍。头些日子,念叨的是红星家具厂,现在开始念叨振中百货公司。接着两家一起念叨,说是水中开着的两朵并蒂莲,都出污泥而不染,工业和商业各领一枝,是全市工商业界的先进典范,是旅大市人民的骄傲。尤其提到,两家的创始人都来自山东,他们把山东人善良、正直、大义的传统美德传播在辽东半岛,并将像两粒金色种子一样繁衍不断。在长达半个世纪遭受日本侵略者践踏、蹂躏的地区,还深深隐着这样的奇花异草,现在终于沐浴着灿烂的阳光怒放了。黑暗只能笼罩大地,却无法阻挡地下始终朝着一个方向涌动着的潜流，它是对中华民族伟大品格始终不屈不挠的忘我坚守……播音员的声音扬着激动，没了平常那种抑扬顿挫、四平八稳。安礼盛想起捐献仪式那天，市长紧紧握着他的双手时，旁边的一个干部举起拳头大声带头高喊着口号，围观的群众也都举起拳头，随着高呼。那天市长也说："振中此举既是大连街山东人的骄傲，更是海峡对面山东人的骄傲，彰显了山东人的博大胸怀和山东人源远流长的传统美德。"安礼盛眼睛潮湿了，他想起鸿源赵掌柜。那天在南山政协大院儿开会时，赵掌柜和他并排坐在主席台上，胸前都戴着铺满了胸脯子的大红花。瞅着赵掌柜红红润润的圆圆面庞慈眉善目，他在桌子底下握了一下赵掌柜的手，竟感觉两人的手都湿漉漉的。台上的干部介绍着事迹，赵掌柜不时摇摇头，摆摆手，很谦卑的样子。是个善人，是条汉子，坊间传闻不虚。

广播停了下来，播着歌曲，声音雄壮有力。又是这首，词儿都能背下来了："社会主义好，社会主义好。社会主义国家人民地位高——"安礼盛躺了下来，闭上眼睛。他又想起孙先生，想起继业，想起倩倩。管多都这样，一想起孙先生就想起继业，想起继业就又想起倩倩。有时是想起继业时，又想起孙先生爷俩。他捋过，论这世上最信任的人除了雅枝就是孙先生跟继业，如今振中捐献连着自己最信任的两个人，"北边儿"不就是现在打了天下的，号召公私合营的这些个人吗，振中献了出去，不就是献给了孙先生还有继业他们吗。他又想起烟台西南河大院儿和老私塾，那两座老宅子还结实吧，这些不也早已归了新主。卖那宅子的钱用在了当年重新振兴同安，现在看，捐的等于是那宅子。人这辈子挺有趣，看着有些事情互不相干，转着转着却又转回来，都连着根儿哩。

当年安家无偿办私塾，现在又无偿把私塾的晚辈儿给捐了，风水轮回间安家其实干的是一码事。“一辈辈儿，一辈辈儿——”安礼盛眯着眼不断念叨着。想起刚才戏匣子里夸奖着山东人，又想起自己的老丈人高先生，他也是真正的山东人，自己这辈子最敬重的师长。这位安家私塾最早的先生虽早已入土，女儿雅枝不还在吗，还和自己生了继业和承业。连老槐树也都有了子嗣，如今前院里高高竖着，像极了它老子当年。他又想起何掌柜、栀子，还有邢掌柜跟慕乔。不知怎么，后来又想起吴顺儿，想起吴越前，还有擎着鞭杆子的秋子的爹。“这也是一窝下一窝。”他不由长叹一声。

吴越前被旅大市商业局委派做了振中百货公司经理。起先，商业局恳请由安礼盛继续担任，安礼盛婉言谢绝。局长亲自找他谈话，言辞恳切地说：“您是大连街商品零售业德高望重的老前辈，今又为新建立的旅大人民政府作出巨大贡献，无论从那方面都当之无愧。虽然振中现被国家赎买，您却是旅大市人民的优秀代表，更应该。”安礼盛说：“既然捐献就得全身而退，这才彻底，不然不伦不类不清不楚成何体统？”闻说吴越前要接替这个职务令他大吃一惊，思索了一个晚上。第二天一大早，他匆匆去了商业局。局长不在，一位副局长接待了他，安礼盛说出了自己的想法。“吴越前不合适，为何？”“他还年轻，缺乏锻炼，恐不堪重任。”安礼盛说。“吴越前父母都是贫苦出身，根正苗红，本人在百货店从普通店员一步步做起，有长期的历练，又在天津街百货公司做财务副科长。政治可靠，业务熟系，人还年轻、肯干，这些我们都掌握得很清楚。”“哦，考察时我也在场，他在述说自己的经历时口才也不错，人也厚道。”副局长见安礼盛有了羞色，又说："他幼时还和安家兄弟一起读过私塾，又一起在日本学校读过。德、才、能兼备，这真不可多得，正是合格的国营企业管理人才。"副局长振振有词。看来真做了不少工作也未盲目。"能不能让他先干科长，再考虑——？"安礼盛探询着。"您后悔了？"副局长露出审视的眼光。"绝不是！"安礼盛正色道。副局长思忖一会儿说："这样，您的建议我向局长汇报再做考虑。"最终商业局做出决定，吴越前经理不变，恳请安礼盛做副经理，扶上马送一程之后再考虑告老还乡。安礼盛欣然应允。

一大早，还没开始营业，吴越前由商业局一个干部陪着来到振中百货公司。上楼之前，他说先在楼下转转，这里太有感情。干部看着他满眼溢着温情看着四周，不断和营业员们亲切地打着招呼。见到一把扫帚横在地上，上前弯腰拾起放在一边。那个干部不住点头，心想，到底是念过书的人，有教养，还重情重义。

上了二楼，安礼盛迎了过来，领着二人来到他的办公室。里面很清整，显然经过细细打理，桌面的一应东西也都是新的，吴越前一怔，看着安礼盛。

"已经给你准备好了。"安礼盛笑笑说。

"这哪行？"吴越前惊讶地说，看了看身边那个干部。那干部笑笑没言语。

"按规矩办。"安礼盛说。

"您是前辈，咱按老规矩。"吴越前急了，又看看身边的干部。

"您安排在哪里？"那位干部看着安礼盛问。

"我另有房间，也安排好了。"干部低头想想，然后说，"吴经理的心情我理解，这正是他的觉悟和修养所在。不然这样，您还在这个房间，已经熟悉了会方便些。”看着吴越前又说，“吴经理去您那儿，他毕竟在哪儿都是新地方。”

“那是那是。我也这么想，不然折羞我。”吴越前赶紧点头。

“好吧，那先这样，慢慢再说。”安礼盛说。

“那马上安排人调换过来。”吴越前雷厉风行地去了。

半年后，安礼盛向商业局提交了辞呈。吴越前的能力他着实没有想到，人的脾性也变得谦逊、踏实。每天早一遍晚一遍来到他的办公室，恭敬地或是请教或是汇报。他不知在哪倒腾了一张行军床放在自己的房间里，每天请安礼盛过去午睡一会儿，当看到他躺下后，自己就悄悄关上门出去，楼上楼下忙活开。安礼盛躺在那张软软的弹簧床上，惬意中不由带了些歉意，又暗自感叹共产党不但是能改造社会还能改造人，看人的眼光也独到。那天晚上回到家，承业说，前子今天要把俺那间小屋扩大一下，俺没同意。高雅枝说，这就对，俺不信狗能改吃屎。安礼盛说，养不教，父之过。自己的爹妈不行，现在有了共产党，更是爹妈。也就你好哄。高雅枝说。前子确实有进步，这不是我自个说，连振中的职工都赞扬。安礼盛离开振中那天，商业局来了干部亲自陪着回了槐花巷，后面还跟着一群敲锣打鼓的，吴越前在前面领着敲得最欢。

吴越前把安承业招呼到办公室。承业进来时，他已经端坐在那张长沙发上，这是他平时会客的位置。爸当经理的时候这个门儿他唯一进来过一次，当时吴越前正在这里调戏兰子。自从吴越前回振中当经理，承业很少和他搭腔，安礼盛离开振中以后他更是把自己闷在那间小屋里很少出来。也不是躲着,不知道为何。

吴越前扬扬手招呼承业坐在自己身边,承业拎了一把椅子过来,坐在他对面。

“跟我还这么客气。”吴越前摇摇头,又低下头想着什么。承业看着他。

门轻轻推开了,一个面目姣好的女子走了进来,问:“吴经理,沏茶不?”吴越前挥挥手,女子转身轻盈地出去了。

“柜台营业额怎么样?”吴越前抬起头。“还行,大连街咱家这摊儿最大,已经有不少回头客。”承业说得很快,说完望着那头立着的三五牌儿大钟,那钟嘀嗒嘀嗒节奏很清晰。“乐器维修那块儿客儿还挺多?”吴越前夹着眼脚问。“不少。”承业答,还在看着“三五”。

“那你还成天出去跑?”吴越前又问。“抽时间,不耽误卖货,”又说,“上门服务这块儿收入不少,钢琴那些大家伙抬起来不方便。”“都会摆弄了?”吴越前抬头看看。“凑合,反正客人都找我。”承业显出些兴致。吴越前看着他,黠意地点点头。

电话铃响了,吴越前走过去拿起话筒,刚说了一句就压低了声音,有些不太耐烦。那面好像未懂吴越前的心思,说个没完,语速还很快,焦急的样子。吴越前扣上电话。在屋里踱了一会儿,坐下说:“这样,商店决定撤掉乐器柜台改换新品种。”承业一怔。“一来,西洋乐器是资产阶级那一套,会腐蚀人民大众,振中是国营商店不能助长这种风气。二来,你成天漫山遍野地跑也违反劳动纪律,造成人心涣散,无产阶级是讲纪律的。”他说得很快,又补充道,“振中现在是人民的,加强纪律性,革命无不胜,生产也长一寸。”说完起身又过去拿起电话在拨。承业呼地站起,怒看着吴越前,白皙的面庞涨红了。

“我是振中吴经理,去的人叫安承业。对,就是个营业员,没有别的要求。别客气,你们也是在帮我。谢谢啦!”撂下电话转过身,见承业在紧盯着他,徐徐说了一句:“下周一你到天津街百货公司上班,还在乐器柜台,你喜欢的。”

都说大连街是块宝地,很少有风暴、地震什么的自然灾害,每年到了夏天,广播里也预报有台风,可总是擦着边儿去了别处。晚间,又有小凉风吹着,驱赶了白日的暑热,让人周身清爽着进入梦乡。冬天也是,只要没有大北风嚎着,人在街上就能伸直了脖子,不感到很寒冷。今年却不同,没有北风的天儿,上了街上脸蛋子也针扎似的,又扎进了骨头缝儿。大连人叫“干冷”,大连街少有。这天,承业中午回来吃饭时说,刚才路过山水楼,门前忽地又开始排长队,他也跟着排。可等了半天,也不见有人提着东西出来,后来前面围着的人散了。他走近一看,原来是一个老太太在门前铺着的那块铁板上滑倒了,身边就围了人,后边的人以为是卖什么就一个接一个排起了长队,结果都怏怏而散。安礼盛又惊恐起来,这场大灾害太厉害了,真要死人的。全国都在物资匮乏,粮食紧缺。街上的人都蜡黄着脸,面色恐慌着。商店里稍有点儿卖的,也不问是什么,立即挤满了人群。苏联人走后转身回来掐中国人的脖子,断了一切援助。屋漏偏遇连阴雨,乡下又遭了灾。“老太太该摔得不轻。”高雅枝啧啧地。安礼盛知道承业说的那块铁板是一个装着地下管道的窨井盖儿,今天刚下了点小清雪,那铁板是很滑。他眉心皱了起来。最近乡下传说不断,有些事儿听了都瘆得慌。说一个村支书带头分了仓库的种子被判了刑。说有一个村干部拿一个馒头和一个大闺娘儿让村民挑选，结果选的是那个馒头。听到这些，安礼盛觉得大都是无稽之谈，却也说明人心惶惶了。今天承业说的倒是真格的。这些日子，子健和成子两个小家伙也老实多了，不像往日那样楼上楼下地跑。到吃饭的时候不用喊，闻着味儿就乖乖坐到桌前，还眼巴巴瞅着碗，嚷着这碗少了那碗多了的。高雅枝几次眼圈红着看着他俩，转过头时就唉声叹气。

子健四岁，成子五岁，两个小家伙正攀着长身体。好在家里境况比别家好些，雅枝也舍得，不断拿出些积蓄出去添些吃的，头两天还拿出两个"小宝（金块儿）"去银行兑些钱。可看着两个孩子的身形没大长进不说还缩了一圈儿，精神头也明显差了。真的要坐吃山空，而且现在即便有钱也难买到东西了。街上的人都耷拉着脑袋，有点儿吃的顿时又睁大红红的眼睛，连平常斯文的人也不顾了颜面。肚子填不饱才是塌了天，身子砸趴下了还有什么。安礼盛想起爹讲的老家鲁西那场大饥荒，老实巴交的爷爷不正是因为饿得快断了肠子，才去投了义军？

总算熬过了冬，山上绿了，可人的脸也绿了，鼓鼓亮亮的却不长肉。前院儿老槐树刚刚开花就被撸光了，枝儿都折了一地。日头也照着，槐树却没了以往的生机勃勃，被抽了筋似的形容枯槁。今年巷子里没闻到槐花的香气，槐树愧疚似的垂立着。

吃晚饭的时候，高雅枝端上一小锅苞米糊糊，成子两只小手端起一碗，张口就喝。"别烫着！"兰子话音未落，"嘭"的一声碗落在了桌上，糊糊洒了一桌，成子看着碗，哇地哭了。兰子赶忙从厨房拿出一个锅铲子，把桌上的糊糊铲到碗里，端起先用嘴在碗边吹了吹，然后又放在成子手里。"我不喝这碗。”成子抹着眼泪嚷着。兰子把自己的碗推了过去。“我不喝了。”成子又哭。“不喝就饿着。”兰子生气了。“人家永杰都吃馒头。”成子泣着说。沉寂了一会儿，高雅枝望着正端着碗的子健。子健放下碗说：“永杰在街上吃馒头，成子跟他要一块儿，永杰不给还笑话咱家。”高雅枝放下碗，兰子眼圈儿红了起来。

“俺们回烟台吧。”兰子轻声说，转身进了厨房。高雅枝听到了哭泣，在压着嗓眼。

“俺也想过。”晚上睡觉前，高雅枝刚提起这事儿，安礼盛就微微点着头，眼神闪着凄冷。

“咱也该告老还乡了，老太太走了三年了，栀子一个人也怪孤单。”安礼盛还在思索。

“光想这个？”高雅枝一骨碌从床上坐起，看着安礼盛，“真就光着腚卷铺盖卷回去？”高雅枝捂住脸抽泣起来，“老院儿都是人家的了……”

安礼盛起身下地，披上一件衣裳，走到窗边望着。黑暗中，他看到了老槐树越过了前面的屋顶。有风掠过，黑黝黝的枝叶似一块庞大的蘑菇云在涌荡。

“去福山，老老少少五口子，一起作伴儿挺好。”安礼盛转过身来，看着高雅枝。

“老脸往哪挂？”高雅枝松开手，直直地看着安礼盛。

“正大光明挂着。”安礼盛又看向窗外。高雅枝垂下头。忽又抬起问：“那承业？”

“留下，全家三口。”高雅枝点点头，又问：“他能撑起这个家？”

“能。”安礼盛目光炯炯。“该跟他两口子合计合计，俺先跟他们过个话儿？”高雅枝擦了一下眼角。

吃完早饭，安礼盛没上楼，移步走进客厅坐了下来。高雅枝领着两个孩子上了楼。承业走了过去，慕乔和兰子对视了一眼，也跟了过去。安礼盛摆摆手让他们坐下。

“爸，我们都商量过了。”承业开口道。安礼盛会意着点下头。

“都按爸的意思。”慕乔柔声细气地说，脸上有了悲哀了。绵了点儿，就这点儿没像婆婆。安礼盛往常挺喜欢这种娴静，此刻却涌出一丝不安。他转头看着承业，在等他说下去。

“爸妈先回福山栀子姑那儿，都有个照应，也比这儿顺心。山东家那边毕竟底子厚实。”承业说着，慕乔和兰子在一旁点头。“俺娘巴不得咱回去跟她一块儿过，俺也带着成子走。俺上次回福山，家里光景比大连街强。”兰子眼巴巴看着安礼盛说。“那——你那成分——？”安礼盛看着兰子。他眼睛里布满了血丝，脸庞发灰，显然彻夜未眠。“到处都闹饥荒，谁还顾上这个。上次俺回去看着他们脸儿都还行。”

“这就好。这事儿我反复寻思过，几件大事都过了，也该风平浪静，再说那些事也扯不到你。你娘岁数大了身边得有个人，她也想成子。”安礼盛点着头说。“还不知道能陪她几天，身子骨一天不如一天。”兰子哭了，慕乔也抹眼泪儿。

“真的养老送终了也尽了孝心，唉！我这辈子最揪心的事儿是老娘走时没在眼前儿，”安礼盛感叹着，又说，“日后这边光景好了你跟成子再回来。”兰子摇摇头：“俺和成子不回来了，等着给你养老送终。大连街留着承业这条根儿就行。”承业忧郁的眼神闪了亮看着爸，慕乔红着眼圈儿低下了头。

楼梯上下来人，脚步很慢，很轻，又很重。众人抬头一看，高雅枝手捧一个黄缎子裹着的盒子走了过来。安礼盛站起身双手接过，轻轻放在茶几上。几个人也都站了起来。安礼盛慢慢打开金晃晃的黄缎，里面还有一层，也是黄缎，色褪得很重。又打开里面的盒子，里面也有一块叠得整整齐齐的红缎，显得很陈旧。

安礼盛先伸手抚摸了一下，然后拿起轻轻展开，放下。上面赫然是两行粗黑的大字："善人种德，降祥于天。恶人种祸，贻殃于后。"

"这是你太爷爷留下的，就是那个卢护卫。这红缎子换了三茬，今儿个再换一茬。外面黄的你娘昨晚已经换过。"高雅枝递过一块崭新的红缎，又递过笔和墨，安承业面色凝重，双手一一接过。"这字儿上次是我写的，今儿个该你。"安承业在那红缎子上又写下那十六个字，然后装入盒中，包好黄缎，双手捧起。

"这房子好好住着，别落了灰儿。那槐树好好养活，别招了虫儿。"安礼盛说。

码头上，安礼盛一行人走了很远，吴顺儿还在后面伸着脖子挥手，秋子却不知哪去了。安礼盛忽地觉得自己心底酸了一下，脚掌子也沉重起来。从和吴顺儿到大连街那天起，回烟台无数次，脚下都是轻快的，心里泛着喜。今儿这是怎么了？当年，是他领着吴顺儿来，眼下是吴顺儿送他打道回府。不觉间都白了头，都有了自己的一窝子——他不觉叹了口气。

"这'民主1号'可比当初东家领着俺闯大连街坐的火轮气派多了。"吴顺儿边往回走边说。"净捡些陈芝麻烂谷子。"秋子说。"这些年也没回山东家，还真有点儿想。"吴顺儿挠着头。"你就这点儿出息，"秋子戳着他的脑门儿，"谁稀得惦记恁，根儿都拔了，孤魂野鬼似的。"秋子又要戳。吴顺儿瞪着眼，躲闪着。

吴越前来了。刚跳下车，迎面碰上秋子从客运站高高的台阶下来，后面跟着怏怏的吴顺儿。

“人都走了，来做什么。”吴顺儿瓮声瓮气一句。“是可惜，来晚了。”秋子看着刚停下的那辆小轿车，伸手去摸了一把。本来，吴越前说要找辆车去码头送送安家一行，安礼盛说不麻烦人，正好想再坐坐电车。吴越前却还是来了，他晃着那颗硕大的头，望着高高的台阶露出惋惜。秋子早已自己拉开车门拱了进去，还顺手拉了吴顺儿一把，一看车上，端坐着儿媳妇马束香和孙子吴永杰。

“你他娘的给妈让让，别整得像个慈禧！”见秋子只顾往里挤，马束香坐在车里纹丝不动，吴越前眼睛一瞪。“没显摆着朝我发火，算什么能耐。”马束香嘴一撇，白了他一眼。“你他娘的滚后边儿去！”吴越前怒气冲冲打开前边车门，一把拽起坐在司机旁边的吴永杰。“我就坐这儿。”吴永杰挣脱他爹的手。“不就坐个破车，咋呼什么！穷人捡了狗头金。”吴顺儿喊了一嗓子，自己扭头走了。

第十一章

老枝儿又绿了，嫩芽又开了。只要有雨露滋润。

老槐树花开花落。这一年花儿刚谢了不久，槐花巷里十多个闺娘儿、小子像奓着翅膀的鸟儿似的飞出了槐花巷，落在了教室里。子健和永杰也背上了小书包，噶着伴儿上学了。学校不远，出了门望着高高的"七节大楼"（辽东饭店已改名大连饭店，孩子们都管它叫七节大楼）走到底，出了槐花巷就看到那座两层古旧的红砖楼。前面隔着热闹的天津街就几幢小楼，背后开阔的中山广场（"大广场"改了名）又是转着圈儿的车水马龙。小砖楼这里却一下子沉寂下来，似天津街和中山广场之间坐着一个洗尽铅华、低头无语的老妇。慕乔送子健和永杰去学校报到那天，站在校门对过，看着他俩随着熙熙攘攘的孩子们进了校门不久，一阵铃声响过后，整条街上瞬间又恢复了宁静、安详。同兴街不宽，小孩子一甩手就能把小石块儿扔到对面马路牙子边儿。说是马路，她站在那儿一袋烟的工夫也没见一辆车跑过。回去学给承业听，承业笑眯眯地说，是个读书的好地方，那房子看着就有书的味道，当初烟台西南河私塾，还有来大连时上的日本小学校，都这个样儿。老槐树花开花落仅两茬，子健的几个班级又转去了新学校。安承业说，不及原来。你是说路远了，冬天还顶着大北风？邢慕乔问。太堂皇。安承业说。

新学校在胜利桥北边儿，这桥是俄国人建的，当年叫露西亚木桥。后来日本人拆了木桥又建成了石桥，很开阔又敦敦实实的样子，桥下隆隆的火车穿过时，还是觉得桥在颤动。桥北这块儿都是俄国人建的房子，样子都高大、威猛，最早也都住着俄国人。学校比天津街小学气派，有巍峨的三层大楼。教室也宽敞，有高高的屋顶，宽展的窗户。操场也大，两头立着两个威风凛凛的足球大门。不像天津街小学，就立着一个简单的小足球门。永杰兴奋地说，真阔，这把抖起来了。子健说还是天津街小学好。永杰说，你是因为路远了吧，远也好，那儿憋屈得慌。

新班主任似乎一眼就看出了安子健同学身上散发的班干部潜质，入学不久就要子健当班长。班主任姓董，年岁子健看不大出来，穿着亮丽，像蝴蝶一样，飞来飞去，全校老师中数她最耀眼。子健不愿当班长，还得逼着做表率，不自在。安承业也说学习最要紧，别分散那些精力。子健不愿当班长还有一个原因，那个姓巴的体育老师是董老师的男人。他尖尖的脸，头发铮亮，课间操时站在操场前面的水泥台上，使劲鼓着腮帮子吹着哨子，还夸张地做着动作。子健觉得两口子真是一家子，都好显摆。那次上体育课，天儿都凉了，他非让同学们脱了外衣，上去纠正林凌的动作时还顺手摸了她胸前一把。流氓！一想起这事儿，子健就对当班长更没了兴致，这董老师给她当老婆，一定是一丘之貉。见了那只“蝴蝶”就像见了大绿头苍蝇，子健就躲着她，像是她那双圆圆的、喷着色彩的大眼睛里有苍蝇粑粑。董老师很大度，不但没对这种大不敬心生不快，还不时牵起子健的手，和蔼可亲地教诲着以后当了班干部要尊重老师、靠近老师，这也是以身作则。尤其是对女老师更要靠近，不能有封建思想。还说女老师温柔、善解人意，不但懂女同学，也懂男同学，更会照顾好男同学。说话时,口中的气息都滋润在子健脸上,子健还是没有靠近可敬可爱的女老师,又转身跑远了。

老天倒眷顾可敬可爱的女老师,没辜负她爱生如子的高尚品格。

那天傍晚,学校足球队在操场训练,巴老师擎着一个小旗子不停摆动着指挥,嘴里又嘟嘟地吹着哨子。子健很喜欢足球,何况这支校队是连续三年的中山区小学冠军,踢得很棒。可子健就不喜欢巴老师那只哨,尖利地叫着,还拖着长音儿。他更不喜欢巴老师叼着哨子时那副神情,叼在嘴角不说,仿佛还使劲咬着,整个腮帮子都扭曲着,可他总是走哪儿都叼着,像那哨子连着他的心肝肺。每当校队训练,操场边就围着不少人,还有过路的。但巴老师一出现,子健扭身就走,今天也是,却被永杰拽住,和季子山仨人站在一个门柱旁看。那个把大门的外号叫大驴子,左冲右扑的,一招一式确实厉害,不时引来阵阵喝彩。

小李子带球过来了(后来成了国家足球队守门员,那时踢前锋),他球衣上背着11号,个子虽小,但几个灵巧的盘带过人,就进了大禁区。斜眼一瞅,大驴子躬着身子,张着双手,瞪着眼珠子,像待下山的豹子一样跃跃欲试。小李子晃了一个假动作,大驴子纹丝不动。稍一停顿,后卫扑了过来,小李子想玩个香蕉球抬腿猛地一脚,一道漂亮的弧线划出,绕过大驴子的铜墙铁壁。却偏了一丁点,皮球带着一股寒风直飞过来,咣地砸在门柱边站着的永杰头上。永杰"妈呀"一声,晃了几晃倒在地上。

"轻微脑震荡",铁路医院的大夫诊断。晚间,董老师来到槐花巷,没去吴家,却先来了安家,邢慕乔很热情地迎了进来。刚坐下也没顾上说话,董老师四顾打量着眼前,露着惊讶的神情，最后眼神落在客厅墙边那架钢琴上。忽然，楼上又传来舒缓的萨克斯声，董老师抬头向楼梯处张望着。

“他爸就稀罕这些，没事就吹吹弹弹。”邢慕乔开了话头。董老师收回眼光，说了今天操场发生的事。邢慕乔已经听子健回来说了，现在他去了永杰家。

“老师没看到安子健？”邢慕乔轻声问。“没有啊，他在——？”看着董老师微张着嘴，明白了她还没到永杰家，邢慕乔不禁揣摩着董老师的来意。“哦，就知道你们家会好找些，先来这儿，顺便也家访一下。”接着她把子健夸奖了一番，还说到当班长的事儿。“不愿当就顺着他吧，这孩子随了我们，不愿抛头露面。再说，他也没有老师您说得那么好，别辜负了您。”邢慕乔说。“您太谦虚，我们当老师的有这眼力，”董老师眼光又落在那架钢琴上，“安子健也跟着学？”“学了点钢琴，吹管儿还早。”“那他父亲是——？”董老师又张眼环顾着。“他爸就是个营业员，屋里这些物件儿都是老辈儿留下的，还有这房子。”邢慕乔被她看得有点不自在，腼腆着说。“无怪安子健看着就和别的同学不一样。”董老师收了眼，看着邢慕乔微红的脸，轻轻点着头。

“那体育老师去了吴永杰家？”邢慕乔忽然问。“他忙，委托我来看望一下。哦，他是我丈夫，我有双重责任。”

说话间子健回来了。看到董老师先是一愣，问了一声“老师好”，然后红着脸站在那里。“吴永杰怎么样？待会儿领我去看看。”“脑震荡，轻微的，没太大事儿。”邢慕乔安慰着说。

“他们家要告巴老师。”子健脸又红了。“为啥？”邢慕乔焦急地问。

“说他失职，吴永杰被球儿砸了以后他也不管。”子健拧了拧脖子。

“巴老师不是马上跑过去,还安排人去医院了吗?”董老师问。

“没看到巴老师,是大驴子背着,还有我和季子山跟着去的医院。”董老师一拧眉。

“他妈还不让我说是轻微脑震荡。”

“咋回事咱就咋说。”邢慕乔看着子健的眼睛轻声说,子健使劲一点头。董老师也重重点着头,忽对邢慕乔说:“我想见见他爸爸。”邢慕乔“哦”了一声,歉意地笑笑,转身快步走上楼去。

子健还是当了班长,副的。董老师一再坚持:“你们的心思我知道,是怕影响学习,但这属于私心。安子健同学不但学习成绩在班里遥遥领先,各方面都优秀,应该把才华奉献给班级,促进全班同学共同成长。”董老师的话铿锵有力,眼神中溢着一股凛然之气。安承业考虑再执意下去恐伤了老师一片诚意:“要不先干个副的试试?别误了班级工作。”董老师答应了。

暑假期间,学习小组里多了莫静,莫静是班里的落后分子,学习成绩不说,小闺娘儿家家的总好闹出些动静,同学们都厌而远之。林凌噘着嘴不愿意:“叽叽喳喳的能学习好?”“那你换别的小组。”安子健坚持说,林凌乖乖服从了,她喜欢安子健这个小组,也喜欢去他家。最早分配小组时董老师对安子健说:“你们小组去你家,学习氛围好都跟着熏熏。”小组自愿结合后,莫静落了单儿,声儿也没了,垂着头,像一只被绳儿勒着倒提着的小鸡儿那样无望。莫静就她爸带着她过,妈被她爸耍酒疯打跑了,家就住在老槐树旁边那座墙上爬满枝藤的院子里。安子健渐渐发现,看她尖尖的不饶人的样子，其实有时挺可怜。那次学校组织野游，开始莫静照旧尖着嗓子嘚瑟着，吃饭的时候却见不着人影。在老远一棵大树下面，安子健看到了她，正在偷偷地低着头啃着一个干馒头。他过去拿起那个馒头掰开一半，又将自己饭盒里的鸡蛋炒饭拨给她一半。莫静却将馒头抢了过来，又把炒饭拨回子健饭盒，抬腿跑了。转身那一瞬，子健分明看到她眼睛里闪着泪花。本来子健也要把永杰安排在这一组，永杰不干。从上次被砸了头，子健如实说了他的伤情当了“叛徒”，他不理子健了。去他家里，马束香就说永杰不在。有一次马束香还气哼哼地说，永杰死了。

这天到了学习时间，莫静还没来，子健出门想去她家看看。自从在了这组，莫静还从没缺席，功课也认真了起来。林凌看了子健一眼也跟了去。

老远，就见莫静在老槐树下被永杰拦着。老槐树前些日子花都谢了，地上洒满了点点花瓣，一些还被踩进了土里。更悲催的是，地上还散落着几枝折断的树枝，露着白花花的茬。永杰弯腰拿起地上的一个风筝转身要走。

“他爬树上折断的，说他还要打我。”莫静指着永杰，又有了以往的那股辣劲儿。子健怒目看着永杰。“都是叛徒。”永杰转回身来，扬起手。“你打。”莫静一头拱了过去，被子健一把拽住。“还不让我去你家学习。”莫静气哼哼地说。“我的风筝挂树上了，她不让上去拿。”永杰理直气壮。“枝儿折断了，花踩了，不心疼？”林凌弯腰捡着花瓣儿，捧在手里。“不就几个树枝儿，几朵破花。”永杰瞪了林凌一眼，又转过了头。爸说林凌她爸是商业局的一个科长，管着振中百货，要他和林凌搞好关系。

“‘零落成泥碾作尘，只有香如故。’大诗人陆游说的。”林凌毫不示弱，小辫儿甩着。她又扭头看着子健，这首词是子健头几天在功课完成后读给他们听的。那本书都发了黄，里面的词子健都很熟。她特别喜欢这首。

“我没闻着香。”见林凌弯腰又在捡那些树枝，永杰也过来弯腰捡着。

三人回到小洋楼，季子山正在拿着蜡笔画画，季子山没事儿就喜欢画呀涂呀，很少说话，表情也简单，林凌说他像雕塑。子健俯身一看画的是一棵树，一把大伞似的，树干像老人的脸。

“怎么没有花儿？”莫静问。“这是冬天，哪来的花儿。”“那冬天得有雪。”林凌说。“纸是白的，不画就是雪。”季子山聚精会神看着那幅画。“你图省事吧。”莫静说。

“俺哥说的，你不懂。”季子山没看莫静，还在盯着那画。董老师说，季子山家老辈儿是大地主，他有点隔路，班里同学都不太愿意和他玩儿。子健去过他家，季子山奶奶说话腔调挺像自己奶奶，更像兰子姑。他是子健从天津街小学转过来后加入到这个班的，家就在胜利桥。这一带到处是高高大大的苏联房，他家却住在一个低矮的平房里。里面也很简陋，一点儿不像地主家。季子山第一次来子健家时，趴在他耳朵上说，他家以前住在南山，房子比这小洋楼还阔气。

“安子健，你那本《红与黑》借给我看看？”做完功课，林凌一边儿把作业本装进书包一边儿说。她跟子健上过一次楼上的书房，大大的书架上有很多书。最底下一层一看皮儿就是外国的。一本《红与黑》放在最上面。这本她知道。

“这本书你家不是有吗？”子健记起那次林凌说过。

“我妈不让我看。”“那就别看了，《红楼梦》俺爸也不让我看。其实，仁者见仁，智者见智。”林凌眨眨眼看着子健。

“哎，安子健，你再把那个和吴永杰游泳的故事说说呗！”莫静忽然尖起嗓子，“简直乐死我了！”她又嘎嘎笑起来。“那不是故事，是真事儿。”林凌说。“就是真事儿才乐。”莫静还在笑。“别笑岔气儿。”季子山幽幽说了一句。“噎死都值，就你成天木头疙瘩似的。”莫静停了笑，睃了一眼季子山。“别总臭摆人家。”安子健说。“那你就再说这一次，大家也都放松放松。”林凌说。这件事情安子健自己想想都要笑。

安承业喜欢游泳，每当夏天，一到星期天他都带着子健去星海公园。子健小的时候，他敢一只手夹着子健往海里游。那次，永杰也要跟了去，不会游就坐在沙滩上看，见子健爷俩在海里一前一后悠悠游着，心里痒痒起来。大毒日头晒得身上直冒油儿，人家却在海水里泡着看着，凉快死了。他起身走到海边，也学着子健那样往水里一拱，喝了一口水，齁咸齁咸的，赶紧想站起来却够不到底儿了，幸亏被旁边儿的人给拖了起来。安承业上岸后严厉批评了他，说游泳是项技能，得学，子健就是在游泳池学会后才到海里游。他就央求子健带他到游泳池。星期天儿，二人到了劳动公园的那个露天游泳池。五分钱一张票，子健买了两张。人很多，排了长长的队，好不容易挪到门口，把门儿的却把永杰拦住了。“你这裤衩不行，得穿游泳裤。”子健一听，坏了，把这事儿忘了，就说，永杰你用我的吧，我在外面等你。永杰张张眼睛，子健一想又不对了，自己是来教他的呀！“快走开，别挡着。”后面的人推搡着。“我偏要进去！”永杰往里拱。

“这是规定。”“什么破规定，这规定就管我一个人？”永杰不依不饶。

“你这裤衩一下水还不露了屁眼儿，鸟儿都没窝了。”把门人的话引来一阵哄笑。

“阿基米德还光腚洗澡！”永杰一下想起子健讲过的那个故事。“呔！”把门人一看这小孩儿挺滑稽，就逗：“阿基米德是谁？”

“大科学家，这都不知道。”永杰得意起来。“姓什么？”

“姓阿呀，不是说了吗，还问。”后面又一阵哄笑。“人家是科学家，别说光腚洗澡，光腚干什么都行。”

“那鸟儿不也露着。”“人家科学家的鸟儿值钱，都巴不得看看，还在博物馆里供着。你这小粑粑鸟儿只能留着自己在家下崽儿，崽儿也不值几个钱儿。”

“操你妈的科学家吧，老子今天非要进去。”永杰一把从子健手中夺过游泳裤，小红旗儿似的擎着挺着胸脯走了进去。“不要往水深的地方去！”子健后面喊着。到底是，看到别人往水里扎猛子，永杰也扎，水里扑通着又被人拖了上来。回家后马束香冲着小洋楼那面就骂：“早晚是俺老吴家的拖死鬼！”

安子健同学没有辜负董老师的殷切希望，老槐树又开了一茬子花的时候，他胳臂上已经挂上了“三道杠”，安承业看着却也欢喜。林凌也紧随其后挂上了“两道杠”。看着她不时来小洋楼出出进进，不是借书就是还书，嘴里叔叔、阿姨的甜甜地唤着，邢慕乔却多了心思。试着跟安承业偷偷念叨两句，果然安承业说：“女人就是心思多，人家是革命干部子女，哪像你想的那些。”子健学会吹萨克斯以后，一到晚上，低低的声音从小洋楼紧闭的窗缝儿里传出，还有伴着的清脆、舒缓的钢琴声，林凌来得更频。那天晚上林凌来了，进门就说：“安子健你学得真快，真好听。槐花巷一到晚上都成了劳动公园，这萨克斯的声音，就像荷花池边谈恋爱的男女对视着喃喃私语。”林凌走后，邢慕乔说：“林凌这孩子懂事太早，子健你远着点儿。”

这天，安承业从外面急匆匆回到柜台，远远就有人喊：“安师傅，你儿子被刀子划了脸，在铁路医院，赶紧去！”安承业一惊，那个营业员又说：“是他一个同学干的，商业局林科长那个宝贝闺娘儿来报的信。”“什么刀子？”他略微放松下来。“铅笔刀儿。”“也就能划破点儿皮儿，没大碍。”他进了自己那间维修小屋，他是回来取工具。“那你不去医院？”营业员问。“顾客家里那架钢琴还敞摆摆地散在家里，我得赶紧回去。”“你这人还真是怪，别说到手的官儿不干，还不如儿子明白事儿，都戴上了‘三道杠’。”她小声嘀咕着。见安承业匆匆走了，身后又念叨：“人家那小闺娘儿也进步了，那是老子英雄儿好汉，谁像你盐酱不进，连儿子就靠自己巴蹭。”前不久，天津街百货公司三楼的乐器柜台扩大许多，还从最里面角落里挪到了楼梯口的显眼处。长长的一面柜台比当年振中百货的都要气派，还摆上了各种西洋乐器。大的有钢琴、圈贝斯，中不溜的有萨克斯、手风琴，小一点的有黑管、小号。营业员也由原来的三个增加到六个。安承业被安排当组长，他不干。经理一听理由也有道理：“现在顾客多了起来，不仅是买货的，更多的是来维护、修理，其中还有外国人。要留住并增加客流儿，这后面的维修间很重要。”又说他要抽空学点儿外语，心思多用在业务上，不想占了精力。经理说：“你是乐器组的顶梁柱，大家都看到了。再说也在这个柜台干了十几年，也该轮到了，都快四十岁的人了，不觉委屈？”“什么都得有人干，我也稀罕。”经理看看小屋里堆着的各式各样的旧乐器，点点头转身走了。

修完那架钢琴匆匆回到家，吴越前两口子已经在屋里，马束香手里提溜着一网兜国光苹果正尴尬着，林凌也在。子健许是上了楼，邢慕乔眼里噙着泪。“不打紧儿，只是鼻梁划破一点儿皮儿。”马东香赶紧说。林凌学了事情经过。

这学期暑假，董老师坚持让安子健这组带上永杰，让后进同学一起进步。今天做完作业，林凌要子健吹萨克斯给大家听听。永杰说，我们出去踢铁盒吧，那多过瘾。你去踢吧，我们听。莫静推着永杰。有什么好听，跟小鼻子学的，师傅都滚蛋了，还在这哭丧。吴永杰抬腿朝钢琴踢了一下。

“你坏蛋！”子健上前一把揪住永杰，脖梗子筋都挑了起来。“你地主崽子！”永杰挥手一拳被子健躲过，吴永杰趔趄了一下，顺手拿起桌上一把直柄的铅笔刀扎向子健，子健退着。永杰猛地一头将他撞倒在地，接着跳在他身上，左手死死按住子健脖子，右手拿着铅笔刀就扎了下去。这小子力大，又疯了似的，子健动弹不得，闭上眼睛。眉心处白肉一闪，鲜血顿时涌出。“别说了。”邢慕乔捂住眼睛。

“前子，永杰这孩子该管管了。你还是干部。”见马东香车轱辘似的道歉话说得差不多了，安承业冲着吴越前正色道。“都是她给惯的。”吴越前瞥了马东香一眼。“还不像了你。”马东香也不示弱。“话说回来，学的什么喇叭。再说当初你还是跟日本人学的。”吴越前被老婆说得有些尴尬，拾起了这句话。安承业眉头竖了起来，盯着吴越前。

“差点儿都扎到眼珠子了还说这话。”邢慕乔晃着眼泪说。“这小子是野了点，”吴越前又尴尬着，“当兵倒是块好料，还爱国。”又嬉笑起来。邢慕乔大张着双眼瞪着他，泪水里埋着火。安承业盯了吴越前一会儿，摇摇头起身上楼了。

“这臭小子倒也会扎地方。”出了门走出几步，马东香向后望着说。“是啊，扎眼珠子麻烦可就大了。”“我说的不是这个。”马东香有些得意，吴越前扭过脖子看着她。“你脑袋瓜子就装着女人，屁也不懂。”“少废话，有屁快放。”吴越前呵斥道。

“扎的那地方管男人前程。”马束香把嘴凑近吴越前的耳朵。

吴越前被免了职。耍流氓，人家还怀了孩子，“革命干部”经历寿终正寝。马束香早就觉得不对劲儿，成天拧着耳朵。那么个葱嫩的小婊子成天在身边儿转，能耐得住鬼才信。到底是给自己身上抹了一身臭粑粑，被狠狠揍了一顿不说，官儿也没了。吴越前头上缠着纱布躺在炕上直哼哼，马束香擎着扫把专戳那块纱布。

“是那小婊子勾引我。”吴越前双手张着夺那扫把。“苍蝇专盯有缝儿的蛋，你什么玩意儿当我不知道。”马束香鼓着眼珠子挣那扫把。“她看我是经理图好处。”“你给了她多少好处？”马束香更来气了，挣出扫把又戳了过来。“不是咱自个儿的，是公司的。”吴越前说。马束香放下扫把，呼呼喘着气，“臭男人没个好东西，别说你。”马束香坐在炕沿上。“没有骚女人，哪有臭男人，你他妈是没得手。”吴越前却来了劲儿。“没错，老娘这些年是亏死了，瞅你当个官忍着罢了，早知道不如趁早给骟了。”马束香又擎起扫把。这回没戳，扔在吴越前脸上，扭着屁股出去了。

秋子一人从水师营来了，拐着一篮子鸡蛋。把式刘老汉早走了，那间屋子让吴越前张罗收拾了一下，不时有车送去些吃的、用的，还不时有车拉着来大连街住几天儿，和吴顺儿俩过着心里倒也滋润。今儿可好，一大早就坐着长途车，又在黑石礁倒了两遍电车，逛荡来都晌午了。见婆婆来，马束香丧着脸出去了。秋子看着那鸡蛋篮子缝儿里淌出黏糊糊的黄汤儿,更来了气。

"刚过了几天好日子,你烧得慌。祖坟刚冒股青烟儿,这就灭了。"吴越前坐在炕上闷着头不吭声,"后悔没听恁爹的紧着嘱咐你,就裤裆那点事儿要紧——""你也用刀子剜我!"吴越前瞪起眼睛。"今儿看还不如老安家稳稳当当儿的,起码不丢这个人。"秋子还嘟念着,吴越前垂下头。"老吴家本还指望着你——""别说了,人还没死!"吴越前掏出一支烟,手哆嗦着点上。

"胳膊腿没打坏?"看着吴越前头上裹着的纱布,秋子凑过来问。"没打疼,倒叫家里这个骚货给戳疼了。"吴越前用手捂着头。"去水师营吧,怎么还有脸儿在大连街待。"秋子抬起前襟儿擦起眼泪。吴越前看着他娘颤颤巍巍的手,那满头白发也在晃抖着。

"哪儿也不去。"吴越前咆哮一声。

秋风瑟瑟,大街上遍地的树叶被风卷着四处飞舞了,风过后又现出一片灰黄。吴越前置办了一辆平板车,围上几块木板,沿街卖开了黄泥。五毛钱一车,家家过冬前都得晒些煤坯,得掺着些黄泥,耐烧。

吴越前自己都没想到,这个平车不但使他绝地逢生,还把他一溜烟儿拽到了金光大道上。人生无常。这就是命。他陶陶然。无常,却又有常。他最终总结道。

第十二章

阳光不但映照着清流，浊水也在争着光辉。

莫静她爸死了，街头逞勇斗狠被捅了刀子。老莫好喝酒，一喝酒就斗狠，屡败屡战，屡战屡败。莫静的妈正是受不了这种狠，窝囊得狠，早已扔下老莫和莫静独闯天涯去了。

莫静从大杂院搬进了小洋楼。进门时只带了几件衣服，邢慕乔嘱咐过，家里什么都是现成的，人过来就行。眼神怯怯的，又大张着看着屋里四周，似没曾见过。邢慕乔笑着扯了她的手："怎么还这么看，没来过似的。"莫静哭了，嗷嗷的像待哺的婴儿。她下巴更尖了，眼睛也没了光彩。邢慕乔跟着她在街上跳过集体舞，那是何等的光彩夺目，转眼间成了畏缩着的鸡雏。"阿姨，你给俺当妈吧，俺是孤儿了。"莫静眨巴着泪眼嗫嚅地说。"这哪行？你还有——"邢慕乔惊讶着。"俺妈也死了！"邢慕乔抖了一下嘴唇看着莫静。"俺就叫安静，这'静'字儿配了'安'字更好，俺就该是安家的人。"说完转头看着子健："你说呢，哥。这名字挺好听吧？"子健白净的脸上腾地红了，转身跑上了楼。

这天放学后，子健一个人往家走。这胜利桥哪都好，四下敞敞亮亮没有遮挡，能看到很多光景。可一到冬天它就变了脸，大风呼呼地比桥外疯狂许多。每次安静都捂着嘴嚷着："这破桥烦死人，也不塌喽。""塌了咋上学？""正好不上。"安静喜着脸说。自从安静住过来两人都是一起上学，子健不情愿也没办法,一家人了哪好再分着走。今天倒清静,安静说不舒服让子健给她请假,她这又是找理由。好在现在都停课了,来学校也是点卯而已。何况安静在路上总是小鸟似地叽叽喳喳没完,净说些住在小洋楼里真好,又做了什么梦之类的。看看她,还真是被什么滋润着的样子。才两个星期,又像了在大街上领着跳集体舞那般。莫静是学校宣传队跳舞的,在天津街路口冰棍箱子上领着跳过集体舞。每当晚上,老莫在家里喝完酒就晃着走出槐花巷,站在人群前剔着牙花子瞅,有点像保驾护航。莫静的妈独自离家出走,也是认定她除了面皮像自己,其他都随老莫,叽叽喳喳没斤两,跟自己绝非一路。今天自己走着,虽有没除净的雪,踩着倒挺惬意,脚下挺轻快。

刚过胜利桥,林凌和季子山跟了上来,林凌先在后面喊了他一声。自从跟安静噶了伴儿,两人就再没一起走过,奇怪的是季子山也随着她。子健纳闷地站下,俩人随了上来,林凌也不言语又前面走着,季子山默默跟着。虽说下了胜利桥,可跟邮电局大楼之间还有一大片开阔地,北风呼啸着并未示弱。虽然都穿着棉猴,脸上还是小刀割着似的。过了电车道上了上海路才觉风小了许多,林凌停下站到子健前面。

"安子健,你们家想好了?"林凌两道细细的眉毛聚在了一起,脸蛋儿通红。"收着倒可以,怪可怜的。可改这名字——"季子山插了一句,两只手使劲儿插在棉猴儿袖子里。林凌瞅他一眼,季子山收住了。他明白了林凌为何最近多了异样神态,季子山也躲着她。

"她配吗?"林凌小嘴一撅。风吹了眼睛,她摘下毛线手套抬起手揉揉。手套很漂亮,黑黑的颜色镶着红边儿,被阳光映着倒像了此时她的眼睛。

“不知道。”

“不知道就领回家，还改姓安？考虑后果没有，我爸都说这是原则问题。”林凌嘴中呼着热气，目光炯炯地盯着子健。

子健躲过她的目光：“不知道！”掀了棉猴帽子抬腿跑了。

“别以为她喜欢你我不知道。立场不坚定，没原则，到底是资产阶级！”颤抖的声音随着北风儿追了过来。子健步子停顿了一下，接着又大步跑了。口中热气飘在了身后，瞬间化作一股股寒气，闪着冰碴紧紧尾随着。

放寒假了。这段时间安承业神色不好，回家时就躲在屋里。邢慕乔小心翼翼问，也不愿说。收养安静的事，两口子是商量过的，丈夫很支持，不然这么大的事她哪能做主。不是这个那还有啥？邢慕乔心里多了紧张：莫非——是子健他大爹有了什么凶信儿？可也该跟俺说说。多大的事儿也没见他这样，邢慕乔越发心里虚着。

每年春节，家里都关上门一起去烟台陪爷爷奶奶过年。今年安静知道要去山东过年本来挺高兴的，说她从来没坐过船。今天却说不去了，邢慕乔有些惊讶，难为起来。安承业下班回来，邢慕乔悄悄地说起这事。

“不去也罢。”安承业说，没有惊讶的样子，邢慕乔倒惊讶起来：“咱不能把她一个人扔家里。”她焦急地说。

“怕是黏上了永杰。不去正好。”安子健红了脸说。安承业摇摇头。

“今年都不回去吧。”安承业说。

“那不去看他爷他奶，栀子姑听说快不行了，兰子娘俩也正受着欺负？”邢慕乔红了眼圈。安子健看着妈眨着眼睛。山东家那面的事儿最近爸妈没少念叨，兰子姑又成了地主婆，被强迫回到东关外村子里，天天挂着大牌子游街。有一次连着两天关在大队部里,成子去人家猪圈里捡食槽子里的东西吃,被猪拱翻在粪坑里冻了个半死。后来又被拖了去和他娘站在一起,娘俩冻得走不了路,躺在大街上。幸亏有人偷偷送信儿,奶奶跑了去几里地以外的东关外,回来时差点成了三个冰人。打那儿爷爷奶奶都病倒了,炕上还躺着栀子。

"娘几个还怎么活,可怜的兰子啊!可怜的成子啊!老天爷当初也不给他个好人家。"邢慕乔捂着脸哭了:"栀子姑死之前还不得看上一眼?子健爷爷奶奶也在活受罪!"

"当初都不该回去!"子健昂着脖儿大声说,安承业垂下头。"俺跟妈去。"安子健倔强地说。邢慕乔看着安承业。

"可能——我们全家,不久——都会回去,"邢慕乔一怔,"再不回来。"安承业又迸出一句,闭上眼睛。"什么,你是说咱家也下放?"邢慕乔瞬间明白了,眼神慢慢散开。

"也没什么,早想回去了,爸妈老了眼前也该有人。只是……还有子健——哎!安家没做亏心事,这一茬茬儿都是怎么了?"安承业张着空洞的眼睛。

"下乡有什么可怕,你们去哪儿我去哪儿。"子健说,邢慕乔哭了,见安承业又紧紧闭上了眼睛,她又擦了泪。

"安静这闺娘儿也跟着受牵连,早知道何必——这孩子的命——"邢慕乔叹着道。"她还有她奶。"子健说。"能找早去找了。""那是不想找,现在不一样了。"子健说。"总归是孤苦伶仃的。"邢慕乔说。

安承业担忧的事情终于发生了。他被打成阶级异己分子,全家要被遣送庄河农村接受改造。

"遣送?改造?咱犯了什么王法!下乡咱不怕,但戴着'帽子'往后还怎么见人,这不成了兰子,子健也像成子成了狗崽子，一辈子都比别人矮一截儿。这些吃屎喝尿的王八蛋！”邢慕乔从未有过地激愤，大声哭着，脸都变了形儿。

“我去公司找过，人家偷偷跟我说，快别折腾吧，这还得感谢商业局革委会的一位副主任出面说话，不然要被打成反动地主资本家的。这位老同志找出了安家无偿捐献振中百货的一张旧报纸，虽已发了霉，还被撕得只剩了小半张，但标题依稀可见。幸亏这几个字使定性有了变化，但全家下乡难免。”安承业说到这儿，邢慕乔身子晃了起来，他赶紧上前扶住。

“咱家那么大的功劳咋还‘戴帽儿’？”安子健忽然问，安承业失神地看着他。

“那咱回山东老家，庄河那山沟子穷不说，天南地北的，哪辈子全家人能见上一面儿。”邢慕乔眼神呆滞着，喃喃地说。

“这我也没想到，你放心，我直接去局里找找大领导。”安承业赶忙说。

“现在还有用？这坏事料到了，保着底儿的却丢了。好事儿不灵坏事儿灵，我看够呛翻得过来。”邢慕乔叹着气。

“你想得也怪多，运动嘛难免有误。”

安承业当晚就写了申请，第二天一大早直奔商业局。接待的人是个岁数挺大的女同志。她看了看点着头，回乡也好，山东家那面总比庄河强，俺家也是山东人，一大家子也凑到一起了。安承业心儿松快了一下。等着吧，我马上交给领导。安承业道了谢，女同志轻叹一声说，唉，这年头，事儿都弄不懂了。半个月过去了，安承业惶惶不安起来。果然公司告诉说，局里来电话，你那申请审批时没通过，还是准备去庄河吧。安承业顿时急了，匆匆又去了商业局。这次是一位年轻人接待了他，也挺客气。安承业说要找领导，这件事儿很大。年轻人说，这事儿我就是领导，事情前前后后我都知道，还可以拍板儿。安承业诉说着山东老家那面有白发苍苍的老人需要照顾，又说自己的根儿在那里，如果去了庄河这根儿不就拔了，这根儿拔了还——年轻人正了脸色打住他，听我的，休要再提这码事儿。别人家能提还批准了，我为何不能？安承业也急了。这就对了，正是你安家不能。年轻人瞅着他。为何？安承业紧着问。看来你这人还真是说的那种冥顽不化，他歪着脖儿想了想，又凑上前看着安承业说，知道为什么你安家不能回山东老家吗？见安承业还在眨着眼，又说，正是要你们彻底同地主兼资本家反动家族断绝往来，不能再藕断丝连，哦，就像你说的把根儿拔了，才能改造彻底。见安承业伸着脖子还要分辩，年轻人一伸手止住他说，听我的赶紧回去。知足吧，若不是上面儿的林副主任帮你说话，庄河你都去不了。那还能去哪儿?！安承业愤怒起来。去岭前大狱门口溜达溜达，竖耳朵听听就知道了。见安承业呆在那儿，又和善地说，回家拾掇拾掇赶紧走吧，那岭前大狱可还有空地儿。

安家被安排到庄河县一个叫葛家峪的村子。邢慕乔打听了一下，那里比庄河县城还远100多里地，四面被大山包围着兔子都不拉屎。邢慕乔连着几天呆呆的，子健说："妈，咱不怕，有我。""傻孩子，你不也是狗崽子。"她紧紧抱住子健的头。

安承业求了吴越前，帮着找找安静的奶奶，吴越前爽快地答应了。不久他果真找到了，还把老太太领来见了一面。奶奶搂着安静嚎啕哭着，安静却看着安承业，看着邢慕乔还有子健哭。

“咱不哭，安家走了还有吴家，有我。”吴越前伸手扯着她。又说：“承业，有什么事只管说，农村过日子可不比市里，粑粑都是好东西，想周全些还需要什么？”吴越前很庄重。往外走时又转回头来，“走那天我跟着车去，现在大小也是个干部，拿出点儿派头给你撑撑架儿。哦，对了，把永杰这兔崽子也带上，让那些乡巴佬看看，子健在大连街还有像样儿的哥们儿。”

临行的头天晚上，林凌和季子山来了。“咱去前面大院吧。”季子山说。“不嫌冷？”安子健看着林凌，她已经脱了棉猴，外面穿着军装，领口处露出红色的毛线衣。“那就去吧，你走了以后也不会再去那儿。”林凌同意了。安子健心口窝一热，他上了楼拿下一件工作服棉袄给林凌披上。刚过春分，大连街的晚上还寒气逼人，老槐树瑟瑟抖着，许是老了不禁折腾，地下凌乱地横着些干树枝儿。树皮更加干裂了，唯那一米高的地方转着圈儿圆滑着，还发着光亮。林凌过去摸了摸，又转过身背向它靠着。

“明天，我就不来了。我妈要带我去看姥姥，她病了。”林凌望着漆黑的天空说。子健点点头。爸说过，走的那天谁也别让知道，让人家为难。安子健明白“为难”是啥意思。

“我来。”季子山说，“还有纪念品送给你。”安子健点点头说：“我也有。”

“这就走了？”黑暗中林凌的声音颤着，她将双手向后伸出，反搂着老槐树。

“还可以写信哪！”季子山说。林凌没有声音，又将头望向天空。

“纪念品也不送了，你也别送我，看着——”林凌说。

“你早就送了，比什么都高贵，”季子山说，见子健不解地看着林凌，又说，“是她爸帮恁家说了话，不然恁爸就会打成反动——”

“就你长舌头。”林凌嗔怪道。

“那你告诉我干嘛？”季子山不高兴地说。

吴越前扔了平板车重整旗鼓去向阳百货商店上任是去年秋半天儿。振中百货公司已经又换了牌匾。他重回当初跟安礼盛都坐过的那间办公室。已经没了沙发、茶几这些“封资修”的东西，屋里空洞洞的，吴越前倒更觉得心里敞亮。老话儿真对，三十年河东三十年河西，这话老娘常念叨，还真应验了。接着他又自我欣赏起来：我老吴也不是白给，若不是当初撒下革命种子哪有今天这硕果。事在人为这句老话更是千真万确。他轻轻抚摸着自己的大脑壳子，想想当初林科长那张干裂着没有血色的嘴唇今儿倒成了金口玉牙一言九鼎，他呵呵笑了。

吴越前回向阳百货公司当革委会主任，本来是有点无稽之谈。平车社和百货公司是井水跟河水，隔着好几道坎儿，根本不搭边儿。商业局革委会林副主任自有道理：吴越前同志苦大仇深，早年投身革命工作就是在这家百货店，靠着自己的革命斗志后来还当过经理。到平车社工作是被逼迫的无奈之举，心里还是深爱商业工作，从哪个角度他都是向阳百货公司革委会主任最合适的人选。这个问题是考验我们无产阶级觉悟是否坚定的原则问题。都是革命工作，不能被什么行业搭不搭边所干扰，我曾经不也是扛枪杆子出身。林副主任满怀激动，掷地有声。他挽起裤腿，指着那个黑黑的伤疤又说，这个最重要，吴越前同志虽说没流过血，但他流过汗。不但拉着平车流在大街上，还流在资本家的柜台上。

他就是林凌的爸爸，也是为安承业的成分定性问题据理力争的那位老领导。以前是商业局一名科长，特殊时期被挂着牌子挨批斗，还在那座当时人听人怕的大楼里蹲过些日子。这大楼当时是那个大连街响当当的组织的重要据点，也是组织的大头头吴越前经常逞威和放松心情的地方。那天吴越前心情挺好又来到这里，进到院子里时发现了这位林科长。吴越前早知道槐花巷住着一个商业局的林科长，还知道他有个闺娘儿跟永杰是同学，本人却没见过。是个早晨，林科长正和几个人一起在大院儿里弯着腰请罪，脖子上挂着大大的牌子，铁丝都嵌入皮肉里。吴越前不禁动了恻隐之心，吩咐人给他喝上几口水，见林科长惶恐中露出感激的神情，他笑了笑走了。后来打听到，这个林科长出身贫农，当过兵，抗美援朝中还当过连长。尤其是，小日本儿跑的那年，他腿肚子上还叫鬼子的子弹穿过一个窟窿眼。他不由想起桥本，又想起大金线，这些狗娘养的小鼻子没一个好东西，这林科长不是阶级弟兄嘛。只是他那老婆怎么瞅也不像阶级姐妹。那次去正好遇见她来送饭没让进来，她苦苦哀求着。虽说穿得很简单，还是能显出细皮嫩肉的，腰是腰，条是条，一看就是资产阶级小姐。吴越前嗅嗅鼻子，他闻到了一股久违的香气。走了过来吼着挥挥手，她被放了进去，那女人回过头羞羞怯怯的眼神中竟有了一丝妩媚。不知怎么，他开始经常隔三差五过来溜达起来。进来后就先到林科长面前眯着眼瞅瞅，转过头又瞅着门口有没有来送饭的。开始林科长被瞅得心里直发毛，后来几天没见到就惦记起来盼着他来瞅，因为每当他来瞅瞅后，身上竟少了不少拳脚。尤其那次听到他自言自语地嘟囔了一句，八路军还优待俘虏，身边那几个凶煞大汉却明明是听着了。吴越前回家问永杰那个姓林的女同学咋样。不咋样，小骚闺娘儿。永杰咬着牙根儿说。先别说人家骚不骚，长得咋样？他又问。长得可水灵了。这就对了，吴越前点着头。狗改不了吃屎。马束香戳了他一指头。你懂个屁，这就叫一辈儿留一辈儿。吴越前扭身走了。不久，林科长被提前放了回来。那天永杰放学回来从书包里掏出两条香烟说，林凌给你的。吴越前一看，嗬，“大前门”，还是带锡纸的，自己工资也就买这两条烟。他妈的，该斗，不挨斗他能给我这玩艺儿。

吴家搬进了小洋楼。吴越前去水师营接回了爹妈。吴顺儿不愿回去，说现在挺稀罕旅顺这地方，那白玉山可比烟台山高多了，还能溜达着去狮子口看看那些伸着炮筒子的大军舰。秋子知道他是怕别人说闲话，疾呲败坏地说，你不去，我去！你这窝囊样就配一辈子住在乡下。又不是偷的、抢的，难道就得几辈子该是谁！三十年河东三十年河西，都凭能耐。看看院子外面大卡车昂着头，又看看屋里、院儿里被儿子带来的人搬东西倒腾得一片狼藉，吴顺儿晃晃头唉声叹气上了车。吴越前把他推进车头里，秋子早已在那儿端坐着。看吴顺儿进来，一只手捧着怀里的一篮子鸡蛋，另只手拿起旁边车座上的那篮子鸡蛋，待吴顺儿坐下又放在他的腿上。捧好，别打碎喽！

第十三章

山不转，水转，泡子底有轱辘。

庄河本就是个大山扎堆儿的地方，葛家峪这地方山就多得离了谱。山与山之间就夹着一道道弯弯曲曲的裂缝儿，天也被挤压着狭小了，当地人都叫它“沟筒子”。一道沟筒子里散落着二三十户人家，这就是葛家峪了。顺着沟筒子趋溜趋溜走上一个钟头才能见到那条去公社的路。去一趟公社那就是大事了，许多人家儿辈子没见过县城是圆的还是方的，谁家有人去了趟大连街，好几年都被敬着、传颂着。说是那年，一个大队书记因病去了趟北京，没想到因祸得福，回来不久就被调入公社坐了一把交椅。

安子健打一进这山里，脑子就蹦出一个词儿，“狭隘”。这里的山还都不高，不高，就雄伟不起来。不雄伟，有个庙儿哪怕有个尼姑庵什么的沾沾仙气也行，“山不在高，有仙则名”嘛。都没有，所以都没有名儿，低调得很。山连着山，平坦的地方就很少，场院大小的耕地就是大田了。上面土层子又少，一根筷子使劲儿捅下去还露着半截儿。长出的苞米秆儿细得可怜见儿，穗儿比那挣食的家雀儿大不多少，地瓜更是干干瘦瘦能插进鸡腚眼儿。工分儿就不值钱喽，一个壮劳力干上一年还欠着口粮钱。这些山遮住了乡人的眼，山外边什么样子他们想不出来，一辈辈儿都脖子耷拉着。也想伸，可抬头一见那些密不透风的山就又缩了回来。穷山恶水（泡子里那水看看倒养眼,又不能当饭吃,没人稀罕)出刁民,性子蛮一点儿的,山上的变成屋里的,你家的变成我家的,倒腾来倒腾去,老实人家就被倒腾成最穷的。

13岁的安子健对“穷”还停留在朦胧的阶段,大山的压迫感也没像爸妈那样坚定地刻在脸上。最使他腻歪的是这儿的人说话。他们说话时发音很重,尤其是尾音,重不说,还狠狠往下一拽。爸说这方言是一种地域文化,跟生存环境有关。你看这大连三面环海,大连人说话都沾着腥齁齁的海蛎子味儿。他们这是一辈辈儿心里揣着对大山的怨恨,传着传着成了习惯。开始时最使他感到滑稽的是那句“小妾儿(车)拉巴席(石头)”了,一听他就赶紧捂着嘴。

只有那月亮泡子使安子健感到心里豁出一道缝。它幽慵地卧在群山叠叠的山窝子里,并不宽阔,却很长,绵绵地伸向老远,倏尔又拐了个弯儿不见了。它倒像条河。安子健想。

泡子这名儿土不拉叽的,叫月亮湖多好,安子健很赞赏自己的发现。当地人都把这种山里围起来的水叫“泡子”。“湖”是讲究人的叫法,他们稀罕叫泡子,老辈儿传下来的谁也不去白扯叫什么对,只知道叫着顺溜。就像这里给孩子起名儿,谁家生了儿子,省事,就叫“驴子”,生了丫头,就叫“丫儿”,前面加上姓儿和排行即可,也是老辈儿传下来的这个叫法。于是,屯子里王家二驴子,李家三丫儿的到处乱窜。安子健还注意到,和“驴子”不同的是,“丫”后面多了个“儿”音,这点区别还真使“丫儿”有了点女人的味道。

葛家峪紧挨着月亮泡子,别看屯子破烂不堪,散散乱乱七高八低东一家西一家的,但被这汪水一衬倒别致起来。从山上往下看,散落着的一些石屋依偎在绿汪汪的一湾水旁边，石屋们顿时也高雅起来。尤其在天刚泛白时，石屋顶上都飘着袅袅炊烟，那汪水又升腾着淡淡的水汽，两厢互映着，倒真是一眼的好景致。安子健又有了新发现。穷山恶水出刁民，他觉得这话原来有毛病，发明这句话那人一定没见过这月亮湖（他已经开始叫月亮湖了），“穷山”和“恶水”不一定就是一对穷“双棒子”（孪生），穷山往往还和秀水亲昵地挽着手呢。这山委实穷得净剩下满山的石头，连人脑子也成了石头做的。这水可不恶，都暖暖地淌到了心里。安子健第一次来这里恰是清晨，湖面上正飘着淡淡的水汽，他觉得自己被那水汽融化了。看到葛家峪人光着脏不拉叽的膀子在湖里捉鱼捞虾，更有人往湖里扔个雷管什么的，顿时有小鱼小虾惨惨地漂浮在湖面上。安子健觉得那句老话儿前半句说得还是有道理。

安家的石屋，孤零零地坐落在屯子里靠山根儿的地方，以前是看山的窝棚，离最近的人家也有百十步。

乡下人好查啦事儿，老娘们儿居多，尤其见到了几张新鲜的面孔自己仿佛也鲜亮起来，脑瓜儿也灵光起来。她们站在老远的地方伸头探脑地看，又挤眉瞪眼窃窃私语着：

“商店卖货的？不像，细皮嫩肉的倒像戏台上的小生，不会是要流氓了吧。”

“什么阶级异己分子，谁听说过，打了个幌子吧，肯定是搞了破鞋给从大连街扔出来了。”

“老娘们儿也不像出大力的，娇滴滴的倒像电影片儿里的大小姐。”

“那小子也是，小闺娘儿似的，还不知是谁的种。”

“你这骚老娘们儿，不会是看见城里的童子眼馋了吧，老母牛想吃嫩草。”“哈哈，哈哈——”笑声响彻云霄，树上的鸟都惊飞了，仓惶地钻进沟筒子。

“恁们也别寒碜人家给自己嘴上过生日，看那一家子心眼子挺周正，两手擎着不懂乡下日子怎么过的样儿也可怜人，这往后可怎么办?”一个声音颤着说。“啧啧、啧啧，哎!”笑声停住了转成哀叹。

队长又来了，还是倒背着手伸着张干巴巴的长脸，还是眯缝着眼睛像是刚从土炕上下来。进了小院儿转了一圈儿干咳了一声，邢慕乔身子一哆嗦，还是撑着赶紧从炕上下来迎了出来。“屋里还挺热。”队长看着她说。“冷汗。”她擦了一把额头，挤出一丝笑模样。她最近总觉头疼，刚才一哆嗦额头竟冒出了一层虚汗。“当家的不在?”队长抬脚走了进来。“来了。”安承业撩开半截子门帘站在门口，“您进。”队长一迈腿儿进了屋。“赶紧烧水。”安承业说，身子还是恭恭敬敬朝着队长。邢慕乔转身从缸里舀出一瓢水，颤抖着手倒进锅里，又捏了捏额头蹲下烧火。队长上次来的时候，她没给队长烧水被呵斥他说不尊重贫下中农，慌忙之中烧水时溜了神儿，半瓢水出锅后只剩了不到一碗，队长哼了一下鼻子。待队长坐在炕沿儿上，安承业赶紧打开抽屉拿出一盒烟，掏出一根递了过去。队长上次来之后又买的，这次是一毛九一盒的“万里”。队长上次来时家里没有烟，队长手伸进兜儿摸索了半天又空着手出来了，拧了一下眉，然后从另一个兜儿里摸出一个旱烟荷包儿怏怏不快地卷着，安承业赶紧让邢慕乔拿出两毛钱让子健去供销社。子健正要出门，队长说：“怎么，还管饭?”安承业一下想起这来回得四五里地，是嫌慢，还是在提示?他犹豫了一下，还是尴尬地搓着手对子健说：“来回都紧着点儿跑!”队长慢慢吞吞先是说，上面说了，你的错误很严重，得老老实实服从改造，这沟筒子里天高皇帝远，这改造得好不好俺说了算。又东山兔子西山野鸡地说着生产队的一些个王法，又说他如何如何铁面无私，屯子里没人不怕——最后扬起脸问："这阶级异己分子是个什么东西？"安承业正琢磨着怎么回答，这自己都没整明白——子健拿着一盒烟气喘吁吁跑了进来。队长斜眼一瞅，"握手"牌儿的，脸上有了轻蔑。"妈，还剩六分钱"。听外屋子健对邢慕乔说。"别埋怨子健了。""这可是一个整劳力两天挣的工分，全家就你一人才挣六分工。"队长揣着烟走后，邢慕乔上了炕头朝墙掩面哭着。安承业还是吩咐子健又跑去买回这盒"万里"备着。

"明天你家老娘们得出工。"队长大口吸了一口"万里"，就着鼻孔冒出的烟儿说。

"她生病了，头疼得厉害。"安承业小心翼翼地望着队长。

"哪家老娘们儿光歹饭不干活儿，别说恁们是来改造的。再说脑袋瓜子疼算个什么病。"队长扬起黑瘦的脸，安承业的脸涨红了。"子健，出去扫扫院儿。"看到子健也涨红着脸在盯着队长，他说。子健忽地转身出去了。"能不能再歇两天儿？"安承业央求道。

"好吧，就再歇两天。"队长显着大度，手里握着那盒烟又背着手出了屋。安承业赶紧送出，他见到子健没扫院儿，在抬头看着天空中那道豁口。屋里，邢慕乔在嘤嘤地哭。

这天早上，邢慕乔没像以往早早就起来，还无声息地躺着。这是累得！安承业起来把苞米糊糊煮好，过去拍拍她："起来喝一口再躺下，今儿不上山了。"还是没动。安承业感觉出异样凑过去一看，她嘴角歪斜，已经神志不清，眼睛里还噙着泪水。安承业伸过手去想扶她又觉不妥，大喊一声："子健，快去喊你陈婶子！"子健撒腿跑向西边儿坡顶上那户最近的人家。没等子健说完，那家正准备出工的男人扔下铁锨赶紧向队部跑去，女人疾步来到小石屋，后面闺娘儿也跟了来。这也是一家"戴帽儿"改造的，女儿叫陈燕，比子健大几岁。一会儿队里仅有的那辆牛车来了，拉着邢慕乔去了二十里以外的公社医院。经诊断是重度脑血栓，医生说已经无法治疗。邢慕乔回家后已经半拉身子不能动，瘫痪在炕上。神经也有些失常，眼睛睁开后眼珠子不转，就直直盯着屋顶。石屋一下子没了生息，屋顶上烟囱里的烟儿都寡淡了。

"老安，得想个法子，不能这样死挺着。"晚上，陈家三口子来了，陈父忧虑地说。

"这沟筒子能有啥法子，"安承业满脸痛楚。想想又说，"燕子白天也不要再来了，省得让人家看见说咱搞串联。"

"婶子身边哪能没人，你们回来还得吃饭。"陈燕说。陈母点点头，她拉起邢慕乔的手。"什么破队长，恶心，我才不怕。"陈燕扬着脸说。

"底层的人一旦有了一丁点权力，人性深处的劣性就会暴露得淋漓尽致。"陈父闪出痛苦的神色。

"我不上学了，在家侍候妈。"陈家走了之后，安子健说。安承业先是怔了一下，又出了小屋，在院子里徘徊着。

"人不人鬼不鬼，哪有头儿。"屋里子健声音里有了哽咽。安承业回到屋里，看了看躺着的邢慕乔在大大地睁着眼睛。他拿起一个板凳儿示意子健坐下，然后自己坐在炕沿上，安祥地面对着子健。

"不上学倒可以，现在学校也没书念。"他拉过邢慕乔的一只手，用两只手摩挲着。子健望着他。

"自己在家念。"他轻声说。安子健觉得爸还像在槐花巷小洋楼时和自己说话似的。

"不但不能扔了功课，闲书也要接着看。"安承业又说。

安子健眼睛亮了起来,他没想到爸还会让他看那些课外书。

“功课是本分,闲书看似没用却可修心养性,更重要。”

“日子都这样——”安子健又显出一丝沮丧。安承业一挥手,眼睛透出光彩。

“修心养性是高贵生命的地基,像这小石屋,看着破烂不堪却多少年不塌。人一辈子总得为了点儿什么活着,不光是自己吃饱了。外面成天说的信仰并不是空话,咱安家一辈辈儿过来不就是这样?”安承业站起身徐徐地说。“爸又说这话,可那是在小洋楼!”安子健眨着眼看着他。

“没有操守终究是埋在石砬子里没了养分的树根,时间长了就会腐烂——”安承业在地上踱着。地面太狭窄,他又坐了下来。

“幸运的人,一生早已被童年治愈,不幸的人一生都在治愈童年,”安承业说。这是爸曾经的老师桥本说过的话,爸在小洋楼里念叨过,“可怕的是自己浑然不觉,想浮上来时却不能够。”安承业摇了摇头。安子健站了起来,给爸倒了一碗水。安承业接过放在炕沿上,回头看看邢慕乔。

“头几年,说我们家曾经是高贵家族你妈还害怕。我倒觉得应该理直气壮。”身后邢慕乔叹了口气,安承业转过身看她脸颊上又淌出泪水,伸手给她擦了擦,“我说得对吗?”安承业俯身问,邢慕乔笨拙地点着头。

“高贵并不在于钱儿多少,也不在于权儿多大,是高贵的精神。就像安家朝阳街‘德安记’,还有西南河私塾,是在前面领着跑。”“其实高贵挺难,”他苦笑了一下,“但得有这种人。”安承业又站了起来:“高贵那股气儿是一辈辈儿血管子攒出来的,不往外淌都不行。古人说‘耕读传家’,这‘耕’是过小日子,‘读’才是过大日子,是真正的传家之宝。”安承业看着小窗外，安子健看到爸眼睛里有些潮湿，觉得自己小小的胸腔开始膨胀起来。

“你当初不是崇拜革命小将吗?”安承业忽然转回头看着子健，子健眨着眼睛，似乎有些明白。

“开始听到你这个想法我还觉得吃惊，可后来想想有些理儿。起码他们不是为自己谋利，这就有些高尚的成分。”安子健睁大眼睛听着。

“今晚儿我再列个书单儿。古代的、外国的不都喜欢吗，再增加些历史、哲学的，守着你陈叔叔正好多请教。别看他现在破衣烂衫的，脑子里可都是金子。”子健点点头。“一边儿侍候你妈，一边儿看书，咱一样不耽误。”

一个人的成熟有时就在一瞬间。15岁的安子健就在这一瞬间提前长大了。像霜来得早的年节地瓜也收得早，却还是被贫瘠的土地足足滋润了，个儿小却更加甘甜。

别看这小石屋又破又偏僻，但紧靠山根子下面。安子健记起小时奶奶给他讲过小鸡吃虫的故事，他心头一亮——眼前这山坡，别看荒荒的到处是些乱乱的杂草、灌木丛，虫儿却多得是。鸡不是喜欢吗！和爸一说，安承业觉得有道理。试着抓了几只鸡崽儿，竟没想到它们成天在山坡上转悠着，吃着那些虫哇草籽什么的竟长得飞快。那蛋下得个个滚圆滚圆不说，黄儿还都比别家的大，全家人喜出望外，心里有了光亮。第二年又增添了十几只，鸡们也乖。个个都奋力下蛋，一天能收十多个鸡蛋。每天不时“咯咯哒，咯咯哒”的声音，安承业感到像美妙的音乐那样动听，邢慕乔炕上躺着也不时咧着嘴乐。安子健试着拿到集上卖，好卖得很。久了，葛家峪老安家的鸡蛋竟有了名儿，每逢大集小集，安子健就挎着小篓子去卖。靠着这些鸡屁股，安家又有了指望，而且还多了些情趣。

这天,安子健又拐上那个卖鸡蛋的篓子,里面装着满满的鸡蛋。往里捡的时候不小心碰碎了一个,那金灿灿的蛋黄流出时,子健那个心疼啊,这可是那只“大鹰”下的呀。他给每只鸡都起了名儿,雄壮些的叫“大鹰”“大雁”什么的。优雅些的都叫“凤”,比如“金凤”“玉凤”……这只“大鹰”是这群鸡的头儿,个头儿最大,雄赳赳的像个将军。有了它,管保收兵回营时一只不少,数都不用数,下蛋还最卖力。哪个蛋是哪只鸡下的,子健一看就八九不离十,尤其是“大鹰”的蛋最显眼,一看便知。他肩上还背着一个书包,里面盛着20只鸡蛋。今天是当地有名的鞠屯儿大集,赶集的人特别多。别看远点儿,得走10多里地的山路,他却很喜欢去那儿。除了鸡蛋能卖好价钱之外,还能偶尔看到点儿新鲜事儿,看到个举止斯文点儿的人。

他又来到这块地儿,这里靠近路,不时有车在这儿经过,有的还停下来。不远处好像有个营房,每次来这儿,喇叭筒子都放着歌儿,尽管是些威武雄壮的军歌,调子刚猛些,但也喜欢听,里面有时还夹着“铜管儿”的声音。因为来得早,很容易找到一个好位置摆下摊儿,这里离歌声最近,眼前也敞亮。此时太阳刚刚升起不到一杆子高,光辉渐渐铺了开来,远处的山一层一层染着不同的色,越来越清晰,眼前的一切都光亮起来。安子健想到了“朝霞”这个词,心里暖融融的。

人逐渐多了起来,熙熙攘攘人头攒动,叫卖声开始乱哄哄的,都盖住了远处传来的歌声。子健从来不喊,就那么静静坐着,但来来往往的人流还是被他吸引住:多么与众不同的一个小男孩儿,蹲在摊儿上手里还擎着本书,买鸡蛋的一走,眼睛就回到书上。不言不语的,衣裳也没啥特别,不少人还是留住了脚步。再加上那鸡蛋上面像抹了一层粉儿似的一看就新鲜，还论个卖。小男孩儿羞涩着一看就不贪心的样子，不像有些人吐着唾沫星子，明明臭的也说成香的，还狡黠地要着秤杆。太阳两杆子高一点儿时，篓子里的鸡蛋已经卖完。子健数了数兜里的钱，够给妈买点儿好药了，妈最近病又重了，爸好几次都在小院儿里偷着唉声叹气。他盘算着顶多再有半杆子太阳，书包里的鸡蛋就卖完了，走得快点儿还能赶上回家吃晌饭，他从来不舍得在集上吃一口东西。

子健的地摊儿对过儿有一个老太太在卖梨。这种梨他认得，皮儿薄薄的黄黄的还泛着一点儿红，他就叫它“红脸蛋”。有一次买了几个给妈吃，他和爸也分尝了一个。他咬的时候张了大口咬下的却是小块儿，脆脆的甜甜的还带着一点儿酸，咬一口直冒水儿。他在葛家峪没见过梨树，更没见过梨，结果子的树只在葛老太家见过，也就是队长家院子外两棵枣树。这口梨在嘴中停留得很漫长，只这一口唤醒了味蕾里曾经梨的滋味，这滋味美得令他震颤，后来又产生了恐惧，以致于后来很多年月里看到梨就不禁望而却步。老太太跟他隔着一条窄窄的步道，抬头都能清楚地看到她的眉眼。老太太干干瘦瘦，脸上的皱纹深深的像刀子刻的，里面好像还夹了泥。她刚才还拿过两个有点干疤儿的梨要给子健吃，伸过来的手使他想起了“大鹰”那只大爪子，瘦棱棱的但骨节粗大，深深的古铜色，粗糙得结了鳞似的。安子健躲闪着没要，他是怕这东西。老太太颠着小脚儿往回走的时候念叨着：“这孩子真外道。”

这时，晃晃荡荡走过来两个人，年纪也就20岁上下。衣服搭在肩膀上，其中一个手里还拿着一根不长的铁链边走边摇晃着。到了老太太摊儿前停住了，一个弯下腰，抓起一个梨“咔嚓”就是一口，嘴里喊着：“不错，不错”，接着拎下肩上的衣服，抓起那些剩下的梨兜起就走。老太太急了，颤巍巍地站起身：“小伙子，给钱哪！”拿铁链的那个回过头冲着老太太嬉皮笑脸地说：“你说什么，给钱，老子在城里吃馆子从来都不花钱，别说吃你几个烂梨。”说完就要扬长而去。老太太一听上去就要抓他，这小子一回身使劲儿一推，这小脚老太太哪经得住这个，往后一仰，倒在地上。老太太泼了，躺在地上嘴里不停地骂着：“你这个有娘养没娘教的鳖蛋，吃了这梨噎死你，叫你烂肠子——”这小子被骂恼了，拎起手中的铁链就抡了下来。子健一下子冲过去，喊了一句：“干嘛欺负人！”声音不大，稚嫩中透着力量。由于气愤，脸涨得通红。这小子定神一看，嗬，又来了个小的，嘿！小豆苗似的还敢打抱不平。他扔开老太太转向子健：“小子儿，还好管闲事呀，欺负人咋的，老子还要欺负欺负你。”说着伸手就要拿地上的鸡蛋，安子健刚要抬手阻拦却被他一把抓住手腕，动弹不得。

“住手，别撒野！”一个军人从人群中冲了出来，大喊一声。他上前一把挣开那小子拧着子健的手，“哪个村的跑这闹事，还敢拿凶器。”他厉声喝斥着，伸手夺下那小子手里的铁链。

两个小子一看来了当兵的，手里又没了家什，顿时慌了手脚，撒腿就跑，边跑边回头喊着：“臭小子，你等着，叫你今天回不了屯子！”

那军人弯腰扶起老太太，看了看没伤着哪里，转身要走。只听响亮的一声：“等等。”军人一怔，回过身来，只见那小孩儿张着明亮的眼睛就那么站着。军人返回身说：“早些回去吧，别让他们回来再欺负。”子健提起书包说：“不卖了，我跟你走。”军人笑笑说：“好吧，我送你出集。”子健红着脸说：“不是这个。”军人眨眨眼看了看，扯起他的手。

走出街口的时候，子健才看到他挎了一个镶着“红十字”的帆布书包，也知道了他叫郑春，是前面那个营房的卫生员。郑春也知道了子健的屯子，还知道了安子健为何跑这么远山路来卖鸡蛋。他钦佩地看着子健。分手时，子健一把将自己装着鸡蛋的书包塞进郑春手里，撒腿跑了。

郑春来了，一肩背着子健的那个书包，里面鼓鼓的，一肩背着自己那个镶着红十字的帆布包。望着槐树枝儿围着的破烂不堪的小院儿了无生息，也就坡上那些鸡们咯咯叫着显出些生气，他气喘吁吁地站在那里。子健闻声迎出来，见是郑春，眼睛里跳动了一下竟不知如何是好，只是站在那里，郑春上前一把搂住他的头。

郑春牵着子健的手进了小石屋，他霎时惊住了。若不是破了纸的土炕上躺着一个大活人，他简直不敢相信这里竟然住着人，这个纯洁的小男孩儿竟然住在这里！他紧紧搂住子健。营房的生活平平顺顺衣食无忧，可即便是百姓家也没见过如此境况。炕上邢慕乔颤颤巍巍伸出一只手，郑春知道是在请自己坐下。他轻轻坐在炕沿上，看了看邢慕乔，又轻声问子健：“阿姨知道我俩的偶遇？”他看到了她那双眼睛里流淌着希望。子健点点头。郑春从帆布包里掏出一个听诊器，听了听之后，眉头紧蹙起来。邢慕乔又费事地擎起手指朝屋外使劲点了一下，子健出了石屋。郑春纳闷着，又打量起眼前，心酸着。

子健急匆匆回来了，身后跟着一老一少两个女人，郑春赶忙站起。

“这是陈婶，这是陈燕姐。”子健指着两人说。

“我们也是大连来的下放户，就住前边不远。”陈婶手里端着一瓢面粉，郑春明白了。她看了看郑春，又笑着冲那个女孩儿说："这是我女儿燕子。"郑春看那女孩儿竟红了脸，她手里捧着一把绿油油的青菜，根儿上还带着新鲜的泥，更衬出了女孩儿的娇嫩。陈婶放下手里的瓢准备做饭，郑春拦住了。陈婶说，从子健那儿听说过他，今天来了也没啥好吃的，就擀碗儿面，一点点儿心意。我们安家和陈家都是互相帮衬着像一家人，我们两家都一样，从不让客人空肚子走。"唉！现在也没啥客人。"陈婶说到这里叹了口气。话说到这儿，郑春已无法拒绝。吃饭的时候，两家的男人都回来了。生活如此艰辛，两人都过早地刻下深深的沧桑，不是农民却已胜似农民。却仅从举手投足、片言段语抑或一丝不经意的神情中，郑春感到一种特别的东西。这就是风骨？端着碗的时候他暗自感叹。临走时，郑春发现帆布包里已经塞满了鸡蛋，他坚持不要，在和陈婶挣扯中脸都涨红了。"你不也大老远背来一书包吃的？"陈婶说。"我这个应该。"郑春说。"都应该。"陈婶说。

"别难为人家了。"安家叔叔说，郑春感激地看着他。

"我会常来看望阿姨，也看望你们。"四个头都在点着，陈婶笑了，眼泪流了出来。陈燕低下了头，有些羞怩。

郑春渐渐成了小石屋的常客，小石屋有了生气，他来时必带些邢慕乔所需的药品。安承业谢绝过，郑春知道他的心思，说："您就放心，这都是我买的。"安承业也就默许。郑春每次回去书包里已经装进了热乎乎的鸡蛋，他也知道了这些都是那只"大鹰"的功劳。每逢他来的时候，鸡们叫得都格外响亮，那只"大鹰"更是伸长了脖颈仰天鸣叫，报功似的。安子健侍候它们更殷勤，盼着郑春来时它们叫得那么响亮。另一个小石屋里也有一个人在盼，却是另一种滋味在心头。鸡们也懂事了,郑春来的时候它们兴奋地欢叫着,两个人出了石屋坐在山坡的时候,它们又都悄悄地垂了脖子,不但闭了嘴还朦胧起眼睛,连两只爪子都轻轻地着地,生怕有一丝惊扰。

“月亮泡子昨晚抓着要流氓的啦……”一大早,葛家峪就沸腾了。消息从人的舌头中卷着刨花儿似的一串串滚了出来,又穿街走巷,翻山越岭,以极高的效率在十里八村蔓延开来。

山窝子的人别看脑瓜呆钝,一遇到这种事却顿时灵光起来。终年憋在山窝子里,驴子、丫儿的,三婶子、二大爷的就那么几张脸。平时也没甚好嗑可唠,就是些西坡地瓜长得咋样,东坡苞米打了多少等诸如此类的老嗑儿,唠来唠去像喝泡子里的水没啥滋味。顶多是张家丫儿出了门子,李家驴子又生了驴子就叫新闻。这种“花花事儿”他们最觉有味儿,像泡子里撒了白面儿糖。何况这次的料儿多新鲜哪——当兵的和下放户搞,“丫儿”又是那个十里八村出了名的俊丫儿。“还是在野地里仰壳朝上被抓了个现行。”这个说。“那丫儿奶子那个白呀,赶上过年蒸的大白馒头了,德连家大驴子趁乱还摸了一把,回家直舔那爪子。”那个说。“你说她骚得就等不得了,细皮嫩肉的就四仰八叉地躺在石头块子上也不嫌硌得慌。”又一个说。“那当兵的光着腚在赶着打那个‘揍得轻’,裆里那玩意都直丢当,嘻嘻——”“哎呀难听死了!都不要个脸了,‘揍得轻’干这缺德事恁也跟着起哄——”有人听不下去了。“是眼馋吧,就你年轻时那个劲儿,抹着这模样的生蛋子还不得生吞了,啧啧——”葛家峪的人咂着嘴,翻动着舌头,脸上的皱纹都舒展开,恨不得有个现场直播。

“叭”,“你这个死不了的鬼,怎么没捞着哇!”德田家的四驴子听的时候眼睛直勾勾走了神,被他媳妇打了一巴掌。

郑春和陈燕确实在月亮泡子边被抓了“现行”。抓的人是“揍得轻”,此人本叫邹德庆,因好吃懒做偷鸡摸狗经常被揍,混了这么个雅号。

事情还得从队长说起。他有三个儿子,两个都已成家,过得都还滋润。在这个山沟子里当个队长也没什么油水,顶多两盒烟、一瓶酒的,那就是最大的“贡儿”了。队长家的“滋润”却因有棵“摇钱树”,此“树”风刮不倒,雨淋不烂。不是别个,却是他家的老娘们——人称葛老太。这葛老太暂且不表,只说葛家的三驴子葛永福。这葛老三没像爹,更没像妈,没能耐不说,还愚钝、木讷。葛家日子红火,要官有官,要钱有钱,倒也有上门提亲的。葛家却不甘放低门槛,尤其那葛老太,什么人没见过,心大着呢。她瞄上了陈燕,那模样、那底子,这才是葛家该有的媳妇。虽出身不好,葛老太却眼光独到——有这根儿,往后葛家不光是有钱有势了,还多了“贵”字儿,那丫儿的爹当初可是在大连街教大书的,这不枉我老太太一生追求。葛老太没承想一厢情愿了——陈家不干。穷得叮当响不说,全家成天丧家犬一样惊惶着,换谁不巴不得有个靠山,何况葛家有她葛老太,有她在,什么罩不住?媒人几次上门回来后都灰着脸打着白旗,几番下来葛老太定定神,慢慢钩沉以往,却也不禁颌首,甚至生出几分敬慕。他叮嘱队长老头子别再骚扰,让陈家安心过日子吧。岂料队长不甘,在葛家峪一呼百应十几年,不仅自己从今儿往后会折了威风,葛家几辈子的牌位岂不也砸在自己手里。他竖起耳朵听着,最近陈家来了个新面孔,那驴子还是个当兵的。原来如此?他动了心思,唤来“揍得轻”。“揍得轻”尽职尽责瞄了些日子，然后忠实汇报，先献媚地说了一句："让你猜对了，恁家怎么净出神仙……"听"揍得轻"眉飞色舞地说完，队长兜里掏出一盒"握手"给了他，又揪着耳朵吩咐如此如此……

这天过晌，郑春又来了葛家峪。照例先去了安家，待了大约一个时辰，又去了陈家。"揍得轻"不辞辛苦又尾随过去。盯了几次，都离队长嘱咐过的那种"良机"相差太远，俩人出来后到了山坡就在树下"干"坐着。"揍得轻"猎狗一样睁大眼睛，急得眼珠子冒火，两人还是隔着老大距离。操你妈，这么俊的妞儿也能坐得住，可惜了。他低声骂着。两人又分手了，还是手都没拉。"揍得轻"失望地望着郑春离去了。怎对得住队长的烟酒，不中用的玩意儿，他又骂着自己。队长却宽宏大量，不但没有呵斥，还又给了两盒"万里"。其实也不是我不中用，是那小子不中用。"揍得轻"接的时候有些诚惶诚恐，揣进兜里的时候想起这句话。没有擦不出的火星子，是人早晚得中用。坚持就是胜利。队长沉着脸说。

还是队长有远见，要么人家怎能当队长，"揍得轻"终于盼到了"良机"。这天郑春来后在安家待的时间挺长，屋里还传出些呼喊。待平静后郑春才出来去了陈家。秋分已过，太阳及早钻进了山里，沟筒子里渐渐阴暗起来，却显得"揍得轻"的眼珠子分外明亮。沟筒子里露水来得也早，都打湿了头发。"坚持就是胜利"，今儿个天可是黑了下来，不信孤男寡女两个真就不碰出火星子，一定有好戏看，领了赏钱还开了眼，他亢奋中忍着饥渴。天黑了，终于两个人影一前一后走出小屋。这次没有去山坡，俩人并排朝着月亮泡子走去，远远看去好像还扯了手。"揍得轻"一震，沟壕中奋勇跃起紧随着。"揍得轻"太过兴奋竟有些忘形，眼睛只顾盯着前面，却丝毫没发现身后还有一个瘦小的身影在暗中紧随着他。是子健。邢慕乔今天病又重了，郑春走后又神志不清起来，安承业让他去陈家看看郑春走没走。远远看见郑春和陈燕出来后刚下土坡，“揍得轻”突然在他俩身后蹿了出来，鬼鬼祟祟地跟随着。这人他认得，臭哄哄的一个坏人，他心里一惊，猫下腰悄悄地也跟了上去。

前面两个人影渐渐到了月亮泡子。远远看去，郑春和陈燕坐在了湖滩上，“揍得轻”却突然消失了。月亮明晶晶挂在一棵树尖上，湖面上幽幽地闪着微光，空气中荡着缕缕寒气，子健感到有些冷。他看到郑春好像脱下军装披在陈燕身上，两人头靠在了一起依偎着。“他们不冷？”安子健不禁打了一个寒战，他们没嫌冷，好像又趴下了——子健终于直起身，他在寻找“揍得轻”，视线中没有任何身影，只见月光下面那两个他想保护的人搂抱着趴在湖滩上，白花花的肉体分外耀眼，还隐隐传来急促的喘息声——安子健用手捂住眼睛。

“抓流氓了！”“揍得轻”不知从哪儿一下子钻了出来，手里的手电筒贼亮贼亮地冲着湖滩疯狂跑过去。子健头皮一炸，弯腰拾起一块石头狠命朝手电筒方向扔了过去，“咣！”石头的撞击声在寂静的夜空中分外沉重，石头虽然落在“揍得轻”身后，却也惊吓得他绊了一跤摔倒了，他爬起来将手电筒照了过来，分明看到了直立的子健，转回身又继续疯狂地跑着喊起来。“不把你摔死！”子健狠狠骂了一句。看着湖边刚才白花花的一簇已经隐去。他拔腿跑过去，又停下了。月光下，踌躇着的脸色在渐渐发紫，脖子筋都暴着，大串泪珠顺着脸颊淌下来。

第十四章

昨天的太阳，晒干了今天的衣裳。

郑春被押送到了营部。军纪规定，驻军士兵不允许和当地百姓谈恋爱。这次还“耍了流氓”，“耍”的还是被改造的子弟。既违军纪，又犯国法。这错误可大了。

郑春如实交代了谈恋爱的事情，但对“耍流氓”拒不承认。“这是坏人诬陷！”他怒瞪着当庭作证的“揍得轻”。无奈“揍得轻”对郑春的斥责显得大义凛然，不但振振有词还描绘得有声有色。尽管以郑春以往的表现，营部绝不相信“耍流氓”的证词，哪怕是“未遂”。可这是唯一的证人，而且是目击者。案件递交到了县里。

案件突然峰回路转，又出现了第二证人，同样是目击者。安承业领着安子健来了县里。“也是从大连下放来这里改造的？”安承业回答自己身份时办案人愣了一下问道。“是。”安承业从容地说。“可要如实反映情况，不能包庇，这是法庭。”安子健述说了当时他看到的情景。办案人提到“耍流氓”这个词儿的时候，安子健涨红了脸，一下子从凳子上站了起来，坚决否认。说亲眼看到俩人只是头靠头坐得很近。“做伪证也是犯罪，”办案人盯着他，“你们两家不要因为同病相怜就——”“我对爷爷发誓，还有太爷爷——”安子健眼泪呼地涌了出来。办案人一愣，笑了。这时，安承业站了起来，爷俩一高一矮面对着办案人，虽然都破衣烂衫，神色中却透着坚毅，还有别的——办案人先是一怔，然后听着安承业解释着安子健刚才提到的“爷爷、太爷爷”的缘由。办案人眯起双眼，皱起眉头，他也站了起来，在屋里来回踱着步子。“安家人自古有血性，敢作敢当！”安承业说。

“那你当时为什么不跑过去？”办案人又问安子健。“他想过去来着，但郑春和陈燕被人喊着流氓，怕过去俩人尴尬。”“不说没有流氓行为嘛！”办案人板起脸。

“是绝对没有，他是怕难为情。这孩子太单纯，回来时眼珠子都冒火。”安承业站了起来。“这就不算直接目击者。”办案人又扬起脸说。

“这我狠狠批评了他。”安承业严肃地说。“说了什么？”办案人问。

“缺血性。”安承业俯视着办案人。“又怎么能证明他是目击者？”

“我往‘揍得轻’身后扔了块石头，他吓得摔倒了，手电筒还照着了我，我可以当面和他对证！”安子健大声说。

门开了，一个当兵的走了进来，附耳向办案人说着什么。办案人微微点着头，当兵的回身到门口打开门，一个老太太走了进来。不似当地老太太都勾着脸干巴巴的样子，她四方大脸，下巴还挂着白嫩的肉，步子四平八稳，一看就不是一般的主儿。办案人迎向前：“葛老太您怎么来了？”安子健怯怯地看着安承业，安承业将手搭在他肩膀上。

“作证。”老太太声音也四平八稳。“怎么您也看见——？”办案人疑惑地看着她。

“旁证。怎么，兴他们来作证不兴我来？”老太太扫了安家父子一眼，没等让座，自己一屁股坐在一把椅子上。又朝安承业划拉一下手说：“咋都站着，这衙门也是人开的，不吃人。”安承业坐了下来，看着葛老太。“当然欢迎！”办案人响亮地说。安承业紧张起来，他握起子健的手，觉得爷俩手掌都汗漉漉的。

“他们都说了什么？”葛老太抬起头冲着办案人问。办案人简单叙说了一下。葛老太边听边转头看着安家父子，微微点着头。

“俺就说，他们一定会这样。”安承业心里一惊，办案人看着她。

“这家人不会撒谎，你看不出来？”葛老太与办案人对视着。办案人愣住了。

“那‘搂得轻’在撒谎，你也看不出来？”葛老太变了脸色。

“自己的兵还不了解？倒听这种鸟人胡言乱语。”葛老太有些激动，她抬起手抚摸着旁边安子健的头，安承业睁大眼睛看着她的手。那手厚厚的很白润。子健想躲闪却没有。

葛老太慢慢叙说着事情原委——她问过“搂得轻”，又问过她那队长丈夫。“怎么，人家闺娘儿小子在泡子边坐着说说话就犯王法？俺看就是躺着说话也不犯法。”葛老太看着办案人说。“说话当然不犯法。”办案人点头应是。

“军纪俺不懂，王法俺懂。犯法的不是那当兵的，倒是‘搂得轻’那鳖蛋！”葛老太咬着牙说。“还有俺家那老不死的，心都太脏。”葛老太忿忿地又说。

“安家人俺认，咱这山沟子里就少了这种人。恁们也知道这十里村八村儿的都敬着俺，可俺和人家比差远去了，俺把小年纪那会儿心里想的事儿都忘了。唉！”老太太撩起衣襟抹起了眼泪。

“多好的孩子，可怜见儿了。”葛老太双手扳过子健的脸，又拽拽他满是补丁的衣襟。子健眼里闪出晶莹。

“他爸,俺服你。”她又冲安承业说。安承业有些不知所措地低下头。

“好了不说这些了。今晚儿你们全家,还有陈家都到俺家歹饭,俺亲手给你们做大骨鸡吃,算是给你们赔罪。”

“这样不好,我们……”安承业局促起来。

“俺不怕,是好人俺就敬,这是天经地义,也给你们抬抬脸儿,非去不可。走,坐大车回去。俺今早骂了那个不要脸的老东西,叫他打着大锣上大街辟谣,俺走的时候满大街都在骂‘揍得轻’那个该死的,现在肯定还在骂哩!”老太太说罢起身,牵着安子健的手就走,边走边冲安承业说:“山沟子里人少见识,胡说八道几句也别往心里去。俺刚来那当口也叫他们气得要死要活的,时间长了觉得心眼儿也都不坏,知道好和歹。”“那是。”安承业附和着。办案人长吁一口气,目送着他们走出门。“可话说回来,”出了门她拉着安承业往前紧着走了两步,悄声说,“对这邪,你得更邪。别信那些什么邪不压正,那是熊老实人的鬼话。”见安承业在咂摸着,又说,“今儿这事儿就做对了,不然两个闺娘儿小子哪辈子能翻过身儿。”安承业一愣,见那老太太却很从容,还笑眯眯的。

这葛老太可得好好说说她的来路。此人极具神秘色彩,在乡里乡间是个响当当的人物,被传说得神乎其神,非常了得,公社里的头头都敬着她,连县里都有耳闻。

葛老太年近六十,娘家姓赵,叫赵冬兰。嫁到葛家峪后,开始人们都叫她队长家媳妇,她红着脸争着说自己叫赵冬兰。人家说,这是舔巴你呢,谁能捞着?她还争,无奈一个赵冬兰难敌众人嘴,“赵冬兰”渐渐被淹没在月亮泡子里。后来随着年纪大了,尤其是她的名气越来越大,人们又叫她葛老太。这又是一个更尊贵的称呼，于辈分，于乡理，于本事都在理儿，她也就享用了。

葛老太刚来葛家峪时，沟里人都白眼儿瞅她后脑勺。遇事好讲个理儿，像书上写的人。无奈葛家几代在村里为官，根基深厚。中国人血管子里有着怕官不怕管的习性，葛家几代官威已深入人心。都只能在背后嘀咕嘀咕，对她当面还得赔着笑脸。有时乡里来的干部，她都为些芝麻小事跟人家理论，人家也都让着。

据说，她爹当年就是文化人。早年，山东济南一个当官的带着家眷投奔东北军，她爹是他家中两个孩子的私塾先生。当官的很敬重她爹的学识和人品，虽是主仆却敬为上宾，要请他一起过来。她爹也很敬重此人，考虑两个孩子又未学成就依了。母亲已过世，赵冬兰就跟着她爹一起到了东北。这年九一八事变刚刚爆发，日本人侵略东北。岂料那位当官的惹了官司被日本人杀了头，他是共产党，来东北是暗地策划和支持东北军抗战。仓惶之中，她爹带着她躲了起来。日本人不罢休到处搜捕家眷，爷俩已无法在此久留。听说济南也已经是日本人的天下，又不敢回老家，就流浪着钻进这山沟子里。她爹懂些周易，因生活所迫支起一个打卦算命的摊子维持生计。战事纷乱民不聊生，谁有心思去打卦算命，生活又难以为继。好在她爹是知书达理之人，百姓家不乏些红白之事需有明白人打理，于是便改换门庭做起了“大了”（当地人称帮助操办红白喜事为职业的人为“大了”）。赵先生打理起事情尽心尽意，方寸间见周全，人又仁义，不久便有了名声。

赵先生对女儿本就视如珍宝，她娘死后更是疼爱有加。赵冬兰稍大后，他凡做“大了”时都带着她，并对她言传身教。

赵冬兰本就聪慧，又自小跟着在私塾念书，书香已浸泡进了骨髓。跟着她爹走南闯北，闯荡几年眼界自然更开阔，“大了”之事一点就通。虽然她喜欢读书，但得活下去，她扔下书本闯荡起江湖。经过几年的磨砺练就了一身胆略，女孩家家的什么场面都不怵。

有一次她爹突得急病，炕都下不了，可手里又接了一个大户人家的办丧事的大活儿。这种活儿接了可是不敢退的，这个规矩“赵大了”是明明白白。他那个急啊！赵冬兰挺身而出，主动请命，而且临危不乱，将一应事务安排得井井有条、丝丝入扣。办事那天那个派头把众人都惊呆了，没见过这种“丫儿”呀！那种老到，那种机敏，那种威风丝毫，不逊她爹，硬是一个人把一个大场子顺顺当当顶了下来，颇有点花木兰替父从军的味道。这事儿一时间成了街头巷尾的谈资，从此，“赵大姑娘”威名远扬，那一年她才20岁。

日子好了起来，女儿不但长了能耐也长了岁数，已经到了婚嫁的年龄。连打天下的女人也得嫁夫，何况平常人家女子，“赵大了”颇费了些心思。这女子虽说能耐过人，长相却有些磕碜，四方大脸盘子不说，上面的窟窿眼也哪都大，连手脚都大，你说要是个男人这倒也好。怎奈心更大，媒人们都怏怏而去。“赵大了”明白女儿的心思：都是冲着他的人缘和她自己的能耐来的，她岂能容下这等人家，也就不做勉强。24岁那年她爹得了绝症，临死之际，她嫁给了葛家峪的葛家。听说过，葛家在当地也算“名门望族”，媒人还说，葛家祖上还出过秀才。托人打听了一下其实是乡试未中，还是一百年以前的事。不管怎样也算是读书之人，在这穷乡僻壤也是鹤立鸡群，“赵大了”安然辞世。她本以为可以卸下戎装还了女儿身，一门心思好好抚育后代，还了自己心愿，没承想这汉子骨头缝里都夹着地瓜秧子、苞米叶子。白天举目一看脸上荡着猥琐一身霉气，晚上闭眼一闻哪有一丝书香。还他妈秀才，那是见了鬼。月亮泡子边上，她嚎啕大哭几场。看着天上的月亮，圆圆的，又弯了，她抬腚转身回了屯子。

不久，葛家新媳妇在家里顶天立地了。又拾起那看家本领打卦算命还当"大了"，拳打脚踢干得风生水起，几炮打红就有了名声。葛家多了摇钱树，那男人天天出门嘴咧着，比当村长都乐。简政放权，任她摆布，颇有大将风度。还别说，这葛家媳妇大头颅里还真装着玩意儿，你看她"说"的几件"事儿"都有头有脑还有尾儿，不但准，化解的法儿也灵，这不都在眼前儿摆着。人们赞叹着。后来，又风言她乐善好施，引来四方感恩戴德。耳听是虚，眼见为实，有一件事情人们真正开眼了，并争相为之传颂。

那年久旱，漫山遍野的蝗虫争啃着山里人眼巴巴瞅着的干瘪的苞米穗子。毒日下，满山沟子人都仰着脖子，跪在地上红着眼珠子望着天。老天爷许是一时糊涂，以为是在感恩戴德，于是愈加给予恩赐继续艳阳高照光辉洒满大地。还是葛家媳妇知天意，她家中做法一夜，引来乌云滚滚。晨起开始一天的倾盆大雨，连素来平静的月亮泡子都翻江倒海起来。葛家媳妇身心俱疲，吐血而倒，不省人事。秋后，不少人家你一袋苞米我一筐地瓜的，她不顾家人阻止一概婉拒。只是笑纳了公社送来的一面锦旗，上书：呼风唤雨送四方温饱，呕心沥血保世间太平。这高度上了天了。于是，一传十，十传百，葛家峪的"葛大仙儿"成了名誉一方的"活神仙"。

这女人不仅外面打得天下，在内也极尽人妻之责。过门后，她就为葛家呼啦啦生下三男两女，家里大小事她也都打理得有方有寸。如今两个大驴子两个丫儿都娶媳的娶媳嫁人的嫁人。虽说过得都还不错，葛老太却不尽如意，两个媳妇儿模样也算百里挑一，对自己也恭敬着，两个女婿也都膀大腰圆，十里八村传着名儿的好驴子，可他们都没有一丝老太太多少年来心里装着的那个人影儿，这使她总在心里硌着。

三儿葛全福，如今年方二十三还没媳妇。说媒的不少，葛老太一概婉拒。就剩这一根苗了，得找个对自己心思的，把这辈子最缺的东西补上，不然死后以何面目见老爹。可难哪！这一道道沟筒子里家家户户炕上都坐着一溜圈儿的丫儿，有的还比家里的两个媳妇儿都俏。可老太太心里还是堵，怎么瞅，脸上都没有书本本，怎么闻，也没有她稀罕的那股气。晚间她跑去月亮泡子，仰天看着月亮，那里有嫦娥，低头，水中还有一个，却是个影子。她耷拉着脑袋回家了。

下放户陈家有个"俊丫儿"，葛老太心里活泛起来。不仅是那丫儿长得好，更是读过大书的人家。试着去陈家串了串门子，只跟那两口子唠了几句嗑，只瞅了那丫儿一眼，老太太埋在心头多年的疙瘩顿时泥块儿进了泡子样化了。吸了两下鼻子，老太太敏锐地从烟熏火燎的味儿里闻出那种向往已久的味道。出来时老太太腿都飘了，不高的门槛还是被绊了腿。陈家媳妇送出回屋后，她又转回头看了看那个刺槐枝子围着的小院儿凄冷着，小石屋石缝中土都没了，石头龇牙咧嘴地张着，屋顶苞米秸子都发了霉，老太太心酸了。也有谱了。

葛老太办事从不盲干，得事先算个八九，她算计了一下两家的长短：陈家，丫儿长得俊俏，得分；爹妈有文化，得分。家里穷没劳力，减分，成分还不好，减大分。葛家有钱有势，三山五岭的谁家不仰脖儿看，谁家不巴不得和葛家结亲。更重要的是，有她罩着陈家不会再受欺负，这一点陈家人也自会掂量。这丫儿来了掉进福囤子不说，爹妈也跟着沾光。只不过三驴子本人也减了大分，但得看总分呀！算着算着葛老太乐了，靠谱！想起陈家可怜见儿的，这下子可翻身了，老太太眼圈儿又湿了。

这一次葛老太可是失算了，很少有过的失算。她找了能说会道的黄三姑，此人说媒成功率极高。塞了厚厚的一叠钱，又把事儿安排得妥当儿的，就等黄三姑乐颠颠回来报喜了。却不料，没过晌黄三姑就伸着脸进了门：陈家没答应！“你说什么？”葛老太拧着脖子，拨拉了一下耳朵。“说孩子还太小。”黄三姑又大着声儿说了一遍，也没敢坐，就站在地上，像战场上退下来的残兵败将等候发落。“但人家很客气，还说了不少葛家的好话，说很尊敬葛老太，可末了还是没答应。”说到这，脑瓜活泛的黄三姑突然想起电影里的一句话，“这不是我们无能，而是共军太狡猾”，她一下子拾回了颜面，又道，“人家说的那个理儿和咱的理儿不一样，对不上茬口。”

葛老太脸上突地蒙上了一层白，像一下子叫霜打了。接着又涨红了，嘴里喃喃念叨着：“这陈家没看错，人家没毛病，拒了你还给了面儿，是咱不配呀。”看村长丈夫不甘罢休的样子，她怼过他几回，“牛粪休想插鲜花上，那花儿糟践了。”本以为他死了心，却没想到竟拖着那“搂得轻”干出这种伤天害理的事。幸亏俺老太太不糊涂，知道“搂得轻”干不出人事儿，逼着“搂得轻”说出“真相”。

“朽木不可雕也，狗改不了吃屎。”回来的路上，老太太不停地念叨着。赶车的回头问，老太太，嘴里念叨啥呢？念叨驴。葛老太冒出一句。拉车的是骡子呀，咋念叨驴呢？赶车的嘴挺碎。也是驴操马下的。葛老太瞪他一眼。赶车的一看她虎了脸,缩了一下脖子不敢再说。

太阳肆意了一个夏天,仿佛也累了,倏地就没了前些日子的粗暴,温柔了起来,连蝉鸣声也渐微弱。此时迎面对着太阳,但山里还是荡着凉意。安子健感到浑身清爽极了,一大早来时虽也凉快,却心口窝像塞了块儿热抹布。

黑骡子嘚嘚地一路小跑,两个长长的耳朵跳跃着。耳朵后面原来是白色的,像是镶着两朵小白花。怎么以前从来没发现,只看到它一身黑。安子健想着。大车进了沟筒子,路面上石头多了起来,屁股不时被颠簸地蹦了起来,骨头节像是都散了,却也舒坦,他还借势夸张地一跳。妈当初去公社医院的时候是那牛车,若不是它腿脚慢耽误了,兴许妈还不会那么重。这是他第一次坐这骡子车,以往看到别人坐在车上的时候,身子在车上不时跳动着,一副不受用的样子。原来不是这样。瞅瞅葛老太,一直是四平八稳地坐着,也很受用的样子。许是要躲着阳光,眯缝着眼,还带着些许笑意,显得挺慈祥。以前看见她,听说她就觉得是老妖精。

大车又从沟筒子钻了出来,月亮湖出现了。湖面上还飘着薄薄的雾,雾中还镶着点点白晶,那是初秋的霜。站在这里看,月亮湖曲曲折折在一拐弯处被一座小山丘遮住了视线。当地人管山丘那边叫前沟,这边叫后沟,它与前沟同一山水。前沟水面浩大,山势险峻,威风凛凛像身披盔甲的勇士。后沟静悄悄地站在他的背后,如一位娇小的村姑,虽无脂粉却又楚楚动人。

安承业也在凝神展望。大车离湖越来越近,并不宽阔又略带弯曲的湖面上,两岸画廊般尽收眼底,大自然的鬼斧神工使他惊叹不已。湖上漂着一条小竹筏,幽幽地进入了一片阴影中,更是拂出一种异样的宁静。他擦了一下眼睛微蹙着眉头,眼睛晶莹着。爸在想什么,是想起那支萨克斯吗?想他如果坐在竹筏上,吹着它……

“老安呐!”一路上葛老太没和安承业搭话,车停下的时候她招呼了一声。坐在车辕右边的安承业还沉浸在刚才的景色里,听到声音一个激灵,然后转回头。葛老太会意地笑笑,说:“俺刚来山沟子那会儿也这样,就它顺眼,没有它养着心儿,不然也活不下来。”边说边挪着下车,安承业赶忙跳下车上前扶她。葛老太也没阻拦,顺过手搭着他的手。

“唉,景儿好却看不饱肚子。日子还得过。”葛老太边说边下了车。安承业点点头。路边有人围拢了过来,神情中有兴奋的,有愧疚的。“都是‘揍得轻’这个王八羔子说鳖话,把他扔泡子里喂鳖去!”“还是老安家人仗义,不然俺都跟着不是人。”——人们七嘴八舌的。“别说了,心儿周正就好,”葛老太打着圆场,又抬高声音说,“今晚去俺家歹大骨鸡,别忘了!”见安承业在踌躇,又说,“再不去你家,家里也热闹一次,把陈家三口子都请来,我操持,怎么三家子也得一起吃顿饭。”安承业看了她一会儿点头答应了。安子健看到爸咬了一下嘴唇。

“我家有鸡,就劳您亲手摆弄,这鸡我们恐怕做不好糟践了。”安承业歉疚着说。

“恁那是下蛋鸡,庄河大骨鸡得歹会打鸣的。不过意的话就炒盘子鸡蛋,都说恁家鸡蛋好,俺也尝尝,”见安承业还站着想说什么,转过身来边走边说,“好了就这样,俺还得去陈家。”

晚上,安家小院儿里显出从未有过的辉煌。小桌被子健从屋里搬了出来放在院子中央,擦了又擦。他从未发现,这个和他朝夕相处了好几年的小桌竟如此庄严地熠熠发光。鸡舍里，鸡们也都齐刷刷地伸长了脖子，瞪着明亮的眼睛咯咯叫着。它们没有像往常那样乱挤在一起，而是一排、两排、三排地叠着，井然有序。或许是从小主人，还有一拨拨人的脸上洋溢着的庄严、喜悦中感觉到从未有过的异样气氛，它们理应增添些什么。

葛老太真是名不虚传，这才叫上得了厅堂，下得了厨房。她早早就来了，三驴子陪着，手里拐着一个大篮子。里面卧着两只刚宰杀的大公鸡，每只看着足有七八斤重。还有一只竖着火红的鸡冠子，眼珠子明亮地盯着那排鸡舍，嗓子眼咕咕叫着。见安承业不解地看着它，葛老太说："这只活的留着给那些鸡婆子做个伴儿，它们会稀罕，这跟人一样。"安承业露出感激。见到陈家人在，三驴子放下篮子转身跑了。葛老太就笑："就这块儿料还想吃天鹅肉，下辈子吧。"陈燕忽地红了脸扭过身去。

"快谢谢葛奶奶。"陈父说。陈燕回过身，嘤嘤哭了。

"别难为孩子，是那老不死的糟践了孩子，该俺们赔罪。"葛老太抹着泪进了屋。

两只鸡被整盆儿端了上来，盆儿上还冒了尖儿。那鸡炖得黄澄澄，又添了些野蘑菇，更是锦上添花，好一个大骨鸡炖蘑菇，真是入了境界。配菜搭了山野菜、炒笨鸡蛋和青菜，看似朴实却盘盘精致，放眼看这一桌菜，一种山野之风扑面而来，野中又透着秀。子健拿起一只碗，准备夹些菜。葛老太说："恁妈那儿俺已经留下，在锅里温着呢。"子健感激地看她一眼，拿起一双筷子起身进了屋。葛老太看着他的背影点着头。

"葛队长他——？"安承业问。"他没脸儿来，也没资格。"

葛老太撇着嘴。“怎么也是村干部……”陈母看着陈父说。陈父点头称是。“快别提这个，脏了‘干部’这个名儿，”葛老太晃着头，又说，“不过俺看着这两天儿他也懂了些人事儿，也不出门儿，在家闷着头光抽烟。”安承业和陈父对视了一下。

“快吃吧，家中有病人，咱不喝酒，多吃菜。”葛老太带头拿起筷子招呼着。她先是夹了一只大大的鸡腿放进安承业碗里，又拿起一只放进陈父碗里。安承业谢过夹起嚼着，不禁频频点头。火候恰好，骨已酥，肉却绵中有韧。“好精致。”安承业咽下说。

“做事儿只要细心没有做不好的，就怕飘。”安承业和陈父又对视了一下，眼中露出赞许。葛老太说着夹起一只鸡翅放进陈燕碗中，“这鸡翅女人歹最好，别看没有大块儿的肉，却有嚼头，还补身子。那两只我留给了炕上那个，也许正歹着呢。”陈燕低着头将鸡翅夹进葛老太的碗里，陈母眼中已经噙着泪。

“我不亏，你们亏呀。歹，孩子，我看着。”葛老太又将鸡翅夹回陈燕碗里，望着陈燕。陈燕夹起咬了一口，大串泪珠滚入碗中。

“多好的孩子，也就恁们这种人家能出来。”“您老也吃。”陈母说。

“看着你们歹，俺比自己歹都香。来，俺尝尝你们家这鸡蛋。”陈母赶忙抢在葛老太之前，夹起一块鸡蛋放进她碗里。

“趁今儿这日子，俺给恁们讲讲这葛家峪的来历。”葛老太看着安承业和陈父，两人不约而同放下筷子，满目郑重。葛老太目光又转向陈燕，陈燕也已经放下筷子偎在母亲身上，睁大眼睛。

“俺就知道恁们愿听。”葛老太接过陈母递过来的水喝了一口。安承业向石屋那边看了看。

“再不进屋说？”葛老太看出安承业的心思。“好啊！”大家同声说。小桌搬进了屋，摆在炕头。子健还在喂着邢慕乔。见葛老太进来，邢慕乔伸出手，葛老太赶紧上炕握住。“子健，快听听葛奶奶讲葛家峪的历史。”陈父兴高采烈地说。安承业接过子健的碗坐在妻子身边，子健转过来直起身盘腿坐着。

“早些年，这一带都是泡子，没有人家。”葛老太开了头，屋子里静悄悄的。“后来慢慢地，离葛家峪向北十里地的地方多了一道岗子，说是哪个仙人给搬过来的。那岗子虽说不高，但恰巧像一道墙横着把夏天发的大水挡住流向了别处。泡子没了水源，慢慢底儿就露了出来，这儿才有了人烟，后来又有了葛家峪。”大家聚精会神地听着。

“那怎么这月亮湖还在？”子健眨着眼问。“还是你小驴子机灵能想到这出儿，”葛老太爱怜着说，“它是和前沟的水连着，岗子还管不到它。”

“幸亏没管着。”子健说。“你稀罕它？”葛老太问，子健点点头。

“俺当年来这儿也稀罕死了，”葛老太眼里流出温柔，又说，“你刚才说月亮湖这名儿好，泡子这名儿听着就俗气。”“我也喜欢月亮湖。”陈燕说。想起什么又呼地红了脸，赶紧低下头。

“丫儿，咱不害臊，谁不打那时候过来，你和那当兵的结婚时可别忘了俺这个老太婆儿。”陈燕抬起头满目感激。“一定！”陈父说。

“奶奶，快接着讲啊！”子健着急起来。“那俺再讲一段儿打小鬼子那出。”葛老太琢磨着开始说下去。

“打小鬼子那会儿，有一支游击队的伤员躲进了这沟筒子里。本来这事儿是密不透风的，可后来还是被小鬼子进山给剿了。那个惨哪，七八个人被砍了头扔在沟筒子里，还祸害不少老百姓。”葛老太撩起衣襟擦起眼泪，陈燕赶紧将自己的手绢伸过去替她擦着。

“一定有人告密吧？”子健睁着眼睛问。“至今儿也没查出是哪个驴操的干的。都是穷惹的祸，一辈辈穷劾了，祖宗都忘了。”

“不仅是穷这么简单。”正在喂着妻子的安承业说。

“成也萧何，败也萧何。”陈父紧皱眉头说。葛老太抬眼望着他。

“这道岗子虽然给了葛家峪人安身立命之本，却又与世隔绝，阻挡了文明的进入，葛家峪成了死水潭。久了，一些没有灵魂的生灵就会腐烂。”坐在小板凳上的陈父站起身，激动起来。

“你说得没错，却只是少数，大部分人还是有灵魂，不然这块土地早已腐烂，人烟回归灭绝。刚才不是说还死了一些老百姓，定是逆了鬼子的心思才遭杀害？”安承业看着葛老太说。

“是啊，死的那些都是家里藏着游击队，还有更多的没被小鬼子发现，都被老百姓给藏着，又用排子顺着泡子送到了前沟。真是些好样的。”葛老太激动起来。

“这就说明，在中国的土地上只要有人，就有中华文化传统美德的种子，就像您葛老太，葛家峪只是缺少了进一步的输入。”安承业庄重起来。

“葛家峪是有优良传统，如果有了新文明的输入会进一步发扬光大。”陈父说。

“今儿这顿饭儿歹得太值，俺老太太也开窍了。明早满屯子都会知道这顿饭，不用一头午就会传个遍儿。他们都敬我，我要让他们知道，什么人才最该敬。”

第十五章

山已穷，水未尽。远去的大雁又北归。

邢慕乔死了。闭上眼睛那一刻，脸上留着安详。好久没流的眼泪顺着脸颊湿了枕头。骡车停在了小石屋下的坡路上，村长从辕子上跳下来，推开一同来的几个人，扛起车上的一副担架，前面领着爬上小坡儿。邢慕乔被抬到担架上，他一步上去站在前边，弓下腰来，后面郑春也弓下身子。郑春关了几天禁闭已恢复了正常，头天晚上陈燕来报信的时候，指导员准假三天。骡车在前，一行人在后，葛老太一人在车上守着邢慕乔。按当地习俗，送殡时配偶不去坟茔。安承业执意要去被众人劝阻，葛老太一声呵斥："规矩是人定的，俺做了半辈子'大了'，糊涂了半辈子，夫妻一场哪有不送之理？何况读书人家，不但重理儿更重情，今儿个破了这俗。"又冲着众人喊道，"有泪儿就哭，没泪儿也别干嚎，心意在就行，慕乔心里都装着哩。"

"阿姨呀——"陈燕凄厉一声，众人皆齐声嚎啕大哭。子健前面捧着一个泥盆浑身在颤抖着，身后长长的人流，有人还一路上撒着纸钱。葛老太在车上往后看着："屯子里的人这是都来了。这就对了。"她又伸手摸着身边儿邢慕乔冰冷的脸："走吧，闺娘儿，你修到了，人这一辈子不就图个这！"后面人群齐刷刷跪下。"现在还不到时候，恁们又不能爬着跟着灵车。到了坟茔再跪，每人还得磕三个响头！"老太太哭着大声说。"哇——"灵车后哭声一片，惊得泡子那面也传来一片涛声。

安承业病倒了，小石屋烟囱里烟儿又寡淡起来。子健安顿好爸，又将鸡们早早唤回，去了公社卫生站买药。医生们早已认识了这个清秀的小男孩儿。每次来都言语不多，但很有礼貌。眼睛里虽淌着稚嫩，办起事来却有板有眼，大家都很喜欢，渐渐地也知道了他家的境况。葛家峪出殡的事儿已在乡里乡间传开，安了健这次来的时候，医生们有的还过来安慰几句，看得出脸上带着敬意。

卫生站的斜对面是公社革委会大院儿，这条最大的街上也就三个院儿显眼些，除了革委会、卫生站外，再就是供销社。平常，卫生站和供销社倒都是进进出出的人，出入革委会的人并不多，也许是都敬而远之，中国人习惯了怕衙门儿。今天却不同，革委会大院儿门口人来人往，说是在开什么会，供销社门前有人远远站着张望。

接近傍晚，革委会大院儿走出一个人。是个中年妇女，上身穿一件洗得发白的军装，下身一条蓝裤子，脚上穿一双有些发白的板儿鞋，身材不高，由于没有这个年龄女人那样的臃肿，再加上留的齐耳短发，就显得很干练。过大街的时候，风吹散了头发，她抬起手拢了一下，步子轻快地走进了卫生院。

她叫孙奇，是县里另一个公社的干部，来这里开会。

不错，她就是孙倩。

当年，救市行动被人告密，日本人大怒。营口那些蔬菜本是用作军用的，前方打仗的都饿着肚子，这些中国人竟敢偷运出来放入市场。紧急之中，在党组织安排下，孙先生去了东北，并同提前去了的孙倩会合。孙先生曾是共产党胶东地区地下组织负责人之一，由于叛徒出卖，夫妻双双被捕。日本人以先杀他妻子为要挟，威逼他供出地下组织人员名单。孙妻大义凛然，挺身扑向鬼子兵的刺刀。重刑之下孙先生不屈不挠，并巧妙周旋于公堂。由于组织营救，他带着被藏在乡下农家的女儿孙倩转移到大连，继续进行秘密活动。当时，大连地下党的重要联络点设在小岗子的益民笔庄。这家商铺在小岗子一带是大户，来往的客人也都有些身份，老板热情豪爽，跟一些商绅富贾、名门政要都有些交往，就连小岗子警察都敬之三分，虽显赫着，却正因此遮了耳目。它与孙先生的大明商行仅隔着一条街，这也是组织安排。大明商行明为经营中西成药，实则是暗中为前方将士输送药品。因它亦中亦西，合了日本人的胃口，因此独树一帜，拢着不少上流人士，也为地下工作铺着表面的光彩。1927年，大连地下党在益民笔庄成功护送了中国共产党重要领导人蔡和森，大明商行便是重要策应处，孙先生也是其中主要组织者。他结识安礼盛，起初并非单纯政治目的，更重要的是他因安家的贤德而心生敬重。渐渐地他更发现，安礼盛虽无政治信仰，但是他的气节和安家坚守中华文化的美德堪称民族资产阶级的典范，正是共产党人团结和依靠的对象。两人惺惺相惜，日渐一往情深。在他的影响下，安家大义凛然，在大连街为民族资产阶级做出了表率。并且，安继业也被发展成地下共产党员。

大连光复前不久，组织又安排安继业去沈阳与孙倩会合，用了化名继续从事地下活动，此时孙倩已改名孙奇。两年后，已经是东北野战军师政委的孙先生在一次战役中牺牲。组织安排两人结了婚，婚后不久，安继业积极要求上前线，黑山战役中他也光荣牺牲。东北解放后，孙奇被安排到沈阳市公安局做政治工作，后来升至政治处副处长。她一直惦记安家，几次想来大连找寻安家，却因当时沈阳潜伏敌特众多，疯狂扰乱城市治安、威胁市民安全和影响人心安定，公务繁忙耽搁下来。后来她被派往大西南一个刚解放的城市协助组建公安系统，一干就是九年。二十世纪六十年代，她重回沈阳，担任市公安局政治处处长。不久公检法系统被砸乱，她也受到攻击被限制自由，去大连找寻安家的念头再次被迫搁置下来。两年前，她被下放到沈阳苏家屯一个农场。本来这里条件较好，她却要求转到大连农村。安家现在到底怎样？一次次运动中是福是祸？还有心愿未了。她来到了庄河，在这个贫困山区里一个公社安下家。前不久被结合进公社革委会当副主任，她又萌生找寻安家的念头。

这个公社与安家的小石屋仅隔着一道岗，不属于一个公社，却在一块云彩下。这次她来这里是参加县里组织的一个会议，因有点感冒，会议结束后到卫生院拿点药。

安继业牺牲后，她一直没再结婚。

孙奇进到卫生院时，安子健正迎面走了出来。一见到他，孙奇不觉一怔，来到这里几年了，这种孩子并不多见。回头看了一眼像是又触动了什么。前面一个医生刚和这孩子挥着手，然后返身进了一个诊室，孙奇紧了几步撩开那印着红十字的门帘跟了进去。

“你说什么，姓安？”孙奇惊愕地睁大眼睛，医生也吃惊地望着她。这女人长得倒不错，看样子还有点身份，性格却这么急躁。医生晃着头拿起桌上的水杯。

“本地人吗？”孙奇声音大了起来，医生吓了一跳，水溅了出来。

"大连来的下放户，爸戴着帽儿，妈刚死。小孩儿挺可怜。"医生这回没介意她的急躁，反而看着孙奇，她两条细眉挑着更显出一股英气。

"他爸叫什么名字?"

"好像叫安——业。"医生歪头认真想着刚才开药方时的名字。他看到这女人嘴唇颤抖着脸都白了。

"哪个屯子的?"她急促的一句。

"葛家峪，这个记得很清楚。"医生擦干了桌面的水，端详起她来。孙奇猛地转身掀开门帘跑了出来。

"可惜了。"身后传出一句。

孙奇看到小石屋惊呆了，她难以相信这屋子竟然住着人，她还以为是指路的村民在搞恶作剧。她停下推着的自行车，站在山坡下仰脖看着，几张石棉瓦铺着的屋顶感觉都要塌陷下来，墙缝里伸出些杂草。矮矮的烟囱寂冷地竖在那里，转头一看，远远到处是炊烟缭绕。一些干巴巴的刺槐枝子围着个小院儿，只听到一阵"咯咯咯"的鸡鸣声才感到一些生气。安家现在已经是这种境遇？她的心在颤抖。

一个小男孩儿出来了，端着一只碗，走到刺槐枝子边向下张望着。不错，是昨天见到的那个。孙奇一阵酸楚，推开自行车顺着小坡跑向小院儿。找到一扇平整些、刺槐枝子编的小门，推了一下，没推开。

"你家姓安?"孙奇盯着他问。小男孩平静地点点头，她依稀看到了一张曾经熟悉的面孔。她感到心跳在加快。

"你父亲叫安承业?"孙奇又问，他又点点头。他小时候也是这么冷静，只是眼前这双眼睛里更多了风霜，他当年可是没有这些，像一只阳光下安详的小鹿。她的目光又落到他的身上,还是昨天看到的那身补满补丁的衣裳。她感到一阵目眩。

“开门吧,我是你家亲戚。”孙奇定了定神,头向前伸了伸。

“你姓什么,从哪来?”他又问。

“姓孙,从大连来,还知道你叫安子健。”他脸上惊喜了一下,转身跑进屋里。

“您回去吧,家还远,不用陪我。”孙奇对身后陪同来的大队干部轻声说。“那你,一个女人——”那个干部说。

“没关系。”“那俺去屯子里把村长找来?”干部脸上堆着笑。

“说了不用!”孙奇板了脸。干部怏怏地走了,下坡时还回头看了看。

他扶着一个老人出来了,老人佝偻着身子步子很慢,向门口大张着眼睛。出了门儿他仰头看看他,他点点头,他快走几步打开小门儿。小门儿一歪,闪开一道缝。孙奇紧盯着远处的那个老人。安承业颤巍巍过来了,把小门儿又打开些。孙奇直勾勾地看着他身子在晃,她觉得快站不稳了,怕摔倒。门里门外,两人对视着。天色有些朦胧,对方脸上只是轮廓。孙奇却分明认出了,是那个人,眯缝着眼睛在上下打量着她。

“认不出我?”孙奇声音颤颤的。他眨着眼睛:“您是?”孙奇一步跨进来,伸手拢了拢头发。

“当真是孙——?”他惊惶着,气若游丝。

“我是孙倩!”孙奇上前,伸出两只手扶住安承业肩膀,她觉着眼睛模糊了,也没擦,就那么朦胧地看着他。

“天哪——!”安承业身子在摇晃,孙奇更紧紧扶住。

“咱进屋吧。”子健说，孙奇扶着安承业跟着子健进了屋。待安承业坐在炕沿上，孙奇又打量起这间小屋。尽管初看到这石屋时已经心潮翻滚，此时更禁不住泪流不止。她赶紧掏出手绢擦着，眼泪却还是流。见安承业在看着她，她叙说了在卫生站见到子健的事。

“那你怎么会到这里？这些年孙先生——还有——？”安承业抖着嘴唇，结巴起来。他不敢说出这个名字。看见孙奇垂下了头，又大滴大滴地滚出眼泪，他眼睛里一下子射出惊恐。

孙奇慢慢地叙说着……

安承业嘴唇颤抖起来，身子颤抖起来，手颤抖起来。接着仰面朝天一声大叫，紧紧闭上眼睛，大串眼泪滚下脸颊。

“快说说你们的情况？”孙奇镇静下来，焦急地看着安承业。

“哈哈——！”安承业突然仰天大笑，面目狰狞。声音挤了喉咙，他剧烈地干咳起来。接过安子健递过来的水，他咕嘟咕嘟大喝一口，擦了一下嘴角，扭过头看着窗外。那眼神空洞着，渐渐蒙了雾，像是很遥远。

“天理不公啊。”他抖着声说了一句，胸脯起伏着。然后慢慢叙说起来。他一直看着窗外，声音已经开始平静——天色渐渐暗了下来。

“安家对大连街、对新中国有贡献，还是烈属。”孙奇已经下了炕沿，双手插在裤兜里，紧锁眉头低头来回踱着。

安承业急转回身看着孙奇，见一直站在地上的子健一下子跑了出去，小院儿里传来嘤嘤哭声。安承业终于哭了，忍不住了，像在嚎。

“子健这孩子好，像安家人。”孙奇从院子回来后说。安承业木然点点头。

“他就睡那儿?”看到锅台边搭了一张小铺,上面堆着被子,孙奇走了过去把被子理了理,露出一本书。

“他妈走之前他睡那里,现在也不愿上炕,晚上趴在被窝里看书怕影响了我,铺地下都是。”孙奇弯腰一看,整摞的书堆在那里,摆放很整齐。见一摞上面放着一本《孟子》,她拿起翻翻,皱褶着,里面都发了黄,她放下。又一摞上面放着一本《水浒传》,拿起,下面露出一本《红与黑》。这书她也曾经看过,对里面的男主人公虽挺同情,却又鄙视他太过卑鄙,那位市长夫人虽是资产阶级代表倒也替她鸣不平。还有些哲学、历史类图书。

“子健看书不少,这些都能看懂?”孙奇问着。“能,有些都能背下来。”安承业精神好了些,脸上扬起光彩。

“最好再看些积极点儿的。”

“都有用。”

“功课可别扔了,听说学校要复课了。”

“哪能扔,都装在书包里,他成绩顶尖。”孙奇点点头。

“你也保重身体,还得一个人带着子健。”孙奇看着安承业说。

“子健早就懂事了,不要我操心。”安承业欣慰地笑笑。

“爷俩还得过日子,你身体不好还得出工,子健也小,又正长身体。”孙奇有些伤感。听到这话,安承业也显得惆怅起来。

每到星期天,孙奇就骑着自行车过来,安家有了生气。屋子里又有了女人的气息,小石屋重新有了家的味道。这味道却又与慕乔在那当有了些差异,它浓烈地挥发出,飘在整条沟筒子上空。孙奇的自行车一出现在屯子口,众多的眼光就随着，那车把上挂着的不是鱼呀、就是肉呀，直看到她在石屋的坡底下一别腿下了车，小石屋顿时也高大亮丽起来，随之烟囱里的烟儿也显得刚劲有力。别看孙奇是公家人，还当着大官，却真是上得了公堂下得了厨房。进了门先是里里外外打扫一遍，然后挽起袖子上锅台，待安承业出工回来，样样数数都摆在了小桌上，每次都有满满一盘子炒鸡蛋。孙奇告诉子健别去卖鸡蛋了，留着给安承业养身子，每天他也吃两个。她有工资，足够家中生计。安承业如何也阻止不了，孙奇说，我们早就是一家人了，你是我亲小叔子，子健是亲侄子，我和继业也没儿女，子健就是儿子一样，干嘛这样生分。再说这么多年，亏了多少安家的，我是党员，先从我这儿开始补，于情于理都应当应分。安承业小心翼翼地问，不会牵扯到你吧？孙奇说，枪林弹雨都过来了，这些风浪还应付得了。再说，现在风向开始有些转变的迹象，我只是先行一步罢了。虽是这样说，安承业还是觉得亏欠着。每逢孙奇来的时候，就多了些关心，可又觉得挺别扭，怎么说也是孤男寡女。上一次，因为公社开会，孙奇下半晌才来。安承业埋怨说这么远路不该来，晚上回去走夜路咋办。孙奇说，我就子健铺上待一宿，明早再走。看着孙奇一脸的洒脱，安承业心里还是忐忑。晚上吃完饭后，孙奇拉着子健在小院儿里唠着嗑，听到她问子健想妈没有。子健说，天天想，经常梦里见到妈，还经常到妈坟上去。听到孙奇在叹着气，又说起她和继业的事。子健问，大妈，你再没结婚吗？没有，我心里惦着你大伯。待会儿又说，上帝又把我送回了安家，看来，这是让我等着安家，我的根儿在这儿啊！感觉孙奇带着哭声。上帝什么都看得很清的。孙奇又说。人是有宿命的。子健在说。你那是唯心主义，共产党不信那一套。孙奇在说。那你还说上帝，再说书上有这么说的。孙奇那面没声响。安承业趴小窗口偷看了一下，孙奇也正在往这面瞅着，眼窝处亮晶晶的。“幸亏屋里黑着，不然——”安承业心里扑通一下，赶紧把脖子缩了回来，额头上冒着冷汗，心口窝却发烫。

第二天早晨，孙奇一大早就起身做好了饭。安承业吃完后，没像往常急匆匆出工，待子健背着书包出去后，他对已经推着自行车准备出门的孙奇说：“嫂子，不然别每个礼拜天都来吧，终是女人，又翻山越岭的。”孙奇看看他，笑着说：“哪有回家还怕辛苦的，”见安承业还杵在那儿，又说，“你呀是满脑子老封建，旧书看多了，那些不该有的得清理清理了。晚上回来好好面壁思过，该寻思寻思了。”说完推着自行车直着身板走了。安承业看见她身子明明在晃着，他像是被什么撞了一下，身子也晃了晃。“这些天儿，这精神头怎么旺了起来，身子也有了力气，走起路来却倒像丢了脚后跟。”他心里念叨着走出小院儿，关那小门儿时被槐枝刺儿扎了一下，却没觉疼。这天，给他派的工是清理猪圈里的猪粪。往常干这活儿挺顺手，今儿这是怎么了，猪粪都扬在了猪食槽子里。幸亏这猪不懂人事儿，不然这丑可出大发了。他自己嘟念着。

晚上早早吃完饭上了炕，子健又拱被窝里看起了书。今儿黑得又早。慕乔走后，他对黑夜恨得咬牙切齿，偏偏山沟里夜长，简直是在跟自己的忍受对掐着脖子。慕乔走后土炕空落落的，后背总觉少个人，有时索性打着滚儿，占满着炕，心里却还是空。今儿一个人却没觉土炕空，连胸腔都满着，整个身子都觉得膨胀起来占据了整个屋子，又被墙壁挤压着透不过气。看到子健被窝里点着手电筒，他说了一句：“关了吧，怪晃眼。”子健头拱出被窝把手电筒伸出照着张眼看了看，见爸面色挺红润，还四仰八叉地没像往常那样缩着身子躺着,很享用的样子,放心下来就关了手电筒,却不时又探出头往土炕上看看。也奇怪,这一宿爸没怎么睡,身子在炕上翻过来覆过去像烙饼。妈走后,家里可从不舍得那柴火去烧炕?爸又起来了,不像往常慢悠悠地坐起,却似炕上有个弹簧顶着一下子弹起,又直愣愣坐着望着窗外。被窝里虽没了手电筒的光亮,子健心里却呼地被什么东西照亮了,晃得他一宿也没睡安稳。

又是星期天,早上孙奇却没来,安承业生出一丝惆怅。中午回家吃饭,只有子健一人在等着他,只喝了一碗苞米碴子粥便起身上炕,闭眼向里面侧卧着。子健收拾好碗筷出了屋子,手擎着下巴在院儿里坐着。往常嘈杂的鸡舍此时也静悄悄的,只剩下六只最能下蛋的鸡。大妈说这鸡蛋够了爷俩补身子,养得太多耽误他学习。欠队里的口粮钱大妈都给还清了,每个月背着爸塞给自己五块钱说是买些零用。大妈多好的一个人,一看就一身正气,不愧是安家的媳妇。他想到穆桂英,比她强,穆桂英太刚硬,想到德瑞那夫人,太柔弱,没思想,又想到妈,在地下她会怎样想?妈是爱着爸的,可她不在爸的身边,只是个影子,她一定希望爸过得好。想到大爹,大妈说大伯很爱她,可他也是个影子。爸和大妈却是两个大活人。别看爸现在待在沟筒子戴着帽子被改造,看着挺窝囊,却是个顶天立地的男子汉。很明显大妈也敬重他,很明显她还想做一回安家的人。看得出爸心里也装着大妈。每次她来,别看爸表面平静,心里却在高兴着,收工回来爬着小坡时脚步咚咚响,自己和大妈都看到了,听到了,就他自己没觉出来。难道,书上说得都对?从一而终、三从四德就是好的品行?不然就是坏人,被唾弃?死后还进不了祠堂,再说现在没有什么祠堂了,是不是说明有些事儿都翻了过来?不管怎样，这个家有大妈多好，现在屯子里对自己又多了笑脸，却不光是同情。连队长都垂着手、带着笑儿三不动过来溜达溜达，也高低不抽爸递过去的“万里”，当然这也和葛老太拧着耳朵有关。他想起了葛老太。自从上次陈燕姐的事情发生后，爸对葛老太明显尊敬起来，连陈叔叔都说自己对人性有了新的认识。不过这件事情他不行，会和爸一样。

第二天晚上，葛老太来了。坐上炕沿后，冲三驴子摆摆手，又对子健说：“子健，背上书包和你三哥一起去吧，到俺家去学习，待会儿俺让陈燕送。”安承业看着葛老太在摆布，纳闷地站在那里。葛老太骨碌一下炕，示意安承业坐下。安承业拿起水瓶准备倒水，葛老太摆摆手，看着水瓶说：“是孙主任拿来的吧，真好看。到底是女人，心细，还讲究。”“那你走的时候拿回去。”安承业赶紧说。见安承业一脸认真的样子，葛老太扑哧一声笑了：“你呀，干什么都一根筋，人家是给你的，俺就是说说。”她笑眯眯瞅着安承业，安承业垂着手木然站在那里。“快上炕呀，干嘛站着，倒像俺家似的。”安承业刚想上炕，想起什么。他走近锅台，踮起脚，张手从锅台上方搭着的一块木板上取下一个小笸箩，放到炕上。葛老太低头一看，里面是一些炒花生。“好，这个我吃。”说着拿起一粒，“吧嗒”捏开，放进嘴里嚼着。“真香，是给孙主任留的吧。”她丢出一个笑，也没看安承业，“来，快上炕，别光我自个儿吃。”安承业上了炕，盘腿儿坐下，低下头看着笸箩里那些花生。“自己不吃就不动弹了，也不替俺老太太剥两个。是舍不得吧，放心，我会给孙主任留着，不会吃光的。”葛老太打趣道。“哪里，哪里。”安承业红了脸，赶忙伸手剥起花生，递到葛老太手里。葛老太笑吟吟接过说：“你呀，就是太实诚，这在乡下可不行。不对，在城里更不行，不然会叫人撵到这穷……唉！屋里又没个人操持。”安承业又递过来几粒剥好的花生，葛老太抬手挡住，佯装嗔怒地说：“也慢着点，嘴里还有呢，不怕我噎着？”安承业不好意思地把花生放在炕上说：“也是。”葛老太看着他，慢慢收了笑。安承业觉得炕有些烫，挪了挪腚儿。

“老安，知道俺为啥来？”安承业垂下头，没吱声。

“你也别紧张。今儿咱俩唠唠嗑。”葛老太把手里的花生放进笸箩里，又把它往边儿上推了推。

“俺虽只见过一面，倒看得出来，孙主任是个很好的女人，一万个女人里找不出一个。”她看见安承业身子抖了一下。

“子健他妈不但不会怪你，九泉之下她也会瞑目。”她见安承业身子又抖了一下。

“婚姻这东西讲个缘分，看不出来？这是老天爷安排好的，大老远给送过来了。她就该是恁老安家的人。”葛老太慢悠悠地说，拿起碗喝了一口水。

“她一直没再找，这是命里注定该是恁哥俩的，也是恁哥给领过来的。他欠她的，得由你来还。”安承业身体已经不住在抖。

“他还为着他的侄子，安家的独苗儿啊。”葛老太声音有些发颤。

“你们俩多般配，都知书达理……”

“天理不容！”安承业突然迸出一句，胸脯剧烈起伏着，眼睛鼓着好吓人。葛老太身子纹丝未动，平静地看着他。

待安承业稍微平静些，葛老太徐徐又说：“你说得不对，该是天造地合。”声音不大，安承业脑子里却似被什么击了一下。

“那可是我嫂子啊！亲嫂子！”安承业脖子上的筋都竖了

起来，眼睛在冒火。葛老太微蹙了一下眉头，随即又松开了。她望着安承业。

“那是乱伦，禽兽不如，岂是安家人所为。我宁可跳进泡子。”安承业咬着牙说。

葛老太呵呵笑了，她拖过笸箩，拿起一粒花生慢慢嚼着，许久才说：“安家人怎么，安家人是土坷拉捏的，不是骨头肉长的？”又说，“你跳进泡子，去跳，子健也跟着。就是个熊蛋包，亏还讲名声。唉！这些年儿俺是琢磨过来了，以前脑瓜子里装的东西，有些是害祸人的，该去泡子洗洗了。难道人家孙主任德行跟不上你？”葛老太声音大了起来，她拿起碗喝着水。安承业垂下头，又不停晃着，眼泪流了出来。

“远了不说，眼目前儿可还得过日子。你现在这名声就好？谁不躲着走，人家一个女人都不怕，就你脑瓜子里花花事儿多。还是大干部，她进这屋，谁还敢再眼皮子夹你？”葛老太一脸老成地看着安承业。安承业脖子一软耷拉下来，闭上眼睛，冲着窗外说：“我去过慕乔的坟茔。”葛老太未动声色斜睨着他。

“慕乔不愿意。”安承业轻声说，嘴唇抖着。

“那是你自个心里有个小鬼儿，你这个朽木脑瓜子就跟着进棺材秧子吧！”葛老太戳了他额头一下。安承业直挺挺坐着迎着那根手指。

“唉!”葛老太一声长叹，眼泪叭嚓地下了炕，说：“怎么个是对，俺也说不清楚了，”挪着脚步又说，“可就觉得这年头儿不像以前了，就怕看书看迂了，子健也跟着。”安承业眼神茫然起来，望着窗外。

“只要是肉长的都得白天歹东西，晚上打滚睡觉，哪个能瞎喽。就你多长个脑瓜子。”葛老太又说。

孙奇出事了。

星期六下班前，十里岗公社革委会邱主任打电话来，请她第二天过来谈谈安承业的事。

安家的遭遇，孙奇深感痛心。无奈当今政策摆在那儿，大山一样横着，她左思右想都觉得事情难办。何况还隔着一个公社，一些具体事又插不上手。对邱主任她了解一些，本地干部出身，靠着当年家中苦大仇深，土改时期祖辈立了功，积累了些政治资本，有些“世袭”的成分，这在当地挺普遍。说是政策性强，其实是有些过“左”，但这是这类人的看家本领，他们牢牢把握着不敢松懈。两个公社紧挨着，平常两家干部走动就近些，谁家七大姑八大姨的有个什么事，打声招呼也能关照。乡下人过日子杂事儿多，不像城里大事小情都有国家管着，相对单纯些。家里有事儿就得求人，求人就多出些“事情”来，久而久之，乡下人就很讲人情往来。说俗，也对。当然，求的大多是有权儿的，所以乡下的官儿格外受人尊重。连个小村长都走路背着手，站着掐着腰。刚来时孙奇觉得太俗气，久之有些理解了。没办法，家家都得过日子，多少年养成的风气已深入到骨髓里。躬身的、直腰的都觉得理所当然，孙奇慢慢也懂了些人情世故。可这事儿非同小可，这是“政治”，谁敢站在山顶往沟筒子里扎猛子。尤其乡下干部，把印把子看得比亲娘老子都重，凡事掂量得可清呢。孙奇曾试着含蓄地和邱主任提过一嘴葛家峪安家的事。邱主任当时一愣，差点从椅子上弹起来，可见政治头脑极其敏锐。不愧邱家几代为官，始终巍然屹立于十里岗方圆几十里崇山峻岭之巅。尽管邱主任丧妻两年之久，面对孙奇这样既温柔俊美，又英姿飒爽的绝等女人竟如此大义凛然，绝不丧失政治立场。孙奇倒是有些刮目相看，肃然起敬。每逢开会，多少只眼睛在随着她滴溜乱转,孙奇不是不觉。这邱主任确实非同小可。

第二天,孙奇骑车按约定时间准时来到十里岗公社大院儿。院儿里空空如也,只有门岗一个老头在打瞌睡。刚要问,身后一声铃响,回头一看,邱主任一偏腿儿从车上下来。没背包,穿得也不像平时上班那样一本正经。领口还敞开着,脸也挺洁净,看着比平时精神许多,还显得有些悠闲。也没搭话,两人并肩推着自行车进了大院儿,看门老头赶紧提着一个大水壶跟了过来。邱主任打开尽头的那间房门,老头提壶刚要进去,邱主任笑笑一摆手,老头儿赶紧将水壶放在门口,迭迭走了。主任谈大事都是这样,他懂规矩。孙奇心里一动:如此神秘却又一身轻松的样子,莫非安家的事……她抬腿跟了进去。屋里收拾得挺干净,连报纸都在桌上摆放得整整齐齐。邱主任走到办公桌前,将他的椅子拖出请孙奇坐下,自己提起门边的水壶往暖瓶里倒着水。孙奇将手中的包轻轻放下,里面装着的几只苹果散发出果香。邱主任显然闻到了,脸上闪出一丝不易察觉的冷笑。孙奇坐下,挺舒服,那椅子上铺着一层软垫。邱主任躬身从办公桌的小柜里掏出一小盒茶,捏出一撮放进暖瓶。然后拖过一把椅子放在墙边立着的墨绿色的柜子边。坐下,低下头,思忖着。

“干嘛这么严肃?像谈判,”孙奇笑了笑,心里却在打鼓,“你那柜子里有秘密文件?”又笑着说。

“你上次说的那件事情其实我往心里去了。不过,我琢磨再三,挺难。”邱主任没抬头,眉梢挑了一下。

“既然违反原则——”孙奇刚张嘴,邱主任抬起手在空中摆了一下,孙奇看着他。屋里很静,苹果的香气蔓延开。邱主任嗅嗅鼻子,抬起头问:“又要去葛家峪?”孙奇点点头。

"不过你也注意些影响。"说着,他拿起暖瓶给孙奇倒了一杯茶,然后自己也倒了一杯。茶很香,苹果味儿退去了。邱主任用嘴吹着,然后喝了一口:"尝尝,上等铁观音,平时不舍得。"孙奇没动。

"你可是干部,安家是戴帽儿改造的,你比我懂。"

"就为这个找我来?"

"当然不是。""那今天我就跟你说说安家的事,我最了解。"孙奇眉毛扬了起来。

"不就他是你小叔子?"

"不仅如此。安家是冤案,解放前、解放后都对国家做过贡献,又是烈属。安家还几代英名——"

"难道组织错了?"邱主任使劲一挥手,"得相信组织,这可是政治立场问题。"邱主任看着孙奇,一脸忧心忡忡,"我是担心你。"孙奇站了起来,拿起包儿。

"事情还有的说,不然找你来?"邱主任站起拦住孙奇,又给她的茶杯续着水,"我已经想了一个办法,起码像你说的那样,日子先好过些。"孙奇重新坐了下来。

"这太不公平,一样的壮劳力,还干最脏最累的活儿,只给半个工!村里都觉得不——"孙奇发觉不妥停下了,脸却涨红了,更显得妩媚。邱主任眼睛亮了,盯着孙奇。

"这个没办法,四类分子都这样,不能太显眼。我有更好的法子,还让别人说不出话来……"

"什么办法?"孙奇极力保持平静,却明显露出急切。

"看你急的,到底是女人,"邱主任灿烂地笑了,又把头往前伸了伸小声说,"我要说了你不但高兴,还会佩服我老邱足智多谋。"孙奇身子不自觉往后仰了一下,仍在看着他。

"其实我也是掏空了脑瓜子,这事不是一般的难,这你也知道。但得看为谁。”邱主任盯着孙奇起伏的胸口，孙奇盯着他嘴唇的目光移开了。

“你一个人这么多年不容易，”邱主任站了起来，“我老婆也死了两年，知道这个滋味儿。”孙奇一个冷战，不自觉也站了起来。

“我的意思你明白——”邱主任慢慢移了过来。

“我不明白。”孙奇盯着邱主任发红的双眼，里面闪着路边饿狗看见骨头一样的贪婪。“我们都是孤男寡女，还都正当年，又都是公社干部，再般配不过——”他已经站在孙奇面前。

“走开！”孙奇厉声道。

“你认为不合适？”邱主任停下了，盯着孙奇。

“无耻。”孙奇昂起头。

“哈哈！”邱主任狂笑起来：“别装了，干柴烈火——”

“闭嘴！”孙奇噙着眼泪大声说，向门口处躲闪着。他堵了过去，孙奇退向桌边。

“我那死老婆我早就过够了，该尝尝鲜了。好吧，今天我就让你也尝尝！”邱主任猛地一跃，疯狂地扑了过来。孙奇一闪身，他踉跄着一把揪住孙奇的衣襟，孙奇拧住他的手腕。这家伙力大，使劲挣脱开，又抱住孙奇，将嘴就贴了过来。孙奇死命挣脱，那胳膊却越箍越紧。

“来人——！”她大声喊，嘴唇却被另一张嘴狠狠吸住，孙奇绝望地闭上眼睛晕眩着，只觉胸前被一只手挤压起来。孙奇摸索到那只茶杯，拿起它狠命砸向眼前的脑袋。这家伙伸手一挡，茶杯碎了，两人瞬时手上都鲜血直流。孙奇不顾流血的伤口，疾步冲出门外。

“你不考虑后果——！”屋里传出恶狠狠的声音。

孙奇终于来了,安承业悬着的心落了地。却不是星期天,他不由又纳闷起来。跟以往进了门就谈笑风生也不同,眼神幽幽的还有些凄楚,跟自己的眼光碰上时还有些躲闪。放下包也在干活,却有些心神不定的样子。安承业心里打起鼓。"莫非葛老太跟她说了什么?莫非发觉了自己有过肮脏的勾勾心儿——"他嘴巴开始抽搐,脚也不听使唤了,默默坐在炕沿上,眼神呆滞,巴不得孙奇在院子里别进来,可又盼着。传来"簌簌"声。孙奇刚进门就轻声说了一句,"今天歇一天吧",自己却转身去了院子,摘院子边儿刺槐上那些黄叶子,它们头些日子还是绿的,现在变黄了。是碍眼,这些她总能看得到。

"哎呦!"外面孙奇叫了一声,声儿不大,却很清晰,屋里太安静。安承业一屁股抬起。又坐了下来。听着是被刺槐扎了手,那东西刺儿很硬。心里有点儿乱,他也被扎过,此时却觉得扎到了心里。"簌簌"声儿停下了,院子里一片寂静,他心里却在翻腾,眼前也恍惚起来。朦胧中,看到院子里那只手在滋滋地冒血,她用手捂着,垂着头,眼睛失神,一脸无助。他感觉黑夜里那种熟悉的躁动又冒了出来,先是滋滋的像蜡烛,接着升腾起火把燎着周身,他觉得胸腔开始焦灼,又往下蔓延。自打她来葛家峪,心顺溜了,营养也补充上来,不觉精力充沛起来。"只要是肉长的都得白天吃东西,晚上打滚睡觉,哪个能瞎喽。"葛老太又在耳边念叨。

"也不知给人家包包手。真疼。"孙奇已经进了屋,在找什么。他呼地起了身,"手,扎了?"他嗫嚅着。

"又没做贼,耳朵根子咋像大鹰的鸡冠子。"他觉得耳朵根子是很烫。"看看,脸又像了红关公。"孙奇睃了他一眼。"你不也是——"他看到孙奇脸上也像一朵红红的大芍药。心里冒出一句。又听到了葛老太在念叨:“人家一个女人都不怕,还是革命干部,就你脑袋瓜子花花事儿多。”

“疼吗?”他看着那只手,手哆嗦着抬起。她凑了过来伸出手。还从没跟她靠得这么近,都听到了心跳。他接了过来,撩起衣襟儿擦着。耳边儿没了声响,仰脖一看,孙奇眼睛闭着。

“这不是邪恶,就这么抬着头。”她嘴唇蠕动着,大串泪珠滚了下来。他却赶紧又垂下头。

“她一直没再找,是恁哥给领过来的。他欠她的,得由你来还。”葛老太话真多,此时却觉得听了很受用。

“抱着。”她喃喃着,手已经抽出,两只一起绕住他的脖颈。他顺从了。一种久违的气息瞬间直通鼻腔,又从周身的毛孔溢出。他贪婪了,将脸摩挲着眼前的躯体,肆无忌惮地嗅着。

“甭信柳下惠,”她的身子在抖,“我是你们安家的。”手在摩挲着他的头发。

“柳下惠?这名字好熟,打小就如雷贯耳了。安家?安家不就是卢护卫,西南河私塾。不就是德安记,不就是同安?”怎么,孙先生领着继业站在眼前。慕乔也来了。他牙齿开始咯咯响,声音大得瘆人。忽觉搂着的不是一个人、一个女人,是聊斋里的一个幽灵。

“天哪!”他手松开了,垂下。那颗头颅似无了筋骨,重重地垂下来,挂在肩膀上。像那只被武松疯狂捶打的老虎,奄奄一息了。

还真有柳下惠,她轻叹一声,手离了那脖颈。他似看到一条受伤的蛇,仓惶着、挣扎着,无力地游走了。

第十六章

风雨后，鸟儿没有迷失方向，又飞回属于自己的那方窝巢。

岭上野榛子又落地的季节，战斗在崇山峻岭中的“五七战士”完成了神圣的使命，纷纷“解甲归田”回到原来的城市。孙奇回到沈阳市公安局重新担任政治处主任。

上次的事发生后，她照例每个星期天去葛家峪。每当看到安承业脸上浮着做了贼似的神情，手里提着干活儿的家什慌乱地走下土坡，孙奇以往的敬重中不禁又涌入了莫名的悲悯。瞅着那个佝偻的背影，她竟觉着开始怀疑起自己，抑或两人都一起怀疑。崇高吗？难道自己受党教育多年不崇高？都舍生忘死了，什么时候有过一丝杂念？那个柳下惠究竟是人还是鬼？是鬼的话怎么又在眼前活生生地摆着？换作继业会怎样？答案她一清二楚。嫂子，小叔子，又怎样，不就是一种社会关系的符号？他怎么像戴了紧箍咒似的把自己牢牢捆在那圈圈里，皮囊都绷得爆裂了，皮开肉绽了还——可敬，又可悲。她痛苦了，不仅是为自己，也为他。安家的境况明显又恶劣起来，孙奇心里清楚内中缘由，见安承业还茫然不觉的样子，只是多了忧愁却又在心里撑着，她不禁又多了愧疚，敬重又重新浮上来。葛老太看出点门道，揪了几次队长丈夫的耳朵问，他只说上面说安承业不服改造要严加管教，只得服从。葛老太长叹一声，皱起眉毛自个念叨着：“又是从哪刮来的一股子阴风儿？”老太太眼泪儿汪汪的。后来见孙奇有日子没来，老太太这下子稳不住了慌张起来，赶紧去了小石屋。安承业知道她的来意，未等她张口就告诉说："他大妈落实政策回了沈阳。""这么说是好事儿？"老太太急切地问。安承业点点头。"那恁家也是被冤枉的咋不回？"老太太来了执拗，安承业未置可否。"这么说把恁爷俩撇下了？"又问。"没撇下，信儿还连着。"安承业笑着说。"这就好，俺就知道不会撇下。她先回去打前阵也好，俺看有望儿，都快了。"老太太放下心来走了。

回沈阳不久，孙奇专程去了大连，先去了一趟槐花巷，吴家早已成了小洋楼的新主人。她伫在远处看了许久。吴越前在向阳百货公司干得风生水起。她打听过。

在吴越前的办公室里，她见到了在和安承业聊天中多次提到过的这个人，一看就是养尊处优的人，雍容大度中又显谦恭，一副领导风度。

儿时她见过吴越前，不但在槐花巷和当时的同安百货，他还跟着安家兄弟去过小岗子大明商行一回。回想起印象并不好，带着点儿流氓无产者的影子。记得爸说过，这小子有些劣根性，跟安家兄弟绝非一路儿。她早就有个疑团，虽说这些年风云变幻中很多人有起有伏，但安、吴两家起伏如此之大实在有悖常理，有些鸠占鹊巢的意味。个中难道没有曲衷？几次和安承业聊起这个话题，他总说世道变化，人人自保怨不得哪个人。还说人家很重情分，每次来都眼圈儿湿着屋里屋外地看，屋顶那石棉瓦都是用大解放从大连拉过来的，又顶着毒日头亲自爬上屋顶把以前那些苞米秸子扒下来，换上这石棉瓦。不然还像陈家那样外面下大雨，屋里下小雨。有一次车上还比往常多装了些东西，在小院儿卸下一些又去了大队部。事后还真管用，派工时一视同仁了一段时间。在和安承业的言谈话语间，她从未听出他对吴家有什么怨言。安家这些年受尽不公，已经到了穷途末路边缘，吴家却如日中天？孙奇还是以职业的敏锐，隐隐感到后面有些什么。不错，是有些政治方面的原因，但一夜间，一个入地，一个上天，还是有些匪夷所思。起码以两家的世交之深，吴家未尽情谊，未有重大救援之举，仅去安家看过几次，又能说明什么？孙奇有一次究问，这次他严肃说了一句，安家现在是被卷到浪底下，总会风平浪静。该浮上来的浮上来，该沉下去的沉下去。看着眼前红光满面的吴越前，又想起穷乡僻壤中饱受糟践的安承业，孙奇心里一下子闪过这句话——该浮上来的什么时候会漂上来？

来向阳百货之前，她先到商业局去过。第一次听说是了解一个人的历史，还是沈阳市公安局的，就冷了脸。脸上分明写着：这类事情不关公安局的事儿，何况还是沈阳市的？岂不是狗咬耗子多管闲事，犯不着伺候。孙奇回来往局里打了电话。第二次再去时，接待人又客气起来，坦率说接到了电话，我们已经查了所有卷宗、档案，却未有清楚记载。孙奇提出看看这些材料。她在仔细翻阅中，发现一小块残缺不全的发黄的旧报纸上，露出一截有当年捐献振中百货的小标题。孙奇如获至宝，拍了照片。

吴越前不似商业局接待人初始那样怠慢，听说是来了解安承业的情况，他稍一愣神随即热情起来。接着脸上显出无奈，像想起一堆久已燃尽、灰飞烟灭的冥纸。孙奇递过介绍信，他看了一眼，眼睛闪了一下，像是那些灰烬又飘了回来。他热情地伸过两只手紧紧握着，连声说："孙处长驾到，蓬荜生辉呀。欢迎，欢迎！"接着将沙发上凌乱的东西推到一边请她坐下，又转过身去忙着倒茶。孙奇坐下，看着他。不愧是当着领导,倒茶都慢条斯理。

“孙处长有何吩咐,尽管说,愿尽犬马之劳。”吴越前回过头端着茶杯大大咧咧地说。

“吴主任到底是旧社会过来的商人,还留着那时的字词儿。”孙奇说。

吴越前一怔,意识到什么,哈哈笑着说:“我哪是什么商人,也是受压迫的无产阶级,只是跟着干了几年打杂的,可能沾染些‘封资修’的东西。孙处长批评得很对,一定改正,一定。”又看着孙奇说:“刚才也是见到孙处长觉得好像有缘,又是这么大的领导,想文绉些。也是一时高兴,一时高兴。”这人很善言,粗中却不露隙缝,寒暄之中脑子却在转着。孙奇暗想。

“安礼盛你认识?”孙奇抬眼问。

“当然认识,您不就是来了解安承业的,他们是爷俩。”吴越前很直率,眼睛笑眯眯地眨着看着她,眼神中含着探询。孙奇知道他是对自己沈阳市公安局处长的身份存在疑惑。她没回话,严肃地看着他。

“不知安承业现在又犯了——”果然吴越前开始投石问路。

“现在开始落实政策了,这你知道,”孙奇平静地说。吴越前茫然地看着她,“我也曾经走‘五七道路’,刚落实政策回沈阳,也下放在庄河。十里岗公社你去过,安家什么状况你也知道。”孙奇不动声色地说,她看着吴越前。吴越前眼睛里倏地一闪:

“想了解安礼盛,你算找对人了。”吴越前低头搓着手,一副一言难尽的样子。孙奇微微点着头,意思在听他说下去。

“说起他来……”

“还有安承业。”孙奇插了一句。吴越前抬头看了看她，孙奇神色中有了凌厉。

“不知需要哪段儿？”

“安家的事，越多越好。”孙奇回答很快。

“怎么说？”吴越前眼睛里晃着。

“真实，客观，一是一，二是二。”孙奇看出他又在试探。吴越前眯起眼沉思着，像在回忆。

“这些事情吴主任应该记忆深刻。”孙奇嘴角一翘，微微笑了一下。

“那倒是，那倒是。不过……不过还得想仔细喽，这么多年——”吴越前拿起水杯，先是向孙奇努了一下嘴，然后自己先喝了一口。孙奇看着他。

“那么，我问，您答，”孙奇说，“可以先不代表组织，只是随便聊聊。”

“不代表组织，那是？”吴越前看了一眼孙奇，又将目光转到她的嘴唇。

“家常话。”孙奇轻轻说。“家常话？你、我——”吴越前愣住了，他看着孙奇。

“孙钧儒，孙先生，您记得吧？”孙奇突然说，吴越前倏地抬起眼，疑惑地看着孙奇。

“哦，你是说当年那个孙老板，做大买卖的，和安家来往还挺多。”吴越前回忆起的样子，看着孙奇，孙奇与他对视着。“哦，应该是说大资本家？”吴越前慢吞吞地说。

“他不是资本家，是共产党员。”孙奇目光尖锐起来。她看到吴越前身子微微一动。忽然像想起什么，张着嘴紧盯着孙奇。看了一会儿，慢慢地说，“您是——？”

“不错，我是他女儿。”孙奇声音不大，吴越前身子一晃，睁大眼睛眨着。随即一下子站了起来，歪头想着说："您是孙——倩?"孙奇点点头。吴越前像是恍惚了，又突然激动起来，一步跨过，双手张起伸了过来。孙奇站起伸过手，吴越前紧紧握住。

"我说呢，刚才一见到你——"孙奇看到他闪过一丝惶恐，瞬即又被激动的神情所淹没。"孙先生怎样，他现在在哪?"吴越前还在激动着。

"牺牲了。"孙奇看着他说。"什么?"吴越前声音很大，一脸的惊愕。看着孙奇很平静的样子，又摇着头说，"太伟大了，革命先烈呀，可惜了。"一副痛心的表情。

"先不说这个，还是说说安家，"孙奇先又坐了下来，又抬起头看着吴越前说，"安继业也在革命战场牺牲了，他是我丈夫。""什么，继业也死了? 哎呀呀!"吴越前似不敢相信地看着孙奇，见孙奇面无表情，又呼地抬起手捂住脸抽泣起来。

"他是革命烈士，安家是烈属。"孙奇说。"痛心哪!"吴越前放下手，眼睛红着。

"您在运动中挺积极，还当过组织头头?"孙奇忽然问。"唉——无产阶级革命运动嘛，应当奋勇向前，都这样。"吴越前显得挺大度，他扬起眉。

"暂且不说是什么运动，有些人倒是从中钻了空子，"孙奇说得很慢，她显出些不屑，仰脸又说，"你说呢?""是有些人觉悟不高，脑袋发热——群众嘛。"吴越前不介意的样子。

"槐花巷的小洋楼现在你住着?"

"那也是组织安排呀，没办法，"吴越前低下头，一副难为情的样子，"其实我住里面是活受罪。"见孙奇在认真听，又说："特别是开始，一回家就想起安家，心里难受哇!"他又涌出悲情，抬手抹了抹眼角，"老爹还骂过我，'咱住大街上也不能住这房子，谁家住这房子咱吴家也不能住'，为这事儿我家那母夜叉还和他吵了一顿。事后老爹又抱着我哭，唉！”

“她和安家也无渊源——”孙奇说。

“还是您老革命政策性强，看问题不偏不激，不一样，不一样。”吴越前感叹着，“只可惜继业兄弟不在了，想啊！”

“安家还有人。”孙奇说。

“其实，看看安家现在的样子，我比谁都痛心，”吴越前看看关着的门，又小心翼翼地说，“这话也就咱俩关起门说，那山沟子我偷着去过几次，还给他们带了些东西。老爹也非要跟着去了一次，老头儿回来后嚎啕大哭了一场。安家有恩哪！”吴越前哽咽起来。

“安家的情况我很清楚，不过灾难该结束了，很快。”孙奇说。

“您也知道？”吴越前擦擦眼角。

“我去过，比你次数还多。”孙奇说。

“你……”吴越前怔着。孙奇诉说了自己在庄河的经历。

“安家很快会清白。”说到最后，孙奇说。

“你是说……现在——？”孙奇重重地点了一下头：“这个谁也阻挡不了。”吴越前脸上露出欣喜，不断搓着手。

“如果你愿意，应该能够配合做些工作。”

“当然愿意，巴不得，只要安家能——”吴越前又在搓手。

安家落实政策了，要回大连街！葛家峪又出了大新鲜事儿，舌头又卷着花儿奔走相告。不同的是，这回不是噎在嗓子眼挤眉瞪眼地说，都是亮着眼珠子，扯着嗓子，声音远比当年“捉奸”的事儿响亮。

安家历史还了本来面目，政府非常重视安家返城后的安置事宜，派人专程来到葛家峪进行安抚工作。进了小院儿，干部们看到小石屋，都悲悯地皱起眉头。看着他们准备在石屋里坐下，安承业一脸平静地说："院儿里坐吧，屋里不干净。"

"就在屋里，很干净。"领头的说。

他们开宗明义，说领导已经再三嘱咐，尽量满足安家的一切要求，并已着手安排安家返城后的善后事宜。安承业平静地听着，领头的干部说完后看着他，有人拿出笔记本。

"抚恤金，分文不要。"安承业说话了，干部们停了笔看着领头的，"工作，回天津街百货公司。还在乐器柜台做营业员。"干部们眨眨眼，"疗养，也不用，回去就上班。"干部们面面相觑。

"只有一个要求，"干部们又睁大眼睛，"回槐花巷老房子。"安承业目光坚定。"这个，我们考虑过，只是现在——"领头的干部面露难色。"那我就在这儿等。"安承业轻声说，干部们却一惊，互相看着。"可不可以通融，还有其他好房子——比如说南山、凤鸣街……地脚比这儿还好，都是领导住的地方……"领头的说。

"只稀罕天津街，只稀罕槐花巷，那是安家的根儿。"安承业打住他的话尾。

葛老太被三驴子搀扶着来了，三驴子手里提着一个大箩筐，后面紧跟着一群村民，还有手里牵着"驴子""丫儿"的，坡头坡尾都拥满了。安承业扶着老太太进了屋，三驴子提着箩筐又转身去了鸡舍。听着鸡们咯咯叫着，子健跑了过去。见安承业不解地看着她，葛老太笑呵呵地说："怎么，不舍得？"安承业茫然地摇摇头。

"三驴子这是喂鸡去了，这些鸡俺替你们先养着，它们是恁安家的功臣,得好好供着。”安承业恍然大悟,感激地看着葛老太。

“我们会念着您,也念着葛家峪。”安承业神情严肃地说,眼角里滚出两行泪水。

“子健,过来。”安承业说。子健挪着脚步,回头又看看鸡舍,慢慢走了过来。

“给葛奶奶鞠躬。”安承业轻声说。子健走到葛老太身边,看了她一下,深深一躬。

“给石屋鞠躬!”子健站着没动,脖子梗着,咬着嘴唇,眼泪涌了出来。安承业目光凛凛地盯着小石屋。子健看了爸一眼,忽地向小石屋扑了过去,他张起双手摸着那粗糙的石墙,突然撕心裂肺地一声——

“给大山鞠躬!”子健站着没动。“跪下!”安承业忽然又声音嘶哑着大声喊道。

“别难为孩子!”葛老太大声说,“孩子心里苦,是俺也不跪。”她扯过子健将他搂在怀里。子健一下子挣脱出,扑通跪地,头往地下嗑得咚咚响。“好喽,孩子,小命儿还得留着。”葛老太声音儿颤着拽起子健说。转过头又冲着小院儿里的人群说:“看见没,这就是安家,对穷山都有情有义。有今儿这福分那是修来的,几辈子用不完,这叫福报。”院子里顿时肃穆下来,大家不约而同看向安承业,看向安子健,看向小石屋,又看向大山。

“小石屋开花了!”突然有人喊叫。人们齐刷刷向石屋望去。真的是,那些石缝里分明生出簇簇洁白的花蕾,像繁星闪烁。一个驴子跑过去伸手要摘。

“别动,你那爪子脏!”葛老太大喊一声。转回身又冲着眼前的人群说,“谁见过石头能开花?葛家峪满山大石头,八辈子也没见过，”老太太抖着手指着那些山，盯着小石屋又说，“这是座神，从今儿往后咱都得好好供着。”子健向前两步又扑通跪地，后面衣衫褴褛跪倒一片。

“都起来吧，今儿可没有管饭的。往后都在心儿里跪着就行。”葛老太先上前拽起子健，竟踉跄了一下，安承业赶紧扶住。

“去恁妈坟茔没有？”葛老太又颤着声音问子健。子健点点头。

“放心走吧孩子，一年四个大节俺一个落不下，保证坟茔土新鲜着，烟儿冒着，”擦了擦眼泪又说，“赶明儿什么时候想接过去俺也不拦。”

“我们不接走，就留这儿，慕乔一定愿意。”安承业说。

吴家从小洋楼搬出那天，秋子从水师营来了。她让吴顺儿跟着一起去，吴顺儿说了一嘴，丢不起那个人。秋子就骂：“你就成大缩着脖子装善人，前子这么大的事——”“有多大，不就是个窝儿！”吴顺儿嘟囔一句。“这不光是房子，你就一甘心，鬼才信！”秋子怒气冲冲地吼，在地下转着圈儿。“本来就是安家的。”吴顺儿又说。“哪有该是谁的，三十年河东，三十年河西！”秋子红了眼。吴顺儿想说什么又咽了回去，低下头一跺脚。“也亏了永杰来告诉声，不然咱还不知道。不行，俺得去，不能让前子一个人灰溜溜的。”吴顺儿看着秋子擦着眼泪走了，忽然脸上狰狞起来。

马束香嚎啕着，张嘴想骂又咽回去了。吴越前这几年当着领导，她正风光着，对吴越前也多了些畏惧。她抹着红肿的眼，想想还是骂了出来：“你就是个臭彪子，还给人家当证人，这是自己挖坑往里跳。”吴越前皱着眉没言语。“这下子又要踩着吴家。你个窝囊废，当了几年大领导也没见长，还不如当年那会儿野性——”马东香来了劲儿。“闭嘴，你懂个屁！”吴越前吼了一声。马东香一愣，又低下声说：“你才懂个屁。从今儿连杰子都三孙子似的，还不让他那些臭哥们笑掉大牙，掉死架儿吧，还天津街一霸。”吴越前一愣神，问：“永杰去哪了，别鼓捣这小子找事儿。”“他可比你有心眼，要不那些打起仗不要命的臭小子能听他的。”马东香撇着嘴。吴越前低头寻思着。

安子健在大连重新入了中学。学校在民主广场边儿上，经过天津街小学拐个弯儿就到。那时没有什么高中、初中，都是九年一贯制，他被插在八年级七班。林凌随家里走“五七道路”也已经从农村回来，她在八年级九班，还当上了学习委员。安静（她一直叫着这个名字）在八年级五班，和吴永杰同班。季子山小学毕业后留在了胜利桥北的铁路中学。

学校都已经开始复课。前些年留下的遗风还未散尽。老师像看流水线一样站在讲台上，学生则像线上的产品也面无表情，好一点的学生也只是竖着耳朵等下课的铃声。如果忽然间出了什么声响，大都是谁闹了恶作剧，引来一阵哄笑，课堂里才有了生气。“严肃！”老师皱着眉放下课本，心里其实也颇觉有味儿。“呼隆隆！”突然隔壁嚎叫起来杀声震天，大家精神都为之一振，终于竖起耳朵饶有兴致地听着。这定是哪路大王领着一帮喽啰，手握砖头来要“灭了”谁。“硝烟弥漫”后，那边教室里一片狼藉。有时攻方胜，挺着胸脯子班师回朝；有时守方赢，巩固了这一亩三分地的霸主地位。

十七八岁的孩子是最有激情的。你看，学校间或搞些学工、学农，还有一些带有些政治色彩的活动时，学生们就分外显示出高涨的热情和忘我的斗志。但这不是常态，活动一结束，学生们回到课堂，神经又麻木下来，像被点燃的苞米秸子，呼隆一下子火苗子蹿起老高，不一会儿就成了一团死灰。人的情绪是需要宣泄的，尤其血管子鼓胀的年轻人。宣泄得有通道，就像奔腾咆哮的黄河，不入大海它就得泛滥，就得成灾。

狗急了跳墙，兔子急了还咬人。这急却不是被什么追的急，是急于放纵手脚过过瘾那种焦灼。有点像公马尥蹶子，公鸡撵着母鸡。可这个年龄还没升华出这种境界，看到马路牙子上两条狗对着腚眼嗷嗷叫都以为是打架中的对峙。对了，打架，打架最过瘾了，是最好的宣泄通道，最能释放阳刚之气，最彰显男人的王者之风。散兵游勇成不了大气候，团结才是力量。于是，聚众斗殴成了一时的风气。凡有人群的地方就分三六九等，要么怎么有皇帝、将帅，还有兵卒，人的能耐不一样。于是街面上群雄并起，各有一方霸主，学校也是。比如桥北的“猪头”，三八广场的“许大马棒”，一中的“三嘟噜”，四十九中的“马猴子”，等等。名字都有些特色，像水泊梁山的一百单八将都有“江湖绰号”。这街霸、校霸们很多都出自于“名门”，有的还是哪位“名师”的“高材生”。说来有趣，什么事情都存在需求与供给的关系，有想成名当霸主的，就有了专业“学校”。比如寺儿沟“狼窝”就赫赫有名。一个祖传的拳脚师傅带着若干徒弟，像速成班，没几天就师出有名，奔下山来，三拳两脚出门打天下。

吴永杰就是“狼窝”出来的高徒，江湖绰号“杰子”。他身兼天津街和XX中双重霸主。他有勇，一人面对众多顽敌手举砖头朝头上一砸，血流满面，面不改色，笑看众敌抱头鼠窜；有谋，一夜他率众杀出中山区，直捣威震西岗一带的“提溜儿”老巢。被窝里的“提溜儿”见眼前一群“橙衣军团”（他手下都穿一件橙色老头衫，马东香说这颜色白天黑夜都闪亮，鬼都怕）皆手擎砖头将他团团围住，跪地求饶。先侦查，后智取，擒贼先擒王，“橙衣军团”一夜成名。众喽啰皆心服口服，诚心拥戴。

刚才说过，打的人，过瘾，这看的人也过瘾。这话真不是虚言。而且看客中还有苗条淑女，砖头飞舞、拳脚相、加头破血流中，她们面不改色心不跳，颇有巾帼不让须眉的胆略。安静就是其中的佼佼者。有“王”就有“后”，这“后”叫“马子”，称呼很别致。安静就是吴永杰的“马子”，安静喜欢这称呼。“杰子”的“马子”，安静听着挺受用，像压寨夫人。

安子健第一天上学刚坐下，就听到了身后有窃窃私语，前面的同学有的还回头看。“听说是槐花巷的。”安子健有些奇怪。下课后，几个男同学围了过来。

“怎么没穿你们那种老头衫？”其中一个问。安子健低头看看自己身上的白色老头衫，前胸还印着“大连”两个红色的字。这是回城后刚买的，当时挺时髦。他不解地看着他们。

“杰子提过你。”又是那个男同学。安子健一下子想起前天在槐花巷见到过吴永杰，他看了安子健一会儿。没说别的，只是拍了拍他的肩膀，说了一句，有我，然后晃着身子扬长而去。当时他就穿了一件橙色的老头衫，远远看很耀眼。头上还戴了一顶军帽，帽子前面撅得高高的，像是里面有什么撑着，倒显得挺威武。

几天下来，他知道了吴永杰的威名。无怪同学们有的围着他，有的躲着他。如今大连街上提起“槐花巷”如谈虎色变，是因为吴永杰撑起了“牌子”，槐花巷简直像威虎山，有“座山雕”在，威虎山的人都是众好汉，没人敢惹。吴永杰一直没露面，安子健却感到了他的威风时刻在身边围绕。他心里不禁有些忐忑。

安静找他来了，没去家里。一个课后，她来到安子健教室门口朝里面摆摆手。安子健犹豫了一下，放下手中的书慢慢走了出来。她也穿着一件橙色老头衫，脚下一双刷得发白的布底儿板鞋，高昂着头站在那里。安子健想起她当年在天津街口的冰棍儿箱子上，领头儿跳集体舞的场面。

“哥，你可回来了。”安静声音还是尖尖的，丝毫不逊当年领头唱歌时拔高音那一嗓儿。教室里的女生都面面相觑地看着他俩。安子健站着不自在起来。“爸好吗？”安静声调儿降了下来，脸有点儿红。

“你现在——？”“还跟奶奶过。”安静听出安子健的意思。

“你怎么也穿……”安子健看着安静身上的老头衫。“你也穿吧，槐花巷的小子只要穿这件衣服，杰子都罩着。”安静很自豪的样子。安子健没言语。

“你不穿也行，你是谁？特殊人儿。”安静推了一下安子健的肩膀。安子健闪了一下，脸刷地红了。“看你，还是以前那样，下乡也没锻炼好，”安静又凑上前低声说，”我和杰子说过让他罩着你点儿，他说他爸也说过。他这人仗义！”没等安静说完，安子健转身快步向厕所走去，回头说了一句，“回家说吧，”刚要转身又回过头，“如果你愿意”，说完匆匆走了。“下乡给脑子憋坏了！”安静一跺脚。“嘻嘻——”桌上有女同学在笑。“我能说他，你们谁敢！”安静两只手一抄，看着她们说。女同学都赶紧捂住了嘴。

晚上，季子山来了。安承业朝楼上喊了一声，安子健应声下楼。

“季子山！”安子健快步走下楼梯，季子山没挪步，眼神幽幽地站在那里看着他。他长得细高挑，耷拉着肩，眼窝往里陷着,还是一副忧郁的表情。林凌曾经说他有艺术家的气质,安静怼她说那是受气包,没男人味儿。两人站着,对看着。安承业看着他俩,笑着说:“坐吧,都愣着干吗?”季子山脸红了一下,他又环视了一下屋里,目光最终停在原来钢琴那个位置。安子健知道他在找什么,就说:“面包会有的,牛奶也会有的,都得重新置办。”“你还是那么黑。”季子山终于说了一句。他看着安子健。安子健刚要说话,季子山指指外面,拉着他的手走出门外。安承业眼光温温地看着他俩的背影。

夏天日头落得晚,天还透着亮。乘凉的人还都没出门,门口空空如也,远处望望也没什么人。季子山又向前院儿那方指指。看季子山红了脸,安子健明白了,是说“她”在老槐树那儿等着。回大连前不久,季子山去过一趟葛家峪,说是林凌提议来看看,又告诉说林凌家已经回了大连。安子健还问,她没要跟着来,这儿有山有水的?季子山回答说,她才不会稀罕。看得出他俩现在走得挺近乎。

见季子山只顾低着头也不说话,安子健问:“你现在画得怎样?”“凑合,没事儿就画。”“都画什么?”安子健放慢脚步,看着季子山。“我喜欢山水,西画现在也画,反正都是山水。我觉得西画也有味道,另有一种感觉。”安子健停下脚步认真听着,季子山浑然不觉仍低头边走边说:“山水里面我特别喜欢树,不知怎么,画着画着就画成了老槐树,那种沧桑感很吸引我,不对,是很诱惑我。那次,闭着眼睛想着前院儿的老槐树,我都流眼泪了,现巴巴从家里跑了过来。上下看,转着圈儿看,回家后就画。闭上眼想想,再画,又闭上眼想想,又画。整整画了一宿。俺哥说这幅真好,要在以前能获奖。”“别闭眼了,看你走哪去了。”身后传来安子健的声音。季子山抬头一看，前面竖着一个电线杆子，赶紧一缩头，转过身等着安子健。

“你哥还玩儿那些贝雕画儿吗？”两人又并肩走着，安子健问。

“玩儿呀，比吃饭睡觉都要紧，俺妈说叫骚鼠狼迷了心窍。厂子歇了摊就一个人跑到海边儿捡贝壳，晚上自己在家倒腾。还叫我给他画样儿，他往上沾。别说真不次于那些正儿八经的，连俺妈都服了。”“真好。”安子健心里赞叹着，嘴上却故意说：“都说你像个哑巴，说这些却像个话痨。”“也就跟你，还有说画画。不知怎么。”季子山又红了脸。

老远，他们看到了林凌站在老槐树下，她正仰着头向上看着。老槐树又郁郁葱葱了，开了一季花，却丝毫没让人看出疲惫的样子，枝繁叶茂像正当年的大小伙子。听见脚步声，林凌转过头，安子健快走两步。林凌两只手抄起，后背斜倚着树干。是在重合那老位置？林凌还记着。或许那发亮的痕迹太有吸引力。

“嗬，健壮了。”林凌看着安子健，没有想象的那样热烈，脸色挺平静。

“你也成熟不少。”安子健两只手插进裤兜。

“岁月蹉跎，怎还会像当年小毛丫头。”林凌笑着，仰脖看着老槐树，“这老槐树倒青春依旧，多好。”季子山也仰起脖儿看着。余晖已尽，老槐树茂密的枝叶，颜色渐渐浓了下来，看上去显得更加深厚。白天的时候，阳光透过枝叶，在视线中是一种散散的感觉，树梢还翘着在和阳光说话。此时，整棵树却密不透风地紧紧凝在一起，像一只紧握着的巨大的拳头，静静的无一丝声响。又像深山中隐藏着一个黑黝黝的山洞，洞口虽小，里面却感到很深邃。

“老槐树在思考，它是哲人。”季子山发话了。“又臭酸。”沉浸在老槐树风采中的林凌冷不丁被打断，她撇了一下嘴。“就是，它白天汲取营养，晚上做功课。”季子山执拗地看着林凌说。“就你懂。”林凌又撇了一下嘴。

“别看老槐树粗咧咧的，里面却嫩着，你看那枝叶就是证明。”季子山又说。林凌又抬起头向树上看着，然后白了季子山一眼，安子健看出那眼神里面留着赞赏。“我觉得季子山说得对。”安子健说。

“好了不说这些，”林凌扫了季子山一眼，“怎么样，受了不少苦？”林凌看着安子健轻声问。“没有。挺好。”安子健说。“怎么会，我们家‘五七战士’都——”“真的挺好。”安子健又说，说完又抬起头看着老槐树。

“不错，挺坚强。还有那股劲。”林凌眼中闪出一丝怜悯。

“多亏林凌她爸帮说了话，不然你家就——”季子山插话时被林凌睃了一眼。这话季子山说过几回，他是打心眼替安子健感到幸运。他爷爷是地主，那年死在厕所里。

“叔叔现在好吧？”安子健问。林凌抬起头看着远处，“又回商业局了，还当革委会副主任。”“都好了。”安子健说，也随着林凌的眼光方向看着。“面包会有的，牛奶也会有的。”季子山高兴地说。安子健和林凌都笑了。”你呀，永远长不大。”林凌收住笑，白了季子山一眼。

“我觉得这样挺好。”安子健说。

“叔叔的工作——？”林凌忽然看着安子健，安子健点点头。“为什么这样？我爸说，叔叔完全可以在局机关安排个像样的工作，依你们家的历史贡献和这么好的社会关系，还有叔叔的勤恳，都应该。还有这些年的遭遇，是应该给补偿的。”

“我爸坚持，我也觉得无所谓。”安子健又看着老槐树。

“还看书？”林凌问。“嗯。”“听季子山那次回来说，那小房子连个灯都没有，不到晚上就黑乎乎的。”

“手电筒。”安子健说。

“勒着裤腰带买电池？”林凌轻轻晃着头，显得不可思议，安子健脸色黯然下来。“这点你俩倒像，一个书虫，一个画虫。”林凌看了一眼季子山，转了话题。

“泡嫚儿呢。”远处冷不丁有人一句。三人侧目一看，吴永杰不知从哪儿钻了出来，暮色中那橙色显得分外鲜艳，后面还有一朵橙色，不用看就是安静。

“两个泡一个呀，还是一个泡俩？”吴永杰没像平常耀武扬威的样子，显得挺亲切。他明显蹿了一大截子，没像他爸吴越前那样粗不棱登的，身板直直向上拔着，像了姥爷，把式老刘。安子健看着他，一时不知该说什么。季子山红了脸，向后退了两步。

“就你那熊样，还泡嫚儿。”吴永杰瞪了季子山一眼。

“就兴你泡？”林凌抄起手向前迈了一步。吴永杰看着她，笑笑，抬起一只手搭在安静肩膀上：“泡嫚儿也得有能耐。”安静把吴永杰的手扒拉下来，凑到安子健身边说：“得了吧，觉得你挺厉害，俺哥就是不稀得泡。”安子健忽地脸红了，他觉得安静看了一眼林凌。

“还叫哥呀。”吴永杰看看安静，又看看安子健。“当然，一辈子都叫。”安静又往安子健身边凑了凑。

“小痞子。”林凌扬起脸冲着吴永杰说。

“这句话，全校，全槐花巷，还有天津街也就你敢说。”吴永杰一点没生气，嬉笑着。接着，他又盯着林凌，“我还就服你，口服心服，没办法。”

“谁稀罕你服。”林凌扭过头不看他。“是你爸服人家林副主任吧！”安静嗓子又尖了起来。吴永杰没理她，继续冲林凌说：“我也知道这辈子你是不会服我了。哎，可惜了。”吴永杰转身欲走，又回过头，“得擦亮眼睛，想泡也找个像我这样的。”说完扬长而去。安静看了一眼安子健，迭迭地跟着去了，两簇橙色渐渐远去，消失了。

兰子从山东家来了，带着成子。安礼盛于安承业带着家眷到葛家峪的第三年与世长辞了，跟邢慕乔前脚后脚差整整六个月。邢慕乔是在夏天山东家麦黄的时候，他是在腊月刚过小年儿的第二天。曾经高雅枝跟他商量过若干次要去庄河看看，安礼盛执意不肯。“庄河那地方俺知道，有什么好看！”高雅枝知道他这是不忍心亲眼目睹自己给儿孙种下的祸根，目睹惨于耳闻，与其伤痕累累回来不如不去挨那顿鞭子。“不是去看地方，是看人，看咱的孙子。”高雅枝终于忍不住嘤嘤哭着。“人也好看不哪儿去！”高雅枝默然了，心却在颤栗。“儿孙自有儿孙福，是好样的妖魔鬼怪都不怕，还怕什么山沟子，只要饿不死有口气儿。”说这话当天晚上他就吐了血。高雅枝知道，这是心里刀子剜出来的血，这血里流着的，是儿子牵着孙子在沟筒子里顶着寒风步履蹒跚那种切肤之痛。临死前，他千叮咛万嘱咐不准雅枝给庄河那面透一丝口风儿。高雅枝知道，他怕给已经不堪重负的儿子身上再压哪怕一根麦秸。这个消息对安承业来说不啻又一块巨石迎面砸来。他已经欠儿孙太多。转过年也是麦黄的季节，高雅枝跟儿媳妇一样永远消失在了金色的大地中。走前儿也跟丈夫一样，千叮咛万嘱咐不准兰子对安承业说。为安礼盛夫妇相继送了终，栀子半年后也终于悄默声走了，走前如是嘱咐。

兰子这回没依，她把栀子病危的消息告诉了安承业。安承业带上子健翻山越岭再坐车乘船，待赶到福山，迎接他的却是三座坟茔。“爹妈走前儿没遭罪，也是前世修来了，”待安承业号天悲恸终于苏醒过来后，兰子给他捋着心口窝儿说，“俺娘咽气儿前不断念叨，她替你把爹妈熨熨帖帖伺候走了，总算替何家回报了安家，死也瞑目了。”安承业扳过兰子肩膀搂着又哭，兰子也终于号啕起来，这回是安承业捏着她的人中将她从大恸中唤醒回来。缓过气来，兰子说，“可惜的是，爹妈都才活到七十挂零，还没活过七十三的那个圣人。”安承业想起这位圣人说的那句“父母在不远游，游必有方”，不禁暗叹此言的深远，可自己都身不由己缘何有方，他心里又一阵刺痛，幽幽说了一句：“圣人岂是凡人能比。”“在俺心里他们就是圣人。都说好人长寿，俺看得倒过来，好人不长寿，祸害一千年！”

“活不活不在口气儿，有人看像活着，其实死喽。”“那死的人哪能像活？”

“能，有人死了也比些活的人强。”

安家回了大连，听说还被平了反，兰子号啕大哭好几回。成子说净瞎哭，又不是咱家平反。兰子叹着气说你没良心的东西。落实政策后不久，安承业专程去了趟福山，找到当地政府申明，当初同安百货无偿捐献何家也有功劳，后又经孙奇几番协调得到证实。虽说还戴着地主分子帽子，境况却比以往好许多，娘俩渐渐在村子里抬起了头。两年前，成子坚决不上学了，说是要下地挣工分。想想，自己在地里也确实干不动了，兰子依了他。虽然只顶大半个工，毕竟能挣回口粮钱。新麦子刚分到家，兰子就等不得了，急着要来大连。成子说他不去，耽误挣工分不说还得多一张船票，统舱还得三块多钱。兰子急了就骂,见兰子泼妇似的红了眼睛,成子也急了,涨红了脖子说:“俺姥临死前说的话俺都听到了!”“你听到什么了?”兰子停了骂声。“说她死后让你跟着‘他’过,咋上次来你俩也没动静,咱还在这受穷,分明是现在翻身了嫌弃咱。”“咣!”“你给俺闭嘴!”兰子颤抖着指着成子。“从那根儿你一到晚上就炕上烙饼当俺不知道。”成子说完就跑了出去。“从今儿再说一个字看不撕烂你的嘴!”兰子大声号叫,哭着瘫软在炕上。不错,娘走前儿是拉着她的手说过这话。姥姥活着的时候还偷偷跟她念叨过,娘年轻的时候私底下稀罕过礼盛大舅,泪汪汪地说何家闺娘儿没有这命。她知道安家人,别说自己还有个不知死活的男人,即便是没牵没挂,安承业也不会有一丁点儿这个心思。他们心里都打着死结。兰子想着想着止了哭声,不管怎样,心里有个影儿也透个亮儿。“娘。”成子站在眼前,兰子向窗外一看,天已经擦黑了。“俺去,俺知道大舅好,”成子又瓮声一句,“俺就是怕人瞧不起咱,这回咱多带些东西。”成子黑黝黝的脸上挂着泪珠,他抬起粗糙的手擦了一下。

“工农兵2”。好大。比那年回烟台坐的那条大多了。成子站在船边惊讶地看着。“也不嫌乎累,上船吧。”兰子催促着。成子背着一个大大的布袋,里面撑得满满当当。手里还提着一个大包袱,口儿用线缝着。下了两层楼梯进了舱里,一股油漆混合着汗臭味儿扑鼻而来。成子嗅着鼻子,却觉新鲜。舱里已经堆满了人和大包小卷儿的行李,插脚的地方都没有。在一个楼梯口找到一个小角落,兰子放下包裹,伸手擦擦汗。“早些上来好了,光顾着看光景。”兰子看着楼梯上上下下的脚说。“俺哪懂,乡巴佬。”成子吃力地放下肩上的麻袋,气喘吁吁站在那里。脚下已经再没空地儿,他把东西往一块儿挤了挤放下麻袋，又把一个包裹拿起放在麻袋上，腾出一小块地方让兰子坐下。别把地瓜蹭破皮儿。兰子心疼地说了一句。成子早已跑了出去。

码头上，安承业和子健早已迎在那里。

“哥。”兰子扔下手中的包裹，张手想扑过来，又站住了，捂住脸抽泣着。

“成子。”见成子放下扛着的麻袋木然地站在那里，子健上前抱住成子。成子看看子健脚下：“别踩了地下东西。”“什么东西这么高贵。”子健愣了一下，没看脚下。“俺妈给大舅捎的。”成子还在瞅着地下。

晚上下班回来，兰子已经包好了饺子。她来时去山上掐了些金花菜，时令晚了些，她掐去老叶儿，留下嫩叶，篓子放在井水里泡了一宿，临走时才拿出来，进屋打开时还水灵灵的。安承业出门前给了她一张半斤的肉票，说是再买些韭菜加里面。兰子说：“六月韭臭死狗，韭菜现在老了不好吃。”安承业说：“韭菜馅儿的才是正儿八经山东家的饺子味儿，老了嚼着也有那味儿，今儿还有了这野菜更得配了韭菜。”吃的时候，安承业慢慢嚼着咂摸着，不断点着头：“这饺子还得咱山东人包，就是不一样。”“可惜这季节没了荠菜，那荠菜饺了才叫一个鲜。”“是山东的都稀罕。”“那你今儿个多吃点，俺又不能总待在大连街。”兰子把自己盘子里的饺子往安承业盘子里拨拉一些，见他眼光在自己手上滑了一下，不觉红了脸，赶紧抽了回来。这手现今粗糙不堪丑死了，自己看着都心酸。子健和成子先吃的头一锅，两人狼吞虎咽吃完了，已经去了楼上。安承业吃着吃着轻轻放下筷子，在想着什么。“又想嫂子了？”兰子也放下筷子。安承业使劲眨了眨眼，叹口气低下头，“她也是稀罕这口。”兰子看了他一小会儿，也低下头。楼上传来萨克斯的声音。"子健又捡起了?"兰子抬起头往楼上望着。"他稀罕,也是块儿料儿,现在比以前吹得还好。"安承业露出一丝欣慰。"什么都是根儿呀。"兰子叹口气说。安承业咧嘴笑笑,忽又闭住,问:

"成子怎么会退学?"安承业严肃起来,看着兰子。"他非得不念了。再说——"兰子露出忧愁。

"你男人还没动静?"安承业问。兰子摇摇头。

"唉!"安承业叹口气站起身。"有人有了动静,都是绕着香港捎信来的,"兰子缩起脖儿压低声音说,"他,也许,早死了。"又低下头。

"会不会是有顾虑,怕再给你添麻烦。我想外面也知道些这边的事儿。"安承业蹙眉思索着。兰子坚定地摇摇头,又垂下了。

"再不先回大连吧。"安承业轻声说。兰子把头抬了起来,看着他。

"成子跟子健在一块儿也会好些。房子也是现成的,这楼上楼下住着俩人也觉着空。"兰子心里有点跳。

转过两天是"七一"。市里搞庆祝活动,很多单位参加大游行,安承业被请去参加仪仗队。一大早,安承业和子健一出门,兰子就麻利地收拾好碗筷,又收拾好房间,然后站着擦着汗珠,四下看着满意地点着头。才两天,小洋楼里里外外已经被她收拾得利利索索,安承业回来后张眼打量时,兰子偷偷斜瞅着,她看到他的眼光里透出欣慰,这是找回家的感觉了。兰子心里甜甜的。她洗完脸,又对着镜子照了照,竟发现自己好像比头几天嫩了些。不禁喜上眉梢,又不觉红了脸,这一喜,一红,发现更好看了,有点儿当初给慕乔当伴娘时的影子了,当初都说自己跟嫂子长得像。心里不禁跳了一下，没喊成子，她一个人匆匆出了门。出了槐花巷，她站在天津街和上海路交叉的街口，还没有人，但她知道这里是游行队伍必经的地方。

约摸半个钟头，隐隐地听到天津街西面传来阵阵锣鼓声，接着又传来嘹亮的洋号声。路边开始聚满了人，兰子被推搡着向后退，她又使劲儿挤着，站在最前排朝那面张望。

游行队伍拐过弯儿来了，最前排远远地冒出了头儿，洋号声呼地更嘹亮起来。兰子觉得心里头又在跳。走近了，前面的彩旗越来越清楚，声音也越来越震耳欲聋了。她看到了仪仗队，最前面，一个男子有节奏地打着一面大大的鼓。后排人缝中，她看到了安承业，身上绕着一个老大老大的洋号，腮帮子鼓着。眼睛时而闭起，脚步却始终随着节奏，一点儿不乱。真神气！她一下子想起当年第一次从山东家来时见到的安承业，身上有他爹安礼盛的影子，却又比他爹多了优雅，还多了一种说不上来的什么。安承业很少跟她单独在一起，更很少单独跟她说话儿，她却总觉得走哪儿都有着他的影子，有他的声音。每当听到哪个男人被女人夸赞的时候，她瞅过去，总觉得这些优点承业身上也有。当安承业走近她面前的时候，恰好眼睛是睁开的，吹的调儿是喜庆的，眼神里还是往常那样的忧郁，深深的眼窝儿里像藏着一汪水。队伍慢慢远去了，人们开始散开。远远向东望去，队伍里的人影逐渐模糊起来，惟有那只高高仰着头的大洋号还清晰可见。兰子回过神时，发现只剩下自己一个人孤零零站在这里。只几分钟的光景，她觉得一下子攒了自己半辈子的福。姥姥当初念叨说栀子跟礼盛没成一家子是她没福气，其实也跟爹当时有了雅枝娘有关。慕乔走了。他也是，不然定不会没一点儿声息，就是有了声息也不会怪。“房子空着——成子跟子健在一起会好些——”两家人合在一起，不就是图个欢喜，隔道墙也欢喜。

晚上她又包了韭菜馅儿饺子，买了两个票儿的肉。包的时候使劲儿往里塞着馅儿。子健先回来的，手上沾着墨迹。兰子纳闷地看着他的手，子健扬起手说，“姑，今天在学校写大字报啦。”兰子心里一惊，又写大字报？“反击右倾翻案风，学校号召积极投入，同学们都写。”兰子松了一口气，“快去洗洗手。”子健一边儿洗着手一边儿说，“老师给每个组发了大字报的内容，没给我们组。”“为什么？”兰子问。“说我不用这个，拿起笔写就行。别的组还让我帮助写，他们不会写毛笔字。”“真是大才子，有其父必有其子。”兰子轻轻拍了一下子健的头。看到子健一只衣袖上沾着几点墨汁，说，“快把衣裳脱下来，俺给洗洗。”说着伸手帮子健脱衣服，子健张起胳膊，就那么老老实实随她脱。兰子心里不禁酸酸的又暖着，她伸出手搂了子健，“姑好吗？”子健点点头。兰子一转身拿着衣裳进了厨房。“姑。”子健叫了一声。兰子探出头，“干吗？”子健看了看她，扭身上了楼。兰子这才觉得眼泪在脸上淌着。

待安承业回来，两个孩子已经吃完饺子，子健拖着成子去了前院儿。兰子下饺子的时候，他坐在钢琴前弹了一首曲子。回到商场乐器组后，发现修理间里有一架旧钢琴放在屋角，上面布满灰尘。问过后知道是以前抄家时摔坏的，后来拿来修理也没修好就扔在那儿。他试了试，感觉能用，还是苏联货，就买了下来。他天天晚上回来就弹，总是一首这曲子，什么肖邦的什么调儿奏鸣曲。她看到钢琴上放着那本乐谱，封面印着一个人头，头上卷着勾勾毛。“外国人也有姓肖的？”兰子曾悄悄问子健。“人家不是姓肖，肖邦是名字里的一个字。”子健噗嗤笑了一下说。“这名儿倒挺怪。”兰子红了脸。

“俺妈是乡下人,也别笑话。”成子说,脸也红着。“我没有。”子健急了争辩着说,脸比成子还红。

“哥,今儿俺在街上看到你吹洋号了。”两人吃着饺子,兰子说。安承业吃惊地看了她一眼。兰子眼睛闪着光泽,脸上红扑扑的,来了才三四天,气色竟好了不少。他一下子想起兰子年轻时,眼下好像又流出些当年的娇媚。“子健真出息,能出口成章了。”兰子说了今天子健在学校写大字报跟身上沾了墨水的事儿。

“成子跟子健在一起,是会学着有出息。”兰子剥着蒜轻声说。安承业没吱声。“子健这孩子管多回来家里都冷锅冷灶的,衣服也没个人洗,真是。”

“今儿的饺子肉可不少。”安承业低头吃着饺子。

“咱今儿权当过大年。”兰子说。安承业觉得兰子低下头时眼神晃了一下,有些慌乱。

“大年年年有,出了十五还不跟往常一样。”安承业声音平缓,面无表情,又夹起一个饺子慢慢嚼着,许久才咽下去。兰子慢慢抬起头,看见他喉疙瘩在滞涩地滑动。

“成子不愿意来大连上学我看也罢。”安承业忽然说。兰子眉毛动了一下,抬起头。

“子健来年都得下乡。”安承业说,兰子一惊,惶恐地看着安承业,“子健带头写大字报会……?”

“这回是学校的学生全都走。”安承业说。“都犯错误了?”兰子问。

“不是那个,是运动,接受再教育。”兰子轻轻吁了一口气。两人沉默着,窗外忽然有了风声。

“这样成子在大连也不能和子健一起待多久,还得再回山东?”兰子垂着头自言自语地说,又像在问。安承业点点头，兰子神色茫然地看着盘子里的饺子，或许是凉了，都瘪着肚儿。

“你上次说的——也就随便说说？”兰子还在看着那盘饺子。安承业没吱声，神色黯然下来。“你一个人不是更冷清。”兰子又说，耳根处两朵红晕也褪了去。

“也孤单惯了。”安承业说。“那俺们就早早回去，不能让你总养着。”兰子表情木讷。

“不是这话。”安承业激动起来。

“毕竟不是一家人……”兰子嗫嚅着，目光散开了。她木然地放下手中的筷子，又拿起碗筷进了厨房。一直没听到安承业说话，却听到了钢琴声。声音像夏天河里发大水时奔流着，还撞击着大石头。不是每天弹的那首。

兰子带着成子走了。没让安承业去码头，说让子健送送就行。安承业依了。

“姑，成子，放假时我去山东家看你们。”码头上分别的时候子健说。兰子细细看着他，伸出两只手给他拽了拽衣襟。“别让你爸操心，也别写什么大字报了，让人揪心。”兰子眼泪涌了出来，“好好吹洋号，这东西有用。”兰子又说，眼泪顺着脸颊流了下来，她任它流着。子健点点头。

“也不说让俺们再来。”成子噘着嘴说。子健怔了一下看着兰子。兰子对成子说，“子健懂事儿，不像你。”“俺也懂！”成子说完扭身进了检票口。“他这是又怕上船晚了蹲楼梯口。”兰子解释着说。子健看着她的背影，脚下有些踉跄。

第十七章

天高任鸟飞，飞的是不同的方向。海阔任鱼跃，跃的不都是龙门。

知识青年上山下乡了。到最艰苦的地方去,到祖国最需要的地方去,到广阔天地中接受贫下中农再教育。

一夜间,林凌成了大红人。她主动要求去最艰苦的地方,辽宁省北疆的昭乌达盟,这是省内唯一的蒙古族聚集地。报纸上登着她身穿军装,戴着军帽,背着军用书包的照片。安子健知道,这是她最喜欢的一套衣服,她还穿着它让季子山在老槐树下画了一幅素描。是个早晨,温温的阳光下林凌抄着手倚在树干上,微微仰头斜看着远方,光线透过枝叶洒在脸上,眼睛晶莹地晃着憧憬。那天季子山异常兴奋,画的时候还不时眯起眼看看天空。林凌就说:"画的是我,总看天干吗!"季子山耳朵眼儿堵了似的还是看。画完后,林凌不满意脸上、身上的片片黑影儿。季子山认真端详着,解释说,"这是枝叶遮住的部分,留住它更显立体,更是一种真实的美。"安子健觉得季子山说得有道理。报纸上的林凌神情严峻,目光炯炯,军帽下压着两只小辫儿,倒显英姿飒爽。安子健一下子想到了电影《英雄儿女》中,在台前领着唱歌的女主角王芳。还想到了那句歌词:"烽烟滚滚唱英雄,四面青山侧耳听……"上一次看到林凌穿这身衣服是在毕业前的誓师大会上,林凌代表毕业同学发言,当时就是这副神情。那次开会前,学校发动同学们自发上台表演节目,林凌动员安子健编了一个“三句半”,排练的时候她给当导演。本来是要安子健也上台表演,还排在第一个,因为他个子高,安子健红着脸高低不干。林凌严肃地说,你是作者,应该率先垂范。安子健说,作者是幕后的,哪有作者跑到台上的。应该各负其责,把自己该做的事情做好就行。林凌瞅了他一眼,自告奋勇排在了第一个。“知识青年有志向”,这是台词第一句。依次是,“党的号召指方向”“广阔天地有作为”。最后半句是:“下乡忙”。这半句本是林凌提了意见:“上山下乡是严肃的政治运动,这一句有点儿像小丑,没有高度。还有——”林凌看着说最后半句的那个同学,“这么小的个子,还挺不起身板,一脸的滑稽相,更像了小丑。”安子健说:“我看这句他最合适,演得也不错。‘三句半’也是一种艺术形式,它的精彩之处就在于诙谐,寓教育于娱乐中,达到这种效果关键就在最后的这个‘半’,如果没有它,岂不成了说教。”林凌严肃起来,“安子健,你的思想有问题,宣传什么最重要?”“当然是思想。”“那你还这么编!”林凌紧跟着说,忽闪着两片长长的睫毛,紧盯着安子健。“如果这样那就不用演了,该说的你的发言稿中都有了。”安子健还在坚持,林凌一扭身去找了学校音乐老师。演出效果很好,尤其说到最后一句,整座礼堂里笑声不断,一片掌声。节目获了一等奖,每人还得了一个红彤彤的塑料皮儿本本儿。老师们都说,这个节目有水平,演得好,编得更好,诙谐中传达出了思想。同学们都打听是谁编的。“九班的大才子,安子健。”林凌小辫子一甩,一扬头骄傲地说。季子山也去了昭盟,他和林凌一样,没随父母单位到该去的地方。哦,对了。从这一届毕业生开始,知识青年已经按父母所在单位划分各个广阔天地。区域也从以前分布于辽宁省境内,改为仅在大连市所辖农村。唯有昭盟例外。吴永杰就说,广阔天地不广阔了,这么几步道儿的地方能有什么作为。又说,季子山这下子倒是广阔了,不过他能有什么作为,只是林凌的跟腚虫罢了。还说,不过林凌离得远远的倒挺好,省得仗着她爸牛逼哄哄的,凭我,还得看她的脸儿。

头一天下午,一辆解放牌大卡车来到槐花巷,先来到小洋楼门前,两个旧樟木箱子抬上了车,车又去了吴家。车开动时,安静正准备上车,安承业喊住她,她随着安承业回了屋,安承业示意她跟子健坐下,自己也坐了下来。看了看子健,又看看安静,安承业轻叹一口气。安静局促着看看子健。

“跟你俩说两句。”安承业咧了一下嘴笑着说,笑得挺勉强。

“先说这两个箱子,别看它旧,却是安家祖辈传下来的。”他看看子健,子健点点头。他又看看安静。“谢谢爸。”安静低下头,手摆弄着辫稍儿。

“好好锻炼,不要怕吃苦,把它变成一笔财富。”财富?安静抬起头睁大眼睛。安承业看着子健,“这个子健懂。”安静眨眨眼睛看着子健,他正严肃地看着爸。

“好好表现争取早回城。不是两年就可以吗。”安承业说,安静点点头。

“要和贫下中农搞好关系,可以学到好的。”安承业又看着子健。“老农民有啥可学——”安静低下头小声说了一句,安承业用眼光止住了她。

”不能谈恋爱。”安承业看着子健,子健有些惶惶:“我——”见安静红了脸,他停住了。

“离调皮捣蛋的远点儿。行得端,坐得正,没人会欺负。”安静有些不安起来。

“不能再穿那件衣裳。”安承业眼光转向安静,安静躲过。

“不要总往回跑，你奶奶那儿我会常去看看，”安承业说，“有什么事儿和子健说，好在你俩在一个青年点。”

“嗯。”

出发那天，斯大林广场(后来的人民广场)锣鼓喧天，红旗飘飘。全市知青都集中在这里召开出发前的誓师大会，然后分赴各个地方。马路边一溜两行的卡车上载满了各种木箱子，知青们都列队站着。商业局队伍中，吴永杰坐在一辆卡车高高的箱子顶上，那簇橙色分外耀眼。不时有些男知青喊着他的名字远远围过来，伸着胳膊车上车下握着手。人丛躁动起来，队伍有些乱，维持秩序的人跑了过来撵着车下那些知青。吴永杰向车下挥挥手，扔下两包香烟，又拔起车厢前面插着的一面旗子，使劲挥舞着，更引起众多目光投了过来。车下的知青们带着些仰慕的神情不舍地散去了。维持秩序的人目光疑惑地看着车上的吴永杰，吴永杰更加奋力挥舞着旗子，旗子虎虎生风般映着他那张威严的面孔。

”嗬，这小子倒有点儿像长坂坡的赵子龙。”有人笑呵呵嘀咕着。“他就是天津街那个杰子。”有人说。“无怪，确实名不虚传，是有点狠劲儿。”有人在点头，脸上还带着敬畏。吴永杰更加得意起来，他停住了摇摆，双手握着旗子站在车上。

车队徐徐开动了，商业局的知青都坐在大客车里，引来一片羡慕的目光。吴永杰坚持坐在那辆卡车上，见没人来劝，自己又跳下车，钻进了车头里，里面绷着脸下来一个人。

开了一个多小时，大客车在哈大公路上一拐弯进了土路，车颠簸起来。忽然车停了，吴永杰站在前面迎着客车扬着手。“他妈的，大解放太颠，腚都疼。”上了车他大声说着，有人赶紧给他让了座。吴永杰拍拍他的肩膀，“好哥们，有事儿找我，”见那个知青站在他面前，抬起脸又问，“哪个点儿的？”

“拉树山。”那个知青脸上带着笑说。“我在前海。”吴永杰拍了拍他的屁股。

有个女知青开始抽泣起来。“哭啥，像上老鳖湾（大连市的一个刑场）似的。”后面传来吴永杰的声音，车内一下子肃静下来。“我家下过乡。”听到那个女知青又抽泣着说。“你家肯定出身不好，去被改造。”吴永杰又大声说，他上车时看到安子健正默默地坐在最后一排的角落里。那个女知青顿时没了声音。

是没什么可哭的。安子健心想。现在是知青，是响应党的号召挺胸抬头堂而皇之奔赴广阔天地。那时是什么？怎么能比？想着想着，他却又开始同情起那个女同学，她是被那时惊破了胆儿，自己不时想起后背不是也一阵冰冷？看着前面的吴永杰在仰着脖儿，头随着车身的晃动左右摇摆着，像是在打瞌睡，他心里慢慢生出些不安。在大连街，爹妈、学校管着都横行霸道，这到了乡下更撒野了。他一下子想起“揍得轻”，他只是个没脑子的乡间小痞子，顶多偷鸡摸狗小打小闹。这永杰可是能呼风唤雨掀起大浪的茬儿，这下子可大施拳脚了，可别像《水浒传》里被洪太尉揭了镇殿法物误走的妖魔。

商业局下属单位知青都在金县七里店公社，天津街百货公司和振中百货公司分属一个系统，共有两个知青点，一个在拉树山大队，一个在前海大队，拉树山大队紧邻三十里堡公社。这一带苹果种植历史悠久，尤其三十里堡苹果更是享誉全国。其实正宗的三十里堡苹果是指“九园”。每年秋天采摘季节，都有军用大卡车停在“九园”地头，装上刚摘下的苹果直接开到不远的一个小型军用机场，运往北京。拉树山不仅出产苹果，还因为一望无际的“大甸子”（平坦耕地），而有着种植蔬菜的优良天然条件。所以这个大队比较富裕,整劳力一天工分都在一块多钱。相比之下前海大队则寒碜不少,它地处海边,耕地少,干一年下来,年终分配不如拉树山的一半儿。偷着赶个"小海儿"抓住还要被罚,轻者罚几个工,重者游街批斗,也就没人敢"冒天下之大不韪"。自认投胎投错了地儿,年轻时还埋怨两句爹妈,老了也就闭了嘴。懂了爹妈哪有这远见,自己不也又在这儿生了一窝,也在挨着埋怨。

安子健被分配在拉树山大队。分配原则是:领导干部积极带头选择困难大队,一般职工采取自愿。安承业只是商店一个班组长,不在领导干部之列。当然也有自告奋勇的。安子健说我去前海吧,让安静去拉树山,她顶着咱家的名儿,一面一个好看些。安承业没有自告奋勇,两人都去了拉树山。吴越前积极带头选择了前海大队。马東香急了,和吴越前大闹一场,"你又装大尾巴狼,当了一顿大干部,倒净摊些倒霉的事,没能耐你趁早拉倒。好好的房子叫人抢了去不说,别把孩子也赔上,还想三草驴下蚂蚱——"吴越前眼珠子一瞪,马東香知道这话捅了他的心肝肺,话尾儿收了回来,却还是嘟囔一句,"窝囊死吧。"吴越前转身背着手气冲冲地拉开门。身后吴永杰说,"吵吵什么,又不是下地狱。下地狱又怎样,凭我去哪不照样吃香的喝辣的。"吴越前转过头大声一句,"你小子以后给我再老实点儿,好勇斗狠能打江山?""那我靠什么?"吴永杰不依不饶。"不错,难道靠你?今儿是看到了。哈哈!呸!"马東香又来了劲儿,"最起码,永杰在外面不受窝囊气,也给老吴家争了脸。"吴越前脸儿白了,狠狠呼出一口气拔脚走了。

拉树山大队知青点是四四方方一个大院儿,正前方是一溜宿舍,右手又是一溜。院子很开阔,连左手边一溜猪圈边儿都打扫得利利索索。院子口一面墙上塑了一个大大的水泥面儿黑板,上面写着"热烈欢迎新战友——"等大字。两辆车一进院儿,早有老知青站成两排夹道欢迎。安子健心里一阵温暖,想起誓师大会上领导讲的话,"知识青年是革命小将,是光荣的称号,享有神圣的政治待遇——""革命小将"?听到这个词儿他心里一下子被唤醒了什么。

午饭是辣椒炖茄子,每人一大碗,大铁锅烀的大饼子黄灿灿的。安子健知道,这个时节是乡下最青黄不接的时候,葛家峪这阵子家家都喝着苞米糊糊,葛老太家里烀大饼子时,院儿门口都围满了光腚的小驴子,嗅着鼻子像猫闻到了腥气。他看着大饼子有些失神,安静端着碗跑了过来,"哥,想什么呢,这大饼子真香,"旁边老知青看看他俩,"哥,我这碗茄子吃不了,给你拨点儿。"安静本来声音就尖,此时更响亮。说着,她端过安子健的碗。"不用,我够。"安子健脸红了。食堂很大,足有100多人在吃饭。不少新面孔,他知道都是老知青,似曾熟悉点儿的也是下车时留下点印象的,比如墙角那个长得挺凶的。"茄子挺好吃,可惜就是少点儿肉。"安静说。安子健微微蹙了一下眉,瞅了她一眼。一个高个子男知青端着碗走了过来,站在那儿看着她。"猪圈里那么多猪,干吗不杀一头?"安静又尖着嗓子迎着他问。安子健一看正是那个一脸凶相的男知青。"没看见那些猪有多大?猪崽子你也想吃。"这个男知青一脸痞笑。安静看了看安子健,眼睛眨眨又看着他。"嫌不好吃给哥们儿分点儿。"他说着就伸手要拿安静的碗。"啪!"安静一巴掌拍在他手上,嗖地站了起来。"吆,长得不错,倒挺野。"男知青放下碗,端起胳膊端详着安静。安子健也站了起来。"吆,还有撑腰儿的,小样儿,你也配。”他手指着安子健。安静刚要伸手，被安子健一把拽住。“好小子，还想护花儿。好吧，出来遛遛。”男知青抬脚往门外走。“王永江！”只听屋角传来一声，声音不大，却很清脆，那王永江一下子停住脚步。安子健顺着声音看去，是一个上一届的女知青，下车时也有点印象，不像其他女知青脸上都圆圆的红苹果似的，她却白净，还显着些柔弱，尖尖的嘴巴挺清秀。此刻白净的脸上染了红晕。王永江回过头，拿起碗又晃着身子走了出去。安静朝屋角瞥了一眼，拽着安子健又坐了下来。坐下的当口，她觉得屋角那双眼睛也朝这面瞥了一下。

晚饭后，新老知青举行联欢会，都准备了节目，轮番上演着。

“哥，你回屋拿萨克斯吧。”安静捅了一下坐在身边的安子健。此时，中午坐在屋角的那个女知青刚拉完一首小提琴曲子，安子健已经知道她叫周娜。拉的时候她眼睛闭着，眉头微蹙，指法挺熟练，乐感也不错，有些功底。可惜曲子选得不好，太压抑，整个屋子仿佛都被带到了遥远的地方。想想也是，小提琴最能打动人的旋律正在于此。安子健听着不禁微微点着头，仿佛沉浸其中。安静突然的一句话使他回过神来，看着旁边的知青在看着他，他摇了摇头又低下。

“看你！”安静急了，声音又尖厉起来。她刚才代表新知青站在前面唱了一首歌，博得了阵阵掌声，脸上红扑扑的还留着兴奋。安子健瞅她一眼。这时，知青点带队的赵师傅走了过来，是个女的，挺年轻。来时安承业说过，这个女同志不错，是局里培养的后备干部。

“你俩说什么呢？”赵师傅笑吟吟地问。

“安子健会吹萨克斯，我动员他上去吹一首。”安静说。

“萨克斯?”赵师傅有些惊奇。“就是一种洋号。”安静显出自豪的神情。“哦……”赵师傅点点头。“我去给他拿?”赵师傅点点头。安静起身跑了出去。

“安子健是吧?”赵师傅轻声问。安子健站了起来,赵师傅轻轻将他按下,“有特长是好事,表演得好是才华,不好也是态度。”赵师傅大大的眼睛,挺漂亮。安子健局促起来,“只知道你文笔不错,没想到还会音乐?”赵师傅很欣赏的样子,“这个萨克斯我都没见过,我想大家都会很陌生,今天应该演奏一下,这也是我们点儿的光荣。哦,我想起来了,听说安师傅洋号就吹得很好。家传哪,难得,难得!”赵师傅又露出钦佩。

“该不会怕露丑吧,”传来王永江的声音。赵师傅向那边看了一眼,皱了一下眉。“是骡子是马下来遛遛——”

“王永江!”赵师傅抬高了嗓音。这时,安静拿着萨克斯喘着跑了进来。“看把她嘚瑟的,早晚拿下。”屋子里一阵哄笑。

“安子健,吹,别紧张。”赵师傅走到前面,向人丛中看着,哄笑声减弱了。安子健接过安静递过来的萨克斯,走到前面,转身站定。闭上眼睛,嘴含住哨片,悠扬、深沉的声音传了出来——缓缓地,时而低沉,时而高亢,却又不尖锐,屋子里弥漫着的清新驱散了食堂中特有的气味。灯光的照射下,萨克斯反射出耀眼的金属光亮,熠熠生辉。偌大的屋子里已经鸦雀无声,都仿佛屏住了呼吸。安静看见她前面的周娜却不是在听,她脖子一动不动地盯着安子健在看。声音停住了,安子健睁开眼睛,里面闪着晶莹。他缓缓放下萨克斯,向着下面鞠了一躬。凝固着的空气一下子融化了,传来一片掌声,安子健抬头看时眼前扬着一片敬佩的眼光,坐在最前排的周娜眼睛里面也亮晶晶的。

“好啊!”有人喊起来。“这首曲子叫什么名字?”赵师傅鼓着掌问安子健。“《友谊地久天长》”安静抢先说,“俺哥会的可多呢!”她瞥了一眼正转过头的周娜。

“再来一首《山楂树》!”有人喊起来。“《红河谷》——”喊声此起彼伏。

“都他妈是黄色歌曲!”又传来王永江狠狠的声音。仿佛这一声刺激了他,安子健又含住了萨克斯哨片,这次眼睛睁得大大的,越过眼前密密的人头看向屋子最远处,那曲《鸽子》缓缓“飞出”窗外——

安子健担任了知青点的团支部宣传委员。赵师傅和他说的时候,他不安起来。

“贾少华我跟他谈过,他很敬佩你,会和你处理好关系。”贾少华是老知青里面的宣传委员,这几天已经和他很熟了,知识面也挺广,两人挺聊得来。长得胖乎乎挺厚道,说话总带着笑。感觉和王永江关系不错。

“还是不太好。不然,我配合他。”安子健诚恳地说。“勇敢些,年轻人不要受羁绊,要有一往无前的精神。”赵师傅很坚定。“贾少华水平也很高,人品也好。”安子健还在犹豫。

“你呀,哪都好,就是太谦虚,也单纯了些。”赵师傅笑吟吟地说,她拍了一下安子健肩膀。安子健有些羞怩。忽然,赵师傅想起什么,问,“你和安静是兄妹?”安子健说了和安静的情况,赵师傅若有所思点着头,“哦,原来这女同学命也挺苦,无怪性格这么硬。”

“她是挺坚强。”安子健说。“却又不完全是坚强,还有别个里面,”赵师傅思索着,又说,“不过看着她对你倒是忠心耿耿,真当哥看。”“我也是。”安子健说。

“后天，公社召开欢迎新知青大会，全公社知青都参加，你代表我们知青点上去发言。好好准备一下。”赵师傅忽然严肃起来说。安子健一怔，腮边红着说，“咱拉树山大队知青点可是——”

“没错，正因为拉树山大队知青点是全公社的先进典型，才得上精兵强将。这是全体知青的荣誉，就这么定。”赵师傅一脸信任地看着他说。安子健突然觉得浑身热了起来，“荣誉”，他一下子感觉肩头上扛着一大筐地瓜，沉甸甸的。

公社礼堂很大、很明亮，整齐地排着长长的椅子，坐满了知青。公社领导代表全体贫下中农致欢迎词已经结束，知青代表开始发言。大会主持人先是介绍了第一个发言的老知青的先进事迹，安子健完全没注意具体讲的什么，只听到名字叫高青。接着，那个知青上台了。原来是个女的，穿一身洗得发白的黄色军装，背着一个军用帆布包，上面绣着几个红字。讲得不错，内容不空洞，又很有分寸。声音也抑扬顿挫，拿捏得很准，显得不卑不亢。他心里敬佩起来。他拿出自己的发言稿，看了看开头，放进兜里，心里又在想着，纠正着。他发言的内容是代表新知青，赵师傅事先布置时，安子健仔细听着，脑子里闪过几个关键词：谦虚，不失高昂的斗志；表态，切忌空泛的口号；一切要由心而发。听着台上高青的发言，这些都有，又更贴切，更入耳，更令人振奋。忽然一阵掌声，他抬头一看，发言已经结束。女知青一个转身，干净利落，迈着军人般的步伐走进后台。安子健觉得哪儿挺熟悉，一下子想起林凌，尤其是穿着军装的那种姿态，很像，只是高青身材高挑一些。联想到她刚才的发言，却觉得不是林凌了，高挑的身材不仅是尺寸，更是一种挺拔。不是因为穿了军装才英姿飒爽，更是一种气质。刚才好像主持人还提到，她也是哪个单位的领导子弟，却跟林凌又不一样。轮到他发言了。赵师傅嘱咐过，最重要的是，上台的时候步伐要坚定，讲的时候不时地抬起头看看台下，停顿一下。他觉得赵师傅挺有水平。念到他名字的时候，他心里怦然跳动了一下，起身向着主席台走去。心里很平静，竟然没有感到紧张，又有了跃跃欲试的冲动。兴奋之中又无一丝慌乱，脚下坚定着，很平稳，都没听到自己的脚步声。他没走旁边小台阶，而是一步跨上台。会场传出了点儿笑声，随即又听到鼓掌喝彩声。

他就穿一身平常穿的衣服，上衣是那件孙奇给买的乔其纱衬衣，旧了些，他却喜欢；腿上是一条工作服裤子，洗得有点发白，却也喜欢。他没有军装，也没想去有。没像现在大部分男孩子做梦都想穿着一身军装，哪怕一顶军帽也行。军帽可是时下男孩子们最流行的饰品，也最容易招惹是非。曾经有因为抢军帽发生过人命案的事情，安子健觉得有些滑稽。他按照赵师傅的指导，已经将整个发言过程在脑子里编过一个小电影。此时，小电影又经过刚才的剪辑清晰地在脑子里浮现。发言不长，也就七八分钟，比高青的要短。时而平缓，这时他感觉台下一片肃静，这气氛他开完头就感到了。时而铿锵，这时他恰到好处地抬起头看着台下，眼前齐刷刷的一片黑亮的眼睛。

平缓中，他又抬起了头，这一次没有低下去，而是离开发言席走到台子中央，向着台下深深鞠了一躬，刚才高青可是身体笔直站在发言台前敬了军礼的。正当大家都在愣神的当口，安子健已经走向幕后。这一次他是从那个小台阶上走了下来，三步，肩膀平平稳稳。掌声骤然响起。比刚才那一次明显热烈，似乎里面带着心跳。他经过的地方引来众多目光，回到座位上的时候，知青们窃窃私语起来，有的还回过头向他张望着。

中午休息的时候，知青们都在中学操场上吃饭。安子健找了一个人少的地方刚坐下，安静跟了过来：“哥，刚才你太姿势（漂亮）了，连我看着都心跳。咱槐花巷的人只要出手，谁都靠边站。”她尖着嗓子，坐到安子健身边，引来几个女知青羡慕的眼光。“小点声。”安子健说。

“安子健！”顺着安静的声音，高青找了过来，还背着那个帆布包，安子健这下看清楚了，上面绣着的几个红字是“为人民服务”。

“安子健同学，你好。”高青大大方方伸过手。安子健站了起来，安静张眼看着高青。长得真好。

“你好。”安子健大着声儿说了一句，却没好意思伸手。安静也站了起来，看着他俩。

“这把看清楚了，声音比人更有力量。”高青上下打量着安子健。

“发言稿是你写的？”高青问。她眉眼清秀，眸子明亮，安子健又想起《英雄儿女》中那个“王芳”。军帽已经摘下拿在手里，头发散着，很黑。卸下腰带的衣襟儿散开，虽少了些威武却多了一种别样的东西。有点儿像夏天的老槐树，虽落了花儿，枝叶却更加茂密又鲜嫩着，没了花儿的遮掩，缝隙中多了缕缕光亮。她离得很近，浑身散发出一股幽幽的气味儿，不是香气，却比香气慑人，新鲜中又觉熟悉。哦，又像了刚卸了花儿的老槐树。这气息，老槐树下长大的安静身上没有，林凌，好像也没有。

“是俺哥自己写的。”安静旁边插话道。高青看着她愣了一下，目光转向安子健。

“是我们带队师傅帮助参谋的,我也是第一次经历这么大场面。”安子健红着脸说。高青看着他微微点了点头。“向你学习。”安子健不好意思起来,他转头看向远处。阳光下,眸子里很清澈。

“你好率真。”高青眼睛里也闪着清纯。

“哥,吃饭吧。”安静拉了一下安子健,催促道,自己先坐了下来。高青看看她又看向安子健。

“我妹妹,叫安静,我俩在一个点儿。”安子健说。高青眨眨眼,笑了笑。安子健发现,她倏然生出一种恬静,或是娇柔。军装第一个衣扣解开着,脖颈挺白。衣襟儿松散着,像卸下戎装的穆桂英,又像替父出征前的花木兰,也像《绣红旗》中的江姐。他不由心中怦然一动。

“杰子!”忽然安静尖着嗓子喊了一声。安子健定睛一看,是吴永杰。身边跟着几个知青,几簇橙色晃动着移了过来。又“染”到广阔天地了。安子健脑子里闪出这句。没待吴永杰走到近前,安静已经站了起来:“这两天你死哪去了,也没个动静。”安静嚷嚷着。吴永杰没搭理她,先是斜睨着相对站着的安子健和高青,接着眼光落在高青脸上,又上下打量了一下。

“吆,鱼嘎鱼,虾嘎虾,两个刚在台上嘚瑟完,这么快就凑到一起了,”他还在上下看着高青,“挺姿势。刚才还真没看清楚。”他嘻嘻笑着。高青也上下打量了他一下,把军帽戴到头上,系上那颗衣扣,又恢复了在台上发言时的神情。

“子健,你小子挺厉害,”吴永杰转向安子健说,“比她厉害。”吴永杰下巴向高青撅了一下。“我们是同学,在一个胡同住。”见高青神情茫然着,安子健说。高青微蹙起眉头。

“我在前海,刚才听到了吧,我叫杰子,有事找我。玩儿也行。”吴永杰点上一支烟，对着高青。高青退了一步，抬手在鼻子前扑了扑。

“你回去吧。”安子健对高青说。“对呀，还站着干吗，不知道他是谁？”安静声音尖着。

“我们常联系。”高青看着安子健，转身走了，吴永杰叼着烟看着她。

“安静，有人欺负你没有？”吴永杰忽然抬高声音问，他还在看向高青的背影。“才想起我，少膈应我。”安静一腚又坐了下来，噘着嘴。“还吃醋？我就是拿他们开心。”吴永杰也一腚坐在她身边。“我都叫那个三江子欺负死了，你也不嫌掉价儿！”安静扭着脖子说。

“谁？”吴永杰呼地站了起来。安静气呼呼地讲了王永江的事。

安子健瞪着她，她自顾两只手掐腰讲着。

“三江子，我知道他，四十八中的。”吴永杰看看旁边那几个知青，他们都点着头盯着吴永杰。“会会他？”其中一个又说。“今天不好。”吴永杰目光扫了扫操场，眼前人头攒动，知青们还有的在操场上打篮球。“我看今天正好。”一个知青又说，摩拳擦掌的样子。“就这点脑子，不差这次，听我的。”吴永杰扔掉烟头，伸脚使劲踩了踩。“今天他也没来。”安静说。“那是怕了，四十八中他妈小庙儿里的鬼。天津街杰子是谁？”“不过，这三江子也不白给，在解放广场横晃，还带人扫荡过太原街，捅过……”见吴永杰瞪起了眼，他又噎回去了。

“哪天我去你们点儿。”吴永杰看着安静。“杰子，还是你。不像俺哥就怕惹事儿，掉咱天津街的价儿。”安静瞅着安子健嘟囔着说。吴永杰抄起双手，瞅向安子健：“就会念个破稿儿，酸了吧唧的，枪杆子里面才出政权，”吴永杰宣誓似地举起拳头，又幽幽说了一句，“一家书呆子，早晚叫人踩脚底下。”

“别这样说俺哥。”见安子健怔怔地站在那里，眼睛里闪着愤懑，安静说。“哈哈，到底是姓安，还向着，”吴永杰说着一把拽过安静，手搭在她肩上，“在这儿吃什么破饭，走，带你下馆子犒劳犒劳你。”看着安子健又说：“走吧一起去，喝点儿。下乡了，也没人管着，什么都得学点儿。别像个和尚似的就知道念经。”他已经在看着安子健的背影。

“那个野嫚儿你别泡，身上有刺儿。你不行，我行！”吴永杰还在大声说着。安静捣了吴永杰胸口一拳，他也没躲，还挺起胸脯。安静看看安子健的背影，还是跟吴永杰去了。

第十八章

花落香如故。凝眉剑出鞘。

时间过得好快，刚来拉树山的时候，山坡上的苹果才青杏儿大小，现在圆滚滚的鼓着大肚儿树枝都压弯了。地里的苞米那时候还细细的，秆儿没有街上跑的那些小驴子高，现在黄灿灿一片，高高地扬着大苞米穗子。开始动镰了。葛家峪那阵子，虽说苞米穗子像老太太张开的嘴掉牙漏口的，可这个时节也是最令人欣喜的，泡子里的水现在也是最满涨。自从来到拉树山，安子健总像葛家峪这个短暂的时节那样欣喜着，振奋着，知青真好。这天，安子健却没出工，赵师傅安排他写一篇稿子。县里号召各个知青点办共产主义劳动大学，组织写这方面的文章，公社分管知青的丛副主任点名拉树山大队写一篇。还要选一篇报到县里，很急，后天就要。安子健埋头写了一天，还剩个尾，赵师傅让他休息一下鼓足精神明天再写。

晚上放工时，出工的知青都显得超乎以往的筋疲力尽，胳膊上都沾着泥，有的女知青饭也不吃就倒在炕上。一问，原来今天的活儿太累了，不仅是累，还是弯着腰在苞米地里干了一下午。安子健懂这个，这活儿葛家峪最能干的人都打怵。苞米秸子头天被一片片砍倒横在地里，第二天再进到地里掰下一个个苞米穗子。地里竖着半截子苞米秸子，露着尖尖的茬儿，苞米穗子运出地里后，再把它挖出来留给社员做烧柴。掰苞米穗子要命的是你得始终弯着腰，一步步往前挪,这种活儿都戏称“牛筋腰”。葛家峪那阵子,因为是山地,垅很短,到地头可以直直腰,喘口气儿。这拉树山是出了名的大甸子地,一垅望不到头,何况知青们,什么时候弯过这种腰,吃过这种苦。王永江这几天没出工,中午可能又在合作社(村里唯一的小卖部)喝了二两,半下晌晃晃荡荡回来,倒头就睡。

“哥们儿,起来,就你会享福。”安静扬着泥乎乎的手拍了王永江屁股一下。自从吴永杰上次来了以后,两伙人在炕上喝了一顿酒,王永江对安静开始敬重起来。她后来和安子健说,王永江这人其实不错,和杰子有些像,挺讲义气。那天,他支使一个知青骑着自行车从公社买回好些下酒菜,两伙人喝了五瓶“果烧”(一种苹果酿造的劣质白酒),他还和杰子拜了把子。喝酒的时候安静也陪着,他一个劲儿地给她敬酒,直叫弟媳妇儿。还说,那天贾少华也在,没敢说太多话,只是看着王永江的脸儿,小心翼翼地打几句哈哈。“我看这小子最坏,像个狗头军师,你抢了他的宣传委员,小心他背后坏你。”安子健知道她一直看不上贾少华,说他是笑面虎。摇摇头说,别把人都想那么坏,我看你倒是多留点心眼儿,小闺娘儿得多点自尊,跟着那些野巴巴的人一起喝酒别觉得挺能,好的坏的得分清,记着我爸说的话。安静说,咱爸也太老实,你也是,得学杰子点儿,不能让人欺负。不过在这儿倒不要紧,有我。“你是孙二娘?”安子健张口说了一句。“孙二娘是谁,哪个学校的?”安静认真地问。安子健摇摇头走了。

正沉睡的王永江被安静一巴掌拍醒了,刚想发火,蒙眬着眼睛一看是安静,坐了起来。安静最近时不时对他吆五喝六,王永江并不介意,相反感觉挺受用。尤其食堂里吃饭时当着周娜的面儿时,他不但没觉掉价儿,还端着碗凑过来一唱一和打着哈哈。一年了，怎么蹭，周娜这嫚儿愣是不上杆子，王永江心里直蹿火苗子。看到安静时他眼睛一亮，这嫚儿不但长得好，还对路子，不像周娜那样装纯。拿下！王永江扔下兔子，奔向野鸡。没想到，这嫚儿竟是杰子的马子。老虎的奶子可不是好摸的，王永江无奈回过头又盯着兔子。有点儿不对劲儿，这嫚儿最近好像有点儿变化，往常，她看见男知青都是低着头走，更别说对自己，是躲着。现在一看见那个安子健却不一样，不但扬起了头，眼珠子里面还有些什么东西，他看着心里都痒痒。他盯了几次，没错，这东西藏不住，周娜看自己眼里从没有过这东西。想着安静对杰子那股亲热劲儿，他心里又痒痒的。这小子却冒出来挡着，看着书呆子似的好像不懂这些，毕竟像一座山一样横在他和这个小嫚儿中间，把他撇得老远。他妈的，老子摸不着老虎奶子，兔子奶子再摸不着，腚上的刀疤，头顶上砖头砸的口子都白长了！只是这小子是安静他哥，虽然不是一个爹妈养的，这嫚儿倒和他很亲热，比自己那亲妹都热乎，这事儿有点麻烦。孙二娘和武松？不对，这小子哪有武松厉害。可毕竟身边有个孙二娘比护武松更护着他，孙二娘身后又有个杰子护着。他手伸进裤筒子里摸摸腚上的疤痕，像摸着军功章一样，心里鼓胀着。又拿出一个小镜子扒拉着头发照，头顶那道长长的疤痕赫然在目。他笑了。一下子想起那次喝酒，安静去厕所了，杰子好像故意提起安子健，他刚说了句："你放心，我知道你们的关系——"杰子却狠狠瞪着他，眼睛里分明有话儿。哥俩分家还翻脸，一个胡同的难保都和顺。王永江心里捋开了。这杰子却不明说，无怪这小子混得猛，不光是不要命。第二天他一个人去了三十里堡镇上，那儿比七里店镇上热闹多了。找了个剃头棚剃了个大马蛋子，看着镜子里头顶上像有一道黑黑的拉链儿,他摸了又摸。走时,剃头的赔着笑说不要钱,这是我的荣幸,他把一块钱扔在椅子上扬长而去。回到点儿里先去了赵师傅屋子,伸着头对着墙上的一面镜子照了照,赵师傅看到时吓了一跳。没办法,点儿里的制度没有不让照镜子这一条儿。再说,那些制度说说罢了,何况是他。

“怎么像个泥猴儿,上哪个野地里打滚儿去了?”王永江搓搓眼睛看着安静。“少他妈里格朗!老娘腰都要断了,你倒躺着睡大觉。”安静张着两只泥乎乎的手。王永江哈哈笑了:“小脸儿化妆更好看了。”他看到安静脸上抹着两道泥。“来,哥给洗洗。”说着磨蹭着要下地。“想得美。也给你化化妆。”安静伸手要抹他的脸。王永江就势一把扯住她的手:“来,哥疼疼。”“你胆儿大了!”安静挣脱开,却未生气的样子。她坐在炕沿上,说了今天出工的事。

“杰子也是,怎么舍得你。”王永江一脸的坏笑。“他倒不让。是俺哥叫坚持出工。”安静说。“他这是抓唬你,装进步,拿你当替死鬼。杰子知道不砍了他。”王永江看着安静,眼珠子转了转。“他敢?”安静声音又尖着。“没看见他躲在点儿里像大爷?会点儿什么似的。”王永江还在直直地看着安静,眼睛里露出凶相。“俺哥那是能耐,在家坐着也能挣工分儿。”安静辩着,眼睛里却流出一丝怨气。王永江又摸着自己的头,反复摸。“你那个破疤也就吓唬吓唬周娜吧。”安静斜眼瞅了他一下。王永江看着安静,伸伸懒腰,笑了笑。

吃过晚饭,大家都回屋了,安子健又趴在饭桌上继续写稿子,他想连夜写完明天去出工。吃完饭的时候,知青们都在嚷着明天不出工了。他觉得这样不好,本来有些社员已经笑话知青们都是“秧子货”。这话他懂,“秧子货”在农村是最让人瞧不起的，比骂人还狠。

王永江晃着身子进来了，晚上他没来吃饭，却还是满嘴酒气。“大作家，几个破字还赖着没完哪。”王永江一屁股坐在对面的一张桌子上，斜眼看着安子健。安子健没理他，继续趴着写。王永江看到他的脖子却腾地红了。“都在大干，有人却在躲着磨洋工。还不如女——”王永江掏出一支烟。“明天我去，你去吗？”安子健忽地抬起头，眼睛直盯着他。“叫我的号儿，敢跟我比。”王永江愣了一下，把烟扔在桌子上，抬手摸着头。“怎么，不敢？”安子健一把将钢笔扔在桌子上，怒瞪着他。“哟嗬，还真想当武松。”王永江摇晃着站起来。“你也就是只死虎！”安子健声音大了起来。“不就仗着孙二娘。”王永江一怔，翻了一下眼皮子。“少他妈提女人。”安子健怒吼起来。“哟嗬，天津街的脾气都挺大，别以为杰子会——”王永江又摸着脑瓜子，冷冷地说，“不是安静那马子早灭你了，你小子也知道泡㛐儿。”“去你妈的蛋！”安子健战栗着。“胆儿肥了，敢骂我？”王永江忽地瞪起眼摸着头凑了过来，安子健一把拿起桌上的钢笔，笔尖朝外紧紧握着。“出去遛遛！老子今天空手和你玩玩儿。”王永江晃着身子走出食堂。安子健红了眼睛，一把扔了钢笔正欲冲出去，门口安静堵住了王永江。

“又想撒野？欺负俺哥老实。”她尖着嗓子。“他老实？天津街还真是老虎窝，公的，母的——”王永江减了火气嬉皮笑脸起来。“操你妈！”安静又着尖嗓子骂道。“哈哈，还挺有尿儿，不是杰子我倒想尝尝。”王永江一脸坏相。“张开嘴，今天老娘泚你脸上！”安静指尖指着他的鼻子。

“干什么呢！”赵师傅披着衣服大声喊着跑了过来。“他欺负俺哥。”安静眼里噙了泪。“你也是，女孩子怎么好说这种话！”赵师傅蹙着眉说。王永江晃着身子走了。“惯他臭毛病！”安静看着王永江远去的身影大声说。

“安子健，你也休息吧。”赵师傅说。“哥，咱不写了，谁愿写谁写。”安静上来拽着安子健的胳膊。安子健捡起地上的钢笔，又俯身趴在桌子上。

第二天早上，安子健一个骨碌从床上爬起来，看看炕上大家都还在酣睡。又看看窗外，天色已明，街上有了嘈杂声。今天是没有人想出工了。昨晚，不，是今儿早，他把稿子赶了出来，刚打了一个盹儿。他饭也没吃，跑着去了村子中央那个简陋的篮球场，这是他们四队每天早晨分配活儿的地方。社员们都已经来了，个个揉着惺忪的眼睛，打着哈欠，又都怯怯地盯着队长。安子健主动要求去地里掰苞米穗子，队长见今天就来了一个知青，知道那些昨天是累极了，用同情的目光看着安子健。安子健头也没回，紧跟着拖着腿、懒洋洋的一行人去了大甸子。

到了地头一看，好长的垅，一眼望不到边儿，足有几个百米跑道长。一堆堆被砍倒的苞米秸子横七竖八地躺在地里。大家一字排开，一人一垅开始哈下腰来。前天下了小雨，昨天又阴着天儿，地里黏糊糊的，苞米秸子被湿气捂着，更多了韧劲儿。安子健站在了姚家二驴子旁边，他是四队工分最高的一个。都哈着腰，撅着腚，往前移动着，地里只有苞米叶子的唰唰声。像运动场上跑长跑一样，“屁股们”渐渐拉开了距离并且越来越大。到了中段儿的时候，最前边儿的拉下最后边儿的竟有了百米距离。这活儿，一得手头快，二得能哈腰，直了腰就得拉下。二驴子的确名不虚传，嗖嗖只往前蹿，还不时偷偷往回看两眼，见旁边的安子健紧跟不舍，更来了虎劲儿。两人领跑似的，一会儿距离缩小，一会儿又拉开，距离地头不足50米的时候，安子健已经跟在了二驴子屁股后面，二驴子回过头的时候他脸上的泥泞都看到了。忽然，二驴子觉得身后唰唰声停了下来，他猫腰从裤裆底下一看，安子健已经直起了腰，停住了身子，手上又做了一个什么动作。二驴子狞笑一下，刚直一下腰，却听身后又唰唰响起来，眼睛一瞄见安子健又哈下腰追了上来。二驴子一惊，手头又快了起来。二驴子终于第一个到了地头，刚直起腰未待喘息，安子健已经就在身后。二驴子转过身，看着安子健，点点头。见安子健掰下最后一个苞米穗子后一屁股坐下地，一只手紧紧握着另一只手的手指头，满是泥泞的胳膊上已经是黑紫色，握着的手指缝中还在淌着血。手划破了！二驴子一惊赶紧走过来。他拿起安子健那只淌着血的手，见一只手指上裹着厚厚的苞米叶子。扒开一看，妈呀，食指肚上大大的一道口子，肉都翻翻着。他赶紧又给捂上，拖着安子健就往村里跑。二驴子知道，这是被苞米秸子皮划破了，刚才那个动作就是因为这个。这种潮湿的苞米穗子最难拽，特别在手头快的时候，被撕开的苞米秸子皮锋利无比，借着狠狠的手劲儿比刀片还快，不少人吃过这个亏。但没有人忍着这么长时间哪，都是扔下活儿回村里包扎去了。乡下人别看皮实，对血可是看得最珍贵，这是他们最要紧的生存资本。“这得流多少血，吃多少鸡蛋才能补回来，你彪呀！”一路上，二驴子看着安子健手上还在往外流的血，不断念叨着。安子健觉着二驴子腿肚子在发软，已经在被自己拖着。

安子健一战成名，全大队300多户人家都知道了知青点的安子健。别看这小子平时斯斯文文干干瘦瘦的，也不显山不露水，到时候还真有个狠劲儿。“简直像不呲牙的狗，咬住就不松口。”卫生所里，二驴子惊魂未定地说。

“哥，还是你厉害，到底下过乡。”安静又尖着声音说。“下过乡的人多着呢。”安子健说。“对呀。”安静眨眨眼，“李明顺，孙健——对了还有贾少华，他家就是下放在这儿，还是插点儿过来的——”安静声音清脆着，像在舞台上报幕。“闭嘴吧，少说两句。”安子健又捂起受伤的手指，他的手还在疼。“回大连吧，反正也不能干活，也回去看看咱爸。”安静声音低了下来。安子健说队里已经给了七天假，还记工分儿。“那你还等什么！”安静声音又扬了起来。

“我是得回去，季子山从昭盟回大连了，他回来一趟可不容易。”安子健说。“林凌也回来了吧！”安静缩了脖儿幽幽地说。

安子健下了火车直接去了天津街的“王麻子锅贴”，他知道爸最喜欢这口。安承业下班回来正待拿钥匙开门，听见屋里传出钢琴声，心里一喜。进了门子健已经站在眼前，手上却裹着厚厚的纱布，心里又一惊：“这才去了几天就挂了彩？我说这琴声不对劲儿。”吃锅贴的时候安承业问到受伤的事。子健详细说了，又说这次回来是队里给的假，还有工分儿。安承业嘴里嚼着锅贴幽幽想了一会儿，说：“也不好太逞强，伤了自己不说还会落人褒贬，说你出风头，成了众矢之的。”安子健辩说：“我一点没去想什么出风头，就是怕那些社员瞧不起知青，给知青争点儿光。”安承业叹口气说：“这本没错，可是现今，我是说现今，放在中国人堆儿里可能会有错。”安子健疑惑地看着他，忽然想起安静说有人就在背地里散布过这些话，就跟安承业学了。安承业缓缓地说：“自己干不好，又不想干好，别人干了，干好了，心里就别扭，都把心劲儿用在勾心斗角上了。”安承业一脸忧心忡忡，又说：“孔子曾说，己所不欲勿施于人。那是指自己不想承担的事儿不要指望别人去承担。这是种善意。现在倒好，自己不承担还怕别人去承担，还不如老辈子人。”“那我顶替贾少华当宣传委员是不是也不好？”安子健问。“应该！有多大能耐干多大事，天塌下来总得有人顶着，不然都躲着还真就塌喽。”他神情有些怪异，嘴角微微颤抖着。忽然亮着眼睛说：“咱做自己该做的，风气不会总这样。”他又望着窗外像是自言自语地说：“你说这晴天儿和阴天儿哪个长？”“当然是晴天。”子健说。安承业呼地站了起来走向钢琴，“家雀多了不种豆我才不信。”他轻轻坐下，打开钢琴盖子，舒缓的声音传了出来。“这阵子没弹了。”他说。子健眸子里亮着，看着他瘦削的背影。“遇事多想想葛家峪。”安承业背影里又传出一句。

远远地只见季子山已经站在老槐树下。季子山几天前来信说，他感冒发烧得了肺炎，家里要他回大连治病。季子山一大早就来了，站在小洋楼门口喊了一声，见安子健从窗户探出头，就指指前院儿。安子健笑笑点点头。今儿是星期天，安承业休息，子健知道季子山挺怵他爸，说别看叔叔挺和蔼，还瘦瘦的，但不知怎么就觉着是座山矗立着，又好像看到松树下藏着大石头。子健笑他是画画儿画傻了，把人都看作了山哇、树哇、石头的。

“安子健！”季子山也看见了他，跑了过来，“你黑了，又像俵家在庄河那阵子，不过气色倒不错。”季子山拽着安子健的手。

“哎呦！”安子健嘴一咧抽回手。“手怎么了？”季子山惊讶地看着安子健手上裹着的纱布。安子健说了受伤的事。

“别彪乎乎的，我可不像你。”季子山埋怨说。“几天不见倒长心眼儿了。”安子健张着眼说。“我可不能干那种活儿，吓死人了。”季子山说。“你是家里的小少爷，娇贵惯了。”安子健笑着说。“你不也一样？”安子健笑容在褪下。

“你还有林大英雄给撑着。”安子健又说。“还真是，不是她这次我也回不来。”季子山有些得意。“她表现怎样？”安子健问。“那还用说。”季子山脸上挂着钦佩。“说呀。”安子健催促道。

“她可红透了——”季子山说着。才几个月，林凌已经在整个昭盟有了名气，不但被树立成这一届知青的先进典型，听说还要被结合进公社领导班子。季子山兴奋地讲着。安子健觉得季子山话比从前多了，也可能被林凌的事迹激动着。“再说，人家还有她爸。林凌偷偷跟我说，商业局给了旗里不少帮助。”季子山又说。见安子健一直在听，始终没说话，又问：“她没给你写信？”安子健摇摇头。“你呢？”安子健又摇摇头。季子山低下头没说话。

“还画吗？”安子健问。“哪有空儿，去昭盟的知青都在争着表现，我也被拖着。林凌说，开头一定要好好表现留个好印象。但又让我自己心里有个数，别把画儿扔了，”又低下头小声说，“其实这次回来就是练画儿的。我的病其实没那么重，是林凌给办的病假条。还让我别跟你说。”安子健看了他一会儿，问：“那你这次回来能待挺久？”“怎么得一两个月吧，‘肺炎’嘛！”季子山狡黠地笑笑，忽又说，“你也多待几天，反正是工伤，咱俩多玩玩儿，也练练你那些东西，别扔了。林凌说这些以后保管有用。”

“你以为是画画，一只手就行。”安子健说。“对呀，把这个给忘了。可惜了。”季子山摸着头说。“还是一根筋，也没多大长进。”安子健说。

季子山成天在家练画儿，不好总打扰，安子健在家看起书来。恰好那本《红与黑》放在家里，去知青点的时候安承业没让他带这些外国书。这本书他挺喜欢，看过好几遍。书里，主人公于连的命运常使他嗟叹不已。他到底是个什么人？开始，他对看似清秀、羸弱的于连为了进入上流社会而近似疯狂，利用爱情去实现野心感到不耻，甚至憎恶。后来，又对他地位低卑、仰人鼻息在夹缝中生存有了些同情。他在野心与爱情之间挣扎，为了追求幸福而又落入歧途，难道社会底层的人不甘心不对？为什么于连终其奋斗，结果却把自己送上了断头台，错在哪？世界怎么这么复杂？他开始疑惑起来。从知青点出来坐上车那刻起，就感觉像一下子从硝烟弥漫的战场上解甲归田，心里静了下来，回到家里又异常地静。以前有些东西很朦胧，趁着这几天再好好看看这本书。今早吃饭时，爸说："看书不能光用眼珠子，看成近视眼也是瞎看。"他这次看得很慢，接连白天晚上看。屋里静悄悄的，他却觉得心里有涓涓流水在响动，"于连"浑身湿淋淋地从水中冒了出来。缕缕头发沾在额头上，好像不会游泳，水里挣扎着。他想起爸曾经在葛家峪说过的关于"高贵"的那些话，心里似被那水冲开一条缝儿，真正的高贵绝不是这样，因为他们活着不光为自己。这么说，于连的道路注定不会成为他梦想的贵族，即便一时光鲜也终究还其本来面目，再回到原点或是自我毁灭。横着看身边儿，季子山、林凌、安静……对了还有高青，怎么觉得高青那么有鼻子有眼清晰可见。竖着看，自己、父辈、祖辈——他一一对着号儿。

倏地又想到吴永杰。于连对两个女人报复式的占有源于市长、侯爵对他的蔑视。他一方面羡慕上流社会，一方面又仇视。从这个角度看吴永杰，也还好，安静没有于连所追求的那种优越做跳板。可又不如于连，于连梦想做十万俸金大主教，拉丁文《新约全书》能倒背如流。吴永杰只知道凭着拳头称王称霸，旧有的中国式流氓性，能逞几何？他觉得吴永杰也挺可悲,还生出了些同情。可又隐隐觉得不完全是同情,到底是什么？他觉得自己还是搞不清,累得脑仁儿都疼。

可书中的两个女主人公——德瑞娜夫人和马特尔小姐他还是怀着同情去读的。女人嘛,又都是大家闺秀,挺可惜。可又觉得,她们对于连的爱情好像都带了居高临下,有着施舍的味道。朦胧中,质朴、单纯、善良的德瑞娜夫人他感觉自己好像更喜欢一些。年龄虽大,却更加真诚。怎么像了谁?玛特尔小姐追求所谓不平凡、出人意外的爱情,看似奔放,其实更是精神上的凌驾欲使然,这又像了谁？有点自作自受,难有人会坦然接受。看来,这女人更复杂,自己现在哪能说清楚。

中午刚过,安子健又拿起这本书。楼下有敲门声,笃笃,很轻。又轻轻一声“安子健!”顺着门缝溜了进来。他一个骨碌爬起,打开门。是周娜！他惊愕着看着她。

“傻笑什么,没想到吧?”周娜很坦然,不像在知青点那样总是羞羞答答的,还冲他莞尔一笑。

“你怎么也回来了?”他木然地问。“就兴你回来,大连街又不是你自己的,”周娜白了一眼,“怎么,不欢迎?”见安子健还是愣愣地站在那里,她嗔怪着,嘴边的两个酒窝慢慢散去。

“不,不——请进。”安子健有些不知所措,推开房门侧开身。“还是那个样子,不经事儿。”周娜脸上的酒窝儿又现出来,腮边红着走进来。

“坐。”安子健还慌张着,两只手不知如何是好。周娜没坐,脸上闪出一丝惊诧在客厅里站住,她看着那架钢琴,上面还很懒散地卧着几本乐谱。她又四下打量一下回头看看安子健,他额头上沁了汗,两缕头发沾在上面。这次看得真清楚，那双深深陷着的眼窝里幽幽地透着忧郁，直直的鼻子低垂着，被窗外射进的阳光映射着红里透白。这鼻子本应是白白的，她心里说。

“你也坐呀，这是你家！”周娜坐下后见安子健还站着，很大方地指着身边儿说。“我给你倒水——”安子健转身去了厨房。“暖瓶不是在这儿嘛。”周娜指着饭桌咯咯笑着，又看着安子健，眼睛里有了柔光。她笑起来声音很悦耳，唱歌应该好听，今天第一次发觉。安子健转回身时想。

“你还会弹钢琴？”周娜看着钢琴问。“跟我爸学过一点。”“你爸，他？”见安子健略显惊异地看着她，自觉失言，转而说，“刚才还没回答你的问题，我妈病了，想我。”

“那应该回来，应该。”安子健说，周娜没听着似的起身走到钢琴前。她拿起一本乐谱翻着，微微点着头，挺沉浸。安子健看到周娜今天这身打扮很时髦。在乡下上山下坡的，女知青都捂得严严实实，可每张脸蛋还是像熟透的红苹果，唯周娜不同，身材也保持得好，今天这身儿更多了妩媚和娇美。虽过中秋，上身却穿一件薄薄的印着浅蓝色小格子的确良衬衫，可着身儿衬出娇小的曲线，衣领微露着，脖颈白白的。腿上穿一条瘦瘦的蓝色直筒裤，玲珑中又显出直直的腿。脚上穿一双崭新的布底板鞋，看得出脚很秀气。见周娜放下乐谱转过身来，他说：“你小提琴拉得不错。”周娜笑笑说是妈和姥爷逼得。见安子健微张着嘴，她重新坐下。又说，母亲曾是部队文工团舞蹈演员，姥爷也是解放前在部队里就跳舞，从一个穷娃子跳到文工团“台柱子”。又是军人子弟，可她跟林凌，还有高青又不同。安子健想。周娜又两手抄起继续说，后来母亲转业到商业局，那时干这行吃香，都抢着要。无怪她身材那么好，高矮、胖瘦跟安静有些像，倒应该学跳舞。奇怪的是她说这话的时候脸上没有自豪,反倒现出一丝不屑。“你在想我为什么没有去跳舞?”周娜看出来了。安子健点了一下头。“其实,我也很喜欢跳舞,可我妈和姥爷都坚决不同意。说女孩子不能吃青春饭,否则早晚得吃亏,我妈就是个例子。”“你妈她后来?”安子健问。“没几年单位里都不兴这些了,她被打发去站柜台。”“站柜台也没什么不好。”安子健说。周娜抬头看看他说,你总是这么天真,兴许是养尊处优惯了,还不懂这些。说着她又扫了屋里一圈儿,见安子健张眼看着她,周娜明白了里面的问话,说我现在就跟着妈一个人过,他们离婚了。他是一个部队的官儿,冲锋陷阵打出来的,没一点儿文化,两人总吵架,他还动手打她。说到这儿,周娜脸红了一下低下头。安子健心里动了一下,一向冷傲的周娜原来也挺可怜,此时像一只畏缩着的小鸟。他一时语塞了。

“拉小提琴其实挺枯燥,太无聊,真的,好几次都想放弃。不是他们看着早扔了……”周娜说体己话似的娓娓说着,还不时垂下头。安子健感到一种信赖。

“我觉得应该坚持,但又不能被动。”“我妈也这么说,”周娜有些激动地看了安子健一会儿,又说,“自打见到你,不知怎么就主动起来了,”见他一脸茫然,她低下头,“点儿里那么多人,就觉得跟你能合得来。”她腮边绯红起来。

“我是说什么事情都得有动力——人这辈子总得做点儿什么,也不光是为自己。”安子健急于想更正什么,又觉没更正过来。

“那为谁?”周娜投来茫然。

“你嗓子唱歌应该挺好,”安子健说。“还没回答我。”周娜投了期待。

“为大家。”安子健想了想说。

“你是说雷锋？”

“也对。”

“雷锋早死了。”

“我是说精神。”

“精神很好，但现在都巴不得别人是雷锋。”

“大家也为一人。”

“这话以前听说过，现在谁还说。”

“你唱歌真的应该很好。”“少来这个，原来挺狡猾。”周娜平了平情绪说。“我说真的！”安子健认真起来。

“你的萨克斯跟谁学的，你爸？”周娜似乎平静下来。安子健点点头。

“你爸跟谁学的？”“日本人。”“日本人？”周娜微张着嘴，“还真是深藏不露。无怪，你和他们不一样。”周娜又环视了一下。安子健觉得周娜像才从壳里蹦跶出来的小鸟浑身湿漉漉的，眼睛新奇地看着一切，柔弱中又带着坚定。

“你在看这本书？”她起身走到钢琴前，拿起上面放着那本《红与黑》。

“是。你也？”“当然，别以为就你看了几本书。”周娜嘴边飘来一句。安子健看到她正在凝神看着封面，上面一个身材颀长，一身黑色燕尾服，满头浓浓卷发的青年在朝着一个衣着华丽的贵妇弯着身子，虽然没有九十度，却横竖都很笔直。看得出，很谦恭很有教养。

“你说这个女人是哪一个？”周娜还在盯着书，脸上幽幽地浮着憧憬。“应该是德瑞娜夫人。”“这么说，你是喜欢德瑞娜夫人。”周娜的眼睛还在书上流连。安子健没吱声。

“我看是玛特尔小姐，”周娜嘴角挑了起来，显得有些轻佻。她放下书，看着安子健，“你看的书也不少？”她眼光露着欣赏，安子健却闻出了高傲，又听出了一种传达。

“我说你与众不同，在人堆里一眼就发现了。是金子总会发光。”又是那种居高临下。她低下头伸着手指按着琴键，嘎巴，嘎巴，挺清脆。他感觉到，此时她的眼光里也是一种玛特尔式的。

“安子健。”周娜声音确实动人，不似安静那种尖利的，又不似钢琴那种脆脆的，是小提琴弓子的马尾在琴弦上柔顺地滑着那种，顺着耳膜一直滑到胸腔。仅三个字，却足以使人震颤。他联想起德瑞娜夫人也许就这样，低哀着娓娓道来，使人勾起疼怜。

“嗯?”

“没觉得你很像于连吗?”还是那种声音。手指继续嘎巴，嘎巴，背着身，他却能感觉到此时她的眼睛里也应该是德瑞娜夫人式的。

“你很贵族，那是于连梦寐以求的。”声音又从琴弦上轻轻滑了过来。安子健摇摇头，腮边微红了，眼睛里多了忧郁。周娜已经转过身来。

“这个最像，很迷人。”周娜欣赏一尊雕塑似的，眯起了眼睛，小巧的下巴微翘着。安子健似被剥了衣服，彻底红了脸，他局促着低下头。“可惜少了点儿于连式的野心。”她眼睛里闪着憧憬。见安子健准备把钢琴键盖上，她扒拉了一下他的手：“那你看那么多书是为了什么?”

“修心。”

“大空话，”她歪起脖颈，想了想，“或者，再有点王永江式的霸气。”安子健阴了脸。

“别误会，我知道你瞧不起那种彻头彻尾的流氓做派。但——”见安子健皱了一下眉，她停了一下，又说，“王永江这人挺讲义气，但只知道打打杀杀。不像那个吴永杰有勇有谋，不然全公社那么多痞子都对他恭恭敬敬，还有你那个妹也对他死心塌地，这种人能成大事儿。”她认真看着他，眼神中还跳跃着什么。见他闪出鄙夷的一瞥，周娜又说：“不过——不过也跟咱俩不是一路。”见安子健蹙起眉头，又说，“跟你说件事情，王永江私下跟我说，吴永杰这人有点不够意思，”见安子健未介意的样子，她停顿了一下，“他感觉吴永杰挺仇视你，又不像光是怕你抢了安静，好像还有别的。他还说杰子真是没见过女人，不然怎么会看上这种马子。”她垂下头，“他这是知道我不喜欢他，又想讨好我。不过，那安静也够呛，疯婆儿似的。”

“你们这都在想些啥？”安子健涨红了脸说。

“就你单纯。青年点儿花花事儿多了呢。有天晚上演电影我没去，见到院子墙角里有两个人在搂着亲嘴儿。”见安子健低下头，她停住了，又垂下眼皮轻声说，“成熟点儿，都是风华正茂的时候，心里又寂寞，谁不想有个异性知己，心里有点慰藉。还有，知青两年就有资格回城。我们这一批快了，谁不揣着心眼儿拉选票，像咱们这样家里没背景的，就得靠自己，”她抬起眼皮，“跟你说吧，我准备争取第一批。你现在挺红，在点儿里有威信，”她直视着安子健，嘴唇蠕动了一下，“你来年第一批也一定能回来，我在大连等你。”安子健感到脸呼地滚烫起来，见周娜脸也粉了，娇小的身子在微微颤抖，眼神中透着渴望。朦胧中他觉得眼前那精致、小巧的五官怎么变了形，似那个街头瑟瑟发抖卖火柴的小女孩儿。“我会投你一票。”他说。

临走时，周娜说后天晚上部队大院演内部电影，听说是《魂断蓝桥》，她妈能搞到票。“你一定喜欢。”她看着他说。见安子健很木然,又说,“你吹的那首萨克斯《友谊地久天长》还记得吧,从那天起你已经狠狠撞了我的腰。”

第二天一早,安子健去了火车站,买了到三十里铺的车票。这里离拉树山十里地,比坐长途汽车要多走不少路。正值中秋,沿途一定有苹果树挂着红红的大苹果。他想换换心情。他后悔不应该回来。

两天后周娜也回来了。女生宿舍那面欢声笑语,原来是周娜带着不少吃的在给大家分着。安子健有些懊悔,自己怎么没想到这些,这周娜真周到。周娜敲着安子健屋子的窗户,手里拿着一盒罐头、一包饼干,红着脸喊着他的名字。王永江过来了,他斜眼看着安子健红着脸从窗户里伸出头。

“噶着伴儿回大连一趟倒混出感情了,还装模作样地一前一后。”他嬉皮笑脸地说。“胡说什么!”周娜睃了他一眼。“没说你,”他没理周娜,眼睛还在看着安子健,“癞蛤蟆也想吃天鹅肉呀。老子还没捞着!”他抬高了声音,一脸痞笑。

“你说谁!”安子健朝王永江大声吼一声。

“哟嗬,胆儿肥了,敢哈呼我?上次就该收拾你!”王永江手指着安子健,挽起袖子,露出凶相,“小豆芽,我的马子你也敢动!”周娜上前递过手中的罐头:“撒什么野,拿去喝酒吧。”王永江猛地一抬手,罐头滚到了地上,又扯着嗓子:“滚一边去,老子缺这点儿破东西,就是要收拾他,早憋不住了。成天装得像个童子,闷肚子人,脏肚子心!”

安子健从窗户里纵身一跳,落在院子里,深陷的眼珠子蹿着火苗从眼窝里滚了出来。在王永江一愣的当口,安子健已经冲到他面前,没待他抬手,安子健伸手一把揪住他的衣领。王永江伸手想掰开他的腕子,却纹丝不动,见手背上鼓着青筋。他大怒着正要挥拳，安子健一把将他推开，王永江踉跄着倒退了几步。安子健猛扑过来，朝王永江脸上“咣咣”两拳，紧接着又一把揪住衣口，一个绊子，王永江扑通一声摔在地下。安子健上前一脚踩住他的胸口，挥拳就砸。整个动作用的一只手。“咣”，安子健身后被狠狠踢了一脚，他扑倒在地下。踢他的那个知青又骑在安子健身上，王永江爬了起来用脚踩住安子健的脸，狞笑着。

“敢他妈欺负俺哥！”一个尖利的声音，安静掐着腰，气呼呼地站在王永江面前。王永江呼呼喘着气拍了拍身上。“放了他，今天先饶了。”安子健站了起来，又盯着王永江。

“好了，别打了。”周娜远远地说。“都是你小婊子惹的祸，成天放骚！”安静又尖着声音。“闭嘴！”周娜愤怒了，迎过来。

“像谁稀罕你，没人会泡你！”安静手指着周娜，周娜捂住了脸。“都闭嘴吧。”王永江对安静说。“你也就瞎咋呼！”安静还气冲冲。“也就你孙二娘敢说我。”王永江看着安静，又露出痞笑。“那俺哥这是武松单臂打方腊。”安静环视着院子里，大家都在远远看着。她看到了刚才那个踢安子健的知青，又尖着嗓子说：“你也敢撒野，小破喽啰，你等着。”

“哥，手疼没？”安静凑过来问，安子健又怒瞪着王永江。王永江看了一眼安子健，眼神里没了刚才那种怒意。“倒是条汉子，”他看着周围的知青，瞪起眼大声说，“看什么看，哥们这是爱才！”摸着脑瓜子刚要走，这时贾少华扛着铁锨从院子口处跑了过来。见安子健还在怒瞪着王永江，一只手在握着另一只手的伤处，他明白了刚才的情形，扔下铁锨走到安子健身前：“伤口又抻着了？快去卫生所包一包，别再流血。”“你他妈到底哪一边儿的？”王永江回过身声音又大起来。“有本事不在声高，跟你说过一百遍。”贾少华笑着对王永江说。

“真他妈笑面虎。两人酸不溜的一个德行。”王永江怏怏走了。

“才收工?”安子健问贾少华。贾少华凑他耳边小声说:“去帮队里邱老三家干了点儿活儿,他家挺难。”安子健想起前些日子知青里有人议论,贾少华把知青点里肉包子偷偷往社员家里拿,为这事儿赵师傅还过问过,好像就是这个邱老三。“他家怎么了?”安子健问。贾少华拉了一下安子健,两人慢慢走着:“屋漏偏遇连阴雨,他家老太太在县医院做大手术,邱老三在医院里伺候,昨天老爷子又趴下了躺在炕上。我看他家菜地里草比菜都多就帮着收拾收拾。”“那肉包子……?”“是真事儿,我拿了几个让邱老三捎到医院给他妈。他家太困难,两个老的常年病恹恹,就靠他一个人,三十好几了还没老婆。”“那你不告诉我一声。”安子健说。“你又不能偷包子送去,你是先进分子。”贾少华说,脸上仍笑眯眯的。

第十九章

在天未成比翼鸟，在地未成连理枝。

深秋了。苞米进仓，苹果进城，蔬菜地里也空空如也。远远望去，大甸子上又恢复了深褐色。一夜的秋风，山坡上的果树骤然落了叶子，干巴巴的枝叉子不甘寂寞似的迎风摇曳着，还是无可奈何静静地垂下头。累了一年，奉献出了果实，也该休养生息了，来年，枝头再绽放显英雄本色。人却没有它们那种福气，喘息片刻又扛起镐头，拎起铁锹向大地宣战。"七里营公社冬季农业大会战"，安子健感到挺新鲜，这在葛家峪是从未有过的事，那里的人现在已经趴在热炕头上猫冬呢！明天会战就要开始，全公社的人都参战。想着那人山人海、彩旗飘飘的场景，他兴奋着。一大早赵师傅告诉他，公社要在会战现场成立广播站，各个大队都要投稿，要他去那里当编辑。"编辑？"安子健肃然起敬起来。"这是对你的信任，也是我们拉树山知青点的光荣。"赵师傅显着庄重，喜气却已经挂在眉梢，看得出，她已经开始"光荣"了。赵师傅的"光荣"瞬间感染了过来，安子健跃跃欲试了。第二天一大早，赵师傅换了一身挺新的军装，上衣还是四个兜的，听说赵师傅的丈夫是个军官。她神色昂然地站在院子中央，肩上扛着一把铁锹，那军装被腰带一系顿显英气，安子健想起赵师傅曾经就是革命小将，这一点令他很敬重。

还真是，全公社各个大队的社员、知青都从四面八方赶来了。"会战"却没有旗帜，每支队伍前面都是手扶拖拉机开路,后面都成群地扛着铁锨,有点像战争电影里的氛围,只不过坦克换了拖拉机,刺刀换了铁锨。坐着的走着的都在蠕动,人多就觉势大,人山人海就壮观。安子健顺着喇叭筒子高亢的军歌声找到了广播站,里面还有一个女知青,是广播员。会战开始时没有来稿,安子健站在门外看会战的场面,都在扬着铁锨紧张忙碌着。原来是翻地。十几台手扶拖拉机冒着黑烟"突突突"穿梭在田间,后面拖着犁头,黄土像麦浪一样翻滚着。隔十几步一个人,用铁锨将翻出的土铲到一边。得快,不然拖拉机回来时就会耽误行进。刚刚干了才一会儿,就有人气喘吁吁了,看着大都是知青。他看到一辆拖拉机开得最快,扬着浓浓的黑烟总在超过别的车,定睛一看驾驶的位置上坐着吴永杰。看着手头慢的人土没铲完,他就呼地开了过去,好危险!吴永杰却哈哈笑着。"吴永杰!"安子健喊了一声。他知道吴永杰小时候就喜欢车,有一次吴越前跟着一辆美国吉普回槐花巷,吴永杰就围着看。司机跟着吴越前敞着车门就急匆匆进了院子。吴永杰给车捣鼓开了,幸亏撞在了前面两米远的墙上。吴越前不但没发火,还拍着他的头说,到底是老子英雄儿好汉。真是人尽其才,吴永杰现在学好了。吴永杰看到了他在向他扬着手,以为安子健在鼓励他,呼地一给油开得更快了,差点撞到前面撅着的屁股。"小心人!"安子健又大声喊,又指指广播站。吴永杰先是怔了一下,看了看那个喇叭筒子,然后一猫腰,拖拉机一声吼叫呼地又蹿了出去。刚才看到吴永杰开着拖拉机还挺替他高兴,却怎么还是这样。安子健看着脸色又黯然下来。

中午刚吃完饭,吴永杰来了,安子健赶忙迎上去。"嗬,到哪都泡嫚儿。"吴永杰瞅着那个女知青,又露出坏笑。女知青扑闪着眼睛,起身出去了。"人家都在出大汗,放大屁,你倒躲在屋里泡嫚儿,好牛。”他一腚坐在椅子上,用手敲敲麦克风。安子健赶紧拦住他。

“不是挺能干吗,今天怎么不逞能了。”吴永杰点上一支烟。安子健不好意思起来,他看看桌子上零落的几篇稿子,一上午也没来几篇。“没看见我都学好了,真是接受再教育了。”吴永杰嘻嘻笑着。

“下午我去。”安子健认真说。“好,好,咱俩还噶伴儿,干给他们看看。”安子健看到吴永杰脸上又荡起他熟悉的那种豪气。“一言为定!”安子健说。

吴永杰前脚刚走,后脚高青来了。刚回屋的那个女知青看看高青,微微一笑又出去了。高青身上还是那套发白的军装,敞着怀。脚下穿一双解放鞋,脖子上搭着一条毛巾,没戴帽子,头发湿淋淋的。见到安子健迎了过来她伸过手,安子健和她握了一下。手挺软,也没茧子。“到底是大才子,干活儿也是坐着。”高青打趣道。“你不也是。”安子健拖过一把椅子,高青坐了下来。他已听说高青现在公社一个部门做助理。

“你怎么也来了?”安子健问。“全公社知青都来参加大会战,我哪能搞特殊。”安子健点点头表示赞许。他觉得高青直率中透着激动,像是见到了久别重逢的老友,不觉也感到了亲近。“你今天像大寨的铁姑娘。”安子健也打趣。高青上下看了看自己,眨眨眼看着安子健:“怎么,觉得我像野小子?”腮边泛起两朵红晕,笑得挺天真。安子健觉得两人怎么有点像故知,其实总共才见过两面。“哪里,更英姿飒爽了。”他赞美说。

“真的?”高青孩童似的张着眼睛看着安子健。

“真的。”说完,他感觉自己脸上开始发热,走到桌边收拾着那几篇稿子。

高青问着安子健的情况，安子健大概说了，高青认真听完，见安子健一直兴奋着，她说："你这是报喜不报忧哇，"见安子健不解的样子，又说，"听说那个王永江找过你麻烦，你那个外国妹妹还拔刀相助？"她笑看着安子健。"这点儿小事你也知道？"安子健有些惊讶。"知青的事我都知道，我也是知青啊！"高青看着他说，"更别说你。"又调皮地一笑。安子健觉得高青的眼神更亲切了，像也是槐花巷的，还住对门儿。他脸上又开始发热，赶紧低下头，却还是感觉到高青在调皮地笑着。"有件事跟你说一下，"高青的声音有些严肃起来，安子健抬起头，"下个月，公社准备利用冬闲季节，组织优秀知青成立工作组进驻落后大队，我想推荐你参加。"高青说得挺快，不像是在征询。"我行吗？"安子健有些踌躇。"当然行，无论德、能，你都当之无愧。就这么定。"高青很果断，她站起身。真是一个雷厉风行的人，安子健心里不由又生出敬佩。

"对了，我下午打算到地里干活，"正准备出门的高青站住了，回头看着安子健，又看看桌上的稿子，"稿子很少，一上午都闲着，广播员自己也能改，就是形式主义。""还是你。"高青看了一会儿安子健，慢慢系上衣扣，走了。

地里的拖拉机又开始轰鸣了。屋子里有几把铁锹，安子健挑了一把拎着，大步流星去了地里。他很容易就看到了吴永杰，他的拖拉机后面总冒着浓浓黑烟。这一溜都是社员，没有知青。看了看他明白了，吴永杰开得快，犁头又下得深，知青们这是畏而远之了。他走了过去。吴永杰也看到了他，摆摆手，拖拉机的黑烟更浓了。吴永杰过来了，都看到了拖拉机在剧烈地抖动。社员们都紧张着，有人面前的土还没铲过去，吴永杰呼地从身边就过去了，像个摩托车手。社员们都皱起眉，弯下腰来奋力铲着。土很厚，一铁锨下去才插进一半，抬起来时，铁锨上的土小山一样。只听前边“咔哧”一声，有人锨把子断了，安子健跑过去顶替他的位置。

干着干着，他感觉出不对劲。怎么翻出的是生土，还带着些褐红色的石子。这种土不长庄稼，在葛家峪时，熟土层子那么薄，也没人把这种土翻出来。严重的是这样翻下去，两种土混在了一起，连熟土都糟蹋了，岂不是自己熊自己？他加快速度把眼前的土铲完后，直起身看了看周围，原来都是这样，只不过眼前这趟因为翻得深，生土更多些。他扔下铁锨跑回广播站，要那位女知青赶紧广播大家都停下，女知青惊讶地看着他。“翻上来的都是生土，这是劳而无功，不，是揠苗助长，不，也不对，是……你只管赶快广播，大点声！”安子健焦急地看着她，声音嘶哑着。女知青捂起麦克风怔怔坐着。“出了问题我负责！”安子健努力镇定着自己，眼睛却还大大睁着，女知青又把麦克风捂得更紧。安子健一把夺下她的手，自己嘴对着麦克风：“社员同志们，大家赶紧停下！”女知青惊恐地又捂住耳朵。安子健抬起头看看窗外，地里的人都愣愣地站在那里向喇叭筒子张望着，接着面面相觑，拖拉机也都停了下来。他深深吁了一口气。

高青闯了进来，神色紧张。“怎么回事！”她抹着脸上的汗，气喘吁吁地问。安子健说了自己看到的，紧接着又说：“我下过乡，这个我懂！”他目光坚定地看着高青。高青想了想，面色忧虑起来，又紧锁眉头看看窗外，徐徐地说：“这事责任可大，是公社决定的。”又看着安子健，“也许你说得对，但太莽撞。”“这是救火！土地是人的命根子！我承担……”安子健眼见着狰狞了。“好了，别说了。”高青瞅他一眼轻声说，匆匆跑了出去。安子健紧跟着跑出去，放眼看去，拖拉机烟没了，有人却坐在地里抽着烟。他擦了擦额头上的汗，感觉凉凉的。不一会儿，高青又急匆匆跑了回来，对着那个女知青说："马上广播，今天继续干，明天等通知。""你是？""我叫高青，这是公社决定。"高青轻声说，见安子健又锁起眉头，又对女知青说，"明天等通知这句大声说，多重复几遍！"她脸涨红着闪出光泽。这时吴永杰晃着身子进来了，睃着安子健说："就知道又是你在逞能，漫山遍野找不出第二个。""闭上你的臭嘴！"安子健瞪着他说。吴永杰没介意，伸出两只手，里面有两把土："今天倒让你嘚瑟对了，老农都说是破墙推倒砸了新房子，这些狗当官的吃人饭不拉人粑粑。"他斜眼看了高青一眼，"让我看今天就停工，回去睡大觉。"说完又晃着身子走了。高青看了看身边还在忧虑着的安子健，她挑起一个大拇指，跑了出去。

萧瑟的大甸子被白雪覆盖了，街筒子也少了人影，井沿儿边的大鹅都将长长的脖颈挽起缩到翅膀边儿。安子健随知青工作组去了前海大队。带队的是公社负责知青工作的丛副书记，开动员会时，丛副书记宣布他只是分管，日常工作由高青主持。散会后，高青把安子健留了下来，把他介绍给丛副书记。

"你就是安子健？"丛副书记不苟言笑，他歪头看了看安子健，"是像个秀才。""不仅是秀才，关键时候也很勇敢，敢打硬仗。"高青说到上次大会战，又说了他和王永江的事。丛副书记神色严峻起来，瞅着安子健。安子健紧张起来。"丛副书记这是欣赏你，鼓励你。他是军人出身，就这种作风。"高青冲安子健笑着说。"好好干，广阔天地大有作为，工作组新知青可就一个。"丛副书记微微颔首，起身走了。

前海大队安子健没来过，倒是安静常来，她还和安子健说过这个“兔子不拉屎”的地方，说的时候“啧啧”地扮着一脸哭相。还说：“杰子他爸真‘装灯’，为了当官儿把儿子送到这么个鬼地方。不过，幸亏杰子有能耐，到哪都有吃有喝亏不了。”

看着，却没想象的那样，起码比葛家峪强多了。安静这是见寡识少没见过穷地方。这里有山有海，那山也不像葛家峪那样怪石嶙峋，有些耕地，海下面更是藏着宝藏啊。在大连的时候，有一次学校组织学工，去过大连湾的“辽大水”，看到一艘艘渔船卸着活蹦乱跳的鱼、虾，那牙片鱼都有小菜板那么大，大对虾滚滚的小地瓜似的。这里怎么还会穷？安静说过，这里的老农胆子大的都“偷海”，抓不着的就赚着，抓着的可都倒了血霉，还有为了两只蟹子游街的。又说，杰子敢，其实也不用自己动手去偷，他只要站在海边，看海的就走了，手下人动手。杰子才是靠海吃海，穷的都是些熊蛋包。安子健站在海边看着，他想起葛家峪那阵子不也这样，穷的都是胆子小的，没势力的。别看工分不值几个钱，地里有哇。丛副书记开动员会时说过“这里有阶级斗争新动向”。其实都是为口吃的，难道这里的大队书记、治保主任和山上、海里干活儿的不是一个“阶级”？

工作组总共八个人，五男三女分成两个组，高青是总负责。本来高青是被安排住大队书记家里，说是工作起来方便，行李都被搬了过来。高青发现后不同意，就和组里的另一个女知青住在书记家旁边的一户普通社员家里。两座房子也差不多，都是石头垒的院墙，里面夹着干巴巴的土，只是书记家院门稍大些，房头稍高些。安子健帮助高青从书记家往外搬行李的时候，听见猪圈里嗷嗷叫着，伸头看了看，两头猪倒是挺肥。那条狗也肥壮，呲牙瞪眼很凶猛，若不是书记踹了它一脚，就会叫个没完。书记老婆很热情，系着脏兮兮的围裙忙前忙后的，看着和自己的女房东没啥区别，只是能说会道些。仔细看长得也标致，若不是太阳晒着、海风吹着，还真是大美人。

晚饭后，高青召集大家集中学习马列主义哲学著作。工作组得先自己武装武装头脑。

在高青住的那间屋子里，八个知青炕上、地下挤着坐下。许是炕被房东烧得太热，高青坐在一个小板凳上，还脱下外衣，穿一件枣红色的毛衣。这种衣服大连街都很少有人穿，认识的人就林凌穿过。高青不时挪着两只脚，被热气蒸着，脸上红扑扑的，脸色很鲜艳。安子健坐在一把吱吱响的椅子上，正好冲着高青。他觉得炕上坐着的高青和往日有些不同，浑身散发着女人特有的气息。嘴唇也红着，有点面若桃花的味道。他低下头看着书。

"一个幽灵，共产主义的幽灵，在欧洲游荡……"她的声音原来这么好，比那次台上发言还要好，少了铿锵却多了感情色彩。比安静柔滑，比周娜又刚毅。不但抑扬顿挫有节奏，尾音儿还悠长着，使人多了遐想，不像广播里播音员总是高亢着缺少余味儿，安子健不禁抬起头看了看。灯不很亮，朦胧中还是看到她低垂着的眼睛边上长长的睫毛。念两句，抬起头，那眸子里闪着晶莹。他也感到了热，脱下外衣。

念完几段，高青放下书抬起头问："大家有谁看过这本书？"没人应声。又说，"来，大家一起谈谈体会。"屋里的人都垂下头，她将眼光转向安子健。安子健转过头，没有迎接。高青拿起书又继续念起来。屋里有了骚动，开始时的那股严肃神情都渐渐褪下。高青的语调也小了下来，看得出她在维持着。安子健从椅子上站了起来。

“我觉得这种学习效果不好。”他站得笔直，像面对老师，高青一怔。屋里刚才的郁闷气氛也瞬间荡尽，大家又振作起来齐刷刷看着他。

“你是说在走过场？”高青有些尴尬，却还是会意地笑着。

“马列主义哲学著作是高深的学问，不是只凭读一读就能领会。”安子健继续说。他看着高青，她眼皮垂下，脸上有了难为情的神色。

“说说你的想法。”高青恢复了神情，眼睛里满是期待。

“我觉得好的学习方法应该是——”看着高青眼神在鼓励着，接着说，“应该是发动大家先预习，对原著有一个起码的了解和认识，然后独立思考。在此基础上再集中学习，共同讨论，慢慢消化，真正成为宝贵的精神食粮。”安子健一连串地说。听得出这些话在心里已经闷了许久，大家投来赞许的目光。高青也郑重地点头，眼光里浮出一股温温的神色。

院子里有人敲门，声音挺重。房东出去不久，随着咚咚的脚步声，吴永杰一撩厚厚的门帘走了进来，身后跟着一个知青。“哈哈，集体泡嫚儿呀，叫我抓着了。”吴永杰穿一件工作服棉袄，腰里系着一根麻绳儿，后面的知青也一样打扮。他环视了一下屋子，看到了高青。

“吴永杰，你来干什么，我们在学习。”高青声音不大却透着严厉。“听说战友们来了，过来欢迎欢迎啊！”吴永杰说着一屁股坐在炕沿儿上，夺过一本书飞快翻着，“嗤”，其中一页被撕掉半截。高青的脸呼地涨红了，她怒视着吴永杰。安子健站了起来。“哟嗬，你也在这儿？”吴永杰一愣，嘻笑着又说，“怎么好地方都有你。又护花儿来了？”

“闭嘴吧，你先出去，哪天我去找你。”“想独占？有我在，别想。”吴永杰扫了一下几个女知青，眼光又落在高青身上。

"看来你俩还真有缘分,早勾搭上了吧。""你——!"高青身子在微微发抖。

"胡说什么,快走!"安子健一把将他从炕沿上拽了下来,愤怒地说。"好吧,听大舅哥的,哥们儿今天先走,改日再来。"说着他挑开门帘,又回过头对着安子健向高青努了一下嘴,一脸认真地说:"给我留着,别下死手,别说我到时候六亲不认。"说完扬长而去。高青眼睛里一股锐利的光束迸射在吴永杰的背影上,接着又黯淡下来,似屈辱中含着无奈。她感觉自己在失态,又在极力保持着镇定。她看到了安子健焦急的神情,这神情在大会战的广播室里见过。可那只是纯粹的焦急,焦急到了疯狂。此刻却多了什么,是疼怜?是张着手要拥抱过来?却又磐石般坚定。她又如沐春风了,刚才吴永杰的污言秽语瞬间随着心底融化出的涓涓流水漂移而去。她微微点了一下头,又轻轻擎起手里的书,神色轻松地说:"下面咱们继续学习。"声音又是刚才那样从容和坚定。"我来接着念吧,文章挺长大家轮着。"高青正准备读,安子健说,大家都点着头。"另外男声女声轮换着更有感染力,"安子健又对着他们组的那个女知青说,"下一个你接力。"大家嬉笑起来,屋里的气氛顿时活跃了。最后高青声音朗朗地宣布:"下一次按照安子健同志的建议,大家先预习,然后再集中学习。"送大家到院子里时,高青拽了安子健一把,安子健停了下来。

"今天得感谢你。"黑影中看不清高青的脸,却感到呼出的气是炽热的。"没什么,他这人就这样,不用在意。"

"我不光说这个,"高青和他靠得很近,声音很轻。见安子健有些惊讶,又轻声说,"你好像成熟不少。"

"还得努力,向你看齐。"他说得很诚恳,院子里黑黝黝的，高青还是感到了。她垂下头，想着什么。

“外面冷，你——”安子健发现高青还只是穿着一件毛衣。高青抬起头：“说说吴永杰吧——”

“就是个痞子，打小顽皮惯了，缺少教养。”安子健张口说。

“我看他不是一般的痞子，挺特别，”又问，“那个安静是怎么回事？我知道一定不是亲妹。”安子健说了安静的情况。“是这样？你们家真是——”高青点点头，黑影儿里感觉她轻舒一口气，眼光亮着。

北方的海与南方不同，像两处的人。北方的海水蓝中透着黝黑，总使人感到深邃莫测，海水下像掩藏着无尽的凶险。南方的海看着却天真许多，淡蓝色的海水少女般柔情万种，清澈着像在敞露着心底的爱意。即便有点风浪也像是被不解风情的少年伤着了，显着忧容，腮边流着香泪。“前海”不这样，谁叫生来就是北方，北方得有北方的烈性，给点儿风就得掀起惊涛骇浪。你看它，稍有风浪，就狠狠撞击着岸边黝黑的礁石，又溅起巨大的浪花，显示出它的汹涌澎湃之势。这不，潮水退下后，更多的礁石又出现了，它们手挽着手，巨齿獠牙般傲视着海面。就连岸边也多是大大小小的碎石，即便有片沙滩，也是深棕色的显示着刚硬。不似南方的海岸线绵延、宛转像女人的裙纱，细细的白沙亲吻着不断涌过来的海水。

“说它缺乏柔情也不尽然，刚烈之中它也怀抱宝藏，不乏馈赠。这不，它将腹中的美物奉献出来。”一次海潮落下后，安子健站在海边说，高青看着点头赞同。书记也善解人意，他和高青商量说，“到这来了，总得体验一下咱当地老百姓的生活。我们这儿靠海吃海，你们不能光闻着海腥味儿，体验也不深刻。”高青说:“那就不劳社员,我们自己动手,也体验一下社员们的劳作。”工作组的知青们提着篓子,冒着小北风来到海滩上。别看泥泞,脚下又石头遍地,却几乎每块石头下都有“货”。海螺、花盖蟹,只只都肥肥的,看海的也帮着捡,不一会儿,两个篓子就满满的。这咋还穷?安子健想。

天天晚上,工作组组织社员学习、动员,查找阶级斗争新动向。白天拿着小本子分头到社员家里严肃地单独谈话,动员他们揭发队里的歪风邪气。一个月下来,小本本都没写几个字,大家有些沮丧,来时的热情渐渐没了。这里的人看着愚钝,这时却齐心协力地迸发出非凡的智慧。迎来送往很热情,临走还笑吟吟送上一顶高帽给戴着,可一动真格的就腾挪躲闪,老到之极。“区区一个穷乡僻壤,咋就像了江湖中太极高手云集的武当山,还深藏在云里雾里一片缥缈。小觑了。”高青暗暗着急,却也一筹莫展。

“其实农民很可怜,他们也无奈。”安子健也忧虑地说。“可怜之人必有可恨之处!”高青说。

“他们害怕。”安子健说。“我们苦口婆心,不就是为他们。”高青很委屈。

“他们怕权力。”安子健又说。

“我们不代表权力。”

“流水的官他们不怕。”

“你是说怕身边铁打的衙门?”

“这权力才是他们一辈子都怕的,管着他们一砖一瓦,吃喝拉撒睡。还有命脉。”

“原来你这方面倒很成熟。”高青钦佩起来。

“经历过,书上也有,也愿琢磨。”

“生活不光书上说得那么简单。”

“那是理，什么都离不开。”安子健很凝重。高青点点头，忽地问：“我是不是很渺小？”

“丝毫没有。反倒觉得比我高大。”

“真心话？”她仰脸又问。安子健觉得她此时像是个满脸稚气的小女孩。他垂下头。感觉高青还在看着他，又点头。

“终于有了目标，发现了阶级斗争新动向，抓住了歪风邪气的现行。”书记说这话的时候，大家为之一振，“这事交给你们工作组！”书记没有抢功，满脸期待。

“请说说具体情况。”高青镇静地说。大家都打开小本本，眼睛盯着书记。“咳、咳”书记捂着嘴清了清嗓子，神色很严峻。

“二队的鞠老六竟敢冒天下之大不韪。”书记声音很严厉，披着的棉袄都被震得发抖。“说具体点。”高青认真在听。“咳、咳——偷海！半篓花盖蟹子。”大家都握着笔抬起了头，看着高青。高青微蹙了一下眉。像是没被重视，书记觉得有些扫兴。“这是顶风上，看到你们工作组来了，跟运动对着干。”书记环视了一下眼前，又看着高青，大家又都低下头握紧笔，“他家还是中农，真是贼心不死，做梦都妄想吃香喝辣的。”书记怒冲冲的。“中农？中农应该是团结对象，再说，关键得看行为是否恶劣。”高青想着，说。“听老人儿说本来应该是上中农，土改时漏网了。”有人在憋着笑，涨红了脸。“再说，这中农最可恨，最经不起考验！像海边儿有点儿风儿就起浪，还往礁石上撞，不知道这礁石有多硬，这可是无产阶级的礁石！”有人扑哧笑了。书记来了气性，“怎么，还不算恶劣？要是大队处理得罚他个底儿朝天，送到公社人保组关半年。”他披着的棉袄一只袖子耷拉下来，往上拽了拽。“这样吧，我们先找他谈一谈。”高青说。“我这就找人把他带来，别让他畏罪潜逃。”

鞠老六来了，畏缩着脖子，穿一件露着棉花的破棉袄，腰上系着根草绳。进门时被门槛绊了一下，就势佝偻着走进来，又就势弓腰站着，两只手使劲儿垂着。“坐下，说说吧。”高青低声说，她指着地上一把椅子。鞠老六吃惊地抬起头，安子健这才看到他的模样，四方大脸没了肉更显得棱骨分明，野菜团子色，眼神空洞着。他不由心里一颤，这种脸色葛家峪青黄不接的时候都少有。

高青又向那把椅子撅了一下嘴，鞠老六慢慢坐在椅子角上。“俺认罚。”他嘴唇抖着嗫嚅着说。

“为什么偷海？”安子健问。“俺——”

“如实说，没关系。”高青轻声说。鞠老六抬起头看了看高青，又看看安子健，感到了眼神里面有一种善意。他低下头说着。他老婆坐月子没有奶，孩子嗷嗷哭了三天，老婆的眼泪流在孩子脸上，孩子都吸吮着。这地方流行一个方子，吃母蟹子能发奶。这天下半夜落大潮，想了半宿，咬咬牙爬起来去了海边。没承想还是被抓着了。“俺这可是第一次，撒句谎天打五雷轰。”鞠老六扬起脸，鼓着布满血丝的眼珠子，眼窝里滚出大滴的眼泪。干瘪的嘴角抽搐着，眼泪流过那里他舌尖舔了一下。

“偷海的都罚吗？”高青问。鞠老六又低下头。

“没关系，实话实说。”安子健有些着急。鞠老六抬头看看安子健。“也不是，得看谁。”声音颤颤在嗓子眼。

鞠老六又佝偻着跨出门外，被门槛又绊了一下，他直起身子往身后瞅瞅，抬手擦着眼角走了。

知青们散了后，安子健对高青说：“我觉得就是普通的违反村规，不能上纲上线，”高青听着他说下去，“说轻点儿是欺软怕硬，说重了是虚张声势避重就轻，转移斗争大方向。”见高青在会意地微微点头，又说，“那人，你看不出来？”高青果断地说：“我这就去汇报给丛副书记，他的政策水平高，人也正直。”安子健想想又说，“如果按普通违反村规处理的话，罚款的钱我出。”高青立即说，“我也闪过这个念头，咱一起帮帮他，算救救孩子。不过，咱俩这事儿得背着。”她瞅着他。安子健一拍脑袋：“还是你想问题全面。”“谁像你那么傻。”高青一甩辫子说。安子健心里挺甜。

“吴永杰最近找你没？”高青忽然问。安子健晃晃头看着她。“这人真是无赖。”高青变了脸色。

“又来纠缠你了？”安子健吃惊地看着她。“来过几次，还拿些海货。没人搭理，他就和房东一起喝酒，房东倒跟着沾了光。喝的时候还故意大声说些下流话，”高青眉头紧拧着，又说，“话里还捎着你。”她转过头去，安子健看到她白白的脖颈泛了红。

“我去找他！”安子健拔腿要走，被高青一把拽住：“也不问问都说了什么？”安子健看着高青。

“上一次在说你和安静——还故意扬着嗓子，我听着实在难听，出门呵斥了他几句。”

“我和安静？”安子健一怔，见高青欲言又止，“说呀！”他眼神模糊着。

“我都当他胡说八道，你认真啥。”高青平静着说。“他是胡说八道惯了。”安子健释然下来。忽地，高青脸上又现出一丝忧容，说：“本来他要撒野的样子，却又嬉皮笑脸看着我说‘你领头抓阶级斗争，可别忘了身边。’那眼神里挺特别。”

“这和我有什么关系，信口开河惯了，你太多心。”安子健不以为然。高青看到他眸子里又是那样清澈，里面任何时候都这样执著地透着善良、安然，仿佛周边都一派灿烂、祥和。心底里却又存不得一丝杂物，一旦触摸到一丁点儿，那眼神便彻头彻尾暴露出憎恶，像是立马要将它撕扯得粉碎。她想起那句：横眉冷对千夫指，俯首甘为孺子牛。他不就这样，有了憎便拍案而起、无私无畏；有了爱便和风细雨、柔似羔羊。真是一个很特别的人。安子健感觉到高青一直在看着他，也凝神看，眼前的高青似彻头彻尾卸了戎装，活脱脱一个林黛玉静待闺中。他觉得眼睛骤然明亮起来，心里柔软着。

一个月来，安子健从高青嘴里断断续续了解了一些她的事情。爸爸是转业军人，曾经是一个团里的副政委，现在是一个食品厂的革委会主任。她在学校时是年级大队长，红代会委员。不但根红苗正，各方面都很出众，文章写得也好。说可能遗传了晚清时中举的曾祖父的血脉，她爸也是从连队文书一直干到副政委的。虽说当了半辈子兵，却一直还文绉绉的，为人也很正直，对她影响很大。

"你也是红代会？"那次两人站在海边聊着，高青提到曾经是红代会委员的时候，安子健脱口问了一句。"怎么？"高青转过头轻声问，他见那眼睛里闪出一丝惊愕。"怎么了？"她又追问，眼睛里婴儿受了惊吓般。安子健霎时觉得刚才闪过的念头玷污了眼前的高青，"对不起！"他乞求似看着她。见眼前那股清澈中含了渴求，他坦诚说想到了林凌，曾经也是学校红代会的。

"也是女的？"高青问。安子健点点头。"你不喜欢她？"又问。

"一个胡同住的——""青梅竹马？"高青没有听他说下去紧跟着问。"说什么呢！"安子健窘迫的样子。"那是什么？"

"小时候是挺投缘，后来她变了。"

“变了?”高青又打断他,张着眼睛看着他。

“哦!不是那个变,是人变了,其实也不是变,也许天生就……”

“就此打住,我全都明白了,你是怕我跟她同类。”高青捂着嘴咯咯笑了。忽然,她止住了笑,手也放下,眼角里含着两滴泪珠。

“是我不好,冤枉你了。”见那泪珠在嘴角停住了,像两颗晶莹的珍珠挂在那儿,高青在瑟瑟发抖,他竟有了脱下棉袄披在她身上的冲动。当时海水满满的,当地人叫“满灌儿”,此时海水最冰冷,路上的积雪被碾压的闪着冰碴。

高青摇摇头,“我们俩似有过同样的经历。你这人又嫉恶如仇。”她喃喃地说。

“可还是不一样,也许根儿就——”安子健在思索着。高青点点头。“人之初未必都性本善,”她说,“同样的经历未必同样的人生轨迹。同样的事物看法也未必相同,就像看书也是仁者见仁智者见智。像你安子健,书里见到的是美的海洋和海边岸然矗立的礁石,还有,这优雅的海鸥。”高青神态安详地看着海面。此时礁石大都被海水淹没了,只剩下几座在高傲地俯视着深邃的海面。几只海鸥立在礁石上面嘎嘎叫着,不时俯冲着衔起什么又飞向高空。她向着它们招招手,迎着风还在想着什么。安子健屏住呼吸听她讲下去。

“我感受过这种类似的看法,有时也苦闷,还偷偷掉过眼泪。难道女生就不能积极上进,上进了就是有野心,有了作为就不纯粹了?”她蹙了一下眉,安子健身子晃了一下。“你怎么看‘女子无才便是德’这句话?”高青侧过脸看着他。他在想着,没回答。“有困惑就好,就怕理直气壮,能看出你脑子里有这种残渣余孽,”见安子健露出窘相,高青咯咯笑了,“朽木可雕也。”她肩膀轻轻碰了一下安子健。

“女人中不光有武则天，不光有慈禧，还有秋瑾，还有居里夫人。”“知道她们有什么不一样吗？”见安子健在侧过脸听，高青也侧过脸迎着他的目光。安子健想了一下，“心里装的别人，不为自己。”

“没错，这就是两类人。其实你们安家几代女人正是这类，看似平凡其实伟大，只不过自己没意识到罢了。如果再提升高度，在人生舞台岂不更好地发挥光和热。”安子健深深呼出一口气，他眼神亮亮地盯着高青。太新鲜的思想，他感到自己像眼前一座礁石那样在被海浪狠狠撞击着，海浪泛着水沫儿悄然退下时，瞬间又一股清流流入。太鲜活的一个女生，简直就像坡顶一棵刚刚露出芽儿顶着露珠的青草，头顶上却阴云密布。对了，她也像了一座礁石，在迎接着一波波的吞噬。海浪退下后它重新冒了出来，在跟自己那座礁石凝望。她是问过自己的家世，就简单说了几句，她却默默装进了心里，又提炼得如此精辟，只这一句就说透了奶奶、妈——这些“安家的女人”。同样是军人家庭出身的两个女生，心里装的却不同，这不正是她说的“不同的轨迹”，就像都在三十里铺上车，一个回了大连，一个却不知去了何处。“发什么呆呢？”高青问。“在想——轨迹。”安子健说。“轨迹？”高青看着他，忽然笑了起来，“说心坎儿上了？”安子健神情岸然地点点头。“心有灵犀——？”高青翘着嘴问。“一点通”安子健认真地说。“你很优秀。”高青凝重起来，轻轻说。“还得向你看齐。”安子健说。“就会这一句表扬人的话，发言的时候滔滔不绝的那股劲儿哪去了。”高青嗔怪道。

有人从大队部捎信儿来，高青所在的知青点打来电话，有一个包裹要她回去拿。她知道这又是有同学从大连回来，家里捎回的点心之类的。“电话里说那包闻着真香。”捎话儿的人说。又是核桃酥,这些馋鬼可是鼻子尖,在等着分享呢。她准备去大队部打一个电话回去,往常,她都是分给知青们吃了。走了几步却又站定了。吃晚饭的时候,高青悄悄告诉安子健她要回知青点一趟。见高青说完在看着他,安子健挺纳闷儿:“怎么,今晚要我组织学习?”“今晚没有学习。忘了?”

“那是——?”“抬头看看——”高青嘴巴往天上一翘。安子健眨眨眼睛。

“黑灯瞎火,一人独行。”高青嗔怪道。“要我送你?”安子健拘泥着。“是陪,还得回来。”高青说。“这么晚,路又这么远你还——?”安子健认真地说。“那用你干吗。”高青转身走了,安子健看着她脚步很轻盈,局促中有些兴奋。

两人去书记家借了自行车。书记很热情,认真摁了摁轮胎,气挺足,然后才放心推到安子健手里,叮嘱着天黑慢点骑。

上次“偷海”事件后,最终没有按照书记的愿望处理,却没看出他有什么情绪,与工作组的配合跟往常一样。这人也挺大度,高青和安子健私下说。两人不由松了一口气。只是感觉吴永杰与书记来往挺近,还经常在书记家吃饭喝酒。去的时候手里都提着东西,出来的时候微醺着吆五喝六的。“这书记也真是,没有立场。”有的同学嘀咕。“也许这是书记的工作方法,从侧面帮助、感化。”高青说。“乡下人都爱占小便宜,穷怕了,干部也是人。”安子健说。

出了前海土路,路上就平坦了。夜深人静,自行车在细沙铺着的路面上沙沙作响。没有了颠簸,高青还是拽着安子健的衣角。十几里地,他们感到很快就到了村口。他停下车，高青一人骑着去了知青点。很快高青回来了，很大的一个包裹夹在后座上，香喷喷的味道直往鼻孔钻。又回到了前海的土路，不时有坑坑洼洼，车子扭扭歪歪前行着。无怪书记叮嘱说，回来时天太黑，还滑，这段路得下来走。安子健停下车，双腿蹬地。

又看到了黑黝黝的大海。灰白的浪花翻卷着涌向岸边，静静的夜空中，“哗、哗——”一波一波的海浪声格外响亮。黑乎乎的礁石剪影似的峭立着，“咣、咣”，海浪不断向它扑过来，瞬间被撞击得粉碎，悄然退下后又扑过来。还有淡淡的月亮挂在遥远的海平面上，不大，却更是朦胧，像是嫦娥看到了什么在羞怩地遮着面庞。

“真壮观！”他口中喃喃着。心潮也在涌动，凝视着海面。三个多月来，他还是头一回晚间在海头看着大海。它简直就是一幅画，一首乐曲。这景象，如果季子山看到一定会欣喜若狂，挥笔描摹下来，成就一幅绝妙的杰作。这声音，如果桥本先生，还有爸，他们听见又会怎样？今晚回去就写一首诗，里面既有立体的画面，又有跳动的音符。夜色中，安子健的眼睛里闪着光辉。

“又傻了！”高青从后座上跳了下来，轻声说。安子健没有转身，却能感到高青也在深情地看着眼前。“也很柔情。”听她又说。他抬起头看着那轮似明似暗的月亮，渐渐又进入沉醉。这是一种迷人的、能击垮任何坚强意志的醉，它令人像浪花一样难以自已，面对坚硬的礁石还勇往直前。

虽是阳春三月，北方的大地却是乍暖还寒。被寒风凛冽了一冬的大海还在散发着寒气，高青在微微发抖。厚厚的军大衣并未掩饰住瘦削的身材，亭亭玉立中又多了些许丰满。安子健感到心潮比海潮温。

“坐一会吧，天还早。”高青说着走向不远处一个小屋子。这是一个仓库，里面是些队里渔船出海用的物品。曾路过几次它都是锁着门儿，这个季节它闲着。

“过来吧，这里背风。”见安子健还站在那里，高青又说。声音不大，却是顺风飘过来，感觉还带着些喃喃，直撞耳底。安子健走了过来，许是鹅卵石在脚下绊着，踉跄着，每迈一步都显身体很沉重。高青已经坐下，在打那个包裹，纸包油腻腻的，真是核桃酥。安子健慢慢坐下。“往这儿靠靠，暖和。”高青说着递过来一块儿，它咧着些小嘴儿，在诱着，这东西市面上很少见。安子健看着手里的核桃酥，默默坐着。

“吃呀。刚才品了精神食粮，也得有物质的。”高青看着安子健，眼睛里闪着光亮。安子健有些局促，垂下头，喘息声重了起来，高青也垂下头。忽然，他脱下身上的工作服棉袄，高青抬起头。

“铺着，地下凉。”他示意着。高青静默了一下，抬起身子，然后坐在安子健铺好的棉袄上。大地在沉睡，只有海浪声汹涌着。高青在解大衣纽扣，她看着远处的海浪，眼睛里有了迷离。她慢慢脱下大衣，轻轻将大衣披在安子健身上。许是海风吹过来的原因，她的身子在瑟瑟发抖，安子健泥塑般坐着。高青将头斜倚在安子健肩头，闭上眼睛。她耳边听到了那剧烈的“咚咚”跳动声，还有在狠狠压抑着的喘息声，她感到脸颊在被强大的热气流笼罩着。她被鼓舞了，又被融化了，整个身子瘫软似的滑落到他的怀里，嘴唇微张开。安子健觉得一股异香迎面扑来，瞬时驱散了鼻子前核桃酥的余香，驱散了空气中蔓延着的海水味儿，整个世界只剩下这种醉人的香。花香吗？还有着奶的味道。奶香吗？又有着花的味道。统统都不是。她比花香更有力地侵蚀着鼻腔，直入肺腑，摇曳着心神。比奶香更柔腻地蚕食着魂魄，直入血脉，拨动着每一根神经。它就那么安详地释放着，却又势不可挡地迸发着强大，催你奋力跃起，勇往直前。安子健感到周身的血脉急剧膨胀起来，压迫得他就要窒息，就要昏死过去。眼前朦胧着，没有了大海，没有了礁石，它们已都是过眼云烟，只有怀里是活生生的带着温热的肉体。他一把搂住高青，将大衣披在两人身上。大衣蒙住了头，月亮看不见了，没有丑恶，什么都没有，只剩了欲。只有肆无忌惮紧紧拥抱着的两个生灵，才知道，生命原来可以这样为所欲为。不，不是搂，是紧紧缠在一起。天哪！这是什么？鼓鼓着，圆润着，柔滑着，滚烫着。高青呻吟了，她已经横躺在安子健怀里，紧紧闭着眼睛。他感觉到怀里温热的身体在微微颤抖中起伏。像是在激励，他一下子拎下大衣盖在她身上，紧紧闭上眼睛，手，伸了进去——大衣在颤抖，又剧烈起伏着。高青的脖颈伸了出来，长长地向后仰着，惨淡的月光下熠熠发着银色的光。他伸出一只手托了起来，看着她。"德瑞娜夫人！"脑子里赫然一道闪电划过，他身子僵直了就那么托着，像怀抱一个待哺的婴孩。"咣，咣——！"礁石那面声音又大了起来。

"不能谈恋爱！"突然，脑子里一声炸响。安子健一个寒颤。爸的声音，下乡前一天说的。当时只知道是说给安静听的，怎么自己却……！他感到冰冷的风吹了过来，胸口在紧缩，寒风又透过胸口传遍全身，他感到自己在战栗，毛发直立。"流氓！"谁大喊一声，他呼地从大衣里面缩回手，捂住脸。倏地，大衣下面也沉静了。他就那么呆若木鸡般瞅着，她的眼角滚出两行晶莹，他想伸手过去却又僵住了。看着她的脸上安详起来，眼睛空空地望着黑夜。安子健觉得浑身的血液呼地又涌到脸上：高青如此高尚的一个女人都奋不顾身要她想要的，我为什么不能！那礁石任海浪百般亲吻却岿然不动，那是它没有血肉！他又紧紧闭上眼睛。

高青坐了起来，捋了一下额前凌乱的头发，将大衣披在他的身上。他一把将大衣扯下。"听话。"她轻声说，泪花还挂在脸上，她没擦。她又抬头看看远处，那是月亮的方向。

"对不起，我玷污了……"安子健惶恐着。高青猛地捂住他的嘴，看着他："谢谢你。不然——"高青又看向远处，神情淡定。

"真的对不起！"安子健眼泪涌了出来，头深深地垂着。

"很珍贵。"高青眼睛晶莹着，还在看那颗月亮。

"我们走吧。"安子健说。高青没吱声，迎面的海风吹散了她额前的头发，安子健把大衣轻轻披在她身上，高青将他也披上，两颗头又拢在一起。

"我们是两座礁石，"她看着远处溅起的浪花，又说，"看似离得挺远，下面却连着。"安子健将她搂紧了。

突然，远处一道手电筒的光束向这面射开，夜色中像一把利剑直刺过来。晃了一下，两下，又晃了一下，灭掉了。没有丝毫杂乱的声响，显得有条不紊、按部就班，显然窥视已久，却又不动声色。随着踢踏的脚步声一个人影消失在黑暗中，又一道光束射向村里的方向。一声清脆的口哨传来，隐隐约约像是《莫斯科郊外的晚上》。这口哨他太熟悉了，在槐花巷时就熟悉。那时听着虽然有些痞子味儿，却还感到挺欣赏，觉得他有些天分。此时在寂静的夜空中，这口哨却听着很凄厉，像夜晚出没的长毛鬼张着巨齿獠牙，伸着长长的舌头在哀鸣，那长长的光束晃动着鬼火般一颠一颠的。他一阵惊悚，浑身骤然一层鸡皮疙瘩。看看高青也在惊恐地看着他。"这个王八蛋！"他面色狰狞骂了一句。高青双手垂了下来，两只小拳头紧握着，痛苦地闭上眼睛，大滴的眼泪滚了出来。

第二天中午吃饭的时候，书记来了。里外走走不见高青，就问。知青说高青病了，去了公社卫生院。"许是走夜路冻感冒了吧，你们这些孩子还是太年轻，不经折腾。啧啧——"他自言自语着，背着手走了。

傍晚，高青回来了，一起的还有丛副主任。晚上吃饭前，他吩咐请来大队书记、治保主任还有知青点带队师傅。他郑重宣布，工作组已经圆满完成战斗任务，明天起从前海大队撤出。他对工作组的工作给予了表扬和充分肯定，尤其提到了高青和安子健同学，并感谢前海大队全体社员和全体知青对工作组的积极配合。最后他强调，前海大队干部和群众今后还要再接再厉，密切关注阶级斗争新动向。公社随时都在看着你们！领导们的眼睛是雪亮的。

第二十章

天空未留痕迹，鸟儿却早已飞过。

海头的风退了寒气，山坡上飘来草香的时候，吴永杰转到了拉树山大队知青点。丛副书记向公社领导班子提的建议。

前海大队阶级斗争太复杂，不利于知识青年再教育，尤其是落后知识青年。大队主要干部意志不坚定，与知识青年搞拉拉扯扯，这样下去还不如不教育。这个问题很新鲜，领导们一时没了主意。怎么个不教育法儿，难道提前返城不成？丛副书记显然有所考虑，转点儿，转到先进大队，先进知青点儿。以先进带动落后，这是我们一贯的、经过实践检验行之有效的工作方法。想法不错，可没有先例。有人担心。先例是人创造的，只要对工作有利。知识青年上山下乡接受贫下中农再教育不也史无前例，却是当前党的重要工作之一，关系到革命事业后继有人的问题。这个问题不容马虎，也是考验我们对党、对人民、对每个知识青年是否高度负责。不能因为没有先例就畏缩不前，放任自流。七里营公社是全县知识青年再教育工作先进典型，不能让一个知识青年在七里营公社落伍。丛副书记慷慨陈词，态度鲜明。前海不合适，换个合适的地方同样是再教育，只要不出七里营，我们完全可以调整。

全公社知青点拉树山最好，大队班子也过硬。丛副书记建议道。可听说点儿里有个叫三江子的也够操蛋，会不会强强联手阵容反而更强大，臭肉烂虾搅在一个锅里更臭更腥。有人担忧。从副书记早已胸有成竹，把他俩分散开，小田家大队知青点还没实行厂社挂钩，还是几个老知青，去那里不容易搞串联。领导们觉得这个想法挺好，不愧是在部队搞政治工作的老兵，关键时刻有办法。那就叫三江子去小田家。领导们一致同意。这家伙别看虎里吧唧的，却没有吴永杰那么些道道儿，工作好做些。另外，拉树山知青点的安子健是一个很正直的青年，他和吴永杰是一个胡同里长大的，会更好地发挥带动作用。领导们都频频点头，还是从副书记想问题周全。

吴永杰很欢喜，当初不是他爸装积极早就应该在这儿了，老子狗熊儿子也可以自打江山成好汉。这兔子不拉屎的地方早就待腻歪了，虽说鱼鳖虾蟹张口就来，可我吴永杰到哪缺这些。尤其这海头子边上太闭塞，很少看到新鲜面孔。他喜欢熙熙攘攘的人群，人多方显英雄本色，在这儿委屈了。另外，还和安静凑了一起，江山、美人都搂着才是英雄所为。一望无际的大甸子上，一个壮士豪情满怀策马由缰，身后一个娇小美人紧紧相拥。这才是大丈夫。吴永杰如看见猎物的猛虎，心里痒痒着。再者，那里还有安子健——

对吴永杰的到来，安静也很亢奋。"杰子、杰子"叫着，仿佛静待闺中的怨妇见到了出征归来的郎君。每当听到安静这样叫着，周娜就低垂下头，或是拔腿走开。"杰子"的大名如雷贯耳，早听说他不似王永江那种鲁莽匹夫。现在近距离看，慢慢咂着，还真是名不虚传。长得也比王永江强多了，宽宽的肩膀，胸前鼓鼓的"块儿"。面庞黝黑，却不像王永江那般粗糙，这是威武，王永江那是粗制滥造。这是肩披长发的雄狮，王永江那是卷着毛的草狗。又比安子健强壮、威猛。安子健虽身材颀长，扬着浮雕般的白净面孔，但气息缺乏炽热，眼睛里又太清静。不如吴永杰那样喷着热气，目光炯炯地直射着你，像勇猛善战的狼狗伸着长长的舌头，红着眼睛紧盯着对手。周娜被自己丰富的想象力感动了。更要命的是，安子健见到美餐总是躲闪着，总装出一副正人君子的模样，令人伤心，更令人憎恨。吴永杰却很直接，只要抛出一个笑脸，就会得到号令一样猛扑过来。她有这种直觉，也尝试了一次。为什么不呢？安静除了身材小巧点儿，脸蛋媚了点，声音尖细点儿，其他都像村妇、泼妇。真正的男人哪会满足这些，是他没遇到更好的饥不择食而已。这尖尖的声音太扰人，一看见吴永杰就房檐儿下家雀儿一样叽叽喳喳叫着。可惜王永江走了，不然早就连窝端了去烤着吃了。

这几天，“家雀”忽然不叫了。一打听，安静得了病，去了公社卫生院住院了。周娜拉起了小提琴，手生了，拉得却很投入，时而缠绵，时而欢快。安子健曾经说她功力还远远不够，得循序渐进。她觉得说得对，可又不甘，就是个木头疙瘩根本不懂女人心。她又练过，安子健却不但没见什么共鸣，还一本正经地说：“小提琴这东西，看着好像没有钢琴、铜管乐那样强大的震撼力，低低私语着却最能打动心弦，还得下苦功。”周娜当时很沮丧，也很失落，看着安子健那张率真中又透着坚定的脸，这削瘦的肩膀下面到底藏着怎样顽石般的心，这么难以打动？安子健刚刚转身，周娜一把摔了琴。

今天拉着琴，感觉不错。天儿热，窗户都开着，院子里飘着悠扬的琴声，空气中都多了些风情。吃过晚饭天还亮着，院子里三三两两地坐着，溜达着。一个男知青坐在窗台上，哼哼着改了词的《红河谷》：走过来，坐在我的大腿上，不要离别得这么慌张。看一看拉树山第二个故乡,还有那不要脸的姑娘……都耳熟能详了。别说,词儿改得挺真实,有生活,真挺有才。周娜心想。小提琴声飘出时,男声停止了,换成了女声,随着琴声也在哼哼着《红河谷》的词儿。对不上点儿,调也跑了,男生们一阵哄笑。琴声没断,继续在拉。

“笑什么,都闭嘴!”吴永杰从一个窗户中探出头。又冲女宿舍那面喊:“不会唱瞎哼哼什么,母猫叫秧子似的!怎么,发情了?”说完,两腿耷拉着坐在窗台上。一个男知青卷起一根烟,递了过来。吴永杰拍拍他的肩膀,点上:“好冲,蛟河烟儿,小子挺有路子。”“社员现在都鬼了烟不好蹭,托人在吉林捎的,等给你点儿。”男知青笑着说。才几个月,吴永杰可谓兵不血刃收服了王永江当初那伙人,又扯起了大旗。他靠的是威名,开山伊始,就一拨一拨从庄河、复县、新金县赶过来些当初大连街的“名人”前来看望。来了也不咋咋呼呼,就是喝酒,顶多临走时院子里转转,或是往哪个窗户里伸伸头。不怒自威呀!众人真是领教了。王永江也来凑过热闹,临走时还醉醺醺对吴永杰说:“哥们在这里就一件心思,杰子你帮看着点儿。”他手指着周娜宿舍的窗户。后来吴永杰还真留意了周娜。小嫚儿还真有味儿,不光是骚味儿。后来听说还会拉小提琴,爹妈还都是搞文艺的。妈了个巴子,又有根儿。他忿忿不平地拍拍脑门,老吴家就缺这个。后来安静又和他说过,王永江为了周娜那个骚货曾经和安子健大打出手,被安子健收拾了一下。又冒出他来!吴永杰脸色阴了下来。

“拉得好!”吴永杰拍着手,“别说,哥们也发情了。”女知青们回了宿舍,有的从窗户里缩回脖子。琴声停了,吴永杰意犹未尽地看着那扇窗户。

安静病挺重，吴永杰往医院跑得挺频。卫生院办了转院手续去大连治疗，安静很高兴，还是杰子有本事。回大连那天，安子健要去车站送送被吴永杰拦住。头天吴永杰专门去了一趟前海，回来时自行车上驮着满满当当一篮子花盖蟹子、海螺。又去大甸子带回一大捆芹菜，绿莹莹的不长不短儿。“这些大连街都缺，拿着。”“你得累死我，不成了长途贩运。”安静嗔怪说。“不光给恁奶的，子健家也送点儿，看这芹菜多嫩，包饺子‘血受’(吃着过瘾)。”“这还差不多。”安静夸奖着。“本想让子健从园子里拿点儿苹果捎回去，他又装大尾巴狼。”吴永杰不满地说。“俺哥管多这样。正好我也轻快点儿。”安静说。“我把你送到火车上，下车找个人帮帮，小闺娘长得这么‘姿势’，有人帮。”吴永杰挤挤眼。“三句话不离本行。”安静坐上吴永杰的自行车乐颠颠走了，前面一个知青车上驮着满满的两个包，哼着小曲儿开路似的。

苹果园子花开花落，转眼已经苹果挂满枝头。今年果树是大年儿，半大的苹果就已经压弯了树枝。拉树山的苹果虽不如坡下三十里堡“九园儿”那么惹眼，却也是队里一年中最主要的收入来源。得看紧点儿，撒了、漏了，就等于社员手里的钱又从指缝中溜进了茅屎坑。四队的苹果园数靠近“九园儿”那个最大，也最容易受它的牵连遭受“迫害”。“九园儿”的苹果是专供北京的重点保护对象，看园子的都是精兵强将，像誓死捍卫神圣领土似的白天黑夜地瞪着发亮的眼珠子。历来偷果的在“九园”没得逞，就在这儿顺手牵羊，贼不走空嘛！历史的经验值得注意。这个园子很大，得两个人分兵把守，特别靠“九园”那面，更得派得力的人严阵以待。光社员不行，去年就有看山的把苹果埋在地下，苹果收完后看山的窝棚拆了，又偷偷回来从地里挖了出来。“血的教训哪！”四队队长邱长顺瞪着眼珠子痛心地说。

“不用瞎琢磨了，知青点里面安子健最合适，我这就去告诉他。”邱队长扭身出了门儿，他知道没人会反对，除非揣着自己小九九儿的。

安子健从点儿里扛着行李卷进入了阵地。“你不用嘱咐，我放心，”邱队长眼角又向西头窝棚一瞥，“还得顾全大局。”

窝棚已经搭好了。这位置老辈儿就有一个看山的小石屋，后来坍塌了，躺着一堆烂石头。邱队长安排人把那些烂石头重新垒起来，像一铺小炕似的，上面铺上厚厚的苞米秸子。又在四个角插上四根木棍，四周和顶上都围着、搭着苞米秸子。石头垫着不透寒，四下也遮风，简直就是一个简易房。安子健感激地看着窝棚，邱队长还真像村儿里人说的那样，是个治家过日子的好手。他祖上就是领着一大帮人干活儿的把式，看来什么事都有传承。安子健愈加对邱队长敬重起来。邱队长吧嗒吧嗒抽着烟袋锅儿，笑眯眯地看着他。晚上，他坐在园子边上看着天上的星星想，拉树山的民风到底比前海强，相隔也就二十几里地，还真是一方水土养一方人。据说拉树山明朝时出过举人，后来还有秀才。这些在前海压根儿没听说。他有些明白点儿，其实这不是距离远近的问题，是传承，是一辈辈周而复始慢慢渗入了骨头里。前海为什么没有出过？根儿在哪？他仔细想着，像是和穷富有些关系，穷山恶水出刁民嘛。可不穷就出贤良，民风就好？脑子过电影儿似的倒倒。葛家峪不也穷，可出了葛老太这种大贤。是“书”，根儿还在书上。

西头的窝棚是二驴子看守着。自从那次大甸子掰苞米，二驴子对安子健五体投地了，两人不觉间成了朋友，有些英雄之间惺惺相惜的味道。“乡下人就讲谁能干，别的都是扯马卵子。”二驴子曾对安子健说。在四队二驴子最牛,因为他干起活来拼命,从不扯马卵子。出身也好,几辈儿贫农。旧社会邱队长他爹干大把式的时候,二驴子他爹就是手下大将,因此他深得邱队长器重,有点像皇帝手下的世袭王公、将门虎子。那次安子健伤了手回大连,回来那天晚上二驴子还去知青点看他,安子健拿出些吃的给了他。这下子就开了头,每当安子健从大连回来,他就来“看望”。知青点一年杀两头猪,杀猪当天吃一顿,然后每人分一饭盒。每当杀猪那天晚上,安子健就把他召唤过来把自己那份给他带回家。其实也不仅二驴子,很多知青都有个“要好”的社员,此时更是不请自来,晚上成了这帮人的“群英会”。在前海那阵子,点儿里杀过一回猪,电话里告诉安子健回来吃猪肉,他说不回去了。撂下电话刚走到半路,后面又喊他回来接电话,是二驴子打来的,也是告诉他杀猪的事儿。安子健想说我那份你去拿吧,想想二驴子其实挺羞怩,每当给他什么都羞红了脖子,出门儿时还掖在衣服里。他就专程回去了一趟。有时想想农民,终日里面朝黄土背朝天,哪能清高得起来。虽然大都没什么文化,却也有些可爱之处。那次手割伤后,二驴子跑到山上拔了一些野草回来,他娘在家里用蒜臼子捣成糊糊拿到点里,说这东西止血最好。他手里还捏着两根“样品”,边上带着锯齿形状。这草叫刺菜,他在葛家峪见过,葛老太说过能止血,它又有毒,皮肤上沾了它的汁儿会把手烧灼。安子健扯过二驴子的手,见掌上的皮肤黑黑的爆了一层皮。“疼不?”他焦急地问。“俺这手皮糙肉厚的不知道疼,把你那手养活好了俺就知足。”二驴子一本正经地说。安子健鼻子酸了一下。

苹果熟透了,“大国光”有拳头大,迎着日头那面像小闺娘儿过年擦的红脸蛋儿。“九园儿”不愧代表着三十里堡苹果的名号，园子边儿停着一辆辆军用大解放，穿着军装的士兵们往车上搬苹果的时候都一脸的神圣。一棵棵树那个大呀，像一个个涂着画儿的巨伞，摘果儿的拱在里面都看不到身子。说都是几十年的老树了，有几棵已近百年。这两个园子紧挨着，日照、水分、品种都一样，咋苹果就差别这么大。听说九园的苹果一斤的价格能顶他们这边的三斤都不止，何况个头还大，看着都膘肥体壮的，煞是喜人。再看看这边，虽说今年已经很丰收了，跟人家比还是小巫见大巫。

做事儿的态度最重要，你欺它，它欺你，老天爷公平着呢。安子健想起爸说过。

二驴子从那面过来了，从怀里掏出几个苹果。“九园的，尝尝。”他掏出一把小刀麻利地削了一个，递给安子健。“真甜！”安子健咬了一口叫了起来。瓤黄黄的，鸡蛋黄样泛着晶莹，手心都觉着黏糊糊的像沾了蜜，那苹果的香气直冲鼻腔。又咬一口，安子健都陶醉起来。“好吃吧，人家就给这几个，给你吧。”二驴子又把两个苹果塞了过来。“那我们园子为什么不行？”“人家侍弄得好呗。”“那我们为什么不好好侍弄？”“人家上辈子，大上辈子就好好侍弄了，现在才想起来，早晚了个屁丫子。人家摊了个好祖宗。”二驴子嘟囔着。安子健想笑却没笑出来。

“哎，俺送你几筐苹果吧？”二驴子眨巴着眼睛，看着安子健。

“不要。”安子健未假思索地说。“看把你吓的。不是现在，等着队里分了以后俺用自己家里的。”“谁的也不要。”安子健又说。

“恁爷俩真是一个德行，怎么都不要？”见安子健张着眼睛没明白。他告诉安子健说，邱队长头几天跟车去大连卖苹果，专门去了他家送了两筐。他爸把人拽进去了，苹果坚决不让进。邱队长解释说，安子健看了一秋苹果园子，认真负责不说，从不吃一个苹果，换个别人十筐八筐都吃了，他实在过意不去。安子健心想，传说看园子的能吃苹果，说是在园子里吃饱了苹果，回家不用吃饭，省粮，却没见二驴子吃几个。二驴子还在说："恁爸说：'子健做得对，不能为几个苹果赚个偷的名声，那是你们贫下中农教育得好。'给邱队长整了个大红脸。"又说："恁爸不但没要，还请他去王麻子吃了顿锅贴。吃饭的时候他变着法儿打听了安静家的地址，偷偷把苹果送到了她家。"二驴子喋喋不休地说个没完。"便宜了那个小马子，坐在家里吃现成的。"安子健瞪了他一眼。"你急什么，她又不真是恁家人。"二驴子理直气壮。

"闭嘴！"安子健呼地把手里刚才他给的苹果扔了出去，二驴子不吱声了，想想又跑着把苹果捡回来。

"还没见你发这么大的脾气，无怪那个三江子都怵你。"二驴子把苹果又递了过来。他个子不高却很敦实，尤其那脖子粗硬的像炮仗，在农村这叫车轴汉子，也是出了名儿的驴性。安子健看着他呼哧呼哧喘着，脸蛋子红得像眼前的大苹果，难为情地笑笑接了过来。

"哎，跟你说——"二驴子凑到安子健身边，脸上神神秘秘的。

"说呀，做贼似的。"二驴子脸一红，顿了片刻说："俺想挖个坑埋点儿苹果，"他拿起安子健手里一个苹果"咔嗤"咬了一口，"不想背着你。"

"不行，这是监守自盗！"安子健正色道"每年看园子的都……"二驴子吞吞吐吐起来。"不能为几个苹果赚个偷的名声。”安子健站了起来。“天知地知，你知我……”

“名声刻进了自己心里，磨不掉。”

“一个鸡巴德行！”二驴子起身拍拍腚，垂着大红脸走了。

赵师傅给安子健分配一个重要任务。县里组织写关于共产主义劳动大学的典型材料，每个公社都要报上一份。公社丛副书记很重视，把七里营公社这份分配给拉树山大队知青点，又点名由安子健执笔。时间很紧，四天后上交，她准备向队里给安子健请假，在点儿里专心致志赶写这份材料。“不用请假。”安子健说。“那怎么行？”赵师傅很吃惊。“我在窝棚里写，不会耽误。”安子健说。

他找了二驴子。“你放心写吧，园子里有俺，”二驴子一拍厚厚的胸脯。见安子健在盯着他，“俺去把三叔家的那条大狼狗牵来帮你，拴在你那头园子边上。”这条狗安子健见过，黑黑的脊背，两耳尖尖竖着，红红的眼珠子煞是凶猛，无人不惧。“俺再勤快点儿，保准没事。”“那你呢？”二驴子怔了怔，一下子明白了安子健的意思，尴尬了一下：“你他妈还惦记那点儿破事儿，哥们改邪归正了，不然就驴操马下的。”他举起拳头入党宣誓似的。安子健踢了他一脚，二驴子躲闪着说：“写不好可还你两脚，再叫大黑背叉你两口，别他妈熊着俺俩给你当卫兵。”

晚上，安子健又把手电筒吊在窝棚里照着写材料。夜深了，万物俱寂，大狼狗那面都静悄悄的，只有二驴子四处溜达的脚步声和自己手中钢笔的唰唰声，他完全沉浸在思考中。忽然，那声音又传了出来，“唰、唰。”不是钢笔声，是在身下的苞米秸子里。他挥手拍了拍，声音停下了，一会儿又传了出来。顾不得许多，文章才写了一半，“唰、唰”又写，“唰、唰”又传来。天微明睡了一会儿，伴着“唰、唰”声。

清晨睁眼起来，二驴子过来了。安子健说了晚上“唰、唰”的事。“该不会是长虫吧？”二驴子吃惊地说。安子健身上一麻，他最怕这些东西。“扒拉扒拉看看，吓死人，别晚上缠着你脖梗子。”安子健脸儿都白了，觉着后背冰凉。二驴子拱进窝棚，撅着腚翻着苞米秸子。

“嗖！”一条蛇从苞米秸子里钻出，黑黝黝的身子两尺多长，细小的舌头抽动着，停了停又钻入了石缝。二驴子找了两块大石头握在手里，虎视眈眈盯着。“等着，肯定还会出来，砸死它驴操的。”

“放了它。”安子健说。二驴子眨眨眼：“咱俩再惊它一下还能出来。”二驴子走上前用力踢了石头堆一脚。果真它又钻了出来，还是停了一下，二驴子举起了石头。

“石头扔了！”安子健大声说。“滚！”二驴子把石头砸向石堆，它歪扭着细细的尾巴贴着地皮滑走了。

“它在给我送来灵感，得感谢它。”安子健说。“就你邪道。”二驴子嘟囔一句。

这篇文章全县评了第一名。“有见地，有深度，又扎实，无一丝浮夸。”参评者一致这么认为，文章被推荐登载在《大连日报》上。拉树山大队知青点安子健同学劳动学习两不误，夜间在果园窝棚里冒着被蛇咬伤的危险，点着手电筒赶写文章的事情一溜烟儿地传遍全公社，同时也传到了县革委会郑主任耳朵里。郑主任是军人，原职是驻军师政治部主任，被派到县里任革委会主任。他很重视知青工作，金县成为全市共产主义劳动大学先进典型，就是他一手抓起来的。他认为，共产主义劳动大学不仅是劳动，更是教育，实现“四个现代化”关键是人才，没有人才那是空谈，空谈是要误国的。通过这次活动，他觉得抓出了实效。从拉树山大队这篇文章看出，江山确实代有才人出，是掷地有声的真才实学，不是通行的那些不切实际的泛泛空话。郑主任决定到拉树山知青点去一趟，听说那里还是个典型，典型环境出典型人物这合乎情理。

北京吉普进了院子，车停下后，郑主任走下来。他没有通知任何人。他首先看到院子口墙上醒目的黑板报，站着饶有兴趣地看了起来，不时微微颔首。

赵师傅出来了，她听见了吉普车的声音，先是问了下车里的司机，然后疾步走到郑主任身边，“您是？”

“我姓郑，县革委会的，”他和蔼地笑笑，“您是？”

“我是知青点的带队师傅，姓赵，”赵师傅赶忙说，“不知道您要来。”赵师傅有些不知所措。郑主任笑着摆摆手。赵师傅将他引入她的屋子。

“听说你们干得不错。”郑主任坐下后说。“哪里，离领导的要求还远。”赵师傅给郑主任倒了一杯水，然后正襟危坐。

“黑板报谁办的？”“安子健。就是这次写材料还上了报纸的那个知青。”赵师傅紧张的情绪松弛下来，脸上扬着兴奋。郑主任会意地点点头。“他父母是做什么工作的？”郑主任问。她说了他的家庭情况，包括家庭出身。最后又补充一句：“虽然是资本家，却曾经无偿捐献过自己的企业。”她显得有些忐忑。郑主任听得很认真。

“他在吗？”郑主任问。“现在应该在果园里，我去找他回来？”赵师傅征询着。“就是那个被蛇陪着写文章的果园？”郑主任诙谐地说。“别说，还真吓死人了。”赵师傅心有余悸起来。“一个诞生了优秀思想的圣地，我倒想去看看。”郑主任打趣中含着浓浓的兴趣。

没坐车，赵师傅陪着郑主任步行去了果园。果园里，树上摘果儿的，肩上扛箱的，地上选果儿的都紧张忙碌着，社员们打眼儿看着他俩，悄悄说：“还是四个兜的，官儿不小，看那个赵师傅都小心陪着。”“安子健，有人找！”又有人喊道。郑主任笑着摆摆手，朝着那个方向走过去。安子健拿着卡板（一种测量苹果等级的标准件）正在帮助社员选苹果，听到喊声他迎了过来。“这是县革委会郑主任。”赵师傅介绍说，安子健神色茫然地看着他俩。“郑主任专程来看看你。”赵师傅神情透着肃穆。郑主任认真看着他，安子健不觉脸红起来。“哈哈，才子也怕官儿。”有社员打趣着说。“我这个官儿可是敬才子。”郑主任哈哈大声笑着。见安子健还木然着站在那里，郑主任扯起他的手：“走，看看你那与蛇共寝的窝棚去。”“那窝棚都拆了，重新换了新的。”安子健很认真的样子。“看我这人，是该拆了，那就瞻仰一下旧址。”郑主任爽朗地笑着，安子健一下子轻松下来，脚步轻快地前面领着，赵师傅和郑主任相视一笑。

旧窝棚一眼就看出来了，秃秃的一堆石头却方方的像一个小炕儿一样，上面已经空空如也。不远处另搭了一个窝棚，郑主任走近石堆前神情严肃地看着，赵师傅伸了一下舌头：“就这，蛇在底下盘着，你在上面躺着？”这时二驴子跑了过来，他听说了来了一个四个兜的大官儿，还有赵师傅陪着来找安子健。他插话说：“对呀，安子健就在这儿搂着长虫睡了好几宿。”“快别说了，瘆死人了。”赵师傅一脸惊悚。“是很危险。”郑主任点着头说，又问安子健，“后怕吗？”“开始是有，后来不了。”安子健肃然地说。“为什么？”“我得感谢这条蛇。”“咦？”郑主任侧过脸饶有兴致地看着他。“那几天我感觉少有的文思泉涌，一下子来了灵感，笔都由不得自已，停不下来。”

郑主任神情专注起来，安子健有点儿紧张。“说给我听听。”他又投过来鼓励的眼神。“我爸说过蛇是有灵性的东西，莫非它冥冥之中暗暗助我？”安子健声音大了起来。赵师傅匪夷所思的样子，接着又频频点着头：“是啊，也不知在里面多久了，怎么就一点没侵……”她脸上又现出惊恐。

“那是你厚积薄发，又为了按时完成任务全身心的投入其中才激发出的成果，”郑主任侧过头又对赵师傅说，“这种精神太可贵。就像战场打仗一样，你平时苦练杀敌本领，上了战场面对敌人又红了眼珠子，哪个敌人不缴枪投降？！”

“我还是觉得应该感谢这条蛇。”安子健认真地说。赵师傅看着他，脸上浮出一丝慈爱，说：“这是你有感恩之心。”

“你父亲说得也对，蛇确是有灵性的东西。话说回来，那么多人它怎么偏偏帮你，没帮别人？”郑主任笑着问，安子健眨眼在想，二驴子又插话说，“安子健是好人呗！”“那你是坏人吗？”赵师傅笑着问。“反正俺不如他好。”二驴子挠挠头。“听说你父亲现在是普通营业员？”郑主任忽然问。安子健一时不知如何回答，他看看赵师傅。赵师傅笑着点点头：“你的情况我都跟郑主任介绍过，他很关心。”“他这人一辈子就喜欢摆弄那些乐器，跟他的命似的。”安子健说。郑主任凝眉看着他，不断点着头。他从上衣兜里拿下那支插在里面的钢笔，递给安子健：“做个纪念，再接再厉。”他严肃地说。“这……”安子健一时僵在那里。郑主任手里还在端着那支笔，看着他。他慢慢抬起双手，郑重接了过来。“这就对了，郑主任这是鼓励你，也是我们知青点全体同学的荣誉。”赵师傅很激动。

“看见报纸了？”郑主任问安子健。“其实，也没有那么好。”安子健不好意思起来。郑主任露出赞许的眼神看着他，又看看赵师傅。

“这是我们全县知青的荣誉。以后如果有什么困难找我。”郑主任目光深邃地看着安子健,眼光中多了一些什么。

“赵师傅很支持也很关心我。”安子健一脸感激地看着赵师傅,眼睛里淌着率真。赵师傅笑笑。

“你们点儿还有个什么‘杰子’,听说也很典型?”郑主任忽然问。

“吴永杰,是的,的确也很典型,”赵师傅皱了一下眉。又说,“他和安子健还是一个胡同里长大的。”“一个胡同里走出来的孩子竟如此不同。”郑主任又看看那堆石头,若有所思。他拍了安子健的肩头:“再见!”转身走了。

“你小子他妈太牛了,俺都跟着展扬,以后混好了可别忘了俺,还有大黑背。”赵师傅陪着郑主任离开后听到身后二驴子在说,她回过头看时,二驴子刚往安子健屁股上踢了一脚,安子健却一动没动任他踢。

不久,全市下乡知识青年代表在金县亮甲店公社金顶山大队,参加了共产主义劳动大学学习班。作为全市先进单位的一份子,安子健代表金县全体知青作了经验介绍。

安子健的房东在村里是个有点文化的人,平时喜欢看点书,安子健挺愿意和他聊。“亮甲店?”他琢磨着这三个字,这名字必有来历,他就问房东。房东一听乐了:“你年纪轻轻的还真能想到。跟你说,这名字来头大着哩,它跟历史上赫赫有名的薛仁贵有关,还扯着当年两个皇帝。”“那就讲讲。”安子健来了兴致。

“说当年唐太宗李世民东征高句丽时,薛仁贵白马白袍,手持方天画戟,屡立战功。太宗大喜,惊呼‘实乃旷世良将也!’薛仁贵从最初一小卒加封为右领军郎将。班师回朝路上，太宗还特地说了一句‘朕不喜得辽东，喜得虎将也’。”见安子健眼睛里闪着光泽，一脸庄重地在听，他更是来了兴致，声调儿也高了起来：

“后来二次征东已是高宗在位。薛仁贵率领大军在这一带与敌军大战，于万人中取敌将首级。冲杀中坐骑却陷入泥潭，他面不改色，手持画戟挑杀敌军无数。大功告成后，他将战马和盔甲亲自洗刷干净，晾晒于此。‘这可是圣上所赐’。从此，亮甲店这名字就叫开了。算来，已有1300多年了。”

“好厚重的历史。”安子健感叹着。

“这天地间不历来是英雄跟贤良在推着走，英雄在前面开山辟路，贤良在推着走正道儿。”房东说。

第二十一章

狮子凶猛，却是成群在平原逞威。岩羊羸弱，却孤独地在陡峭的山巅攀行。

亮甲店学习班结束后，风尘仆仆地刚进院儿，赵师傅赶忙迎了出来。安子健跟着进了她的屋子，看到洗脸水已经摆放在那里，白瓷盆、白毛巾皆肃然地朝着他，安子健不好意思起来。他很少进这间屋子，赵师傅是女的。“你是功臣，理应受到款待，”见安子健忸怩着，赵师傅说，“来，先喝杯水。”递过一个白瓷杯，上面写着“为人民服务”。很熟悉的五个红字，他不由得想到了高青。他双手捧起杯子，感到掌里温温的，心里却又一酸。

自从“海边事件”发生后，他总感觉被捉了奸似的。想到高青，心里即刻被负罪感攫噬着，自己辱了她的圣洁，还可能辱了她的名声。悔恨、耻辱中他曾经几次夜间跑到空旷、寂冷的大甸子中大声嚎叫。工作组解散后高青没有一丝声响，定是惊了的兔子似的唯恐豺狼又寻了来。他发誓见了高青形同陌路，他怕再惊扰了她，哪怕一丝。心里却又时常闪过她。一想起那夜，心里就像糖罐子、盐罐子——搅合到了一起，里面还夹着一把苦杏仁。他却想去品，还真品出那熟悉的甜味儿，慢慢却又被那别的滋味儿淹没了。“想什么呢，挺沉浸？”赵师傅声音很温柔，他却一惊。“快喝吧，这一路一定没喝口水。”他咕咚喝了一口，还真渴了。水很甜，很滑，直润肺腑，他眼角有些湿润。赵师傅脸上却闪着兴奋的光彩，看着他。“我回屋洗吧。”安子健踌躇地看着整洁的屋子,空气中散着一种女人特有的味道,心里扎了一下。“你呀,太封建,”赵师傅把他拖到白瓷盆前,“快洗吧,还有要紧事跟你说。”她脸上光彩依旧。洗完,赵师傅递上毛巾,白白的像新的一样,安子健有些犹豫。“快擦呀,哪都好,就这点,过于拘谨。你配,别说这点事儿。”赵师傅嗔怪着。

赵师傅拉着他坐下,跟他说,公社决定发展他入党,大队党支部也坚决同意。书记已经和她沟通过,由她来做入党介绍人。

“我够吗?”安子健吃惊地望着赵师傅,眼睛里晃着不安。

“你不够谁还够?”赵师傅眼睛睁大了,像两枚圆圆的大杏仁,本来她的眼睛就大。安子健躲闪着。

“全公社目前知青当中就高青一个党员。她在公社机关待着,还是女的。理应发展一个男的,还是在生产一线,非你莫属。”赵师傅理直气壮。高青被发展成党员,全公社知青都传遍了。没有什么不好的反响,看来“鬼火”没什么举动。那道“鬼火”长时间以来,鬼魅般在心底缠绕。时而远,时而近,却总也踢不走。她没受到那“鬼火”的侵扰,还是原来的高青,他为她庆幸。但对高青入党的事儿他心底挺复杂,觉得她不够光明正大,这是多么神圣的事啊,进入这个圣堂应该洁白无瑕才对。

“低头想什么呢,今天这是怎么了?”赵师傅轻声问。

“想高——”他差一点脱口而出,“没有。”他清醒过来。

“有些激动?这很正常,当初我也这样。政治生命比肉体生命还重要,你现在像怀胎十月的婴儿,就等一朝分娩了。”赵师傅此刻像产房里的医生,抚摸着产妇蠕动的腹部。

分娩?高青不已经“分娩”了?难道因为我再面临夭折!

“鬼火”在心底又忽闪了一下。“野地里搂着耍流氓，一对野鸳鸯，入党也想成对成双！”“鬼火”又升腾起来，映满天空，比那夜更加明亮。那夜只是一束，也没有嚎叫。

她是一个娇嫩的女婴。一个高贵的女人，比德瑞娜夫人还要高贵一百倍。决不能受玷污，哪怕一丝丝。

“回去马上写入党申请书，你还从没写过。”赵师傅又像产房里的医生，嗔怪着即将分娩的孕妇竟不知道自己怀了婴儿。

“我不够！”他说。“你说什么？”赵师傅那两只“大杏仁”睁得更大了。

“我远远不够！”他又说。赵师傅两只手张开，像是看到了一个怪物，见他转身要走又伸过来一把拉住，惊恐着。

“我会继续努力。”他涨红着脸，游离的眼神泰然了，望着窗外目光如炽。“多少人都梦寐以求！”赵师傅似在哀求。

“那是他们，”他雕塑般凝目。看着赵师傅又说，“谢谢您的关心！真的。”眼眶里含了泪珠。赵师傅轻轻、轻轻地点着头，眼睛里也有了晶莹。他轻轻走了出去。“鬼火”忽地灭了，嚎叫声也戛然而止。天地一片寂静，只有阳光在亮亮地照着空空的院子。

恢复高考的喜讯，知青中安子健是最早得到的，孙奇从沈阳第一时间将消息传了过来。接电话的时候，安子健按捺不住激动，大声喊着：“太好了，太好了！大妈，我一定好好准备，等我的好消息吧！”“你没问题，我有数！”孙奇也大声说着。大队部里的人知道是沈阳公安厅打来的电话，又听安子健“大妈、大妈”叫着，七嘴八舌称羡道：“好啊，安子健，这回你又摊着好事了。”“你本来就底子好，大妈又是这么大的官儿，这回保准撸不了。”“混好了可别忘了我们哪！”还有的说。书记笑吟吟地说：“放心吧，管谁能忘了，他也忘不了。安子健，祝贺你呀！”“还没考呢。”安子健说，脸上却扬着兴奋。“你是板上钉钉的，总是谦虚。”安子健顾不上客套了，转身就往知青点儿跑。一进院子他就大声喊着：“恢复高考了，大家快准备啊！”赵师傅闻声从屋子里跑了出来，惊讶地大睁着眼睛：“真的？消息准确？听谁说的？”安子健说了刚才接的电话。赵师傅高兴地说：“真是平地一声春雷，好啊安子健，提前祝贺。”“要不要晚上开个会，动员一下，然后抓紧时间复习？我大妈会给我寄些复习资料，大家分一下。”安子健还在兴奋不已。赵师傅看着他，点点头。

时间如梭，转眼复习已近尾声，后天将正式考试了。参加考试的知青都紧张地在看书，生怕漏下没复习到的考点。安子健说现在看书已没太大用处，不如去考场熟悉一下考场环境。没人应和，他向二驴子借了自行车自己去了。考场就设在公社中学，路上经过小田家。

“安子健！”一声吆喝。他正寻思着考试的事没留意周围，抬头望去，王永江已在不远处。自从上次和他斗了一场，王永江对他分明有了敬重。他转点儿去小田家头天，还要单独请安子健喝酒，安子健没有拒绝。在公社的饭馆，俩人摆了一桌子菜。王永江还戴上了一顶军帽，说知道你对这秃头很反感，安子健瞅着还真比平时多了些庄重。吃着，说着，他觉得王永江除了长相恶了些，有些痞性，别的和其他知青差不多，不觉少了对他的恶劣印象，还多了些歉意。慢慢听出来，他还在缠着周娜，说打心眼里稀罕，不是泡泡就完。看得出他确实带着真诚。后来又听出来，吴永杰要来拉树山，他多了心思——又问吴永杰和安静到底怎么回事？安子健回答他俩也是玩儿真的，他似乎安下心来。“那你就好好表现，就现在这样子谁要看上你，我也打扑撸！”安子健说。后来听说王永江在小田家变化挺大，偶尔过来也不再一起吆五喝六地喝酒，还戴上了军帽。寻思这爱情的力量还真大。

“上哪儿？”王永江显然喝了酒，脖梗子都红了。太阳下，脑门子上的疤痕清晰可见，丧着脸，显得更加凶悍。

“你去哪？”安子健有些吃惊，反问道。“抢马子去。妈了个巴子！”王永江衣服拎在手里，提着一个酒瓶子。“喝点酒又犯老毛病。”安子健以为他酒后胡说，一偏腿骑车走了。看完考场回来没去送车，先骑车回到知青点儿，他想早些把考场的情况和大家说一下。车子还未停稳，周娜慌慌张张跑了过来，脸上布满惊恐：“王永江找吴永杰到河滩单挑去了，你快去看看吧，就你拦得住！”见安子健愣在那里紧跟着说，“两人喝喝酒就吵了起来，王永江引的头，两人都疯了似的，刚走，还来得及！”周娜歇斯底里一口气儿说完，又捂住那张煞白的脸。大家都围了过来。“就她惹的祸，不用管！”一个知青嘟囔一句。安子健瞬间明白了。“是去车站经过的那块河滩吗？”安子健厉声问。“嗯。”周娜松开手，满脸泪水涟涟。安子健扭过车把，车子嗖地走了。

远远看到河滩上围着两簇人，一边那个光着头，另一边有三四个人，其中有吴永杰。安子健甩开车子冲了过去。

“杰子，你他妈不够意思——还想三宫六院——别以为没人敢弄你——我三江子，你也打听打听！”王永江嘶扯着嗓子，许是喝多了酒，说得结结巴巴，手里握着一根洋镐把子。

“就你？还没人敢叫我的号儿，喝点酒儿胆儿肥了。”吴永杰戏笑着，嘴里喷出一股浓烟。两人隔了一丈距离，烟飘向王永江，他提着洋镐把奔向吴永杰，脸上狰狞着。

"你们干吗！"安子健站在两人中间，两只手张开。"滚一边儿去，哪都有你，想找死！"吴永杰将烟头往地下一扔。"杰子，你以后离周娜远点，咱俩就算完。"王永江举起洋镐把。"嗬，有人挡着又来能耐了，"吴永杰一把推开安子健，"实话告诉你，那娘儿的奶子哥们都咂了个遍，还上杆子送到我嘴边儿！"

"胡说什么！"安子健急红了眼。"哥们还下了种，不嫌骚你接着干……"吴永杰斜睨着王永江。

"我今天开了你的瓢！"王永江大吼一声，红着眼睛手举洋镐把冲向吴永杰。旁边几个人扑上去，吴永杰笑笑，活动着手腕儿。王永江凶狠地挥动着洋镐把，他们闪开了，弯腰捡起河滩上的石头。

"都放下！"安子健刚要跑过去拦住他们，只见王永江一个大步冲到眼前。正在得意的吴永杰一愣，王永江高高举着洋镐把已经抡了下来。"操你妈！"王永江嚎叫一声，安子健只觉耳边一声呼啸，洋镐把砸向吴永杰。他伸手一扯，碰到了王永江的胳膊，王永江一个趔趄，晃了晃。回过神来的吴永杰一个箭步上去，扯住王永江的胸口，一个绊子将他掀翻在地，手中的洋镐把滚出老远。吴永杰一脚踩住王永江胸口，王永江挣扎着动弹不得，四仰八叉呼呼喘着粗气。吴永杰一歪头，一个知青捡起地下的洋镐把向王永江抡了下来，王永江闭上眼睛。

"住手！"安子健上前伸手一挡，"咣"，那人收手时已晚，洋镐把砸在安子健手臂上。他一手捂住受伤的手臂，飞腿一脚，那知青后退了几步，他又要冲过去，被吴永杰一把拽住。"逞什么能耐，自找苦吃！"吴永杰黠笑着，安子健怒瞪着眼睛挣脱着。"下手倒狠。"吴永杰上前踢了那知青一脚，又转向安子健:“看看手吧。”安子健这才感到剧烈的痛,一屁股坐在了地下。

“完了,骨头断了。”吴永杰扒开他的手,看了看。医生说,右小臂中度骨折。打上石膏好好养三个月就可——“三个月?”安子健却感觉自己人全都废了。

高青终于来信了,两人是第一次通信。信是从济南来的,短短几句话:

你的遭遇已听说,期盼又落空。人有朝夕祸福。有祸,必有福。尤其你,小祸必是大福的前奏。人而好善,福虽未至,祸已远矣。

我已考入山东大学。我祖籍是济南章丘人,重回齐地或许是上帝安排。我也喜欢这里,耳边都是当年奶奶的声音,也终于明白了父亲为什么阔别30年还在眷恋这片土地。齐鲁同根,我再次闻到了那股熟悉的气味,是你留下的。

很遗憾,未能比翼双飞。热切盼望有朝一日能与你相会,再续前缘。

即日

没有抬头。没有落款。没有日期。他却一切尽知。归根了。他想起一次高青问他看没看过《红日》这本书,他说没看过。见高青挺失望,就说,讲给我听听。原来,她爸就是在解放军打孟良崮战役后参的军,因为读过私塾所以在营部当文书。她还悄悄说,其实她祖上有些田产,在济南还有着买卖。爷爷挺开明,打鬼子的时候帮助过八路军。土改前已将家产散尽,仅留了一座小院儿,三亩地,土改时划成了下中农,不然……高青还说,烟台我去过,和济南挺相像,古时一个齐地,一个鲁地,齐鲁是一种遗脉。特别是烟台海边那些小胡同里的四合院，和济南趵突泉、黑虎泉周围一条条小胡同里的房子简直像极了。顺着窄窄的排满小四合院儿的胡同走着，不经意间眼前就是一座古院深宅。她还说，她特别喜欢四合院里的无花果树。她爸说过，无花果这种植物在中国种得并不多，挺稀罕。也怪了，像是老辈子约好似的这俩地方却都种着，还都在院子里。无花果看似无花其实有花，它不愿露头角，是把花藏在果实里。而且很多人并不知道，每一颗无花果里都有两只蜜蜂，蜂儿跟着花儿走，躲在里面偷偷酿着蜜，其实是在缠绵着呢。

上一届知青已经有两批陆续返城，每当这时都是有人欢喜有人忧，喜的人少，忧的人多。周娜是先忧后喜，第二批才喜起来。河滩斗殴事件她成了众矢之的，名誉一落千丈，若不是安子健挺身而出后果更不堪设想，安子健还为此错过了高考。虽说安子健选举时没投她一票，她丝毫没怨言。试着想说几句感谢的话，他却摆摆手："自己的路自己走，走直了都会看得见，我也会选你。"只这一句把她从绝望的深渊拉了回来。

知青点人丁更兴旺了，两年来走了两批也来了两批，人数反而增加了，出现了"库存积压"。安子健这一届终于有了返城资格，前面却压着上一届诸多的"老前辈"翘首展望的美好明天。没有返城这事儿那阵子，人心倒还平静。可自打第一批有人返城开始，就像死水湾掀起了波澜。看似不惊，可心里都在翻江倒海，汹涌澎湃。走一拨，掀一阵浪。被浪落下的，女的哭，男的唱。抹了眼泪儿闷着劲儿，等着下一拨浪头来了要勇立潮头，拿出当仁不让、舍我其谁的气魄。

河滩斗殴事件后，安子健回到大连治伤。吴越前领着马东香没少过来探望，吴越前还给找了造船医院"牟接骨"亲自给治的。话头话尾间，马東香就带了些怨言，意思是子健胳膊肘儿往外拐，关键时候向着外人。吴越前当面儿呵斥道：“你他妈就看不明白事儿，当时那场面不是子健拦着，就那两帮王八蛋还不把谁开了瓢！”“开了瓢也是那个三江子，咱永杰什么时候吃过亏，再说是以多打少。”“放屁！他开了瓢，你不得蹲笆篱子。再说，人家子健那是大义凛然，是不徇私情，是主持正义。”吴越前举起了拳头，声音越来越大。安子健回知青点儿的时候，吴越前找来一辆“大解放”，车头里他和子健坐着，车厢里满满当当两大堆。一堆是给知青点的猪肉、面粉什么的。一堆是给贫下中农的崭新工作服。说是代表商业局，一来慰问坚守在广阔天地接受再教育的全体知青，二是看望拉树山大队的全体贫下中农，感谢他们对知识青年的关心和教育。“没想到吴永杰他爸这么有水平，不愧是当大领导的。”不少社员围着“大解放”，咂着舌头。他们伸长脖子瞅着车上已经掀开的苫布，下面露出一捆捆新崭崭的工作服，平时看着知青们穿着都羡慕死了。讲到最后，吴越前声音低沉下来：“河滩的事我很痛心，我在大连给找了最好的大夫给子健治好了胳膊，今天又亲自给他送回来，”清清嗓子，环视着车下的人群又说，“安子健和吴永杰都是胡同里一起光着屁股长大的，我们槐花巷的孩子根儿都正，”他激动起来，又板起脸，“吴永杰头脑简单，受了社会上不良思潮的影响，沾染了打仗斗殴的不良风气。我对他进行了严肃批评，不，是严厉。不瞒大家说，我还揍了他。”他脸上布满了怒气，“吴永杰挂着大泪珠子跟我说，他一定痛改前非，像安子健一样做知青的排头兵。”车下面静着，都眼巴巴看着他，吴越前稍一停顿，面色松弛下来又说：“看年轻人得往前看，只要根红苗正，早晚都是好样的。就像我，年轻时也粗鲁，不也成了党的领导干部！"车下哗哗鼓起掌来。

返城的消息又传来了，这次男知青的名额是远洋船员。跑远洋，去全世界？像油锅里倒入一盆冷水顿时油花四溅。船员这个职业本来就是香饽饽，吃的、穿的、用的匮乏的年代，谁家有个跑船的，日子过得就滋润。大闺娘儿找对象，听说男方是"跑船的"顿时心里有了高大形象，这下子又是跑远洋。街上见过的带挡位的自行车，手里提着的哇哇叫唤着的收录机，都是他们从国外带回来的。女知青羡慕着，男知青红了眼。"安子健，你真有福！第一批就赶上跑远洋的。"女知青私下悄悄说。"柳暗花明又一村，这次你可算'修'到了，机会不可多得。"带队李师傅喜滋滋地和他说。赵师傅轮换走了，他来接替，以前是振中百货革委会副主任，后来调到局里。

"安子健家有海外关系，还是台湾的！"消息不胫而走，从开始悄悄议论到后来沸沸扬扬。"还是隐瞒的，被查了出来。"风儿后面又跟着响雷，本来就晕头转向的安子健又被炸蒙了，他找到李师傅。李师傅很坦率，踱着步子说："这不是风言，确有其事，我以前也没听说过，"又晃着头说，"你爸也是，干吗要隐瞒？海外关系，还是台湾的，跑远洋，这可能吗？"他摊着手。"没有隐瞒，不可能！"安子健急了。李师傅又晃晃头背着手走了。安子健急匆匆去了车站。

"前不久，你兰子姑父是来过一封信。他还活着。"见子健刚进屋张口就问，满脸惊惶，安承业吃了一惊，赶紧说。又听他说到"隐瞒？"他一下子紧张起来，低下头想了想："怎么会这样，隐瞒？"

"真是台湾？信里怎么说？"子健睁大眼睛。"只是感谢咱家这些年对兰子姑的照顾，都是些客气话儿。信是从香港转过来的，说是台湾那面现在和大陆没通邮。”“姑父真没死？”

安承业大致说了原委。

兰子男人确实没死，还有了音讯。当年去香港做生意，前脚走这边儿就解放了，就没敢回来，后来又辗转去了台湾，至今还未再婚娶。第二天他还主动拿着信去了商业局，详细说了他与兰子这些年的关系。局里人看了看说，如果安碧兰确如你所说是养兄妹关系，这不属直系亲属，何况这信里都是些家长里短，你不必这样兴师动众。“这不会算是外面说的什么海外关系吧？”安承业还在踌躇。“海外关系？”人家看着他笑了笑：“你这种态度的确值得表扬。这样你先回去，等组织上调查后再做结论。”回来后这事至今也没分晓，他都忘记了。

“信呢？”子健问。“我留给了局里，这个咱也不怕人，也方便调查。”安承业坦然说。

“可现在怎么会有这种风声儿？还正好赶上远洋招工回城！”子健在屋里转着圈儿。

“不打紧儿，明早我就去局里问问，事实总归是事实，干粑粑抹不到人身上。”安承业说着，心里也在打着鼓。晚上，他烙饼似的翻过来覆过去，瞪着眼睛看着天花板，不时又挺身坐起。一大早，他看到子健眼睛里也有了血丝，饭也没吃急匆匆去了商业局。

将近中午，安承业回来了。眼神散着，灰着脸，躬着身子像夹着尾巴的丧家犬。子健一惊，赶忙过去伸手搀着，颤着声儿说：“爸，没关系，我经得住。”安承业腿软了似的一屁股坐下，老泪横流。他醉了酒似的语无伦次，结结巴巴地说着。

局里接待他的同志已换了人，这位很严肃，说他向组织隐瞒了和安碧兰的真实关系。据调查，你们确没有血缘关系，但并不意味没有不一样的政治信仰。你和安碧兰渊源很深，最初你家从山东来大连就是投靠的她姥爷。后来你们两家关系又极其密切，她在老家接受改造时，是你们安家把她接到大连逃避改造，并改姓安。并说从信中就可以证实，你们两家不仅是藕断丝连，更是情真意切血肉相连。事实证明，你们已经血溶于水了，不是亲兄妹，胜似亲兄妹。所以，组织已经初步认定你的海外关系成立！

“信呢？”子健急切地问。“他们留下了。哎——！”安承业长叹一声，眼神呆滞着面如死灰。

“王八蛋！”子健歇斯底里地一声嚎叫，面色惨白。安承业紧紧闭上眼睛，任泪水淌着，嘴角在剧烈地抽动。子健一把抓起桌上那本昨天进门时安承业正在看的《论语》，狠狠摔在地上：“熊人的东西！”

安承业睁开眼睛，看着子健深陷的眼眶里泪珠子在滚着，眼神直勾勾在看着地上那本书。他直起身：“是谁的总归是谁，不用争，天在看着。”他颤抖着站起身，弯腰从地上拾起书，用袖口擦了一下书皮儿，又喃喃地说，“欠着的总归要还，老理儿没错儿。”

“错不错天也塌不下来！”安子健眼射怒火。“塌了也得顶着。”安承业颤颤巍巍上了楼。

“爸，咱不后悔，认了这海外关系。葛家峪小石屋那么破不也没塌。”安子健望着他的背影。

“收住心性就好。”楼梯上又飘来一句。

第二十二章

春回大地，林子里都醒了。熊貔更争着享受阳光。

安子健返城时，吴永杰已经在远洋船上往日本跑了数个来回。每当头上顶着雪白的大檐帽，穿着一身雪白的制服回到槐花巷，整条巷子都跟着威武起来。出门时又穿着鲜艳的T恤衫，一天一个颜色的不重样儿。安静还拿了一件给安子健："哥，这件苹果绿的你穿着最姿势，快穿身上看看。""脏。"安子健没穿。"怎么，嫌是二手货，你看不也新的一样？"安子健把她撇在屋里自己出去了。吴永杰一回来，槐花巷里就多了轰鸣声儿，安静也跟着抖了起来。吴永杰骑着雅马哈摩托，安静坐在后座上，腚后冒着一股黑烟。"快点，再快点。"安静哈哈笑着。吴永杰脚下一用劲儿，雅马哈一声凄厉窜出槐花巷。

安子健这批返城知青分在了商业局。"去'天百大楼'吧，接我原来那摊子。"安承业说，他已从商业局调到了轻工局。轻工局铜管乐器厂在运动期间，两个老工匠因为充当"反动封资修的吹鼓手"受到打击，一个精神有了毛病，另一个原因不明，都弃了老本行。本来响当当的产品因缺了技术大拿，很长时间生产卡壳了。这种技术需要很专业的人才和精湛的技能，不是谁都能糊弄的。商业局主动请缨给予支援——安承业从商业局调了过去。人虽走了，心却还在这面挂着。在天津街百货大楼乐器柜台时，有一个小姑娘对乐器挺感兴趣，安承业就教了她些，走后这个小姑娘就独自撑了起来。

听说走后顾客不满意，那小闺娘儿偷偷哭了好几回。安子健返城分在商业局，安承业很高兴。

“这是个正儿八经的技术活儿，也算咱家祖传，我去给你说说。”

“爸，你现在也会走后门儿了。”安子健打趣道。

“这不是走后门，那里需要人手，你毕竟有些底子，长进会快。骨头里也有。”安承业很认真的样子。

“余莉亚那小闺娘儿倒也没耍滑，可还是差些，这样下去会砸了牌子，心疼得慌。”看爸忧心忡忡的样子，安子健也心疼起来。“也该你子承父业，不然你分在别的局，我干着急也没办法。老天爷安排的，去吧。”安子健突然觉得爸老了。

安静骑着一辆崭新的自行车来了。“哥，漂亮吧，五级变速。”安子健被安静喊了出来，一看，嗬！蓝色的车身，车把子往上翘着，后轴上好几个大大小小的齿轮。“凤凰”在它眼前儿简直就是掉了毛的土鸡。“别跟我爸说。”安子健说。安静往小楼里看了一眼，一吐舌头。吴永杰给的东西她拿着送过来两回，第一次是“出前一丁”，日本产的方便面。安承业说：“小闺娘儿家家的，不好随便收人家的东西。”“又不是要，是他非给。这东西很少有人见过，别说吃。”“吃人的嘴短。”安子健说。“杰子也不算外人。”安静不高兴地嘟囔一句。第二次，拿了一桶叫“乐口福”的东西。“爸，这个东西很有营养，我都没舍得喝。俺奶留了一桶，这桶给你。”“送回去。”“送哪儿？”“哪来的送哪。”“您这是怎么了，又不是毒药？”安静挑起细眉。“如果还姓安，就赶紧送回去。”安承业声音大了起来。“不姓就不姓，干吗和人家置气，和自己过不去。”安静抹了把眼泪走了。今天，她又骑着这辆自行车过来。“没脸没皮。”安子健说。“俺就这样，又没觉有什么错。人没老哪儿去，脑袋瓜子先老了，不跟他计较。”安静嘻嘻笑着。“爸说得对，女人要自爱，你也注意点儿影响。”“得了吧，都是装给人看的，心里急得猴儿上树一样，何必。”安静睃了他一眼。“不知道害臊。”安子健说。“不然别结婚，别生孩子，也别老老实实躺着让人摸摸搜搜。”“闭上你的臭嘴！看我扇你！”安子健举起手，又放下，他一脚踢翻了自行车。安静木愣愣站在那里，她从没看到安子健如此粗暴。“脑子都有病！”她气冲冲扔下一句，弯下腰扶起自行车，一别腿跨上骑着走了。再也没来。人真是脆弱，战战兢兢十年修好，一件事即刻反目。心窝子掏在手心里擎着给你，可能转过头滋你一脸尿。人活得太艰苦。这件事过后，安子健好久心里没有平静下来。

转过年，安静的奶奶死了，她跑到天百大楼哭着告诉了安子健。

“你回来吧。”安子健说。“不回了，俺找到妈了。她在天津街开服装店，干得挺大。”安静擦干了眼泪。

安静是找到了她的生母李凤，李凤现在已是天津街面响当当的人物，人称“凤姐”，是大连街最早那批倒服装的元老级人物。她曾经在大连最早的天津街夜市租了一个摊位，专卖从福建石狮倒过来的牛仔裤。铁制的小亭子成天围着讲究时髦的男男女女的年轻人，眼睛里都充满着新奇和喜悦，说是她引领了大连市牛仔服时尚也不为过。后来将战线扩大到天津街西端，在虹霓电影院斜对面租下一个门头房。大大的门面，门口笑盈盈站着两个穿戴时髦的小闺娘儿，身上还斜披着一条金晃晃的带子，迎着顾客进入里面敞敞亮亮的卖场，门头上“凤姐牛仔”四个猩红大字，招引着满大连街的顾客纷沓而至。尤其到礼拜天，店外熙熙攘攘，店内人头攒动，一派繁荣昌盛景象，着实火了半条天津街。大连“凤姐”

最早是在福建石狮那条中国最早、最火的牛仔裤一条街上扬名立万。这些坐地儿的批发商皆在道儿上磨砺日久，都经过些风雨见过些世面，江湖上各色人等也都司空见惯。唯大连这个叫李凤的女子使他们皆有耳目一新之感。此女子不仅生得俏丽，更是巾帼不让须眉，豪侠仗义从不为毛八分的斤斤计较。最主要的，人家有着巨鲸一样的胃口，频频地“侵吞”着你的货物。还有，她出手阔绰，多大的款子都是一手钱一手货，从不磨叽。久了，自己倒觉欠着人家小女子的，故李凤只要一驾到，整条街都雀跃着。不知哪个年轻伢子引的头叫了“凤姐”，于是雨后春笋般满街筒子里“凤姐、凤姐”叫着、喊着。由不得不叫，人家确有“大姐大”风范，皆是心声。有亲昵的，有讨好的，当然，也有几句腥的、荤的、骚的。“凤姐”照单全收，统统笑纳。“凤姐”声名远播了，随着大包小卷儿的牛仔裤在大连街上发扬光大。

闺娘儿回来了，“凤姐”乐不可支，如今什么不缺就缺人，还是自己亲生的。当年丧家狗似的被酒鬼老莫清理门户打出槐花巷，没承想被逼出了一片新天地。年轻时她看过几眼《水浒传》，一百单八将中的孙二娘是她最崇拜的角色，如今自己不也大碗喝酒大口吃肉，活得快活。这就是新版的“逼上梁山”，这就是新时代的孙二娘。那孙二娘哪都好，就是没有后，可惜了。这点就不如我，我有如花似玉的大闺娘儿，一看那就是我的模子，还是自己找上门来的。成功啊。死了也永垂不朽。不，是流芳千古！可惜自己不会写，那个只知道瞪着眼珠子撒野的后男人更不会，不然又一个崭新的孙二娘横空出世，载入史册。大办宴席，大宴宾客，老娘我拼死拼活图什么，也该给自己一个说法，让大连街都看看一个活生生的孙二娘，不用再看书，就在眼前。有人提议就在群英楼办酒席,这是你的发祥地。名字也好,群英荟萃,客人满足,你却独领风骚,还足够档次。“OK!”凤姐向那人合掌一击“啪”,就这么定!

群英楼二楼整整一个楼面,宾客如期而至。“妈,怎么弄得像我结婚回门子似的?”安静挽着她妈的胳臂,尖着嗓子说,看着摆满了足有二十多张桌子的大厅里高朋满座,竟有些眼神儿不够用。

“今天比你回门子还要紧,你妈又生了你一次。”坐在安静旁边的安子健说。“说得好!到底是有学问。”凤姐拍掌叫好。安静又伸着头向门口处张望着。

“不要等了,我爸他今天厂子有事。”安子健向安静说。“什么有事,他就是不喜欢这种场合,我还不知道。”安静噘起嘴。“不会是生你气了吧,你这闺娘儿也是驴脾气,人家养你那么多年,为句话拎腚儿说走就走,丧良心。”凤姐手指头点了一下子安静的头。

“不会,俺爸不会生气。”安子健忙解释说。“你看这小子多好,斯斯文文,白白净净的,一看就是大户人家。你怎么就没沾一点,还跟那倒霉玩意儿一样驴腥腥的。”凤姐张眼看着安子健说。安子健顿时红了脸。“真纯。”凤姐又说。“那我以后就像你。”安静说。凤姐一怔,紧接着瞅着她说:“也就长得像点儿我,别的都是外路精神。还是跟你哥学吧。”凤姐又看向安子健。有人走过来趴在凤姐耳边说了什么。“开始吧。”凤姐大度地说,转过脸又对安子健说,“改日我去你家登门拜访。”凤姐一脸真诚。

“不不不,我爸说了他会去看您。”安子健着急地说。“哪能呢,你们安家我会报答。”凤姐豪迈地说。

“永杰他?”安子健问安静。“那小子又去日本了,不然他怎么会不来，还得帮着张罗呢。”凤姐一脸得意。“这小子能有点出息。”瓮声瓮气的一句。安子健抬眼一看，是凤姐旁边坐着的安静的继父，剃着光头，面目挺凶恶。“终于说了一句话。”他心里寻思。见安静脸色一下子阴了下来，知道她心里打着结，就将本想说的几句客气话咽了回去。“说是王永江的爸倒有人信。”安静趴在安子健肩头悄声说，说完一捂嘴“扑哧”笑了。安子健用胳膊肘怼了她一下，心里却想，看着还真是。凤姐好像没明白内里，睃了她男人一眼：“真是上不了台面儿，还不如那菜园子张青。”

后来没几天，安静告诉安子健：“俺妈给那个‘王永江’打发走了。”安子健吃惊地一愣，“他已经完成了使命，她早就想打发了。”安静一脸高兴的样子。“是不是跟你讨厌他有关系？”安子健问。“不全是，俺妈说现在早不是李逵那个年代，得是燕青。”

“他能甘心？”“揣着大把银子到哪不泡小闺娘儿，我看他巴不得。再说俺妈治他服服帖帖的。”

安子健头一天到天津街百货大楼上班就惹了个不大不小的祸。四楼的大班长领着他来到乐器柜台，她挨着介绍，到最后也没听到“余莉亚”这个名字。末了大班长说，安子健的任务主要是乐器修理，她手指着柜台里面一个开着的小门儿。现在乐器柜台客儿挺多，外面忙得打不开点儿的时候也出来顶个人手。刚要转身走，见安子健还站着，又说，“哦，对了，这个岗儿原来那个余莉亚休息两天，你先自己熟悉熟悉，她来时再交接。”

广阔天地大刀阔斧驰骋惯了，如今天地骤然狭小起来。虽然天百大楼的营业厅很宽阔，柜台与柜台之间的通道开着卡车都能走，天棚也高高的，但怎么能和无边无际的广阔天地比。他心里一下子被塞满了似的没了缝隙。进了那道小门，心里顿时更没了缝隙，充其量三米长、两米宽。手脚也被拘束着伸展不开，生怕一张手碰着什么。棚顶还低矮着差点儿触着头。他心里一阵发酸，这就是爸半辈子的天地！本来就窄，一张工作台又占了半面子，转身都得小心着。台子上伤痕累累面目已非，是长年累月被那些个金属玩意儿磨碰的，也都是爸留下的痕迹，他呆看了一会儿。桌子上放着一架手风琴，几个键盘的位置还裸露着，显然正在修理中。屋子里一应杂物倒摆放整齐，一件件待修理或修理好的乐器都摆放有序，无形中倒放大了狭小的空间。桌子上没看见一件工具，除了那架手风琴外，只有一双白白的手套两只合着放在桌角。弯腰一看，两个工具箱规规矩矩摞在一起放在墙角。这小闺娘儿倒挺利索，他心里不觉掠过一丝赞叹。坐下，椅子后背已经顶住了墙，膝盖在碰着桌腿儿，四周都是金贵东西，举手投足都感觉被束着。“安子健！”忽然外面有人喊。他一个激灵，想起刚才大班长的话，呼地站起来抬腿就迈，被椅子腿别了一下险些摔倒。刚要站直身子，那椅子靠背已经碰到桌子角的手风琴，“咣当”一声，手风琴重重落在地下。他惊出一身冷汗，赶忙弯腰一看，手风琴摔掉了三个键子，面目凄惨地望着他，他赶紧出去喊过一个营业员。“还保留现场，你干过公安？”那个营业员看着地下的手风琴。“没有，下乡刚回来。”安子健说。“逗你玩儿呢。”她捂着嘴笑。见安子健一脸认真还尴尬着，又问：“是才摔掉的吗？”她拿起地下几个被摔掉的键子。“刚才摔掉三个，还有这儿，刚才摔坏的。”他手指着一处疤痕。她用手肚擦拭了一下那处疤痕，说：“哦，摔得也不重，”又看着安子健说，“这种小毛病以前看着安师傅拿点什么东西一蹭就好了。”“还是等余莉亚来吧。”安子健急着说。“没关系，她是你爸的徒弟。”“这和我爸没关系，我惹的，我担。”安子健说。“不过第一天上班就——还得扣奖金。”她看了安子健一眼，出去了。

晚上，他跟安承业说了这事儿。安承业说，键盘修好很简单，疤痕也可以恢复完好无损，但你必须等余莉亚来，和人家说清楚这件事。又说，余莉亚这小闺娘儿不错，心眼儿挺好使唤，对这一行也喜欢。只是哈不下腰，干这行不钻进去哪行。电话里听这边儿说，安排你替换她这事她好像有些情绪，小闺娘儿都要面子，这是耍小性子了。“那就不换呗，别伤了人家，你不也从站柜台干起。”安子健语气中带了歉疚。“我琢磨过再三，觉得还是不妥，这张牌子在这大楼里竖了这么多年，满大连街都知道，也是我半辈子心血，不能——”安承业苦笑一下说，“不过我相信余莉亚这孩子不会难为你，小闺娘儿要个小性子你多担待些。”“嗯！”安子健用力点了一下头，他觉得有点对不住人家。

两天后余莉亚来上班了。和安子健一打照面儿，她先是怔了一下，眼睛里一闪，不似看见陌生人那般冷漠，却又转瞬即逝，很平静地一件一件、详详细细向安子健交代着。安子健说起手风琴摔坏的事，她看了看，抿嘴一笑：“没大碍。不然我修修吧，再去柜台。”没等安子健回答她已经坐下动起手来。他垂手站在那儿低头看着，很敬佩的样子。她没有戴桌子上那双白手套，赤裸着两只白白嫩嫩的手。手不大手指却细长，到了顶处指肚平平的又陡然尖了起来。安子健一下子想到“葱葱玉手”这个词。她安静地低着头，脖颈也很白，浮着细细的汗毛，顺着衣领散出些芬香，还有，女人特有的体香。这香气似曾体味过，安子健怦然心动了一下。“其实你会修，我知道。”她手没闲着，嘴里说了一句。安子健脸一下子红起来，到嘴边儿的话竟说不出来。“你们爷俩挺像。”她又说，眼神还在键盘上，很专注。安子健下意识地摸了一下自己的脸，有些发烫。“也不光是长得像。”那只漂亮的手还在灵巧地动着，手指上已经沾了些许污物。安子健看着心里有了疼怜。“这事儿就不要说了，权当没有。”余莉亚站了起来，安子健回过神儿来：“这不好——”一时竟不知所措。“听我的。”她声音很轻，听着却毋庸置疑，脸上也是这副神情。“这是你的。”他拿起桌子上那副白白的手套。“留给你吧。”她转身走了。步子很轻，飘着的风一样。走得却快，但没有一丝碰到杂物的声响。身后又留下余香。

是她主动的。他没有拒绝。虽然不是当初前海那种感觉，但比高青的感觉要好，介于两者之间。那种感觉再也找不到了，只是上帝赐予的一个虚幻的美好瞬间，如今只剩下刻骨铭心的痛。这痛有时也虚无缥缈着，余莉亚却整天活生生在眼前。何况总觉着欠着人家什么，两个人在心底里打了几次架，自己这边总是败下阵来。

余莉亚娇小，不仅身材，哪都小。小鼻子，小嘴，小眼睛，镶在圆圆的小脸儿上。手小，脚也不大，看样子顶多穿35码的鞋。长得却白，凡是裸露的地方哪儿都白，白白的腿肚儿粗细很匀称，只是有点小罗圈。连脚背都白白的，皮肤还薄薄的像层纸。整个人像个瓷娃娃。和高青相比，恰是两个模子。高青纤细、高挑，五官棱角分明，骨感很明显。高青的腿长且直，身板也直，连脖颈都直直地挑着，是亭亭玉立那种。特别穿上那身军装，活脱脱把她的特质衬托出来。如果，如果那身军装穿在余莉亚身上——不伦不类，不堪重负——总之不像那么回事，安子健暗自笑了。高青侠骨柔情，余莉亚看似柔情侠骨。安子健认为这么个排序很重要,四个字、两个概念一颠倒绝对是换了一个人。侠骨柔情,是铮铮侠骨的背后藏着一个柔情的小门,却不是谁都能进去,是秘密通道。柔情侠骨,是众人皆看到的一副柔弱面孔下,一旦被触发了那根神经,侠肝义胆就义无反顾冲将出来。一前一后不一样,一明一暗更不一样。孰是孰非?不会有一个答案,看遇到谁,给予谁,谁去感受。这两种感受他都享到了,从她们都真实的给予中。高青的很久远,很遥远。大明湖畔,趵突泉边,一个夹着书本、荡着轻舟的名牌大学高材生。虽然还在招着手,但能伸过手去扯住,跳上她的船吗?路途很遥远,能否最终到达彼岸?即便到达了,她又上了更大的船,被载着更快地驶向远方。望着远远被甩在汹涌中的自己,她会焦急不安,会心肝俱碎,会跳入水中向自己游来。他痛苦地闭上眼睛。余莉亚真真的就在眼前,给予的会天长地久地老天荒。从第一天接触开始,他就感受到她那股神经已经被触动了,渐渐,侠肝义胆毫无保留地奉献了出来。真没想到,洋娃娃似的弱不禁风,竟如此的激情澎湃要把你淹没。是的,她说过,"就是石头我也要把你化出血水,然后连血水一起吞了。""我有过初恋。我亲过她的嘴,摸过她的乳房——"他羞惭着说。"那你还算个真男人,还以为只是个躯壳。"她高兴了,又亢奋了。"还有呢?"忽地,她又问,眨着两只细细的眼睛,长长的睫毛翻起,两道细眉剑一样竖起。"差一点,如果不被惊扰,不好说会……"他脸上闪出异样。"好了,就此打住!"她一把捂住他的嘴,自己翘着小嘴儿说,"差半点儿就行,天意,就该给我留的。"说着松开白嫩的小手,圆圆的小嘴儿凑了过来,在等着。她眸子里清澈透明,都看到了里面跳动的绿色的光彩,白磁一样的脸蛋儿粉着又似了瓷娃娃。或许那夜高青的眼睛里也这样，天黑着，可惜——“又想她了？”见他恍惚着，她垂了睫毛，眸子里露出晶莹，慢慢地，眼角里淌下两行泪。他吻了她，用舌尖舔着她脸上的眼泪，她的眼泪却又不断流出来。他又去舔，她闭上眼睛任他舔着，手紧紧搂住他的腰。又仰起了头，伸着白白的脖颈，身子却瘫软起来。松开了手，嗓子眼呢喃着，像梦呓中的孩子饿了似的，微张着小嘴儿——她有些娇纵、任性。也让他感到些俗气，这离他向往的最遥远。也许这就是现实中的女人。高青是转瞬即逝的神。

“这部电影真好。”从友好电影院出来，余莉亚挽着安子健的胳膊说。街上已经行人很少，电影院一下子涌出的人打乱了宁静，又向四面八方散去，一切又恢复了。路灯昏暗着，两人顺着中山路往西走。余莉亚家在一二九街住，坐15路车两站地，迎着车站的大连工学院化工楼后面那片日本房就是。每次送她回来他都是在街角处驻足，目送着她欢快地进入那道小门儿。余莉亚让他进去过，安子健却始终没进。余莉亚就拉下脸：“住惯了小洋楼，是嫌我家那小房子寒碜吧。”安子健听她说过，她家房子很小，连榻榻米都没有。当初她妈嫁给她爸时，唯一条件就是得住日本房，她爸就用东关街的一套小院儿换了这处。他觉得未来的丈母娘挺虚荣，却也不便说。就说这样太随便，没有仪式感。余莉亚嗔怪说，哪那么些穷讲究，咱又不是什么了不起的人物。“仪式感不是穷讲究，是一种尊重，对别人，也是对自己，跟身份没有关系。”余莉亚不吱声了，她觉得安子健说的话都有道理，尽管有时不太懂，咂摸咂摸就觉出有道理，只是以前没去想过。

人行道上拖着两条身影，矮小的紧挨着那个细长的，头也只是依偎在肩膀处。天儿有些阴，又起了风。大连这地方一到春天风就多，安子健感到了余莉亚在打着寒战。他握起她的手，冰凉，紧紧握着，另一只手搭在她的肩上。“使劲儿搂着，反正也没人，老八扳儿，”她靠得更紧了，“真暖和。”她已经搂住了他的腰。

“我也喜欢。”安子健说。“什么？”余莉亚举头问。“电影啊！”安子健脱口说。她显得有些失望。“那你说说哪儿好？”她问。“正义战胜邪恶，杜丘这个角色真好，演得也好。”安子健说。“看着是讲破案，其实是讲爱情，这都没看出来，”余莉亚举头睃了他一眼，平视着前方又说，“不觉得你挺像杜丘？”她神色中淌出自豪。“哪能呢，人家杜丘多健硕、刚毅。”他躲闪着。“不健硕不见得不刚毅，就像你。”她又向他靠紧了。“你这是情人眼里出赵云。”他说。“没错，我就这样看，怎么了！”她娇嗔着。“哎，别说，你也挺像真由美。”他说。“你终于说了句人话。”她白了他一眼，“哪儿像？说说。”“嗯——主要是性格吧。”“别的呢？比如说长的。”她在看着他。“嗯——脸型不太像，你是圆脸儿，个头倒像。对了，还有那罗圈腿。”说完先躲闪了一下，以为她能用手捶他。她没有，垂下了头，长长的睫毛翻着在想着什么。“开玩笑呢。”他搂了她。“不是玩笑，日本女人确实罗圈腿多。”她忽然忧郁起来。“你又不是日本人。”他还在笑呵呵的。“我是。”她忽然站住，直视着他，眼神很执著，又含着一丝哀悲，像是在凝神看一幅画面悲催的画。他扯起她的手，更凉了，还有些微颤。他张开双臂，抱紧她。她娓娓说着。原来，她的母亲是日本遗孤，姥爷在日本战败后扔下他的中国情人和女儿独自回了国——她没有哭，说的时候一直仰着脸。天空中没有任何闪烁，只有黑暗。“日本人又怎么样，日本人也有好人。”他也仰起头遥看着，眼神中亮亮的，里面比天空还深邃。“礼拜天就去我家。”他双手擎着她的脸说，两股热流涌入他的手心。“我可不懂什么仪式。”她擦了一把眼泪，却又流了出来。“你只要挺着胸，别这样抹着眼泪进去就是最大的仪式。”她又擦了一把眼泪，破涕为笑了。

余莉亚来到槐花巷的时候，小洋楼里传出萨克斯的声音，又是那首她熟悉的《友谊地久天长》，安子健为修理萨克斯试音时总吹这首，她站在门口听了许久。忽然声音停止了，刚要敲门，门开了，安子健站在眼前。“就知道你该来了。”他扯起她的手，她羞怩地站着。“我爸也在家等着呢。还有，小罗圈腿的事他也知道了，他像捡了狗头金。”安子健凑上前悄悄说，余莉亚怼了一下他的腰，心里却觉得霎时平静了。刚进门，安承业已经迎了出来。“快进来，小余！”他热情招呼着，腰上系着围裙，两手湿漉漉的。“安师傅好！”余莉亚轻声叫了一声，不觉红了脸。“今天不叫师傅，叫叔叔。”安承业笑呵呵说。余莉亚脸上羞着，轻着脚走了进来。“真干净！”她看着四周，不觉说。“都是子健一大早起来忙活的。”“爸，还有你呀，玻璃是我擦的，屋里不是你拾掇的嘛。”安承业笑笑：“整洁是一种生活态度。再说，贵客光临，不亦乐乎嘛！”余莉亚心里涌上一股暖流，眼角一酸。“你的萨克斯吹得又好了。”她坐了下来，看着椅子上那把金光闪闪的萨克斯说。“我爸吹得才叫好呢。”安子健大声说。“听我妈说，我姥爷也会吹萨克斯。”余莉亚声音喃喃的，看了看安承业又低下头。安承业眼睛里晃了一下，注视着她。

“好啊，不是一家人，不进一家门。”安承业脸上又爽朗起来。余莉亚看了一眼安子健，羞怩地低下头，白白的脖颈都粉了。安承业微微颔首。“你们说话儿吧，我去做饭。到楼上去，上边安静些。”安承业起身去厨房。“我来帮你。”余莉亚惶惶地站起来。“今天你是客，快去吧。”随着笑声他已经进了厨房。安子健走向楼梯，余莉亚望着他。“怎么，还害羞，忘了——”安子健扮了个鬼脸。余莉亚往厨房看了一眼，又粉了脸，步子轻轻跟着安子健上了楼梯。“小偷似的。”安子健回头说，余莉亚在后面怼了他一下。“红关公似的。”安子健回头看着她又说，余莉亚冲他擎起一只拳头，宣誓似的。

四菜一汤。“肉丝白菜条，甜酸口儿，俺们山东家过年的头道菜，”安承业端上一盘儿，“快，你们先尝尝，凉了就少了这脆劲儿，糟蹋了我的手艺。”他笑吟吟地说。看着油盈盈的白菜条上面飘着些许绿绿的香菜段儿，煞是喜人，余莉亚脸上露出光彩。“尝一口。”安子健说。余莉亚瞅瞅厨房，摇摇头小声说：“仪式感？”“仪式感也不是不吃饭，放松些，这是咱自己家。”安子健夹起一根白菜条放进她嘴边。“张嘴就进去了，早在等着吧。”安子健打趣道。“真脆。”她美美地嚼着。“这是四喜丸子，也是俺们老家的菜。”安承业又端上一盘。“喜。懂吧？”安子健张着脸说，见安承业转身又去了厨房，余莉亚伸出筷子敲着他的头，小声说：“就你话多。”“猪肉炖粉皮子，东北菜。”安承业又端上一个兰花大碗，“煮毛蚬子，大连本地菜。”安承业如数家珍地介绍着。“最后一个是专门为你做的，等着。”安承业又神秘地进了厨房。余莉亚有些惶恐不安地看着安子健。“生鱼片来喽！”随着一声吆喝，安承业端着一个平平的大圆盘子出来了。一身白色，上面没有任何点缀。里面叠着白白的片儿，薄若蝉翼。盘子边儿上还有一个小碗，里面装着酱油。“这是生牙片鱼，日本人最喜欢，本来应该有辣根儿，咱没有，凑合吃。”安承业看着它，脸上有了深情，又似已经吃过了在回味着。余莉亚也瞅着它，心里触动了什么，看安子健似也神圣起来。“仪式感？”她眼光里说，他没有表示，像是在品嚼。安承业已经手里提着一瓶葡萄酒过来，

“通化的，也算是牌子，今天都喝点儿，高兴。”安子健赶紧进了厨房，拿出三个杯子。“叔叔好像对日本人挺了解？”余莉亚小心地问。“唉，那都是小年纪的事儿了。来，不说这个，先吃饭。”安承业张罗着。“叔叔好厨艺，也好周到。”余莉亚看着桌儿上的菜赞叹着说。“刚才说过，人这辈子态度很要紧，就像拾掇家、做饭这些琐事，却也不能因为小而不用心。久了，好的、坏的都成了品性。”

吃完饭，安承业招呼两人坐下。他沉思了一会儿，冲着余莉亚徐徐说：“刚才说到日本人，俺家当年和些个日本人还真有些渊源。听子健说，你也是沾着点儿血脉。”他眯起眼睛仿佛在回忆，余莉亚看了看安子健，面色有些紧张。“这没什么不好，我吹萨克斯还就是日本人教的，不也对自个儿有好处，还传给了子健。”他轻声说，余莉亚凝神听着。“还是我在日本小学校念书的时候，我那位老师教了我吹萨克斯，并且，”他看着那架钢琴说，“后来我又学会了这些东西，还都是受了他的影响，受益匪浅哪！”他神情凝重起来。“咱们中国人有句老话，叫‘一日为师终身为父’，从这儿讲，我，还有子健，虽然跟他没有血缘，却也是子孙后代，连着筋骨。”安承业抬起手擦了擦眼角。“后来呢，这个人——？”余莉亚怯怯地问。“光复后回国了。没留住，还是回去了。”安承业说。“是他自己要回去的吗？”余莉亚眼睛睁大了。“哪能啊，他在大连都有了女人，还有了孩子，三口人活生生分开了。走的时候是——肝胆欲裂呀——！”安承业声音颤抖着，忽然又目光如炬地看着余莉亚：刚才你说你姥爷也会吹——？“他叫什么名字？”余莉亚问得很突兀。“桥本一郎。”“那女人呢？”余莉亚张大了嘴，抖了声音。“杨慧，”安承业回答很快，“他们还在槐花巷住过，就是这里。”他盯着余莉亚。余莉亚惊愕了！“听说，后来她带着女儿回了江南——老家。”安承业有些语无伦次，眼睛一直在盯着余莉亚，余莉亚和他对视着。

“我那该死的姥爷呀！”呼地，余莉亚紧紧捂住脸，抽泣起来，身子在剧烈颤抖。安子健轻轻拍着她，眼睛里也噙了泪。

“咱今儿都不哭，这是好事！”安承业呼地站了起来，“去，拿手巾过来擦了眼泪。”他大声呼着，安子健给他递过水杯。

“这才叫缘分！”安承业喝了一口水镇定下来，安详地说。

不错，桥本正是余莉亚的姥爷，杨慧是她的姥姥，亲姥姥。

杨慧和桥本分别后，她回到了生她的江南小镇。桥本走了，她像失了魂魄没了方向，还是江南那根线牵着她去了。没有和谁打招呼，市面上乱嚷嚷的，人人都在艰难讨生活，她独自抱着女儿悄然离去。可恶的日本鬼子，你来这里干什么！留给我这不可磨灭的梦魇。她心里咒骂着。

岂料，内战开始全面爆发，江南又是国民党的天下。战火纷扰，百姓都无宁日，何况杨慧一个弱女子。为保生计，她找了一乡村小学校做教员。女儿那年得了天花，国民党军队里一个中校军医帮助治好了病。军医曾在国外留过学，已经死了妻子，他对杨慧颇有好感。见他人挺善良，温文尔雅，是一值得托付之人，杨慧就再嫁给他。解放后，军医因无罪恶，为人清白，祖上也无劣迹，被安排在一间纺织厂医务室做医生，杨慧随其在工厂子弟小学当老师。军医在外处处与人为善，颇受工人尊重。在家对她也好，对女儿更是如同己出。杨慧又贤惠，夫妻二人相敬如宾，虽无大富大贵，三口之家倒也和和美美。由于业务突出，军医被调往市立医院，不久又成为有名的外科专家。风云又至，军医因有“反党、反社会主义言论”,历史、现行一锅端。审查期间又拒不承认所犯罪行,逐被遣送遥远的边疆劳动教养。两年后,杨慧才终于得以前去探望,军医已经因超负荷的体力劳动和严重的营养不良致死。她趺撞着去找那草草埋在山沟里的坟丘时,发现已经被“开了膛”,尸骨都被野兽啃了去。杨慧几乎是爬着回到家里。两年后,杨慧死了。临死前,她问女儿,妈死后你打算怎办?女儿说,我向北,回大连。爸爸一定会来找。杨慧含笑瞑目了。讲到这里,余莉亚已经嘶哑了嗓子。安子健走过来,给她擦着眼泪,她扑在他怀里又嚎啕大哭。安承业也老泪横流。“你妈后来——?”见余莉亚稍微平缓些,安承业轻声问。

来到大连举目无亲,这些年又只读书了,什么也不会,就在东关街一家小饭馆里打个零杂。小饭馆的经理是山东人,原来就是这家小店的掌柜。他心眼儿好,没把我妈当下人看,后来又帮我妈找了对象,是他家没出五服的本家,原来也在东关街开个小买卖。再后来,就有了我。说到这里,余莉亚开始平静起来。“那你怎么到天百来了?”安承业问。“我本来是分配在电子局,俺爸还很高兴,因为电子局的厂子都好。可俺妈说,你去天百吧。俺爸就找人给名额调换了,那家人还乐得够呛。”余莉亚有了笑容。

“俺妈说,当年姥姥,哦,还有那个姥爷,在这个店里租了柜台卖乐器,他们就是在那里分别的。你姥爷早晚会回来找。她总念叨,说姥爷是个重情重义的人,要找,他肯定会去那儿。”“你妈说得没错,”安承业重重点着头,“如今中日邦交开始正常化了,民间也开始走动。我那桥本老师,一定会回来。我就说这世道早晚会清明。”他神清目朗起来。“真的?”安子健和余莉亚惊喜地相对看着。“这下子好了,你们安家还住在槐花巷,俺姥爷更能找得到。"余莉亚说。

"看你乐颠倒了,是咱安家。"安子健说,余莉亚脸又粉了,她羞怩地看着安承业。

"明天,就明天,我去看看你爸和你妈,一便儿商量商量你们结婚的事。"安承业扬着喜气说。

"这叫双喜临门,咱先吹响桥本姥爷回来的前奏,"安子健一手拿起萨克斯,一手拉起余莉亚,"抹干眼泪,上楼听我吹《友谊地久天长》,这可是姥爷最喜欢的曲子。""干吗还得上楼吹。"余莉亚羞怩地看向安承业。见他已经起身走向钢琴,赶紧翘着脚尖跟着安子健上了楼。

第二十三章

一样的林子，飞出不同的鸟儿。一样的锣鼓，敲出不同的音儿。

“五一节”那天，安子健和余莉亚举行了婚礼。在家里办的宴席，楼上楼下挤了七桌。头天在门口用苫布搭了棚子，里面支起了锅灶，请的是山水楼的厨子。吴越前说：“干吗不请群英楼的厨子，脸面更好看。”安承业说：“山水楼离咱槐花巷更近，成天出出进进经过这儿，心里觉得更近乎。厨子老杨也早有这话儿。他在这家馆子干了几十年，也是咱烟台人，觉得更贴心。”头一个礼拜，老杨就样样数数列出了食材清单，安承业一看傻了眼。那些黄花鱼、乌鱼板儿，还有鸡呀、猪肘子什么的，都是市面上紧俏的东西。寻思来寻思去，觉得还得去找吴越前。晚饭后没等出门儿，吴越前来了，进门也没坐，就看着安承业。安承业被看得有些发毛，嘴唇动了一下却没说话。吴越前哈哈一笑，慷慨地说：“好了，别说了，就知道你会犯难，说，要我帮什么？”安承业拿出那张纸递给他，脸上尴尬着。“好吧，这些不好买的我来办置。”他从衣服上面小兜里拿出别着的那支笔，很熟练地在几处打着勾。嘴里还嘟念着：“你这人总这样，咱俩谁跟谁，”划完了递给安承业，又说，“喜烟你也不用再去忙乎，杰子都准备好了，他整天倒腾这些东西。咱抽三五，行吧？”说完他转身要走，安承业拽住他：“最好是红双喜。”“你懂得倒挺多。”吴越前现出不屑。“俺喝过喜酒，见过这烟，这名儿喜庆，‘双喜’，盒儿也金次金鳞。”“是怕三五贵吧！这烟不要你钱，算我送的。”吴越前拍着安承业的肩膀。“就红双喜。”安承业摆出送客的姿势。吴越前却站住了，看着屋子又说：“怎么就摆七桌？你就子健一个，怎么不得摆十桌，十全十美嘛。家里摆不了可以在左邻右舍再摆几桌，谁家不这样。”“俺就稀罕这‘七’，人多了又太挤巴，显得不尊重。再说也不麻烦别人。”安承业说。“还是这么穷讲究，一辈子算改不了了。屋里摆不开，开席的时候前院儿大槐树底下还可以摆几桌，你不是稀罕那儿嘛，”见安承业没吱声，又说，“不管怎样，我是都给你想到了，也够意思。”“那是。这不，雪还没下，炭就送来了。”安承业赔笑道。

季子山头天就来了，拱在棚子里给杨师傅打下手，见他腰上也围了围裙，安子健就笑：“看你闷着头一板一眼的，还挺像那么回事。”季子山脸一红也不吱声。“别看，这小子还有点刀工，这海螺片可是看功夫。”杨师傅夸奖道。安子健见季子山把海螺片切得薄薄的，一拉起来还成了串儿，也有些惊奇。“跟谁学的？”杨师傅问。“也没跟外人学，就是俺爸在家里做饭时让我也跟着摆弄。”“你姓什么？”杨师傅问。“姓季。”“你爹叫什么？”“季涌昌。”“山东来的老季家，以前在南山住？”杨师傅停下了手里的活计，瞪大了眼睛。见季子山没回答，安子健说：“没错，是他家。”“呔！俺学徒的时候还跟着师傅去你家给你爷爷做过寿宴！”杨师傅笑眯眯说，“你家待人不错，记得给的赏钱还不少。”季子山不好意思起来。

晚上季子山没走，陪着安子健，顺便守望着窗下的棚子。“明天她来不了。”季子山难为情地说。“为什么？”安子健没太大吃惊，还是问了一句。“她去深圳了，明天赶不回。”季子山又说，安子健有些惆怅地看着窗外。这几年林凌跟他少有联系，她的事只是从季子山嘴中听说过一些，感觉她现在是个大忙人。想想、看看现在都是这种人在忙，忙得也合情合理。林凌第一批高考就从昭乌达盟考入辽师中文系，毕业后在市报当了记者。负责财贸条口，不久就小有名气了。安子健经常在报纸上看到她的文章，还大多发表在显著位置上。还真有几篇有分量的，一看就是台柱子级别，安子健挺自豪。从文章看出，林凌眼界确实开阔了，有见解，文风也很犀利。无怪季子山说她和一些政府官员，还有商界名人接触很多。这样的大记者无暇跟旧友保持联系也属正常，好在能从季子山嘴中听到些也挺满足。季子山画画一直没间断，由于根底扎实，并且题材新颖又贴近生活，三年前就开始不断在报纸、杂志上发表作品，并有两幅获得过大奖。其中一幅安子健看过，画的是市政工人修马路的场面。看似很平凡的一件小事，很普通的一个市政女工，在他笔下却描绘得栩栩如生，仿佛就站在你身边，身上的热气都烘着你，的确很显功力。季子山哥儿4个，大哥大他9岁，在贝雕厂上班。运动期间，贝雕画属于封资修的东西，工厂停产了。他就跑到海边捡些贝壳回来，自己在家捣鼓。后来贝雕画又成了好东西，还出口国外，外国人喜欢得不得了。他大哥也成了厂子里的宝贝、市里的宠儿，还被评为国家工艺美术大师。林凌本就是一个很有想法的人，她以优于常人的视野和理念发现了贝雕制品的价值。本来，在他俩的恋爱过程中，林凌始终是凌驾者的角色，季子山只是在趋趋跟着。慢慢地，林凌却对他尊重有加起来，说季子山是她的偶像，从职业角度她也有义务跟踪和开发他的艺术潜力，当然也包括开发他大哥的。她经常去他家，去了就跟大哥聊，显出对民间艺术家的由衷敬佩和对促使其进一步迸发艺术火花的无比渴望。不久真就在省报头版上发表了一篇文章，讴歌大哥坚守初心、百折不挠、锲而不舍追求民间艺术达到忘我境界的事迹。安子健跟季子山要过这篇文章，文中内容翔实，人物有血有肉，激昂的笔调里充满着作者的崇敬。《凡人不凡》，题目也很新颖并具深意，看得出作者的煞费苦心。深圳的改革开放如火如荼，日新月异，四面八方有志之士、有识之士蜂拥而至。林凌敏锐地感到重大机遇来临。深圳又与香港近在咫尺，那是世界上最大的保税港，全世界的外国人云聚。"贝雕画是国宝级的民间艺术臻品，但还没有挖掘出它应有的价值，外国人对此更有认同。应该走出国门让它实现更大的价值，深圳就是一个极好的窗口，贝雕画一定会通过这里走向世界。"林凌向大哥描绘着宏伟蓝图。

"林凌这次去深圳跟贝雕画有关？"安子健问。前些日子她建议，在深圳筹办一家公司，与香港无缝对接，作为内地贝雕制品的销售窗口，并胸有成竹地说了她的策划思路：我加入制作团队，负责画作的创意和执笔，大哥负责工艺制作流程。俺哥俩各自以自己的专业功底和久负的盛名扩大产品的号召力。她自己负责市场开发和产品销售，前期主要是扎根并深耕深圳，然后进一步打通香港这个通道。"我们的目标是使中国的贝雕工艺走向世界各地。依目前的资源我们完全有能力实现这个目标。"她信誓旦旦这样说。季子山说到这儿还是很平静。"这还真是林凌。"安子健思忖着。"这次她去深圳就是为启动这件事情打前站。"季子山说。

"你们俩什么时候结婚？"安子健问。"她说等这件事情有了眉目以后。"季子山声音低沉下来。安子健看出刚才季子山在说林凌的规划时并未显出热情。

"我不太喜欢什么事大张旗鼓，还是安稳的好。"季子山幽幽地又说。安子健没言语。

兰子头天早上从烟台来了，说是早点来，帮着忙活忙活。“成子怎么没来？”安承业问。“承包的几十棵樱桃树正在浇粪，两口子离不开。”兰子带着歉意。“不差这几天，还真想成子了。”安子健失望地看着兰子。兰子有些尴尬。“农活不等人，你姑这不来了嘛。”安承业圆着说。

“现在家里还好吧。”安承业问兰子。兰子眼睛里倏地闪出光芒：

“他爹经常来信不说，去年俺娘俩还到香港和他见一面儿。这人还算有良心。”兰子有些得意。安承业知道她说的是她男人这些年在外面一直没成家的事。

“说归说，也苦了他。”安承业一副敬重的神情。“谁不苦。”兰子在嗔怪，却能看出一脸的满足。

“对成子还好？”安承业问。“嗯，亲爷俩似的。”兰子兴奋着。安承业微微颌首。“可惜咱爹妈没了，要不还不知道乐成什么样。活着的时候成天盼着四世同堂，”兰子声调又低了下来，“哎！这子健结婚没赶上，还就这一个孙子。”兰子眼圈儿发红了。

“行啊，活着的时候心没顺着，死了以后，后人不给丢脸也能儿泉之下瞑目了。”安承业又说，“这人最大的福分就是死的时候不遭罪，他二老不也修到了。”“这倒是。可闭上眼时连你面儿也没见着。”兰子开始抹眼泪儿。

“是啊，想起这事心就揪着。不过现在想想，咱子健竟娶了桥本先生的亲外孙女，老人家在地下也能看到，也算功德圆满。你说人这缘分也真是，该是谁的转着转着还是谁的，不用瞎忙活。”安承业说。

“哥，那个孙奇也来吧？”见安承业伤感着，兰子换了话儿。安承业点点头。“你们也该——？”兰子擦了擦眼角又挤弄着眼。

“胡说什么,成天鼓捣这些,人家都结婚了。”安承业急赤白脸地说。

“什么,找这么大的官儿?还是大官儿找大官儿,哎,人家就这命。”听到孙奇新丈夫的身份,兰子惊叹中又含着一丝怅然。

“好啊,她也总算有个好归宿,好人有好报啊! 孙先生九泉之下也安心了。”安承业一脸慰藉。

陈家夫妇来了。安承业落实政策回大连不久,陈家也落实了政策。陈父回到原来的学校继续教书,并渐渐成为知名学者。两家时有来往。

“陈燕两口子咋没来?”兰子问。她知道陈家人,但陈燕随后来当了军医的郑春转业后去了南方,她不知道。

“郑春现在是有名的外科大夫,每天好几台手术,患者离不开他。”陈母说。“也不光是这个,不然怎么能当上副院长。”陈父说。“那也是人家的本事。”陈母睃他一眼。“本事分用在哪儿。”安承业明白他说的。郑春现在心有点飘,跟着风儿走了,心思没用在正地儿上。两口子感情也不像从前,陈燕还闹过离婚。他跟安承业聊这些事儿时显得忧心忡忡。“年轻人忙事业要紧,不能为这些小事儿耽搁人家。这不,燕子还专门来过电话贺喜。”安承业打着圆场说。“是啊,”陈母说,“这不人家人没到礼到了。”她从包里抽出一个大红纸袋,里面鼓鼓囊囊的,“咱两家的情意忘了,那还是人?”陈父抽身走了。几个人又说起葛老太,陈母眼泪叭嚓的。今春儿刚走的,两家一起去葛家峪送过。“刚挂70就走了,这好人咋都不长寿。每次去都盼着看到子健结婚,你说哪怕多活一年。”陈母哀叹着说。“子健说了,下个礼拜带着莉亚去葛家峪,在老太太坟头前磕头。”安承业说。

孙奇从沈阳赶来了,从吉普车下来时显得风尘仆仆。随后下来一位五十几岁的男子,很伟岸。“不用介绍了,”安承业高兴地伸出手,“欢迎、欢迎!”“老陶。”孙奇还是介绍着。老陶两只手和安承业紧紧握着,定定地看着安承业。

“陶局长,您好哇!”旁边吴越前热情地伸过两只手,“你们二位驾到真是蓬荜生辉呀!”吴越前声音很洪亮。“这位是——?”陶局长眼睛里似有了答案。“我叫吴越前,跟承业是光屁股长大的好兄弟。这不,大侄子大喜,我来帮张罗张罗,责无旁贷、责无旁贷!”吴越前两只手还在紧紧握着、摇晃着。他觉得陶局长轻轻握了一下,又打眼看他一下,然后轻轻抽回了手。他规规矩矩站着,一副受宠若惊的样子。

主桌放在楼上最里面的新房,安承业搬到了楼下的一间。安承业陪着莉亚的爸妈和亲戚在说着体己话。莉亚妈话不多,显得人很安静,她爸也老实巴交的有些拘谨。“老余呀,老家怎么不多来几位?”安承业笑呵呵说。“是闺娘儿出门子,就没告诉。”老余一口浓浓的胶东话。“还是咱老家的话待人听,亲切。”安承业说。“人家都嫌咱海南丢子味儿。”余父说。“海南丢了咋的,咱对撇子。”安承业笑着又说。“她说话儿音儿好听,就是像怕吓着谁,得竖着耳朵听。”余父看着余母,他显然放开了些。余母脸上微微一红,淡淡一笑。安承业笑看着她,她今天面目一新,穿得一身新崭崭的乔其纱对襟衣裳,头发一丝不苟,显然经过认真打理。虽不动声色,看得出眼神中闪着喜悦,不似上次去家里那样满目沧桑。听安承业刚才的话,她红了脸。“不是这个,俺说的是实话,”安承业知道她误会了,着急起来,“俺也不是说跟南方人不对撇子,当年莉亚姥姥跟安家人可都对撇子,说话也这样,俺娘可稀罕呢。”余母一怔，眼睛蒙眬起来，轻声问：“这些还记得——？”“当然，模样都记得，白净、秀气、温顺。俺看你今天还真有她当年的模样。”余母垂下头，眼睛里涌上悲戚。“人家亲家这是好话，俺都听得出来，”余父挤出点儿笑，“今天孩子们大喜，你这是干什么。”他嗔怪道。“人之常情，没关系，自家人拉拉呱，都不虚头巴脑，不然和谁说。”安承业满脸真诚，余母看着他，眼睛里流着赞许。“这莉亚长得又随了你，性子倒是不太像。”安承业又捡话儿唠着。“性子像俺，亏没像他们南方人，太黏糊，不敞亮。俺听说莉亚那个姥爷阴沉沉也不是敞亮人，要不怎么把老婆孩子扔……”看着、听着安承业满满的亲切，余父话儿多了起来，余母捅了他一下。安承业知道他们是对桥本有怨气，就笑呵呵说：“桥本老师那叫忧郁，是一种音乐家的气质，人其实很善良。”“俺听说你也是干音乐的，怎么倒挺阳性，还喜面儿。”余父又说。“俺那是半截子，怎能跟桥本老师比。再说，今天高兴不是。”安承业给他点上一颗烟。“你今天话儿也不少，平时金豆子似的。”余母白了他一眼。“俺今天也是乐得，跟亲家唠呱觉得舒坦。别看俺没念几天书，也对撇子。”余父兴奋起来，脸上红彤彤的。安承业自己也点上一颗烟，扑哧呛了一下。众人都笑起来。

“Hong Kong, Hong Kong 和你在一起！ Hong Kong Hong Kong!!!”一阵巨大的喇叭里传出的歌声从楼下传了上来，声音越来越大，到楼上了。“哇啦哇啦什么，闹得慌，关喽！”听到吴越前在大声呵斥。声音没停，又近了，紧接着轰鸣着携着风闯了进来。安承业抬头一看，马束香手里提着一个大大的录音机走了进来。众人一愣，有人皱起眉头，有人捂起耳朵。“来给大伙儿助助兴，侄子大喜不能没有声响。”她大咧咧说着，把录音机往窗台上一放，“这是俺家杰子从日本带回来的，他人在外国，声儿得到。大三洋，还是双卡的。”她又要去扭录音机的键子。刚从耳朵上放下手的人又捂起了耳朵，脸上惊恐着。“他婶子，”安承业站了起来，“这录音机是不错，小点声更好。”“哎呦！我以为大点声才有派呢，俺老家那旮旯都是锣鼓不要命地敲，生怕三村五屯的不知道。”她把声音调小了。“换一个，柔和一点儿的。”有人说。“想听什么，尽管说。”她从一个包里往外掏着录音带。“《月亮代表我的心》，这首好，应景儿。”安承业说。“磨磨叽叽的，不脆亮。”马束香似有不甘。“就这首。”安承业挥挥手，重新坐下。

“爸！”随着楼梯的“咚咚”响声，安静一阵风儿样跑了进来，满脸通红地呼呼喘着，“等了俺妈一上午，末了她还是来不了。她得陪石狮那面来的客户吃饭，还是人家请她，”安静尖着嗓子一口气说着，又急匆匆从包里掏出一个厚厚的红纸包，递给安承业，“这是俺妈给俺哥的大红包。”安承业看着，够分量，足有刚才马束香拿着的好几盒录音带厚。“还是嘎嘎新的，我跟着刚从银行取出来，拿上我就跑来了。”安承业脸一红。“拿着，不拿白不拿。”她将红纸包塞给安承业转身跑了。“这小闺娘儿真漂亮。”有人称赞道。“俺儿媳妇。”马束香得意地说。

两阵风儿吹进来两个“杨排风”，这个还叫着爸，又是那个的儿媳妇，外面还有个没来的妈，又给个沉甸甸的大“红砖头”。众人一时辨不开向了，都懵懵懂懂地面面相觑着。“这包里装的顶了楼上楼下所有人的份子钱。”女人们瞪大眼睛惊羡地瞅着那大红包，抿着嘴啧啧的。马束香倒也能看开事儿，手指着安承业：“他，是养父。给‘砖头’的那个是亲妈，天津街上有名的大富婆，”又拍拍自己胸脯子，“俺，婆婆！”“还没结婚呢。”安承业笑着向众人说。“快了，让子健加把劲儿，别生在他们后面。”马东香哈哈笑起来，众人也都哄笑着。余母眼角剜了她一下。安承业起身把马东香让到外屋一桌，低声问：“你婆婆到底是来不了？”“哼，别提了，中了风还不是半死不拉活，还不如老公公一蹬腿干净利索。”安承业皱了皱眉：“不接过来，你们也不常过去看看？”“她活着的时候也没积那份儿德。哥，你也是，怎么就不在群英楼摆桌，俺家那个说了他劝过你。”她声音大了起来。

“大家安静、安静！”吴越前站到楼梯中央。他挺着胸脯，挥挥手，“吉时已到，吉时已到！”他拖着长音儿，然后清清嗓子。嘈杂的声音顿时安静下来，目光都转向他。“今天，是我大侄子安子健和侄媳妇余莉亚新婚大喜。我代表老兄弟安承业，向来参加婚礼的亲朋好友们，表示热烈欢迎！和——衷心感谢！”他满面红光，神采奕奕，声如洪钟。一阵掌声响过，有人悄悄议论：“这人真有派头。”吴越前像是听到了，又扯开嗓子：“首先，我向大家介绍两位——远道而来——尊贵的客人！”他呱唧呱唧鼓起掌来，客人们都转着头四下张望。坐在远处的孙奇脸色微微发红，旁边的丈夫却很从容地看着吴越前。“他们一位是——”他又清清嗓子，“一位是——沈阳市公安局，陶副局长。”他又呱唧呱唧鼓起掌。“另一位是——辽宁省公安厅——政治处处长，孙奇同志。他们夫妻二人，专程从沈阳赶来——参加今天的婚礼，我们都有蓬荜生辉之感。我们以热烈的掌声欢迎他们的到来！”他激动起来，使劲又带头鼓起掌来。孙奇微蹙了一下眉头，随她丈夫站起身来，点头致意。“快了。”坐下后，她丈夫轻声说。“什么快了？”孙奇问。“‘三种人’，文件已经下来了。”陶副局长拧着眉说。

两个月后，吴越前因运动期间有严重打砸抢行为，且属首恶，被革职审查。审查中认定，吴越前纯属打着“革命”的旗帜混入革命政权，是跟着“四人帮”造反起家。并在运动中残酷迫害领导干部，制造大量冤假错案，是典型的“三种人”。按政策，这一类人应被劳动改造。羁押在“局子里”的吴越前预感到末日即将来临。风云突变，有人对此有异议：如说吴越前靠造反起家，混进革命政权，尚可成立，但说是“残酷迫害领导干部”却有失公平。因为当时他虽大权在握，却利用手中权力解救过惨遭打击、迫害的革命干部。这是一种无私无畏的精神，彰显了高度坚定的阶级立场，皆因他是贫苦人出身的缘故。证词中，曾经被解救的当事人的署名赫然在目，而且正身居要职。吴越前逃过一劫，在“功过相抵，理应从轻处理”的结论下，恢复了自由身。从振中百货公司“吴经理”的宽敞办公室里，走进狭小、简陋的守卫室。“咱不干了，落地的凤凰不如鸡。”“当了打更老头儿丢人现眼，丢永杰的脸，丢你们老吴家的脸。我就说你成不了大气候，一辈子翻不了身。”马东香整天数落着。“回来吧，有我！”吴永杰叫嚷着。“这杰子怎么正赶上这时候操办婚事儿……”吴越前唉声叹气，佝偻着身子。“别像霜打的茄子，掉了毛的鸡，还有他丈母娘呢。你不要脸，她得要脸，再说更不差钱儿。咱要办得更风光，群英楼，20桌，不，30桌。哼！让凤姐把有头有脸的都请来，她不是有能耐吗！要不凭咱杰子能要那个小彪闺娘儿？成天嘚嘚瑟瑟的。”马东香喋喋不休地说着。

凤姐真是不负所望。盛夏，八月流萤的日子，群英楼摆了30桌。没按本来算好的日子，新媳妇已经出怀了，掖不住了。“这样好，下一辈儿赶在前面，”马东香高兴了，“可把他安家压在了身子底下，杰子想怎么摆弄就怎么摆弄。”她又忿忿地说。“安静又不真是安家的种儿。”吴越前还是没挺起腰杆子。“不管真的假的，只要是姓安就算数儿！”马东香扬着头，挺着胸脯子。

这年大连街出奇地热，快到八月十五了，白天还骄阳似火，到了晚上却凉快许多。每天晚上吃完饭，安子健就陪着余莉亚去中山广场溜达。出了槐花巷顺着上海路过了天津街小学几步就到。安子健很喜欢走这条路，说是让肚子里的孩子没出生就沿着前人的路走。余莉亚笑他臭酸，也喜欢中山广场，小时候就喜欢。四周宽阔的大马路围着里面老大的一个圈儿，路边又高高地围着些风格各异的外国建筑，更显得广场里面开阔、空旷。听爸说过，他小时候这些建筑都是外国领事馆，在这一带出没的不是外国人就是大连街的士绅名流，他跟着爷爷常来这里。广场最中央，一处圆圆的、半人高的矮墙围着一个大水池子，上面镶着的小方石块儿都被磨得溜光水滑，是在清晰地刻着自己历经的风雨岁月。安子健很喜欢这种沧桑感。广场里一丛丛的小树、灌木被木栏杆围着，地下绿草茵茵。还曾在这里捉过蜻蜓，是爸一次说过蜻蜓是益虫，不能害它，他从此再也不捉了。有一次，吴永杰捉了蜻蜓后，把它们的翅膀拽下，看着蜻蜓在地下打转儿哈哈大笑，为这个还和他打了一架。现在想想，童年的往事咂摸着挺甜蜜。又一个新的生命即将诞生了。他感到肩膀负了重，心头也沉甸甸的。看到一棵树，光秃秃的了无生气，枝儿也黄着，干枯着，心里一惊：这是树干生病了，输送不上营养，或是输送了带病的汁液。他沉着脸说给余莉亚听。余莉亚笑他真是个怪物，总是这样，时而比小孩儿还小，时而比老人还老。堆堆簇簇在乘凉，小孩子在嬉闹跑着。摔了跤的，大人们赶紧跑过来扶起，心疼地摸摸脸蛋儿。余莉亚小小的身子挺着肚子，像方圆不大的平原上突然隆起一座巨大的山峰。身子摇摇拽拽的，头却昂着一副骄傲的神情，像企鹅在自家的领地里自由自在、旁若无人。安子健要搀扶着她。“不用，扯着手就行。”她将摸着肚子的双手伸过去一只。“媳妇儿，恁对象对你真好。”余莉亚抿嘴笑着。“媳妇儿，看你的怀，能生个大小子。”又一个老太太笑眯眯地搭讪。“你稀罕小子还是闺娘儿？”老太太走后余莉亚问。“都稀罕。”安子健不假思索地说。“恁家可是你一个独苗儿，不担心没有接户口本的？我都心里吊着。”余莉亚脸上现着紧张的样子。“那是旧观念。再说，现在一对夫妻一个孩儿，非男即女，除非阴阳人。”安子健赶紧安慰道。“胡说什么！”余莉亚嗔怒着。“我是说这么简单的道理干吗就想不开，愚昧。闺娘儿小子咱都好好培养，关键是成才。”“你的种儿差不了。”余莉亚附在安子健耳边说。“没错儿！”他的声音却扬着。“不嫌害臊！”她掐了他的腰一把，他没躲，还挺直了身子。

“告诉你件好事儿。”安子健忽然不动声色地说。“好事咋还板着脸？”安子健扑哧笑了。“就装摆！”她又使劲掐了他一下，“哎呦！”这回他躲了。“快说呀！”她又要伸手掐。

“小心咱闺娘儿！”安子健扯住她的手。“你咋知道是闺娘儿？”“闺娘儿是爹的小棉袄啊，有好事肯定是闺娘儿带来的。”他眨着眼，她也眨眨眼看着自己的肚子。

“单位同意我考电大了。”安子健一脸得意。“真的？”余莉亚喜出望外地望着他。她知道安子健报名考电大了，整个天百大楼就他一人报了名，安子健担心领导不支持。“那也得考上，功课扔了这么多年。”余莉亚又担忧起来。“有咱闺娘儿保佑啊！”安子健一脸认真。

功课的确已经生疏，他参加了补习班，学校就在天津街小学。“小学的母校，你一定能考上，老天爷在助你。”余莉亚神神秘秘地说。

别说，离家近，白天上班、晚上上课，又照顾余莉亚三不误。安子健嘴上没搭她话茬，心里却冥冥之中有些预感。却并没因为这个有一点点放松，商场、家里、学校三点一线紧张忙碌着。“天遂人愿，首先你得行！”他总是认真地说。余莉亚很赞同，也很钦佩他这种精神。晚上安子健放学回来，吃口饭就在灯下看书，余莉亚坐旁边喜滋滋地看着，还抚摸着肚皮说：“宝贝，爸爸念大书呢，咱以后念更大的啊，超过他”。安子健不由得也伸手过去摸一把。“你先睡吧。”他说。“就不，我就喜欢看你这样，比睡觉还美。”“孩子也需要休息。”“她也喜欢看着她爸这样，也美着呢！”余莉亚扑闪着眼睛。不觉触动了什么，就那么瞅着他。“看你色眯眯的。”安子健打着趣又趴在桌上。她端坐起来，直着眼看着他。安子健起身捧起她的头亲了一下脑门儿，烫烫的。余莉亚手就伸了过来，箍紧他的腰，“真好。”她用脸摩挲着他的衣服，“再亲一下。”她说。他又亲了脸。滚烫。又亲了脖颈，也烫着。他很喜欢她白白的脖颈，此时却变了颜色，粉粉的，更娇艳了。“是在亲我吗？”她仰脸儿问，像一朵被雨淋着的桃花含着忧容。他明白她的意思，又想歪了，高青一直像一片永不散的云在她头顶，经常两人缠绵的时候她就触了这根神经。“都过了7天，这小东西还在等啥？”她摸着自己高高隆起的肚子。“等我金榜题名，”安子健说，“一定是！”

过了9天，婴儿出生了。“真是个小闺娘儿！你真成神仙了。”从产房出来，余莉亚见到安子健第一句话就说。安子健没说话，手里握着一枚黄灿灿的什么伸进女儿的襁褓。“镀金鼠币。”安子健一脸庄重看着余莉亚。“也就你能想得出来。”她美美的。

“子时？赶上了时辰！今儿阳历——？”安承业拨拉着月

份牌儿。"四月十九，谷雨第一天。天哪！"安承业大呼一声，身子在抖着，"老槐树种下的那一天哪！"安承业颤着手抱过孙女儿，仔细地看，嘴角在抖。

"今天不是发榜吗？还不快去看看！"余莉亚忽然大声说。

"不用去了。"安子健从安承业手中接过女儿喜滋滋看着。"怎么回事？快说呀！"余莉亚惊讶地看着他。安承业脸上在浮着微笑。

"闺娘儿出生日，金榜题名时。"安子健把脸贴在女儿脸蛋上。"今儿一大早，子健那个一块儿补习的同学已经来报了喜信儿。"安承业说，他背过身去擦着眼角。"考上了？"余莉亚惊喜着。

"不早说了嘛，铁板儿钉钉儿的事。"安子健装出一副不以为意的样子。"就你牛——"想起老公公在眼前，余莉亚伸了一下舌头。转过话儿又问："那小白脸儿也考上了？"

"对人尊重些。"安子健知道她不喜欢谷业亭，说感觉他轻浮。

"今儿是双喜临门，子健赶紧去买菜。咱今儿吃芸豆蚬子打卤面，山东家的规矩得吃喜面。对了，再买几个洋柿子加在卤子里，这叫红红火火。"

"爸，你得给小闺娘儿起个名字。"安子健郑重地看着安承业说。

"早想好了，"安承业也严肃起来，"闺娘儿就叫安然。"

"安然无恙？"余莉亚眨着眼。

"不但是体格儿，还有这儿。"安承业指着胸口。

"爸，你看安然睁开眼睛啦！"余莉亚惊喜道。

冬天,安静生了一个小子。第一个流产了,这个是老二。五个月后才正式给取了大名,叫吴涛。前面找人给取过几个,翻来覆去都不当意。吴越前又想求安承业,马东香急了:"还去找安家,你不就他老子起得这个破名儿给耽误了一辈子!""你他妈哪懂政治!"吴越前嚎她一嗓子,"那是当时胡编的瞎话儿。"

"这姓不好,谁起也够呛,除非'吴穷'。"吴永杰嘟囔一句。

第二十四章

每一个不曾起舞的日子，都是对生命的辜负。

辽宁广播电视大学属于在职教育性质，学生们都已有工作单位。社会上戏称其为“回炉”。大连分校虽然在昆明街一栋小楼挂着牌子，却只是管理人员办公的地方，学生们分散在由几个市属系统开办的课堂上课。学制也不统一，有脱产、半脱产、业余三种。商业局所属学生不多，就归在电子局电大班。这个班都是脱产的学生，学费却有公费和自费之分。安子健享受到了单位给予的公费上学并带工资的待遇，这在班里不足半数。他学的是企业管理专业，班里39个学生。年龄却参差不齐，最大的有三十五六岁，最小的不满二十，属“大学漏儿”（高考落榜）那拨儿。报到后没几天就渐渐熟络了，大家都戏称老少三代。安子健恰在中间年龄段，在班级里被戏称上有老，下有小的“老乙”。一个“老”字前面缀着就多了味道，不知是正年富力强被视为中流砥柱之敬意，还是揶揄过日子中肩负两头重担的中年人未老先衰之嘲意。反正三十几岁的“老甲”被叫着的时候，脸上顿时一副革命老前辈的尊容。20岁的“小丙”被叫着的时候，脸上活力四射比“革命战士潘东子”更显稚气。“老安”——被这样叫的时候，明明有了老气横秋的味道，可又没有资格显出尊容，更不能死皮不要脸去装嫩。挺难受。“混蛋逻辑！什么甲乙丙的，不能光看年龄。统统笑谈，而已。”安子健心里发笑，却也兴奋异常。学还没开始上，怎么倒先敏感起来，一点事儿就浮想联翩，整得像作家似的。可能是叫大学亏得兴奋过度。安子健晃晃头，脑袋转回到原处。

正式开学第一天，同学们围成四个圈儿。一是互相认识一下，二是谈谈来电大学习的初衷。已经都熟悉了，再重新认识？学知识就是初衷，还能有什么？安子健觉得挺滑稽。

班主任老师姓刘，双重身份，既是管理者，也是学生（后来都说她来“混票儿”的。当时单位提拔干部开始重学历）。40岁有余，论学生，她是班里最老的前辈。一看就没读过几天书，属于光红不专的那种。个子不高，颧骨却高。又戴着一副眼镜，显得大大的眼珠子往外鼓，看人的时候目光很集中，看书未必。但人家又是老师，就得尊重。刘老师抄着手站在安子健这组的圈儿外边。

“电子局电大班”在民生街上一栋年代挺久的大楼里，对面是人民剧场。安子健记得爸说过，当年奶奶带着他哥俩从山东家来的时候，孙奇的爸爸，也就是那位地下党员孙先生，还专门请了他们全家在这里看过大戏。那时这里叫鸿记大舞台，是大连街有头有脸的人才能光顾的地方，老百姓顶多站在远处伸头望望。这两栋建筑看着挺有趣，这边的人民剧场不高，只有两层，却占着偌大地面，似磐石般正襟危坐。对过这栋“地盘”窄窄，却高高挺拔着，似有直入云霄之感，像一高一矮、一胖一瘦对视着的两个人。一个敦厚、笑容可掬，却只得仰视着对方。一个直挺挺显着锐气，俯视着对面。挺像眼前这个圈儿，只一个人高高在上透过眼镜片在锐利俯视。教室里的窗也细长，下面都快挨近了地面。企业管理班在顶层，许是有些寓意，当时社会上开始重视经济，企业管理进了“上层建筑”。安子健恰又坐在窗前，他也俯视着对面，脑子里想着这些。他发现自己近来思想异常活跃，像一道被打开的闸门,好想入非非。余莉亚说他被胜利冲昏了头脑,他断然否定。

“我来电大上学的原因是现在的单位不适合我——”现在轮到谷业亭开始发言,余莉亚说的那个小白脸。嗬,这想法挺有意思,却也直率。大家都新奇又惊讶地看着他。刚才都是众口一声“为四个现代化”之类。跟谷业亭在补习班这些日子,两人已经很熟,虽说他有些招摇,锋芒毕露,却也率真。谷业亭喜欢和安子健凑,对他也坦诚相待,安子健就接受了这份情谊。他23岁,在班里属于“小丙”那类,有时却故作高深。前年高考落了榜,在一个工厂当工人。安子健觉察到,他虽然赶上了读书的年代,知识却也单薄了些。家就住在人民剧场背后的修竹街上,是一处低矮的小房子,斜对面就是群英楼,他请安子健去过。兄妹九个他最小,他说家里人都叫他“截住”(一段流行相声里的趣语)。他爸在这条街上摆着一个洋铁摊子,打了一辈子洋铁,还走家串户修理烟囱什么的。可就奇了。谷业亭说这些事儿的时候,安子健难以置信——他上面八个哥姐都很出息,一个姐姐还在北京外交部做翻译,一个哥哥在沈阳音乐团当乐队指挥。直到见到他的老娘(应该有70岁了),安子健似乎明白了——知书达理,慈眉善目。“你妈年轻时读过书?”安子健好奇地问。“屁,好时候她没赶上,我姥爷遇上了官司,把家败了。”“她这个年龄应该是小脚?”安子健又不解地问。“她说她坚决不缠足,为这个当初都没人敢要。”

谷业亭说完这句话,见大家都异样的眼神望着他,顿住了。小伙子长得挺英俊,衣着又讲究,更显了潇洒。两只黑黑的大眼睛扑闪着,白嫩的脸像戏台上的奶油小生,无怪余莉亚叫他“小白脸”。皮肤太白的缘故,此时他腮边竟飘了红。已经踱步到别的组的刘老师似乎听到了他的发言,也感到了这面的异常走了过来。愣神中的谷业亭看了看安子健,他也在看他,眼神却和其他人不一样,有着鼓励。他镇静下来,又说:"和身边那些人合不来,也不愿同流……""谷业亭同学,"刘老师发话了,"谈感想暴露自己自私、狭隘的活思想情有可原。但是要考虑好,要注意影响。"她严肃地环视着,"我们电大,是培养无产阶级的青年知识分子,是为了建设'四个现代化'来这里读书,这个问题一定要搞清楚。如果瞧不起劳动人民,甚至歧视劳动,那可是立场问题。读书为了什么,为自己还是为国家?什么叫不适合,谁应该适合谁?应该搞清楚,弄明白!"她滔滔不绝,声音也逐渐高昂起来,原来口才竟然不错。安子健在认真听着,想着。"来,安子健,你还没发言,你说说。"她看着安子健手里的笔记本,上面空空的没记一个字。

"我觉得谷业亭的发言无可厚非。"他低下头看着笔记本。刘老师一怔,眼珠子更大了,圈子里都看向她,有的眼神里面透着紧张。"为自己、为国家其实是一码事,"他抬起头,眼睛看着远处黑板,慢慢又说,"一个人有了知识,有了才华,自然要奉献于社会。人人为我,看似是利己,从另一个角度看又是我为人人,是利他。其结果是都在奉献于人,拘泥于为了谁并无意义。怕的是——"他停了一下。刘老师盯着他,"怕的是只顾自己私利,只顾索取不计其他。"安子健将目光从黑板上移过来,"另外,知识分子也是劳动人民,并不对立。而且,知识分子的劳动创造价值更大,尤其是社会价值。社会价值不仅包括物质的更有精神的。因为他们是一类特殊的人,他们看待事物的眼界更开阔,更高远,也更深刻。或者说,境界比常人要高,这就难免对一些低级的、庸俗的事物有些不屑，或者说难以苟同，这符合逻辑。”刘老师直愣愣看着他，圈子里有了些躁动，有的低下头记着。谷业亭涨红了脸看着他，兴奋得似难以自抑。“你看过马列主义哲学著作？”刘老师问。“看过。”他点点头。“什么时候，在哪儿？”紧接着问。“在农村，草垛里，”有人在抿嘴笑，他没有理会继续又说，“毛主席说，凡是有人群的地方就有左、中、右。还有，贾府上的焦大不会去爱林妹妹……”“看来你的经历还挺特别，”刘老师接过话，“那就说说？”同学们纷纷饶有兴致地看着他。

“我这是第三次接受再教育，”安子健说，“前两次是被动的，一次是家里下放到穷乡僻壤，一次是到广阔天地。这一次却是主动的，因为会是改变人生命运的转折，所以我要珍惜这个机会，加足马力刻苦学习，给自己一个交代。当然，如果成才，我会全部奉献于社会，这样也就会对他人更有益。”“这，就是我的初衷。”接着又说。

“老安，全班也就你了！我看出来，刘大官人都俯伏在地了。”下课时，谷业亭把他拉到一边儿兴奋地说。“学生以学为主，还得以成绩说话，刚才那些不加分，也是一时逼得忘了东南西北。”“哎，你刚才是不是话里有话，那刘大官人脸上一阵红一阵白。”安子健没接茬，说：“我的数学底子差，这次考进来全仗着平时多看了几眼闲书，其他科目才把平均分背起来，实话说压力很大。”“你怕什么，还是公费又带工资，不像我什么都是自己。”谷业亭说。“这有关系吗？”安子健看了他一会儿，转身走了。

第一学期课程中就有了高等数学。“老甲”和“小丙”们大多都有初等数学基础，一拨是“老三届”当年曾经学过，一拨刚撂下不久，唯独这拨中间的“九年一贯制”，在学校光学工学农了。看着书里那些微积分，“老乙”们都沉重着。

余莉亚说:“我抱安然去我妈那儿吧,省得影响你。”“不用,听着闺娘儿的哭声像敲战鼓。”安子健说。“别泡儿了(大连流行语,说话不着边际),你这点儿心思我还不知道,我坐几站车也累不着。”余莉亚还是抱着安然走了。

安子健手里握着书本又来了。“才几天又来。”余莉亚装出一副不高兴的样子。“别装了,偷着乐吧。”安子健说。“又不是来看我的,哭还来不及。”余莉亚噘着嘴。“谁的醋都吃,真是醋坛子。三个人的心都是连着的,你摸。”安子健把手放在小闺娘儿胸口,又拖起她的手放在自己胸口。“这话我信,”余莉亚递过温温的眼神,“哎,在车上又背了几道数学公式?”“你自己看。”安子健打开书。余莉亚一看,那书都起了皱褶,里面密密麻麻划着些道道、杠杠,有的地方打着惊叹号,有的地方打着问号。她心里一酸:“也别太拼命。”她轻轻推了他一把。“是啊,晚上也早点睡,这学习也不是一天两天的事儿,还得讲究个方法,不能拼死力。”丈母娘插话说。“妈,你真会做好人,成天挂挂女婿学习怎么样,见了面儿倒让人家早点睡。快去,把女婿的荷包蛋准备好就得。”余莉亚推着她妈。安子健若有所思地说:“别说,这学习方法确实很重要。他们都说,平常看着你也没怎么拼,成绩倒呼呼上来了。问我有什么诀窍。我说俩字,效率。”“这个我信,看你一学习的时候眼里只有书,仿佛全世界就你一个。”余莉亚钦佩地说。“全神贯注,还有融会贯通。就是这个道理,哪怕一分钟也得出两分钟的活儿,这叫事半功倍。”他把安然从余莉亚手中接了过来,看着她笑着问:“猜猜爸爸这次数学考了多少分儿?”余莉亚伸出手就捶他:“闹了半天跟我在卖关子,快说,考得好吧?”她知道是指的期中考试。他一只手抱着孩子,一只手伸出。先是拇指和食指一挑,又换成两个手指立着。“82?”余莉亚惊喜着。“全班排第九。”安子健兴奋着。“二十九，到第九，正好提高了20名，你太厉害了！”余莉亚蹦跳着孩子似的。“哪像娘俩，看你比闺娘儿大不了多少。”安子健贴着安然的脸蛋儿。“在你面前就觉得是个孩子。”余莉亚撒娇地说。忽然，她低下声：“今晚不走吧，犒劳犒劳你。”眼睛里晃着异彩。“不行，吃完饭就得走，还有今天的计划呢！”余莉亚又想起什么，问：“那个小白脸考得怎样？”“不上不下。”“那就是落后了呗，看他就不是个学习料儿。”“不好这么说人家，那你是学习料儿？”余母身后插话说。“我不是，可家里有，下辈儿更有。”余莉亚骄傲地说。

期末考试将近，大家都在紧张复习。这是要计入年终总成绩的，如果两科不及格就要淘汰掉，那些自费的学生压力更大。天冷了，路又滑，不能再让余莉亚天天抱着安然去岳母家。安子健在智仁街借了一处别人空着的房子，搬去些挂面、大白菜什么的。考试头两天，谷业亭和另一个同学找着来了，身上披着一层雪。见安子健悠闲地躺在床上看着一本小说，就说：“真是英雄所见略同，你也胸有成竹了吧。”安子健笑笑。谷业亭拿出那本厚厚的复习大纲，说：“就在家闷着，也不出门搜集点儿考试重点，”他得意地指着书里一些画着扛的题，“事半功倍嘛！”“不是你说的那个意思，这种走捷径是熊自己。”“那这些你都复习到了？”谷业亭有些急。“那你考考看。”安子健认真起来。谷业亭看着大纲念着题，安子健答着。“真成了仙儿！”谷业亭惊呼道。“这叫秀才不出门，便知天下事。”那个同学也佩服地说。“快说，你有什么妙计？”谷业亭认真起来。安子健想了想，说：“系统梳理。融会贯通。以一得十。”见二人在瞠目相视，他从床上一跃而起，说：“后天就考试了，今天你们光临寒舍咱们也放松放松，小酌一杯。

等着,我买酒去。”安子健转身要走。“又是英雄所见略同。”谷业亭从书包里掏出一瓶“陈曲”放在桌上。安子健看看笑了:“还是你奢侈,这酒在婚宴上都少见。”“咱哥仨今天酒逢知己千杯少,一醉方休。”谷业亭又掏出两盒午餐肉罐头。“那好,咱们今天包饺子,大白菜现成的,我再去割点肉。”安子健笑中带着歉意。“好啊,饺子就酒越喝越有,我跟你一起去,看看再买点什么。”谷业亭脸上扬着洒脱。“你们再看看‘重点’吧,我自己去就行。”安子健推搡着他独自去了。

说着话儿,喝着酒,吃完饺子时,夜已经很深。“老安,今天回家吧,看你像个苦行僧似的,嫂子那么漂亮也舍得给人家荒了。”谷业亭打着趣儿。“还真是想闺娘儿。”安子健认真地说。“得了吧,别拿孩子打掩护,”谷业亭还嘻嘻地不依不饶,“好了,那还不快走,正好咱俩做个伴儿。”“那就稍等会儿,我得收拾收拾这房子,明天也就不再来了。”谷业亭扯了他过来:“等你收拾好了还不得下半夜,考完试咱们再来,正好喝一壶儿庆功酒。”看着谷业亭眼睛蒙眬着脖子都红了,说:“也对,那就赶紧走吧。”这陈曲太冲,被谷业亭灌着喝了不少,他也觉得有些晕晕乎乎。往车站走是个长长的大下坡,雪已经停了,白皑皑的一片,脚下挺松软。安子健低着头仔细走着。“还在想那些破事儿?”谷业亭显得很兴奋。安子健脚下滑了一下又站稳了。“就你想得多,一个月38块6不少了,还有没有工资的,老婆孩子不也得过。”刚才喝酒的时候,安子健念叨起只顾学习,老婆孩子都不管了,只拿着个38块6的基本工资,觉得有些对不起她们娘俩。谷业亭当时就这样说他。“人和人活法不一样。”安子健声音大了起来,觉得酒又往头上涌。谷业亭和那个同学都停了下来看着他,夜色中,他的脸色被白雪衬得有些发紫。“老安,我就认你这点,有情有义，嫂子有福。”谷业亭扯起他的手。谷业亭似乎有些清醒了，眼睛里透着真诚的敬意。“看来，老安的成绩直线上升也是老天爷在保佑！”那个同学说完，俩人拥着他又走着。“咱那位刘大官人说羡慕你聪明，其实她不懂。整天闷着头儿净想着当官儿，再给她个脑子也没用。”谷业亭忿忿地说。“就是，”那个同学说，“老安不光把别人喝咖啡的时间用在了学习上，还把老天爷拉成了同盟。佩服，佩服！”“我们都会凯旋而归。”安子健搂着他俩肩膀说。“马到成功！”谷业亭张开手做了一个扬鞭策马的姿势，脚下一滑摔倒了，顺着坡儿翻了两滚儿，站起来，“哈哈！”

期末考试结束了，从学校看完成绩后，谷业亭跟了安子健来到槐花巷，说是给嫂子报报喜。谷业亭刚走，安子健就赶紧上了楼。余莉亚正将闺娘儿放在床上，看样子正准备下楼。安子健刚坐下，她就偎了过来。“在楼上竖着耳朵都听到了，”她眼神柔柔地看着安子健，“安子健同学五科平均成绩全班第一名，高等数学95分，排在第二，就连零起点的英语也排在全班第五。”她学着电视剧里皇帝纳贡品时，大臣朗朗地报着礼单还拖着长音儿。“还有两年呢，会更艰苦。”安子健平静地说。“你管多这样，就不会让人跟着高兴高兴。”她嗔怪着。“不能自满，得想到困难。”他说。“又来了，”她坐了起来，“你看人家，管多都是喜气洋洋的没个愁样儿。哎，对了，听了半天也没听出他考得咋样？”她指的是谷业亭。“还是原地不动。”安子健说。“熏天呼地的倒像他考了状元。”“他这人就这样，家里老小都宠着，没经什么风雨。心里倒干净。”安子健说。“就会护着，你倒经过风雨，心里不照样干净？”“我这是阳光总在风雨后。”他刮了她鼻梁一下，她又偎了过来。

两人磨叽了一会儿，余莉亚忽然放开安子健，低垂下头，长长的睫毛扑闪着。“又风一阵雨一阵的?”激情中的安子健一下子冷了下来。“该重温旧梦了吧。”余莉亚撇着嘴。“小脑袋瓜儿净想些什么呢,自己折腾自己。”他又搂了她过来。余莉亚一扭身,看着他:“别装了,一双勾人的眼,勾人的鼻子,虽说我没看见那个于连什么样子,听你念叨着你还真像,我听了都动心。”安子健一怔,接着笑了:“亏你想得出来,想象力倒蛮丰富,改行吧。”“少打岔,在说你呢。现在学习又这么好。是我也惦记着,”她小声嘟囔着,又抬眼望了一下,“这把可撵上了,平起平坐了,可以比翼双飞了。”脸上楚楚的样子。安子健一下紧紧搂住她。“我这辈子就是你的,”他喃喃地说着,“往事都过去了。”她张眼望着他,泪水流到了微翘着的嘴角。“不管以后是人还是鬼,你一辈子是我的老婆,咱俩还有共同的孩子——”他一股脑地说着,抚摸着她的肩膀。“下一辈子呢?”余莉亚仰脸儿问,脸上还挂着泪珠。“下一辈子也是!还有下两辈子——”安子健急急地大声说。“别吵醒孩子,还有好事呢。”余莉亚推了他一把。“三辈子,四辈子都是。”他附在她耳朵边。“起咒。”她又推了他一把。“如果不是,天打五雷——”“去你的。”她一下子拱进他怀里。“小心碰着孩子!”“我不管。”她呢喃着,挂着泪的脸贴了过来。

英语不是必修科目,选修这门课程是季子山的指点。一年前,季子山已经和林凌一起去了深圳。贝雕制品在那里已经打开市场,公司生意做得风生水起,林凌如鱼得水,正春风得意马蹄疾。安子健却感觉到,季子山热情并不大。他知道,这并不是季子山所追求的,他是被架到了林凌的船上。季子山几次在信中说,林凌说得没错,深圳确实发展很快,用日新月异来形容一点都不为过,说后悔当初没学点英语。林凌用英语跟老外交流的时候他只能眼巴巴瞅着,都觉得无地自容。那次他回来专门儿去了槐花巷,聊着聊着安子健问到他们的婚事。还没打算。季子山脸沉了下来,林凌总说忙完这段,俺家里又总在催促。季子山念叨着,可一说这个,她就回敬说都是小见识,这么好的运气来了哪能给撂了,多拼一年日后可以风光十年,这叫一劳永逸。我说不稀罕这种活法。观念害死人,得转变,都什么年代了?她倒一副恨铁不成钢的样子。我说什么年代也得有艺术,艺术不仅仅为了赚钱。她却并不理会这些,说跟老外交流时得胜过他们,他们才另眼看你。还经常带回一些照片欣喜地给我看,照片上和那些老外挽着胳膊,都很亲切的样子。还有一张是她赠送贝雕的照片,被一个大个子满脸胡子的老外搂着,她还小鸟依人似的。我看不上,说我们的好东西为什么给他们!那是摇钱树,这个都不懂?她还笑话我。季子山发着牢骚。别把人也卖了就好。他又说。想哪儿去了,安子健安慰他一句。想想又说,林凌也许有她的道理,不管怎样,跟外国人打交道是大势所趋。深圳是前沿阵地,代表了中国的将来。英语是国际通用语言,学会英语走遍天下。即便这辈子不用,下辈子一定用得着。这年头是得有些超前意识,现在也提倡复合型人才。可她——季子山眼睛里带着忧虑。安子健心里一动。看似季子山对林凌现在的做法有所排斥,无形中自己却也潜潜更新着,只是在担忧他俩的事。无怪乎南方发展快,或许正是先进的文化带来的新的思维方式。他想起曾经看过的一本书上写过,“中国文化的根基在北方,现在却是南方发展迅速,是因为荡涤了传统文化中的糟粕。西方文化的根基在希腊,却被英国超越,是因为工业革命带来了先进的文明。后来又被美国赶超,是因为有了更为先进的科学文明,连澳大利亚、新西兰这些曾经的殖民地都超越了老祖宗——任何一种没落都有其必然性”。后来他还就此想过，都说海外华人继承了中国传统文化的精华，大陆却继承了糟粕。“糟粕”一说有些过了，但被“羁绊”却有些道理。

“这辈子不用，下辈子一定有用。”他心里又重复着自己刚才说的话。学校英语课程已经结束了，他去大连外语学院报名参加了业余班。

“不要命了！”余莉亚坚决不同意，“看你这一年没日没夜累成什么样？”“已经过了这个坎，现在轻快着呢，有劲儿都没地方使。”他在扩着胸。“你不累那‘永久’还累呢。”“咱买辆新的。”安承业插话儿说，一脸认真。余莉亚扑哧笑了：“爸，你怎么还小孩似的，孙女儿都快赶上你了。”安子健也笑。“我是说念书应该支持才对，”安承业恍然笑笑，“这书不会白念，”“哦，”他又想着说，“这书里的东西不是你能瞅着的，就像人长了筋骨，血管子里多了血。现在这形势我也看出来了，学门外语早晚有用。当初在日本小学校的时候，就死活不愿学日本话。身边儿又守着那么多日本人，怎么就不往脑子里进，”他拍着自己的头，“赶紧学去，学了回来我孙女也早受些熏陶。学费我掏，家里活我多干点。”他一脸认真地说。“爸，你说什么呢！”余莉亚急了。

安然会牙牙说话了。“万、吐、思瑞……”简单点的英语单词会说了。“想吃什么？”“拨那呢。”“还有什么？”“爱泡”。声音吖吖着。“才学两天半，就想当老师。”余莉亚撇着嘴，脸上却美滋滋的。“教学相长也。”安子健说。“这就对了，养不教父之过。”安承业笑吟吟看着孙女儿。她学话儿挺早，前院儿老槐树今年开花也早，刚进六月，槐花巷里已经被芳香弥漫着，还顺着窗缝飘进小洋楼。

大连街也将有双层巴士，从大连火车站通往码头。安子健在报纸上看到这则消息。以前在电影上才能看到，现在眼皮子底下也有了，这可是新鲜事儿。能感觉到，安然天生对新鲜的东西特别敏感，不仅如此，还总有些联想。安子健给她买的唐诗选，她不仅跟着念，小手还指着里面的配图不断地问。“鹅鹅鹅，曲项向天歌——”念到这里，她停住了，歪着头问，“大鹅为什么要仰脖子呀？小鸡怎么低着头？”“大鹅有志向，它在看着天，天空多大呀。”安子健用手比划着。安然顺着他的手看看窗外，眨眨眼。“两只黄鹂鸣翠柳，一行白鹭上青天——”她又停住了，在看着那画儿手指着说，“那黄鹂好懒，没有白鹭有志向。”一脸的认真。安子健笑了，抚摸她一下。似受了鼓舞，她自己又开始翻着念起来。

双层巴士通车首日恰是个礼拜天。一大早，安子健就领着安然来到站前发车点等着。他想让安然坐上第一辆车，那是一种庄严的仪式感。车来了，果然是第一辆，车前披着彩绸，乘务员微笑中含着庄重，举手投足像是迎接外宾。人并不多，爷俩第一个登上车，上了二层，坐在第一排。安然大瞪着眼睛看着车外，稚气中透着什么。安子健想，如果有记者拍下的话，这张照片应该被镶入大连交通史的史册，抑或这件事情，应该被载入大连城市发展史的史册。汽车开动了，安然一脸新奇地看着车外，眼神里透出这个年龄少见的凝重。安子健心里泛起一阵涟漪。后来当他有了崭新的雅西卡照相机的第一个念头，就是又想到了这一瞬，深深遗憾着。“这车真高，赶上咱家小楼了！”她兴奋着拍着小手，吖吖地说。“这条路好长，都看不到头儿。”她瞪大眼睛使劲向前瞅着。巴士已经转过中山广场，进入到笔直宽敞的人民路。此时行人和车都不多，更显得这条路漫长和空旷。“世界很大啊，这才是眼皮子底下一点点，你看这天，”安然随着安子健的手向上望着,“这天无穷无尽的没有边儿,比你眼睛看到的大了很多倍,天外还有天呢。但它再大,也没有人的心胸大。”安子健指指胸口,安然眨眨眼睛。巴士到了终点站,安子健领着她下了车。“爸爸,我看见大船了!”安然拍着手兴奋起来。“你爷爷,还有太爷爷,很早的时候,就是坐着船,跨过大海从那面山东老家过来的。那时候船还很小,也没这么漂亮,这都是人的功劳。”“我长大也要坐大船,你和爷爷,还有妈妈都坐着,”又问,“山东老家远吗?”“你现在会觉得远,长大了就会觉得很近。”“是不是长大了,这里就大了,就不会觉得远?”她指着自己的小胸脯认真地问。安子健看着她,重重点了一下头。

发工资那天,安子健对余莉亚说:“咱买个照相机吧?”“我去看过了,680块钱,日本雅西卡的,性能挺好,也不贵。”脸上很坚定。“还不贵,不吃不喝都得两月,再说都已经看过了还问我干吗?”余莉亚不满意地说。“孩子的成长应该记录下来,给她也注入些灵魂上的东西,我也喜欢。”安子健说。“不注入我们也都长得挺好,就说你自己稀罕呗!”余莉亚撇着腔儿。

“我来给买。”安承业从楼上踱了下来。“爸,我不是这个意思。”余莉亚红了脸。“子健从来不乱花一分钱,这我都知道,他这是带着使命,花多少钱都值!”安承业有些激动,“明天咱就去天百大楼,老少三辈儿一块儿去,把小闺娘儿好好扎骨扎骨,全家也都穿得新崭崭的。”

第一次用雅西卡相机,安子健就一鸣惊人,照片不仅登上了报纸,还配了编者按语。用安承业话说是“开了个大张”。是在中山广场拍的,他想起开阔的广场里那片片茂密的树丛,一大早儿领着安然就去了,此时它们正迎着阳光金灿灿的，他领着安然走进树丛。在一棵大树下，他端起了照相机。树干上粗粗的老树皮干裂着显得很沧桑，安然站在树干后面都被遮了身影，树下厚厚的青草没了脚脖。她微微探出一点儿头，唯头上一只小牛角辫从树干旁高高翘出。安子健屏住呼吸拍下了这一瞬。一周以后，《大连日报》生活版刊发了这幅照片。黑白的，方方的，一看就是120相机的杰作。照片题名是《老树新芽》。编者按这样写道：这幅作品深深扎根于生活的土壤，立意深刻。寓意了改革开放中新生事物的不断涌现，却又根植于、汲取着传统文化中优良的给养。作者从拍摄到洗片完全是独立完成，无一丝矫揉造作，更显生活中的真实。俗中见雅，雅中透着高深的境界。题目也可称点睛之笔，不难看出作者对事物的深刻理解并升华为生命的思考，实为一幅难得的佳作。

“爸，大连新建了一座青少年宫，咱得送安然去学些什么。”晚饭时余莉亚兴致勃勃向安承业说。“这倒是好事，不过这事儿得你们两口子商量，这接送的都得有时间。”安承业思忖着。“俺俩都去看过了，就在人民广场原来大铜像后身，真漂亮。子健说了，他下班就去送，时间来得及。”余莉亚报幕似的，安子健望着她，她向他眨眨眼。“那就赶紧的。我想起来了，这少年宫是个好地方，我年轻时还去过劳动公园，那儿有一个少年宫教吹萨克斯，一看那些孩子就不一样。”安承业放下筷子。“不过挺难进，得托人，还得打人情。”余莉亚紧跟着说，安承业眯起眼睛。安子健瞪了余莉亚一眼：“这事儿我来试试，别难为咱爸。”“就你？听说很多人拿着礼都没办成。”余莉亚撇着嘴说。“试试看。”安子健显得挺有信心，她知道安子健向来心中有数，从不说空话，“试试看”已经八九不离十了。在桌底下还是踩了一下他的脚尖儿。安子健知道她今天的弦外之音是花钱的事，昨天从少年宫回来的路上就念叨着学费挺贵。“爸，这事儿说说是让你高兴高兴，你什么也不用操心。”他说。“那，钱我来出。”安承业似在愧疚。“一辈儿管一辈儿，这是我的责任。”安子健坚定地说，安承业看着他，点点头。

还真是办成了，谷业亭立了功。安子健想到了他在沈阳音乐学院当指挥的大哥。谷业亭满口答应下来，说：“你的大名早就在我大哥那儿如雷贯耳，他肯定当回事儿。我再叮嘱他好苗子有了这样好的艺术殿堂必定成才，你这是功德无量。再说小安然也真的有天分，连我都稀罕。我大哥这人爱才，这事儿他也就一个电话，妥妥的。”谷业亭真没说空话，两天以后他让安子健领着安然去了学校。校长亲自接待了他，抚摸着安然的头说：“谷副院长到底是慧眼识珠，这孩子打眼儿一看就是好苗子！”“什么，还是副院长？”安子健回来学了这些，余莉亚吃惊着。“我早就看出来，谷业亭这小子看着有些高调儿，其实也是一种率真。”安子健有了些自得。“还真有些能量。”余莉亚眉眼里现出钦佩。

“学什么？”全家人围着商量起来。“要事半功倍，”安子健说，“既要看安然的潜质，还要结合客观因素。”“啥意思？”余莉亚问。“这个我懂，”安承业说，“课堂上跟老师学，回家里再有人加固。”安子健笑笑。“嘿，亏你们爷俩，一唱一和想得还真对。”余莉亚豁然开朗了，说：“那咱就学三门课，”安子健看着她，“咱爸补习书法，你补习英语。”“还有啥？”安子健问。“舞蹈哇！咋把我忘了？”余莉亚一撇嘴。“嘿，这个倒忘了，现成的人才。”安子健一拍脑门。余莉亚在学校时曾经是宣传队跳舞的，谈恋爱那阵子还跟他显摆过，一招一式不在安静之下。“人家能让学这么多？”安承业担心起来。“校长说了，这小女孩儿看着天赋确实很好，我们就欢迎这样的孩子。另外还有谷副院长的引荐，于情于理你们尽管报。”安子健兴奋着。“那就先学书法，这是咱中国人的根儿。”安承业说。“那就第二个学舞蹈，小闺娘儿会有气质。”“就是说你很有气质呗。”安子健有意逗她一下。余莉亚站了起来，胸脯一挺，脖颈一扬，双手一拢做了个“大红枣”的动作：“看看，怵哪个巴拉眼子？”“真像安静姑姑。”小安然拍着手儿。“像谁不好，像她。”余莉亚呼地收了动作，拍了一下她的头。安承业说：“走，今儿不做饭了，去王麻子吃锅贴去，也该去看看老王了，咱福山的老乡。”“爸，那老王早就不是掌柜的了。”余莉亚笑哈哈说。“不是掌柜的更该看。”安承业上了楼。一会儿拿着一瓶即墨老酒走了下来，边走边用袖子擦着上面蒙着的灰尘。一不小心，趔趄了一下，余莉亚抢先一步上前扶着。

新建成的青少年宫依偎在辽阔的人民广场南边。近前看，它身躯庞大地卧在那里，还显着一副慵懒的姿态。远处看，和那广场相对应顿显出婀娜、娇小，却更散发出渺渺的艺术气质。它隔着广场与市政府大楼遥遥相望，一边是庄严的权力中心，一边是高雅的艺术殿堂，安子健似乎感觉出设计者的匠心别具。中间，隔着一大片绿茵茵的草坪和宽广的中山路。这条路又是大连的地标性马路，漂亮、气派的15路公交车穿梭于这条路上，更给这条古老、神秘的马路增添了现代色彩。中山广场是始发站，安子健带着安然在这儿上车，在人民广场下车。严寒，酷暑，冬去，春来，不觉两年。

又到了安然的生日，安子健又领着安然来到明泽湖。自打安然能走路，每逢生日这天，安子健都领着她来湖里划船。刚进五月，已觉春意盎然。路旁，粗咧咧的槐树，枝儿不经意冒出了新嫩的骨朵。人们却未留意。却是那湖边的柳树披着长发在湖面上摇曳，留住人们的视线。有的还有意沾了水，像是为更夺人耳目，怕人看不到它娇嫩欲滴的翠芽儿。湖面掠过片片涟漪，又是被哪条小船掠出的一道道波痕传递过来。租了一条船，还是划桨的，他知道安然喜欢。安子健牵了安然的手准备上船。“爸爸，今天我七岁了，要自己上船。”小船有点晃，安然一个趔趄，安子健正欲扶，她却已经站稳。安子健拿起双桨划了起来，小船悠悠到了湖心。安然四下看着，虽然稚气未消，眼神里却分明添了成熟，不似以前那样只盯着花啊草的。她看着楼房，又扬起头看着蓝天，眸子里竟比以往添了些许深邃。安子健心头一热。

“这座湖是人工湖。”安子健轻轻说，他在看着船下，水已经很深。

“爸爸，什么是人工湖？”安然眨着眼向他看着。

“这里以前只是一个荒荒的水泡子，是人用手把它改变成现在这个样子。”

“啊？”安然睁大眼睛看着辽阔的湖面，难以置信的样子。

“这是真事儿，挖那阵子我还记得。”“你也挖了吗？”安然现着惊奇。

“我那时还小，也就你这么大。不过你爷爷来参加过劳动，我跟了来。”“爷爷真厉害！”安然拍着小手。

“大人干活，孩子们都在跑着玩儿，记得我那一次还摔了个四仰八叉，浑身上下像泥猴似的。”“爸爸真笨！”她又拍着小手，忽又认真地问：“你哭了吗？”

“你说呢？”安子健反问道。“一定没哭，七岁的孩子还哭，丢人！”安子健庄重地点点头，他又操起了双桨。

“爸爸，这船今天我来划。”她说着站了起来。船在摇晃，她张着双手,屏住呼吸,慢慢地,一步步地,走了过来。待她稳稳站住了,安子健将桨递给她,她接过。安子健教她摆正姿势,她个子小,只能站着。船滑行了,桨手咬着嘴唇,时而趔趄着,又站稳。风吹来了,湖面又掠过一层涟漪,船帮上溅起一波浪花。

“今天我七岁啦!”桨手迎着风大喊着。安子健心里一震,脑子里蓦然闪出一副画面,他端起雅西卡相机,“咔嚓”一声。心里又一闪:“季子山在这里有多好!他的画笔一定更会升华出一幅杰作。”

晚上,家里人都睡了。寂静中他又兴奋起来,轻轻起身下了楼。照片上的影儿出来了。看着它在扩散,影儿里没有的画面又浮现出来,思绪也随着这画面飞腾。他拿起笔,铺开一张稿纸。文思泉涌,笔尖在抖,唰唰唰,一篇散文一挥而就。写完,他轻舒一口气,发现泪水竟滴湿了稿纸。

大连市青少年联合会、大连市妇联、《大连日报》社联合举办征文比赛。体裁是散文,题材是“我和贝贝”,安子健将这篇文章投了去。

“子健,报纸上又有你的文章,外面大家都在议论,你倒没事儿人似的。”余莉亚擎着一张报纸飞进小洋楼。“你啥时候写的,还写的咱闺娘儿,我咋不知道?”她兴奋地在报纸上比画着。“真发表了?”安子健欣喜地看着,还是在《大连日报》专设的征文专栏中。“咱闺娘儿也上报纸了,里面还写了安然的名字!”余莉亚脸上闪着光芒。还不止这些,后来征文组织者又将本次比赛中的优秀作品结集成书,这篇题为《哦,女儿七岁了》的文章赫然在目,获得了一等奖。惊喜连连,大连电视台专门为本次征文比赛的获奖作品举行了颁奖仪式。仪式邀请了全部获奖的作者,还有笔下的“贝贝”共同参加。安子健上台领奖时，手牵着安然，颁奖领导一手握着他的手，另一只手抚摸着安然的头。回到槐花巷还没进门，余莉亚早已冲将出来，眼里滚着泪珠子。“咱爸呢？”见安承业没在，安子健问。看完电视就眼睛湿着去了前院。“又是去看那棵老槐树了。”安子健自言自语地说。“可惜了电视里没有我。”余莉亚带着遗憾的声调说。

第二十五章

春雨滴答滴答刚下过，樱桃花就绽放。

兰子来了电报，她男人从台湾回烟台探亲了。他要和她一起来大连，看望安承业。电报很长，安承业估摸着怎么得子健一个月工资。虽然子健电大毕业后已经调到天百政工科当宣传干事，工资却没见着涨，却也没见余莉亚为此有什么怨言。毕竟成了干部，自己脸上也有光彩，整个大楼里上千人能有几个，小年轻里更是寥寥无几。从电报中的语气和文笔一看就是兰子男人写的，而且像是一封信那样丰满，连标点符号该有的都有。电报中说，现今，大陆政府开始允许台湾同胞回内地探亲访友，我和妻儿终于结束了多年在香港会面的辗转流离，现在已经昂然回到了阔别40余载的山东老家。百感交集中夜不能寐……屡次听兰子说，我离开家乡许久年间，承蒙承业大哥胜过兄长般的关怀、呵护，小弟感激涕零。更有甚者，安家多年来不辱祖训，义薄云天，逆境之中坚守人之初也。对社会慷慨担当，浩气凛然。对何家情深似海，舍身相助。如此深明大义，彰显着中华民族之优秀品格犹存于三山五岳之巅，五湖四海之中。这也是我死灰复燃，决意重新踏上故乡热土的决心所在——夙愿有成之际，有生之年能够会上兄长一面，深感三生有幸是也！

安承业一屁股坐在椅子上，木然着久久未语。“都好了！都好了！”他开始喃喃地说。“爸，这是好事，你怎么哭了！”余莉亚递过一条毛巾。“死人活着回来，能不哭，”他拿过毛巾擦着眼泪,“这下子兰子可好了!”他颤巍巍地拍着大腿。“爸,兰子姑家头两年不已经盖上新房了嘛。姑父这人还真不错,这么多年了孤苦伶仃一个人,真不容易。”余莉亚感叹道。“房子盖一百间,盖一千间,能比上人回来!”安承业激动起来,看着余莉亚,“山东人,走哪都错不了。”“人和人是不一样,我那个日本姥爷连个动静都没有,别说房。”余莉亚发着牢骚。“咱们惦记的是人,”安承业又有了忧思。“我相信桥本老师,他早晚能回来找。”眼睛里又闪出亮。“我才不惦记呢。”余莉亚撇着嘴。“子健走时没说什么时候回来?”安承业忽然问。“说是最快一周。这是全国的宣传工作会议,还要和同行交流。这不前天才走。”余莉亚自豪着。“人家明儿一大早就来,也没人去码头接接。”安承业念叨着。“人家电报里不说了吗,一定不让去接,要和兰子姑往常来一样,还打了两个惊叹号呢。”余莉亚说。“嗯,这么诚恳,人家是敬着咱。咱也别强拧着,坏了人家的操行。”安承业想着,点着头。

只是兰子结婚的时候见过一面,那时都风华正茂着。记忆中的兰子男人很潇洒,大高个,大脸盘。虽是富家子弟,却毫无纨绔之气。一进门,未等兰子介绍,兰子男人先张开臂膀。安承业伸出手,两人紧紧握着,互相仔细辨认着对方。“老了!”安承业嘴唇中滚出一句。“哥,再不老成妖精了。”兰子抹了一把泪,脸上却笑着。“您请。”兰子男人向前搀住安承业,摆出一个往里面让的手势,然后跟着安承业进了屋里,两人坐下。“你倒成了主人。”兰子像在嗔怪,却抿嘴笑着。兰子好久没这么打心眼里笑了,安承业眼角滚出两滴眼泪。“老是老了些,却没大变化,”他直眼端量着,嘴里轻轻念叨着,“眉眼里还有年轻时模样,骨头里的东西在,还是英气不减。”“您不也是,今天一见果真如此,兰子并无丁点儿夸张,”兰子男人也看着他说，“这真是应了一句话，腹有诗书气自华。书在肚子里人就烂不了，哪怕地老天荒。”他忽地站起，朝着安承业双手垂立，深鞠一躬：“大哥，我敬重您！”“怎么敢当，折煞我了！”安承业急忙站起，向前扶起。“大哥，您担得起，十个躬都担得起！”兰子男人已泪流满面。兰子掏出手绢递过去，他摆摆手，掏出自己的手绢擦着。兰子也在擦。“这是侄媳妇吧。”坐下后，见余莉亚默默站在一边，他泪眼未消笑着问。“姑父好！”余莉亚羞着说。“这是大哥的孙女儿，小安然。”“姑爷爷好！”未待兰子男人开口，安然已经张嘴在先。“好，好，小姑娘真乖，真俊！”兰子男人张着泪眼连连夸赞。兰子扯过安然搂在怀里，弯腰打开一个包裹，从里面拿出一个漂亮的小书包，递给安然：“这是姑爷爷给小安然的见面礼。”“我不要，”安然双手背向身后响亮地说，“爷爷说不能要别人的东西。”“这不是别人呀，咱们是亲人。”兰子又塞过去。安承业刚要说什么，忽又拿过书包，打开，顿时脸色涨红了：“你们这是做什么！”他从书包里掏出厚厚一沓钞票，是美元。“哥，应该的。”兰子也红了脸，她瞅着她男人，似在埋怨。“大哥，是应该，”兰子男人又站了起来，面色凝重，“您一定收下，这不是钱，是我的心。”他手指着胸口。“心我收下，书包也收下，钱不能要！”安承业脸上也凝重起来。“那给我侄媳妇拿着。”兰子说着，从安承业手里拿过钞票重新装入书包，塞给余莉亚。“子健也不会同意。”余莉亚拿过书包，双手递还给兰子男人。他一时有些不知所措着。“先拿着吧，这把知道了？”兰子嗔怪道。兰子男人唏嘘着，用手绢擦着脸。

“子健呢，这半天怎没看着？”兰子忽然问。“出差了，才走两天。”安承业解释道。“子健现在可出息呢，电大毕业了，还当了干部。”兰子喜滋滋地朝着她男人说。“听你说过，”他忙不迭地说，“说过多少次了，是很优秀。”他又朝着安承业说。“谁叫是安家人。”兰子自得起来。她男人眨眨眼，哈哈大笑着：“把她自己也扯上了。”大家都笑起来。“成子三口子怎么没来？”安承业问。“还三口子呢，都快四口子了。”安承业一怔。“这不正想告诉你，成子媳妇肚子里又有了，都出怀了，出门儿不方便！”兰子嘴儿都拢不住了，眉梢都颤着。“好啊！人丁兴旺，人丁兴旺啊！”安承业兴高采烈地说。“兴旺倒是好，可得钱陪着，要不是他爹，得卖了房子交罚款。”兰子看似在埋怨，看得出，还是在欢喜。“那你们这个时候怎么还出来？”安承业埋怨道。“是他急着到这来。”兰子瞅着她男人，安承业感激地看着他。“哥，今晚俺就得回烟台。”兰子说。“既然来了，也不差一天两天，”安承业着急起来，“妹夫也逛逛大连街，这些年变化大着呢。”安承业诚恳地望着兰子男人。“他倒是想，可村里一拨拨在等着请客呢，还说是道喜。”兰子流出些怨容。“好事，好事，我也想多见见老乡亲，拉拉呱。”兰子男人真诚地说。“哼，见了你就知道了。这些年……”兰子扭着脸露出不悦。“既然这样，那就今天中午，我们出去下馆子，好好唠唠，”安承业兴奋地朝着余莉亚说，“赶紧去跟杨师傅打声招呼，就说家里来了贵客，山东的。”“哥，咱哪也不去就在家里，咱俩一起做，他就想吃咱老家的饭。”“客随主便，这得听我的，咱在馆子里也能吃上地道的福山饭。”“你是说山水楼？”兰子问。“没错儿，咱叫老杨给炒几道菜，再到王麻子叫几份锅贴，”安承业说着，转脸向着兰子男人补充道，“这都是咱福山人，来了多少年了，手艺却还在，饭菜都是咱老家的味道，你肯定稀罕。”

话一唠起来就刹不住闸，都是些陈芝麻烂谷子，却越唠越唠出了陈年老酒的味道。往事令人感慨万千，几个人不时唏嘘不已。“爸，都几点了，该吃饭了。”余莉亚说。“真还没唠够。”“吃饭时也可以接着唠哇，像是人家出了门儿就会跑了似的，”余莉亚说，“人家杨师傅也该等急了，刚才我说福山老家来客了，他乐得什么似的。”安承业赶紧起身张罗着，几个人走出槐花巷。上了天津街，迎面就是天百大楼，安承业站住了。“这就是子健单位。”兰子指着大楼说。“好气派！这放在台北也不逊色。”兰子男人驻足观望着赞叹道。“它最早那阵子是日本人建的，叫几久屋。”安承业又指着街筒子说，“这条街现在叫天津街，日本人在时叫浪速町，那当回儿几久屋就是浪速町上最大的百货公司。”安承业若有所思起来，“日本人走后归了国家，改了几回名儿，现在叫大连天津街百货大楼。天津街现在还是大连老百姓最爱逛的地方，这天百大楼也一直红红火火。”安承业娓娓说着，“它从最早的三层，加盖到四层，现在又到五层。对面以前是家食品商店，去年在街中间建了个天桥，把两个店打通连接了起来。据说，买卖又好了不少。”“这还是子健出的点子呢！”余莉亚在旁边自豪地说，“子健还提议在大楼里面设了电动扶梯。这下子人老多了，不光是觉得新鲜，腿脚不方便的老客儿又都回来了，连小孩儿都吵着让大人领着来玩儿。”余莉亚声情并茂像解说员。“还是俺家子健。”兰子说。她男人一直认真听着，不停地点着头。

转过身进了山水楼。未及上楼，杨师傅早已迎了出来。寒暄一番，杨师傅引着进了包间：“都准备好了，稍待片刻。”杨师傅笑着转身欲走。“还没点菜呢。”余莉亚看着安承业。杨师傅转回身站定，看着安承业，神色郑重起来：“听俺报来，你看行不？”安承业笑笑：“那你就念叨念叨。”说完，又有了悔意。这老杨干了一辈子馆子，人是油了些，心却还是热滚滚的。没让点菜是对山东人的口味了如指掌，定是想先装在箱子底，等会儿一下子端上干货，让大家明白山东人懂山东人。也罢，先听听如何。杨师傅已将手中毛巾搭在肩上，掰着手指开始诵道："全家福、九转大肠、爆炒腰花三道大荤，这是咱胶东老辈子的大菜。两道时令海鲜，溜鱼片用的是咱渤海湾的牙片。天鹅蛋（一种海生大蛤蜊）炒鸡子儿也是咱福山人都得意的。当然更少不了咱福山人过年时不管穷的、富的家家都有的白菜条炒肉丝。今天给配上香菜梗、胡萝卜丝儿和黑木耳，五彩缤纷更显喜庆……""大大，让你说得都馋了。"余莉亚笑道。"还有更勾引你哈喇子的呢。"杨师傅哈哈笑着，兰子男人站起身，双手给他递过水杯，他咕咚喝了一口，抹抹嘴。"到底是啥呀？"余莉亚舔着嘴唇急着问。"糖醋黄花鱼呀！这么高贵的客人来哪少得了这个。今天俺倒腾了一条一斤六两的，现在还真少见，有口福哇！"见安承业在惊讶地望着他，又说，"今儿这条鱼现在是少，但架不住俺有办法。侄媳妇来一说，俺就去了旁边七节大楼（大连饭店），人家还真给面子。""还真难为你老哥！"安承业脸上露出歉疚。"跟我还客气，你这人就是礼数太多。东西都拾掇好了，第一道菜就几分钟的光景。"杨师傅乐颠颠走了。"这么多年了，风风雨雨的，还是这样豪爽。"安承业看着杨师傅的背影说。大家都露出敬重的神情。

见兰子男人打量着这个包间，安承业也随着看了看。很宽敞，窗户正对着天百大楼。上一次来山水楼是什么时候已经记不得，只记得那些老装扮已经面目全非。现在又恢复回来了，一切尽显古朴、典雅。桌子、椅子，就连碟子、碗筷都是老辈子那种模样。兰子男人眼睛里晃着赏爱。见安承业在看着他，就说："这些东西在台湾也有，不过在这里看到又是一种感觉。”他白白的头发都稀疏了，露出了光亮的头皮，发丝却一丝不苟地向后梳着，眼神像孩子似的。第二道菜上来后，又一个服务员提着锅贴进来了。见安承业在怔怔看着，余莉亚解释说：本来我要去买锅贴，老杨师傅给拦住了，说有朋自远方来，不亦乐乎，妹夫这么多年没回来，这锅贴权当他送给咱福山老乡的。“山东人还是老样子，没变。”兰子男人说。

吃着，说着，兰子男人提到了安子健。“子健现在天百大楼里干什么工作？”他放下筷子，问。“以前接我那摊子，修理乐器。电大毕业后在大楼宣传部门。”“俺爸当时还不同意呢，不是我，子健现在还在捣鼓那些乐器。”余莉亚表功似的说。见大家在看自己，安承业说：“我是觉得那手艺是上辈子传下来的，扔了怪心疼，这种手艺人现在也越来越少了。还有，我不当意去做官。不如专心做个手艺人，不去想东想西，心里安稳。”“你还说当官难做好人哩，连子健都跟着说好人不当官，当官没好人！”余莉亚又插一句。“这话只是在家里说说。”安承业阴着脸说。“哥，你这也不对，凭什么咱就不能当官。我看子健就是当官的料，叫他们都看看咱安家。”兰子显然被勾起了往事，气忿忿地说。“咋地，只当官才叫本事？”安承业呼的一句。兰子闭了嘴。“都想着去当官，都想着四处钻营，满大街还不乱了套！”安承业还激动着。

“大哥，不知子健是否想再到大学深造？”兰子男人说话了。“怎么可能？”安承业吃惊地看着他，“都三十好几了，还拖家带口……”兰子男人想了想，说：“我虽没见着子健，却能感觉出是棵好苗子。如果得以深造，学成归来也是更好为国效力。咱根子正，做什么都偏不了。”“学成归来？”安承业皱起眉头，茫然地看着他。兰子男人点点头：“去国外留学。家里你和侄媳妇辛苦几年。也不要想什么‘父母在不远游’,那是旧观念,得扔了。”“这倒不是,只是这事儿有点悬,从没想过。”安承业眼神收回来,低下头,神情还在茫然。“爸,你这是不知外面的世界现在多精彩,已经开始有人出国留学,年纪大的还不少。如果有路子,砸锅卖铁咱也供。爸,你说呢?”余莉亚兴奋起来,“依俺子健现在潜质,再出去长长见识,应该有更大的前途。”“是呀,子健糟蹋了太可惜!”兰子张着眼急着说。“应该说,西方国家确实有很多值得学习之处。比如刚才说的商场里电动扶梯什么的,人家多少年前早就有了。我刚才一直在想,子健能提议这座大楼在大连街率先推出,足见这孩子思维敏锐,还敢作敢为。既是受益于电大的学习,本身也有他过人之处。”兰子男人和蔼地看着安承业慢慢说道,安承业面色逐渐清朗起来。“你有门路?”兰子急切地问。“且听我慢慢说。”兰子男人很从容。“光顾着说话了,菜都凉了。这糖醋黄花鱼可是老杨拿手菜,现在可能都不焦了。”安承业歉意地拿起筷子让着。“哥,得撑死他呀。快让他说下去,都急死俺了。”人经风雨多了是容易变,兰子当年多羞腼的一个女人。现在也泼辣不少,性子也变急了。哎,风吹浪打着,难能闲庭信步哇!安承业想着。

“我建议去西德。”兰子男人轻声说,语气却很坚定,他看着安承业。众人的目光都看向他。“一是,西德是欧洲这些年发展最快,也是发展最良性的国家。其根源是理念先进,做事情认真、敬业、一丝不苟,很有工匠精神。公民素质很高,是一块优良的土壤。这些都很适合子健,符合安家之根本和初衷。”他一直看着安承业,娓娓说道。“那第二呢?”兰子又急了。“这第二也很重要,正是碧兰方才所说的‘路子’。我在慕尼黑有一个好朋友。慕尼黑又是西德最好的城市,代表着西德所有的文明和发展水平。”“你是说老王?”兰子问,脸上爽朗起来。她男人点点头。“哥,太好了,老王一定能帮忙,当年老王在香港最难的时候,俺家曾经帮过他,老王到现在还感激不尽,”兰子兴奋起来,他男人点点头,兰子又说,“老王也是咱烟台人。那次牛郎织女似的去香港和他见面,”她向她男人努了一下嘴,“老王还现巴巴大老远从西德坐飞机过来看俺哩!”兰子一脸喜色。“哦,是这样。”安承业脸上已经舒展开,竟有了兴奋。

“老王也是厨子出身,当年在香港开了一家中餐馆,专做鲁菜。那时香港比较混乱,世界各地各色人等聚堆。老王人憨厚,因为一件事儿吃了官司,不仅辛辛苦苦积攒下来的家底折腾个精光,买卖也做不下去了。我那时也在香港,靠着咱山东人的秉性还混出点人缘儿。这期间,我确实里里外外帮忙不少……”“不然会更惨,还给了不少钱呢,去西德也是他帮——”兰子男人摆摆手打住她,又说:“老王又在慕尼黑开了一家中餐馆,说是一直生意不错。我琢磨着,子健可以吃住在他那里。西德就是租房最贵,这笔开销可以省了。此外,听碧兰说子健会些厨艺,这就更好,可以在餐馆打打零工,现在出国留学的都是勤工俭学。”兰子男人停下了,兰子赶紧递过水杯。“那不得有劳人家费心照应。”安承业说。“那倒不必客气,老王和咱一样都是热心肠子。况且,竟然我觉得老王也会喜欢他。”“亏你想得妥当!这才丁点儿时间,悄默声就把事儿想得这么瓷实。”安承业脸上被喜气罩着,感激地说。“姑父,这前前后后得多少费用?”余莉亚问。“这个先不消说。如果子健愿意,我先和老王那面沟通一下,把事儿夯实了往下再说。”“你是不是和子健见见?”安承业问。“最好。”兰子男人马上应承道。“那他出差回来,让他马上去烟台。”余莉亚说。“好啊！我也早想见见这个年轻人。”兰子男人说。“见着面儿你一定觉得俺没胡吹。”兰子一脸认真地说。“都给她吹破天了还说没胡吹。”安承业嗔笑着。“俺子健本来就好。”余莉亚说。“不嫌害臊，俺吹吹倒罢了，哪有吹自己汉子的。”兰子笑着戳了一下余莉亚的头，大家哄笑起来。“好啊，跟了俺家子健算你小媳妇有福。人家还会做饭，一样样儿变着法儿侍候着你，简直掉福囤子了。”兰子不依不饶地打着趣。余莉亚羞红了脸，找了话儿说：“这才哪到哪，俺的福气还在后面呢。”“这话儿倒当真，”兰子收了笑儿认真起来，见众人也都郑重起来，又说，“正好子健这次过去帮帮厨，烟台那面正一拨拨饿鬼等着侍候哩。”她男人开着玩笑说：“嗬，弄了半天还揣着自己的小心眼儿。”兰子白他一眼。“这他应该！”安承业刚想打圆场，余莉亚说：“爸，就你当真，谁都知道是在开玩笑。”说完捂着嘴笑。安承业怔了一下，众人都笑起来。“还有第三，”安承业冷不丁一句，众人打住笑望着他，“你刚才说的这个工匠精神，我就在琢磨这个词儿好。其实这也是咱中国人根儿里有的，今儿大街上都把它丢了，得把它捡回来。”安承业一脸虔诚。兰子男人点点头。“如此说，这西德还真适合子健。”安承业又说。

“我也要出国留学！”一直没声响的安然扑闪着大大的眼睛认真地说。“这对儿大眼儿真俊，黑葡萄似的，稀罕死人了。”兰子扯过安然说。“青出于蓝而胜于蓝哪！不但聪慧，小闺娘儿家家的，瞅着就带了股豪气，是个好苗子。”兰子男人看着安然赞叹道。“等你长大，咱也出国念大书，还让你姑爷爷帮忙。”兰子说。“谢谢姑爷爷！”安然很认真。“净熊小孩子的‘谢’，那时候你、我还能帮上？”兰子男人打趣道。兰子张着嘴一琢磨，哈哈笑着：“对呀，咱都爬大烟囱了，”又手捋着安然的小辫子说，“那时候咱谁也不用，凭自己哪儿都能去！”

“嗯！”安然还是那样认真。众人又都笑了。安承业笑着笑着，觉得眼角有些潮湿，抬手擦了一下。

几年没去烟台了，上一次是成子结婚。成子28岁才结婚，在农村已属高龄，成分不好没人敢嫁，为这事兰子姑恨不得跳到海里还成子一个清白身。记得坐的是“工农兵2”号，当时最大的一艘船。现在“工”字号都“退休养老”了，新一代的“天”字号更威武地行驶在渤海湾儿上。这“天淮”比“工农兵2”更快，天上星星还在眨着眼，站在甲板上已经看见了黑黝黝的芝罘岛，很快，又看见了烟台山上的灯塔，眨眼工夫“天淮”已经稳稳靠上了烟台港。他出差一回来就扭头去了码头，也没有通知兰子姑，径自来了。今天这“天淮”也像知道自己的心思，嗖嗖地把自己送到了彼岸。太早，满大街的窗户都黑黝黝的，他找了一家亮着灯的小店儿，喝了一碗豆腐脑，顿时胸腔里热烘烘的。出了小店儿，开始有几个乡下人推着独轮车装着些青菜唰唰走着。他走向汽车站，还记得这条路，叫西大街，是烟台最宽阔的一条街。汽车站今非昔比了，以前那个低矮的棚厦被一座大楼所取代，墙面上还涂着色彩。嗬！车也焕然一新，不似以前伸着长鼻子，听着吱吱嘎嘎那种。还挂着“七路”的牌子，以前可是写着“大海阳—莱山”。下了车，街道变了，竟认不得以前的路，一打听成子家，被问路的一下子热情起来，非得亲自送过去。只听说兰子姑家盖了新房，没想到这么排场。大大的院子，红砖、白墙，有些鹤立鸡群的味道。推了一下涂着黑漆的大门，还关着，门缝里却透出灯光。正寻思着，里面“咚咚”走出了人，一听就是兰子姑。“咣当”，门开了，果然是她。

“哎呀，子健，就知道是你，估摸着该来了。”兰子欢呼着，牵了安子健的手进了院子。“是子健来了吧！”随着爽朗的声音，兰子男人走了出来。想象过，却又超出想象。没有历经艰辛的那种沧桑感，身板还很挺拔。看似不苟言笑，却又闪着慈祥。

屋子里窗明几净，一应杂物归拢很整齐。爸总说兰子姑小小年纪就爱干净，现在条件好了，更有心思收拾了。“抽烟不？”刚坐稳，姑父拿起桌上的一包“三五”。“子健哪能会抽烟，你以为是你那儿子，这几年学了些臭毛病。”兰子给安子健倒了一杯水。“成子儿口子也该起来了，我过去喊他们。”兰子说着出了屋。进院儿时看到，这座房子长长的排着有两扇门，成子一家必是住在另一扇门里。

“子健来了。”成子揉着眼睛进来了。安子健赶紧站起迎上，双手抱着成子的肩膀。成子又壮实了，但显得沧桑许多。“又魁梧了。”他上下看着成子说。“乡下人干活儿累，能不长骨头架子？哪像你们大城市的，”成子瓮声瓮气地说，“听说当官儿了？净摊好事。”又说，脸上没甚颜色。“你也笑话我。”安子健说着要拖着成子坐下，成子兀自拖了一个马扎坐在地中央。“当官儿多好，多少人都眼热，俺家这些年要是有当官儿的——”“说这些干什么？子健刚进门，”兰子止住他，“你媳妇儿怎么还没过来？”“来了，妈。”话音刚落，成子媳妇儿走了进来。

“哥，你来了，俺妈这两天总念叨你呢！”成子媳妇儿扭着身子进来了，一边拢着头发一边说。成子结婚的时候子健见过她，那时还是光鲜、葱嫩的一个小新媳妇儿。那时兰子姑住在坡下那个土改时分给的破旧、低矮的小院子里，成子那天乐得像拾粪捡了狗头金，安子健终于看到成子这么开心。

那年月，村子里的人看见他娘俩似身上有瘟疫似的躲着，哪有把自己家的闺娘儿往火坑里送的。哎嗨！还真有，十里外刘家庄就有胆子大的。刘家成分也不好，按说应该找个成分好的人家逃离苦海，刘家偏不，成分好的还不给。成子媳妇家中就这一个闺娘儿，家里宠着呢。长得本身就不赖，腰是腰，条是条，又从不下地干活，养得细皮嫩肉的。上门提亲的有村书记、生产队长的儿子，最次的也是老字号的贫下中农，在村子里都是被敬着的。刘父一概拒之门外，就偏偏遇上了犟的。看着成子媳妇儿皮肤粗糙，面色黝黑，身材也粗壮起来，十足一个山野村姑的模样，安子健心头涌上一股莫名的伤感。他站起和成子媳妇儿寒暄了一下。

“哥，正好你来了，俺妈夸你饭儿做得像样儿，今天又要忙活好几桌子蹭吃蹭喝的，俺这挺着肚子还得侍候他们，都烦死了。”成子媳妇儿一脸厌烦。安子健这才注意到她的肚子在微微隆起，赶紧说：“你是该休息，我帮着下厨。”“子健刚下船，又出差在外很久，得让人家歇歇。”兰子姑父发话说。“山上的樱桃得有人看着，这几天儿光顾着在家里打发那些饿鬼，山上还不知道怎么样了。”成子媳妇儿蹙着眉说。“你倒会抓官差，还真不把人家当客。”兰子不悦地说。“俺哥又不是外人，再说谁叫俺哥太能，”她笑嘻嘻地说，“哥，你先坐着，俺洗把脸去。”她扭着身子走了。兰子身后看着叹了一声。“这样，我和子健先出去溜达溜达，早晨空气也好。”姑父说着站起身。“妈，今天的嚼果儿都准备妥了？”成子屁股也离了马扎，站了起来。“早都妥了，等你们黄花菜都凉了。今儿你去山上吧，让你媳妇屋里歇歇。”兰子说。“这些吃杂麻地儿的！”见安子健跟着他爸走了出去，成子扭着脸说。

还是乡下的早晨好。日头刚刚从东边儿的山顶冒出头儿,坡坡坎坎家家户户都被染了色。一片锃明瓦亮之中,一座座烟囱里冒着白白的烟儿,直直的竟许久不散,像了海面上丛丛的白色桅杆。有些睡懒觉的鸡在懒洋洋打着鸣儿,尾音儿拖得长长的,像不愿做功课的孩子不得不“交差”似的。顺着一条哗啦啦流着清水儿的小河边,安子健跟着兰子姑父上了一座山坡,眼前顿时开阔起来,这条小河蜿蜒涓细从远处的山顶伸过来。“这是塔岭山泉里淌出的水,从来不干涸,流了多少年了。小时我去过源头,那里有一座深潭。”见安子健在望着这河,兰子姑父说。山坡上,密密麻麻的樱桃挂满了枝头,红的、黄的都从绿叶丛中奔放出来,争相斗艳。“真好。”安子健不禁赞叹。“是啊,我也喜欢,多少年了,真想。”兰子姑父眸子里透着清澈。“成子家的樱桃树在哪儿?”他问。“这里看不到,很远。哪能分到好的,”姑父说,“这些年也苦了他们。”他黯了脸。“那是得看着点儿,一年不就这点儿收入。”安子健说。“这几年好了些,不然我寝食难安哪!”他显出些酸楚。成子是领养的,听口气却如同己出。自打早晨一见面,不知怎么,他就对兰子姑父产生了由衷的敬重。眼下这种敬重越来越深了。这么大年纪的人,又独身生活许久,却不但没有丝毫落寂、悲凉之气,反而言谈举止、神情话语透着同龄人中稀有的纯净。

“子健,不是你姑夸你,确实不错,我看得出。”他站下了,看着他。安子健呼地红了脸:“我还嫩呢,还不少毛病。”

“你爸和你说了?决定了?”他问。“说了,我高兴死了,谢谢姑父!”他看着兰子姑父,脸上腾着热气,“那面……?”“我和慕尼黑王先生已经沟通过,他很欢迎。学校他给联系,应该没有问题,生活方面他也会给安排。会尽力。”“太好了!”子健惊喜地说,“那是您积的功德,我却享受。”“你们安家不也是?”他笑看着他,“都是自己为自己攒下的。”

“需要我现在做些什么?”子健有些急切。“基本上,万事俱备。”“那东风呢?”他觉出兰子姑父似有难言之隐,又急切地问。他低头想着。“前期需要多少费用?”子健问。兰子姑父抬起头一摆手:“这个你不用关心,由我和你姑来办,这几天我俩正在和成子商量这事。”“那哪行!”子健急了。兰子姑父伸手握住一根树枝,目光闪过一丝忧容:“这个数额目前大陆普通人家难负担得起,”转过头看着子健,“你也别着急,回去也别和你爸实说。”子健望着他,轻轻摇摇头。“本来家丑不可外扬……”子健疑惑地看着他,似乎明白了什么。“成子变了。你说一个世道里,你俩咋就——也是重压之下扭曲了,这个我有责任。”他显得有些伤楚,“把钱看得太重。哎,这个我没想到。还说担心是无底洞。”安子健彻底明白了,呼地红了脸,梗着脖子说:“姑父,你千万别难为。成子这些年不容易,不是他不好——”“不是这样,”他摆着手,“我和你姑商量好了,背着他两口子。所以说,这事儿得让你知晓。知道你会拒绝,但想来想去还得说,不然……”安子健紧紧握起他的一只手,激动地说:“姑父,咱国可以不出,学可以不上,但不能,决不能让您老人家为我付出这么大。就是暂时去不了,咱日后还会有机会。再说,我现在也挺好,您千万不要再为我操心,不然我会——”他哽咽了。“此事还有得说。”兰子姑父说。

“姑父,咱回家做饭去,你也尝尝我的手艺,”安子健擦了一下眼角,笑着说,“我当初还是跟妈学的呢!太姥爷当初在烟台开过大馆子,也算是祖传。咱走!”他牵起姑父的手。“做事情只要用心就差不了,以小事看大事,人家西德人就这样。”姑父也笑着,神情中却含了愧疚。两人牵着手下了坡。

小河里的水还在哗哗流着，遇到了一块大石头，溅起些白白的浪花。瞬间，又清流直下。

客人们已经开始三三两两来了，进家屋摆了一桌，院子里摆了一桌，兰子在张罗着。姑父给每人发了一盒“三五”，大家都乐颠颠地揣到兜里，伸手拿起桌上的，点上抽着。兰子早已准备停当，菜洗净了，葱姜蒜一应调料都已经剥好，正准备改刀儿。安子健忙去解兰子腰上的围裙：“姑，今天你歇歇，我来。”“你也该歇歇，俺来。”兰子张着湿淋淋的手躲闪着。“怎么，信不过我？”他已经解开围裙，系在腰上。“俺信，又不是没吃过。”“成子去山上了？”“还在他屋呢，”兰子眨眨眼，“这倒好，你来了，两口子都不打照面了。”兰子不悦地说。“那坡上的樱桃是得看着。”子健说。话音儿刚落，一个中年人吆喝着走了进来。“哎呦，今天请了厨子。”“他三叔，这是俺大连街的侄子，来了赶上的，”兰子赶紧迎上去，“这是杨队长，”她向安子健介绍着。“三叔好。”安子健冲他笑笑，握刀的手却没停。“俺还寻思是厨子呢，能行？”他拿起案板上的菜单儿看着，又瞅瞅安子健。“人家姥爷那面老辈儿就在朝阳街开着大馆子，这些都是小菜一盘儿。你队长大人瞧好吧！”兰子脸上堆着笑。“成子，过来给你三叔点根烟。”她朝外面喊着，屋外没有应声。杨队长抬起手挥了挥，看着安子健说：“还是祖传？看着细皮嫩肉倒像个念书的。”“你说对了，俺大侄子正准备出国念大书呢！”兰子的声音一下子像小闺娘儿似的，嘎嘎甜。

在船上，安子健半宿没睡，想来想去，这件事还得回去如实说。全家都在望着呢。爸一定会明白这个理儿，甚至比自己还要坚决。只是莉亚会叽歪，那张不饶人的嘴指不定会说出些个“白眼狼”之类的话。她其实也刀子嘴豆腐心，安抚好了会通情达理。心里坦然了，他稳稳地睡了一小觉。

“你做得好！”果然，安承业说，“咱不能为这事儿难为你姑两口子。这成子也可以理解，这些年娘俩过的那日子，这是惊了，怕了，遇事儿就护着自己，也怪可怜。”他来回踱着步子。“那你们安家那些年不也是。子健跟着你，不也是……”余莉亚小声嘟囔着，脸色倒也平静，“不是我说，当初就不该——知根儿知梢儿的领养，不知根儿不知梢儿的也领养，到头来还不是养了头白眼狼！”余莉亚声音还是大了些。安承业面色茫然地看着她，嘴张了张，却没说话。安子健回到家跟余莉亚说这件事儿的时候，开始她也是说了这些，后来也就熄火了，还赞成安子健有骨气。其实他觉得余莉亚的话虽粗了些，却不是不可理喻，咂摸着还带理儿。眼下看着爸伛着身子在想什么，是不是也在咂摸当初安家做的这件事。安家人总是想当然地把事情都幻想得那么美好，自己又做得那么理所当然、合情合理……

第二十六章

没有难测的深度，就没有美丽的水面。

季子山从深圳回来了，说这次是彻头彻尾回来了。永不再去！他信誓旦旦。“梦魇，伤心地儿。”他反复重复着，阴着脸，犯了魔怔儿似的。说话的语气、方式又回到了老样子，简短，突兀，抽象。有段时间他改变过这种习惯，有了长句，又显了啰嗦。是林凌给改造过来的，抑或是去深圳以后见了大世面的自我改造。那时安子健觉得这样虽显得活泼开朗了些，却又觉得以前才应该是他季子山。有些东西未必都改才好，尤其是特质，牵强的去迎合什么，会失去生命的原色、基石。“你小子愣装假猴王，一金箍棒被打回了原形，又是拜林凌所赐。她又一次拯救了你，应该感谢她的大恩大德才对。”安子健调侃着说。家里也说，可就是一下子回不过神。两人盘腿儿坐在老槐树下，季子山仰头看着高高的树梢，他是想掩饰眼里噙着的泪水。你们本就不是一路。安子健说。季子山幽着眼睛，点点头。只是她不能欺骗……我就受不了……季子山泪珠滚了下来，声音中有了哽咽。当初也未必是欺骗，只是动机有些问题，基础不牢。安子健安慰道。她爸那官儿就是爬上来的。季子山忿忿地说。见安子健有些意外地看着他，又说，她自己说的，还挺自豪！季子山脖子红了起来，又抬头看着树梢。也不尽然，也是扛着枪杆子打出来的。安子健说。季子山白他一眼，你也别替他圆，抗枪杆子又不是一个，缺胳膊少腿的都有。哼，小人得势，哪讲规矩。

鸡犬升天腚底下没有东西拴着，早晚摔下来。其实你也懂。安子健觉得他这是气血攻心了，想在自己面前痛快淋漓地宣泄一下。季子山可从没这样恼怒、说话这么尖刻过。却也一针见血。他就默默听着。其实在昭盟的时候就该看出来。季子山没理会他，兀自懊悔着。编瞎话儿找人给我开病假条，我还乐颠颠，太幼稚。季子山垂下头。现在分手也好，不然结了婚，就难。安子健轻声说了一句。她一样会离，能干出来。季子山嘴角抽搐着。人哪，奋斗是好事，私欲太强、野心太大却容易心态扭曲。安子健自言自语说。上帝让她灭亡必先让她疯狂。季子山声音大了起来。挺有哲理。安子健笑道。她自己说的。我们却不要失态。安子健面色冷了下来，季子山一怔，垂下头。

有没有损失？安子健换了话题。多亏我大哥。见安子健看着他，又说，只是客户都带走了。工艺上也偷学了不少，自己现在深圳另开了厂子。季子山又显得难以自抑，她傍这个大老板就是为了办公司的资金，还有人脉。那人我见过，什么样子啊，都秃了顶。季子山红了眼睛，羞怒起来。安子健拍拍他的肩头，站了起来，季子山没动。起来呀！下辈子就这么坐着？他神情严峻地看着季子山，季子山站了起来。安子健靠近他，将手搭在他肩膀上，多行不义必自毙，我们不能拿过枪来毙自己。季子山点点头，片刻说，其实也没什么，本来我就不喜欢做什么买卖，就是成全了这种人心里窝囊。忽然，他神色爽朗起来：哦，还没跟你说，我那幅小镇风情的山水画获了大奖，就是画着这个小院儿的那幅，老槐树在里面占了大半个画面呢。他一口气说完。又摩挲着那粗咧咧的树皮说，不知怎么，心里总是有它。这才是你的活法！安子健用力拍了拍他肩头，这几年看似失去了许多，其实细想也有得到,有些事情琢磨过来就是一笔财富。依你的才华,专心进行创作,必有回报。又说,不是说你家信耶稣嘛,上帝今天给你关上一扇小窗,明天就会给你打开一扇大门。

一个满头白发的老者来到槐花巷,旁边跟着一个二十多岁的年轻人。像街上遛完弯儿回自己家里一样,很熟悉地找到了小洋楼。到了门前,驻足,老者朝着小洋楼上上下下看了许久,又侧过身听了听。想到什么,转身去了前院,年轻人不解地看着他,跟了过去。远远地,看到了那棵老槐树。比从前又粗壮、茂密多了。干裂的树皮有一段儿很光滑,那时候可没这么光滑,又磨了四十多年了,该是这样了。安家还在,一定还在。他颤巍巍地自言自语着。

"您好阿姨,种这棵树的安家还住这吗?"年轻人向一个过路的妇女毕恭毕敬躬了一下身。"你是说小洋楼的老安家?还住着呢。""谢谢!"年轻人又向那个妇女躬了一下身。那个妇女呆呆地看着他,又看看正在仰脖看着老槐树的老者。边走,边背过身还看着他俩,老者正瞅了年轻人一眼,好像在责怪说:已经不用问了,真是多此一举!

是桥本回来了。

小洋楼门前,安承业还是惊异地迎接了桥本,虽然他冥冥之中感觉这事儿在悄悄临近。

"什么!您真是桥本?"他大张着嘴,惊喜中分明透着"终于来了"。

"我是桥本一郎。杨慧……"桥本抖着嘴角。

"桥本老师?"安承业身子有些不稳,年轻人上前搀扶住他,"神从天降,神从天降啊!"安承业紧紧握住桥本的手,连连晃着。

“那您是安承……?”桥本在仔细看着他。

“安承业,老二,您的学生,萨克斯。”安承业伸过脸。“哎呦,我一看就是,没错,是你!”桥本神情还是那样忧郁,声音却响亮。

“快进屋,快进屋!”安承业兴奋地双手伸出搀扶着桥本。

“快请坐!”安承业搓着手,有些难以自已。桥本还站着,打量着屋子。看到了那架钢琴,上面还竖着一本琴谱,他眼睛里透过一丝欣慰的神情,慢慢坐了下来。

“这位是……?”见年轻人还毕恭毕敬站着,安承业问。“这是我爷爷,我陪爷爷一起来的。”年轻人鞠了一个躬。汉语很流利,听不出是日本人,更看不出。见安承业惊讶着,桥本看出他的心思,说:“跟我学的,他很喜欢中国文化。”

“令尊可好?”桥本正襟危坐,轻声问。安承业心里一沉,脸上涌上悲伤,垂下头,桥本惶恐不安起来。安承业向他诉说了父母皆已亡故的事情,桥本老泪横流。他颤抖着手,擦着眼泪说:“两位老人家对我桥本有大恩大德呀!今生难忘。”唏嘘之间,安承业猛然心里一颤,他抬眼望了下桥本,见桥本也在看着他,两人对视稍许,安承业明白了桥本在探询。他慢慢诉说了杨慧后来的经历……说到杨慧已故时,桥本已经仰起了脸,泪眼模糊着盯着天花板,吁吁长叹一声:“她是我桥本一郎今生唯一对不住的人哪!罪孽,罪孽!”“你们中国人真好!”一直站着的小桥本目光炯炯地说。

“中华文化源远流长,已经根植于人心之中,万事都由它而发。”安承业一字一句地说。“尽管时有偏颇,却也早晚回归正途。”桥本接下去说。安承业点头称是。小桥本也连连点头。

忽然,桥本直起身子,问:“我那女儿……”眼神中透着惶恐。见安承业面色坦然起来,他吁了一口气,镇定下来,面带惊喜地望着安承业。安承业诉说了他的女儿只身回到大连的经历。“她知道您一定会回来找她。”最后安承业说。“如此说,你们还有来往?”桥本眼睛里跳动着火花。

“不仅来往,您的外孙女就住在我家”,桥本睁大了眼睛。“她的丈夫就是我儿子。她的女儿是我孙女。”安承业看着桥本在大张着嘴,不断地眨着眼睛。他开怀地笑了。

桥本一跃而起,紧紧盯着安承业,“你是说,她是你……”“儿媳妇?”小桥本也惊愕地望着安承业,安承业神情庄重地朝桥本点点头。桥本瘫软似的一屁股坐下,双手捂住眼睛,泪水顺着指缝淌了出来。

“她现在在哪?”桥本松开双手,睁大眼睛四下张望着。“三口子去俺亲家那里去了。每个礼拜天都去。”安承业徐徐站了起来。

“我的上帝,您终于送来了福音!感谢您,感谢安家,感谢中国!”桥本仰面朝上,口中喃喃地说。苍白的面颊上滚着大滴的泪珠。“真是难以置信。”小桥本怔怔地直着眼睛说。

1947年底,桥本回到了东京埼玉县,他还有个家。

桥本的妻子早田敏子祖上家境殷实,在埼玉有些买卖。侵华战争爆发后,日本军国主义穷兵黩武,日本呈现出军事经济的畸形状态。战败后,包括东京在内的很多城市被轰炸成一片废墟,国内经济更遭重创,一片萧条,早田家族也随之衰落。桥本回国后,因无太多事物缠身,又为排遣对杨慧和女儿的思念和内疚,他便潜心钻研音乐演奏和乐器修理维护,两项技能更加精湛,造诣更深。经过五六年短暂恢复期,五十年代初,日本经济开始复苏,不久又迅速转入高速增长期,从复苏进入繁荣。早田家族也随之恢复了元气,并且扩大了经营门类，桥本的技能有了用武之地。很快，早田乐器株式会社在日本业界异军突起，桥本也逐渐负有盛名。1972年，中日邦交恢复正常化，桥本通过渠道几次打听过杨慧和安家，许是杨慧已经去世和安家下放农村的原因，皆无音讯。桥本翘首期盼之情渐渐黯淡下来，心若死灰。

去年桥本妻子亡故。年近八十的桥本也正式退休赋闲，他又重燃希望之火。无论如何得了却人生一大心愿，他隐隐感到，杨慧和女儿还会再回到大连。哪怕是凶讯也得在有生之年探个明白，不能带着它进棺材。对杨慧的遭遇，桥本悲痛万分。杨慧死了，冥冥中他有预感，同时也预感到女儿还在，还在等他。现在好了，不仅找到了自己的亲生女儿，还马上会见到外孙女。不仅又找到了安家，还和安家成了亲家。命运真是造化人，冥冥之中，都在看着哪。桥本边说，边悲，边喜，又喜极而泣。

“人生无常却有常。”安承业说。小桥本又给两人倒了一杯水。

“承业，你现在怎样，还在——？”桥本望着那架钢琴。安承业说了这几年的境遇。“那你还在那家工厂做技师？”桥本问。安承业点头称是。

“薪酬如何？”桥本问。安承业说了和普通工人没大区别，中国大陆现在都这样。桥本一脸惊讶，低下头沉吟着。继而，他抬起头看着安承业，探询着说：“我倒有个想法。”安承业疑惑地看着他。“你这技艺在日本可大有用武之地，论年纪在日本技术人才里也是正当年。不如……”他看着安承业。“我爷爷去年才退休呢。”小桥本说。

“您是说让我去……？”桥本点点头：“不仅是你，我外孙女、女婿，还有你的孙女。这样，我们两家就团圆了。”桥本露着期盼。“两全其美,不,是十全十美,”小桥本睁大眼睛插话道,“姐夫的手艺也一定比我强,”他一脸欢喜。

“去日本团圆?大连街这么大——?”虽然未置可否,声音也弱弱着,桥本却透过安承业坚定的神态清楚地听出了其中的态度。他感到了一丝震撼,身体晃动了一下。随之,神色中添了稍许尴尬。安承业没有再说话,屋子里一下子空旷、寂静下来。

“谢谢老师好意。我们都是看着大连街的天、喝着大连街的水长大的,这您知道。离开了会觉得脚下没根儿,路都没法走。”安承业和蔼起来,脸上现着真诚的谢意。桥本微微颌首。他思索着。

“再不这样——”良久,桥本启唇道,“我在大连投资建厂如何?你来把持。不要误会,这不仅为你,是双方互惠。现在中国已经改革开放,欢迎外国投资。大连这里你也知道,我还是有特殊的感情。”他徐徐说着,诚恳地望着安承业,显然有些动情。安承业神情有些恍惚。他揉了揉眼睛,喝了一口水,低下头思索着。小桥本走过来又给他倒满水,然后看着他。

“按理说,这是件好事,”安承业徐徐开口道,“如您所说,中国现在很希望外国商人来华投资,还给些优惠待遇什么的。大连的电视里、报纸上都在宣传,还在金县马桥子划了一大片经济开发区,专门吸引外来投资。”桥本微微点着头,面露喜色。

“可是。老师,俺说句掏心窝子话,您可别介意。”安承业踌躇不安地看着桥本。“但说无妨,像我们从前一样。”桥本坚决中又含着些许失望。

“俺打心眼儿里盼着,我们的感情不掺杂功利之物。您今儿个，这辈子，下辈子总是俺的老师，”安承业眼睛亮了起来，“俺担心掺了别的会使这东西变质，给糟蹋了。”他声音有些颤抖。桥本没说话，他慢慢避开安承业的眼光，看着身边的小桥本，轻轻点着头。忽然，他站了起来，身子颤巍巍地看着安承业，极力镇定着说：“说得好，说得好！老师依你！”安承业笑了，他从桥本的眼睛里又看到了那种自己熟悉的羞涩，那更熟悉的忧郁神情却被桥本布满皱褶的脸上绽开的花儿驱走了。忽然桥本止住了笑，面色黯淡下来：“明天，就明天，我得去安先生的坟上去祭奠老人家。”“在烟台老家哩。”安承业说。“烟台也去。还有江南，杨慧那儿。”桥本说。

余莉亚拉着安子健在屋里躺着悄悄说着私房话儿。“我那个日本弟弟偷偷跟我说了，姥爷要拖着咱全家去日本，咱爸没答应。后来又要在大连投资办厂子，叫咱爸当头儿，咱爸也没答应。”安子健没吭声。“你怎么没反应，这么大的事儿还木滋滋的。”余莉亚生气地拍了他一下。安子健把她的手从胸口挪开，又把自己两只手放在头底下枕着。“瞎琢磨什么呢，哑巴了？”余莉亚坐了起来，噘着嘴看着他，“知道你在想什么，是不是也觉得咱爸有点彪，换别人家还不乐疯了。”安子健皱起了眉。“说话呀，急死我了！”余莉亚又伸手撴他一下。“老实点儿。”安子健不耐烦起来，说：“咱爸你还不知道。”“我怎么会不知道，跟你一个被窝里滚了这么多年，”余莉亚说，“其实我也挺佩服咱爸，但又觉得怪可惜，你说我姥爷现在那么富态——”安子健松开枕头下的手，看着余莉亚，问：“哎，你说桥本姥爷会不会给你钱，还有安然？”余莉亚想想说：“我觉得会，他这人挺讲究，还像咱爸说得那个样子，我也不恨他了。还有，那个小桥本也不错。还拽着我的手‘莉亚姐姐'叫着，让我去日本呢。""那你就去。"安子健说。"你呢？"余莉亚偏着脸问。"我和安然在家等着你发财还家，跟你沾沾光呀。""你个倒霉蛋，开我心哪！知道我这辈子离不开你。"她扬起拳头。见她红了眼睛，拳头真要砸下来，安子健一把攥住。余莉亚俯下身子趴在他胸前娇颠颠地说："我这辈子就粘着你，别想跑。""哎，说真格的。你说姥爷如果知道我想出国的事儿会不会帮忙？""这咱俩想到一块了，"余莉亚直起身神情严肃起来，"肯定会。那你西德不去了？"安子健也一跃而起，眯着眼睛说："要能出去的话，还是去西德。一来感受一下西方文化；二来，王先生那里更适合我，勤工俭学可以自己挣学费和生活费，不能总靠着谁；三来，也很重要。"安子健停住了。"什么？该不会是没有眼睛看着你，随便了吧。"余莉亚撇着嘴说。"又没正形。"安子健正色道。"谅你不敢。"余莉亚怯着说了一句。"我是说兰子姑父差不多给办妥了，如果改去日本，不但辜负了人家，两位老人还会难堪。""真是这样。"余莉亚赞同地说。

"那咱就让姥爷帮帮出国的费用就行。"余莉亚忽然说。安子健在想着。"我来说，就提你出国的事儿，别的不提。""那当然。"安子健没看她。"你同意了？"余莉亚一骨碌爬起，安子健闭上眼睛。"这下子可好了，看你成天丢了魂似的，我都心疼得慌。"余莉亚又趴在安子健身上，双手捧着他的脸。忽地，又说："你说咱爸不会再推辞？"安子健眼皮子跳了一下。余莉亚又继续说："我觉得这次可能会不一样。姥爷事业大，不似姑父的钱来得艰难。另外我能感觉出，爸对你出国的事儿心里也揣着不甘，不说罢了。"余莉亚开始进入兴奋状态，她跳下床，在地上来回走着。又到镜子前照照，拢着头发。安子健背后瞅着她，三十几岁的女人了，身材还是那样娇小。

镜子里面，她的脸色红扑扑的，又像了扑着粉的瓷娃娃。“像我今天要出发似的。”他轻声说。“也别笑话我，你就不高兴？”余莉亚还在拢头发。觉得身后安没动静，转过头见安子健在盯着她看，她眨了一下眼忽就妩媚起来。忽又耷拉下脸：“马上远走高飞了，也不知猴年马月能见一面。我自己在家守着空房，成了活寡妇。”“不还有孩子陪着。”安子健说。“那能一样？你彪哇！”余莉亚上前用手指头戳了一下安子健的额头。那手白白的闪着光泽像涂了凝脂，细细的手指像剥了皮的嫩竹笋。安子健很喜欢这只手，摸着就好像满足了一切欲望，却又勾引起更大的欲望。也喜欢她用指甲戳他，更喜欢在身子底下疯狂地摇摆着粉腮时，那尖尖的指甲深深嵌入后背的感觉。初始，钻心的痛。又感到了鼓舞，打通了全身的脉穴似的，更加血脉贲张，勇往直前。直到撞击声压倒了她的呻吟，指甲尖还嵌在肉里不能自拔。“这是奖励给你的勋章。”喘息中的余莉亚总是娇嗔地说。清醒下来之后，又抚摸着这些悲惨的勋章，像做错了事的孩子似的落下几滴眼泪。“我不疼。”安子健又拿起这只手，把指甲放进嘴里嚼着。“我疼！”余莉亚颤颤地说。“哪疼？”“你说哪疼，龙门。”余莉亚一脸得意。“龙门？”安子健又亢奋起来，跃马挺枪直捣龙门。“亏你还有学问。”余莉亚讥笑道。“还疼不？”安子健豪迈地问。她指着心口窝：“这儿又开始疼了。”脸上现出疼怜，抚摸着那枚“勋章”。此刻，这只手又戳了过来，在额头上点着。眼睛里晃着秋波，就那么瞅着他。分明是又要操练起来，安子健一把拽了过来，未及动作，那软软的身子已经滑滚下来，仰面朝天等待着。是啊，一旦踏上征程，将是漫长岁月，不知何时再能有此良宵。余莉亚是那种饥渴型的女人。安子健心里又不觉一沉。

不出余莉亚所料，她一提起安子健出国的事，桥本立即欣喜若狂起来。果然他提出应该去日本，并未加思索地提议最好去京都大学。桥本一脸庄重地说：京都大学在日本仅次于东京大学，历史悠久。政界，曾培养出日本六任首相，大臣无数。学界，出过七个诺贝尔奖得主。艺术界，许多作家、音乐家都出自京都大学。原来桥本曾经在这座大学读过书，他的音乐才华就是在这里受到熏陶。无怪他对京都大学这么情有独钟，讲的时候怀着一种特殊的情怀。讲到这些，桥本似乎年轻了起来，从娓娓道来进入滔滔不绝。“她培养独立之精神。这一点对子健尤为适合。”他最后说，然后郑重地看着安承业，脸上荡着即将完成一项神圣使命般的神情。又说，依子健目前的基础和资质，他从中斡旋应无大碍。并说一切资费他来打理，无需顾虑。桥本极其认真的样子，小桥本在一旁也频频点头，脸上溢着期盼。余莉亚向安子健递了一个眼色，显出一脸的自豪。安子健没理会她，他在看着一直若有所思的安承业。果然，安承业说起西德的事。讲到中途搁浅时，他叹了一口气，停下了。“那子健还坚持去西德？”桥本现出些许遗憾。余莉亚赶紧回答：“姥爷，是这样。不然他会觉得对不住姑父的操持。对吧子健？”她看着安子健。安子健冲桥本点点头，感激中含着惶恐说：“希望您老人家能够理解。”桥本看看安承业，他也轻轻在点着头。桥本低头无语。片刻他又抬起头：“其实德国也很好，只是我想——”“知道您老的一片心意，学生实在感激不尽！”安承业诚恳地双手抱拳作揖道。安子健这是第二次看到爸有这种举动，第一次是在葛家峪葛老太带领乡亲们为他们送行时。桥本轻轻摆摆手，坚决地说：“那好，去德国我赞成，一切资费我出。”安承业刚要说什么，桥本将头已经转向余莉亚和安子健，不容置疑地说:“外孙女婿这么大的事儿,我理当做些什么。对吧,莉亚?”脸上充满慈爱。“谢谢姥爷!”余莉亚亮声回答,又两腮红着看了一眼安子健,他正在看着安承业。安承业一起身,又双拳紧抱,并深深向桥本鞠了一躬。桥本笑了,颤巍巍点着头。

“爸,今天我们隆重一下,也好好答谢一下姥爷!”余莉亚雀跃着,安承业笑眯眯看着桥本。安子健知道他是在探询,已经来了两天,就昨天晚上在全家人几乎央求下,桥本才同意去外面吃过一次饭,最后还是小桥本偷偷去买了单。“哪也不去,就在家吃槐树花包子,我看那满树都是槐树花了,”桥本眯着眼追忆着,“让子健再炒几个菜,吃着这些比什么山珍海味都香。”桥本乐颠颠地说。

吴家闹腾了起来。安承业琢磨了几天,最终觉得还是应该告诉吴越前一声桥本回来的事,毕竟都是老相识。余莉亚满心不愿意,当着桥本的面儿也不好多说,嘴里只是嘟囔着一句“总不知道豆腥味儿”。马东香满脸堆笑地送余莉亚刚出门,回身立即关上门。她张着脸压低声音对吴越前说:“还在这儿发呆,人家大老远的来,快过去看看,都老相识了。”吴越前狠狠瞅了她一眼,还在抽着烟,没言语。“霜打了似的,至于吗!”马东香上去拧着他的耳朵。“滚你妈的蛋!”吴越前瞪起眼珠子,朝她吼着。“你就是那泥捏的,经不起一点风雨,当年那股虎劲儿哪去了?”马东香不甘示弱。“这不一样。”吴越前声音矮了下来。“就自己心里惦记着这点破事儿,有什么可丢人的!”马东香还在嘟囔,“我为闺娘儿时×都卖了,要是你还不活了!”“你那脸蛋子比腚片都厚,也算是个人物,”吴越前小声怼了一句,又幽幽地说,“人家安家老爷子当初帮过这个小日本儿,人家才念着旧情。你说俺爹怎么就没看到今天,”大口抽了一口烟,看着红红的烟头又说,“这几年闲下来琢磨琢磨,有些事儿做得是过了呀。跟老实人玩儿心眼,就像熊小孩子手里的糖球。”“你堆歪了,我去。”马东香说着抬腚要走,吴越前一把拽住:“就你?省着吧,别再丢人了。”他苦笑着说。“那怎么办?现在杰子在日本往大连倒腾那些玩意儿,正需要那里有个接应的,省得满大街转悠像贼似的。也亏了人家杰子自己,不然现在还不跟咱一起窝这狗窝里!”吴越前又点上一根烟。吴永杰打前年已经搬了出去,他用一辆七成新的雅马哈50换了一处房子。虽然不大,倒也少了烦心事儿,婆媳俩哪个是省油的灯。安静现在又仗着她有钱的妈,颐指气使威风得很,吴永杰都不愿去招惹她,说要留得青山在。“攀上这小日本儿,杰子可以多倒腾些,人家打算自己买新房子呢。杰子有志气,不用他丈母娘的钱。”见吴越前闷闷地只顾抽烟,马东香又叨叨起来。“那就让他自己去。”吴越前呼地一句。“你为啥不去,人家不寻思?”马东香不满地看着吴越前。“就说我去水师营了。”吴越前补充一句。“刚才余莉亚那小媳妇不也看到你了?看她嘚瑟的。”马东香撇着嘴说。“杰子自己去更好些。”吴越前想着,狠狠吸了一口烟。马东香眨着眼看着他。“就这么说,这你不懂,那些人想事儿跟咱不一样。”吴越前掐掉烟头。“你是说你不去,人家会觉得你还知道丢人,还有点人味儿,就会念着老交情。杰子毕竟是吴家血脉,会动了那什么——心?”“恻隐之心。”吴越前接上说。“硬的不行就来软的?亏你想得出来。别说还真忘了你有这套功夫!”“快去,把杰子喊过来,千万别和他媳妇儿学这事儿。”“还用你说,那疯媳妇成事不足败事有余。”马东香迭迭走了。“真是天助。杰子正好在家休假。”吴越前自言自语说,又点上一根烟。不一会儿,吴永杰风风火火一脸喜气来了。他还住在槐花巷,当初用雅马哈换房子的时候,他想搬出槐花巷,安静不愿意。

“爸,刚才我在道儿上一直寻思,安家会不会使坏儿抖落你?”屁股刚沾在椅子上,吴永杰就问,他给他爸递过去一根烟。“没看正抽着呢。”“换颗三五。”吴永杰又给他点上。“老的不会,小的不好说。我也正寻思这个呢。”吴越前说。“子健我有数,朽木疙瘩一个,装了半辈子圣人,”见吴越前斜眼看着他,又说“爸,这回可是老天爷长眼,想饼子来了馒头,你说我明天就得上船。”吴永杰兴高采烈。“这倒是撞上了,差点儿错过。”吴越前咧咧嘴,又忽地抬起头仰脸朝天。“我非得把这个日本老头儿拿下。”吴永杰信誓旦旦。“去之前多想想,把话儿颠倒周全了。”吴越前闷着头说。“你不懂,那些外国人脑瓜子简单,不像咱转弯抹角,自己都累。”吴永杰现出一副城府。吴越前抬头瞅了他一眼,又把烟卷儿含在嘴里:“你才吃几碗干饭。看着他们脑瓜子一根筋,眼珠子刁,你身上一根杂毛也看得清亮。”“那你不去对,省得他们戴着眼镜看你,在他们眼里我却没有杂毛。咱给他玩儿点儿苦肉计,勾勾他情儿。再说,你不也跟这小鼻子没怨没仇。”“我在小鼻子学校上学的时候,我打过他。”吴越前说。“吆！还有这事儿！老师也打!”吴永杰惊讶道。“那是小年纪儿,不算数。”马东香插话道。“多大?”吴永杰问。“也就十岁左右光景。”吴永杰哈哈大笑,“你别说,什么事儿还都有根儿,真是老子英雄儿好汉,”又说,“那时是顽童,我妈说得对,人家备不住早忘了。”“忘不忘,这人哪,就算拉粑粑尿尿都得留点儿后路,不然自己的粑粑尿儿也能把自己淹死。”吴永杰看看旁边的马东香,两人面面相觑着。忽地,吴越前冷了脸:“你成年飘在海上不过来看看倒也罢了，你媳妇儿不来也将就能忍着，怎么涛子也成天看不着个影儿？学习咋样？那安静能看着他？咱吴家就缺这个——”他数落着。“爸，钱才是爹。现在是，往后更——”见吴越前瞪他一眼，他自觉失嘴，急着改嘴道，“我是说如今都在向钱看，中国、外国都他妈一样。说别的都是扯他妈蛋，现在死了连墓地都他妈得钱，不然死无葬身……”“你少他妈一口一个‘他妈、他妈’的，”吴越前火了，搡了他一句，“快把他妈社会上那一套掖起来，得夹着尾巴像个人。那个桥本我了解，跟他妈安家一个德行。”吴永杰看着他就笑，吴越前收了嘴。“我媳妇儿咱现在也别挑她，就是瞎咋呼，”又乜着眼睛说，“这娘们早晚是棵摇钱树，我丈母娘现在干得更大了，在广东那面还投资了什么房地产，我一直在瞄着她的动静。她牛哄哄就由着她，权当投资买大粪喂着她，早晚叫她打着滚儿吐出来。那个卧薪尝胆的事儿你不也跟我讲过，那越王才叫人物。安静还远不如那个夫差，两句好话就不知姓什么。”吴永杰一板一眼说得很认真，见吴越前盯着他的嘴生怕漏下一句似的，又说：“你刚才泚我说话粗，其实我也在改这些痞子气。刚才这不是咱爷俩说话习惯了，不隔己吗。现在有点钱的都开始学着人模狗样儿的装高档，我也得修修，不能让他们小看了。这不，我现在拼死拼活，不就是不能让他们把咱当三孙子。倒腾这些玩意那可是走私，冒着进笆篱子的风险。也他妈——也就是我这几年红刀子进白刀子出的胆子壮了。还有一点。”吴永杰停下话尾，看着他爸。“什么？”吴越前着急起来。“老子英雄儿好汉呗！”见他爸羞惭起来，又说，“你现在倒霉了，那是碰上安家这个克星，糟蹋了你干大事的能耐。”吴越前不禁心里一酸，又一热，眨巴着眼。“爸，别不信这个。我找大仙儿人算过，我35岁以前财运亨通，40岁以后顶天立地。你说准不？小财神就在眼前送来了，大财神就在家里养着，吴家祖坟开始冒青烟儿了。”吴永杰眼睛里冒着火苗子，吴越前傻了似的望着吴永杰，他觉着嗓子眼儿像被火烤着有了烧灼感。咳了两声竟嘶哑着。“咳、咳”，他还是使劲干咳了两声，忽然又涌出当年那种叱咤风云的豪气。

吴永杰一身素雅，很有礼貌地轻轻敲着小洋楼的门。先是安静准备敲，被他拦住了。他没听马束香的嘱咐，还是带着安静来了。小见识，净盯着鸡毛蒜皮的事。这事儿安静可是一座金色桥梁，日本人更是讲家族。他踌躇满志。“猪鼻子插大葱了。”安静捂着嘴笑。“你也学着文静些，不跟你说过。”吴永杰皱着眉头小声说。安静穿得也很朴素，手里提着两瓶茅台酒。“弄得像拍电影似的。”安静正嘟囔着，听见里面跑着脚步声，她一咂舌头。门开了，是安然。“阿姨？”安然惊讶着。“叫姑姑，怎么忘了。”安静扯过她的手，安然不好意思起来。吴永杰笑着摸了一下她的头，径直走了进来。家里显然刚吃完饭，余莉亚和子健在厨房里洗着锅碗瓢盆。

“子健，忙呢？”吴永杰熟络地先往厨房探了一下头，笑嘻嘻道。“来了。”里面安子健说。“这不刚下船就过来看看，还听说姥爷不也来了。”吴永杰一边说一边看着正在聊天的安承业和桥本，走过去恭恭敬敬站着。“这就是越前的儿子，叫吴永杰。”安承业向桥本介绍着说。“这位就是——？”见桥本挺慈祥地看着他，吴永杰镇定下来。他上前一步，身子一躬：“这位就是姥爷吧？”“正是，桥本先生还是我和你爸的老师哩，”安承业笑着说，“坐吧。”安承业指着一把椅子。吴永杰规规矩矩坐下，显得挺拘谨，正了正身子说：“我爸经常说起桥本姥爷，我听得都如雷贯耳了。他还总念叨过去那些事，还眼泪叭嚓的。我爸这人就是怀旧，重感情。”吴永杰很谦恭的样子，安承业笑笑。“安静，快过来问候桥本姥爷。”见安静靠在厨房门边在和里面的安子健两口子说话，吴永杰轻声招呼着。他把“安”字发得很清晰。安静过来问了声好，然后看着吴永杰。“那你就去和子健他们说话吧，”吴永杰笑着转回头，“一来就和他们两口子说不完的话儿，亲姊妹似的。哦，对了，我媳妇儿还是承业大爷养活大的，也姓了安。”他自豪地看着桥本，身子一直挺着。“你爸可好？”桥本问。“还凑合。这不上午听说您来了，高兴得什么似的。正准备下午过来看您，中午旅顺水师营那面来了人，说是两口子打架闹离婚，非得我爸过去劝劝，他扔下饭碗就急匆匆跟着去了，让我先过来问个好，”见桥本笑眯眯微微点着头，又说，“我爸这人没多少文化，不像安大爷，这方面我也不如子健。但重情重义都一样，这都是受了当年安爷爷的影响和熏陶，种下了根儿。你说是吧，子健。”他望着厨房那面问，厨房里空寂无声。安承业笑笑说：“他们都去楼上了，怕耽误咱们唠嗑。”吴永杰赶忙笑笑。“你刚才说在船上工作？”桥本问。“是啊！”吴永杰兴奋起来，“我是跑远洋的，还是日本专线，神户、横滨、名古屋啊，连九州的八代都常去。对了，还有东京。”他看着桥本。“我在埼玉，离东京不远。”桥本说。“吆！埼玉我去过，从东京坐电车就去了，那里东西比东京便宜。”吴永杰愈加兴奋起来。“姥爷，我们留个联系方式，我再去东京的时候去看望您，也代表安大爷和我爸！”吴永杰一脸诚挚地说。“安家都有。”桥本说，他扭头看了看安承业。“那，那也好。”吴永杰嗫嚅着。

“工作还好吧？”安承业笑着问。“行吧，只得打拼了。现在咱两家不就看我和子健。你们都老了，也没给下辈儿留什么，得自己打天下。”吴永杰闪过一丝豪气。桥本和安承业相视一笑。

刚过完中秋节,秋高气爽的一天,安子健启程去了德国慕尼黑。

周水子机场上,季子山和谷业亭来了。本来他只想告诉一下季子山,余莉亚提议应该告诉一下谷业亭。安子健想想同意了,他也早知道这件事情。

季子山一直还单着,谷业亭也是。季子山手里握着一个包装很精美的纸卷。他趴在安子健耳朵上悄悄告诉说,这是他那幅获大奖的作品,就是上面有老槐树的那幅。安子健伸出大拇指感激地说:"这是最好的礼物,收了。"谷业亭耳朵尖,听到了:"干嘛还说悄悄话,什么画,还大奖?"安子健手里握着没打开,只是和他说了这幅画的艺术价值。"那可值老鼻子钱了,尤其在外国。"谷业亭惊奇地说。"你就知道钱。"余莉亚旁边笑着插话说。"哎呦,我的嫂子,干吗跟钱有仇。远的不说,没钱安子健这次能出去?"余莉亚粉了脸一时噎在那里,却笑着说:"就你嘴贫。""我不光是嘴上讲,更有行动。"谷业亭说着从腋下夹着的小手袋里掏出一个厚厚的大信封,上面印着"中华人民共和国外交部"字样,递给安子健:"这是几张美元,实用。我姐给我妈的,好几摞了,她都没打开过。我原封不动拿来一个,也不知道里面多少。"安子健红了脸,两人推搡着。"盛情难却。"季子山说。安子健只好看着谷业亭把信封塞进他的包里。谷业亭有些豪气,待人热情,人也大方,安子健知道。只是觉得他这几年又浮夸了,还轻佻了些。安子健渐渐觉得不如和季子山在一起贴心贴意。见余莉亚在面带感激地瞅着谷业亭,安子健说:"你们两个臭小子都老大不小了,也抓紧点儿。啥时候办喜事,到时候去德国旅行结婚,我尽地主之谊。""好啊!到时候我把嫂子也带着。"谷业亭嚷嚷道。余莉亚粉了脸。

“也得把我带上！”随着一个尖尖的声音，安静已经站在众人身后。

“你咋来了？”安子健吃惊地望着她。“还说呢，就兴他们来！”安静显然走得很急，额头上飘着汗。安子健不好意思地拍了拍她的肩头。“少来，把我当外人了，我偏要凑。”安静不依不饶。

“你咋知道的？”余莉亚上前悄悄问。“我是谁，啥不知道。”她看了季子山一眼。季子山红着脸赶忙说：“我告诉的，”见安子健看着他，又说，“今天早上我想了想还是觉得应该告诉人家，这种关系，别伤了人，自己就做主了。”说完他看着谷业亭：“这是安静，子健的妹妹，我们也都是老同学。”他是想要谷业亭打圆场。

“妹妹，我咋没听说子健还有个妹妹？”谷业亭仔细打量着安静。“过继的，不是亲妹胜似亲妹！”安静又尖着嗓子，抬手擦了擦额头。众人都笑。

“我叫谷业亭，也是子健的同学，电大的。”谷业亭伸过手。“就是那个小白脸吧，听说过，还真是。”安静握了一下，缩回手时又睃了他一眼。“说你和嫂子是姊妹俩还真有人信，高矮、胖瘦、黑白都差不多。只是一个圆脸儿、一个瓜子脸儿。”谷业亭认真地说。“子健，该进去了，别晚了。”余莉亚红了脸，说。

“干吗呢，我来是做什么的！”安静说着从包里掏出一个信封，递给安子健：“哥，拿着，刚从银行换的，美元，过去用得着。”“不告诉你就是怕来这个。”余莉亚说。“怎么收别人的，不收我的，又要生分？”见安子健要推辞，她嗓子又尖了起来。“子健，姐姐说得对，别生分了。到时候我们噶伴儿去德国你还得招待嘛。对不对，季子山？”他又看向安静。“噶伴儿去德国？”安静张着嘴，看看季子山。见季子山杵在那儿不知所措，又问，“谁跟谁？”又看向谷业亭。大家都笑。“是说人家两个去德国旅行结婚，带着新媳妇，没你事儿。”余莉亚止住笑，说。“就你嘴滑。”安静红了脸。谷业亭赶紧从安静手中拿过信封塞进安子健包里。“还算懂事儿。”安静说着瞅了谷业亭一眼。“看你们啰嗦的，飞机都上天了。”余莉亚不悦地说。

“爸爸，我也要去德国。”一直在旁边看着的安然忽然眨着眼睛说。“好啊，等叔叔去时带着你去看爸爸。”谷业亭摸着她的头说。“我不和别人一起去，就和妈妈。”“等妈妈带你去看爸爸。”余莉亚俯下身子说。“我不是去玩儿，是要去读大书。”安然满眼认真地看着安子健。安子健也俯下身来，双手捧起她的脸，说：“那你现在就好好用功，再长个八岁，一定比爸爸强。”“嗯！”安然一本正经点着头。“像潘冬子那样，戴着闪闪的红星，沿着红军长征的路。”季子山认真地说。“那是老黄历了，我们安然要坐着火箭去月球，别说出国了。”谷业亭又嚷着。

第二十七章

海边弥漫着焦躁不安的气息，那是每一条鱼都急于被浪花冲向美丽的沙滩。

大连港东区最远端一个泊位上，五万吨的“井冈山”号集装箱货轮庞然大物般徐徐靠上岸边。港口的工人们开始忙碌起来，高高的吊车也开始启动。一拨拨身穿不同制服的工作人员神色严肃地登上轮船，其中海关那身白色制服最为显眼。按照惯例，他们都开始井然有序履行着各自的职责。一会儿，又都神色安详地走下舷梯，一辆辆车风也似的开走了。吊车隆隆响起，硕大的铁钩子伸向轮船。身穿白色制服的船员们也三三两两开始下地，舷梯上渐渐没了人。

忽然，一辆乳白色丰田面包车不知从哪儿风驰电掣般钻了出来，一个急刹车停在岸边舷梯旁。一个身着便装的身影从高高的舷梯顶处冒了出来，肩上扛着高高的一摞纸箱，手里提着一个大大的袋子，摇摇晃晃从上面急匆匆走下来。是吴永杰。面包车车门已经打开，他将东西匆匆放进车内，又一步跨进车厢。面包车呼地一声怪叫疾驶而去。“告诉过不要慌张，都轻车熟路了还怕什么！”吴永杰呵斥道。他悠闲点上一颗烟，随着鼻孔里徐徐冒出的两股青烟，望着窗外。蓝蓝的海面上停泊着大大小小数不清的船舶，船尾上飘扬着各色旗帜，他惬意地笑了：“真是黄金水道，给老子开的。”面包车开到了港区东头，远远看到了那个熟悉的大门，寂静地敞开着。“看到它比看到老娘们的奶子都开心。”吴永杰显得很开怀，司机回头讨好地一笑。面包车渐渐到了门前，前面一个人扬起一面小旗，站在大门旁。面包车不耐烦似的慢慢停了下来。“真他妈麻烦，都是些死人，还不认识！”吴永杰骂咧咧地从车窗里探出头。突然，从岗楼里冲出几个身穿白色制服的人，迅速把面包车围了起来，车前站了一个，车后站了一个，其余站在车门前，皆神色严峻。“海关！”吴永杰大吃一惊，司机吓得不禁一猫腰。“熄火！”车前的海关人员厉声道。“不能熄火！”吴永杰闷声道。司机白了脸，手哆嗦着。这时，又从岗楼里快步走出两个身穿警服的人。“下车！”司机一下子瘫倒在车座上，面包车熄了火。吴永杰摇下车窗：“哥们，什么事，不认得我？”他端坐在车座上。“下车！怎么，敢抗拒检查？”一个警察大声道。吴永杰凶恶地瞅着他：“哥们，看准了，别走了眼。”“你以为你是谁！”警察冷笑道，“下车！”突然，他又怒瞪着眼大喝一声，吴永杰一哆嗦。

面包车又发动了，司机换了海关人员。“哪个王八蛋透的风儿，给哥们透个话儿？”吴永杰牙根儿咯咯响。“你都不知怎么样了，还有心思惦记这些。”“是不是船上的大副？这小子跟我有仇。”警察瞅他一眼，冷笑着。吴永杰说的有仇倒也不是空穴来风。有一次船回大连港，那大正好吴永杰当班，安静要上去玩儿。按规定船员家属不允许在船上过夜，大副有朋友开车来接他，安静就坐了他的顺风车。第二天吴永杰回家后，安静埋怨道，你交的都是些什么狗朋友，真是鱼嘎鱼，虾嘎虾。原来，那个大副也钻进了汽车后座，和她并排坐着。一路上颠三倒四说着，又要请她吃饭。安静拒绝后，又掏出两盒封面上画着光屁股女人的录像带给她。安静扔在了车座上，他又干脆开始动手动脚了，无奈她在半路下了车。吴永杰大怒，他妈的这是憋的，竟敢动我的老婆。他指使几个人给那个大副一顿扁踹。大副吃了个哑巴亏，明知是吴永杰，却又无可奈何。两人虽然表面还和和气气，心里却都明镜似的。其实这大副以前和吴永杰关系挺铁，他当上三副大副帮了不少忙。事后安静说他，你也够狠，就碰了碰我，也没掉二两肉，人家还帮你过那么大的忙。“你懂个屁，他那是用得着我，船上那些生蛋子水手哪个不得看我的脸色行事。”吴永杰又想起曾经有一次，大副告诉他和几个偷带物品的船员，说海关今天会在码头缉私，让他们赶快把东西扔进海里。后来果然如此，险些犯事。这小子有内线，这次定是栽在他手里了。

经查明，吴永杰本次走私物品共5台日立录放像机，另有50盒淫秽录像带。连同以往走私物品逃税共达人民币38万元，数额之大，情节之恶劣，已构成刑事犯罪被羁押在案。

“永杰出事了，捅破天了！”安静风风火火找到她妈，哭花了脸。凤姐现在开了公司，在人民路恒通大厦买了整一层楼。她站在硕大的落地窗前，一只手抱在胸前，一只手微微扬起。手指上烟雾缭绕，向不远处的港口惬意地看着，一艘艘涂着各种颜色的轮船在辽阔的海面上驶进来、开出去。她又转回头看着屋角那个硕大的鱼缸，里面各种五彩缤纷的鱼儿优雅地游着，这两个场景简直像极了。她轻轻走到鱼缸前，往里面投着鱼食，鱼儿纷纷游了过来，她感到了鱼儿的眼珠儿里都在向她投着感激之情。听完了安静的哭诉，她猛地转过身，眉头一挑，呵斥道：“我还以为死了呢，大惊小怪！”“还不如死了倒干净。”安静还在抹眼泪。“还以为你俩多能呢，这点事都死了爹妈似的，没大出息。”凤姐又点上一颗烟，细细抽着，还向空中吐着烟圈。“是不是我亲妈，都急死了。”安静呼地站了起来。“急什么，有我呢。”凤姐优雅地灭了烟头,看着红肿着眼睛的安静。“到底是不是亲妈!”安静又嚷道。“当然是,如假包换。正因为是亲妈,我才得把事儿想圆了,不像你们这些愣头青。”安静止住了哭,眼巴巴瞅着她妈那张涂满胭脂的脸。“你们俩过得怎样?跟妈实说。”凤姐脖子上大串的珍珠链子耀眼夺目,安静感到有些刺眼。凤姐低下头看看:“这些以后都是你的,所有的。”她伸出一只手在空中挥了挥。手上的钻石戒指流星一样划过一道弧线。“什么意思?”安静蒙胧着眼睛糊涂起来。“只管说,到底过得怎么样?”凤姐笑眯眯看着她,像在赏玩一件心爱的物件儿,“甩了他,现在正好。”凤姐轻松地说,像是在扔下一个烟头。“他还会出来。会杀了我。”安静惊恐起来。“他敢!毛头小子敢跟我动粗。”凤姐一副安详的神态,像一个深待闺中的大家闺秀。五十好几的人了保养得还如此好,眉眼儿还灵秀着,眼神儿时不时还勾着。特别那身段,腰是腰,腚儿是腚儿。有人说和安静倒像姐俩。“那也不行,还有涛子咋办。我不是你。”安静道。“呵呵!”凤姐笑了,声音挺娇嫩,“我就知道。早看出你让那臭小子拿住了,”她拉着安静在沙发上坐下,安静垂着头。她看着安静,眼神柔软起来,“这女人离不开男人,我知道。当初,你那死鬼爸要是有他这两下子,我也不会离家出走。不是妈狠心,是他给我逼到了绝路。话说回来,还得感谢他,不然我哪有今天。”她的眼睛随着那只烟雾缭绕的手得意地环视了一圈儿。“说了半天,永杰他怎么办?”安静又把话茬拉了回来。“别急,这不正说嘛。我是说,人得逼急了能耐才能出来。钢是从火里炼出来的,这你该懂。”安静张眼看着她,凤姐眼神中忽然闪出深邃,“你那个杰子,在闷着跟我较劲儿。他想靠着我,又存着心眼儿,我心里明镜似的。哼,想和我比,他得长那野×。”安静一怔,皱了皱眉。“咱娘俩说句心里话，我早看好他。”“你是说让他跟你干？”安静有了惊喜，“那得先从笆篱子捞出来！”“这个我来摆平，小事儿。”凤姐眉毛一挑，不屑地说。“出来以后呢？”“他那身白皮肯定得扒下来。哼，跑我这儿显摆耍威风，这下子成了秃噜毛的鸡，任我宰割。”安静惊悸地看着：“那就叫他跟着你干，也多个帮手。”安静眼巴巴地望着她，几近哀求。“现在不行，”凤姐很坚定，她站了起来，踱着步子说，“他现在还不够资格。太嫩，不经折腾，我干的都是大事儿。”“杰子能耐大着呢，走哪都是属螃蟹的，没人敢惹。”“闭嘴吧！”凤姐恶狠狠起来，“这些都小儿科，什么年头了，还靠打打杀杀，钱挣不到多少，还得送了小命儿，家人跟着遭殃。”凤姐脸上狰狞起来，一屁股坐在身后的班台上。那阔大的班台锃明瓦亮横在窗前，比涛子睡的床都大。她每次来，都在那把后背高高的大椅子上坐坐，觉得整个人都淹没在里面，惬意得很。看着这富丽堂皇的屋子，比学校礼堂的舞台都大，自己曾为之骄傲过。眼下却感觉阴气霾霾，阴冷得像冰窖，自己坐在这里竟像一只冻干了的蚂蚁一样渺小。一阵惊悚袭来，她打了个寒战。恍惚中，她妈却在笑眯眯看着她，很慈祥。

“笃笃。”有人轻轻敲门。凤姐伸手按了一下班台上的按钮。“董事长，您约的客人来了。”一个西装笔挺的青年男子推门进来，双手垂立轻声说。“请他进来。”凤姐声音清脆起来。安静回过神来，这声音还是她妈，也确实在慈祥地看着她，心里暖了一下：“妈，你说的我都懂。”“再怎么也是我闺娘儿，亲闺娘儿。”凤姐和颜悦色地说。“妈。”安静又叫了一声，可怜见儿的样子。“放心吧。再说我也欠着你。”凤姐挥挥手。

吴永杰被释放出来。凤姐派了车陪安静去看守所接了吴永杰。“死罪”可免，“活罪”难逃。虽然免了刑事责任，但被罚缴全部赃款，还被远洋公司开除公职。全部家底倾其所有还差将近一半，凤姐给补齐了。又答应安静在兴盛海鲜市场租个摊位，让吴永杰从头再来，开始新的征程，但自始至终，凤姐本人并未露面。

吴永杰明显掉了精神，一路上萎靡着闷头抽了半盒烟，没说一句话。时而抬起头看着车窗外的车水马龙，眼睛里跳跃着绿色的光。安静斜眼瞅着，这眼光她太熟悉了，以前很欣赏，并为之陶醉。那是面对强敌、冲锋陷阵才有的咄咄逼人。此时她却有些害怕，没敢吱声。

一进家门，安静鞋也没脱，一把捂住脸嚎啕大哭起来。“哭什么，我还没死！吴永杰甩了鞋，咕咚咕咚大口喝着水。“哏、哏——”听见里屋传出嗓子眼被憋住似的声响，好生纳闷儿。回身一看，外屋里安静已没了踪影，方才明白安静又换了阵地。他低下头想了想，捧着水杯进了里屋。

“好了，哭两嗓子行了，知道你疼我，”吴永杰坐在床边把安静抱了起来，“喝点儿水，别憋死，还等着你发家呢。”他喝了一口水，然后和安静嘴对着。“咕咚”，安静张嘴喝了进去。“知道是谁救了你吧！”她已经不哭了，嗓子又尖了起来。吴永杰幽幽点点头。安静和他说着事情的前后经过。吴永杰渐渐眉头拧起一个疙瘩。“怎么，还不满意？”安静一骨碌从他大腿上跃起。吴永杰也站起身，踱了几步，说：“依凤姐现在的势力应该不止这些。”“凤姐是你叫的？那是我妈！你的亲丈母娘！”安静更尖了嗓子。“她这是给我个枣，刚要咬住又抽了回去，逗我再张嘴。”吴永杰顾自说下去。“你这个白眼狼，我妈还帮你交了银子，不然你能出来？”吴永杰脸色阴沉下来。“那再给你送回笆篱子！”安静气呼呼出了里屋。一会儿，吴永杰跟了出来，抱着她的肩膀说：”我也是为这个家着想，被开除了你说咋办?""大老爷们有本事自己使,问老婆不丢人。亏你还呼风唤雨,弄半天饼子一个。"她一扭身。"别逼我,真敢去抢银行,抢完就偷渡到国外,现在还真有。"吴永杰一脸认真。"那真就像我妈说的,钱没挣着,命没了,老婆孩子跟着遭殃。"安静斜了他一眼。"你妈——? 那她咋想的?"吴永杰盯着安静,安静眼珠子朝上一翻:"自己问去。""是让我跟着她——?"吴永杰眼神变幻着。"想得美,你还不够格。""那是怎样,你这个小骚娘们儿,快说说。"吴永杰嬉笑着去搂安静,"别说,这么长时间了,还真有点憋得慌。你也想了吧,伺候伺候。"说着把安静推在沙发上。"别烦我,还有这闲心思。"安静一把推开他坐了起来,尖着嗓子说了下文。然后又躺下,眼瞅着吴永杰。"什么,让我去倒腾臭鱼烂虾?"吴永杰腾地站起,一脸凶相地看着安静,"他妈的,埋汰我!""让你先历练历练。留得青山在不怕没柴烧,不是你成天说的? 忘了!"安静却显得很沉稳。吴永杰慢慢掏出一颗烟,点上,一屁股坐下。安静看着吴永杰鼻子、嘴都吐着浓浓的烟雾,那烟很快就拖了长长的烟灰。"这也是你的强项,兴盛市场咱去过,山狼海贼的还真得你这种人。"吴永杰心里一震,安静的话不无道理。他有一个哥们曾在那里欺行霸市发了大财:"哼,跟我比,小喽啰一个。"他脸上渐渐舒展开,又点上一根烟,烟雾徐徐升腾着,脸上亮堂起来。留得青山在不怕没柴烧。别说,安静这小娘儿们关键时候还有两把刷子。但还有一句老子常说的她给忘了:男子汉大丈夫,能屈能伸。更没想到,老子早晚会踩着这座青山上天,什么凤姐在我眼皮子底下都是小鸡崽子! 不是说养虎为患嘛,我就是那只虎。先把兴盛那批耗子、蚂蚁扫荡光,养肥了自己再说。"你就等着吃现成的,摊位,还有钱都不用管,人去就行,烧高香啦!"安静又趾高气昂地说。

兴盛海鲜市场位于青泥洼桥(当年的常盘桥)大连市场西南角。这一带本就是大连街上唯一跟天津街匹敌的繁华区域,每天人流熙攘。庞大的大连市场经营门类五花八门,又是青泥洼桥客流量最多的地方。兴盛市场是大连街最大的海鲜市场,开业近十年了,声势越来越大,每天来买海鲜的人络绎不绝,人声鼎沸。不仅大连本地人,连外地人都听说了它的名气,凡出差办事,或是走亲访友都要来这里逛逛,然后惊奇地看着案子上摆放着的鲜活的鱼呀、虾呀、蟹呀的,挑了称心的、价格满意的,喜滋滋地提着走了。久了,谁家来了亲朋好友,如果不领着去“兴盛”逛逛,买些大连海鲜回来尝尝,客人会嘀咕主人太小气。

凤姐已经在这里选好了两个连在一起的案子,这里位置最好,紧迎着北门口。对过就是大连市场南门,从这个门里出来的顾客,很少有人不顺道进来,出去后又很少有人空手而归。兴盛市场可谓寸土寸金,每一个案子都是摇钱树,谁肯出让?尤其是这个位置肥得流油,业贩们都红着眼盯着。按说搞到手那无异于掏人家粮囤子,真是异想天开。凤姐是谁,股掌之间的事儿,却也不用出面,一个电话打过去,戴大盖帽儿的立即行动起来。不仅召之即来,来之能战,战之还能胜。一番“协调”,摊主亮了白旗儿,白花花的银子顶十年辛辛苦苦挣的,傻子才不懂这点儿理儿。揣了大把银子,还不得罪官家,更不得罪那个财大气粗的“大老板”,谁知道哪天就给你“灭”喽!嘻嘻哈哈,大家一拍手还交了朋友。摊主走前儿给两个案子收拾得锃明瓦亮,又把头顶上挂着“1、2”的牌牌并到了一起,这样才更显气派,大老板得有大老板的架势。跑事儿的向董事长汇报了战果。“帮我记着人家的名字，留下电话。这种人懂事儿，能有大出息，再需要人手时提醒点儿我。”凤姐豪气地说。跑事儿的唯唯诺诺，立马拿出笔记本记下，脸上露着敬仰。“哎，还有，”凤姐突然想起什么，“现在就去找那个王秃子。”跑事儿的张着嘴等着下文。凤姐一手托着下巴，一面说，“我那女婿是生蛋子，两眼蒙着什么也不懂。”跑事儿的明白了，试探着说：“那就让这人先帮衬着——？”“不是‘先帮’，懂吗？”“那就雇？”“也不是雇，给点儿股份，当二老板。”跑事儿的眨眨眼睛：“这样他会当自己的事儿干？”凤姐点点头。跑事儿的恍然大悟般露出五体投地的神情。“还有这货源很重要，他会干干净净带过来，”待跑事儿的回过神儿来，凤姐已经嘎达嘎达踩着高跟鞋走了，“还有，”身后又飘来一句，跑事儿的忙不迭地跟了过去，“跟人家好好说话，别以为你是老大。对讲究人咱也得讲究。”跑事儿的刚想堆起笑脸表决心，“咣当”一声，人已经出了门。

有了王秃子的“引路”，吴永杰顺利地到了“村口”。他却不贸然进“村儿”，还要站在村外拿着“望远镜”仔细张望一番。又乔装打扮，只身深入“村里”进一步掌握“敌情”。他向来不打无准备之仗。先请王秃子喝了两次酒，全面掌握了行情和门道。王秃子又带着去了旅顺龙王塘渔港和一处海产品批发市场，和老主顾都接上了头儿，又喝了两次酒。人家要买单，“干吗呢，寒碜我。”吴永杰不高兴了。人家说：“怎么着也是买方市场，以前都是这规矩，你们是上帝。”“什么买方卖方，上帝下帝的，你们大海里漂着，鳖孙子似的一漂就是十天半月，弄不好哪天还真被老鳖领走了。我怎地白天有个棚儿遮着，晚上热被窝里有老婆搂着。你们更不容易，在我这里规矩得改。”“吴老板，秃子介绍过你，真是名不虚传，到底是干大事的。以后你老人家就瞧好吧，有你今天就有我们哥们明天，也不光钱是爹。”搞定了“地形”和“炮弹”两件大事，接着又深入“前方阵地”。像普通顾客一样在市场内转悠了三天，和摊主煞有介事讨价还价着。有时还真买，拿回来吃不了，安静就拿一些送到小洋楼。“杰子下海了，这是他自己‘捞上来’的。”安静说。安承业高兴起来：“好啊，浪子回头金不换，这东西我吃，吃得舒坦，”板起脸又说，“不过仅此一次，下不为例。永杰辛辛苦苦也不容易，半夜三更就得去上货，你也帮着点。”说到这儿鼻子竟酸酸的。吴永杰未甘于此，拿着凤姐写的一个条子去了大连湾。王秃子跟他说过，这里的“水儿”最深，船队一回来都是几十条的大铁壳子。舱里黄花鱼堆得像小山，牙片鱼有菜板大。货足、东西好不说，价格还便宜。但这“水儿”一般人“扎”不进去。

寂寞了整整10天的1号、2号“哥俩”又重打锣鼓另开张了。一大早，噼里啪啦一阵鞭炮声后，两个俊俏的小闺娘儿闪亮登场。她俩笑盈盈站在案子后，脸蛋儿比案子上铿亮的大鲅鱼都鲜亮。“秃子，怎么，给人家当小二了？”聚过来的人堆里有人笑着问。“不错。可咱这个小二可比以前当老大还展扬，”王秃子提起一条大大的牙片鱼，“谁家能进到这么大的牙片鱼，我给他当小三都行。”说完，一手鱼头，一手鱼尾两面掰着。嗬，小菜板似的一条牙片鱼直愣愣地弯儿都不打。“还是当你的老二吧，天生裤裆里的货。”众人一阵哄笑。一直旁边看着的吴永杰走上前来。他上身一件苹果绿的港衫儿，腿上一条宝石蓝牛仔裤，在人丛中很亮眼。再加上他健硕、高挑的身材，此时笔直站在那里更显非凡，身后两个小闺娘儿四只眼睛同时瞄着他的后背。他双拳一抱，笑看着眼前：“哥们，我初来乍到，以后多担待点儿。”眼睛眯着扫了众人一圈。“这小子，有些‘上海滩’里‘丁力’的派头。”有人小声嘀咕。“这就是天津街杰子，现在可是大老——”王秃子右手大拇指一挑。吴永杰看他一眼，摆摆手。王秃子噎了回去。大家面面相觑着，有人开始散开。吴永杰露出一丝冷笑。“谁也别想在这里称王称霸！管他茄子还是辣椒，那是菜地里的货。”传来冷冷的一个声音。吴永杰平静地顺着声音看过去，不远处一个人，抄手站着，凶巴巴地正歪着脖子盯着他。他笑了笑。“老四，干吗呢这是。”王秃子说着要走过去，吴永杰一把提了他的衣领拽了回来：“开张。”声音不大，脸上还荡着笑儿，王秃子却哆嗦了一下。众人都悄悄散去。呼！案子前顿时又围满了人，都站着瞅了半天了。案子上着实太诱人，牙片鱼有的还呼嘎呼嘎在喘气儿，两个小闺娘儿也抿着嘴儿像是在跟牙片鱼遥相呼应。看着她俩忙得不亦乐乎，王秃子也要进去，被吴永杰唤了出来：“你坐着就行。”“哼，臭卖鱼的还找两个花狐狸撑架儿，卖×呀！”那个叫老四的还在那儿戳着牙花子张望。案子前，走了来，来了走，手里不是提着牙片，就是提着鲅鱼，再不就是大对虾，个个欢天喜地走了。“吴老板，真是开业大吉呀，我他妈干了半辈子从没这样火过。”王秃子搓着手说。吴永杰递给他一支烟，王秃子接过，先给吴永杰点上。“你也劳苦功高，咱以后天天这样。”吴永杰抽着烟说。“那个老四你可得摆平，这小子笆篱子呆了——”王秃子压低声音没说下去。吴永杰拍拍他的肩膀，把烟扔到地下，用脚踩了几踩，扬长而去。

第二天一大早，市场里就在传着：“1号和2号‘哥俩’摊主在赚黑心钱。那些看着鲜亮的大鲅鱼、不打弯的牙片，还有瞪着明亮眼珠子的大对虾，其实都是用药水泡过了，不然那么好的东西怎么价格也不贵？”这些话儿像电波似的，直线进入各个案子，又从每个案子前立马传进顾客的耳朵里。骤然间，消息传遍大厅各个角落，像一张巨大的电网。买东西都货比三家，这里家家都紧挨着，价格、成色如何，走几家便知道个差不离儿。很快传言得到验证，因为只有1、2号案子货品最好，价格却和其他案子差不多。没有猫腻，傻子才这样卖。一夜之间，昨天还一派繁荣，今日骤然门庭冷落。路过的顾客不是手里提着海鲜目不斜视昂然而去，就是露着鄙夷的眼光瞅一眼匆匆而过。两个本来摩拳擦掌准备今天迎接新的胜利的小闺娘儿，跟路边两只孤零零的小鸡儿似的。瞅着一个个后屁股穿梭样从眼前掠过，脸又羞着像路边揽不着客的老妓女。老板可是按每天销售额给赏钱呢。“王叔，这是咋的啦？真是翻脸比脱裤子都快。”“你就是浑身上下脱光了都没用，”王秃子瞪着眼呵斥了一句，“有劲儿攒着，还有好光景儿。肯定不会让你们光沾腥气不吃肉，我看人不会走眼。”俩小闺娘儿是他找来的，得给她们鼓鼓劲儿。其实他心里也开始发虚，那个老四岂是白给，早就多有领教！今儿早还在这儿转了一圈儿，又瞅了瞅他，到现在心里还扑腾。这杰子也不知跑哪去了，真当甩手掌柜的，哪有这么做买卖的。他心里嘀咕着。想出去走走，真怕老四再过来，又怕杰子来了他不在。心里翻滚了一天。

第二天没看见老四，王秃子心里一松。傍中午了杰子也还没来，他心里又一沉。大厅里开始人流稀少了，两个小闺娘儿垂头丧气地开始换衣服。过来一个人，王秃子心里又扑腾起来。此人也是这里的摊主，老四的左膀右臂，他们称霸着这个市场。“杰子说把货备足，明天阴转晴。”听口气，看脸色，倒像是杰子的跟班儿，王秃子一时没别过劲儿。“杰子亲口跟我说的。”他又和蔼地补充说。“老四跟杰子和好了？王秃子吃惊地问。“和好个屁，哪有那个辈儿。”那人伸下脸说。

“那——”王秃子挠了挠了油亮的头皮。那人抬高声音：“老四让人套上麻袋片子一顿扁踹，爬不起炕了！”王秃子眼珠一转，心里有些兴奋，却说：“这话你小点儿声。”他看了看四周。“人家让咱这样说的，敢不！”又抬高嗓门儿说，“你都没看见老四那样子，差点废了！”他声音颤抖着。王秃子看到四周投来惊诧的目光，显然都听到了。“这小子有种，我说没看走眼。”那人走后，王秃子转向两个小闺娘儿说，俩人正欢喜若狂地脸儿对着叽叽喳喳呢！见王秃子脸上带着“开始进攻”的神色，俩人又同时脖梗子挑起，脸蛋儿涨红地像两只雄赳赳的红冠大公鸡。“王叔，那我们今天早点儿走，明天早点儿来。”一个雀跃着说。“什么明天，现在就动手，把案子上的撤下换上新鲜的。走时这些陈的都拿点儿回去，咱也犒劳犒劳自己。”“不怕老板不愿意？”小闺娘儿露着怯意。“放心，咱老板不会算计这些破玩意儿，他大人有大量，不是一般人。”王秃子自得地说。

第二天傍中午，吴永杰来了。看着案子前跟开业那天一样热闹着，他把王秃子唤了出来，陪着他围着大厅转了一圈儿。所到之处都是笑脸相望，里面还透着些许紧张，他逐个回以微笑。回来后，他看着两个小闺娘儿的秤杆子，一会儿说：“秤杆子再高些，不能平称！”然后拍着王秃子肩头：“听着，三件事儿，”王秃子赶紧挺起胸脯子，伸长脖子，“第一，耍秤杆儿的事儿坚决不干，那都是小儿科，成不了大气候，”王秃子频频点头，“第二，要顾客感到是他家里人一样贴心贴意。两个小闺娘儿要笑脸相迎，卖脸不丢人。双手递货，双手接钱，接钱的时候要笑着说声谢谢，别像人家该你似的。第三，我已经定了包装盒，后天就到。包装的时候，一定要仔细，让顾客拿走时打心眼儿里说个谢字。”王秃子大彻大悟般深深点着头，亮起眼睛冲俩小闺娘儿问："听到没有？""听到了！"她俩眼角瞟着吴永杰异口同声回答，脸上像花儿一样绽放。

安静提着八只大飞蟹（梭子蟹）来到小洋楼。

"爸，这是今早儿才从东沟（丹东）进的大飞蟹，拿几只你们尝尝。顶盖儿肥，里面黄儿把盖儿都鼓开了，你看。"说着掏出一只。"别夹手！"安承业慌着说。"没事儿，大腿儿上都缠着皮筋儿呢。爸，你掂量掂量沉不？"安承业没掂量，却说："小静儿，还是改口吧，别再叫爸了。""不就是因为我妈找到了，我还有了老公公嘛。才不管呢，已经改不过来了，也不想改。哎，不说这个，你快尝尝蟹子，我自己一次能吃两三个。""不是告诉你不要再往这儿送了吗，上次送来的那条大牙片都吃了两天。永杰起五更爬半夜的也不容易。""他才不辛苦呢，就是当甩手掌柜的，起五更爬半夜都是笨人的事儿。"安静掰下一只蟹腿儿嚼着。"咋还生吃？"安承业吃惊道。"生吃蟹子活吃虾，现在都讲究这个，可鲜呢。"安承业茫然起来。"买卖还好吧？"他关心地问。"别说，杰子还真有能耐。他联系了好几家宾馆，用电话就能做买卖。还都是人民路上有名气的大家儿，连刚开业的英皇大酒店都是咱固定客户。咱东西好，价格也不贵。永杰也会办事，把人家哄得都高兴着呢！你说这需求量多大。现在，他连进货都交给了王秃子，自己专门去应酬大客户。买卖没耽误做，成天吃喝玩乐活得潇洒着呢。整个兴盛咱家最红火，他们干瞪眼还没人敢呲牙。"安静兴高采烈喋喋不休地说。"咱做买卖可得讲规矩。"安承业说。"这些杰子都懂，这不，该给那个王秃子和俩小丫头片子的一分钱不少，他们成天都干得屁颠屁颠的。"安静乐颠颠地说。"这就对了，伙计卖命给咱干活，东家也不能亏了人家。

这永杰还挺会使唤人。”安承业称赞道。他看着大飞蟹，一下子想起什么：“哎，现在不是什么休渔期吗，怎么——？”安静撇了一下嘴：“屁休渔期，那是管别人的。这个当口正是咱挣大钱的时候，飞蟹比平常贵两倍都不止。”见安承业怔怔站在那里，她拉着他坐下，凑上前说：“爸，有个事儿只跟你说。”“什么事神秘兮兮的？”她眨眨眼，“杰子在运作一件大事，承包香坊街那个家具市场呢！这可是大买卖，也就他啦！”“没有风险？”安承业问。“你就是胆儿小，这年头是撑死胆儿大的。告诉你吧，都打通了，就等着每天在家坐着数钱吧！”她呵呵笑了两声，忽然说：“哎，爸，今儿不说这个了，我上去到莉亚房间溜达溜达。”安承业愣着的当口，安静已经上了楼。自从安子健去了德国，他很少到楼上去。顶多余莉亚加班回来晚了，他去安然房间看看她写作业。

一根烟的工夫，安静下楼了。

“爸，然然屋里挂的那幅字是她写的？”安承业欣然点点头：“这孩子的书法还真有了不少长进，还有些风骨。这不，我也开始教她钢琴，她也喜欢。”“安家这是有根儿呀，俺那个涛子成天就知道疯跑，摁都摁不住。”“那怎么行，得——”

“爸，莉亚屋里那么多外国化妆品，你知道吗？”安静突然问道，眼睛看着安承业。“许是人家姥爷捎过来的，别说，桥本先生还真疼她。”安承业正在想着安静说起吴涛的事，冷不丁她转了弯儿，随口说。“不错，还都是日本的。我也就是用用资生堂的，那SK只是听说过，”安静眼神幽幽地瞅着安承业，“俺哥最近有啥动静吗？”“上个月还来了信，说是再有四个月就拿到文凭了。”“四个月？”安静低头在寻思。“信中还说，王先生很欣赏他，建议他毕业后留在德国。”安静皱了眉头。“俺哥往家寄钱吗？”她问。“那哪能让他寄！”安承业说。“你没觉得莉亚现在花钱大手大脚的?”安承业看着她,低头想想:“是有那么点儿,许是人家姥爷给的,咱也不能多说。”“俺哥信里没说别的?你仔细想想?”安静歪着头问,又说,“关于他老婆?”“人家两口子的事儿跟我说干啥,说他闺娘儿倒是挺多。”

“爸,跟你说件事儿——”安静眼睛里倏地一闪,腮边绯红起来,一本正经的样子令安承业吃了一惊。“在日本的,现在不光是桥本。还有俺哥的那个电大同学,头半年也去了。就是那个小白脸!”安静一句一顿地说,声音像在嗓子眼儿噎着。“那跟咱有什么关系?”“你没觉得莉亚现在有什么不对劲儿?”安静嘴唇又蠕动着,安承业的不以为然显然使她按捺不住了。他陌生人似的看着她。安静的话和反常的神态、举动,促使他一下子脑洞大开——他心里不由一悸。有一段时间,儿媳妇确实经常加班,礼拜天还经常出去,扎骨得都挺鲜亮。又联想到安静刚才说的化妆品的事,那么贵?他感到后背开始发凉。“俺哥也别光顾着奔前程,后院失火,”安静脸上冷冷的,声音突然尖了起来,“想给俺哥戴绿帽子,没门儿!”安静转腚出去了。安承业心里骤然翻滚起来,一屁股坐在椅子上,呆若木鸡。

昨天,季子山找到了安静。他嗫嚅了半天,安静只听到他不断重复着恁哥的媳妇儿,还有他那个电大同学……“有屁快放!”安静急了。后来季子山舌头才捋顺了,讲了余莉亚和谷业亭可能有暧昧的事儿。“他妈的,胆儿肥了!”安静没等听完就尖着嗓子大喝一声,在地上蹦了起来。“只是可能。”季子山又小声说。“什么可能,就是,还挑肥拣瘦……”安静忽停住嘴,又说,“一个小破职员儿也想拈花惹草!”她怒气冲冲地说。“谷业亭已经不在那家日资干了,去了日本,人家有门路。

临走时还摆了几桌，把我也召唤了去，说是代表安子健。”“我早就觉得这小子有点儿花。”季子山最后说。“你个死木头疙瘩，早干什么去了，不行，得跟俺哥说!”“你也别虎了吧唧，这可不是别的，事儿搞清楚再说。”“你不是说有人看到他俩在南山公园手都扯着，还挤着坐在一起！这对狗男女，早都滚在一起了。这个我懂，是想男人想疯了！”安静双手掐着腰，“哼，这个臭小白脸，谁的女人都想上。不行，我让杰子找人去日本给他骟了！”“你就知道来这套，能不能多个心眼儿？安子健还得做人！告诉你不是让你去闹事！”季子山声音大了起来。安静怔在那里，季子山很少这样说话。“消灭在萌芽之中。那小白脸走了，先把他留几天，眼前儿这个不能饶了她。”安静咬着牙说。季子山瞪了她一眼，自己脸却红了。

余莉亚忐忑地来到劳动公园原来的“五一塔”背后。虽然一个巨大的足球模型代替了“五一塔”的位置，这个地方还是很幽静。“五一塔”是当年日本人修建的，拆的那天她还跟着安子健来看过。他说小的时候，槐花巷的孩子经常到这里玩儿。一次，吴永杰拿着石子朝一对依偎在一起的恋人扔，被安子健夺了下来，两人为这儿还扭在一起从坡上滚到坡下。

“嫂子，”安静叫了一声，余莉亚身子微微颤了一下，她管多都叫她莉亚，“知道今天为什么叫你嫂子吗？”没等余莉亚开口，又说，“因为俺哥，你是他老婆！”安静声音忽然又尖了起来，“承认也罢，不承认也罢，我都知道！”余莉亚脸顿时像张白纸，身子开始抖动，又呼地捂住脸，眼泪顺着指缝流了出来。“知道你今天为这个。”余莉亚颤着声儿凄凄地说。“要脸不！”安静声音低沉下来。“恁哥走了不到一年，他就来找我……”“你稀罕他？”“不光是……”“他有钱？”余莉亚摇摇头。

“那是想那玩意儿想疯了！老牛想吃嫩草？”安静握紧拳头。“开始，我不理他，也害怕……”“说！”安静斜眼听着。“架不住他死缠着，话也说得你心里麻酥酥的。又正是我——难熬……”啪！一个清脆的大嘴巴。“你打吧，替恁哥出出气，我知道早晚有这天。”余莉亚放下捂在脸上的手，神色倒镇定下来。“知道这地下以前埋的什么不？”安静指着那个大足球，余莉亚惊恐地看过去。“埋的死尸，日本人的！”“那就把我也埋这儿，我也是日本种儿，正好没脸见你哥了。”眼泪又涌了出来，垂下头。“你当我不敢！”安静瞪了余莉亚一眼。传来脚步声，一对青年男女挽着手从前面走过，男的还向这面望了一眼。“同性恋，有什么好看！”安静朝那面说了一句。待他们走过，她忽然问：“知道我这人不？”余莉亚点点头。“你知道个屁！”安静双手抄起，眼神怪怪地看着她。声音又柔软下来：“我也是娘们儿，知道吗！”余莉亚呆愣地看着她。“杰子在海上漂着那几年，我也熬着，知道那股滋味儿。”“我熬不住，心里直痒。”余莉亚转过身眯起眼睛，直勾勾盯着什么。忽地低下头说：“他说你到他单位去过，也有那意思。”安静一愣，脸刷地红了：“不错，我是去过！”又尖了嗓子，“杰子现在碰都不碰我，是他妈在外边撑饱了。得报复报复他，这跟你不一样！”“还说你看看还行，却不能……口味儿太重。”余莉亚兀自说下去。“放他妈屁，那是怕杰子骟了他蛋子！”安静脸涨红起来，呼呼喘着。“也许——也许还正是这些话打垮了我，壮了胆儿……”“这么说还怨了我啦！”安静倒竖起眉，嘴里像往里抽着凉气。余莉亚瞅了她一眼轻轻叹口气说：“谁也不怨。哎！刚结婚那当儿，俺妈也说过，和男人在一起时别太浪，会轻了自己，可到时就是管不住。”“我才不管，就由自己性儿，但得稀罕。”安静显然平静下来。余莉亚没言语。“想让俺哥知道不?”安静问。余莉亚眼睛里闪出惶恐。“我帮你守着,谁也不敢再说。”“随你便吧。”余莉亚咬着嘴唇说。安静吃惊地望着她,见那惶恐在慢慢消失。“就此打住,权当啥事没有!”安静站起身,拍拍屁股。余莉亚抬起头看着不远处那个巨大的足球,点点头。“这玩意儿他妈也随根儿。”“不准说俺姥爷!”余莉亚梗起脖子盯着安静,涨红了脸。“发什么神经,俺哥都是为了你们这个家,已经对不住他了,还装正经!”余莉亚垂下睫毛,眼睛里泪水涟涟。

第二十八章

我感到很难过。不是因为你欺骗了我，而是我很难再相信你。

子健吾儿：

自你远渡异国近三载以来，今为父首次提笔修书与你。

你上次来书，提到在为日后去向踌躇之事，为父亦几经斟酌，今与吾儿小议。

男儿志在四方，为父本无异议。此亦安家传承，未敢另立宗法。况乎，你书中多次言及此行受益匪浅，即将学成功满，在西洋将会有更广阔之沃土。吾儿有此远大之胸襟，为父深感欣慰（况你姑父也多次来书，转达王先生对你的赞许和更多期待）！

只是，现今境况吾儿不宜继续留在西洋。父母在不远游？非也。七尺男儿，立足于世无非于国于家两件担当，其使命皆不可废也。

一则于国。国乃民之本，国兴民之幸，国衰民之哀。国无良才不兴，良才无国不贵。学而优如不报效国家何为仕，一介布衣皆奋力为之，况我儿乎。

你姑父之"残渣浮起"之论看似偏颇，其实亦并非颓废。恰昭示他拳拳赤子之心，实乃当今国民之劣根性昭然于世，使之忧国忧民耳。望吾儿善解之。改良土壤，以良代莠，也即安家祖上办学之初衷。自古道，邪终不会压正。“对苍生有益方为真正贵人”之安家祖训，吾儿终不能忘怀。无论何时，“国家兴亡，匹夫有责”乃颠扑不破之至言是也。

二则于家。妻女之责，父母之安康当牢记于心。你女安然正值年幼待成之期。诚如树木幼苗时节，亟需沐浴阳光普照和涓涓清流浇灌，方能茁壮成长为参天大树。如同那株老槐，苗直仍需精心培育方能留下一片芬芳。槐花巷因它而有了美誉，老槐担得起这个英名，安家亦应因代代贤良而流芳百年。你妻莉亚，辛劳操家，含辛茹苦，此不多言。毕竟一女流独木难支，又正值青春，实乃缺憾良多！为父我已入耳顺，近来诸事渐有力不从心之感，更时觉心力交瘁。亦是人到暮年，思儿之情使然。为父虽已老朽，却亦望有生之年喜看子孙繁荣，家业圆满！

斟酌再三，此举于国于家皆宜。毕业后诸事速做打理，尽早归来为盼！切切！

多多与人答谢，以求善解，切莫辜负善意！

随去安家古训以励吾儿：

善人种德，降祥于天。恶人种祸，贻殃于后。

父字

安子健看完信已经泪湿衣襟。记忆中，爸还从未用这种口气和他说话，他感到了爸的仰盼。爸这是老了，三年来都是余莉亚一个人回信，后来还夹着女儿歪歪扭扭的一小篇儿字,他欣喜得要命。却从未见过爸的片言段语。才三年,他就一下子老了,这是心枯了,还在挤出最后一滴汁。他心里酸着,惆怅着。

正如安承业信中所言,王先生说过兰子姑父是不赞成他回国的。他上次回乡,所见、所闻、所感使他心灰意冷起来。或许如爸说的,这正是因他有一片拳拳赤子之心才有的失望、迷惘。兰子姑更是极力阻拦,仿佛都听到了她哭的声音。莉亚上次来信也提到说,爸现在似乎也跟他们一样的心思。怎么信中口气又突然会有如此大的转变?而且,谈及妻女又如此重的笔墨?他隐隐感觉到,这些年的磨难,爸似乎已不再是顽石一块,疾风暴雨中有了风化的痕迹,唉声叹气中见了颓态。信中却又像以前那样慷慨激昂地忧国忧民起来。病重了,回光返照?无论如何得回去!他下了决心。晚上饭店打烊后,安子健精心炒了几个鲁味小菜,请王先生坐定,他向王先生说了他的决定。正嘻哈高兴着的王先生听完,沉吟下来。良久,慢慢说道:"这事可大,事关前程,撇家舍业到这来不就为了今天。咱山东人讲家业兴旺,安家不就靠你?"安子健眼睛有些湿润。"你担心令尊身体不好,难得一片孝心。俺倒看定会无恙,定是过于思念。不如这样,先回去看看,这边也别放弃,家中料理完之后再回来,俺来周旋。"见安子健垂下头,又说:"你学的这个工商管理专业,留在德国可会大有用武之地呀!可得思量好。""叔,我敬你一杯。"安子健端起酒杯,面露感激。王先生挡住说:"喝酒不急,咱先把这事儿聊透。再说咱今儿不喝小烧,待会儿把事儿聊完,咱就喝慕尼黑黑啤。别说,这些年我也开始稀罕它了。""国内也有发展空间,改革开放以后正需要人。"安子健说。王先生微蹙眉心道:"现在却不是时机,不是说窗户打开苍蝇也跟着飞进来了，荡涤污泥到风清气和得需时日，何必在前面蹚浑水。这点你姑父杨先生已多有领教，何况你安家?”王先生显出忧心忡忡。安子健起身上了楼，回来后拿着那封信，双手递给王先生，郑重地说：“这就是俺爸来的那封信。”王先生看看信，又看看安子健：“可不敢，这是家书!”王先生惶恐着。安子健还那么擎着，看着他。王先生双手托起，信封中抽出信纸，戴上老花眼镜，认真看着，回过头又看一遍。开始时点着头，后来又晃，晃了又点……“贤良，贤良啊!”他念叨着。这天王先生醉了，喝得太开怀，这是三年来安子健第一次看到他的醉态。安子健也破了例喝了很多，最后也醉了。他朦胧中感觉到，王先生笑一阵，哭一阵，又好像似笑似哭。最后还摸着他的头，嘴里混沌不清地说：“子健，你小子可惜了。叔舍不得你，叔担心你后悔啊——!”

飞机在大连周水子机场上空转着圈儿，安子健睁大眼睛向窗口外看着。先是一条弯弯曲曲的灰色带子将大地劈成两半儿，接着带子又伸出须角纵横交错着，阡陌般穿插在其中。渐渐地建筑物也越来越清晰显现出来，带子和它的须角中车辆在蠕动。带子原来是那条华北路，这是大连街中最长、最宽阔的一条路，从市中心一直延伸到后盐高速公路口，川流不息的车辆汹涌着为它增添了威武和雄壮。他奇怪，走时却未留意它。回来了，安子健觉得有些按捺不住什么似的，期盼中似又怅然。这种感觉，从看到爸的信后就开始有。飞机终于落地了，他匆匆走出廊道，到出口了，他张望起来。“哥!”一个尖尖的熟悉的声音。“子健!”男声，也很熟悉，定睛一看，吴永杰站在安静身边。再看，他们身边已没有熟悉的人。

“莉亚在医院。”安静低着声儿说，安子健一惊。“是安大爷病了。”吴永杰说。安子健惊恐地看向安静。吴永杰低头拾起行李：“慌什么，不是大不了的病，就住几天院。”安子健还在看着安静。“走吧，哥，你这不回来了吗，不放心现在就去医院，没事儿。”说完，安静提起一个行李前面领着去了停车场。走到一辆车跟前儿，安静停下说：“哥，这是咱自己的车，”见安子健怔了一下，又说，“永杰的。”吴永杰打开后备厢将行李放进去。“哥，咱俩在后面，坐着说说话儿。”安静拽着安子健进了车内。“直接去医院。”安子健一脸焦急地说。“哥，这些天可把莉亚累得不轻，晚上我要在那儿替替就是不让。这不，今天我说让她来接你偏不听。”安静说。“到底什么病？确诊没有？”安子健问。“小静儿，也别藏着掖着，子健更着急。”听安静没作声，吴永杰前面说。“可能是——肝癌。”“什么？”安子健身子一抖，安静伸手搂住他，眼圈儿红了。“永杰，再快点儿！”安子健仰起头，神色茫然地望着车顶，眼泪涌了出来。车子停在长春路医院门口，因急刹车的惯性车身还在跳着，安子健就一把推开车门，安静也紧跟着跳下车。“你就不用上去了，我想单独陪陪爸。”安子健说完抬脚就走。安静迟疑了一下，拽住他说：“那你对莉亚热乎点儿，她情绪总不好，”停停又说，“说是没替你照顾好爸。”安静倒闪出内疚的样子。“好了，磨叽什么！”安子健拽出胳膊匆匆走了。“哭了你就哄着点儿！”安静又在身后说。

安承业静静躺着，安子健一步跨过来正要说话，余莉亚手指竖在唇边，小声说：“刚睡下。”他看看一脸憔悴的余莉亚，脸上还带着泪痕，心里疼了一下。余莉亚垂下头轻轻走出病房，看着安子健也跟了出来，她带上门。“到底什么病？”安子健急促地问，他希望否定的答案。“肝癌。”余莉亚躲开安子健的眼神，捂住眼睛，泪水顺着指缝淌了出来。“真的是？”

安子健惊愕地站着。又挪着到了墙边,倚在墙上。余莉亚抽泣起来,双肩剧烈抖着。“什么时候?”他又问。“十天前才发现,已经是中期。”“那是早就有了,为什么不早些告诉我?”安子健喃喃地说,闭上眼睛。“早前儿只说肚子疼。爸不让告诉,说这段时间对你很关键。我有责任。”她哽咽着说。安子健睁开眼,伸出手要扯了她过来。余莉亚拽出胳膊,脸上滚着大大的泪珠。“别哭了,这不怨你。”安子健轻声安慰道。见她慢慢垂了头,又抬起,泪眼中眼神朦胧起来,似在追忆着什么,安子健又说:“听小静说了,你也受累了。”余莉亚背过身去肩膀在抖。“医生怎么说?”他问。“不建议手术,担心扩散。另外术后要化疗,爸身子本来就弱。”余莉亚声音颤抖着。“爸一辈子滴酒不沾,怎么会——?”他望着走廊上的天花板,喃喃地说。她怯怯地看了他一眼,转身靠在墙上,眼神迷茫。他移过眼神看着她:“你瘦了。”她怔怔着。“十天了,就你自己?”她点点头。“干吗不请个护工?”“我就想自己一个人伺候!”她忽然声音大了起来,看也没看他,抬脚回了病房。

安承业出院了。采纳了医生的建议施行保守疗法,回家静养,还可存活一年。安子健偷偷大哭几场,余莉亚哭得比他还厉害。他暗自庆幸自己回来了!出院前这段时间,他劝余莉亚别总陪着,两个人轮换着。余莉亚却坚持每天必到,形影相随。他也没请护工,想在爸有生之年多陪陪,都倒计时了,心里酸痛着。余莉亚更是少言寡欢,与从前判若两人。回来至今两人手都没碰过,没有一丝久别重逢的气氛。安子健挺感动,她这也是心里沉着。却又觉得还是和以前不一样,她成熟了不少。

一辆红色桑塔纳停到小洋楼儿门口。车刚停稳,司机就下来赶紧打开后面车门,吴越前从里面下来。司机又打开后备厢，从里面一样一样拿出些东西。“敲门。”他说，司机敲了门。安子健开了门：“叔——？”“这就是俺大侄子，刚留洋回来，大才子，”见安子健怔着，吴越前朝司机说，“快帮着搬屋里去。”“我来吧。”安子健说。“那你赶紧开走吧，永杰今儿晚请客，别耽误了。”吴越前又对司机说。进了屋，他就随便坐下。“叔，你这是干啥？”安子健看着那些东西。“也没啥好玩意儿，都是旅顺那面的土特产。这不听说承业出院了，赶紧回来看看。正好你也大老远回来，就一便儿了。”说着自己点上一颗烟。“我爸在屋里正——”“让他睡去，我等着，咱俩也先说说话儿。”“您老人家还好？”“也就凑合着喘口气儿，哎！承业这是，好好的……”

“是越前来了！”门开处，安承业走了出来。吴越前跃起，一步跨过去，双手搀着关切地看着：“咋样，不在里面多住几天？”“死不了，老天爷还不收呢。”安承业笑着说，吴越前搀扶他坐下。“爸，这些是叔拿过来的。”安子健瞅着地下那些东西说。“你这是——”“咱老哥俩还过叨，”吴越前板起脸，“只要你稀罕，我让杰子天天往这儿搬。”“有咸鲅鱼吧？”安承业嗅着鼻子。“鼻子真尖，馋了吧？”“还真是。”安承业眯眼笑着。“这可是咱旅顺的稀罕物，活蹦乱跳刚进舱，就海水洗了船上晒着，就着大饼子撑死你，”吴越前哈哈笑着，又说，“子健，今儿晚就给恁爸蒸上。记着，里面放点萝卜片子，地下那袋子里就有，也是咱自己地儿里才拔的。记着厚点儿切，上面多放些葱花。这鱼借萝卜味儿，萝卜借鱼味儿，葱香味儿又拱了进去，要多阔（味道美）有多阔。就有一样——”他忽然看着安子健，安子健瞅着他。“千万别撑着，我可不负责。”说完又哈哈大笑起来。安承业也眯着眼笑。“这是两大桶子外国奶粉，”吴越前桌子上一个袋子里拿出两个圆铁桶，“杰子给你的，还是荷兰产的，咱市面儿见不着。”“这……”安承业红了脸。“他该孝敬，别迂叨了。”吴越前有些动情。“那咱俩一家一个。”“我不缺，杰子给了，”吴越前挺得意，“别说，杰子这小子还真挺孝顺，事儿也干得红火。”“是啊，我听着杰子出息了，高兴着哩！”“也该浪子回头了。”吴越前面色喜着说。“这世上什么事儿都有曲有直，只要是‘直’结尾儿，‘曲’都不叫事儿。”安承业说。“还是你家子健出息，留了洋，念大书。”“各有所长，只要正经事儿都好。”安承业认真地说。“还是得有学问，你说我小时候咋就——?”他也认真着，对着安子健又说，“子健你得教着他点，让他也染染墨水儿。小哥俩帮衬着，都给咱槐花巷露露脸儿，俺老哥俩进了坟茔子都值！”吴越前头垂着，口气却很真切。

一个月后，安承业情绪渐好，气色也好了不少。安子健没有听从余莉亚的，如实说了他的病情。果然安承业听说后，爽朗地嘿嘿一笑，“不说我也有数，藏着掖着反倒让我觉着你们不明白我，心里更不舒坦。人这辈子生老病死，没一个躲得过，除非神仙、妖怪。重要的是能否善终，”他慢悠悠说着，像在唠家常。安子健点着头，余莉亚又在抹眼泪。“哭啼啼来是知道世间有风雨、有灾难，笑呵呵走是风雨变成了彩虹，灾难成了你的坐骑。你骑着它，迎着前面的彩虹，身后拥着道道金光，这辈子就值了！”他神采飞扬起来。又冲安子健徐徐说，”子健你也赶紧去干你的正经营生，我还得再多看些金光再走呢！还有然然，看得出这闺娘儿是块金子。你俩得金贵点儿养，打造成器才能贵重。你们两口子也彼此金贵些，凑到一起是老天爷促成的缘分，坏了这缘分他老人家不让，”歇了歇，又说，“这人要有些毛病，也不打紧。就像那槐树，长的时候难免出个歪歪杈，掰直溜了就好了。但不能砍它一刀，那身上不是一辈子留个疤。"安子健觉得爸今天精神挺好，话也多了，比以前健康的时候还多。他静静听着。见余莉亚更在聚精会神听，眼睛里还闪着泪波。"你媳妇儿这几年可不容易，一个人伺候老的，拉扯小的。哎，苦了她。"安承业轻叹一声闭上眼睛。安子健看到爸的眼角有了微湿，他感激地看着余莉亚，抬起手搭在她肩膀上。他觉得肩膀在微微颤抖，她脸上也木讷着，煞白得像一尊雕像。他扯起她的一只手，她抽了回去。他感到这只手冰凉冰凉。

回到楼上，余莉亚愣愣地坐在床沿儿。"爸今天精神真好。"他乐呵呵地说。她看着他："你怎么打算？""什么打算？"安子健觉得没头没脑被问住了。自打回来到现在，说得都是爸的事，两口子还没说别的。"去哪上班？"她又轻声问。"回天百大楼，飞机上我就想好了。"他不假思索地说。"别回去了。"她说。"天百大楼现在大连街百货业内如日中天，正适合我，我也对它有感情。另外离家近些，现在更需要。"他郑重其事地说。"还对它有感情，不怕伤着你。"余莉亚绷着嘴唇说。"咋这么说？当初我上电大可是享受的优厚待遇，你不是不知道。"他纳闷儿地看着她，觉得余莉亚今天说话更加颠三倒四。这段儿时间她时常这样，他以为她是因为爸的病压力过大心智纷乱，心里对她挺内疚。"明天去滨海路溜达溜达，散散心。就咱俩。"他疼怜着说。她顺眼望了他一下，眼睛里掠过一丝火花，瞬间又消失了。"还是不回去好，咱俩分开。"她瞅着他，似在探询。"分开？这倒没想过。"安子健惊讶起来，又认真想着。"才开业的泰安大厦比天百大楼还要高档，火着呢，会更适合你。离家也不远，也在这条街上。"她没看他，听得出语气却很坚定。回来这段时间，医院、家里两点一线其他哪都没去，也没听说天津街上又开了新百货店。听她这么一说感觉挺好。却没看到她欣喜的样子,要是换到从前早就趴他胸前说个没完儿。回来后余莉亚一反常态,别说那种疯狂劲儿荡然无存,晚上都没碰他一下。三年了没在一张床上,还就那么木乃伊似的躺着,只有那眼睛闪亮地盯着天棚。他以为是家里的事使她身心俱疲,自己也是,山崩地裂了已无心他事。这几天渐渐事情都平静下来,她反而愈加古怪。刚才她情绪异常,话头话尾儿又提醒了他。他脑子里一个激灵,录像机快速倒带似的回放着这些天,不由心里咯噔一下。她是个有事心里藏不住的人,越藏越露。他看着她,眼睛里像两个深邃的山洞。“你就站着吧,别坐身边儿,”她低垂着长长的睫毛,“看来没跟你说。”“到底是什么?”他颤抖着嘴唇。“安静也是,不如替我说了。”声音很轻,嘴唇没动,像腹语。“你——?”他感觉腿在发软。“我脏了!”她突然咆哮一句,嘴角抽搐起来,眼神渐渐散开了,像被掐住了七寸的蛇,极力绷着的身子开始摇晃,像垂死的蛇在摆着尾巴。他恐惧地看着她,倒退着,像这条蛇会突然露出毒牙,扑将过来。

“还说吗?”她似乎现了人身,平静地问。他面目狰狞了,深深的眼窝里射出一道阴森森的蓝光,又痛苦地闭上眼睛,颤抖着手,摆了摆。“我想过死,却又死不起。想过去当尼姑,却又怕坏了你的名声。”她声音嘶哑着,像是嗓子眼有了异物在奋力抵抗。

“不说了!”安子健冷不丁斗鸡一样红着眼睛高高跃起,落下后重重摔在地上。

“哇!”她一声尖叫。又紧紧咬着嘴唇,又捂住嘴,又捂住脸。泪水如黄河决堤从指缝中,从脸颊上蔓延出来。她狠狠揪着头发,头发凌乱起来沾在额头上,湿淋淋地像被狂风暴雨刮倒在泥泞中的野草。他被骤然而至的妖风刮蒙了,天晕地转着。他不敢看妖风作孽后这天昏地暗,这残花败柳,这一片狼藉。许久,许久,屋子里似停尸房般寂静,地下堆着,床上趴着的似两具冰冷的尸体。

“我们分手吧!”床上的“尸体”说,后背在剧烈起伏。地上的“尸体”还僵硬着,没有一丝声响。“说出来我也了了心结,欠你的下辈子做牛做马再还。”她直起了身子,失神地呆呆坐着。他有了响动,睁开眼睛望着床脚。

“爸爸,我放学了!”楼下传来安然清脆的声音。他和她同时苏醒了过来,从不同处一跃而起。“让时光倒流。”他嘶哑地说,平静地看着她。

泰安大厦矗立在天津街西段一个显赫的位置,老辈儿人叫浪速町一目。距天百大楼仅隔一条友好路,这条路以东就是浪速町二目。自打天津街开街以来,从一目到三目都是商家必争的寸土寸金之地。出了槐花巷西头巷口,向东是天百大楼,向西就是泰安大厦,左膀右臂护着槐花巷,哼哈二将般。如说天百大楼是世族,泰安则可称新贵,两厢一新一旧,一老一少,仅隔着百十步,争相斗艳。余莉亚说得没错,泰安确实更高档,现代化味道更浓,像一个西装革履的少壮派,码头上刚一亮相便光彩夺目,吸引着众多的眼球。又如打开手中的皮箱,抖落出琳琅满目、前所未见、闻所未闻、令人眼花缭乱的新鲜玩意儿。“泰安”,又似泰坦尼克号神奇驶入大连港湾般,令号称浪漫之都的滨城儿女顿时失了绅士风度和淑女风范,蜂拥进入梦境般的船舱里,领略着她魔鬼般的神奇。那厢,天百大楼虽也岿然屹立极力显示着风光依旧,却总使人感觉在低吟着“风光无限好,只是近黄昏”的惆怅。可不是嘛,五六十年的老建筑了。虽也长了高(加了层),涂了粉(外立面粉饰），还一东一西挽了手（东、西楼架了过街天桥），还是掩饰不住岁月的沧桑和疲惫。何况里面，就像一个老婆婆还在手捧着旧岁的笸箩，装着一些针头线脑。几天考察下来，安子健精神又振作起来。让那锁在心头的魔结在忘我的事业中融化吧。为了爸，为了安然，只能如此，必须如此。他又一次庆幸自己回来的决定是对的。不，是千真万确！否则——往深想，他毛骨悚然。

一大早，他抖擞精神，穿上余莉亚昨晚已熨烫好了、他出国时穿的那身深蓝色西装。余莉亚给系上那条他最喜欢的蓝底儿、小碎红花领带，这也是她给买的。令他身材更修长起来，面色白净如初。眼窝虽说又深陷了些，却显得深沉了许多。试着衣服，镜子前面看着自己，他不由觉得连日来少有的神清气爽，连肩膀后露出的半截脸也露出久违的光泽。"从头再来！"他心中又涌出这句。最近，他总在默读着这四个字，却又被痛楚所淹没而难以自已。余莉亚送他到门口，挥了挥手。他回头看到了那张脸，却还是感到了陌生。振作了一下，他昂然走出槐花巷。向西望去，泰安大厦门前已是熙熙攘攘，人声鼎沸。他理了理领带结，径直走了过去。

三小时以后，安子健从泰安大厦健步走了出来。他掏出口袋里那个白色胸牌，看了看，上面写着"市场部经理"。泰安还真是挺超前，比德国不差。他没有先回家，路过槐花巷去了天百大楼。以后，这个"亲家"可是"冤家"了。在德国，市场信息和市场开发是任何一个企业的命脉，把握了市场就夺得了先机，在竞争中就始终处于主动。就像船上的罗盘，不论风云如何变幻，始终引领着正确的航线。走到天百大楼门前，他回头又望了望泰安那青春、庞大的身躯，顿感责任重大。久未燃烧的激情又澎湃起来，有了跃跃欲试的冲动。中国,你好!大连,你好!天津街,你好!心头油然冒出这三句话。又感觉被什么浇灭了,再燃起。

吴永杰承包香坊街家具市场才半年就风生水起。他把兴盛市场的摊子已经交给了王秃子打理,自己坐在家居市场那间装修一新、宽敞气派的办公室里,正儿八经当上了大老板。

硕大的黑色真皮沙发前横着一个硕大的木质茶几,上面摆放着一套正在潸潸淌水儿的茶具,茶几上大杯、小盏一应俱全,皆古色古香。吴永杰独自端坐在沙发上,挥舞这个,放下那个,一顿忙乎,最后还是一把拿起那个大大的水杯咕咚一口。那个玲珑的紫砂小盅被冷落着,牛眼般瞪着似有不甘。吴永杰笑笑:“有你上场的时候,我这嗓子眼太大,你不管用。”他眯着眼徜徉着眼前,“叭!”抬起手打了一个响亮的指鸣儿。呼地转回头,又看着墙上那幅硕大的横幅:“宁静致远”。笔墨很重,苍劲有力,下角一方鲜红的小篆。他惬意地笑了。一顿酒席,两条“中华”,赫赫有名的书法家大笔一挥,并庄重地裱了亲自送来。“文化理当为经济助威,企业家受之无愧!”未待吴永杰客套,书法家恭敬地说。好受用!企业家怎会使如此恭维的大师空手而归。企业家一声吩咐,手下人一个袋子里又装上4条“中华”,企业家接过亲自递与书法家。风范使然哪!他领教过凤姐的这种风范,领教过与凤姐打交道的那些人的风范,还领教过录像片中那些未曾谋面的香港大亨们的风范。他痴迷,他向往,也冥思苦想过,原来吴家没成大事正是缺少这种风范。他又端量起这几个字。“静”个屁!这年头谁他妈静得下来,那是窝囊,等着吃死食。还“致”他妈什么“远”,谁耐得起那个,得抄近道。都他妈装三孙子,做婊子还在立牌坊。他想起凤姐办公室里那幅同样的字,也没看着好哪去,还歪歪扭扭的。但人家那个大红印更值钱,说是广东一个全国有名的书法家。这就是档次,也是风范。货比货得扔,人家都已经冲出大连走向全国了。不行,还得换,不能小看这张破纸。它可像一把尺子,分毫不差地量着你的身份,亮着你的风范。这比什么学历都值钱得多,学历还得揣着,拿出来亮亮别人才知道。这个可是在眼皮子底下,打眼一看就知道你的高矮、胖瘦。就像军官肩膀子上扛的那块牌牌,几个杠、几个豆一清二楚。对了,又像当年跑船的时候白制服袖口上镶的那杠杠,老外就认你这个,杠子多的就正眼看你,他可没少为这个受窝囊气。都说货卖一张皮,其实人不也一样,还得加个“更”字。他的眼睛又投向那个硕大的老板台,不由脸色黯淡下来。这凤姐真他妈人精儿似的,不断变着法儿让你撵不上。当初第一次去她办公室的时候,就是被那张老板台给镇住了,还仅是一打眼。本来直着身子傲然而入,不知怎么就一下子矮了下来。这凤姐倒会装孙子,面色很安详,语气亲和地和他说着话儿,自己倒气儿短了,都乱了方寸。回走时安静还讥笑他:“亏还见过大世面,也不过是个小毛贼。”他一路耷拉着头,安静却一直趾高气昂说个没完。后面说了什么了他耳朵眼儿压根没进去,这一句就足够震撼了。装修这间办公室,他最看重的就是这个老板台,不惜重金,花了一万多块从广东买来的。足足有三米宽,全实木,比那一车鲅鱼都沉。没承想信息过时了,脑子里装着的凤姐的大老板台已是旧黄历。他再一次傲然走进凤姐办公室的时候,看到原来端坐着大老板台的地方,放了一张老态龙钟的大桌子。大虽大,上面却是张咧着口子,连点儿油漆都没舍得刷的大木板,像一个掉了牙的老太太。

他心里笑了，老了，落伍了，沦落了。他不禁看了凤姐一眼，人也沧桑了，涂脂抹粉儿也没用。他觉着浑身热气在往外冒，蒸得丈母娘微笑着的脸都虚肿起来。“怎么样？”她还好意思问，笑得还挺自然，声音还铜铃般。“一般。”他照实说，声音很轻，表情显得温文尔雅，心里却在洋溢着奔腾。没等让座，自己潇洒地坐在沙发上。“妈，您也坐。”他打了一个潇洒的手势。凤姐没坐，转身离开了，走到那张“大木板”前，摩挲着说：“这东西是粗糙，都硌手，”呼地回过头，“看着丑吧？”他点点头：“挺贵吧。”他心里笑着。“值俩小钱儿。”凤姐轻松地说，看着他。他露出询问的表情，分明含着不屑。“金子有多贵，它有多贵。”凤姐轻声笑着说，脸上显得很随意。“不就块木头。”他有些坐不住。“黄花梨。就越南才有，哎！你说那鬼地方。”凤姐也有了不屑。“不就是块木头。”他还没找到别的词儿。“土木水火金，金算老几？”凤姐撇着嘴。“那值多少钱？”他还是张着眼问了一句。“我买，也不贵。”凤姐向他竖起四个手指头。“四万？”“加个零，”凤姐轻快地说，又说，“你买，得这个，”她又伸出一只手，也竖着四个手指头，又补充一句，“不包括中间费用。”他觉得沙发在往下沉。“这年头，信息太重要。”他嗓子眼冒出一句。“嘟念什么呢？”凤姐轻声问。“没有哇，我说什么了——？”他想打自己一嘴巴。

这丈母娘他算彻底服了，口服心服，一招一式彻底领教了。他吴永杰服过谁？没想到让这个老娘们给拿下。一次，两次，三次，一次比一次显示出更强大的力量。小体格子不大，小鸡儿似的一把就能提溜起来，这点安静像了她妈。可每块骨头都像重如千斤，每一句话里面都藏着巨大的能量。不似安静那样叽叽喳喳尖尖嗓子，看似强大却没一点儿斤两。她的嗓子是脆，脆中又含着圆润。都说眼睛能柔情似水,其实嗓音更是,是双胞胎连着血脉。人家说起话来就是闭着眼睛也让你心里痒着。如果再睁开眼睛那简直是双管儿齐下,再硬的石头块子也给你化喽。哪像安静那样尖利着,再瞪着眼珠子更是糟蹋了那双好看的眼睛。人家总带着温温的笑,把那双好看的眼睛发挥到了极致,勾着使你心生疼怜,吴永杰几次竟有了想入非非的冲动。多大的事到她手里也是信手拈来,漫步荆丛中笑谈风雨,瞬间化干戈为玉帛。敬佩后又惊悚遍身。只说这一次,帮他拿下家具市场这块风水宝地,吴永杰真正俯首称臣。感激之余又不由打个寒颤:太狠,太辣,虎毒还不吃子!她真是什么都想得出来,也干得出来。你骚惯了倒也罢,自己的亲闺娘儿也舍了。说这事儿的时候还笑盈盈的,像是在吃一颗巧克力。"你自己他妈不也把老婆舍了!"吴永杰骂了自己一句,心里又一扎。

这事儿得好好说说,不然吴永杰心里憋得慌。又不能、也不敢对安静怎样,更不能跟别的任何一个人说。安静那天凯旋后,一进门就疯了似的扯开嗓子一顿鬼哭狼嚎,还抽了他几个大耳光子。从结婚到现在,安静第一次哭得这么凶,这么真切,仿佛心肝子都在颤。也第一次打得这么狠,这么真切。吴永杰受气孩子似的捂着脸,没敢吱声,上前一把抱着安静嘤嘤哭了。

也怨安静自己。是她找她妈说的吴永杰想承包的事儿,也按她妈说的去施了美人计。之前还和她妈一起见过那位领导,很斯文的一个人。说话慢悠悠有条有理,也和蔼可亲,没有一点架子,不像吴永杰那帮人山毛野兽的。这种人逗着玩玩儿倒也新鲜,她当时还有了好感,怀了憧憬。这位领导说话时不经意瞟了安静几眼,她还有些沾沾自喜。心里就笑:看来官儿再大也是人,男人都这样。老娘见多了。

凤姐严肃又认真地交代过，擒贼先擒王。他只要点头，其他事我来摆平，都是小菜一盘。又说，这件事可是大事，多少眼睛在盯着这只聚宝盆。别说咱还想拿下一个大厅，这不是小打小闹儿，是事业。舍得一身剐，才能把皇帝拉下马，你妈我这些年不知舍了多少剐才有今天。妈也是不打无准备之仗，这人我了解过，挺正经，口碑不错。模样也周正，细皮嫩肉的，还挺可心儿，也算值。看得出他也挺稀罕你，你这个小模样谁看了不心里痒痒，你跟了那个杰子也亏了。哎，男人嘛，咱还就怕他像个太监似的。就是陪着喝喝酒，唱唱歌，顶多摸两下，又不掉二两肉。就是掉了两斤才值几个钱，还不够你俩一天挣的。不过，凤姐蹙眉道，在一起时，你千万不能提承包的事儿，只说些“情况儿（情人）”在一起那些话儿。还有，我预订个酒店房间，如果，我是说如果，他提出——“你干吗！”安静大叫起来。你就依他，但得寸不让他进尺。安静惶恐地看着她妈。放心，那时你就喊，就跑，余下有我。咱还怕他不进尺。

凤姐无愧是凤姐，无怪乎吴永杰五体投地。她运筹帷幄一番，安静背着妈刚买的淡粉色“LV”，按照预订好的餐厅、KTV依序而行。去的时候，天上挂着半拉月牙和眨着眼的星星，微风拂在脸上像温温的舌头在舔着，开始的忐忑在不觉间淡去。在餐厅吃饭的时候，领导很斯文地说着话儿，不时给安静夹菜的时候也显得很得体，并无一丝色相。安静放松了下来，两人还喝了红酒。安静发现，他喝酒的姿态很优雅，还慢悠悠地讲着红酒文化，又说到德国的啤酒、中国的白酒。声音也好，带着磁性，正符合了时下流行的那个词儿。安静听得出，他最喜欢的还是红酒，那个词儿她也感到新鲜，“品位”。从倒酒和拿着酒杯的动作来看，的确是个老手儿。挺懂生活。安静心里惬意着。聊着，品着，才浅浅的两小杯，安静心底不觉荡漾起来。

领导歌儿唱得也不错，一首《一剪梅》，安静就完全被征服了。那声音，那身段，那唱歌时的姿态活脱脱一个费玉清。“我说怎么觉得像谁，在这儿找到了。”安静心里不禁怦然一跳。接着开始跳舞。这可是我的强项，安静欣然相伴。领导刚才唱得太兴奋，酒喝得也多，也猛，微醺着步子开始踉跄，身子也贴了过来。安静胸前感到了摩擦，又被挤压着。她稍稍往后仰了一下，那身子很知趣，体贴地挪开了。她竟然有了一丝失落。“你舞跳得真好，很专业。”安静得意地笑笑。“身材也好，小巧玲珑，小鸟依人般。”声音很柔滑地顺着头发飘进耳朵。她甜蜜着不觉靠了过去。小鸟依人嘛。她喜欢这种文绉绉的话，杰子从来不会。声音轰鸣着，喋喋不休反复在唱着同一首。两个身影在晃着，领导身体笔挺着，很伟岸。两人中间一会儿隔着一拳头，一会儿又贴上了，安静觉得一阵阵没了脚后跟儿。“安小姐累不？”他低下头耳边儿轻声问，又是那种磁性，还带着温热。安静心头一震，低头未语。“要不要休息一下？”耳边儿又热了起来，安静还是未语，她感到一只手被重重握了一下。“过几天，你就要忙活大事——”那个身子贴了过来。“好吧。”安静突然打住说。

两个身影依偎着去了不远处的海景大酒店。这里距老虎滩海边很近，它依偎在半山坡上，面朝大海，是周边最高档的一座酒店，朦胧中安静还是感到了它的优雅姿态。万物俱寂，四处一片幽静，偶尔闻到几声蛐蛐叫和海边哗哗的碎浪声。安静耳朵又在轰鸣了，喝醉了似的摇晃着身子，领导一只大手已经搂住了她瘦削的肩膀。“你害怕？”他感觉她的身体在微微发抖。“我冷。”她喃喃着，浑身在打着冷颤。他把她搂得更紧。

大厅里灯光已经昏暗，前台服务员在打着瞌睡。见两人进来，抬起头看了看。安静轻声说着什么，然后拿过递过来的一把钥匙。领导笑笑，微微点点头。

领导先进了房间，安静关门时向外看了看，走廊里悄无人声，她心里咚咚跳了起来，脚步有些慌乱。回过头时，房间里已经亮了灯，是一盏床头灯，幽幽地散着微黄色的光。领导坐在一把椅子上在看着她，眼睛被那光迎映着，瞳孔里闪着一束亮亮的绿。她局促地站在那里。“我就喜欢女人这个样子，纯！”眼睛那面说话了。领导开始解衬衣的衣扣。安静看到那件外衣已经被扔在了床上。她一怔。“你自己来，我喜欢欣赏女人脱衣的样子。”领导裸露着上身，在看着她的身体。她站着没动，觉着腿在发软，手里那只“LV”掉在了地上。领导站起身走过来，安静后退了两步。他捡起它，轻轻放在旁边桌子上。突然，猛地一把搂住安静，另只手抓住她胸前高耸的地方揉搓起来。她感到一阵窒息，天在转着。那只手顺着衣领处伸了进来，接着衣扣被一颗颗解开了，玫瑰色的文胸被掀了开来——领导眯着眼欣赏着，接着慢慢俯下身，伸嘴含住了那颗发紫的豆。她一阵战栗，浑身瘫软着。领导扶住她的腰“好硬”嘴里含糊不清地说。一只手伸进下体——“得寸不能进尺！”猛地一声闷雷劈进脑海，她呼地清醒了，眼睛却睁不开。想推开眼前的身子，却推不动。抬起一只手，“叭！”用力打在那颗俯在胸前，正疯狂地吸吮着的头颅上。那头颅受惊似的停顿了一下，她拖着沉重的腿踉踉跄跄冲向门口。衣服被一只手死死揪住了，像弹弓皮筋样伸直了，紧接着又一把弹了回来，安静滚进了他的怀里……她呼哧呼哧看着他，眼神渐渐迷乱开来，呼地又飞舞起来。反抗的意志瞬间被欲望压倒,对手变成了同盟,争斗变为嬉闹,攻击变为爱抚。忽然,他将安静拦腰抱起,像一只羔羊扔在床上。席梦思质地太好,身体被弹起颠了两下才落稳。他没有马上扑过来,而是轻轻脱下她的……他看着她,上上下下地看,见安静在紧紧闭着眼睛才将身子轻轻压了上来。“你就喊！你就跑!”妈的声音又冒了出来,像远在天边的蚊子。“跑不动了,也不想跑。就兴永杰在外面撒欢儿!”她心底应声说。“都是流氓!”她大声喊了出来。

凤姐在恒通大厦宽敞明亮的办公室里亲切接见了吴永杰。迎宾小姐刚退下,凤姐移步过去轻轻掩上门,转过身笑盈盈摆手示意他坐下。她轻盈地走到班台前,打开一个抽屉,从里面摸出一支笔,走过来轻声说:“恁老婆包里装着的,这死东西走时包儿也忘了拿,险些坏了大事。”她瞅了一眼班台上放着的那只粉红色的“LV”。吴永杰紧紧盯着那支笔。“带声的,该有的里面都有了。”她扬扬眉毛笑着说。“你不听吧,没意思,给那个色鬼听听就行。不过,恁老婆也没吃亏。”她手里扬着这支笔又说。吴永杰瞬间明白了,“不能饶了这王八蛋!”吴永杰怒目圆睁呼地站了起来。“什么饶不饶的,还意气用事。有你的不就行。”她眉眼里又晃着那种诱人的水波儿,声音也甜润着。“那就先让他狗一样听使唤,事儿完了再收拾他!”吴永杰狠狠地说。“也不能一棒子打死,还得慢慢养着。”凤姐说。“租金让他给咱打五折,你也不用再操那些闲心,其他的事他去摆平。”吴永杰站起来拧着脸说。“那不行,”凤姐严肃起来,“有些事情他不好亲自出面,会露马脚。狗急了跳墙,给他逼红眼了对你有啥好处?前功尽弃,懂吗?!”声音中透着威严,“不但不能一棒子打死,还得给他点股份。做事儿不能净想着都是自己的,那是小庙里的鬼。”吴永杰打了个激灵，张着嘴看着她。“行啦，回去哄老婆吧，她可是大功臣。”凤姐恢复了亲切的笑容。

香坊街家居市场W区那座3层高的营业大楼，被大业主吴永杰整体承包下来。合同约定：租金每年按零租的70%计；全部租金预付30%，其余半年后付清。吴永杰以老板的身份，将所有摊位化整为零对外招租。租期可签5年，第一年租金一次性付清方得进场。招租信息一公布引来一片哗然：大连街谁有这么大势力拿下这么整整一栋楼？不光是能够拿下，还得往里砸得起钱！光这一年的租金一次性付全款（惯例都是付全款）就已经是天文数字，人家还至少签了5年。虽说这摊位不愁租，可这么大的资金还是有风险的。看来有点来头。人们咂着舌私下议论着。又风传着，是广东来的大老板，人家在那面做房地产生意，这点小钱只是玩玩儿罢了。都说广东人有钱，胆子大还看得准，这下子见识了，无怪人家能干大事。跟着这种人干，错不哪去。几天后又传来消息：为感谢业主信赖，共谋发展，对第一批业主实行租金优惠措施。第一年9折，第二年9.5折，一次性承包5年，一次性付款则全部享受9折优惠，并可在承包人同意下转租。似焖了几天的水锅终于沸腾了，热气弥漫开来。这可是大手笔。这里的摊位火着呢，以前都得托人带脸找门路，转租就挣大钱，还得求着管理所。心里一盘算小账儿，脸儿都亮堂起来，真是天上掉下了馅饼。人家还说，广东走在改革开放前列，人民得到了改革丰厚的红利，这次来是带动大连人民共同富裕起来，互惠互利。真是高风范，早听说南方那边有一句话叫“有钱大家赚”，这把在眼皮子底下看到了。看来，物质文明和精神文明共同提高不是一句空话，老辈子有钱人不都这样嘛！那招租办公室也气派，一看就是干大事的主儿。几个广东小姑娘普通话说得真好听，甜甜的像唱歌的杨钰莹。咱这海蛎子味儿都不敢张嘴，人家可没一点儿嫌咱土气，还直夸大连话真好听。不过，合同上附的制度严了些儿，得对租户进行严格筛选。可一字一句都在理儿，又说明人家这是丑话在前，严明制度恰恰说明做事情规范、对租户负责任，如此大家都无后顾之忧。于是，整个市场雀跃起来。不到半个月，上下三个楼层的摊位全部出租一空，租户们都捡了狗头金似的兴高采烈。不少人还立马溢价转手租了出去。不过，其中最早签合同的是吴永杰事先安排的。

半个月下来，吴永杰赚了个盆满钵满，并在整个市场包括大连业内声名鹊起。吴永杰拿着一份合同来找凤姐，灿烂的笑容中闪着无比崇敬。凤姐看了一眼抵了回来："这份合同我不能签。""您嫌——少？"吴永杰一脸惊异。"不少，你挺大气，长进不少。"凤姐欣赏地看着他。那是——？"换个人签，我不缺。"凤姐眼神里又晃着亮亮的水波儿。每每看到这个眼神他心里都不禁一跳，什么叫"摄人心魄"，这才是。"又彪了，还是小毛贼。"凤姐抿嘴儿咯咯笑了，声音还是银铃般圆润。"我——我是想您什么意思？""这点事还不明白？拿去，送给领导。"凤姐声音低沉下来。吴永杰犹豫着双手接过这张纸，手握着的地方瞬间被洇湿了，他这才感到手心在出汗。他抬起头看看丈母娘，她还在瞅着他，那水波儿里却有了冰冷。"快去，事不宜迟！"凤姐果决地说。吴永杰慢慢站起身，茫然地把这张纸重新装进包里。他觉得心有些乱，还有些发悸。这种感觉以前面对顽敌、打打杀杀时都从未有过。只是自打认识凤姐之后才渐渐感到。一个女人，又弱不禁风的样子，人家还总是笑吟吟对着你。"又败了，废物！"他心里狠狠骂了自己一句。

第二十九章

飞得越高，越看不到爬着的蝼蚁。

泰安大厦开门纳客仅不到一年，已在大连街呼风唤雨，名气如日中天。它以其大连街零售业内最先进的购物设施和最前沿的商品，引导着时下购物时尚。销售额扶摇直上，直逼几家老字号并渐成霸主之势。安子健踌躇满志，以德国所学的先进理念、专业知识，还有经历、见识，在这里本应大有用武之地。可几个月下来，他逐渐感到情况并非如此。泰安并不似想象中那样高品质、高标准。高定位没错，占领高端市场也是大势所趋、当仁不让。然而，管理模式却还深深刻着传统印迹。尤其管理理念，从管理制度到各个岗位的工作、服务意识，无不闪烁着计划经济年代的影子。看来，国人形式主义、徒有虚表的顽疾还根深蒂固。泰安并不是真空地带，更不是高地。他焦虑起来。如此下去，泰安的优势将渐渐不复存在，看似鲜活的生命力很快将是昙花一现。眼前的繁荣，只是消费者一时感到新鲜的冲动而已，短暂的热情后会突然猛醒，感到索然无味后将你无情抛弃。他又翻开市场部的《工作职责》逐字逐句认真看着，不禁紧皱眉头。其中只有些采集市场信息，为决策提供依据；进行广告宣传，树立企业形象……诸如此类看似冠冕堂皇，实则空洞无物的文字。没有对业内的动态分析所得出的方向性预瞻，没有对完成年度计划切实可行的保障措施，一切将是空话。没有具体可操作性的手段，一切将是雾里看花，水中捞月。另外，管理是基础，服务是命脉。管理模式、服务标准的制定，在方向上提出建议，并拿出具体的实施纲领，应该成为市场部重要职责。这些却只字未提。又看看其他部门的工作职责，竟全无此项内容。如此重大环节竟是盲区！安子健如坐针毡，手心渐渐开始冒汗。他连续三天在天百大楼和青泥洼桥几家大商场进行了考察，感觉出有些潜流在暗暗涌动。紧接着，又在泰安整栋大楼内上上下下转了两天。他锁紧了眉头，回到家里也茶饭不思闷头想着。余莉亚小心翼翼招呼他吃饭，他闭上眼睛。这道坎他心里太难逾，余莉亚心里很清楚。余莉亚并不后悔自己的主动"坦白"，倒不是因为安子健没有和她分开，而是心里有一种"畏罪自首"的快感。尤其对他，带着负罪感会"生不如死"，与其留下不如走出家门。她没有走出家门，昨日的温馨却不复存在了。安子健每天很忙，早出晚归。她知道，这除了是他一贯的作风以外，也是想用忘我工作驱赶掉内心的积郁。看着他消瘦下来的面庞和经常布满血丝的眼角，她又有了负罪感。家中很少有以往的欢笑了，只是在安然放学回来时才重现从前的气氛。那都是在强颜欢笑。公爹看似精神还不错，时不时还笑呵呵调节着气氛。以前他可是不苟言笑的一个人。余莉亚心里凄楚着，赔着笑笑。转回屋，又想哭，哭个天昏地暗，黄河咆哮。像那一次偷偷去了滨海路，站在高高的悬崖边儿上，波涛汹涌，大浪滔天伴着她仰天嚎叫那样痛快淋漓。她真想去拥抱它们，融入进去洗刷自己，然后干干净净、浑身透明地回来。她没有，又脏兮兮地回来了。进了门又得笑，她知道，如果照照镜子一定会比哭还难看。可又能怎样？几次她鼓足勇气，想跟安子健再提分手的事。没等开口，就见他已经蹙起眉头，眼睛里面似还有一丝温情，却又觉得里面深不可测。她惶恐起来，嘴唇被粘住似的。他是为了安然在忍辱负重。以往的不会再有了。她心里一阵揪心的痛。

余莉亚转身准备下楼，安子健忽然一个骨碌从床上跃起："哎，想起个事儿？"余莉亚一惊，望着他。"你们天百大楼最近有没有什么新动态？我怎么感觉有了点变化，客儿也多了。""哪方面的？"余莉亚轻舒一口气。"比如说，管理、服务等等，只要是跟以前不一样的。"他望着她。余莉亚回回神，想了想，说："'十五条龙'算不算？""什么是'十五条龙'？"安子健兴趣盎然起来。"就是一种新的管理模式。""什么内容？"他紧跟着问。"'不满意就退货'什么的。大家还议论纷纷，说开天辟地没见过，这不得赔死。""公布了吗，我怎么没听说？"安子健精神一振。"还没有正式对外公布，员工每人先发了一本，说是先酝酿酝酿。哦，对了，前天一楼开始试运行了。""你有吗？""有哇。""明天，明天一大早我去找你，拿我看看！""还用得着我！"余莉亚睃了他一眼，眼圈儿红了。

安子健来到关副总办公室，他是市场部主管领导。安子健汇报着最近几天考察的所见所闻。关副总眯着眼睛听着，神情中闪过一丝不屑。"我们这些规章制度都是国有商业系统总结出来的宝贵经验，怎么会一无是处，还小儿科？"关副总摘下眼镜擦拭着，脸上流露出不满。

"管理不仅是抓考勤，抓抓劳动纪律，这些都太肤浅。"安子健说。关副总看看他，笑了笑。"规章制度固然重要，但不能只限于定些条条框框，这样会流于形式，起不到实质性作用。""那你说什么是实质性，听听阁下有何高论。"关副总重新戴上眼镜。"我是很认真的。"安子健红了脸。"我不是吗？"关副总微笑着看着他。"管理的根髓是人性化，制度的制订是要激发员工自发的潜能。只有通过更新管理理念，建立起有效的管理机制，才能使每个环节有效衔接，每个岗位都人尽其责。只有这样，整个商场的管理、服务品质才会有质的提升，在竞争中立于不败之地。”安子健激动起来，一股脑地说。“现在哪家不这样，就你想标新立异，不就出国溜达了几天。年轻人，扎实点儿，别好高骛远，异想天开。”关副总直截了当起来，他噤了噤鼻子。

“您说得也对，但别嘲笑我。标新立异也是创新，怕的是盲目乐观、孤芳自赏，一夜之间被淘汰出局。”安子健说得很快，他涨红了脖子。“不要危言耸听！”关副总语气重了起来，“泰安现在顾客盈门，撵都撵不走，大连街谁不知道泰安两字。营业额哪个月不蹦着高往上蹿，现在连天百都灰头土脸，怎会像你说得那样。还‘一夜之间’？”他忿忿地说着。

“正是这样认为才大厦将倾！”安子健呼地站起，声音也高了起来。觉出有些不妥，他歉意地笑笑重新坐下，“穷则思变。正因为泰安现在前面领跑，激励了人家都在自我反省，研究对策，推陈出新。有待时日，都会迎头赶上并超越你。”关副总一怔，盯着他。“到时候，我们会被思想僵化、不思进取、盲目自满所葬送。”安子健还在顾自说。

“你刚才说的人家在研究对策，推陈出新有什么来头儿？”关副总警觉地盯着安子健。安子健从包里拿出一个小册子双手递过去，说：“这是天百大楼即将推出来的‘十五条龙服务’新举措，他们将在全国率先提出‘不满意就退货’的承诺，这是中国零售业的一场革命。这仅是指中国，在国外并不新鲜，早就有了。”“‘不满意就退货’？搞什么玩意儿。”关副总翻着小册子看了起来。安子健紧盯着他的表情。渐渐地，关副总眼睛开始睁大了，频频点着头。“好大的胆量！”最后他说。他思索良久，抬眼看着安子健。

“它把握住了消费者的人心所望，必将撼动人心，拴住人心。这是一项最实惠的惠民策略，”他对视着关副总，又说，“它将在大连街刮起一场风暴，从各家商场、店铺大量分流走客源，”他神情激动起来，“泰安，也在所难免。”关副总脸色阴沉下来。“商场也是战场，都在为争夺客源拼得你死我活，是没有硝烟的战争，不进则退。”安子健又说。

“你有什么想法，说给我听听？”关副总换了副表情，很认真地说。

“这我倒想过一些，不一定成熟。”他谦逊地看着关副总。关副总努努嘴，鼓励他说下去。

“我们不一定跟着人家脚步走，再说市场定位和设施条件也不尽相同。应该结合自己优势所在，另辟蹊径，走适合自己的路子。天百只是为我们开拓了思路。”关副总眼睛一亮。

“细分市场，各霸一方。天百面向普通消费者，走的是中端路线，自然是面对普通消费群体的举措，从这点看无疑是正确的。泰安是高端定位，面对的是高消费群体。这个群体关注的是什么，这是我们亟待分析研究的。”“那你先说说，这个问题你怎么看。”关副总显然进入了角色。“品质。这部分人不在乎小恩小惠，看重的是面子，要的是品位。”关副总在微微点头。“品质包括，购物环境、氛围、设施。服务精心、人性化等等。当然最重要的还是商品，在百货业，商品是永恒的，”安子健一面思索着一面说，“商品最直接的品质体现就是品牌。我在各家转了转，全球一线品牌寥寥无几，更别说奢饰品。包括我们泰安在内，也仅是凤毛麟角，远远达不到高端消费者的需求和期盼——”“喝点水再接着说。”关副总听出安子健声音有些干哑，起身倒了一杯水递给他。安子健双手接过，喝了一口，清清嗓子又说："随着社会的进步，这个层次的需求将大量涌现，就怕你拿不出好东西和他们感到称心的服务。这部分人不怕花钱，或者说就怕花不出去。他们会感到在大品牌商场花了钱自尊心才会得到满足，买的不仅是商品更是身份。馈赠亲友时让对方认为自己很有品位，双方也都有面子。"关副总一直聚精会神地听着，此时已经起身离开座椅，站在窗前向外望着，像出汗了，掏出手绢在额头上擦了擦。

"这就引出一个话题，也是泰安眼下最重要的。"身后安子健又说。"什么？"关副总还背对着他，声音却显着急切。

"重塑泰安高端品牌形象，巩固高端客源并继续扩大，这是泰安的看家本领。"安子健声音很从容，他看着关副总的背影。"别说空的，捡干货。"他背对着说。"从商品调整开始，加大国际高端品牌的招商引进，其中不乏奢侈品。大连受俄国人、日本人的生活方式和理念所熏染，一直对外在的华丽，或者叫贵气有所崇尚。那句形容大连人'苞米面肚子，哔叽裤子'的话就很说明问题。其次，从服务品质入手，只要接触顾客的地方，一个角落都不放过。当然，这首先需要更新服务理念，最直接的就是培训灌输，同时苦练内功。制度标准要量化，要有实施细则。有效的规矩才能成方圆。另外，配合体系化、立体化的广告宣传。只要是消费者心里期盼的，就狂轰滥炸般灌到耳朵里，进入到心坎上，要有舍我其谁的大度和气魄。"安子健尽力说得很慢，关副总回过身时却看到他脸上扬着激昂，显然在压抑着情绪。"当然，钱要花在刀刃上，磨剪子戗菜刀那样不行。"见关副总是一副善意的神态，他又说，然后停顿下来。关副总笑笑，像被逗乐了，却又在咂摸着这句。随即看着他，眼神露出欣赏。"总之，把泰安优秀品质真正根植于消费者心中,‘买好货到泰安’要成为他们的自觉意识,使妇孺皆知、人人传颂,然后转化为自觉行动。”安子健说完,看着他。“喝口水,该渴了吧。”关副总说,将水杯递过来。

“咦！这些事好像不归我们管。”关副总忽然说。

“不错。但谁也没归。我看过各个部门的岗位职责。这是一个很大的盲区,要尽快弥补。”安子健急切地说,关副总脸上露出欣喜的神色。“那以后就归我这儿,放在你们市场部,”关副总一面说一面在想着什么,抬起头又说,“这件事我先跟原总汇报一下,你先别声张。”关副总瞳孔中透过眼镜片闪着一丝幽蓝。

一周后,关副总欣喜地告诉安子健,我们这个想法原总很重视,他马上和商业局领导进行了沟通和汇报。局领导也很欣赏,并称这个思路具有重大创新意义,是与时俱进的典范。现在局里正在准备抓几个典型。本来,高端市场这块初步拟定的是老字号的秋林公司。现在已经决定由泰安来担当,要我们尽快拿出方案。原总要我组成一个班子加紧突击,我已经提了你的名字。关副总看着安子健说:“我已经考虑过分工,我总协调,当龙头。你出思路,写大纲,这是龙的心肝肺。办公室陈主任执笔,画龙身子。他是个大笔杆子,原来在局里就是‘一支笔’。大家各负其责,画出一条腾天的大龙,”停下来,忽又问,“你属啥?”安子健一时没转过弯儿,怔在那里。“我可是属龙的!”他脸上扬着光彩,见安子健还怔着,又说,“总之,拿出一份过硬的方案,不辜负领导的期望,”关副总一副踌躇满志的样子,拍着安子健的肩头,“安子健,我可给你争取了这个机会,你小子可有了用武之地啦。加把劲儿,未来可期呀!”又低了声音说,“马上把上次说的细化一下列出大纲，记住重点要突出，然后交给我。这可是商业机密，不能走风声。我们都一对一，我是中转站。”他严肃地看着安子健。“怎么像搞地下工作似的。”安子健心里嘀咕着。“记住，这是纪律！”关副总又叮咛一句。

半个月后，天百大楼“十五条龙”便民服务措施正式出台，在消费者中赢得极大赞誉。如同开闸泄洪，天津街的人流纷纷涌入天百。天百大楼又重新昂起头。《大连日报》还以“百年老店焕青春，十五条龙迎新貌”为题进行了大篇幅的系列报道，在全国商业界内引起轰动。并且，天百销售额连续创着历史新高，又重新站在全市商品零售业制高点。

三个月后，泰安又在滨城投下一枚“重磅炸弹”，在大连街引起一次巨大震动。它又似一艘停泊在大连海面上的巨型豪华邮轮，满载着从未见过的、令人怦然心动的高档商品展示在大连人面前。船上处处尽显品质，所到之处无不飘荡着令人神往的欧洲宫廷气氛。柜台中所见之人，男的高雅、女的端庄，皆面含彬彬之微笑，谦恭之中却又不卑不亢彰显大气。“泰安的包装袋拿回去都舍不得扔，像一件艺术品。”这绝非笑言，而是确有其事。泰安为大连引来了欧陆时尚之风。这不仅仅是购物之风，更是熏染着整个滨城，提高着大连这座城市的整体品质。泰安在向消费者彰显着它卓越不凡的高贵品质的同时，也向业界昭示了它的核心竞争力。《大连日报》的一篇文章中说：“‘天百’给的是实惠。‘泰安’给的是尊严。这是来自人性中的渴望，是本能的需求。显然泰安做到了，它将和天百一样，主宰人心。”写这篇文章的是报社的一位副总编。

关副总邀请安子健吃饭。在英皇大酒店的包房里，长相甜美、气质端庄的女服务员刚刚将那扇厚重的大门轻轻关上，一直正襟危坐的关副总就站起身。他拿起刚才服务员已经打开的白酒，没有转动桌盘，而是转着这张硕大的圆桌走到安子健身边，安子健赶紧站了起来却被他轻轻按下。他庄重地双手拿着酒瓶，往安子健眼前的那只小高脚杯里面斟满。顿时酒香四溢，房间里弥漫起喜庆的气氛。安子健看着酒杯中溅着的酒花慢慢落下，不觉已经有些微醺。“安子健，这杯酒我敬你。”关副总端着一个斟满了酒的高脚杯，笑盈盈地说。未及安子健端起，他已经一仰脖一饮而尽。“喝呀，今天我俩一醉方休！”见安子健怯怯地看着杯中的酒，他豪爽地说。安子健拿起酒杯也一饮而尽。“痛快，看你就是敞亮人儿。”关副总哈哈笑着，转回到自己的座位上，神色岸然起来。“安子健，这件事你可立了头功，我心里有数。”他瞅着安子健，安子健局促起来。“这是您领导有方。”他诚恳地说。关副总满意地微微一笑：“这话倒也中肯，你看问题有高度，会有前途。”他夹起一只大虾放到一只小碟里，推着桌盘送到安子健眼前：“别光坐着，今天敞开，没有领导。”安子健起身走过去给他酒盅斟满。“其实，泰安的好与坏不也是原总在担着，”待安子健重新坐下，他说，“就拿这件事来说，局里不也是记着他的功。我们只是打小锣儿的，局里根本看不到。官场就这样，熬出来就好了。重要的是，他心里装着我们的功劳就行。关键时候拉一把，也就值了。”他看着安子健慢吞吞地说，摘下眼镜擦拭着，又抬起头看着他。“我敬您一杯。”安子健拿起酒盅。“这酒我喝，”他笑吟吟点着头喝下去，“我就喜欢你这种年轻人，不多言不多语，必然前途无量！”忽然，又盯着安子健，“你是我的直接下属，这功劳我会装在肚子里。”安子健红了脸，说：“我没想那么多，只是职责所在。”“真这样想？”关副总问。安子健点点头。“这样就对了，不但不要想，也不要去说，”他还在盯着安子健，“年轻人就怕急功近利，干点事儿就急着去显摆。”他笑着说。安子健觉得他的话有些东一棒子西一榔头的不着边际，不觉心里有些麻乱，怔怔地看着桌子上的碟碟碗碗。“说一千道一万，”关副总严肃起来，“这件事情原总已经把我记在了功劳簿上，我也领了。你也按这个口径行事即可，”他嘴角在微微动着，“你也知道，原总多大年纪了，干不多久。”安子健终于明白了，讲了大半天只为这句话。他张着嘴木然点着头，眼前的山珍海味呼地成了一滩泔水，忽然想吐。

国企改革大潮滚滚而来，社会上腾起巨大的浪花，“国退民进”中，中小型商业企业被推到了风口浪尖上，振中百货商场“义不容辞”在“岸边”搁了浅。

“振中要卖给个人了！”吴越前把吴永杰叫到家里，惊喜地告诉他。

“咋卖？”吴永杰嗅到了什么。“听说在员工内部竞争。”吴越前说。

“还得竞争？看来是好事，”吴永杰来了兴趣，倏地情绪又低落下来，“我又不是振中的人。”“干到现在这份儿了，还是没长进，好好想想？”吴越前亮着眼睛说。“你个老东西卖什么关子！”马束香厉声道，“不就是用用你这张皮，出钱的还得人家杰子！”吴越前没理她，还在盯着吴永杰。吴永杰眨着眼，笑了：“还真忘了，那曾经是你的一亩三分地儿。”“屁，狗粑粑都吃不上了，还抬举他。”马束香瞪了吴越前一眼。“我这是虎落平阳被犬欺，”吴越前嘻嘻笑着，“活该现在这身虎皮也值钱了，”忽又冲着马束香说，“你他妈也别刺棱（揶揄）我，我不也混了个退休。这几年还不是吃我的，喝我——”“喝你个马勺子,这几年不是人家杰子,你都喝西北风去吧。”马束香忿忿地说着。吴越前要抬手,看了看吴永杰,手又放下了。

“好了,一回来就这样,”吴永杰一屁股坐下,掏出烟,扔给吴越前一支,“说正经事吧。”他点上烟。“就这些。”吴越前说着也把烟点上。

“完了?”

“完了。”

“得出多少钱?”吴永杰现出不满的神色。“我琢磨着,这里面可是有门道。”吴越前眼睛里闪出一丝亮光,献媚地看着吴永杰。吴永杰若有所悟地慢慢点着头。“你去找找林局长,先摸摸底儿。不是以前有些交情?”他看着他爸。吴越前垂下头,若有所思着。“你个老不死的,快说话呀!”马束香急了。“滚一边去!不知道我现在都狗屎了,谁还搭理!找也是热脸蛋子贴冷腚片。”吴越前闷闷抽着烟。吴永杰又点上一根烟,眯着眼抽了一口,仰脖望着徐徐的烟雾。

“我走了!”吴永杰将半截子烟头狠狠往烟灰缸里一摁。吴越前和马束香同时大瞪着眼看着他。“瘪茄子了?”马束香问。吴越前眼睛里也晃着失望。“这水儿肥呀!”嘴里抽搐着淌出这几个字。

“有了!”吴永杰疾步走出门。

一个月前,林凌在电话里找过他。说她已经回到大连,还留了电话号码,说有时间想见面聊聊。他和林凌已经多年没有联系,只是听说和季子山一起去了深圳。电话那头儿,林凌显出从未有过的热情,一口一个“杰子、杰子——”,以前总是“吴永杰”三个字不肯漏掉一个。说穿了是在缠绵,吴永杰很敏锐。以前林凌什么时候眼皮子夹过他,眼里只有安子健,连那个季子山在她眼里就是个跑堂儿的。想到这里,他心里不由涌出一股无名之火。一定在深圳没混好,或是知道我吴永杰现在已今非昔比鸟枪换炮了。哼！人都是敬有的。无论从哪方面讲,她这都是想舔巴我,不然哪会主动给我笑脸。他不动声色地回应几句,放下电话后他惬意地笑了。跟我玩儿这套,这几年我吴永杰见多了,别说几声娇声嗲气,往怀里拱我还得挑挑拣拣。安子健好怜香惜玉,找他去吧！手机铃声又欢快地叫起来,看了一眼屏幕显示,脸上顿时开朗起来。里面"吴哥儿、吴哥儿——"甜甜唤着,嘻哈一番后撂下电话,林凌早已消失得无影无踪。

"林凌她爸可是商业局副局长。"从屋里走出后,他抬眼往林凌家的方向望去,一下子仿佛看到林凌也在向他望着,脸上充满哀怨,身子骨虽然更瘦小了,身后却立着她爸高大的身躯。

他拨了电话。"老同学,今晚有空没,我请你吃饭。"吴永杰爽朗地笑着,"——那谢谢妹子赏脸,七点钟英皇大堂不见不散,"又说,"哎,可别打扮太靓,吓着我这扫大街的吆！哈哈哈！"他大声笑着。"少刺棱人家,是我得瞻仰我们吴大老板的勃勃雄姿呢！"那面嘻嘻笑着。"勃不起了,现在是阴盛阳衰。"他对自己的这句调侃颇觉满意,又哈哈笑着。"有我在,你保管能勃起。咯咯！"那面也笑着。他妈的,肯定混得逼赖赖的,不然那小婊子哪会跟我这样说话。真是变大发了。他心里窃喜。还得乘胜追击,再跟她热乎热乎。想到这儿他说:"林大才女用词不当呀,'瞻仰'不是看死人吗?"那面又咯咯笑了:"我的吴大老板,也可以看活人呀。看来你光顾着挣大钱了,等我给你再补补课吧！""光补课不行,还得补身子,不然还是勃不起呀！""都补,都补,咯咯——"那面笑得很开怀。"不见不散,拜拜。"电话里又飘出嗲声嗲气的声音。"这哪他妈是林凌！”吴永杰挂掉电话时心里不觉有些怪怪的感觉。

林凌的确灰头土脸从深圳回来了。她把季子山给甩了，人家又把她像一块破抹布一样从那座豪华的别墅里扔了出来。她丈夫大她近20岁，两人本就不和谐。林凌想依仗他的势力暗中发展自己，待羽翼丰满再腾飞。她还揣着小心眼儿，离婚时家产还有她一半。真是魔高一尺道高一丈。林凌百密之中却独独没想到，她那富豪丈夫何许人也，不然怎能从一个普通渔家子弟偷渡香港后，不到十年就积累起一笔巨大财富。他终日忙于生意上的事，身心疲惫，回到家哪再有心思陪着林凌卿卿我我享床笫之欢。何况外面到处都是莺歌燕舞，美女绕膝。他早已觉察到林凌的同床异梦，并发现了林凌的歧途。“跟我玩儿下三滥你还嫩着。”他装出一副浑然不觉的样子。“到时候了。”他渐渐感觉出林凌的寂寞和苦闷。略施小计，吩咐手下人找到一个长着帅气面庞又温文尔雅的年轻人，一顿弥散着温情又令人心旗摇旌的晚餐之后，林凌喝了一杯年轻人含情脉脉递过来的摩卡，身不由己地投入到这个温暖的怀抱。她丈夫的手下进来了——机关算尽太聪明，险误了卿卿性命。一顿暴打之后，林凌被撵了。施舍了一处房子，也算没净身出户。林凌回来后找过季子山，季子山大哥的贝雕制品正如日中天。季子山不顾家人的阻拦，打电话质问林凌的前夫。对方电话里什么也没说，几天后寄过来一盒录像带。吴永杰约了林凌来英皇之后，忽然想起应该给季子山通个电话。开始时季子山并没想说，他却敏锐地从他的语气中听出了林凌身上一定发生了什么故事。他太了解季子山的品性，就拐弯抹角套着，后来季子山吞吞吐吐说了这些。

和季子山打完电话，他先是有些懊悔。骚货，电话里叫她挑逗得还真动了点邪念，她要往身上扑就干了她，也泄泄那些年憋着的火儿。这下子却像刚刚燃起的火苗子，被一泡尿浇灭了。转念一想，收获也大，这娘们是到了绝境。深圳混不下去了，会死心塌地抱着我这根稻草，就给她个笑脸让她去当爱情。天赐良机啊！他忽然又感到被阳光照耀着。每当在关键时候，老天爷他老人家总是向他送过笑脸。他仰起脖子对着天笑了。天上的笑脸在说："那可是金枝玉叶，可不骚。""谢谢老人家教诲，不骚，一点不骚。我还得好好闻着。"

出乎吴永杰意料的是，林凌轻盈地走进大堂时，身上并没有珠光宝气，也没有浓妆艳抹，只是略施粉黛。不大的瓜子脸上还是那样清秀可人，还腼腆着。不仔细看的话，竟还留着当年学生模样。吴永杰心头一颤。如不是知道季子山说那些，定会又涌荡出邪念，起码也像安子健那样怜香惜玉。无怪以前季子山说林凌有气质，不庸俗，有点儿艺术细胞，在槐花巷小闺娘儿当中首屈一指。他当时还骂了季子山一句，什么狗蛋子气质、马卵子细胞的，我看就是屎壳郎，臭烘烘的还穿着花裤衩!现在看来，这玩意儿命儿挺长，竟然现在还留着？两人握手时，吴永杰看出破绽了，林凌脸上还是有了遮掩不住的沧桑，白白的额头上布满了细细的皱纹。虽然被汗毛覆盖着，却还是顽强地显现出来。那白也不是安静那种闪着光泽的白，似被蒙着一层薄薄的石灰。手也冰冷着，不似安静那样热烘烘、软乎乎的。林凌的手虽也小，握着时感觉却枯柴般。吴永杰心中一乐，果然是这样。只是那对眼睛，看着吴永杰时还是闪着那种无坚不摧的神情。以前，吴永杰挺打怵这对眼睛。此时心情却不同了，我吴永杰一个怒目它就会被瞬间击垮，眼皮子再耷拉下来现出一脸苦相。她莞尔一笑了，两个酒窝又出现了，只是嘴角没有再上挑，耷拉着。他也微微一笑，一种笑看万马奔腾、稳听杀声震天的大将风度在心底油然而生。吴永杰要指挥若定。

林凌确实不白给，毕竟见过大场面。谈笑风生着，竟看不出一丝衰落和颓废。言谈话语中，不时提提大连街、小时候、槐花巷。还提到吴叔运动中帮过她爸，脸上沉浸着深切的回忆。“你们吴家是槐花巷一宝。”她说。“那都是小打小闹，林家才是正宗，”他回敬一句。他看到林凌脸上又现出往日那种熟悉的豪情。“你在深圳不也很辉煌。”吴永杰现出自愧不如。“那些只是机会而已。”她谦虚地一笔而过，却流露一种不值一提的大气。“也不是谁都能抓得住。”他恭维中不失真诚。“那倒也是。”她还是无足轻重地说。吴永杰又敬了她一杯酒，她端起酒杯一饮而尽。放下酒杯时说：“那些都不该是女人要的，太累，”她脸上现出不屑，又有些疲惫地看着他，“冲锋陷阵是男人的事，就像你。女人的义务是在家里相夫教子，扶持男人。”“要么怎么说男人的军功章有女人的一半儿。”吴永杰迎合上去，眼光也迎着。他以为林凌该问问自己的境况了。两瓶“玛歌”将尽，尽聊些当年街头巷尾的陈年往事，自始至终，林凌没问及吴永杰的境况，他有些失望。令他更失望的是，林凌的话题不但没进入他希望的那个频道，言谈举止也没进入那个轨道，与电话中的她大相径庭。吴永杰只好耐着性子在听，脸上也随着她的话语现出些追忆。

“我这人太重感情。”林凌有些微醺，眼神有些迷离。“入戏了。”吴永杰心里活泛起来。“我不也是，这你还不知道。”他看着她说。

“在深圳时，白天风风火火的很累。晚上静下来时常想起大连的天津街，感到挺放松。当然主要想槐花巷。”吴永杰又有些失望。“你猜,我想的最多是谁?”她瞅着他,莞尔一笑,他看到她嘴角终于翘了起来。“当然是安子健。”他说。“差矣!还那么幼稚,倒也可爱。”她嗔怪着瞅着他,双手开始擎住下巴,眯起眼睛仿佛又在追忆。眼神又迷离起来,里面却聚起了一点光亮。“想想那时太单纯,我们都被那些冠冕堂皇的大道理、旧道理洗脑了。现在想想好可笑。”她浮现出一丝不屑的神情,嘴角耷拉下来。他用赞许的眼神看着她,却说:“人家安子健可没这么悲观,命儿不济活得倒挺欢实。还混了个‘洋票儿’。”“不也迭迭回来了?真是迂腐,中毒太深。这不好端端的机会又丢了。真是朽木不可雕也。”她轻蔑地一笑。吴永杰知道她说的是安子健留学后回来的事,不由张眼问:“你也这么想?”“傻瓜才不这样认为。不对,大连话叫——彪子。”林凌嘴里开始混沌不清,他点头看着她,眼神中燃起一丝火苗儿。“喝多了,有些头晕。”她还在双手擎着下巴。那股坚毅的眼神退却了,迷瞪着,软软地看着他。“我倒还想再喝,酒逢知己千杯少嘛。”他又给自己斟满酒。“不想说点儿别的?”她放下托在脸上的手,把头贴在了桌面上。吴永杰也觉得眼睛迷瞪起来。昏黄的灯光下,她额头上那层浮灰被揭走了,皱纹也都褪下,露出奶油般的细腻,眼睛里水汪汪地闪着童贞。倏地,那个扎着小辫子的林凌一闪而来,他心头一颤,却又冷了下来。这眼神以前都给了安子健,还有季子山那个窝囊货,今天才想到我!那眼睛里亮晶了,又滚出两行眼泪。“你醉了。”吴永杰说。“我才没醉,是你学坏了,不如以前的杰子——真是——”她闭上了眼睛,喃喃地有些语无伦次。“终于出手了。”吴永杰心里说。“那咱就不喝酒了,说说话儿。”他佯装踉跄着走到她身边,扯过一把椅子,坐下,然后轻轻拿起她的一只手,抚摸着。还是那么干巴巴的,喝了酒也没有一丝热意。他却还是抚摸着,像压抑着滔滔激情。并把另一只小手儿鸟儿般捉到握在手掌里,呼吸也急促起来。

林凌慢慢抬起头,眼睛里已经泪水涟涟,她深情地看着他。身子摇晃着,坐不稳了。吴永杰将肩膀靠了过去,林凌一头拱在他的怀里,轻声抽泣起来。接着抽出两只手围在吴永杰腰间,又紧紧抱住了。吴永杰也抱紧了她。林凌眼神迷乱着解开吴永杰的领口,脸贴了上去。“干了她!”吴永杰耳边一声呼唤,心里在剧烈翻腾,下身有了热感。灯光昏黄地弥散着,柔和之中更坚定地调动起体内的荷尔蒙,像是在擂着战鼓,催人奋进。无怪林凌刚进来时,就让服务员关掉那盏锃明瓦亮的水晶灯,打开这盏小灯。说她喜欢这种光,有情调。

“咋才想起我?”吴永杰将下巴贴在林凌头顶。“不提从前吧,不知怎么就是想。”她声音娇嗔着,泪水已经湿了他的胸口。

“那就说将来。咱得活出个天翻地覆慨而慷。”他幽了一默。感觉到她的肩头微微一颤。“将来也不是我们俩的。”她说。

“当然是。我们齐头并进,勇立潮头。”他的声音铿锵有力,她抬起头,望着他。“我们?”她抬起头看着他。他坚定地点点头。

“这年头儿钱是大爷,别的都是狗屁。你说呢?”他疼怜般低下头看着她,轻声说,又把她搂紧了。“深圳那面有句话,钱不是万能的——”她说了一句,又望着他。

“你?”他感到有些吃惊。“没有钱却是万万不能的。”她扬着泪眼咯咯笑了起来。“这话说得太好。”他释然了。她又将脸贴在他胸口上,摩挲着。

“你刚才说到深圳，那地方我去过，太热，都憋出了一身痱子。”他将眼光落在她的身上。“可不，我也是，你看看。”林凌说着直起身准备脱衣服。

“再说，大连现在发展空间也很大，”他又一把搂了她过来，紧接着又说，“就像我这个大老粗也混得还行……”他向她说着自己的发家史。“要不我怎么有预感，你是槐花巷里最优秀的。”她崇敬地说，又偎进他怀里。

“回来吧，咱们一起干，”没等她开口紧接着说，“也不用你投资，帮着我就行。我现在摊子太大，正需要你这种人。”他抓起她的一只手使劲儿握着。“哎哟！疼死人家了，还这么野蛮。”她娇嗔着。

“这叫雄性。哥们就靠着这个打天下。”他将下身往上挺了挺。顿时感到又热了起来，还鼓胀胀的。她看着那地儿，又抬脸看着他，慢慢将手伸了过去——他喉结蠕动起来，使劲儿往下咽了一下，又重重呼出一口气。“我们先说大事儿要紧。”却没干扰她，任她自由着。“说吧，在听呢。”她嘴里喃喃着。

“我们俩将一下子腾飞。”说完自己先受到了鼓舞，正在燃烧着的激情被另一个兴奋所替代，蔫了下来。他感觉了一下，不禁又有了失落。“我先让它腾飞。”林凌闭着眼睛。他感觉又在膨胀。

“现在有一个千载难逢的大机会。”他说。“净说空话。”她含糊不清地说。“日进斗金！就在眼前！”吴永杰捧起她的头，大瞪着眼睛。一下子打了镇静剂似的，她忽然昂起身，紧盯着他，手也缩了回来。他又感觉到下身空荡荡的，不禁若有所失。林凌在充满期盼地看着他。他突然想起那时，那棵老槐树打蕾的时候，她就是带着这种眼神天天跑去瞅着盼着它开花。他顿时清醒下来，荷尔蒙瞬间荡然无存。

“现在国有企业在改制，很多中小企业在实行改制。我觉得像振中这样的百货公司在所难免。”林凌顿时眼睛一亮，拢了拢头发，严肃地想了想，说：“没错，这我也听说过，不少被私人买断的企业都发了大财。”她一下子恢复到刚进入这个房间时那种神采奕奕中透着的无坚不摧的神色。吴永杰不禁感到一阵寒颤。

“你是想买断它？”林凌问。“为什么不？这是缘分。”他笑笑。林凌露出恍然的样子。“这事儿不小，得好好策划。”林凌完全进入到另一种状态。她又拢了拢头发，蹙起眉想着。

“你有这个决心？”她问。吴永杰毋庸置疑地点点头。“蹚路子没？”又问。吴永杰又摇摇头，又搂了她说：“今天看见你倒是想到一个路子。”

“你是说我们两个一起？”林凌问。“当然。我刚才说过，现在正需要你这样的人才帮衬。何况再折腾大的。”林凌垂下头在想着。

“可这件事我不好直接参与，我爸是商业局领导。”林凌显着忧虑。

“那就侧面迂回，你坐享其成就行，”又说，“林叔在前面拉一把，”吴永杰站了起来，精神焕发地踱着步子，“如果事成，我就成立集团公司，”又看着林凌，“你要愿意，就在集团里当大管家。如果不愿显山露水，那就给你和林叔几份干股，坐着收钱。”他很真诚地说。林凌低下头陷入沉思。

“放心，这件事天知地知、你知我知。现在政策是扶持，林叔也是公事公办，”见林凌面皮松开了，又说，“我吴永杰虽有点儿痞，却做事讲究从不亏人，不然也没有今天。”林凌笑笑，点点头。“尤其对你！”他脸上带着坏笑，“一日夫妻百日恩哪!”“正经些!”林凌红了脸。“何况林叔当初和我爸还有交情。他帮过我爸的事,我们吴家可是念念不忘。”“吴叔也帮过我爸,他也念叨过。”林凌喃喃地说。“说得就是,这叫世交。老天也算公平,又给了我们两家再续前缘的机会,有了好事大家都不忘谁。”林凌有些感动,轻轻点着头。

“这事要快,不能叫别人占了先机。”吴永杰声音不大,却很清晰。

“你也放心,这事一定搞定!这些年我也历练不少,何况要搞定的还是我的亲爸。别看他是副局长,但资格老,不少年轻干部都经过他的提携,在局里威望很高。再说,咱槐花巷出了你这么个大能人,他一定会支持,还得加把劲儿。”林凌眼睛里充满着自信的神态,脱口又说,“他现在也正因我的事心烦——”自觉失嘴又咽了回去,改口说,“还有半年他就要退休让位,这可真是好机会,奔忙了大半辈子总算有了回报。”

“天意!”吴永杰说。“不可违!”林凌接上。

三个月后,大连振中百货商场在全市商业企业中率先实行了改制,全部资产被退休职工吴越前以个人名义“买断”。双方达成约定大致如下:

一、振中百货商场2925平方米建筑物、附属物等固定资产,及现金等流动资产统归购买人所有。

二、振中百货商场所有债权、债务统由购买人继承。

三、在职156名员工与原产权人签订的劳动合同继续生效。如不属员工主观意愿情况下,购买人不得辞退。本期合同期满,员工如无重大过错,应与之续签劳动合同。如员工本人无意愿续签,善后事宜按《劳动法》规定执行。

四、离退休52名员工,由购买人无条件接管。一切工资、福利等生活保障需按原标准执行。

……

本约定最后一款为:鉴于购买人承担了以上项重大责任和义务,经严格核算,本次全部购买资金为人民币零元。

“真是四两拨千斤!”吴永杰搂着林凌说。“何止千斤,这四两可是值万金。”林凌自豪地说。又问:“那些债权、债务你可有把握处理妥当?不然是水中捞月,该回的回不来看着不少却等于零。再把债务搭进去,赚了个负数。”

“该回的一个子儿不会少。”吴永杰一脸得意。“死尸一样账上躺了好几年,就你能?”林凌撇着嘴。

“这是我的强项,忘了?”林凌会意一笑:“不错,这种事还就得你。”“这些年净装孙子,刀枪都入库了,手还真有点痒痒。”他不断搓着手。

“怎么样,来我的集团公司吧?”吴永杰一脸诚意。“不急,再消停消停,”林凌不假思索地说,“这事太显眼,我不能出水太早。家里家外都得先悠着点儿。”她现出一脸城府。

“就你鬼!”吴永杰刮了一下她的鼻梁。“也是为你。”林凌还现着那副神情,没看他。

“也对。振中百货不用两年就得全部归我吴永杰。我爸先在前面当着靶子。”“真是上阵父子兵。”林凌露出一丝冷笑。“什么事不得有点手段。你们爷俩不也一样。”吴永杰面色也冷下来。

“现在铺子里、衙门里的,就连穿白大褂、拿粉笔的,更有那敲木鱼的,一看到钱都找不到北了,那钱上有屎也顾不得擦干净。”林凌绷着脸说,眼睛里又闪出坚毅。

第三十章

苍鹰被啄了眼，也盘旋在肥硕的麻雀之上。

商品经济大潮风起云涌，一浪高过一浪。今天还是新的，明天就过时了，满世界一天一个样。号称“浪漫之都”的大连当仁不让，不断追逐着世界最先进的时尚潮流。百货业首当其冲扮演着都市时尚标签的角色。中山广场边上矗立起了更高档的百货店，商品、设施更加令人耳目一新。先是吸引了人民路这条大连最负盛名的金融街上诸多的高端人士的眼球，紧接着，时尚之风迅速蔓延开来，吹遍大连街各个角落。古老的青泥洼商圈也旧貌换新颜，新组建的S集团似一艘重型航空母舰，在稳稳占领中端消费市场之后，又以多元化的商品组合态势，不断从巨大的“甲板”上，“腾飞”起“S男店”“S女店”等高档百货业态。

大连人的浪漫情怀和追逐时尚之风由来已久，这或许与她襁褓里就穿上了“布拉吉”，吃着寿司有关。多少年来，东洋、西方文化的渗入和逐渐熏染，经过几代人的传承已深入骨髓。追求时尚已经成为一种风气，大连不愧于“东方小巴黎”之美誉。即便在历史上物质匮乏时期，大连人这种风气犹存。那句大连人“苞米面肚子，哔叽裤子”的笑谈虽有讥讽之意，大连人竟“不以为耻，反以为荣”。仅此足显一端。

大连街又有高档百货店悄然抬头，并渐呈蔓延之势。天津街昔日风光已经不再，泰安虽独占高端市场之鳌头地位，却也受到强烈冲击。

安子健提交给关副总一份报告书，建议泰安组建现代化商业城。文中提到：泰安目前危机四伏。泰安的先进经营模式和理念，使泰安在滨城百货业内异军突起、大放光彩。同时，“泰安效应”触动并激发了大连文化中尘封已久的追求时尚的潜在意识，市场开始了新的觉醒。高端百货业态已经成为众商家追逐的目标，市场开始被瓜分，将呈愈演愈烈之势。泰安独占市场之优势已不复存在。

转型势在必行。泰安不能在方寸之地拼杀，另辟蹊径方为上策。要更上一层楼，继续占领制高点。需开拓思路，开发目前大连市前所未有的处女地。“购物中心”在国外先进国家已经风起云涌，成为消费者主要的购物场所。事实证明，这种商业模式在现代化都市中具有强大的生命力。随着社会经济、文化等方面的发展，大连市民的购买力已具相当实力，且骨头里有着向往更高时尚的愿望。兴建购物中心的基础和条件已经具备，只待有先行者勇于充当开路先锋。依泰安目前硬件、软件资源优势及社会影响力，有能力充当这样的角色。这既是社会责任，也是泰安生存的必须。

兴建大连市首个现代化区域购物中心，将泰安品牌优势发挥到极致，泰安将继续领跑大连商业。

此举最重要的前期条件为，调研周边零散商业门店和居民搬迁的可能性（征得政府支持，发挥政府功能）。

新的购物中心将采取招商租赁的新模式（大连历史上曾经有过）——如此良性循环对大业主（泰安）极为有利，既保证稳定现金流，又促进泰安良性发展。

报告书交给关副总后，安子健就开始进行相关可行性调研。过了一周，关副总那面仍无反响，安子健又拿着一份草拟的可行性调研报告来到他的办公室。见屋里有客人，他退了出来在外面等着。好久客人还没出来,屋里传出阵阵嘻嘻哈哈的笑声。细听着,原来是些工作之外的闲聊,互相还开着些无聊的玩笑。安子健虽有些不悦可还耐心等着。半个小时以后,关副总陪着客人嬉笑着走出来,他见到安子健一愣,寒暄着送走客人后又往楼梯口走去,安子健跟了上去。"有事?"关副总头也不抬地问。

"送份调研报告给您看看。"安子健在等着他转回办公室。"什么调研报告?"他显出不耐烦的样子,继续下着楼梯。

"上次给您的建议书——"关副总站了下来,想了想,扭回头说:"又想别出心裁,也太急了点儿吧,"他讥笑着,"我安排你了吗?"安子健一愣。

"怎么会这样?"他脸色绯红起来,小心地说。关副总慢慢转过身,往上扶了扶眼镜,眼睛里射出一束幽光:"贪天功为己有,还要我再多说!"安子健有点发蒙,看着他竟一时说不出话来。"野心太大,没什么好处!"他又转回身下了楼梯,身后又传出一句,"哗众取宠,我这都通不过,死了心吧!"看着他的背影,安子健惊愕地站在那里。

"怎么回事——?"木然地回到办公室,安子健脑中一团乱麻。关副总竟如此不能相容,一定有什么隔阂在其中!理了理思绪,他忽然想起,在上一次关副总请他吃饭大约两个月后,他对他的态度突然一下子三百六十度大转弯,与前段时间简直判若两人。联想到他这人对下属一贯冷冰冰的面孔,工作上取得了点成绩,领导也不能表面上总高看着,他当时就没介意,现在想想不会这么简单。下班回家后草草吃了几口,他郁郁寡欢地上了楼。余莉亚跟了上来,见他躺在床上,双手垫在头下。"这是怎么了?"她小心翼翼问。

"没怎么。"他幽幽地说。"那是为什么?"她声音又低了。

“心里有点儿烦。”他蹙起眉。“烦我?”她眼圈红着,垂了眼皮。“哎!她又想多了。”他又蹙起眉。她怔着一会儿,转身要走。

“先等等。”安子健忽然想起什么似的,一跃而起。余莉亚愣着,回过头。“那次回来我跟你说的那事——”安子健望着她。

“什么事?”余莉亚嘴微张着,不解地问。

“就是我立了功——为泰安——还嘱咐你别出去显摆——”余莉亚显得释然些。“咋了?我高兴啊。”

“不是这个。跟别人说过没有?”安子健焦急起来,“这事儿我可就跟你一人说过。”安子健继续盯着她,余莉亚惶恐起来,仔细想着。“哦,想起来了——我好像跟安静说过。那次她来问起你,可她那是关心你……”余莉亚眼神躲着说。安子健重重拧起眉头。

“安静那张嘴……”他念叨着。安静身边儿的人在他脑子里一晃而过:吴越前可是老商业,哪都够得着!

“你都说了些什么?好好想想!”安子健呼地大声问,“说没说关副总不让我对外人说那句话?”他紧盯着余莉亚的眼睛。“这话倒是说过,我是嘱咐……”余莉亚嗫嚅着。安子健眼前一片茫然,他慢慢坐在床上,胸口起伏着。

余莉亚惊悚着退了两步,脸色惨白。自打去泰安以来感觉他逐渐排遣了积郁,但却从未跟她亲热过,她还是忐忑不安,随时准备着他可能爆发的非常情绪。但他表面却一直平静如水,她更觉多了亏欠。反倒希望他能宣泄一下,哪怕暴跳如雷,拳脚相加。她明显感到,今天的事对他非同小可,重重触了他的神经,可还是没有她期盼的那样!忽然,她挥起手使劲儿打着自己的脸,“啪!啪!”“我替你打,只要你——!”她喊着,哭着。

“干吗!”安子健一跃而起,扯住她的手,身子抖着。“这话一定是传到谁耳朵里,坏了你……”她挣出手捂住双眼,抽泣着。

“我不怕,身正不怕影子斜。”他说。“我是败家子——我们还是分开——”余莉亚松开手,见安子健铁青着脸,她噎了回去。安子健重叹一声。“这样都好。”她又捂住脸。

安子健猛地一把搂住她,眼泪涌了出来。“你也太正,有谁懂你,把你往好处想?也就是我。”余莉亚给他擦着眼泪。

“各有各的活法,左右不了别人,但能管着自己。”眼泪顺着脸颊滴在余莉亚脸上,她忧心忡忡看着他。

安子健开始留意起身边的人和事儿,他渐渐发现了同事们的反常。看似客气之中在隐藏着什么,眼神中也多了些内容。连自己部门以往的和谐也只剩下不得已的唯唯诺诺,除了正常工作以外再无多言。回到办公室,本来听到里面在热烈地谈论着什么,他一出现,顿时鸦雀无声,都趴在电脑上似在专心工作。他感到房间里顿时压抑得很,冰冷得像冰窖。怎么我倒像了瘟疫!他心里恼火着,又心悸着。脸上从红到白,又从白变灰。坐在前排的曹建不安地回头看了他一眼,又转了回去。曹建是才毕业不久的大学生,人很机灵,也很阳光。安子健很得意他,工作之外两人交往不错。他还去过槐花巷,挺喜欢安然,当见到她床头上方那个条幅,还很欣喜地诵着。当知道是安然写的时,惊讶地说,这字写得好,句子更好!安子健约了曹建下班后聊聊。

天津街餐饮夜市上,两人在靠近火车站那边儿找了个人少的摊位坐了下来。隔着站前的胜利广场,远处S女店露出粉红色的半截楼面,街上的女人都像擦了红脸蛋似的。“其实，早想跟你说。”曹建红着脸抢先说。

“到底怎么回事？”安子健平静地问。“你真一点不知道？”安子健摇摇头。“你也太心无旁骛，谁能理解？”安子健看着他，曹建接着说，“风传你这人野心太大。”“野心太大？”他猛然想起关副总说过这话，心里咯噔一下。“说你投机钻营，品质有问题。还有，诋毁领导，想自己爬上去。”曹建闷头喝了一口啤酒，幽着眼神，酒沫沾在嘴唇上在慢慢消失，更显了困惑。安子健也拿起酒杯，一仰脖咕咚一口，顿时脖子涨红了。“你也太率真，不像这个年龄，更不像你的经历。”曹建坦率地说。

“这个年纪、这个经历应该怎样？善于圆滑，溜须拍马，是非颠倒？只看领导颜色行事，置其他而不顾？！”安子健字字句句，嗓音渐渐高了起来，睁着猩红的眼睛，说完咬着嘴唇。嗓子眼卡住了，他又喝了一口啤酒。“我也看不上，可眼前都这样，有谁把心思都放在工作上，顶多一半儿就不错了。都揣着自己的心思，就你局外人似的，”曹建更加推心置腹起来，拿起酒杯跟安子健碰了一下，喝下去又说，“其实我也很苦闷，这社会太复杂。心太累，晚上睡觉都不安宁。”小伙子脸上涨红着，忧虑地说。

“不都这样。只是当今中国人，只知道窝里斗。这是内耗，浪费资源。”安子健激动起来。“你这样早晚得吃亏，一个人挡得住洪水？”曹建更加直截了当。安子健微微闭上眼睛流露出痛楚。曹建眨着眼，低下头想想又说：“哎，这几天又听说你要调走，李茜——提上来。说你这种人——不宜放在重要岗位。”他吞吞吐吐起来。安子健心里猛然被撞了一下，他望着黑黑的天空，灯影中眼睛里晃着晶莹。“你得去说道说道，如果真这样太冤枉，也很难再爬起来。”曹建诚挚地说。

安子健坚定地摇着头，眼光如炬。

果然半个月以后，安子健被调到管理部。管理部负责接受顾客投诉和商场内部劳动纪律。这个部门人多事杂，分为几个小组，安子健担任考勤组组长。一周以后，余莉亚才从天百大楼同事嘴中知道了这件事。泰安和天百离得近，两家员工又扯丝挂柳，安子健留学回来去了泰安，本来在天百内部就议论了好一阵子，成了舆论焦点。不管听到的是“傻子”也好，“野心”也罢，余莉亚都自豪着，在泰安她自然也是焦点人物。安子健工作变动，似一颗流星陨落，引起纷纷议论。余莉亚回到家抱着安子健痛哭一场，安子健木木地任她哭。直到看到安然也惊恐地望着他，眼睛里闪着泪珠，安子健才抱紧安然的头，眼泪淌了出来。

吴家迎来乔迁大喜。吴永杰买了新房，连同老爷子吴越前，吴家上下三代五口子一溜儿搬出了槐花巷。新房子是在永昌新城买的，一买就是两套。搬家那天来了两辆大卡车，一辆停在巷子东边儿的吴永杰家，一辆停在西边儿的吴越前家。车帮子前都横着一个大牌子，上面写着明晃晃的“永昌新城”四个大字。这是大连街第一座高档楼盘，在滨城早已刮起了一阵旋风。办事还就是气派，老实在家坐着就帮你搬了过去。还带着鞭炮噼里啪啦放着，巷子里一阵硝烟弥漫，引来众多人出来观望。“到底是大楼盘，想得真周到——”“你们懂啥，这叫营销手段，在宣传自己呢。”人们窃窃私语。“有钱到底是大爷，你看那老马太太，吆五喝六地像老佛爷似的”。“还不知钱从哪来的。还不如那当儿，打砸抢的后来还遭了殃，现在倒好还成了财主。”“嘘！”有人警告道。

为买房子，吴家还起了点儿风波。先是安静，她不同意带着公公婆婆，买一套就行。“死眼不稀见，好不容易买了新房却还是滚到一起。”吴永杰瞪了眼，她也不敢再说什么。后来吴永杰又把两套房子选在了一栋小楼儿上，还嘎对门儿。她终于尖着嗓子嚷嚷起来：“还让不让我活了，你那个爹除了给咱丢脸，还有什么好处渣渣！不掏一分钱，给买了就不错了！”“你妈掏一分钱了？”吴永杰顶了回去。“当初不是我妈帮你倒腾兴盛市场，还有家居市场那事儿，你能有今天！”安静理直气壮起来。“不是我爸给顶着名儿拿下振中百货，也没有今天！”吴永杰并不服输。安静眨着眼想想，也是，打了个平局。这钱也是人家杰子自己提着脑袋打拼出来的。我妈也是，也不掏出点儿帮我长长脸，害得我在家没有一点儿话语权。她甘拜下风了。“你妈这在和我玩儿‘大考’呢，她哪缺这点儿破钱，这一关硬着头皮我也得过。你等着，好事还在后头呢，我心里明镜似的。快了，彪娘们儿。”吴永杰伸手戳了一下安静的下巴。“就你鬼！”安静消了气儿。吴永杰那天喝多了酒回来跟她说过，最近丈母娘开始给了他好脸儿，这预示着他已经历练到火候，该派上大用场了。

吴永杰跟吴越前一提搬家的事，马东香惊喜地一个高跳了起来。吴越前却掏出烟闷闷抽起来。他环视着屋子里，又往窗外望着。“你这老东西，咋像还留恋似的！”马东香手指着他叫嚷起来。“这槐花巷好歹也生养了咱吴家三辈子……”“别哭丧着脸忆苦思甜似的，”马东香抢过话头，“你不也一直发着狠要盖过他安家吗？现在倒装起善人！咱那是高档楼盘，安家那小楼早就灰呛呛残花败柳似的，咱胜过它一百倍。”马东香得意之极。“哎！那不是一码事，这真走了心里还空得慌。”吴越前还是打不起精神。“好了，少想那些里格朗，我要是像你这样能有今天？”吴永杰不耐烦起来。“你也差不多该收手了，”吴越前抬起头看着吴永杰，“太过，怕早晚给找回来。”“你这是老糊涂了，自己迂了还来教训人家。“马束香撇着嘴说。“你给我闭嘴！早晚这个家叫你败坏喽。”吴越前怒瞪着马束香。“你们这是干什么，本来是好事！”吴永杰瞪起眼睛。“嚷嚷啥，还了不起了！”吴越前涨红着脸说，“刚才还没说到，那什么永昌新城可是守着老鳖湾，从前那是枪毙打眼儿的地方。”他直勾勾望着吴永杰。

“哼，我什么镇不住?！你们不去算了，还省钱了。”吴永杰有些恼火，转身要走。“他不去，我去！”马束香气急败坏地说。

吴永杰刚接手振中百货，就干了一件大事。像安静私底下说的那样，这事儿连我妈都对你刮目相看了，你真是名利双收。他自己也窃喜，不仅赚了大钱，更重要的是终于在丈母娘面前扬眉吐气了。这次是仅凭自己的本事，堂堂正正交了“投名状”入了她老人家的法眼。

这些年的历练，吴永杰已经深谙债权、债务这里面的门道儿。他慢慢悟出来了，原来从前那些打打杀杀的功底现在还有用。他笑了，以前你灭我、我灭你的只是瞎逞威风而已，并无真正大志。现在却不同，打胜一场就是大笔的银子和耀眼的军功章。他摸着身上的几处伤疤，暗暗庆幸自己的鲜血终于没有白流，用现在的话说是苦练内功，是投资，现在终于修成正果，派上了大用场。运作拿下振中的时候，他就想到这一步。这是有把握之仗，不然那些陈尸多少年的烂账还不像无底洞给吞了进去。也就我吴永杰有这底气。核定账目时，有人在跟吴越前小心提醒着：应收看着是债权，是正数，但收不回来就是零。即便收回来，跟这应付的债务，正负数两者相抵才是实数。吴永杰在旁看都不看一眼：在我眼里零全都是正数，一个子儿都不会少的正数。负数才是零。这么简单的算数题还他妈这么磨叽，还老会计！看着他爸在翻过来复过去不停地看，他大度地拿起笔，递给吴越前。吴越前明白老会计哪里会不知道自己对这些债权、债务里明镜似的，人家这是好意在替自己担忧。见吴永杰眼睛里充满着坚定，他抖着手拿起笔。

很快，一支由诸多精兵强将组成的勇武之师组建了起来。起先发了招聘信息，岗位名曰“安保”。这是林凌提议的，说南方那面“安保”已经很盛行。这样做名正言顺，还显得振中意识超前。吴永杰看了看上面写的条件皱了眉，仅有“身体强壮”一项勉强贴谱，其他什么“思想进步”“党员、复原军人优先考虑”简直跟他想要的风马牛不相及。“死心眼。明里暗里两条线。”林凌这句话使他顿开茅塞。吴永杰一声“口哨”，应聘者盈门，这几年杰子干大了谁不知晓。挑选时吴永杰亲自把关，“知名”的握一下手顺利通过，大名鼎鼎者更是委以重任。不“知名”的“晚辈”严格把关，耳听是虚眼见为实，脱下衣服看“历史业绩”。身上“战果累累者”方为“见面礼”，像纳了投名状。重金相许之后，经“严格培训”然后兵分两路。一路按着写好的路线图北上或南下杀将过去。队伍统一着装，皆一身黑色西服，脚下黑色三接头皮鞋，气度轩昂，像一群当年上海滩上的许文强。一路在大本营守株待兔，严阵以待着一拨拨不断上门“划负数”的债主。几番下来，外线作战队伍捷报频传，汇款单雪片儿似的飘进振中百货公司财务室。当然也略有负数，财务室不断向四面八方汇出医药费。那是兄弟们的救命钱，他们用鲜血和生命捍卫了振中的利益。要一百给二百，从快从速！吴永杰大帐内指挥若定，运筹帷幄。

这厢，吴永杰亲自坐镇，大义凛然地接待着众多的讨债者。他不时像川剧变脸似的变幻着脸上的颜色。时而白脸，时而红脸，时而黑脸，时而又似“呀呀呀”大叫着的铜锤花脸。帐下排开的金刚们则一溜黑脸，怒目圆睁。外线战场硝烟弥漫，内线战场也紧锣密鼓般酣战。金刚们不待上门，又自顾自雄赳赳气昂昂直捣龙门“做客”敌家。白天战酣，意犹未尽又挑灯夜战，大多是“不期而遇”的巷战。却也未见血腥敌家便抱头鼠窜夺路而逃，且惶惶不可终日，庆幸着终于保住了胳膊、腿儿。当然也遇到过纠缠不休的顽敌，自以为天外有天，你有关公，我有秦琼，欲争斗个一决高低。朗朗乾坤，没有公理不成！哪知对方元帅早已运筹在先，昔日各山头猛将都已在他帐下听令，如今游街串巷的只剩下些散兵游勇，前辈面前焉能取胜。

四个半月的腥风血雨过后，天空一片晴朗。吴永杰鸣金收兵了。刀枪入库马放南山之后，清扫一下战利品：讨回旧债375万。负数归零462万。总计正数837万。没有攻不下的堡垒，完全在预期之内。他又开始筹划下一个战役。该到火候了，还总白白养着不成，又不是难民营，更不是养老院。不过这事儿不能强攻，得智取，得迂回。

他请来律师，拿出那份收购振中百货的契约，恭敬地双手递过去。律师看着契约的时候，他拿过他那只大大的黑皮包，打开往里面塞进个厚厚的信封。

“吴老板的意思是——？”律师终于抬起头。

“这么些闲人我不能白养着，充其量一半足够，还有些离退休拿着高工资吃闲饭的。”吴永杰单刀直入。律师一惊，幽幽地点点头。

“这里面应该有对乙方有利的切入点。”律师又仔细看了几遍，抬起头按了按眼镜梁儿说。

“那就拜托！我们共赢。”吴永杰笑眯眯地瞅着律师。“为吴老板服务理当效力。吴老板的慷慨、大气早有耳闻，”律师也回之一笑，站起身来说，“我复印一份，再回去好好研究研究，吴老板还得耐心等待。这件事非同小可，非武力可以化解，闹不好会出大事。”他严肃起来。

“所以要请你来，”吴永杰看着他说，“不过你放心，只要能找到破绽，就像刚才说的‘有利’，我就心里有数了。余下我来做，绝不会牵连你。”“那是、那是。”律师连连说。

一周以后，律师又来了。他进了屋转身关上门，坐下后又看看门口，瞅着吴永杰。“放心，我不召唤没人会进来。”律师点点头。“有眉目了？”吴永杰问。律师从包里拿出那份复印的契约。吴永杰瞅了一下，上面已经划上了些圈圈点点，还有几个红杠。“回去后我反复看过多遍，还真看出些瑕疵，”律师带着放松的表情，“不过，要真是这样做——”律师又忧虑着。

“你只管说，只要在理儿，说完你就拿钱走人，从此跟你无关。”吴永杰紧盯着他说。律师不禁打了一个寒颤，那张纸在手上微微抖动。

“不相信我？”吴永杰笑得挺灿烂，“说吧，要我怎么保证？”他拿起一支笔。律师摇摇头，苦笑着说：“那不是此地无银三百两？”吴永杰收住笑。“我没别的意思，只是这件事太伤——”

“伤人是吧，”吴永杰又哈哈大笑起来，肩膀在抖着，“这年头谁没伤过谁，不信你没有过。”他歪头看着律师，又说，“再伤一次又何妨，这次伤得可值，胜过你干半辈子。”律师释然一笑说,“按照您的意思我反复推敲过,这几处有文章可做。”律师拿起那张纸指点着。吴永杰趴过去看着他的指尖处划过那三道红杠杠。“其他基本无懈可击,只是这三处可以切入。”律师说。

“这一句。”律师轻声念道:“如不属员工主观意愿情况下,购买人不得辞退;本期合同期满,员工如无重大过错,应与之续签劳动合同;如员工本人无意愿续签,善后事宜按《劳动法》规定执行。”吴永杰看到在“员工本人无意续签”和“无重大过错”几个字下面打着双重红杠,他若有所悟地点点头。“再详细点说。”他催促道。

“首先,这一条中‘无重大过错’是一个含糊概念。”“这里并没有具体约定哪些属‘重大过错’,仅是主观认定。说白了就是说有就有。”律师狡黠地看着吴永杰。吴永杰眼睛里亮了起来说:“嗯! 有道理。”

“其次,‘员工本人无意续签’。这一项,可以变‘无意’为‘有意’,如果给点儿驱动让他们主动退出,不就结了——”律师意味深长地停顿下来。

“什么驱动?”吴永杰焦急起来。“看来吴老板还是个厚道人,”律师蹙了蹙眉头,“他们在这干图什么? 还不是铁饭碗有保障。如果——如果效益不好,开不出工资,铁饭碗没了会怎样?”他慢吞吞说着。吴永杰恍然大悟,深深点着头。“如此一来双管齐下,名正言顺裁掉一堆,再‘自愿’走掉一堆……倒是怕您人手不够。”

“最好都走光。再招的话,我想怎么签就怎么签,正好这期合同还有四个月期满,”吴永杰重重吐出一口气,“好了,这块儿我知道该怎么做了。那些离退休的呢,这些人最难缠。”他又皱起了眉头。

“不尽然。”律师显得胸有成竹。“其实这些老家伙倒讲理，关键是得叫他认识到这个‘理儿’。”吴永杰一脸茫然。“你再看第四条，这句话。”律师又指着纸上，“‘需按原标准执行’，这个‘需’字很有嚼头。它在法律上并没有约束力，也就是说没有强制的意思。如果是必须的‘须’可就不一样了。”

“那又怎样？”吴永杰有些不耐烦起来。“还是刚才说到的那个‘效益不好’，在这里也管用。不是你不给，而是效益不好，在职员工都开不出工资——这个‘需’字就有了作用。”

“你倒真能想得出来。”吴永杰称赞着。“我们这一行常遇到这种类似案例，要想胜诉就得反复去推敲，找寻有利于自己的证据。中国语言博大精深啊！”他显出城府。

“做假账！一举两得？”吴永杰在下着决心。“说做假象更准确！账上数字是直接证据固然重要，现象也不能忽视。两者要有机结合，就是说面上也要像，”律师紧接着又说，“往下就是您吴老板的事，本人再无可奉告啦。不过，千万不能露出马脚，造成人财两空。”他嘱咐道。

“我不会那么小儿科。咋能一下子天翻地覆，一夜间忽然开不出工资，得慢慢铺垫。三到四个月够了吧，我也不差这几个小钱儿，也就费一枪两弹，他们就乖乖投降。然后我又轻装上阵。”“吴老板果然大度。”律师提起他那只黑皮包，挺重。他神秘地冲吴永杰一笑：“这里我可从来没来过。”吴永杰一挥手。

转过一个月，振中百货风雨袭来。新货品断了档，货架上也开始空了，营业额陡降。财务账面上赤字连连，现金流也断了，开始危机四伏了。老板先还仗义，工资发70%。后来逐月递减到30%，并风言下个月以后将停发工资了。吴老板来过几回都哭丧着脸。“这怕是欠着人家货款没给，供货商给卡了脖子。外面的钱又要不回来，这样下去不在等死吗！没有金刚钻揽什么瓷器活儿，大家跟着遭殃！”私底下议论着，人人自危，有人还消极怠工起来。好在大连街现在百货店越来越多，不能在一棵树上吊死！四个月后，76名员工自动不续签劳动合同。26名员工因“违反公司制度”或“不忠于职守”等过错本应中途辞退，只在合同期满时不予续签。

离退休老职工与在职员工一样，工资已逐月递减。公司财务人员拿着账本挨家进行解释，并偷偷说：“振中恐怕再爬不起来了，员工们都树倒猢狲散。不过老板承诺了，你们的工资账上都记着，早晚给补发。”大家凑到一起悄悄商量着。“看样子只是空头支票而已，还不知等到猴年马月。再说真破产了拿什么给补，还有这物价越来越涨，十年以后一块钱还不知道顶几毛。”他们主动找到公司，提出能不能打个折给一次性发足，从此两不相欠。“那打几折合适？”财务人员很同情。七折、六折、五折，四折也行，比没有强！大家七嘴八舌开着价码儿。财务人员又问：“那你们打算活几年？”说完她憋不住扑哧笑了。顿时鸦雀无声都杵在那儿，你看看我，我看看你。这个问题可没想到，也没法儿去打算哪！“你们的意见我倒能向领导汇报，可这年限可是计算的重要参数啊！是吧？”她认真起来，很和蔼。没人言语。“我倒有个个人想法。”她想了想说。大家齐刷刷望着她。“国家有人均寿命这个统计指标，你们再平均一下现在的年龄，一减不就有了。”大家脸上开始活泛起来。“不过，看着你们年纪还都不大，公司现在都快揭不开过锅了，老板跳楼的心思都有，这笔钱够呛拿得出来。”她又显得很忧虑，不停地晃着头。“那我们就少活几年，也比活着没钱强。”有人冒出一句。财务人员又扑哧笑了，说：“知道您的意思是说少算几年寿命，却也别这样折自己的寿。”她脸上现出同情。抬起头看着眼前又说:“那你们说个数,我一定转达上去。”又七嘴八舌起来。她站了起来,说:“我给统一一下,平均按五年算。不过……”她掐着手指头嘴里不断念着。众人都眼巴巴瞅着她的手。“这个数字合起来也不小啊!老板就是愿意也不一定一下子拿得出来。”她显得很焦虑。“那就再少活两天儿也行,四年半,四年。也比一分钱看不到强百倍。”“对。”有人附和着。“拿了钱好好潇洒几天,总比伸着手跟儿女要光彩。”

老人们满怀期待地走了。关上门,财务人员自言自语地说:“看着一个个的年纪、气色,再活十年都不止。这就打发了,也都怪可怜。”

最终,振中百货老板在危难之中,考虑到离退休老职工的切身利益,狠狠在自己身上开了一刀,按“再活四年”圆满解决了。各得所需,从此平安无事,两不相欠。财务人员报上来一个账单,吴永杰没看,抬眼问:“总共多少?”“除去五个坚持‘不卖身’的总计一百二……”吴永杰一摆手说:“权当晚买了振中一年。”

第三十一章

海浪淹没了礁石，海猫子还在它的上空翱翔。

三个月后，振中百货商场悄然复苏。新招聘的营业员，林凌亲自面试又亲自培训，店里店外也装饰一新。新商品不断摆上货架，不仅销售额开始直线上升，利润更是达到历史最高水平。“振中百货商场转让于民营企业后，显示出强大的活力。他们在市场经济大潮中，勇于搏击，顶住巨大经营压力，在夹缝中求生存，但善于把握市场脉搏，很短时间就转危为安，使企业现出勃勃生机。振中百货商场似一颗冉冉升起的新星，显示出民营企业的顽强生命力，并昭示着国有商业企业改革势在必行。”报纸上一篇报道热烈赞扬道。年底，振中百货商场被评为明星民营企业，吴永杰也被授予优秀民营企业家称号。

春节过后，大连永杰企业集团挂牌成立。总部位于恒通大厦17楼，凤姐的公司在楼上。公司成立仪式上，董事长吴永杰信誓旦旦地向前来参加仪式的来宾郑重宣布：永杰企业集团经过长期的探索和积累，已经具备进一步发展的实力。公司业已制定了新的发展目标，将向房地产开发领域进军。永杰集团将以崭新的面貌展示在大连市民眼前；将以优质、低价的新式住宅回馈大连人民对永杰集团这些年的支持和厚爱；并将进一步涉足商业地产，决心打造出目前中国一流水准的商业服务项目，为大连增光添彩。

安承业看着当天的报纸，面色渐渐阴冷下来。他弓着腰下了床，慢慢走到外屋窗前，使劲直起身往东边儿看着。七节大楼挡着看不到振中，却仿佛看到一些人灰着脸从里边儿走出来，一些人昂着头又走进去。他听余莉亚回来学过，振中那些个自动离职的员工无不在捶胸顿足地后悔莫及。那些个拿了几个小钱“卖了身”的离退休老员工更是凄凄然。无奈，都是一个愿打一个愿挨，只能怨自己没长脑子，鼠目寸光。那些人里面还有他熟悉的，当年同安那当二班大班儿的伙计，现在也跟自己一样佝偻了身子。当年同安捐献时的情景又浮现了，也是这样宣传过、赞美过。可那是把安家的身家性命都白白给了换来的，可这次是白白用了别家的身家性命换成自己的，咋就成了一样的呢！他心头一阵激荡，不禁潸然泪下。“老槐树招虫喽！”突然，他扯着嗓子声嘶力竭大吼一声，双手捂住惊悚的眼睛。很久，待颤抖着松开手时，眼光一片呆滞。

老槐树下，吴永杰约了安子健。他提前来的，仰脖儿看着老槐树，又朝树干使劲儿踹了一脚，树上落下几片枯叶。“这树老喽！”安子健来的时候，他看着有些发秃的树梢说。

“你踢它干什么？长本事了。”安子健说。“试试它的筋骨。”吴永杰扶了扶才戴上不久的金丝边眼镜，笑笑说。

“试得怎样？”“没看见？都成了烂叶子。”吴永杰踩了踩脚下。

“当了大老板还这么‘近视’，无怪戴上眼镜了，”又说，“开春儿再来看看。”“转眼间咱不也四十冒头了，别说它老态龙钟。可别说，还真有点儿留恋。”吴永杰摘下眼镜又看着老槐树。安子健想说什么，看着吴永杰，却没说。

“听说现在混得一般？”吴永杰问。

“你也听说了？”安子健笑看着他。“你是个大名人，前些日子不也惊天动地，”吴永杰又看着老槐树，“咱这槐花巷别看不起眼儿，地气却好，英雄辈出，真是人杰地灵。”安子健还在笑看着他。“还能笑得出来，真是，”吴永杰讪笑着，“怎么样，跟我干？此山不养爷，必有养爷处，何必一棵树上吊死。”吴永杰神情轻松地拍了拍老槐树。

“叫我给你撑门面？”“这话也对。也不对，”吴永杰认真起来，“你也知道，我现在还真需要人才，不光是图你个虚名。你这人有真才实学，咱俩谁不知道谁，”吴永杰显得挺诚恳，“再说，咱俩什么关系，断了骨头筋还连着。”又说，“你说你出国溜达一圈儿，光赔了钱还得到什么？”

“我爸现在身体不好，我现在倒也不错，还能多些时间回来照顾。”“孝顺，两手空空，光拿嘴哄他？”吴永杰不屑地一笑。见安子健受了触动似的，又说，“咱可以雇个保姆老太爷似的伺候着。该住院住院，该疗养疗养，这些我来安排。”

“大老板就是不一样。”安子健说。“你也别刺棱我。过去后高工资拿着，再前呼后拥的倒是真的。”吴永杰双手掐在腰间。老槐树簌簌又掉下几片叶子飘在他头上，他也没去理会。

“也该换个活法，你看人家林凌，以前不比你还酸臭？现在怎样，活得比谁都滋润，这才叫与时俱进。你也别他妈屎壳郎穿迷彩服愣充小吉普。现在什么是好人？什么是道德？官儿，就是好人，钱，就是道德。因为你有用、有钱就围着你，喊你万岁——”吴永杰还准备讲下去，见安子健开始皱起眉头，就说，“寻思寻思吧，别茅屎坑里的石头。”

安承业病情又复发了。癌细胞已经转移，还影响了呼吸。孙奇从沈阳急匆匆赶来，还跟了一辆小汽车。说沈阳陆军总院已经安排好，要带安承业立即过去住院。安承业坚决不肯。拿着医疗档案，她和安子健去了长春路医院，听了医生的答复她倒吸一口凉气，又往沈阳陆军总院打了电话，专家也同样答复："已无生还希望，考虑后事吧。"

"我心里比谁都清楚，也不用瞒我，这把骨头渣渣还能挨几天。"安承业很平静，眼睛里却含着几丝惆怅。他已经耗干了气血，两颊深陷在腮里，像两个洞，肩膀薄得像片飘忽的纸。

"你不能现在就走，这不公平。"孙奇大滴大滴掉着眼泪，任它流着。

安承业凄楚一笑，"也别这么去较真。"说完自己也滚出眼泪。

"我这辈子无愧于谁，心里安稳着。"他盯着天棚说。"这你担得起，"孙奇说，"也无愧于后人——子健你说呢？"孙奇转过脸望着安子健。

"爸爸是我人生导师——"他低着声音，没有眼泪。孙奇盯紧看着他，发现他眼睛里并不纯粹，看着安承业的眼神在恍惚。"我懂你的心思——"安承业还在紧盯着天棚，眼角里又滚出一行眼泪，嘴里喃喃地说，"最懂的却还是自己。哎，有些事儿看着难懂，慢慢看都会看开。街上的、家里的都一样。""我们都懂你。"孙奇又流出眼泪。

"莉亚生就安家人，坟茔子里有她的坑儿。"他眼睛亮了起来。"爸，我死也是安家鬼！"佘莉亚捂住脸抽泣起来。

"桥本姥爷那面不要断了联系。不行的话，也别拒绝人家的好意，全家去日本吧。"安承业嘴角颤巍巍起来，眼泪又大串滚出，湿了枕巾。

"我不去日本。就在中国，哪也不去！"安然在旁边突然说，她握住爷爷的手，"爸爸也哪都不去，我们能行！"她声音高了起来。安承业握紧安然的手："爷爷没给你留下什么，挺对不住的——”他哽咽着。

“不是这样子，爷爷给我留的比什么都高贵，一直墙上挂着呢！”她瞪大眼睛，里面忽闪着成熟。

“值了！值了！”安承业吃力地点着头连声说，脸上现出光亮。

“子健，给我吹首曲子吧。听完后我再去看看老槐树，你们可不能让它招了虫，在那边我都看着它哩。”安子健上了楼，一会儿，楼上传来低怨的萨克斯声。

安承业闭上了眼睛，溘然长逝了。听到下面的哭声，安子健身子一下子瘫软下来。待余莉亚哭叫着跑上楼时，见他已经昏厥在地。

从殡仪馆回来，孙奇和安子健商量起下葬的事。孙奇问他爷爷安礼盛葬在哪里，安子健说葬在山东老家。见孙奇一副颇感意外的神情，他叙说了当时那段往事，其中许多是后来兰子姑学的。

安礼盛去世前跟栀子、兰子说，他死后要葬回鲁西老家。兰子坚决不同意，原因有二：一是鲁西虽是故土，但安家几辈早已背井离乡，如今已无亲无故。最重要的是，老爷子卢护卫当初离乡可是顶着“匪”字——未等她往下说，安礼盛呼地正色道，“匪”字咋的！那是以前混沌未开。后来有了大帅贵言点化，安家从此几代做的都是贵人做的事，无一个愧对祖宗。是荣归故里，是堂而皇之，是名正言顺！即便是“半路出家”，也终归入了正途，比冠冕堂皇的欺世盗名者强百倍！兰子又说了这第二：鲁西偏远，我们后人日后去看您老人家也多有不便，尤其俺哥跟子健还得漂洋过海。他仍在气愤不平：“匪？匪被招安还是良臣，比贪官污吏强，大帅看得准！”后来心平和下来，或许感受到兰子的良心用苦又没再多言语，这事儿就搁下了。安礼盛走得突然，安承业也不在身边。病床上的栀子对兰子说，就葬烟台吧，有你在，坟上还能见着香火。又不能去那庄河穷山恶水的，安家的根儿在山东。

“移到大连来，和你爸葬在一起。安家应在这儿发扬光大，”孙奇口气不容置疑，“再说是散坟，委屈了！安家墓地应该显赫。”两人跑了整整两天，最终根据孙奇的意见在龙王塘一座公墓选中了一块很大的家族墓地。背靠青山，面向大海。

下葬的时候，安子健突然在墓碑前扑通跪下：“爸！卑鄙是卑鄙者的通行证，高尚是高尚者的墓志铭。您的高尚难道只能埋到地下，卑鄙者却在擎着‘通行证’享受美好人生！您才活了70岁，拿着‘通行证’的却要长命百岁！”见安子健愣怔地直盯着墓碑，魂儿飘了似的，眼睛里没有一丝眼泪，众人将他拖起。他突然放声悲恸起来，狠命敲打着墓碑，泪如雨下。

回到家里，见安子健还那副痴呆呆的样子，孙奇意识到他心里还在被一种奇怪的东西笼罩着、碾压着。从安承业去世到现在，他仅仅在墓前哭过一回，像是眼泪被什么东西灼尽了。她从沈阳来的时候就感觉到，安子健最近入了魔似的反常。尤其是，当他把安然房间里挂着的那帧条幅一把扯下来时，竟不顾安然哭喊着阻拦，硬是塞进安承业灵柩。那种疯狂、狰狞的眼神里，暴露出内心有一种不可名状的心魔啮噬着的痛。他对安然总是百般呵护，尤其这还是爷爷手把手教着安然写下的，他更知道安然把这几个字看得比天大！她跟着安子健上了楼。

“子健，你不该扯下这条家训。”孙奇严肃地说。

“爸贤德一生，勤勉一生，教我如何做人，我奉他为人生导师，结果怎样！”安子健肩膀在颤抖。孙奇蹙眉低头思索着。“人生总有挫折，要正视它，不能被压倒。”她说。

“这些我都不怕，怕的是我的骨髓里都渗着那些所谓美德，并以此处世，可到头来——？反而那些有悖美德的嘴脸招摇过市，享受着无限尊崇！”他声嘶力竭起来。

“你爸身上传统的东西是很浓重，不免也有些落后的旧意识。行事为人不免有些地方不合时宜。但你切记，瑕并未掩瑜。我一直尊重着他，恰恰是因他身上闪耀的人性光芒，这些中国人的优秀品质还要有人来坚守。”安子健双手抱头，眼睛里迷离着。

“爸一直教导我要学雷锋，说他看似平凡其实伟大，我也把他当作楷模。可现实怎样？巴不得别人都是雷锋，结果雷锋累死了还说你活该。”

“太不公平！”安子健呼地站了起来，大声说。

“当今是存在些许不公平，都迷途了，”孙奇眼睛里忧虑着，“但你也书生气浓了些，少了时代感。这方面你大伯就好一些。”安子健木然地看着孙奇。“还有，莉亚的事情她自己和我说了。看得出她打心眼里悔恨，你更了解这不是她的本质。你得珍惜这个家庭。”安子健抱起头。

“离开泰安。”孙奇说。

“我就不信！这些龌龊小人能够长久？”安子健凝目说。孙奇轻轻晃着头。“大连街商圈这么小，我已经臭名……”安子健又激动起来。孙奇看出他的心思。家庭、事业双重打击，最亲爱的父亲又早亡，父子俩可是相依为命多年。在他心目中，安承业又岂止普通的父亲，是神。如今这尊神又轰然倒下，却没有戴着应有的光环，还支离破碎着。自己又为当前没有能力将他“重塑金身”而深深自责，如此多的重压骤然而聚，谁能堪此重负！她眼睛湿了，蹙着眉想了想，说："那就去沈阳，我来安排，那里你会更有用武之地。"

"就在大连。重头再来！"安子健面色铁青。"那在家多休息几天，调整好心态再上班。"孙奇嘱咐说。

安子健去了滨海路。每当苦闷、有压力的时候，他就想来这里。刚过春分，空气中还有些冰冷，木栈道上，三三两两学生模样的女孩子还是在顺着海边漫步。他想到了安然，心里涌出一阵酸痛和愧疚。又想到了余莉亚，一忽儿扬着灿烂的、白白的小圆脸儿，眼睛欢快地眨着；一忽儿垂着头，脸灰着抻得很长，眼睛里一片迷惘。山坡上，一片黑黝黝的槐树也低垂着头默然无语。大海那边，海浪在撞击着礁石，腾起阵阵涛声，海浪裹着涛声又撞击过来。吴永杰出现了，站在老槐树下的身躯很伟岸，施舍般的笑容令他战栗。他说得也没错，自己是赔了夫人又折兵。他倒像刘备般刀枪剑戟中抱得美人归，又将爱心洒满人间。像韩信那样受胯下之辱？像越王勾践那样卧薪尝胆？那就叫大丈夫？太新鲜。太恐怖。毛骨悚然了。那什么是大丈夫？他忽然感到40岁了，早就过了而立之年，非但事业无成，竟还像孩童似的一无所知？他第一次感到自己竟如此混沌未开。黑云压过来了，到了头顶，他感到了窒息。海浪还在不断撞击着礁石，他感到了昏厥。迷蒙中突然想起兰子姑哭丧着脸在叨叨成子：成子现在发了，拿着姑父的接济做本钱，竟和那些曾经欺压他们的村官儿成了同盟，在风景秀丽的塔岭下面开发了一个住宅小区，现在也当了老板。"成片的樱桃树都砍了，这个兔崽子！现在跟我都吆五喝六的。"兰子姑在电话中哭泣着说。沾了安家边儿的人都认死理儿。有奶才是娘，你现在还有奶吗，认你干吗！他为自己忽然间的长进有些沾沾自喜起来。爷爷当初无偿捐献了辛辛苦苦得来的全部家当，至今他都怀着无比的崇敬和自豪，这在心里生了根儿的。爸爸也是，虽未叱咤风云，却一辈子默默燃烧着自己，可未到古稀就燃尽了自己。明明带着屈辱和不公，却含着九泉之下足以瞑目似的安详。高贵？脑子里忽地一闪又感到后背一阵冰冷。这两个字似“岳母刺字”般在身后背了几十年，此刻却感到竟像一个陌生的黑衣人掩着面孔，只露出两只幽蓝的眼睛狞笑着看着他。天渐渐阴沉下来，风也大了，黑黝黝的礁石边浪花更加汹涌地咆哮着，让他感到像一首没有旋律、杂乱无章的交响乐在刺耳地轰鸣。

凤姐要找他。安静没去泰安，是在槐花巷口等了他下班时告诉的，老远看见他就招着手，欢快得像小闺娘儿似的。安子健说她总长不大，她说在你面前总觉得是小闺娘儿，不知怎的。

“告诉你一件好事！”她一把挽起安子健的胳膊，“走着说。”“又这样。”安子健别扭着。“只要莉亚不挑眼，管别人干吗，”安静自由自在地说，“我妈正在运作一个老大的商业地产项目，名儿还挺怪，叫什么商业广场。看她的意思想聘请你过去操作这件事情。”安静边走边说，喜形于色。又说：“她一直欣赏你。树挪死，人挪活，咱不在泰安受那窝囊气。凭你到哪不吃香喝辣。”安子健心头一动。早看出，娘俩已经很热乎，她对她妈以往的怨恨早已冰雪融化，从安静洋溢着的满足和荣耀之情中可见一斑。再看她现在的打扮，虽未花枝招展，简约中却尽显品质。还有身上散发出的香气，虽未浓妆艳抹，却淡淡地沁入鼻腔。整个人竟优雅起来，以往的泼辣劲儿荡然无存。也是四十开外的人了，竟还留着韶华，看不出一丝衰老的痕迹。和余莉亚一比根本不像同龄人，安子健不禁一阵酸楚。余莉亚当初可洋娃娃似的，比她更活泼可爱。不用说安静能如此都是归功于她妈，那余莉亚这般归罪于谁呢？

“生意怎么样？”他问。“我是谁，不好都难。这地方是玩儿的不花钱？给个好脸儿就有大把往外掏银子的。”三个月前，安静在中山公园那儿开了一家卡拉OK歌舞厅，安子健被她拽着去过一次，装修得金碧辉煌。安静还真有女老板的架势，左右逢源如鱼得水。她告诉说，这投资是她妈掏的钱，没要杰子一个子儿。省得他说三道四，自己做婊子还得叫别人立牌坊。关键时候还得是妈！安静很得意。也别说，他也觉着凤姐做人做事确实都让人感到熨熨帖帖，有情有义挺讲究，挑不出个大小，更别说对自己的亲闺娘儿。不像以前想象的那样抛夫弃女一身恶名，一个女人，凭着自己的斤斤两两打拼到现在，耳朵边儿听着，好像也没有闲言乱语，口碑不错。不觉间他竟有了些敬佩。两人溜达一会儿，安静看看表，一招手拦了一辆出租车，去了太原街西头那家半岛咖啡。据说是台湾人开的，欧陆风情。他感到些亲切。里面很大，却无太多人。高雅的欧式灯具下，昏黄的灯光里散散落落的只有几桌年轻人在窃窃私语。“有情调吧！”安静带着调皮的神态冲他问。要在以往安子健非得瞪大眼睛不可。“不可同日而语了。”他心里说，嘴上可还调侃了一句：“现在也懂这个了。”“揶揄我？”安静笑着撇撇嘴。“这词儿现在也会甩了？”这回他吃惊了。“那是，人都会变，”安静悠然地说，“莉亚也会的，只要你行。”

“两人说什么呢，这么亲热，”凤姐摇曳着长长的裙子出现在面前，“在你哥面前总没大没小。”她佯装嗔怪地冲安静说，脸上却一直带着微笑，笑得很得体。安子健摇头不是，点头不是，一时有些拘谨。“还是那么阳光。”凤姐笑容中流着喜爱看看他，然后转身引着他们进了一个包间。一切陈设比外面更加华贵，厚重的欧式大方台上已经摆满了各色水果和点心。

“你看看，还是和你哥近。”凤姐说，安子健这才感觉到安静坐在他身边，不好意思起来。“这样好，我喜欢，说明她没忘本。”凤姐赞许着说。

凤姐和安静点了咖啡，安子健点了绿茶，说他还是喜欢这个。“出国一趟还是土老帽儿。”安静又“揶揄”他说。“你懂什么，太肤浅。这才是真见识，哪像你附庸风雅。”凤姐笑呵呵说。

“听说在泰安干得挺憋屈？”凤姐搅动着杯子里的咖啡，面带同情地说。安子健脸色绯红起来。这句话来得直接，他一时不知如何回答。“泰安那些王八蛋不识货。我哥也太老实。”安静愤懑地插嘴说。“这我知道，”凤姐端起杯子呷了一口，放下杯子搅动着又说，“人往高处走，水才往低处流。现在又是来去自由的年代，何必委屈自己。”安子健想说安静刚才跟我说了，说出的却是：“您——？”凤姐扬起脸未置可否笑着。安子健局促起来。

“我也正需要人，不光是帮你，”凤姐脸上显着真诚的笑意，又凝重起来，“我现在正运作一个大型商业城项目，大连街开天辟地最大的。也不光是商业动机，重要的是为大连人做点事情。依你的学识、经历，当然还有人品，这也是最重要的，正适合到我这来施展，你应该不会错过这个机会。”安子健看着她轻轻蠕动着嘴唇在悠悠说着，心里不禁燃起一股激情，眼睛也亮了起来。“项目的前期运作这方面我还没有实战经验，”又说，“这个至关重要，不然一旦建成，方向偏了会铸成大错。”凤姐释然一笑:“你说得很有见地,还是有经验。这么大的项目我也不会贸然行事,咨询过一些专家,他们说的也是这个道理,”她欣赏地瞅着安子健,“别的你先不用管,只负责市场的调研。还有,项目经营方面的规划设想和内部布局,这些都是些要命的东西,也是你的强项。”说完,她充满信心地看着安子健。安子健垂下头,在想着。

“哥,快表态呀,急死人了。”安静尖着嗓子叫了起来。“又露原形了不是?”凤姐看看她又冲安子健笑着。

“我会给你足够的空间和支持,不会像泰安那样浪费人才。我是大股东,可以左右一切。”凤姐眼睛里飞扬出自信和霸气。平时总是听安静说她妈如何如何,今天才第一次真正感受到了凤姐。“到底不一般,是个人物。”心里涌出一句。眼前的这个娇小的身躯仿佛有不可撼动的力量。他觉得心里有些飘忽。“想什么呢?”凤姐笑吟吟地看着他。

“项目在何处?这商业项目选址——地段很——”安子健脸上认真着,心里却在理着思绪。“这些个都做过,你先不用关心,”凤姐笑着打住他,“你只是做出自己的决定,还得要快。”

“最快也得二个月。”安子健想想说。“为什么?”凤姐一愣。

“合同还没到期,再说员工离职有程序,不能拔腿就走。”凤姐渐渐褪下笑容,她看了看安静。“管它那些,又没捆住你。再说有什么损失我妈给你补偿,多大的事儿。”安静趾高气昂地说,凤姐在点着头。

“那不行,我可以尽量抓紧。”安子健说。

安子健从未有过的踌躇,心里一忽儿亮堂,一忽儿黯淡,继而又燃起了火苗。泰安已经无了往日的辉煌,门庭冷落着。他索性请了两天假,在家里反复回忆着跟凤姐的这次谋面,又回忆起上次吴永杰约他说的。该不会是一码事？他又反复咀嚼着凤姐。吴永杰不用咀嚼。这个女人难道真像她表面那样？一身的光环难道真就白璧无瑕,如此的身世难道真就脱胎换骨了？“适者生存”？可再怎么也道不同不相为谋。“苟且吗？”当初在葛家峪时,开始爸不也这样评价过葛老太？后来两人倒成了莫逆之交。再者这就离开了泰安？他不时嘴里又迸出这句。余莉亚看着他困狮般来回游走,一次次陷入思索,人呆了似的,她心里紧着又不敢上前问。

“泰安要倒闭了!”曹建慌慌张张跑来告诉说。“今天早上一上班就开始沸沸扬扬,听说要并入S集团。都人心惶惶了,还在家躺着!”安子健一惊,随即镇定下来。“思想僵化,孤芳自赏,夜郎自大,实属必然,大势所趋。”他嘴里一句一句轻轻念叨着,像是早已准备好的台词。“活该！看谁笑到最后。”余莉亚说。几天来安子健的郁郁寡欢已经压抑得她近乎窒息,见安子健终于脸上有了人气儿,她想顺着说一句,自己也放松一下积郁的心情。

“多好的势头,多好的资源!”安子健又露出痛心的神色。“还操这个闲心,都被打入十八层地狱了,恨不得它早点儿黄摊儿。”余莉亚又嘟囔着。“也不能幸灾乐祸,毕竟是我发展的起点。”“又犯了老毛病。”余莉亚睃他一眼。

“不管怎样,也给了你名正言顺离开泰安的机会,省得成天纠结。”旁边曹建说。

“这倒是。”他说。

一个曾经辉煌一时的商业巨人真就轰然倒下,成了“S集团”的盘中餐。

尽管安子健被调离泰安市场部，干着和经营毫无相关的二线工作，他却无时无刻不在关注着市场动态和几家大型商业企业的发展。他渐渐发现，青泥洼商圈儿的老字号“S商场”正在重新焕发出青春活力，旧貌不断换新颜。沉淀半个世纪的市场底蕴，如今被崭新的市场理念激活了野性。它睡狮般猛醒，正长啸一声冲入莽莽荒原，不断开拓着自己的领地。

“S商场”自20世纪50年代组建以来，一直承担着青泥洼商圈领头羊的角色。商品经济大潮涌来，那座灰色的大楼沉寂了下来，无了昔日风光。天津街上却繁荣不减当年，天百大楼依旧巍然屹立，泰安大厦异军突起光彩夺目，使这条百年商业老街不断引领着大连街商品零售业的风骚。

“无限发展，无微不至。”“S人”找准了自己的方向，重新崛起了。90年代末，它在夯实传统业态和经营特色基础上，又将“无微不至”推向极致。接着，又祭起“无限发展”大旗。率先在东北地区打出第一枪，与当时世界500强的日本M株式会社合作成立了“大连M百货连锁集团”，成为大连街有史以来第一家中外合资商业企业。总店位于青泥洼商圈核心地带，巩固了在青泥洼商圈的霸主地位。M连锁集团先进的管理模式，高档的服务设施，令大连人耳目一新的众多国际大品牌一经入市，即在大连街刮起一股购物旋风。春风得意马蹄疾，紧接着又相继并购抚顺、锦州、营口三座大城市最大的百货大楼，施行异地扩张。同一年，“大连S新生活超市”正式开门纳客，其模式之新开创了大连街商品零售业历史上的新篇章，并紧锣密鼓扩大连锁经营区域，刚刚步入新世纪，他们已新签约异地新项目10余个，使“大连S集团”的名号逐渐遍布整个中国北方。

S集团的发展动态早已令安子健怦然心动,他心仪已久,却一直在纠结。人家“S”能行,泰安这么好的条件为何就不行?他想起自己那份被关副总扔回来的泰安发展规划,他心痛着。看着“S集团”,他既眼热又心有不甘,之所以迟迟按兵不动,既有等待时机东山再起的心理,更重要的还是下不了决心弃旧主而求荣。

“泰安原班人马从头到脚原地待命,等待新主人统一安排。”纷纷攘攘的泰安瞬间一片沉寂,像战场上的俘虏,既默言无语又忐忑不安,人人都在盘算着自己的小九九。“咱也得赶紧打算。不行托托人。”余莉亚焦急起来。

第三十二章

山泉流过的地方，也有野草在撩拨。

安子健给安静打了电话。安静鸟儿一样鸣叫起来："哥，老天爷都在帮你，这在别人是祸，咱是福。天底下又不是泰安一棵歪脖树，你就是自己寻思不开。我这就给俺妈打电话，"停停又说，"你也不用去见她，我跟她说声儿就行。"安子健正待说什么，那面已经关上电话。倒是雷厉风行。安子健正在琢磨着，安静回电话了，声音稍有低沉："俺妈想亲自见见你，当面谈谈。""这个应该，我也想这样。"安子健说。"我是怕你为拖沓到现在难为情。不过听她的口气挺爽快，她还是对你印象不坏。"

泰安已经歇业，员工都放假等候安置。出了槐花巷，他站住了。左手边一望，"泰安"寂冷地站在那里，大门紧闭着了无生气，像荒原上闭眼卧着的一头病狮，鬃毛都凌乱着。他心里酸了一下。

看看时间还早，他没有坐车。心想这凤姐还真是忙，时间还定在了晚上。顺着天津街走下去一拐上了中山广场，走几步前面就是人民路了，他看看表又慢下脚步。头天晚上下了一场大雪，此时人行道边上簇着一堆堆的雪。大连街好久没下这么大的雪了，更没见过这么多的雪堆。他欣喜着有了久违的感觉。小时候冬天这样的雪天却很多，小子们都把雪堆当堡垒，分着帮儿地扬着雪球儿打雪仗。吴永杰总是当头儿，指挥着一帮儿，总打胜仗。两帮儿人当中就安静一个小闺娘儿，像是皑皑白雪中一点红。她总跟着吴永杰腚儿，看着两帮儿小子们嗷嗷叫着奋勇杀敌，她就不断握起雪球递给吴永杰，吴永杰更来了劲儿。冻红了脸，用嘴哈哈手她又再接再厉，甩着小辫子，俨然一个压寨夫人。性情啊！安子健心里不禁感叹。那时，马路上没有太多车，晚间一下雪，孩子们纷纷出动。踩着缠着两条铁丝的小木板在路上有滋有味地滑起来，当然这绝对少不了安静的身影。她妈那时还没离家出走。他也从巷子里赶了出来，却不阻止安静，而是夺过一个孩子脚下的木板儿自己也滑了起来，摔得仰面朝天还哈哈大笑。走着，想着，心里涌出一股暖意。一跐一滑地走着，不觉间竟到了恒通大厦。才五点多钟，天就落黑了。刚过冬至，这个时节日头最懒，在葛家峪那几年，这个时候家家户户的烟囱上都快炊烟散尽了。接待台前迎宾小姐不知去了哪，等了一会儿还不见踪影。看看时间到了，他径直走到那扇赫大的门前，轻轻敲着门。许是门板太厚，仅发出几下“啪啪”的细小声音，刚待再用力些，里面传出和悦的声音：“请进！”拉开门，是好重。门刚打开，凤姐已经笑盈盈站在门前。房间里也随着她飘出一股暖烘烘的温热，温热中还夹着淡淡幽香，瞬间消除了一路身披的寒意。凤姐穿得很随意，神情也懒散着，像在家里一样。高跟鞋也没穿，趿拉着一双绣花拖鞋，露出白白的脚裸。安子健一下子想到刚才外面的雪。身穿一套鹅黄色睡衣，面上儿柔柔的一看质地就很好，长长地裹住身子，娇小的身子竟显出了些许颀长。他一时不知所措站在那里。“快进来呀！自己家里。”凤姐轻启朱唇，莞尔一笑，声音柔柔的。她拉起安子健的手转过身，他不自主地后面随着，像一个贵妇人在遛着心爱的狗。越过那排大沙发，走过大班台，穿过这间宽敞的办公屋，走进一间开着门的小屋。安子健步子沉重着，像一路上跋山涉水，腿都软着。凤姐的手细滑、柔嫩像没有骨头，像头些年的余莉亚。“也该过60了——？”慌乱中他脑子里一闪。

刚才外面办公屋硕大、庄严的感觉顿时被眼前的小巧和温馨所驱散。陈设也不多，地中央一张铺着乳白色桌布的小圆桌，上面一个花瓶里插着两枝深蓝色的玫瑰。两把精致的乳白色绒面椅子对着摆开，凝神相望着，像一对深恋着的情人只待伸过手去。圆桌上方一盏画着近似裸女的羊皮灯散着幽光，安子健又闻到了一丝幽香扑面而来。他暗自努力使自己镇静下来，不待凤姐招呼就坐在墙边那张舒展着的绒面沙发上。心里有些怦怦跳。

“过来吧，边喝点东西边聊聊你的大事业，”凤姐自己先坐在一把椅子上，“知道你不喜欢咖啡，给你准备了红茶，这东西冬天暖人。”安子健犹豫片刻，木然站起身坐在另一把椅子上。“这是正山小种，红茶鼻祖。”凤姐轻轻拿起桌上那把玲珑的茶壶，为安子健斟上茶。茶壶圆圆地鼓着肚儿，上面飘着两行草书。那只白白的手拖着白白的一截胳臂从袖子里伸了出来，被幽光染成了乳白色。他顺眼看了一下杯中，琥珀色的茶水晶莹剔透。“谢谢！”他想起来。

“说说吧！”凤姐睃着他说。空间很小，声音很轻却宛如银铃。安子健感到嗓子眼被什么噎住了，他呷了一口茶想振作一下，却是一股苦涩。

“那好，我说吧。”“看你，我还能吃了你。外面的世界都闯荡了，却还像个雏儿。不过，我喜欢。”凤姐手里的小勺搅着咖啡，喝了一小口，惬意地笑笑。安子健觉得脖子火辣辣的，凤姐看着他又笑笑：“小静儿基本上都说清楚了，我懂你。你重情，这很好，为啥不早跟我说。我也很重情。哦，对了，你那点事小静一遍遍儿跟我絮叨，是他们冤枉你。其实，冤不冤枉有什么大不了。这年头，死的都能说成活的，别说你本来就没死。当然，活的也能说成死的。”安子健心里一暖。“这下好了，泰安又黄了，你出来也顺理成章不用去纠结，”凤姐的声音和面色一样和善，“这贵人就是有贵气，跟老天都能搭上话儿。”她微笑中含着倾慕，抬手又给他斟满茶。手不经意触着了他的手，接触时又停在上面，安子健将手缩了回来。听她又说：“那个姓关的不能饶了，给他打入十八层地狱。怎么样，满意了吧？”凤姐脸上妩媚起来，眼神也在飞舞。方才屋子里感觉有些燥热，额头上都沁着汗水。此时他却一下子打了一个寒颤，感到额头开始发凉。凤姐花儿一样的脸怎么一下子扭曲起来，像聊斋里的鬼魅，桌子上那两朵蓝色的玫瑰正像一个幽灵的两只眼睛瞪着他。

“这样不——也没必要——”他想努力得体些，脑子里却似有一片蚊子在飞舞。“我考虑过——其实我来——”他感觉已经彻头彻尾语无伦次了。从来没有过，像中了邪。他垂下头躲开凤姐火辣辣的眼神，感觉后背都在凉飕飕冒着冷汗。他真正开始后悔今天不该来。忽然，一阵异样的感觉开始在腹部涌动，久违了的。这东西又渐渐下沉，开始在下体膨胀。好美妙的感觉，一种难以名状的躁动布满全身。他战栗了，压抑在体内许久的那个怪物在疯狂地啮噬着他。凤姐还在看着他。鬼魅不见了，幽灵也不见了，凤姐却比刚才更加娇柔、妩媚。“来吧，我们沙发上坐坐，这里更舒服。”凤姐缓缓站了起来，转身坐在柔软的沙发上。他闭上眼睛，没动。“我就喜欢你这样的小子。来，给我捏捏后背。”是臆想吗？凤姐已经褪下了睡衣，润玉一般的躯体上只有一件和桌子上玫瑰一个颜色的内衣，里面鼓胀着。他又感到下身在剧烈膨胀，竟想一跃而起，却只是身子晃了一下，又坐住了。“我身上嫩着呢。”那声音真像小闺娘儿，还喃喃着，羞涩着。他脑子里一片轰鸣，血脉在贲张。身子又晃了晃，像个不倒翁。“别看我年纪大，但哪个男人不想上我的身，”她已经斜仰在沙发上，两只手高高擎起，像是要准备拥抱什么，“比你年轻帅气的多了，我什么样的没尝过。”她轻轻褪下内裤，扔到地上。天哪——！他费力地闭上眼睛。耳边有了呻吟，他睁开眼睛，凤姐眼睛微闭着，两只手伸在那片——他终于抵挡不住身下那个巨大的弹簧了，腾地一跃而起。他颤抖着走过去，腿似被什么拖住了，脑子里又一片空白，似迷了路的盲人停下了。眼前两道白光闪过，两条白白的腿已经竖立起来。

“都说你是高贵的金种子，我也沾沾你的贵气。”她平和的语气中隐着指令，像是母亲在敦促儿子做功课。脸上在荡着期待的神情，那是一种准备享受丰收的喜悦之色。

“贵气？”“金种子？”似一把利斧劈来，顿时击溃所有的欲念将他打回原形。他惊恐地看着她。粉面桃腮已荡然无存，只剩一张干瘪的脸在狞笑。肚皮上竟然横着丑陋的沟沟壑壑，中间那粒黝黑的小坑竟像一颗腐烂的蚕豆。两条腿还在高跷着，原来竟是两条粗壮的白蛇。他痛苦地闭上眼睛，趔趄着往后退着。

“哈哈！还是小雏，少见识。”凤姐没有起身。她放下两只腿，侧过身，手擎着头望着他，像是早晨刚起床在欣赏一尊雕塑。伸手一勾，又说：“来呀，姐领着你。”“咣当”，桌子被碰撞了，上面的花瓶摔得粉碎，玫瑰滚到了地上。他一惊睁开了眼睛，那把茶壶却没碎，盖子落在地下，“肚子”却躺在一把椅子上，椅子面染成了琥珀色。他紧盯着它，他明白了。两眼似在燃烧。

“你那个余莉亚不也跟别人上过床，这样也平了你的怨气。”

“渣滓！”他嗫嚅着，仿佛只剩下说这两个字的力气。

“少他妈装圣人！今天老娘非吞了你。”白光一闪，凤姐一跃而起。

“滚开！”他飘着软软的腿载着沉重的身躯夺门而出。

泰安人事安排有了结果，安子健原地不动。余莉亚哭了：“找找安静她妈吧，别人咱也说不上话儿。不然可就生根儿了任人宰割。”安子健出了门。这消息其实已经公布三天了，他回来一直没说，知道这跟她所期待的一个天，一个地。身后余莉亚又在抽泣，声音噎在嗓子眼，听着快没气儿似的。

眼下简直成了哭的世界。自打那次事情以后，安静来过两次电话，结果也是哭。第一次，安静开始时语气带着不解，埋怨他咋突然变卦了，好好的事儿。安子健说不适合。安静火了，还是朽木疙瘩一个，咋还得八抬大轿！安子健说业务不熟，不能耽误事。她又开始骂了，什么时候了还装孙子，这是请你。哼，那你就躺在那儿挺尸吧！却又问，那你咋办？安子健说听从分配。安静这时哭了，真挺尸呀，暗无天日了！第二次是昨天，安静的信息却也灵通。听到安子健说“原地不动”，她又哭：这回真是挺尸了，暗无天日呀！就不能换个别的词儿。安子健说她。这词儿最解气——安静哭声在嗓子眼儿噎着。

“爸爸，学校明天开家长会。”回到家，安然赶紧跑过来说，看得出早已在等他。他咧嘴想笑却没能够，神色黯然点点头，脚步沉重地上了楼。安然吃惊地看着他：管多爸爸一听到开家长会，立马像要立功受奖似的雀跃着。走之前还神情庄重带着个小本子，回到家就对着本子和她细细交流。老师还表扬过，说安然的家长在家长会上表现最好，胜过学生听老师讲课。看着爸的背影，她哭了。余莉亚扯过她搂在怀里，眼泪却滴在她的头发上。“妈，你们怎么了，吵架了吗？”安然抹掉眼泪问。在她的记忆里，爸和妈从没吵过架，好着呢。她觉着心里总是很美，这美都把书包撑得鼓鼓的。自从爷爷病了，又去世了，爸爸少了往日的欢快。顶多也就脸绷着，从没跟妈吵过。“没有。”余莉亚张着无神的眼睛说。“这次家长会爸又能听到好消息，”见余莉亚没应声，又说，“到了初中我更好好学，你们都好好的，我可为咱家骄傲呢！”余莉亚一阵酸楚。脚步声重重传下来：“明天爸爸跑着去，还听你的好消息！”安然又看到了那张熟悉的脸，庄重又神圣。

泰安前些日子的躁动已经平静下来，员工基本保持原地不动。岗位却悄然有了变化，正所谓有人欢喜有人愁。曹建原来的岗位被别人取代了，他一气之下跳了槽。临走时安子健为他饯行，又约了在天津街餐饮夜市。

“老安，还是一根筋，就不换个地方？”见安子健还是坐在上一次那家摊子里，曹建就笑，“咋的，这个也怀旧？”他坐下后又打趣说。安子健一怔，原来说得也是，事前还真没去想这些。“也是顺腿儿就来了。”他也笑了。安子健拿起菜单点着菜。“咋又是些上次吃过的？就不会换换。”曹建张着眼说，安子健一想咧嘴又笑了。“今天全部换新的，上次吃过的一个不要。”曹建很认真的样子，抬头冲旁边站着的服务员说，“你这里有什么拿手菜？”小闺娘儿这回张开嘴笑了，刚才她一直在抿嘴儿看着他俩。“笑啥？”曹建问。“恁俩有点儿像俺老家来的。”她神情竟有些轻蔑。“你老家那儿？”“庄河，沟筒子里。”说完转身飘着走了。“听见没？是说咱落伍了，还是她这种山沟子出来的。”曹建神情黯淡下来。俩人闷着头两杯啤酒下肚，脸上都飘了红。“请我来就是喝酒，也不说话？”曹建先开了口，“不行，老安，我们得变。”曹建又端起杯，自己仰脖一饮而尽。“那话说得其实也对。”放下酒杯他说，安子健张眼看着他。“要改变世界得先改变自己，”他重重地说，“你说咱俩缺啥，特别是你，可惜了。不就是没随了潮流，跟自己较劲儿。那些人模狗样儿的还在看咱笑话，说你是‘饼子’(大连流行语，“笨蛋”之意)一个。什么高尚，那只是你的墓志铭，没人正眼去看一眼，九泉之下你能瞑目？”安子健一震，这话爸死时他在碑前说过，当时也是这种心态。“卑鄙者却举着红彤彤的通行证畅通无阻，还到处迎着笑脸！”今天曹建竟又是这话！他心里又被撞击着。“什么美德，什么修身，什么谦恭，什么——统统都是熊老实人的王八蛋！”曹建话多了起来，越说越激动。小闺娘又端着盘子走了过来，放下后转身欲走。“回来！”小闺娘儿哆嗦了一下回过头。“拿起来，重放！”她愣怔地看着曹建。“像欠你二百吊似的。”曹建哼着鼻子说。“哼！”她的哼声更大，没理茬又转身走了。“看见没，连她都看客下菜碟，狗眼看人低。”

安静又来了电话。安子健一看电话号码，心里动了一下。从上次把她激怒了，他在安静哭声中关了电话，她好像销声匿迹了。安子健知道这回是真惹了她，她不是耍小性子。一直没有她的动静，这几天心里隐隐还有些期盼。

“哥——”还是以往那种腔调，夹着些兴奋。她来电话时总这样。“说吧。”他佯装镇定。“今晚儿来我这儿一下。”声音又神秘兮兮，他知道说的是歌舞厅。想起自己今天才刚上班不久，她这就起床了？昨晚鏖战了大半宿，按往常这个时间她应该正在酣睡着养精蓄锐以利再战。安静现在已经是昼伏夜出，每天两点一线。用她自己的话说，歌舞厅是她的阵地。此刻电话里声音饱满没有一丝疲惫之气。“昨晚又打了胜仗？”他调侃了一句，心里却有了跳跃。“今天不跟你开玩笑，”她严肃起来，又忽然说，“说胜仗也对！你猜我看见了谁？”安子健被问得摸不到头脑，说：“有屁快放。”“你的老‘情况儿’。”“狗嘴吐不出象牙！”他有了些失落。“周娜！”她紧接着又说。“天天晚上开心还不过瘾，又拿我当‘牛黄开心丸。’”其实他一下子想起了这个名字，知青点那个拉小提琴的女孩儿。“现在哪有这份儿闲心思。”他说了一句。“当拉你下水呢，美得你。跟你正事儿有关。今晚来吧，当面儿跟你说。早点儿，我也早过去。”

挂了电话，他下意识活动了一下右臂，回忆着周娜。印象中有些轻飘。知青点的王永江为她还和吴永杰大动过干戈，在拉架时这里曾经挨过一洋镐把子。为这个还误了高考。还对他有过意思他却望风而逃。他晃晃头苦笑了一下。安静跟余莉亚还骄傲地说过此事，余莉亚笑他天生开窍晚，送鼻子底下的鲜花都不摘。俺哥那是正人君子，坐怀不乱。安静又维护他。其实两人说得也都对，回想周娜当时是真情实意，不管怎样是伤过人家。

安静做事总是风一阵雨一阵没头没腚的，不过这次倒很正儿八经的样子，如同战场上摇着小旗儿。他心里嘀咕着。

他跟安静脚前脚后到了歌舞厅。安静肩上的包儿没放下，直接拉着他进了一个包间。“干什么呢，特务接头儿似的。”“你说对了，重要情报。”安静一脸严肃。

“我真见到周娜了！”“这跟我有什么关系，”又问了一句，“她现在还好吧？”“当然好，比我都牛！”“在哪见到的？”“在我这儿呀！我现在哪有心思逛大街。”“她来这儿玩儿？”“哪止是玩儿，是潇洒！现在谁像你老八扳儿！”安子健没有责怪的意思，还在听下去。“她现在可是个人物，身边有个大老板。”“又离谱了，这些跟我有——”“听我慢慢说呀！”安静又严肃起来，“你现在的命运在S集团手里攥着，这M公司现在又是它的顶梁柱，这个人又是M公司的日方大老板。自己琢磨琢磨？”她眨着眼看着安子健。安子健渐渐听明白了。安静说的那个大老板原来是周娜的舅舅，M公司中国区日方总代表，是个华裔日本人。现在正在大连，昨天晚上周娜还陪着他来这里唱歌。安静许是太兴奋，喋喋不休还有些杂乱无章，他边听边在脑子里捋着。待她终于停下来长长吁一口气用期待的神情看着他，安子健脑子里已经清晰起来：亲舅舅，理由是长得很像；跟周娜很亲近，理由是对周娜言听计从；人很正经，理由是有点像桥本；很有文化，对中国传统文化很迷恋，理由是净点中国老歌，唱的时候还眼泪汪汪。“总而言之，言而总之，你的福星到了！”又点化说，“周娜对你当初可是真情，这个你不行，我懂。”

“她问起我了吗？”安子健问。“不问我也得提，不过确实是她先问的。”“你说了？”“那当然，我也是实话实说。告诉她你在德国留过学，好心好意回国报效国家，却总被人抓唬踩在脚底下。当时她还说了一句‘还是这么傻’，看得出来那是心疼。这个我懂！这不，我趁势约了她今天，她挺高兴，”见安子健双手托着腮呆呆在想着，安静降下声调又说，“机遇，你得抓住。只要周娜舅舅肯出面，S集团还不得高看你，”说完立起身，“她快来了，我得去迎迎。”安子健也欲起身，她把他摁住了，“你就在这儿坐着，端着点儿。”安子健木然坐下。“待会儿我安排个小一点的包间，显得在一起近乎。我这专门有这种，有情调。”安子健腼腆着笑了：“现在还真成阿庆嫂了。”他觉得安静真是有点变了，以前都说她没心没肺，现在胸腔里可一样不少。“你说对了，管他什么胡传魁、刁德一，统统拿下！”开门的时候她转回头说。

周娜果然如安静所说，变了，又没变。端庄、娴雅，矜持之间还依稀可见当年那种青涩、甜美。见到自己那一瞬，他感到那眸子里更亮了一下，那矜持也倏地褪下。然后没有太多兴奋，眼睛晶莹着却似哀楚，活脱脱一个楚楚可人的小闺娘儿。这副纤弱的样子和安静描绘的强大也好，珠光宝气也好，自己想象的成熟也好，风情万种也好，都大相径庭。安子健一时有些乱了方寸，只呆呆地站着。“安子健，你也没变。”还是周娜先开口了。声音也没变，只是多了圆润，以前是清脆，圆润之中又留着那种柔弱。“看你们俩，相亲似的对着脸儿看个没完儿。”安静说。安子健脸一热，见周娜还留着那副神情。“好了，别在这儿杵着，换个地儿你俩再好好相，有的是时间。”

安静也真会安排，这种嘈杂之地竟还有这种清静。不仅清静，方寸之间又弥漫着温馨。领进屋，安静说快上客了，她得先去补补妆，转身走了，屋里只留着柔柔的轻音乐。安子健想倒点喝的沽跌一下气氛，却见桌上只有茶，问：“你喝点什么？”“就喝这个。”周娜说。见安子健有些诧异，又说：“以前喜欢咖啡，被我舅扳了过来。”“你舅——？”他竟有些局促。“现在是日本人，常来大连。他喜欢茶，我也跟着喝上了。别说，还是茶好，以前没感觉。”说着，周娜瞟了他一眼，安子健赶紧拿起茶壶斟上茶。“听说你在德国待过几年。”周娜没喝。安子健听出潜台词是“也没学着喝咖啡？”便说：“我也觉得还是茶好。”周娜看着他轻轻点点头，拿起茶盅抿了一口。聊了一会儿，安静敲门进来了，手里端着一个大大的果盘儿。“就这么板板正正坐着，还以为在凑眼前眼泪汪汪呢！”两人对眼笑了一下。“来，跳个舞，这是你的强项，俺哥跳得也不赖。”说着径直走过去，把音乐声音调大了，又响亮地踩着高跟鞋“嘚嘚”走出去。安子健看着周娜。“还是先说会儿话吧。”周娜显然在征询。安子健赶紧走过去把音乐声又拧小，回到座位上又续着茶。周娜看着茶盅又抬起头看着他，安子健迎着她的眼光，坚定地对视着。“你这些年不太顺？听说了。”声音里有了哀怨。他局促了一下又看着她，她躲开了。“走南闯北了还是老样子，也没长进。”她扭回头看着他说。安子健胸口起伏起来，眼睛里闪过一丝凄楚。“在德国学的是工商管理？”“是又怎样。”“哎，可惜了。”他盯着她的嘴唇，淡淡的唇膏在闪着光亮。“有什么打算没有？”他摇摇头。“这只曲子不错，跳个舞吧。”他心里往下一陡有些失落，周娜自顾自抬起身：“你舞跳得一定很好，看看我们和谐不。”她径直走到那块宽敞些的地方，显然这是设计出来的舞区。安子健跟了过去，弯下腰要将声音调大。“别动，就这样，我喜欢。”周娜阻止着。

“还是那个于连，又想起你当初那个样子。”周娜微微晃动着身子轻声说，安子健对视着她，没说话。她还是那么娇小，身子软软的柔若无骨。舞跳得的确很好，步子很轻灵，显得人快活起来。舞区虽然狭小，方寸之间她却腾挪有度，游刃有余。安子健努力配合着，两只曲子下来不觉额头蒙了微汗。“累了吧，歇歇，”周娜松开手走回桌前，“出去走走，这里太闷。”她已经拎起包背在肩头。见安子健愣在那里她微微一笑：“走哇！”走出房间，安子健看着她说：“我去和安静打声招呼。”“就说我们回家了。”她说。

周娜开车来的，白色的车，像她人一样玲珑。他认得这是台宝马轿跑。见安子健愣怔着，她说：“吃宵夜去，话没聊完呢!”安子健看着车门又愣怔着。“坐哪儿你随便。还得我伺候?”瞅他一眼先上了车。安子健打开前门钻了进去。车子轻快地前面一拐弯儿,上了宽阔的高尔基路,顿时霓虹灯的闪烁无了踪影。马路两旁茂密的梧桐树仿佛都搭在了一处,上面站着明亮的月牙儿。又上了更加宽阔的中山路,路旁霓虹灯又闪烁起来,月牙儿自愧不如似的躲远了。一路上,谁也没说话,心又像都在装着风景。一会儿,车在港湾桥一个门前停下,门头并不辉煌,仅几盏朦胧的白灯在眨着眼,像天上的星星。眨着眨着看出来了,是“别有洞天”四个字。“这家粤菜不错,店和菜都很雅致。像你。”关上车门时她说。安子健怔了一下,下意识摸了一下裤兜,周娜昂然走了进去。这么晚了客人还是不少,硕大、明亮的大厅里虽没熙熙攘攘,却也显出些人头攒动,都带着一副慵懒的神情。周娜打了声招呼,很快有侍者微笑着迎了上来,看得出彼此间挺熟悉。侍者引着进了一个包间,也不大,也就靠墙边儿一张长方形的桌子,上面一个黑色花瓶中插着两枝黄色玫瑰。桌子两旁对着两对横椅,紫罗兰色的鹅绒面儿,顿时衬出了整个空间的浪漫。“情侣世界!”安子健心里跳了一下。周娜熟悉地点了餐,侍者出去了。“怎么,囊中羞涩?”她嫣然一笑。脑中迅速搜索了一下,没有恰当的词汇,他想摆脱窘迫,试着想一笑了之,旋即觉察到还是不笑为好。“今天我请,下次该你。面包会有的,牛奶也会有的。”她手脚麻利地给安子健倒了一杯茶,很轻松的样子,像是离开歌舞厅瞬间松了绑。“喝点儿什么? 我是说酒,”她轻声问道,“可别说不会,”见安子健略有踌躇,又说,“往后这种事情可多。”语气中含了咄咄逼人的凌厉。“随你。”他终于开口了。“又没强迫。”她又现出一丝哀楚。“我也想喝,心有灵犀。”“这就对了,”她脸上有了光芒,“白的?”她看着他。“我也喜欢。”他说。她欢快地按了桌上一个按钮,侍者很快敲门进来。“半斤装‘白酒’,两个小盅。”她说。侍者应着返身退出。

安子健拿起那瓶“白酒”,打开,站立起来双手恭恭敬敬倒着酒:“我敬你,为我们老同学重逢。”他端起酒盅迎着周娜。“也为未来更加美好!“周娜轻轻碰了一下,两人一饮而尽。这酒真的不错,很滑顺进了胸腔,又在周身弥散开来,他感觉自己在振作。

“听安静一说,我就猜到,你还在犯着老毛病,”又说,“其实这样子很好,但现实却不容你,”她看着他,“年轻时却也罢了,我们都‘不惑’了,还有几天?”安子健又敬上一杯,然后洗耳恭听。“‘舍得一身剐,敢把皇帝拉下马’,是为了自己坐上宝座。不然白剐了。”周娜眉心一挑语重心长地说。安子健知道她是在同情自己的境遇,心里酸了一下。同时也感到眼前的周娜已经远不是当年那个柔弱的女知青了,又疑惑她是否当年内心就不柔弱,却没有力量去展示自己的强大?现在,却今非昔比了。自己柔弱吗,绝对不是,从前不是,现在更有力量去展示,为何却——?他心里被撞击了一下,酒气又在胸中涌荡。周娜在给他斟酒,自己也斟满了,看着他。渐渐地像有一股气流将他推开来,周娜在那边隔岸相望。他期待的那些话语总是时隐时现,始终没进入到那个轨迹,心里隐隐有些焦灼。渐渐地那气流又涌了过来,裹了他扯了回来——他忽然意识到,这是想求人家,心里却弄颠倒了。再说人家哪知你意欲何为。气流很热,他额头涔出一层汗,心里鼓励着自己该张嘴了,话到舌尖却只张着嘴。

“都出汗了。”她说,递过一张纸。他竟起身去了洗手间。

“看我,都成了家庭教师了。”他回来坐下后,她说。“受益匪浅。”他由衷地说，目光已经坚定起来。

“聊聊生活吧，我们难得一见。这些年也难遇上可以推心置腹的。”她诚挚地说。他木讷地点着头，心中有了懊悔。却又扬起希望，定睛看着她，在倾听。

周娜徐徐叙说着自己。原来看似风光的周娜其实心里很苦，讲到后来竟落了泪，与之前判若两人。

她五年前没了丈夫。也没有留下孩子。丈夫生前对她很好，是水面舰艇学院一个团职副教授，音乐修养也不错，最喜欢小提琴。人很周正，长得也是。说这话时她看着他。丈夫死后她至今单着，眼里很难再容得下别人，何况现在哪有真男子，不是太监就是凶神恶煞。

小提琴还拉吗？安子健问。她说早就扔下了，这东西太勾心，也不光是因为忙。她现在大连M公司总店有两个柜台，代理着两个服装品牌，都是她舅舅帮助引荐的。安子健知道这两个都是世界著名的一线大品牌，也知道这个店很难进。青岛和哈尔滨的分店她也有柜台。看来安静说得没错，周娜的舅舅确实有些来头。三个城市穿梭似的跑，挺累，不过倒也乐得忙活，填补了空虚。“你呢？”安子健知道问的是萨克斯，回答说以前倒没间断，从父亲去世后心情不好，再加上其他些烦心事儿也扔下了。你说他从不喝酒，怎么就得了这病。周娜反复地念叨着这句。又说其实谈恋爱期间他说过自己小三阳阳性（乙肝病毒），她妈还阻拦过。当时自己怎么就不管不顾，真是被爱情冲昏了头脑。周娜很认真地讲着她的丈夫，眼神中透着追忆。安子健觉得周娜有些神经质，像了那个孩子被狼吃了的祥林嫂。他一直认真在听，渐渐心底柔软起来，还有了颤动，脸上同情之色愈加深重。几次想由衷安慰几句，却又有些不知所措。周娜显然理会到了，神色中投来感激。周娜抖着肩膀抽泣起来，他终于站起身递过几张面巾纸，周娜接过时两只手触到了，她那只停顿了一下才接过，却没有擦眼泪，似还在等待。他一时竟有了抱过去的冲动。幸福的家庭都是相似的，不幸的家庭各有各的不幸！他突然说。周娜张着泪眼望着他。“我也有痛苦，比你还——”话刚出口，他竟被自己吓了一跳。周娜平静下来，擦擦泪痕，脸都花了，就那样深切地看着他。他的脸色骤然阴了起来。“她——？”周娜微张着嘴唇。“我是一只龟！”他嘴里迸出这句，然后回过身挪着脚步。“就坐这儿吧。”周娜身后扯了他，身子往墙边靠了靠。他身子一歪坐了下来，周娜两只手已经张了开来。她的身子很软，又很暖。他闭上眼睛又说着——竟感觉已经搂紧了周娜，两人在耳鬓厮磨着，两处泪水在粘着……

安子健一夜未归，余莉亚慌张起来，却没有声张。一周里又是两天午夜才归，身上荡着酒气，昏睡中又突然哈哈大笑。余莉亚看着他那张带着惬意的面孔，仿佛看到了魔鬼在狞笑。她拿起他的衣服，闻着闻着泪水终于流了出来。该到头了。她轻轻念叨着。

“子健，说说吧。”安子健吃完早饭正准备穿衣服，余莉亚说。

“说什么？”安子健没有理睬，脸上荡着春风。“该到头了，我是说咱俩——”余莉亚神色坚定。

“涛声依旧！”他扬声打断。余莉亚心里一紧惊恐：“什么涛声？和谁依旧？”脸上分明写着：高青？

“平局，”安子健拎起衣服扬长而去，“于无声处听惊雷吧！”转身时又说。余莉亚脑子里一片轰鸣。待清醒下来，她想到了安静。

“哥。”安静电话里又透着那种声调。接听之前安子健心里悸了一下，听到她还是甜美地叫着，随即放松下来。“摆平了吧？”她嘻嘻笑着，又神秘兮兮。

“看你像大仙儿似的。”安子健不觉得意起来。“这么说她答应帮你？”安静兴奋起来。安子健没吱声。“今天晚上，对，就今天，来我这儿，我做东。一来为你庆祝，二来也替你谢谢人家。你这人不愿欠人情，我来安排是顺理成章。”

“你千万别提——”“你真当我傻，我啥也不提。都是明白人儿，”没等安子健说话，又说，“我通知周娜。”电话挂掉了。

还是上次那个包间儿，安子健来时，桌子上吃的、喝的早已满满当当。比上次还多了两瓶红酒。“熨作不？”安静笑嘻嘻请功似的。“都快成精了。”安子健不觉脸热了一下。“没看我是干啥的，”安静挺了挺胸，又说，“还这么害羞？都老‘情况’了。”她嗔笑着。说话间周娜进来了，浑身上下还是上次那个样子。“这么大的‘款’也不换一身？”安静又嗔笑起她来。陪着聊了一会儿，又敬了两巡红酒，安静的手机响了，她看了看屏幕赶紧走了出去。一会儿又噘着嘴进来：“干这行人都不是自己的了，张处在天天渔港那个局儿催我快点儿去。老么咔嚓的臭男人喝点酒还得娘们陪着，烦死人，可这些摇钱树又不能得罪。哎！”说完拎起沙发上的外套，嬉笑着说，“失陪了，正好我也不当电灯泡。拜拜！”说完转身匆匆走了。连日来，在周娜那间花园洋房里极尽温柔之乡，缠绵缱绻，眼前这灯红酒绿多了另一种春意盎然。仿佛又打入一针兴奋剂，激情又被燃烧起来。这间屋子又后花园似的远离喧嚣，孤单着看似一个被遗忘的角落，恰里面更可肆意纵横。唱歌，肩并肩搂着唱。跳舞，面对面搂着跳。喝酒，脸贴脸搂着喝。

酒不醉人人自醉,人性的原始冲动又一次迸发了。外面的世界太虚无,里面的世界才精彩。

门开了。安静走了进来。望着眼前的两个人不约而同瞠目看着她,竟僵了似的留着原来的姿势。她径直走到音响跟前,关掉。"一首歌唱个没完没了,也不换换,报信儿呢。""你——?"安子健已经从沙发上跳了下来,整着衣衫,惶恐着。周娜也起了身,面色惨白地扭过头。"啪!"一个清脆的大嘴巴。安子健没捂脸,一腚坐在沙发上,用身子遮住周娜。"还真是这样。也不比杰子强!早知道这样还不如我当初把你拿下。"安静一摔门走了。

一周后,安子健收到一封来信。现在谁还用纸写信?他疑惑着看一眼寄信人:竟是高青!从上海复旦大学寄来的。拿着那只大大的寄件纸袋,他一时惊呆在那里。多少年了渺无音讯,怎么天上突然飞来鸿雁!他感到了沉重,手有些发抖。打开那只纸袋,老式的草稿纸,还是手写的,厚厚的一沓。看那字迹:不错,是她!赶忙看下去:

安子健:

您好!

我都甚觉意外,别说你。二十一年匆匆而过,都已步入中年。

你妻余莉亚不让我说她来找过我,但我觉得应该让你知道。她先来济南"山大"找我,我却已在两年前调来上海复旦大学管理学院做管理工作。她又辗转上海,一路费尽周折找到了我。真是煞费苦心!

她向我诉说了你现在的境遇——(时而悲痛欲绝)。

你在苦苦找寻“正道”。谬也！所谓“正道”恰是你一直在走的路，只要不拐弯儿，还是。

记得，你曾为生长在这样一个家族中深感自豪，逆境之中也未曾改变。当初我很敬佩。那时是一个崇拜英雄的年代，你就是我心目中的英雄。经过这些年的洗礼和曲折的心路历程，已从感性升华到理性。回想起来，你，你们安家人在我心目中的形象更高大。

一个家族的卓越，需要几代人不懈地从传统文化中陶冶出精华，摈弃其糟粕再不断传承下去。其间，有欢乐和惬意，也有痛苦和惆怅，但却在不断升华着品质。

你目前所认为的“家族没落或灾难”之说其实并非如此。恕我直言，这是你彷徨、低沉时所看的的虚影，真实影像恰如黎明前的黑暗。诚然中华传统文化也有糟粕，不能一概盲目继承，给自己套上紧箍咒画地为牢不可逾越。剔除腐朽的沉渣，恰要以新的视野做文化的主人而不是奴隶。旧的藩篱要突破，绝不是背道而驰而误入歧途。

当今社会处于重大转型期，各种思潮汹涌冲击而来。泥沙俱下，良莠齐生，人们的意识处于畸形状态。真善美的缺失，假丑恶的盛行，重建新的精神家园更显重要。在传统文化基础上融入新的理念，建立符合时代的思维方式，更需一批坚守者再次充当开路先锋。你当是其中一分子：优良中国传统文化的家族熏陶，德国人专注、精细并持之以恒的工匠精神完美结合，实乃中国未来砥柱需要之品格。说到他人，不可否认是当今社会一部分人的缩影。从流氓无产阶级摇身一变为流氓资产阶级是当今一个奇怪的现象。但其流氓本质不变，终究不会成为社会的主流。充其量只能是炫耀一时。徒有华丽外表的空壳而终其一代。

在这里，我还要说说余莉亚。可以肯定地说，她是一个好女人，并且一直在深爱着你。请不要急于反驳，我是负责任地说。刚才说到，传统文化有其腐朽的因素，其中男女地位的不平等，甚者，性权力的不平等是其中一个重要方面。女人也需要性的抚慰，也需要释放荷尔蒙，这是不可泯灭的人性所在。“三从四德、从一而终”诸如此类，几千年来像一副沉重的枷锁桎梏着中国女性的身心需要。她们见到心仪或貌美的异性如同男性一样，也会唤起性的冲动和渴望。作为女性我有同感。但我有性伙伴，我的丈夫如影随形伴随在我身边。三年之久，孤灯夜影冷冷闺房，忽逢春风细雨一时失足落水。仅是荷尔蒙的一时化学反应而已，并未注入情感。何况，她主动向你“坦白交代一时糊涂犯下如此不可饶恕的罪行”，深深谴责着自己，至今游离在梦魇中而不能自拔。是罪行吗？难道果真不可饶恕？不错，你没有因此大打出手，表面也看似风平浪静。但是，你的心存芥蒂已在造成残杀，并且还在自残。

恕我直言：情感、事业诸事，你已经站在歧路的边缘，甚至正在向前伸脚。盼归位！否则，一毁自己，二毁妻女，三毁安静。殊不知她一直神一样崇拜着你，你若倒下她会沿着自己的价值观“义无反顾”走下去吗？四毁的是我，殊不知我们曾经那份感情我一直当作珍宝来收藏，如果上面“爬满蝼蚁”……

忧叹之余，你的女儿安然令我眼前一亮。欣喜之余，又感到实属必然。和你一样，良好的家庭教养，你倾注心血的早期教育又激发出了无限潜质，必定未来可期。这是多少望子成龙的父母梦寐以求而难以得到的。不是恩赐，是一代代人的积累凝成了一种特殊的元素流淌在血液中。中国未来正需要具有这种元素的新人担当重任，指点江山。你不是崇尚“高贵人格”吗？此女理当是。

真善美会像太阳一样普照大地，邪恶只是短暂的乌云，能奈几何？不远的将来，中国定会涌现出真正的王者。

……

安子健反复看着。什么蒙住了眼睛，擦了擦竟是泪水。又看，又蒙住了。他发现，纸上竟留下泪水的干痕，刚滴下的泪水又在和它重合着。

黎明时分，余莉亚在老槐树下找到了他。说听到他在喊她。

安子健昏昏沉沉躺了一整天。恍惚中又在滨海路，在木栈道上正嬉闹地撵着谁。有人在拽他的衣襟，讨厌的家伙，太不懂风情。回头一看，竟是安然。她哪来这么大的劲儿，拽得自己竟寸步难行,可脸上还是嗷嗷待哺的神情。

醒来后。余莉亚在用汤匙往他嘴里喂着液体,安子健觉出这液体咸鮈鮈的,这滋味儿在老槐树下一宿都尝尽了,这次却不是自己的。眼泪又滚了出来,和那液体掺着进了嘴里。

“可活过来了,你这是扒了一层皮。”她惊喜着说。背过身,手捂住脸。

“蜕变。”他说。

安然又重新端端正正书写下那十六个字。安子健凝神看。安然的书法又长进了,小小年纪竟如此笔酣墨饱、笔锋遒劲。他眼睛湿了。见他转身要找什么,安然眨着眼,嘻嘻说:“爸,墙上的还在呢。”安子健抬头一看,原来那钉子还在。想起安然一直没让起下来。他把它挂到原处,又凝神看着。正待转身夸奖她,楼下传来钢琴声。他笑了,一把搂过余莉亚。

“还去吗?”他问。

“当然去。我都赔了血本。”余莉亚说。她知道他说的是调到S集团X超市的事。周娜的舅舅已经给办好了,是根据安子健的要求。他认为这是一个更新的商业业态,大连街刚刚冒头,不久就会风起云涌。S集团已经占领了制高点。

第三十三章

老槐树被挖走了，却暗暗留下根须。它太眷恋这片土地。

槐花巷要拆迁了！消息风儿一样从各家各户门缝里钻了进去，接着又在屋里膨胀起来。凡是能动弹走出门的皆惊恐地瞪着眼睛不断打探着。消息很快证实了，准确无误。这里是大连街最好的风水宝地，哪能说走就走？！群情激愤了。一帮一撮的，开始上门儿挨家挨户通知了，白纸黑字写着限令。新房有两个去向，一个是泡崖子，一个是科学家公寓。不要新房的，按每平方米1500块钱折价。我们不搬！有人梗着脖子。有人耷拉着脸。动迁公司进到了巷子里，在一间空房子里支起了办公桌。一群人不停地在巷子里晃悠着。“马上要停电断水了。”他们嘻嘻哈哈催促着。“1500块钱就打发走了？就值个泡崖子的房价！在这住了一辈子，给灰头土脸撵到乡下去？”有人大声申诉着。“嫌不好可以到科学家公寓呀，那里高档。”动迁的人解释道。“那不得加钱？工薪阶层谁去得起？糊弄彪子吧！”“借这个机会可以换成新房子，你得感谢才对。”动迁的人说。“放你妈的圈儿屁，你当是白给。我老婆子哪有那个福，在这住了一辈子挺好，你们别想在这儿发大财！”一个老太太颤颤巍巍叫嚷着。人们附和着，巷子里骂声一片。“这个项目要建城市综合体，给大连人民提高生活质量——”“去你妈的质量吧，俺们有天百大楼就够了。少拿大话唬俺们！”日头上来下去一天天过去了，槐花巷没有一点搬的迹象。

安子健看到了吴永杰的身影，他戴着墨镜坐在车里，沿着巷子转了两圈儿，车子鸣着喇叭一溜烟儿走了。安子健看到吴永杰在车里一脸恼怒。莫非跟他有关？他心中一紧。

安静来了，出租车停在小洋楼门前。她打开后备厢，从里面提溜出一个大大的黑色塑料袋。摘下墨镜，敲着门。塑料袋里面哗啦哗啦响动着。

“哥，俺就知道你在家。”安静笑呵呵尖着嗓子说。“大晚上不在家在哪。”他去X超市上班也就三四天后，安静电话找过他。先是抖着声儿问还生她气不，听安子健口气挺轻松说没有，又扬了嗓子说，还知道我那是救你，偷着乐吧，不然真得叫周娜这个狐狸精害乎死。又说，哥，你离开S集团吧，离周娜远点，别沾她。俺妈还怪我不该帮你撮合这事儿，说我是把你往火坑里推。俺妈说了她还欢迎你。她好久没来槐花巷了，又拿着一大包东西，一脸讨好的样子。安子健顿生警觉。“这是才下来的大飞蟹，拿些来给你们尝尝，都是自己家的，管够吃。”她又往常那样大大咧咧。“然然呢？”顾自坐下后她问。“楼上学习。”安子健还在站着看着她。“还是你，然然肯定能考上好大学。不像我那个涛子，四六不成才，就知道穿名牌。他那个鬼爹也就知道给钱，这个家早晚败在他手里。”她喋喋不休地叨叨着。

“说吧，什么事？”安子健竖起眉毛问。“哥，你那件事考虑怎么样了？”“哪件事儿？”“就是你离开X超市的事啊。俺妈说了她的大门随时都给你敞开着……”

“还有什么事？小静我跟你说，你的心思可都挂在脸上。”安子健打住他。

“还有就是——就是槐花巷拆迁的事——？”

“你们家的房子不已经卖了？还跟你有关系？”“跟俺妈有，还有——跟你更有。”“说下去。”“这个项目是她开发的。你带个头……”安静说。安子健疑窦顿开。

“你是让我带头搬走？”安子健脸色阴沉下来。“不是我，是俺妈，”安静躲着他的目光，“你可以去科学家公寓，面积比这小洋楼还大。”安静鼓了鼓勇气。

“交易？”“别说这么难听。你看这小楼现在破的，”她环顾了一下四周，“再说早晚不得走，小胳膊拧不过大腿。”她声音小了下来。

“永杰和你妈合伙了？”安子健忽然问。“就是俺妈的小二……”见安子健一副恍然的样子，她自觉失嘴打住了。

“别藏着掖着，这不是你安静的风格？”安静想了想，说：“你听了可不要跟别人说，俺妈说先捂着。”安子健凝眉听着。

“这个项目她是大老板，也就是投资商。杰子只是顶着开发商的名义在前面蹚路。他才有几个钱，拿地的钱都是俺妈的，她还从南方拉来了合伙人，这个项目投资太大，”见安子健在认真听，又神秘兮兮地说，“哥，早些走吧，这个待遇也就对你。那都不是些一般人，我看着都心里扑通扑通直跳。”

“你住你的老鳖湾，我去我的泡崖子。出了这个门儿，从此就少了个姓安的。”安子健走到门前，打开门。“哥，你别吓唬我。”安静带着哭声说。

“拿着你的蟹子，待会儿该捂臭了。墨镜也戴上，吴永杰不也戴着吗，见不得人似的。”安子健平静地说。“哥……”安静哭了出来。

“蟹子留下吧，还真断了交往？又不该安静的事。”楼梯上，余莉亚在安然后面走了下来。

“为虎作伥！”安子健怒声道。

“爸，我们去泡崖子，我喜欢。我不是打算考育荣高中吗，那里可以住校，远点没关系。”安然说。小闺娘儿涨红着脸，又转向安静：“姑，你刚才担心得对，吴涛再这样下去真能给家败坏了。其实他挺单纯，还可以挽回。”她胸脯起伏着说。

三个月后，槐花巷夷为平地。这个百年老巷在天津街上永远消失了。老槐树是最后一个从槐花巷撤离的居民，挖它的那一天，吴永杰露面了。树下，被挖了一个巨大的坑，粗大、盘根错节的根系呲牙瞪眼地裸露出来。吴永杰吩咐，胳膊腿儿都好好保留着不能伤着。巨大的吊车压碾着成片的瓦砾轰隆隆开过来了，老槐树已无力反抗，连招架的力气都没有，任人们捆缚上钢丝绳连根拔起，那副老态龙钟的样子令人悲悯。吴永杰拨拉着手指头数数，数到了他爷爷那辈儿。记得他爸吴越前说过，栽树的时候他还趔趔趄趄提溜着小桶儿浇过水。他爷爷吴顺儿还拎着洋镐冲锋陷阵挖过坑。也有70年了。他低下头看着脚下那个巨大的空穴，又抬起头看着空中老槐树像俘虏似的一派无可奈何的悲壮。夕阳下，老槐树下端半人高的那一段地方更加油光锃亮。这段地方他很熟悉，上面曾留着他的背痕和记忆。但数安子健的最多，还有林凌的、安静的、季子山的——无数孩子的。他摘下金丝眼镜灿烂地笑了。阳光刺了眼睛，他揉了揉，眼睛红了起来，再笑时却有了苦涩。卡车载着老槐树走了，车后方扬起一阵刺鼻的尘土味道。再也闻不到老槐树的槐花香味儿了，他感到了一丝怅然、失落。

老槐树去了何方？吴永杰知晓吗？

泡崖子小区位于大连西北部城郊，南与大连周水子机场接壤，再往西就是旅顺营城子。曾同北部相邻的南关岭革镇堡一样是正儿八经的农村。史志记载，这里早年是一片一望无际的大菜地，周水子名字来源“臭水子”，即一个大粪坑，专门用来为菜地施肥的。当地的地名结尾多用一个“子”字做后缀，它发音来源于满语“Ze”。史志中说是因为当地老百姓多是穷苦人，文化不高，加上这个“子”为凑个字数说着顺口。

大连房地产开发已经风起云涌。市中心老城区旧房子拆了建新的，一座座新建住宅小区眨眼间靓丽地拔地而起。里面的人也是换了新面孔，可谓“吐故纳新”。老居民区开始聚集起被开发商标榜为“新贵”的新大连人，老大连人则大浪淘沙般“吐”到偏远的属于他们的新建小区，“泡崖子小区”就是其中最大的一个。安子健和槐花巷大部分老住户搬来的时候，这里刚刚有个雏形，周边还留着旧时乡下的痕迹。大片的高楼大都空荡荡地张着双臂，随时在迎接着被“大浪”淘过来的“泥沙”。还有的正在热火朝天堆砌着，节节攀高，也有正在黄黄的土地上挖着坑的。那坑日渐庞大，处处显示着这里的日新月异。白天尚有些响动，是因了工地、道路上的阵阵轰鸣；到了晚间，僻乡所特有的人烟稀少、寂冷落寞便凸显出来。夜色笼罩下，一切都剪影般凝固下来，只有黑黝黝的高高的建筑物上透着星星点点的灯光，昭示着这里并非虚幻的海市蜃楼。最使安子健感到空荡荡的是这里竟没有一株槐树，连槐树的气味都闻不到，许是以前有过而今被拔掉了？他想起千禧夜去槐花巷寻老槐树，明明知道是枉然可还是鬼使神差般地去了，结果闻到的也是仅有的瓦砾的味道。

第一次看房子后往回走的时候，一拐过楼角，余莉亚终于绷不住了，她电线杆子似的杵在那里。“真像街上说的‘又农村包围城市了’，咱街里土生土长的倒撵到乡下！”她的腿在打颤。安子健心里一阵酸楚。“我倒觉得换个地方也好，新鲜。”他上前扯了余莉亚一把，觉得自己笑得太勉强，脸上的肌肉都僵着。话赶忙收住了，又感觉嘴角在抽搐。“长这么大从没离开街里。”她眼泪终于哗哗流了出来。“又不是强迫你。”安子健本想说这句，却立马咽了回去。拒绝凤姐的优厚待遇虽然余莉亚没有反对，可那是不情愿的，现在说这话不是拿她的手打自己的嘴巴？他庆幸没说出来，这话简直比废话还废。可此时又能说什么？

关于是去“科学家公寓”还是去“泡崖子”，两口子是郑重商议过的。一般家里的大事小情，都是全部三人团召开民主协商会议集体表决，尤其还是这种重大事项。这次却是例外，没有吸收安然而在秘密进行。按动迁补偿政策，依小洋楼150平方米面积，在科学家公寓能够选一套70平方米的房子。那地方虽不如天津街繁华，但在黄河路边儿上，多条公交线路在此穿梭，周边商场、餐饮等公共商业网点齐全。如今也算大连街城市核心区。并且不远处的西安路商圈已经开始形成，大有与天津街争高低之势。安子健却提议去“泡崖子”，他算过一笔账，如果同样70平方米的房子，可以省下一笔钱。安然快上高中了，下一步就要考大学。

现在的父母都一夜间醒悟过来似的，猛然认识到上大学的重要性。上了好大学无异于步入了金光大道，一般的大学也凑合能闪着铜光，再差的没进校门就已经是铁锈斑斑了。有例为证，在星海广场国际会展中心进行的人才招聘会上，很多招聘单位的案前竟竖着一个耀眼的牌牌，上面写着“××、××、××学校免试应聘”的大字。“铁锈们”望着它匆匆掩面而去，“斑斑锈痕”在这里转化成斑斑泪痕。历史的经验值得注意，此情此景决不能在自己掉下的肉身上重演。于是，爹妈们皆奋力投身于“辛勤的园丁”这一事关千秋万代的事业当中。一时间,中国的“园丁”队伍迅速以几何基数增长。且声势浩大,万众一心,以不屈不挠之信念,在中华大地一代新式“园丁”之路上砥砺前行。培育是需要付出的,精神上,“园丁”们已勿需教化,皆自甘竭尽全力。物质上更不能小觑,连农民种苞米还得浇水、施肥,何况高贵的种苗。花儿能否艳丽绽放,就是“园丁”是否辛勤、是否辜负了这个庄严称号的一面镜子。这一点“园丁”们已然成为共识,谁也不想镜子里面有一点点羞惭的面容。“园丁”们倾囊出动了,富有的、贫困的,即便面对血盆大口都面无惧色。拼的就是“实力”,不能输在起跑线。洪水滔天,焉能酣睡。

“安然在学习上不用花许多钱。”余莉亚说。安子健知道她的意思。她说得没错,女儿到现在为止从没在校外补过课,也没有其他这个那个的花费。不像大部分孩子,校门儿出来进补习班,每天背着沉重的书包穿梭似的“划三角”,周六、周日更是“划多边形”。自打上次安然说了之后,安静更是把课堂搬到了家里。吴涛刚如释重负从学校回来,老师已经拿着书本在等着,未等喘息,那可怕的数理化又三座大山一样压了过来。可安然的学习成绩在班里一直名列前茅并呈直线上升之势,这方面已无需太多投入,他更关注她的学习态度,还有学习效率。他总结自己这方面曾经受益匪浅,不只是学习,工作甚至生活当中这都至关重要的。正所谓:功夫在书外。他很佩服米卢这个老外说的那句:态度决定一切。他知道余莉亚还在为去泡崖子心有不甘,心里涌起一阵内疚和不忍。现在X超市虽然工资标准很高,自己却还在试用期里,是水中望月,未来到底怎样还是未知数。这一点,余莉亚也在担忧:“周娜不会使坏吧?臭水坑里爬出又掉进冰窟窿。”他说不会。“还在护着。”她说。他无法再回答。余莉亚曾提议,我们去日本吧。安子健知道小桥本几次邀请过,态度还很诚恳。但安然却断然拒绝:你们不用为我费心费力,出国也靠我自己,不用别人。再说还和爸爸一样,到德国。安子健知道,她这是无形中受了他的熏染,他时常念叨在德国的所见所闻,安然已然有了憧憬。

“手头还是得留些,以备不时之需。”安子健还是说。他隐隐感到安然会有这天。

“什么世道,上学就是上学,哪这么多杂七杂八的。咱小时候也没这样,”余莉亚拧起眉心,又说,“看看一个个都宠得像八旗子弟一样,连狗尾巴花儿都扎骨得牡丹花儿似的,就像那吴涛。”她又忿忿地说。安子健惊讶地看着她。余莉亚这段时间似一下子长大了一旬,看问题不像以前的那种小孩子心理了。她说得没错,他也时常担忧这茬孩子是娇气的一代,连普通人家孩子也加入到纨绔的行列,归其原因全在父母。

“我说的不是那种意思,现在得有全球视野。”他解释说。

“那你也得转变一下观念,不能就这么认输。高青都说了。”她又祭起高青这杆大旗。自从余莉亚去复旦大学见到高青,回来后两人时有联系,现在有了电话更方便了。他也有时接过来聊几句。安子健明显感觉到,她已远不是在农村插队时,台上发言慷慨激昂,斗志写在脸上的那个高青,也不是在前海工作队被吴永杰戏弄时那个不知所措、脸色涨红着的那个高青,而是一名有相当思想深度的学者,一名一流高等学府的行政领导,代表着国内的思想前沿。虽然未失本色,却在如此非常现实中仍能勇立潮头、指点江山。他时常为此陷入思索。上一次通话更是撞击着他的肺腑——人类大脑是思维的“硬件”，随着文明的进步，需要不断更新的“软件”相匹配。这个软件就是对事物更加符合逻辑的认知。如今，社会已经到了开发更加合乎逻辑的软件系统的时代。又说，英国、美国、新西兰、澳大利亚等发达国早已超越老祖宗，除地缘优势外，很重要的原因是在原本的基础上，发展过程中剔除了落后的因素，修正了“软件”。当然还有移民精英人才，国民基础素质起点高也是原因。而你，安子健，就是这种高起点的一员，可为什么这辆“宝马”突然“熄火”，停滞不前，甚至险些“翻车”？恰恰是“软件系统”出了问题。改造不是一蹴而就，更不能游离在局外孤芳自赏。要融入到你生存的土里，哪怕是泥泞。你不总说要做一粒金色的种子吗，得先改良自己。可如果像有些人那样去适应，我宁可现在这样。他在为自己辩解。那不是适应，是一时污泥遇到了浊水。土壤有时会裂变，生长出漫山遍野的荆棘甚至罂粟。要先学会并存，然后以强大生命力繁衍下去改良土壤，使荆棘和罂粟无法生存下去……电话中高青似乎激动起来。他一字一字记住了她最后那句话：只要守住底线，也就是留住金色的种子。它是什么？是一代一代的优良传承！

一辆庞大的水泥罐车轰轰隆隆贴着身丌过去了，车后泛起浓浓的尘土。余莉亚没有理会，就那么僵僵地站着，任凭那刺鼻的气味灌入鼻腔。

“面包会有的，牛奶也会有的。”安子健说。余莉亚看到他瞅着自己在笑，笑得很灿烂，无一丝逢迎。这笑容久违了，曾以为会在他身上绝迹。现在终于又回来了。他拍拍她身上的尘土，她又给他拍拍。

“我们先搬过来，抗战还得八年。”“我们还有几个八年？！”

“那就辽沈战役，然后解放全中国。相信我。”

三个月后，安子健试用期满，正式出任S集团“X超市”总经理。本来，根据安子健的履历与周娜舅舅的极力推荐，经面试考核后是要考虑让他担任S集团企业发展部部长，他婉拒了。领导约谈中他诚恳地说，目前S集团业态众多，发展前景远大，他只是比别人多读了几年书，深感自己视野还不够开阔，专业能力更是有限。要求到基层去磨练磨练，长点真本事，所以毛遂自荐到X超市。虽然没有实战经历，但在德国留学期间对这种业态的运行有过钻研，他很有信心。后经研究决定，他被调往集团下属几大业态之一的超市板块儿。通知任总经理时，他欣然从命。他还推荐一个人，原泰安市场部员工曹建。他为人正派，有公心，基本面不错，是可塑之才，应该给个施展的机会。集团领导采纳了他的建议，曹建任总经理助理。

“还是你英明！”余莉亚大为惊喜。

“当初谁愁眉苦脸地怕东怕西？”安子健得意着。

“还不是怕周娜把你再攥在手心儿里。”

“现在不怕了？”他逗她。

“其实你也早该这样，不是没有机会。”她撇着嘴儿又说。安子健知道她说的哪茬儿，凤姐“提携“他的前前后后，安静和她都学过。但在后来看着槐花巷渐渐人去楼空，她耐不住了满嘴泄洪：“也怪你不识抬举，一举两得的好事，你偏偏给地瓜不要抢粑粑橛子。槐花巷还不是一户没剩都乖乖搬走了。这下倒好，好好的工作黄了还得罪人。凤姐这个女人可不白给，别看成天笑嘻嘻还风一刮就倒的样子，可心里装着天下呢！还去得罪她！那安静100个捆一起也顶不上她妈一个。听我的，去和人家说个小话儿。看得出人家凤姐还是挺看重你的，还有安家的恩情，人家做事挺讲究。”余莉亚一脸城府，安子健不由得心里五味俱全，却耐着性子在听，说了一句：“你都快成人精了。”“这都是逼的，总得活，”余莉亚凄楚起来，又说，“我算什么，人家凤姐那才是白骨精，”忽脸上有了光泽，看着他说，“那你就是齐天大圣。快，拿起金箍棒，出发！我们娘俩在等着呢！”“那是粪坑！”安子健吼了一句。

关副总又打来电话。“安子健，你小子背信弃义！”电话那端声音阴冷。安子健笑笑，没说话。“没有我你那浑身粑粑能擦干净？”电话中在咬牙切齿。“人在做，天在看。机关算尽反误了卿卿性命。”安子健从容地说，眼神却像在看着路边一只奄奄一息的猫，他最厌恶猫。

在S集团实习期间，关副总找过他。此时泰安高层人事安排已经尘埃落定，唯有他没给安排职务，显然在等待他自动辞职。看得出他正惶惶不可终日。

“这几年泰安亏欠了你，你是个人才，可惜了。哎，我也无能为力，有一把手前面挡着。”安子健没说话，看着他。“你这回是柳暗花明人尽其才了，老哥真为你高兴。”“我名声不好，现在讲德才兼备，还在考察呢。”安子健说。“有我呀，我给你平反昭雪，我最了解你。还有当时的真凭实据，你那两份材料其实我都复印了，那可是无价之宝哇，这是最好的证明。”关副总露出献媚的神色。“怎么证实？”安子健煞有其事地问。“大造舆论！唾沫星子能淹死人，也能把人浮起。以你的条件过了这关一定会被重用，你那‘本本’可是凤毛麟角。”“远水解不了近渴。”安子健一脸认真的样子。“那我就挺身而出，直接找S集团领导，说你在泰安被诬陷打压，泰安误了人才。我是你曾经顶头上司，说这话有力度。”“谁诬陷、打压？”安子健问。“说我也行，当事人。”“条件呢？”安子健显得脸上开朗起来。“说哪儿话，责无旁贷。”“必须有，不然受之有愧。”安子健很认真。“我就猜你还是这样，大度哇？”他感激着，“如此说我也确实有点小愿望，”他苦笑了一下又说，“你也知道现在形势，我们几个在等着被扫地出门。其实我是冤枉的，跟他们不一样。”“还在拉着垫背的。”安子健心里说。“这些年也在受排挤，难哪，”他抬手擦了擦眼角，“我年纪也大，不像他们几个，你说跟着沾了一身骚，去哪都难。”“还‘几个’？孤家寡人吧。”安子健却微微点着头鼓励他继续说下去。“如果我仗义执言就一个要求，把我也推荐过去，老哥下辈子就跟定你了。”他恳切地说。“各得其所？”安子健笑看着他。见安子健笑容里很真诚，关副总连连称谢如释重负般走了。

关副总不负所望，在S集团总部慷慨地陈述了当初安子健如何两次向泰安领导班子提出极有创意、极具前瞻性的发展规划。其中一次被采纳，泰安跃上了一个新台阶，但功劳被原总一人独占。第二次却被搁置下来，实为有人居心叵测。并且安子健本人也遭到无情打击，降职闲用。这是对人才的极大浪费！如果不是这样，泰安将不会有如此结局。真是令人痛心疾首！最后他流着眼泪出示了安子健曾经写的那两份材料，厚厚的两大沓。这是财富！之后，他电话里向安子健详细汇报了“工作成果”，说集团领导很重视，走时还亲自送到了门口。这次电话后安子健这边似泥牛入海，却盼到曹建调去给安子健当助理的消息，关副总感到了末日。

“怎么，不敢说话了？你那点小伎俩当我看不出来。装得挺谦虚，其实是想独占一个山头，谁不知道那超市是肥缺？

还把曹建拉了过去,是想拉帮结伙!”电话里他开始歇斯底里了。安子健挂掉电话,笑了笑:“什么乌七八糟的。疯了,都疯了。”

第三十四章

枯枝也冒着尖儿靠近太阳，却忘记会被烤灼。

安然如愿以偿考入了大连市育新高中。

在大连市几座重点高中里面，育新高中和鼎文高中更加耀眼夺目，每年全市的高考状元大都出自这两座学校，清华、北大等名校录取率始终由这两所学校保持着遥遥领先的地位。进入了“育新”和“鼎文”就意味着一只脚已经迈入了“211”甚至“985”等名牌大学的门槛。莘莘学子们对考入这两座学校梦寐以求，把它看作初中三年顽强拼搏的一个圆满的句号，含辛茹苦的“园丁”们更是对学生考取这两校翘首以盼，把它看作对自己同样顽强拼搏的硕果。考分出来了，安然获得全体毕业生第三的成绩，“育新”和“鼎文”都投来了橄榄枝。多年成熟的教育经验，这些教育精英们都已深谙其中的金科玉律，好的学苗是保证高考成绩的基石。尤其，安然的数学考了145分，在全市考生中名列前茅。数学是考察一个学生逻辑思维能力的重要科目，进入高中以后，各个科目的内容将逐渐进入深奥的阶段，清晰的思维能力重要性凸显，它最能体现一个学生的学习潜力。

鼎文高中是大连市高中里的名校，它与新中国同龄，其名气早已冲出辽宁走向全国。第一任校长曾任大连地委书记，第一届教导主任据说是烈士的亲属，可谓根红苗正。“育新”诞生于新千年前夕，但一经世即显现出后生可畏的不可阻挡之势，短短时间里即与老前辈“鼎文”开始分庭抗礼，平分秋色。两家学校教育理念从各自校训上可见一斑，育新高中为“民族、理想、荣誉”；鼎文高中为“明学、笃志、博学、慎行”。另则，学校的建筑风格也迥然不同，一个是绿树红墙的英伦风情，一个高大伟岸似玉树临风。安子健和安然接受了两个学校的邀请，与两位校长分别进行了接触和交谈。说来有趣，校史短的那位校长资历却深，谦逊、温和如旧时私塾先生。校史长的那位却似青年才俊，滔滔不绝大讲学校曾经的辉煌和壮丽远景，不乏其个人不凡业绩。此番结束，家里又像每次安子健开完家长会回来那样开始讨论。最后，安子健对安然说：“两个学校我们都实地考察过，人也见了，学校也看了，你自己决定去向。”“孩子懂什么，你来拿主意。这可是一辈子的事儿。”余莉亚说。安子健还是看着安然。“我去育新。”安然说。安子健点点头，似有所料。“你就总由着她的性儿，也怪，你们爷俩总能想到一块儿。‘育新’可比‘鼎文’远得多，这不是舍近求远？高中放学又都很晚，她一个小闺娘儿怎么能行！”余莉亚焦急起来。去年，他们已经离开泡崖子，搬进了劳动公园附近的新居，120平方米的三室两厅一书房，处处宽敞明亮，窗外就看见公园里的花花草草。余莉亚翻身农奴把歌唱，一年来过得很滋润，每天都早早起来拐着安子健去荷花池边儿遛弯儿。鼎文高中就在劳动公园南侧，两家的体育场都紧挨着。“我们搬家过去，在那里租房子。我注意过，那面租房子的家长不少。我合计过这事儿，正准备和你商量。”安子健说。“合着你早有预谋？”余莉亚显然没有准备，“那咱俩上下班得倒好几遍车，”看着安子健一脸坚定，想想说“也好，这也值。再说，咱闺娘儿这几年也没额外花过钱。”安子健知道她说的，安然没有花钱托关系上重点初中，三年初中更从没额外补过课。

"说说,为什么要去育新?"安子健问安然道。

"我们家不缺传统的东西,应该接受些现代意识的熏陶。再说,是否传统、现代也不在表面。'育新'从建筑到氛围都有一种时代感。也挺滑稽,那位校长倒像一个老夫子。我琢磨了,'育新'是在骨子里保留传统。那天老校长说的一句话我记住了:'方法'是一个人的根本法宝。养成良好的学习方法是开启人生道路的金钥匙,对提高学习成绩虽是起点,却很重要,它'通了'则一通百通。这不和你,还有爷爷说过的一个道理嘛。"安然认真地说。闺娘儿大了,有思想了。安子健心里掀了一下,欣喜中又感到肩头重了许多。

育新高中新生共有12个班级,前十个班是普通班,后两个班是"快班"。这两个班云集了初中时期各个学校的学习尖子,往届高考中,全市的状元、榜眼们从这里脱颖而出的不乏其例,这是育新高中赖以骄傲的资本。12个班又似金字塔,塔尖是12班。安然进入的是10班。其实,10个普通班也呈现着阶梯型,1班是塔底。

吴涛也如愿以偿进入了"育新",在1班。开始,吴永杰左右忙乎无功而返,成绩太差人家不买账。他鼓捣安静去搬她妈,安静也不买账,说:"考这几个一脚踹不倒的分儿,别去丢人现眼,还败坏人家'育新'。""是不是你儿子?"吴永杰急了眼。"不是,石头缝蹦出来的!"安静嘴上虽这么说,却还是央求了她妈。凤姐也的确神力,略一发功,吴涛就成了"育新"的一员。吴涛却又不买账,他嫌"育新"管得太严,也听说过1班的"名气"。从小学到中学他何时给别人当过脚下石,哪个不是宠着他?这下子可现了原形。"凤尾再不值钱也是凤凰腚上的毛,你他妈甘心一辈子跟鸡在一块混,老子还不甘心!"吴永杰大骂。"闭嘴吧,还不像了你,别看脖子梗梗着,顶多也就是一群鸡的头儿。”安静瞪着猩红的眼睛尖着嗓子大声喝道。一句话像是打中了吴永杰的七寸，他顽强地伸伸脖颈，最终还是蔫了下来。他又想骂丈母娘没尽全力，张了一下嘴又咽了回去。最近凤姐对他挺重用他却难堪重任，槐花巷那块地的项目前期运作正在进入攻坚阶段。尽管他使出浑身解数，可还是推进迟缓。他感觉像刺猬装进了柳条筐里，张着浑身的刺儿却只能望着筐外兴叹。那天，南方的几个投资人又来了，提出要去项目现场看看，凤姐带了他一起陪着。长长的栅栏上面落着厚厚的尘土，蓝色的面板上空空如也未见一个字。场地里面虽已不见瓦砾，却又杂草横生。那些人皱起了眉头显出怏怏不快。“不顶用的玩意儿！”凤姐白了他一眼说，那些人不约而同对他露出鄙夷。“好汉不吃眼前亏，老子先不惹你们。”吴永杰心里忿忿地说。眼下安静“凤”呀、“鸡”呀叨叨又触了痛处，想想也是自己开的头自找没趣，又不甘安静占上风，不觉说了一句：“也别觉得你是凤崽子。”“我当然不是，生下的鸡崽子也八辈子上不了天！人家安然是天生的凤凰，还想和人家比。”安静还是不依不饶。

吴涛要住校，安静坚决不同意：“成天眼皮子底下都不行，这还不撒丫子了！”吴永杰也不同意，他安排了司机，每天接送吴涛上学。吴涛虽说上了“育新”，却和安然一个天一个地，像尺子量着一样，高了多少、矮了多少，这下子可一清二楚。安静也着了急，开始盯着吴涛的学习。歌舞厅那面请了一个信得过的人打理，自己把心思用到吴涛身上。一段时间下来她渐渐感到身心疲惫，比在歌舞厅累了好几倍。成天好吃好喝伺候，进了屋就喋喋不休问吴涛今天成绩怎样，吴涛不搭理，那厌烦的情绪分明写在脸上。那天还忽然高声冒了一句“你就不能会点儿别的。像个鸡婆子！”吴涛这孩子脾性没随他爹,相反比同龄的孩子还多些阳光气。安静曾经还自豪地说像了俺哥小时候,我这“安”字也没白姓。只是自小到大在家里都“阿哥”似的宠着,外面凤姐还有吴永杰的光环罩着,处处享着尊崇,自觉高了人一头。却也没冲爹妈说过粗话。吴涛突然冒出这一句,把安静惊了一下,伸伸手想打又缩回去了。想想也是,自己除了歌舞厅开得辉煌真就不会别的了,不觉泄了气。

过些日子,吴涛又说要租套房子学着自己独立,安静一听正合了这段时间隐着的一桩心事。也好,由着吧,我这蜡烛烧光了也没见能照亮他,这几年光挣死扒命挣钱了,也没讨好,也该游逛游逛大好河山享受一下生活,那人还一直眼巴巴等着她呢。现在别说有点钱的人爱上了旅游,连靠工资吃饭的都挣脱了樊笼东奔西跑起来。回来就四处炫耀着所见所闻,仿佛一下子高大上起来。安静心里越来越躁动,为自己不平起来。尤其那些老娘们,一夜间突然醒悟了,觉得从前光顾着伺候老的伺候小的是多么愚昧,多么低级,多么物质,开始追求高尚的精神愉悦了。第一次听到“愉悦”这个词儿,是小区里那个包工头儿老婆说的。浓浓的“海蛎子”味儿不说,成天穿金戴银,恨不得把箱子底全部挂在身上。以前安静瞎眼不稀见。真他妈俗!安静有一次还在她身后小声骂了一句。这天却不由多看了她一眼,一咂摸这个词儿又觉得不陌生,在很遥远的那个年代,在槐花巷时安子健曾说过。当时她就觉得这个词儿好新鲜,好优雅,只有安子健嘴里能吐出来。如今,这草驴嘴里也吐出了象牙,成了什么世道?“俺们得把小年纪缺的东西补回来,回回炉,重返青春,好好舒坦两年儿。恁们看我现在老愉悦了。”每次旅游回来,俗娘们就在小区里瞅着人多的地方凑过来,拿出些相片分给人家传看。有人露着羡慕的神色，安静却走开。“不能光那些臭老爷们在外面潇洒，咱老娘们也得想开点，追求幸福！”身后又大声传来一句。安静想呸，却止住了。她逐渐感觉到，这个年龄的女人都在牢骚满腹，凑在一起就发泄着对家里男人的种种不满。男人们还都低眉顺眼地受着，任女人们在家里穆桂英似的发号施令。慢慢她看出了门道，还受了些启发：混得好的男人在外面拈花惹草，彩旗飘飘，又想家中红旗不倒，任其说去吧。家里家外都有好日子过，给她们点儿江山又能怎地。混得不好的更不用说了，拿不回银子骨头都软着，还如何伸脖子瞪眼。人家老婆跟着汉子，香车坐着，高楼住着，一路高歌猛进。咱还在起跑线上蹲着纹丝不动，像是发令枪哑了火儿。其实家里的发令枪却白天晚上震耳欲聋，可就是不见跑道上的离弦之箭，真是枉费了发令员一片苦心。如此落魄还有何面目在家中称王称霸?！外面的世界连小纸旗儿都没有一只，只好抱紧家中这面红旗任其挥舞了。安静无意中受到那个“俗娘们”的“教诲”，心里骤然打了“警笛”，吴永杰早已在外面世界里彩旗飘飘了。吴永杰在干大事，干大事的人都忙，好几条战线“日理万机”，有的还三妻六妾都有了，干歌舞厅以后她更长了见识。虽说巴不得他们忙，焦头烂额才好，天天领着一群群骚货来才好，开饭店就欢迎肚子大的。却也证实了吴永杰一定就和他们一样被些个骚货围着。那个“俗娘们”男人也定是外面养了二奶，老婆才以恶治恶，借机也“追求幸福生活”。那狗家伙不到三寸豆腐高，板凳头下面的皱纹里，总觉得里面夹着土渣渣。大热天还穿着西服，袖口再高高挽起，要多俗有多俗。论形象和永杰比，简直是一只大公鸡和一只毛毛虫。连他在女人堆儿里都是上等货，何况永杰。她想起在家具市场吴永杰办公室见到的那个南方女孩儿，说话嗲声嗲气的，一口一个“吴老板”叫着，不由怒从心起，吴永杰外面的世界一定很精彩了。那天，她向着这面最光彩耀人的彩旗冲去，要杀一儆百，不幸的是铩羽而归。小闺娘儿才二十露头，你骂你的，人家静若处子。你骂累了人家才说正事儿，言简意赅：哪个老牛不想吃嫩草，天性不可泯灭。路边的野花不采白不采，有本事你也采呀！安静一时气短竟没了招架的勇气，来时的威风荡然无存，感觉连战袍都被剥了个精光。转而找到她妈，大声哭骂吴永杰这个陈世美。

其实人家说得也没错，谁不稀罕嫩的，现在连陈世美都给平反了。凤姐说。都是那个不要脸的臭婊子，还理直气壮。母狗不撅腚，公狗不上身！安静还在咬牙切齿。那倒也是。凤姐瞥了一眼，幽幽地说。安静呼地红了脸。凤姐笑了笑，我是说，那你也找一个，平时稀罕的，就坡下驴，也不亏。凤姐满是认真。没有！安静一扭头没好气地说。你那个子健哥哥呀！你不是挺稀罕他嘛。凤姐声音朗朗，脸色却阴了下来。你胡说什么？那是我哥！安静尖着嗓子嚷叫起来。又不是亲哥，也不算乱伦。这小白脸闲着也可惜。凤姐说。

那就留给你吧，如果你不怕报应！安静嗓子里挤出一句，呼地起身走了。真怪，沾了安家连妈都不认了。身后，凤姐恶狠狠地说。年纪轻轻的，哎，这闺娘儿彪了。声音又软了下来。

“不能光那些臭老爷们在外面潇洒，咱老娘们也得想开点，追求幸福！”吴永杰又接连两天半夜才归，俗娘们的话再次骤然提醒她，这一次却不是“警笛”，是为自己亮起了绿灯。想想“那次”，其实挺美妙。

天遂人愿。“领导”知道她心思似的如期而至。自打那次以后，两人再也没有往来，冷不丁却来了电话说约她去三亚旅游。她听“俗娘们”眉飞色舞地学过那个地方，当初还憧憬过，心里不禁蠢蠢欲动了。现在吴涛主动提出“自立门户”，振振有词又信誓旦旦的样子看着也令人放心。天意呀！安静心里说。领导如约而至，还是那样温文尔雅，许是因为升了官儿更显得容光焕发。在歌舞厅深处那间小包间里，他还是那样得体地侃侃而谈，倒着红酒时还是那样娴熟、雅致，只是神情中透着久别重逢的冲动和喜悦。安静从容笑对着，心里竟荡起春意。

在“育新”身后那座新小区租了两室一厅。看着保姆不到半天时间就手脚利落地把屋子打扫得干干净净，人也实诚，安静心安了。这个时间正好吴涛该放学了，自打来“育新”还从没来接过他，都是凤姐或吴永杰的司机接送。

听吴涛学过，一到放学时间，学校门前就车水马龙。汽车可是身份、地位的象征，也是镶在学生身上的标签。安静看着一溜的各式小汽车如同车展般，细看大多学生还是去了公交车站，还有的走向附近普通小区。她老远看到了凤姐那辆车停在那里，惹了不少人驻足围观，啧啧不已。吴涛出来了，凤姐的司机下了车拉开车门，吴涛挺着胸脯进去了。安静没有过去，也没喊他，看着车在一片羡慕的眼神中开去。她想起校长在开学典礼中说过的一席话：我不希望继续听到“育新”是“贵族学校”的所谓赞誉。更不希望“育新”的学生家长把生命不息冲锋不止的奉献精神在这里落到实处。“育新”的繁荣景象不应在这里，“贵族”更不是财富和风光。想想刚才“风光”而去的吴涛耳边溢着“他姥姥是大连街的大富婆，爹是大名鼎鼎的民营企业家，沾着双重贵族血统的公子哥”这样的赞美，他自己想当然成了正宗的贵族子弟。安静木然站了一会儿,像是听到有人在说,看看人家租的那房子,100多平方米只住俩人,那是何等贵族风范。她忽然想起,应该去看看安然,自打他们全家在这里租房子还从没来过。顺便儿也委托一下。

安子健租的房子是附近大连理工大学的一座老式教师楼,60平方米,结构很简单的一大一小两间卧室。进了门就首先看到窗外一片绿莹莹,安静趴在窗上往外看,一楼每家窗外都有一块土地,有的种着花草,有的种着蔬菜。安子健说,之所以租了一楼恰恰是喜欢这块地。安静看着也就她租的房子客厅大小,地里栽满了棵棵嫩苗。安子健如数家珍地指画着说,这里是一架子黄瓜,那里是两垅西红柿,一垅半茄子,那半垅种的是几棵辣椒。拐角处还种了两垅半地瓜。地边儿围着的架子上种的是几棵眉豆还有丝瓜。她还没坐下就趴在窗沿儿上看。"也不知人家安静稀罕不稀罕就自己在那儿显摆。"余莉亚说。"我稀罕。"安静说。安子健又站在那儿说,这里本来是一片荒草,原来的房东是一对年轻夫妻,学校派出国外深耕学业,没人打理。去年学校开学前他们一搬过来,就和余莉亚将荒芜了的土地整理一番,拔出根子已经扎得很深的杂草,又从远处山坡上一座废弃的猪圈里拉来陈年的猪粪撒在地里。栽苗的那天安然也上阵了,在他的指导下,每一种菜苗都亲手种下两棵。等到放暑假时你再来看,窗外已经一片枝繁叶茂、姹紫嫣红了。最好是清晨的时候看,片片绿叶上飘着露珠,连垂着的丝瓜上都躺着娇嫩的水儿。等着安然一天天上学、放学,西红柿由绿变红,茄子、黄瓜都由小变大。茂密的地瓜叶子也开始枯萎了,露出垅上裂出的口子——看你俩,眼珠子都直了,咯咯——余莉亚笑了。安子健一摆手,安然一定心疼地会问,爸爸,这地瓜叶子怎么了。我就告诉她，它是把养分给了地下的果实，你看这裂缝下面都藏着大地瓜呢。“哥，你还记着这些，我早都忘了。”安静有些激动，“到时候我也来挖地瓜。”“可不能挖早了，安然一定会心疼。”安子健认真地说。“不会，等着你喊我。”余莉亚又笑，看恁俩，金豆子似的。不过为这块菜地，子健还真是累得不轻，打种下这些菜苗以后，像伺候祖宗似的。下班后外面有应酬，也得先倒两遍公交回来一趟，去井上挑上十几桶水把菜地浇足了之后再返身回去。“它也是生命，既然种下就不能看着枯在地里。”安子健说。“哥，你真行。”安静道了别走出门，默默走了一会儿。一抬头，“育新”那座灰色大楼矗立在眼前，想起竟忘了还有事没说，光顾着听菜地的事了。

外面的世界确实很精彩，一趟三亚回来，安静感觉难以停住前进的脚步了。下了飞机直接去了租屋，吴涛倒也安稳，保姆一日三餐变着样儿伺候，心里轻松下来，她拿出给保姆带回来的一件“岛服”让她试试。“啧啧！这露着大膀子咋能穿出去。”她嘴上这样说脸上却欢喜着。“这叫‘岛服’，海南满大街都穿着，大连夏天街上也有。”这话最早是从“俗娘们”嘴里学的，去年夏天她就穿着在小区里招摇过市，当时看着也心里嘀咕她。她学着在海南的所见所闻，脸上扬着光彩。保姆一脸羡慕的神色。“妈，你尽管玩儿去吧，咱家又不缺钱。”吴涛平常就和妈近些，跟吴永杰挺生分，一来轻易见不着，二来见着也是吹胡子瞪眼。“吴涛说得对，你就可劲儿玩儿吧，这里有我。你真有福气，家里粮囤子都往外流，儿子又疼妈。”保姆连声附和说。

安静的心又开始飘，天天期盼着呼唤。领导时间却有限，哪能可着她的心儿随时奉陪，海南一行后再无踪影。“俗娘们儿”那面却竖起大旗拉起了队伍，吹响了集结号催人奋进。她加入了进去。不仅没有海南之行那种愉悦，两次下来反叫她愈加厌恶起来。日本那次，一帮人马如同困鸟出笼，饿兽下山，所到之处潇洒散尽大把的银子身后反遭白眼，自己都跟着丢人现眼。她开始沮丧起来，旅游这东西看来得有可心儿的人。

和往常一样，机场出来后直接去了租屋。远远看到窗户亮着灯，她心里松了一下。没有敲门，拿出钥匙。她隐约感到，保姆是一个太能说会道的人，每当看到给她捎回的礼物，显得太过惊喜又很善迎合，问到吴涛时感觉却在遮掩着什么。进了门没有人迎出来，屋里传出“簌簌”的声音，显得很慌乱，“咣当！”什么东西掉在了地上。她大步迈了进去，保姆一脸惊恐地转回头。地上滚着一盒奶粉，这是她上次从日本带回来给吴涛的，一共两桶。茶几上杂乱地放着些未打开包装的饼干之类的食品，也是从日本带回来的。还有一个盒子里装着鸡蛋，显然正在捆扎。“这是干什么？”她厉声问。“我闲着拾掇拾掇，吴涛吃东西少，净剩着。”保姆腮边红着。“吴涛呢？”她声音又大了起来。“学累了，出去透透气，这孩子——懂事——”保姆笑着。“是懂事，有你在差不了。”她打开行李箱，从里面拿出些东西扔了过去：“走时这些也带上，剩了也是喂耗子。”说话时有人敲门，很轻，显然不是吴涛，保姆慌张起来。“走吧，都带走。”安静看着桌子说。“吴涛去游戏厅了，俺对不住你。”保姆羞惭着迭迭走了，头也没回。

“这事儿也怨你。”一大早安静就找到她妈，怒气冲冲说了这事。听凤姐这样说她更来了气：“他老吴家的种儿，天生就好不了哪儿去！”“也不能光顾着管吃管喝，咱是为了提高成绩，这种下三滥的能懂啥，找素质高的才是正道儿。要人品端正，更要教师出身，还得是名师。咱不怕多花钱，孩子出息要紧。”凤姐不紧不慢和颜悦色地说。见安静在瞅着她，又说：“这事儿我来办，你还是毛毛糙糙的，也没长进哪儿去。”“老吴家的种儿凭啥咱忙活！”“跟谁置气呢。咱家下辈子得有签字儿的，涛子得往那儿浇灌着些。你妈我风风雨雨半辈子就悟出这么个理儿。有了印把子就一柱擎天，呼风唤雨，一句顶一万句。不然再能耐也是孙子。”安静怦然心动了一下，手擎着下巴。“你不也有深刻体会？”凤姐又说。安静怔怔点点头。凤姐当机立断，两天后就找妥了人。走马上任之前，凤姐叫了安静一起在她的办公室进行了面试。新保姆一看就慈眉善目，言语不多却不卑不亢显得很得体。哪儿像了安家人？安静心里动了一下。又做过多年班主任，带过高中毕业班，出了名的模范教师，桃李满天下。安静真是佩服了她妈，眼前这个保姆完全符合她说的那儿条儿。“阿姨，您辛苦点儿，俺家吴涛就交您手里了。”安静满脸期待地说。保姆微微点点头。“您现在就过去，我领着。”安静风风火火背上包，站起身自己先走向门前。保姆仍在坐着，看着门口站着的安静。“放心玩儿你的去吧，”凤姐说，又转向保姆，“这些我来安排。”安静恍然地慌慌走回来，带着歉意说：“哦！大事儿还没说呢，”没等坐下赶紧又说，“老师开个价，我管保不回。”“比从前加一倍。”凤姐说。保姆看着两人，又环顾了一下这间富丽堂皇的屋子，轻轻说：“这个不急，我们先说说要紧的。”安静疑惑着坐了下来。“我想了解一下吴涛这个学生的基本情况。”见安静在茫然，凤姐想想对安静说：“到底是有经验，这是要因势利导，对症下药。”安静赶紧叙说着吴涛的情况。“按理说，进了‘育新’的学生不会差哪儿去。”保姆微蹙起眉头。“他不是凭自——”安静心急口快。“就是太贪玩儿，任性，”凤姐接了过去，又说，“也不怪孩子，外面儿都敬着，挡也挡不住。”保姆在想着。“看这样子，你们家长都很忙？”保姆似乎自言自语地说。凤姐点头看着她，保姆读懂了里面的意思：“不忙找你干吗。”“其实教育不只是学校和老师的事，家长的言传身教还有家庭关爱也很重要，”保姆说得很亲切，“听着吴涛这孩子不笨，也挺单纯。懒惰其实是人性使然，贪玩儿更是这个年纪的天性。学习的主观能动性解决了自然有大的转变。这是根儿。”“笃笃”，外面有人敲门。“进来吧！”凤姐呼地扬起声音说。“老板，那件事——”“先出去，没见我这有客。”声音里面含了焦躁。进来的人赶紧回身出去了。“不知吴涛有无什么爱好？”保姆转了话题。“吉他算不？”安静赶紧回答。“当然。每天可以弹上一个小时。”“不行，那你不成了教音乐的？”凤姐说。“阿姨，刚才正经的还没说呢。”安静焦急起来。“啥是正经？”保姆似乎不解。“报酬啊，您不就为——？”“是，又不是，”保姆神色岸然，“这钱不该是你的也别伸手，它的牙口尖着哩，”她看了凤姐一眼立起身，对着安静又说，“物质太优越反而会被它所累。吴涛得先补好这一课。”

“今天倒让她给先上了一课！”保姆刚出门凤姐就气哼哼地说。“我倒觉着人家说得有些道理。”安静说。“有道理个屁，这纯粹是仇富心理！”“这样的也不好找。”安静说。“妈给找，不信有钱还花不出去。”凤姐雷厉风行，第二天安静就见到了下一位应招者。条件、经历和上一位难分伯仲。“好倒好，就是太刻板、严厉了些。”安静嘀咕说。“严师出高徒，吴涛得下点猛药。再说，上一个看着倒慈眉善眼，咬人的狗不呲牙，喂饱了牙就软了。”

历史的经验值得注意。何况“慈眉善目”者的一席话也使她受了些点拨，安静觉得不能再彻底撒丫子了。她时不时跟踪、观察，有时晚上还睡在那儿。新保姆很精心又细致，一日三餐定了菜谱，荤素搭配，做得还有滋有味，安静比吴涛吃得都香。尤其在作息时间和功课上，表格上列的一是一、二是二，放在吴涛的桌头。只是时间熬得太晚，比“育新”住校生闭灯还要晚。保姆解释说，吴涛基础已经很差，她以前那些好学生都响鼓重锤敲，何况这闷鼓。可别敲漏了。安静心疼着。鼓哪怕敲，只要天生不是破鼓。保姆胸有成竹。吴涛两点一线，出了校门又进课堂，一段时间下来，学习成绩还真有了起色。安静心里活泛起来。“俗娘们”的队伍又出发了，她又开始期盼起来，不时偷偷拿出那部手机看看有没有未接来电。这是领导给她的，最新款的摩托罗拉，小巧玲珑，她的小手握着正好。嘱咐说这是咱俩的专线，不过她只能接听。

这个阳光明媚的周日下午，她刚从租屋出来，电话铃声终于踩着脚后跟儿悦耳地响起。最近吴涛见她来又开始撵她，刚才就是被他推着出门的。“喂！”她压着声儿。“声音小更好听。”声音还是那样优雅，电话中更是显着磁性。“有屁就放。”她装着嗔怒道。“该出去解解闷儿了。”安静一喜：“真的，去哪？”“俄罗斯远东，商务考察。半个月，能行的话我给你办签证。”“考察？这——”安静疑虑起来。“放心吧都安排好了，畅通无阻，堂而皇之。”领导办事总是这样周密。“嗯。”安静欣然答应。“今晚先找地方预预热。”领导温柔地说。租屋里寒气渐散，外面春风得意。安静飘飘然了。临行前去了一趟租屋，她塞给保姆一沓钱。保姆家里挺拮据，丈夫遭车祸头部致残，肇事司机逃之夭夭，他卧床多年终于离世，如今女儿正在上大学。

半个月后，安静风尘仆仆回来了。虽已经很晚，她下了飞机还是直接带着行李去了租屋。用钥匙轻轻开了门，里面传来急促的脚步声。"是你?"保姆站在门前惊讶着,屋里面再没动静。"吴涛呢?"安静问。"先进屋,坐下再说。"保姆神色黯然下来,转回身。"到底去哪儿了!"安静里外走着,又拉开卫生间的门。转身后又环顾着,心里开始发紧。"您先坐下,慢慢跟您说。"保姆振作了一下,自己先坐了下来。"这个活儿我干不了了,"保姆带着歉意说。安静紧盯着她,"又去了游戏厅。""那你干吗了?"安静有了怒气。"你前脚走后脚就变了,说我法西斯,侵犯人权,比学校老师有过之无不及,忍无可忍了。"安静一屁股坐在床上,呼哧呼哧大喘气。保姆进了她的房间,握着两沓钱走了出来。"这是吴涛给我的'封口费',原封不动都在这里。"说着递过来一沓。"什么?"安静像个乞丐一样,张眼等着保姆的下文。原来自打她走后,吴涛就要求保姆帮他做作业。开始,她在讲解中也启发性地给他做了些。后来吴涛变本加厉,干脆把数理化作业全部甩给她,还给她一沓钱。保姆斥责了他,他又把钱放在床上,说别告诉他妈他去游戏厅的事。安静瞠目结舌地僵在那里。保姆又递过来一沓钱,说:"这是你临走时给的,我没尽到责任,"保姆羞愧着说,"我再坚持几天,等新老师来了我就走。"保姆语气很坚定,"其实吴涛这孩子有救儿,就是太任性,少有。我担心这样下去纨绔气会越来越重,这责任太大,误人子弟的事担负不起。"保姆如释重负的样子。

"当、当——"墙上的钟表响了十二下,安静心里一阵阵发紧。她呼地掏出手机按着键子,对面没有应答。"又拱哪儿鬼混,作死吧,让你老吴家断子绝孙!"她咬着牙又恶狠狠按着键子,手机屏幕上显示出一句:吴涛死了!!!

两个学期过后,安然连上两个台阶进了"金字塔尖"12班。疯狂的高三学期开始了,这是十二年"马拉松"的最后冲刺。学校来了通知，新加坡南洋理工大学到大连重点高中招生来了。安然带回学校发给应届毕业生的这所学校的资料。安子健赶忙研究起来。嗬！这可是名震全球的世界一流大学，他怦然心动了。他带着安然一起参加了应考讲座，原来需要自费，费用还很高昂。回来后，家里又开始开会了。“我不去，你们也别操心，权当没有这件事。”安然首先说。“你是考虑费用的事？”安子健问。“这不是支持中国的教育事业，是商业行为。”安然激动起来。“你爸现在挣得多了，咱也不缺钱。那学校多好，殿堂似的，去了我们也跟着展扬。”余莉亚说。“不花那冤枉钱，想出国靠我自己也能行。”安然说。“既然这样，我支持你的想法。不过考试我们参加，长长见识也是激励，激励也是效率。”安子健郑重地说。“考上我也不去。”安然说。“我相信你一定能考好，这也为高考增加信心。”经过几轮考试后结果出来了，安然以优异成绩进入了录取名单，除了文化课成绩以外，她的钢琴十级证书更是得到招生方的青睐。“闺娘儿太厉害了，这可是尖子堆儿呀！”余莉亚兴奋地说。“爸爸，你说得对，通过这次考试真是开阔了眼界，充实了自己也激励了自己。事半功倍。”“哎，吴涛考得怎样？”余莉亚问。“名落孙山。”安然说。“他家没用钱打点？”又问。“那是国外，又是世界名校，这套不好使。”安子健说。

动人心魄的高考结束了，安然的总成绩排在全校考生中前十名。分数比预估的仅高了一分。“闺娘儿，你真神了，咱这分儿一点儿没糟蹋！”余莉亚张着双臂扑向安然。安子健默默走向窗前，看着眼前皆生机盎然，胸口起伏着。是不容易啊！这种考试成绩公布之前填报志愿的模式太残酷，多少成绩不理想的学生因为高估分数而踩了空，又有多少结果分数很高的学生白白葬送了考取更好大学的机会。学生自怨自艾，家长捶胸顿足。报考志愿那段时间，考生们家家如临大敌。最后一科出了考场，学生把书包扔了，家长义无反顾又冲向战场，却又不知会是天堂还是地狱？班主任老师此时如同帐中元帅，每天络绎不绝的家长们围着“听令”。本来，安然的分数老师分析应该在620—630分之间，因为从这一届增加了“大综合”（物理、化学、生物一张试卷）科目。全新的考试设计，连老师们都感到无规律可循，全凭学生在综合能力和思维方式上自我调节。而且她的语文科目中，那篇大作文老师在捏着一把汗，主题太显锋芒，行文纵深感极强，颇有剑走偏锋之势，一旦失分将使整张试卷分数陡降。安子健和她详细分析了这篇作文，最终他支持安然给自己打的分数。“大综合”试卷考了142分，语文试卷考了137分，在全市考生中皆遥遥领先。手握659分的总成绩，她面临着广阔选择。她心仪的是“清华”，历届校友中，理工科的李政道、华罗庚还有钱氏三雄，都是享誉世界的大科学家；文科中，季羡林、钱钟书、吴晗等学界泰斗级人物，温润了一代代人的灵魂。去年暑假期间，她还专门去了清华校园，她古朴中融入的现代风格使她感觉一见如故。安子健建议考虑上海的复旦。理由是，复旦在排名上虽不及清华，却也仅次于。但复旦的金融专业在全国各大高校中首屈一指，尤其“投资”专业虽偏冷却实用性很强。依中国目前的发展前景，金融这个行业必将是领头羊，对整个经济的带动作用日益凸显。另外，上大学不仅是为了学习书本知识，当地民风、氛围的熏陶也是与之并行的教育。江南的民风适合女孩子，这种民风里既有中国传统文化的精髓和底蕴，又有现代大都市所融入的新风尚。既具发展的基石又有强动力，这一点从上海和江浙一带的发展势头可见一斑，长三角地区将是中国发展的前沿——安子健正待说下去，余莉亚插嘴说，还有高青吧，有人照顾照顾也挺好。不是照顾，是关怀。安子健说。你也开始学俗了不是。余莉亚又说。这是客观现实，高青思想高端，眼界开阔，守着高青会走直线，事半功倍。又冲安然说，当然我这只是分析优劣，提建议，最终还得你自己定。那分儿不糟蹋了，白考那么多。余莉亚不甘地说。我们不图名，自己要的才是最好的。再说也没糟蹋，那是给大学攒的底儿，更会心态超然迎接未来。安子健说。我去复旦！安然果绝决定。

吴家也破天荒坐了下来。考完最后一科，吴涛就从考场直接躲到凤姐那里。安静比吴涛冲刺要早，劲头更狠。自打第二任保姆申请“下课”，安静再也感受不到外面世界的精彩了。她毅然决然住进了租房，雷打不动。“一模”考试结果下来，吴涛的成绩还是稳居前400名，她一跺脚又去了安家租屋。蠕动着嘴唇终于说出来几次都咽回去的话：“哥，火都上房了，你拿点儿绝招出来。”“其实说过这个话题。”安子健说。“我也知道，可揪着吴涛的尾巴他就是不拉屎。都说打蛇打七寸，可就是把不到他的脉？”“这可不是蛇的脉一招就能致死，何况它的抗击打能力极强。”安子健忧虑着。“临阵磨刀不快也光。你给他一刀，我不心疼。”“得他自己磨。”“咋磨？”余莉亚插嘴说。“激励。”安静如获圣旨，回来后忙不迭地敲打吴涛：“考不上大学你就去当盲流。你爸、你姥都订了同盟，你谁也别想指望！”这句话一时间成了安静的口头禅。想想他爸最近还真凶神恶煞般这么吼过，姥姥也一反常态冷着他。吴涛似也受了激励，近段时间放学回来也知道闷头看书了，时不时还流露出焦虑、惊恐，像是大限将至。两天的煎熬，安静忠诚地守在考场外。吴涛一次次率先从考场出来，她一次次心里张开了缝儿。却又合上,真能提高这么快?小汽车虽然开着窗,四面微风习习,她还是感到密不透风。索性钻出来站在车外,还是感到周身被挤压着。直到考完最后一科英语,看着吴涛又迭迭地头几个从考场出来,她疲软了。

"死外面吧,别回来了!"安静电话中大声尖叫着。凤姐给了钱,吴涛出去旅游了,他的预估分数大大超出全家人想象。凤姐给了3000块,说是一分顶10块。你他妈真成了"二百五"!安静歇斯底里起来。

"赶紧让他死回来!"凤姐也怒了。她已经订好了庆功宴,就等着吴涛回来大宴宾客了。多年的商海沉浮,虽如鱼得水,却也渐有精疲力尽之感。她体悟到一个真谛,权力才是四两拨千斤的捷径。官人们不怒自威,那里面是"文化"的力量。"学而优则仕"可是一句就给说透了。尽管学着些风雅之举,却深知装不了多久,快撑不下去了,即便撑下去也还是仰人鼻息未成正果。三辈儿出贵族不是,快熬出头了。老娘得像电视剧里孝庄太后那样手摸着小康熙的脑袋瓜,哪怕只摸一下子闭上眼就值。

家庭会议如同三堂会审,吴涛被"押解"上来。"啪、啪!"吴永杰率先出击,两巴掌打得吴涛从小桥流水的美丽江南回到了老鳖湾。他捂着火辣辣的脸不屈不挠地瞪着他爸。

"还不是你下的种,也出手太重。"安静怒火一下子泄了。"是得留个活口,还不到就地正法。"凤姐斜眼瞅着他。

"人家都老子英雄儿好汉,咱可倒好,三草驴下蚂蚱!"吴永杰气呼呼地说。"你也没好哪去,就是个屎壳郎,还成天戴着假眼镜愣充车大灯!"安静又拾起火气吼了一句。吴永杰有些恼羞成怒,见凤姐在皱着眉,话噎了回去。安静来了精神,冲吴涛又说:"你也一样,一身名牌扎骨得像个人,里面一肚子粑粑。”

“好了，都也没别的本事，”凤姐嘲弄着阻止道，“天塌不下来，太阳还得出来，涛子这书还得念，不信两家不出一个正牌货。”她看着吴涛，眼神中带了鼓励。

“我出国。”吴涛说，手还在捂着脸。“嫌大连街丢人不够，再跑外国去现眼！”安静又尖起嗓子。

“这也是条路。”凤姐说。“现在不少出国留学的。”吴涛放下手振奋起来。“那都是好样的，像恁大舅一样！”安静喝住他。吴永杰瞪她一眼。

“我这样的也不少。”吴涛不甘示弱。

“不出去怎会知道好赖，起码也镀层金，”凤姐眼光聚起，“钱我掏。去最高贵的地儿。”安静和吴永杰看向她。“谁也别提小日本子。咱冲出亚洲直接走向世界。”凤姐昂然道。

“我去澳大利亚。”吴涛说。

“你就不能去个好地方，我听驴友说过，澳大利亚以前是欧洲下等人的笆篱子。还不如去新西兰，笆篱子也是圈的上等人。”安静说。“你周游列国就学了这点儿玩意儿。”吴永杰斜着眼说。

“又讲歪了，不能过就给我散伙，回自己的原形，”凤姐瞪了吴永杰一眼，“小静说得对，就去新西兰，澳大利亚打死也不去。”凤姐一锤定音。

“新西兰弹丸之地，也不如澳大利亚繁华。”吴涛不情愿。

“你懂个屁！”吴永杰呵斥说。

第三十五章

今天是一个孤独的人，终有一天会成为一个民族。

又到了周日上午，安子健照例去东财体育馆打乒乓球，这已经成为他雷打不动的习惯。除了他喜欢这项运动之外，每周日上午也是他和安然跨着黄河、隔着长江在各自运动场所里聊天儿的时间。安然到上海以后，不管学业怎么繁忙都要在周日进行体育锻炼。在大连校园里的乒乓球馆里，安子健定时等着上海校园体育场那边打来电话。今天，安子健换上球衣正拿起球拍，电话就响了，一看果然是安然。“爸爸，你猜我在哪儿？”电话里显得挺神秘。“打网球？”安子健猜着。去上海时安子健亲自将球拍给她装进行李，她还在坚持打，说是体育老师曾经是专业队的，她现在水平提高很快。“太普通，再猜猜，发散些。”“体育馆游泳？”安子健又猜道。上小学时安然就学会了游泳，那时大连街就星海湾广场新建的省游泳中心最正规，爷俩冒着炎炎烈日排队报名儿的事儿常被余莉亚拿来当笑话。安然现在已经参加了复旦游泳队。“只猜对了三分之一。再猜。”安子健放下手里的拍子又认真想起来：“跑步？”“又猜对了三分之一。”那面嘎嘎笑起来。安子健一脸茫然却笑容未退。看你，一听见闺娘儿声脸上褶褶都开了。咋地，被闺娘儿考糊了？安然声音太响亮，旁边儿球友听到了打趣说。“‘大综合’，三项，体育的。”见安子健一直没吭声，安然笑哈哈提示说。“该不会是铁人三项？”安子健试探着问。“回答正确，加十分。还是我老爸，别人肯定答不出来。”安子健一惊,一喜,又一忧,这个项目对小闺娘儿可是难。安然感觉到了他的担忧,又嘎嘎笑着说:“别担心,安全措施都很好。你忘了,这都是我的强项。游泳不用说,自行车咱俩不也往旅顺骑过一个来回,每天早晨我还坚持在操场上跑3000米呢!”电话里安然很自信,又说,“我觉得这个机会很好,可以检验一下锻炼成果。”“老爸支持你,加油!”安子健撂下电话对身边的球友们说:“今天有饭局儿了,我请客。”那得感谢你闺娘儿。大家笑哈哈地说。一个上午安子健心不在焉的,眼睛一直瞅着乒乓球台上的手机,球儿从没打过这么臭。

临近中午,电话铃声终于欢快地响起,大家不约而同停下来,看着安子健拿起电话。见他脸上容光焕发起来,大声说:“闺娘儿,老爸祝贺你!”拿电话的手都颤抖着,“安然在所有女生中跑了第一名!”他向大家报着喜。这把真该请客了。大家起哄着。“开始就是真的,成绩并不重要。”他郑重地说。安然电话中还说,高青阿姨早就说好,参加完比赛,今晚要在“新天地”为她庆祝。被请的还有一个人。“是谁,你也猜猜。”小闺娘儿现在学着鬼头了。安子健心里甜着。

安子健带着那帮子球哥球弟们在不远处黑石礁一个啤酒花园里,推杯换盏一顿海吃海喝散了席不久,上海“新天地”的“1930”酒吧里,高青在静坐着等待安然。她几乎每个月都要来几次“新天地”。与其说是喜欢这个在全国都响当当的酒吧一条街,不如说是喜欢石库门这块地儿,她觉得,“新天地”的“洋”是根植于石库门的“土”。别看“新天地”周边保留着的老建筑,似街头历经沧桑踽踽独行的古稀老妇,她却是上海的根脉,头发梢儿中都透着古朴、深邃。尤其华灯之下,“新天地”歌舞升平弥漫着异国风情之时,老妇更似在眯眼笑看着年少的儿孙在玩耍。高青很喜欢融入她怀抱的感觉,很惬意她看着自己在玩耍。初来上海,面对曾经的十里洋场如今依旧的繁华盛景,她没心动。只是不经意间发现了石库门,她怦然心动了。后来,她专心研究过石库门的童年、少年和晚年。原来,上海不仅仅是繁华、时尚的代名词。绝不仅仅。如果非说是,也只是投胎于一个中国四合院的大家闺秀,嘴上涂了一点法国的口红而已。不过说句实在话,这小小的轻描淡抹确也画龙点睛般立即使她惊艳四座、光彩夺目了。

石库门是大上海一个凝固的缩影,这里的建筑虽是从英伦风格中脱胎而来,却又被强悍的华夏之风所侵袭。高青去过英国,感受过英格兰,在伦敦的“大笨钟”下回望过上海。石库门的“英伦风格”不仅是书中记载,她深厚的余脉依稀可闻。在漫长的岁月里,石库门星罗棋布而又狭长的里弄里,涌动着不同阶层、不同职业的黄色面孔,却又被这建筑群中弥漫着的异国风情所浸泡。文人、学者、艺术家们在此孕育不朽之作,皆西服革履以示时尚岸然之气。革命者在这里秘密活动时也褪下短衣穿上西装以示从众。她是上海率先进入近代文明的象征,却丝毫没有褪去她华夏的余韵。怀念石库门,是对原本熟悉而正在渐渐远去的生活方式的留恋。“重返石库门”所代表的怀旧情绪也在这座城市的各个社会层面弥散开来。越来越多的人以探询者或是怀旧者的姿态徜徉于上海的百年历史中,那些散落在石库门街头巷尾的各种温雅野史,也立刻成为这个城市最具生命力和最值得回味的宝藏。

高青已经养成了静心思考的习惯。她发现自己理性深刻中并未缺失对周边人或事的热情和敏感,惊喜中她努力保持着。她发现,石库门再次成为上海建筑中的宠儿,来到石库门的人群也悄然发生了变化。小资们喜欢石库门,是透过石库门能感受到一种古老而绵长的氤氲气息,那是属于上海独有的气质。老外们喜欢石库门,是里面有未曾体验过的新鲜触觉,是另一种摩登。海外华人寻觅石库门,是每当看到那一片片青色的砖木墙壁和拱形大门,就会勾起许多旧人怀想。大款们选择石库门,是嗅到了那方空气中有他们开始向往的正宗的文化味道,一经熏染会立地成佛,功德圆满。于是,便有了"新天地",有了"阿拉上海街",有了一个叫"1930"的酒吧……所有这些无一不在昭示,上海的时尚就是怀旧,而怀旧的经典是石库门弄堂。石库门再次被赋予了各种文化的内涵和时尚韵味之后,又焕发出新的光辉。这个最富特征的,曾经被遗落在尘埃里的空间,如今再一次与摩登相遇,抒写出另一种精致和优雅。当传统和新潮碰撞,当怀旧与流行交融,上海在向人们展示其日渐雄厚的经济基础的同时,也更加深深镌刻下这座城市的底蕴。一边不断寻求物质的进步,一边仍不忘那份古老的璀璨,这便是上海人。渐渐,她又联想到,被称为浪漫之都的大连也似曾留着这样的影子,也紧跟着时尚的脚步——说大连文化呈多元性,她认为最本质的还是齐鲁文化基因。她想到在济南上大学那阵子,她最喜欢的不是挤满人群的趵突泉、大明湖,而是在它们周围的一条条小巷子里穿梭。那些巷子虽窄,却到处是深深的庭院,古朴又庄严。尽管都残垣断壁了,门前也无了旧时的车水马龙或弥漫着的幽幽书香,高大的门头却还在顽强地昭示着什么。这些,仿佛被大连遗落了。仅存的星星点点还在遭受践踏。

她觉得自己很幸运，比安子健要幸运得多。一想起金县前海海边那个漆黑的夜晚，就如同触了高压电，周身一阵阵战栗。若不是在命运魔鬼般降临之后安子健果决与自己形同陌路，助她保着清白之身，入党、高考一路顺风离开大连，今生将永无宁日。这种痛是巨大的，她能感觉到。为了她，他做到了，将刻骨地痛，不！是爱，深深地埋在心底。那可是一个火红的年代，一个普通女人没了洁白之躯都难以立世，何况自己正当红。遗臭万年了，还要被踏上一万只脚在唾液下淹死。大难不死必有后福。她真真切切体会到了这句古话的精髓。不是吗？逃此一劫真是一路高歌猛进了。不仅学业斐然，还“德才兼备”堂而皇之成为中国最知名学府中人人敬仰的行政管理者。反观安子健，她深深为之扼腕叹息。是命运吗？她坚决否定。安子健固执、“无缘由”地葬送了入党的宝贵机会，这种“无缘由”天之下、地之上唯有她知道。都说自己勤奋、德才兼备，安子健不勤奋、不德才兼备吗！当初不就因了这个才敬慕深爱着他？如果不是河滩上为阻止斗殴受伤错失高考机会，他一定会比自己强。为什么他崇高、犯傻的时候偏偏遇上上帝打盹儿的时候。看到安然后她释然了，上帝其实一直在看。她谴责起自己的平庸、浅薄。这女孩儿太优秀，简直是上帝的造化。家境平淡，毫无显贵之名，却出落得既似传统淑女，又极具现代风范。安家遗风使然，并在发扬光大，一切都成为等式。渤海两岸是她肥沃的土壤，根已经深扎在那里。上海将给她注入新的营养，使她沐浴七彩阳光枝繁叶茂。“如同你们安家当初从烟台到大连，不也是追求大码头。何况这里有我，于学业，于日后发展都有益处。”她想起曾与安子健电话中如是说，忽觉自己竟这样少了深刻，也多了俗气，心里却甜着。

两杯摩卡喝下，和安然约的时间还未到。每次和她约会自己都是提前一会儿到，不是怕路上塞车耽误了，就是怕安然提前到。不知怎么，生怕委屈了安然一丁点。其实安然时间算得都很精确，每次都是提前10分钟到。看着窗外已经落黑了，“新天地”人来人往开始嘈杂起来。酒吧、咖啡屋都花花绿绿闪烁起来，映照着模拟老石库门古朴风格的一栋栋新建筑，似舞台上的帷幕拉开一样七彩缤纷。时尚的俊男靓女们，黄皮肤、白皮肤、黑皮肤们纷纷粉墨登场。街边一圈圈的桌椅渐渐坐满了人。木质的古朴，似置身于阔院深宅。金属质的时尚，如沐沙滩海风。细看，桌子上摆的却不是茶壶，手里面优雅搅动着的都是浓浓的咖啡，嘴里面大口豪饮着的是冒着沫的啤酒。真是一片“新天地”。高青从不在外面落座，她总是选一个幽幽的角落守着自己的身影。咖啡她却喜欢。外面又人声鼎沸起来，一个硕大的电视机开始播放着足球比赛，不同肤色的面孔们都一个样地伸长脖子睁大眼睛，有的还孩子般站立起来叫喊着。“足球没有国界。”高青想起这句话，她走近窗口也看起来。她以前不喜欢足球，嫌太粗野。后来因为安然她却喜欢起来，她渐渐领悟出足球里面确有一种独特的魅力，“足球文化”并不是拉大旗做虎皮故弄玄虚。文化不就是一种意念和精神吗，足球虽没有生命默默在草坪上滚着，却能掀起大波大澜。一种看似与己无关的东西却能紧紧地牵着你的心为之动容，甚至为之忘我奉献。第一次被它震撼，是那次在离复旦校园不远的江湾体育场看上海申花和大连万达的比赛。安然请她去的。女孩子也喜欢足球，大连真不愧是足球城。她去了。一则，她不忍使安然扫兴。二则更重要——安然说，“他”也去。听得出，电话中小姑娘挺羞涩。那天，容纳几万人的看台上人山人海座无虚席,有人光着膀子在摇旗呐喊,有的还嘶哑了嗓子,真有些气壮山河的气势。高青挺纳闷,强打精神看着。直到斯斯文文、一脸青涩的詹力也嚎叫起来,额头上大大的汗珠子滴湿了宽大的黑边眼镜,他干脆扯下来直接对着望远镜在看。接下来,高青聚精会神起来。倒不是看球场,而是在侧着脸看观众席。她看出来了,一副副胸腔中有一种莫名的东西不可遏制地在涌动。她静下心来,陷入沉思。“阿姨,我应该向着谁?”安然冷不丁一句。高青抬眼一看,安然正一脸焦急地望着球场内。她怔怔地勉强笑了一下,未置可否。骤然,看台上一阵欢声雷动。“申花进球了,我该不该欢呼?”安然又急切地问。瞬间,高青明白了足球是什么。人,又是什么。“这个——别人不好说。”她感到从未有过的词穷,情急之中想到这句话还算贴切。“高院长说得对,心有所向因人而异。”旁边詹力插话道,高青看到他正紧紧握着安然的手。“万达加油!”安然突然大声喊,两只手张在嘴前呈喇叭状。“申花加油!”詹力也高呼。高青倏地想到安子健。在农村插队时一次公社组织知青点举行足球比赛,平时斯斯文文的安子健在场上豹子样骁勇无比,在对方半场左冲右突如入无人之境。被对方后卫踢伤下场后也这个样子扯着嗓子喊叫。后来告诉她说,槐花巷的孩子都喜欢踢足球,他总踢前锋,经常被踢成这样。她又想起,仿佛从那一次她对安子健又多了一份爱慕。

检验一个人有无血性,看对足球是否狂热可见一斑。高青后来总结到。都说上海人精明算计少血性,其实真正的血性不是冲动和莽撞更不是声嘶力竭的呐喊,而是精致的血管里抑制不住的迸发,就像眼前的詹力还有那些申花队的拥趸。淞沪会战,“精明”的上海市民忘记了“传统”,义无反顾冲进炮火连天的街头,恰是理性基础上的忘我、狂热。这种狂热是非功利的。她又进一步诠释到。窗外的电视屏幕上足球比赛还在激烈进行，高青冷眼看着。有人情绪激昂，忘我纵情。有人悠悠呷着咖啡情绪淡然，波澜不惊。詹力说得有道理，足球见人。安然向她介绍得没错，这男孩子有些思想和见解，院里的评价并非虚名。小姑娘有眼力，真是不是一家人，不进一家门。古人把人世间早已看穿，掠去浮云早晚还得各得其所。

“阿姨，又是您先来了！”轻轻一声呼唤打断了高青的遐思。小姑娘步履轻健，容光焕发着，如此大运动量的比赛却未显疲惫。比赛临近终点时她去现场看过，安然在女选手中率先冲向终点。冲刺时骑着自行车，翘着马尾辫那股英姿飒爽的气质激起了一片欢呼声。不知是被汗水还是湖水浸湿了头发，前额上沾着缕缕青丝，腿上的肌肉结实地显示着力量，这才应是女孩子的青春健美。那一刻，高青也被震撼了，她一反平时的温文尔雅，冲了过去，紧紧抱住安然，泪眼模糊起来。“健将！永远的健将！”她奋臂大声呼道。此时的安然已经褪下运动装，上身一件黑色修身T恤，腿上一条白色短裤。马尾辫已经散开，秀发披肩，更显婀娜、秀美。

“高院长，您久等了！”身后的詹力静静地站着，神情恬淡，与上次看足球比赛时判若两人。宽阔、白皙的额头下面一副黑色的宽边眼镜。

“休息好没有？快坐下。”高青爱怜地看着安然。

“不累。”安然很轻松的样子。

“你没参加？”高青问詹力。“导师说我的论文得抓紧修改。再说，我也没有运动天赋。”詹力红着脸说。

“也不能一门心思光顾学习，当代大学生要全面发展。”高青说。“您说得对，是得向她学习，她比我全面。”詹力恭敬地看着安然说。

“少拿天赋当挡箭牌，你知道我流过多少汗？”安然一脸调皮地睃他一眼。“是，是，这不现在跟着你天天跑3000米，以前只能跑1000。”詹力唯唯诺诺地说。高青看着抿嘴笑了：“有起点就好，”她打着圆场，又问，“你俩喝点什么？”“我还是拿铁吧。”詹力先说道。高青涌了笑，不由想起知青时代的安子健。她很喜欢男孩子这种率真的性格。

“我还是摩卡，随阿姨。”安然说。未及高青招呼，侍应生已近面前。“一份拿铁，两份摩卡，三份甜点，一份果盘。”高青轻声点过。OK!侍应生彬彬有礼地微笑退下。

“你刚才说得没错，安然是很全面，这点我了解。这受益于家庭熏陶还有父母的良苦用心。”高青似有感慨。安然垂了头有了泪波。

“首先，安家家风纯正，育子无功利之心，重在素养而轻眼下得失。就像道家的无为而治，看似无为却有为，不经意间已在起跑线上胜出。”詹力恭恭敬敬听着，眼睛里透出听下去的渴望。

“其次，安然儿时的见识就优于别家孩子。我听安妈妈说过，大连街第一辆双层巴士她是第一个乘客，他爸爸还遗憾没拍下那幅照片。爸爸拿着一个月的工资带着她到大连最早的游乐园倾囊而归等诸如此类，凡是大连街的新生事物她都是第一批亲历者、体验者，无疑使她先人一步开阔了视野，并埋下了渴望新知识的种子。还有，父女间合乎人性的亲情关系、亲昵行为等，按现在说法是典型的亲子教育。这些看似生活琐事，却对少儿的身心健康至关重要，潜移默化中已经滋养其内心世界。就像庄稼的基肥，日后必将受益无穷。”詹力的目光渐渐深邃起来。高青又冲着安然说：“我后来才发现，你爸爸那套‘女孩儿高贵养，男孩儿摔打养’的理论还真是符合教育心理学的说法。它既寄托着父亲对女儿未来的期盼，同时，按照这个轨迹与‘高贵’相逢有其必然性和合理性。这是有备而来，受之无愧。”高青呷了一口咖啡，看了一眼詹力，然后轻轻放下杯子，又说：“安爸爸应该没看过教育心理学之类的书籍，却能有此自觉行为，是一代代人的知识积累，潜意识形成了一种凡事符合正常人心理健康的逻辑，也就是现在提倡的‘正能量’。站在这个轨迹上为人行事，其结果必然是丰硕的。因为，人的成长历程和归宿，有些看似偶然实则必然。”詹力频频点头。他个子不高，清瘦，五官却周正，棱角分明，典型南方男子的相貌特征，白皙的脸上此时泛着红。

“教育了一个女孩儿，就是教育了一个家庭。到时，你可得珍惜这个高贵的接力棒吆！”高青又笑着对他说。“一定！一定！也是教育了一个民族，一个国家。”詹力连声说，涨红了脸。看似青涩的一个人男孩儿，却也有些深刻，高青满意地点点头。

“社会需要英雄辈出，他是一个高尚的群族，是一个民族的风向标。一个社会需要价值领航，一个国家也需要精神引领。”高青神色凝重起来。安然和詹力不约而同深深点头。

“听说你家以前就住在石库门？”高青面色舒缓下来，问詹力。“是的，是的。喏，就在前面不远。现在搬迁了，”詹力往窗外望望指了指，又说，“这都是后来的事情。”高青看着他。

“他家祖籍是苏州甪直。”安然说。“哦？”高青有了兴趣，“这甪直可是叶圣陶老先生的故乡。”詹力看看安然。“说说吧，我也还想听听。”安然鼓励说。

“我家祖籍确是甪直，还跟叶圣陶老先生的书院在一条巷子里。”詹力摘下眼镜正准备擦，安然拿了过来放在桌上。高青看到，他眼窝原来挺深，额头也高高挺着。詹力想着又说：“我太爷爷还曾经在叶老先生任教的吴县第五高校读过书。”“家境挺殷实？”高青聚精会神听着。“听我阿爸说那时还好，家里开着一间绸缎庄，一间古玩店。”他局促起来，脸又红了，看着安然。安然把他的杯子推了过去，他拿起喝了一口，高青抿嘴一笑。“家里就太爷爷一个儿子，长大后就继承了家业。他却不喜欢做生意，要到上海继续读书。家中就将两间铺子变卖了，在上海大新百货入了股，资助他在上海圣约翰大学读书。毕业后，先是在大新做了一名高级职员。”“那时他家还住在静安寺那边的绍兴路呢！”安然插话说。“是这个样子。”詹力点头说。高青静静地听着，她知道静安寺附近旧时可是上海滩有名的贵人区，绍兴路更是名流云集。“后来，太爷爷认识了一位英国传教士，就将大新的股份撤出来资助了教会，自己也去教堂做了一名执事。”“挺有意思，很高尚。”高青兴趣盎然起来。詹力接着说：“淞沪会战时，教堂成了临时避难所。为到街上救助难民，太爷爷和传教士一起被日本人的飞机炸死，尸骨未存。”詹力停住了，红了眼圈。高青睁大眼睛看着他，面露悲痛之情。“那时我爷爷才16岁，太阿婆带着他从静安寺搬到了石库门，从此家道中落了。”“你爷爷后来呢？”高青问。“他也去了大新百货，是做学徒，解放后一直在这里做店员。后来阿爸从黑龙江建设兵团回来，也在这里做营业员，那时叫上海第一百货公司。”詹力说得很快，只是其间稍停顿了一次看了看安然。见她在一直认真听着，和他对视时还含着鼓励，他就又说了下去，说完又看了看安然，大男孩儿似的。高青也一直在认真听，并不时微微点头。

“听安然说,你们俩是在操场上跑步认识的?”高青问。

“不然在人堆儿里哪能看到他?”安然撇嘴笑道。高青也笑了:“人家也五官端正,一身儒雅之气。”“就知道学习,别的什么不会。”安然嗔怪道。詹力一脸认真地点点头,忽地说:“其实我到操场跑步是有原因的。”他扶了扶眼镜,看着安然。

“如实交代呀,看我干吗?”“我喜欢上她了,那身姿打第一眼就忘不了。”詹力脸色绯红起来。

“原来醉翁之意不在酒哇!”高青抿嘴笑起来。“是这样,是这样。”詹力认真地连连点头。“你们俩是天生的一对,我举双手赞成。来,我们击掌结盟。”高青先伸出双手,詹力看看安然。“伸手哇,看我干吗,还不愿意?”安然伸出了手。

“愿意,愿意!”詹力声音大了起来,呼地伸出手。那手掌倒是厚厚的。

“耶!”三人合力一击,齐声说。然后都笑了。

窗外的嘈杂声渐退,显然足球比赛结束了。侍应生撤了茶点的杯盘,又端上一盘西瓜。高青吃了一块,拿起一张餐巾纸擦了擦嘴,神色岸然起来。

“今天既是为安然庆功,同时还有大事和你俩聊聊。”两人不约而同停下手,庄重起来,显然有所准备。“刚才说到你们在操场上跑步,还得继续跑下去,没有终点。”两人同时点点头。

“还有半年本科就将毕业,你们有何打算?”高青张眼问。“我们想出国深造。”詹力首先说。

“你们可都是院里保送继续在复旦读研的。”高青沉静地说。

“我们还是想出去。”安然看着高青,似在征询。“我们也都有这个潜力。”詹力接着说。高青微微颔首,她褪下刚才的神情，眼神中飞扬起来。“预料你们会怎样，”她赞许道，“考没考虑去哪？”

“这个正准备听听阿姨的意见，”安然说，神色严峻起来。又说，“他的想法是去美国。”她看看詹力。詹力没言语，在看着高青。

“是因为太爷爷上海圣约翰大学的美国情结？”高青问道。詹力重重点点头。

“其实，美国的根基在英国，虽是一个文化体系，英国却更厚重、纯粹些。”高青说得很慢，她看着他俩。

“我也更倾向于英国。虽然美国很多方面已远超英国，就底蕴而言英国还是它的根基。”安然眼睛亮亮地看着高青。“阿姨说得有道理，再说她去哪我就去哪。”詹力说。

“跟屁虫，”安然嗔笑道，又说，“谁准许现在就改口叫阿姨了？”“早晚还不得改。哝，你不也叫阿姨？”詹力很认真。

“不害臊。”安然抿嘴笑。高青也笑了起来。“既然去英国，我建议去剑桥。”高青说。俩人认真听着。

“剑桥不仅是享誉全球的学府，更培养出对人类做出重大贡献的各界精英。比如，牛顿、达尔文，还有中国的华罗庚等科学巨匠，拜伦、培根、罗素等等文哲大师。它还是117位诺贝尔得主的摇篮，这些成就足以彪炳人类发展史册。我之所以钟情于她，还有一层原因，”她顿了顿，与安然和詹力对视片刻，又说，“剑桥有一个重要特色，她是统一的学校中央集权制。这是一种王者气度，在全球高端学府中并不多见。而且，她的教学理念是重求知，区别于牛津的重思想。这很适合当下中国各个领域的发展需求，当然也就为学子提供了一门技能。这种技能是远超同行业大多数人的，是真金白银，绝非浪得虚名，”她目光闪烁看着安然和詹力，“还有，剑桥的文化体系相近于中国的儒家文化,这与你们家族脉络有贴切之处,比较好融合。”安然与詹力的眼神不约而同碰到了一起。

“剑桥又是公立型大学,如果考入,经济负担也轻许多。安然的心态我了解,她绝不允许家里为她的学业有额外负担。”她看着詹力。

“他也这么想。”安然说。詹力坚定地点着头。

“剑桥距离伦敦50公里,既远离城市喧嚣,交通又四通八达。我曾经去做过访问学者,那里真是一个读书的好地方。”高青流溢出回望的神采。

“我们去剑桥。”安然和詹力同时说。“我出面找推荐人,你们会为复旦争光。”高青开怀地笑着说。

“一定!”“一定!”

“80后、90后乃至00后必将是未来中国的中坚。这一代人既根植于华夏文化肥沃的土地,又在新思想的引领下剔除着其中糟粕的羁绊。尽管上一代人一些扭曲的心态有些负面教化,一旦他们淡出主流社会,这一代人的最后一道藩篱也将宣告瓦解。他们将一飞冲天,以全新的视野走向时代前列。未来可期。”高青充满信心地说。

去剑桥一年后,利用假期安然回到大连。她本来没打算回,是詹力催促她。学业上两人都蒸蒸日上,比翼齐飞着,事业上也展示着大好前景。两人的关系也该确定下来了。学业、事业最终还不是都为了美好生活。她这次回来,是要专程向家里说说。妈早就着急着、念叨着。老爸虽然不动声色,却也看得出在心里装着。家家的爸爸都对闺娘儿的归宿牵挂着,何况自己的老爸,得再加一百个“更”字。爸疼着她呢，安然心里再清楚不过。之所以她迟迟未说，不是因为詹力家境一般。詹力的学业、前程没得说，家中会顺利通过。但她知道，最能打动老爸那颗心的却不仅如此。其实她也在观察，在等待。“詹力到底何许人也”，一旦露出所期盼的佐证她会欣喜若狂地将这一“现行”向老爸报喜。詹力不善言谈，嘴还挺拙。这倒不坏，她不喜欢那种夸夸其谈的，还得去辨别真伪，简单些才好。她一直期盼着所希望的那种事情出现，哪怕一点点，足以证明即可呀。但詹力不会投其所好，总没有“非凡之举”。终于等到了，事情虽不大，却足以向老爸交代了。她乐颠颠地飞了回来。

和预想的一样。“前缀”顺利通过。余莉亚也欣喜着，还搂着闺娘儿亲了一口，眼泪叭嚓的。安子健也露欣喜之色，却心愿未了的样子在沉吟。安然故意不和盘托出，等着他问话。

“就这些？”果然他发问了。“还有什么？我看挺好，剑桥的研究生，跟咱闺娘儿一个档次，前途差不了，人也长得周正，”余莉亚说，“再就是看对咱闺娘儿好不好。”她又补充道。

“得先看对别人怎样？”安子健说。安然心中一喜，却没有马上搭话。

“人怎么样？”他问。“挺好的呀。”进了轨道。安然心想，却故意很随意。

“有何为证？”“善良，厚重，乐于助人。别看平民百姓家，但没有一点小家子气。”安然一板一眼说着，不时拿眼儿看看安子健。

“说说你亲眼看到的，不在大小，足以证明就行。”“嗯——”安然拖着长音儿。安子健盯着她看。“其实也没什么惊天动地的，就是些鸡毛蒜皮的，不足为奇。”“仅说一件。”

安子健步步紧逼。“那就随便说一件事儿。”安然似在回忆着。“别让你爸着急,说呀!”余莉亚着急起来。

“那就说说那次他租房子的事,也不知道算不算?”安然歪着头儿,想想说,“我们学校公寓是两人一间,他同宿舍的那个同学家中挺富足,有些纨绔。詹力主动让出卧室那间儿他一人住,自己住外面小厅里睡沙发。”“那租金不能平摊。”余莉亚插话说。安子健在看着安然说下去。

“那个学生也这样说,詹力却坚持平摊,还自己收拾房间,做饭一起吃。”“这孩子傻呀!”余莉亚说。

“足矣! 能成大气候,”“OK!”安子健又补充一句。“耶!”安然举起手,安子健和她合掌一击。

安然和詹力双双从伦敦回国了。举行完婚礼,两人共同去了深圳。剑桥大学工商管理硕士在国内还是凤毛麟角,深圳的鸿达投资集团聘请了他们。鸿达集团总部在香港,是一家大型综合性投资企业,旗下控股20多家专业公司,业务覆盖诸多领域。产业遍及珠三角、长三角及京津冀地区。目前,发展战略已经瞄向东北地区。作为全东北的桥头堡,有着北方明珠美誉的大连已经进入视野,并在产业规划和业态选择上已经进入运筹当中。缘于安然有着大连人的先天条件,到鸿达总部不久就被任命为大连项目组经理,负责项目前期调研、选址、协调等项工作。5个月后,项目正式选址在天津街繁华地段,全部前期工作基本就绪,鸿达集团大连鸿达城市综合体项目公司正式成立。安然被委任大连区域公司总裁,詹力继续留任总部投资部副总裁,重点配合大连公司的资金支持。此时,天津街商业改造已经全面开始,却一直不温不火,天津街已无往日繁荣景象。

安然率领项目运营团队进驻大连后，土地已渐平整完毕。她看着不远处那片土地上还是围栏如旧，里面还是杂草丛生，不禁心里一阵酸楚。那是自己的一方沃土啊。槐花巷人含泪离开自己的家园是为了让这方宝地为大连街造福，为槐花巷的名声增光添彩。如今却如此悲容，眼下，它像一块疤痕贴在天津街的脸上，百年老街的芳华成为了记忆。半个多世纪的振中百货也从天津街消失了，从地球上消失了。她想起爸爸、爷爷经常说起过的安礼盛这个名字。他是振中的缔造者，曾经为天津街的繁荣昌盛默默奉献。如今在九泉之下，他老人家能瞑目吗！天津街将重新崛起，她不会甘于一世英名毁于一旦。槐花巷人也不甘，大连人都不甘。槐花巷不仅是一条胡同，更是人，也有魂灵。房子推倒了，巷子没了，老槐树拔走了，地下的沃土还在，老槐树的根须还在。所有的魂灵未散，还在槐花巷的上空飘荡。

第三十六章

骏马跌倒了，却是跨过了沟壑。

鸿达广场正式开基了。奠基那天，安子健去了现场。仪式很简单，甚至还有些潦草，都没像当年葛家峪时，谁家石头垒个房子都要噼里啪啦花上一亩地的苞米钱放鞭放炮。又觉得似曾熟悉，想起在德国时类似大型庆典也是这样。这一定是安然的建议，那种皮肤的人都是一样的文化体系和行事准则。短短的十几分钟，仪式悄默声结束了，他还是感到了脚下在剧烈地震颤。天津街自古以来还没有如此大的响动，他梦寐以求的城市综合体终于要在自己眼皮子底下诞生，在槐花巷的身边巍然耸立。这才是天津街，大连街唯有她才有如此气魄。她总在创造着不凡，这符合大津街的性格。

晚上下班回到家里，他拿出萨克斯。这东西好久没吹了，盒子上面都有了浮沉。心里涌出一丝歉疚，拿起一块毛巾擦拭着。

有人敲门。安子健放下萨克斯出去开了门。一个留着鞋刷子般头型的红脸汉子笑眯眯站在面前。“又是一个包工头！”他心里嘀咕着。这段时间来找安然的人不少，来者还都是这般头型，像约好了似的。本来安然住在家里，现在不得已住进了公司给外地员工安排的公寓，那楼下面有保安。安子健脸色不觉冷了下来，漠然问：“你找谁？”

“子健，不认识俺了？”来人反问道，满脸仍堆着笑。他上下将来人打量一番，疑惑地摇摇头。“俺是葛家峪的三驴子呀！想想，庄河那旮旯，月亮泡子？俺妈还帮过恁家。"

"葛家峪？三驴子？是很熟悉的名字。"安子健睁大了眼睛，仔细看着，回忆着，忽地惊喜起来："哎呦！你真是三驴子？你妈是葛老太？""那还有错，俺妈当初还时不时念叨恁家哩！"安子健心头一热。"快进屋！"他赶紧招呼道。

三驴子也是来找安然的，他给了安子健一张名片。安子健仔细看了一眼，是一个××土石方公司的副总经理，"葛永福"这个名字却很陌生。三驴子紧着叙旧的当口，他一直看着他，追忆着那个叫三驴子的少年的模样。记得那时的三驴子脏兮兮，说话还瓮声瓮气像个闷葫芦。倒是没有倚仗着爹妈的风光仗势欺人，心眼儿不坏，给他留着一个不错的印象。眼前的"葛永福"倒是一身鲜亮，人也像是长开了，还健谈许多。时代真是改变人，现在连葛家峪的人都这样。安子健心头涌出感慨，关心地问着葛家峪的事儿。三驴子连连摆手说："不提这些，也就俺出了山沟沟，不然还不得一样穷模烂样的。"安子健心里又缩了一下。三驴子紧接着转过话题："这不来找你，跟恁闺娘儿说说给点儿活儿干，也权当扶贫了。"三驴子还真是今非昔比了，安然上任才几天的事，他竟能这么快得到消息，又打探到这里。言语还如此直截了当没有一丝怯意，此时的"葛永福"全无当年三驴子的影子。这人一入了"商"道儿就变，当今真是"颠扑不破"。安子健心头开始沉下来。三驴子还在"公关"："俺还记得俺妈当初说过恁家能出贵人，这话真是应了。别说她还真有眼力，'大仙儿'的名儿也没白叫。这小闺娘儿这么大的出息也是咱葛家峪的福分，"见安子健垂下头默默无语，又说，"还记得不，恁家走那天，俺妈领着满屯子人去送。你还跪着喊'感谢葛家峪'，俺当时都跟着哭。"三驴子喋喋不休说着。安子健强打精神在听，这句话却使他心头一震。多少年了，这一幕似又在眼前拉开帷幕，爸活着的时候还经常和他一起回忆，说的时候很动情，并以此教诲他与人为善。安子健抬起头看看三驴子那一身西装，借来似的禁锢在身上，袖口挽着像半只袖子。眼神往上瞄了一下，他深深的抬头纹里似还夹着土渣渣。又望了望门口三驴子进屋时脱下的那双皮鞋。三驴子顺着他的眼光看去，带着些尴尬说："其实俺也不愿穿这身骚儿，老板非得叫穿，说承揽工程代表公司形象。"乡下人还是朴实。安子健笑了笑："其实也大可不必。工程我虽不懂，却知道资质很重要，这才代表公司的真实实力，不知——""那更没说，俺老板养着二十多台'扒子(挖掘机)'，好几十台'太拖拉'，净干大工程。"三驴子炫耀起来。"这样，"安子健想想说，"我只能推荐过去，但必须通过招投标。""这就多谢了！俺知道，安总可是听你的。"

足球场般的大坑一天天加深着，工地上轰鸣着，"太拖拉"穿梭般进进出出紧张繁忙。站在坑顶往下看，"扒子们"长臂猿似的伸长胳膊抓起满满的土，然后扭动腰身将土倒进"太拖拉"，那大大的车厢顿时往下一沉。安然看着挺惬意，虽然她不懂工程上的事，但知道这关系到整个项目进度。基坑将近尾声了，一切顺利，安然松了一口气。下班后，员工们都已经离开了岗位，她认真看了一会儿秘书送过来的明天的工作事项，然后拿出一面小镜子对着照，又拢了拢额前的头发。镜子里面又出现一个人，她转头一看，财务部田经理站在身后。

"安总，有件事情得向您汇报。"田经理比她稍大，中央财经大学会计专业毕业，深圳人，有过做大项目的经验。安然组建团队时特地把她调了进来。此时，她文静的脸上端着紧张，手里握着一沓单据之类的东西。安然心里一紧："请坐下说。"田经理在办公桌前的椅子坐下，稍踌躇了一下看着安然说："干土石方的那家公司虚报工程量，而且数额很大。"安然心里一惊，稍一思索旋即问："哪个环节出的问题？"田经理马上答复道："我也是今天才发现的，立即顺着程序捋了捋，问题出在施工现场，"说着她将那些单据递了过来，指着说，"看，所有单据都有签字，说明经过确认。""就是说我们团队中有人和施工方沆瀣一气？"安然神色严峻起来。"是这样，这种现象在工程项目中时有发生。""我们坚决不可以！"安然突然厉声说。"可大部分工程款已经根据进度都付了，我们也是按合同约定。"田经理说。"如果证据确凿立即终止合同，追回多付款项。"安然坚定地说。"倒也不必追回。"田经理胸有成竹地说。"你是说工程保证金？"田经理点点头："虽然不够，但我们现在可以不动声色，让他们接着干下去，不再继续付款。我计算过，到全部工程结束可以抵平。"安然松了一口气："可以。""财务部那面我来安排妥当，但这事得单独请示您。土石方工程就这一家施工队伍，半路终止合同会对进度不利。"田经理停住了，面露忧色，似还有话要说的样子。"继续说。"安然鼓励道。"工地上都在传闻这家队伍是您推荐的，连财务人员都听说了，也就我自己才听说。"田经理面色绯红起来，停住了。"你是说有人在碍着我的面子做顺手人情？"安然也涨红了脸。"我有过类似经验，这种事处理不好会被动。他们手里握着签过字的把柄，逼急了会反咬一口。因为外面的风声对你不利，散布这些是在给您喂苍蝇。""你是说承包方？"安然凝眉问。田经理点点头。"招投标会我亲自参加了，资质我也审查过，他们的确是最有实力的一家。"安然正色道。"我今天通过负责招投标的人员侧面了解过，这家公司确实在本地土石方施工队伍中硬件实力很大，也干了不少大工程。但老板有黑道背景，在承揽工程中欺行霸市，别家又敢怒不敢言。”田经理直言道。安然的眉毛紧紧拧在了一起。“老板叫什么名字？”“好像姓吴。”“吴什么？”“吴涛。”

“吴涛？把柄？喂苍蝇？”安然脑子里倏地一连串闪过。她顿时后悔自己竟如此大的疏忽，资质审核时竟没有看看承包方法人姓何名谁！吴永杰这是在玩儿障眼法！她呼地站起身，目光坚定地一字一句说：“丝毫不打折扣，按刚才我们研究的方案执行下去。还有，工程结束后，渎职人员或者‘汉奸’责任要一追到底。该撵走的撵走，该惩罚的惩罚，绝不留情，这种恶劣风气不能在鸿达继续蔓延。”田经理担忧地看着她。“身正不怕影子斜，你应该相信我的职业操守。”安然目光如炬看着她。

一波三折，“鸿达”聘请了专业机构重新核定了全部土石方工程量。数据面前，账目也重新核算，“鸿达”依据合同全部履行完毕，违反职业操守者并渎职人员全部辞退。安然亲自去了深圳总部汇报了事情经过并递交了辞呈，总部劝慰后继续留任。

风波结束后，二驴了又来了家里，向安了健如实交代了实情。他已无上次风采，说话也恢复了旧时的嗫嚅，神色呆滞着还不如当初的木讷中却透着一丝童真。他叙说着自己靠着爹妈留下的几个家底，拼死巴力靠着干点儿小工程挣了俩钱。见土石方工程挣钱快，就买了一台太拖拉。但苦于势单力薄揽不到活儿，就巴结上了圈里儿的“老大”吴永杰给口饭吃。岂料工程款一压再压，至今没给一分钱，又不敢造次。后来听说鸿达广场的老总姓安，他多了个心眼，细一打听果然是当年下放在葛家峪安家的后人。他自告奋勇找到吴永杰，声称自己与安家有大缘分。吴永杰当即许愿，如果拿下这个工程，不但他的欠款一次性付清，还给他3%的提成。他讨价还价抬高到5%，吴永杰很爽快应允了。“这不，我还让他写了一个保证。”三驴子从兜里掏出一张皱皱巴巴的纸蛋蛋递了过来。安子健接也没接，说：“留着请赏吧。”“成了废纸一张，他没赚着便宜怎还能认账。”三驴子痛恨着。

“只认钱了。自己脸不要了，也不看看你娘的脸在天上看着你！”安子健说。“真穷劾了啊，再说俺妈的老脸啥好看的，现在谁不向钱看。”三驴子耷拉着脸说。安子健眯着眼看着他。“恁家这丫蛋儿倒真有两把刷子，闷闷地就把那吴老板治服了，哑巴吃黄连，牙都呲不出来。”三驴子又献媚地说。

“那是咱没伸手！”安子健怒声道，三驴子一缩脖子。他知道安子健说的是他按吴永杰的吩咐来送那10万块钱的事。他想想说：“早知道这鳖羔子这么不仁义不如那钱我偷着留下。这下子倒好，脸进了裤裆里一分钱也没见着。”“这个门儿你从此不许来！老太太的坟你也别靠边儿，清明时我去。”安子健说。“还是俺去吧，省得俺妈半夜丧着老脸吓唬俺。”

胜利桥方向飘过那股熟悉的含着清新的诱人花香。是到了槐树开花的季节，桥北那边路边一溜两行的槐树定是绽着白白的花骨朵，好久没闻到了。安然一大早处理好一应事物，就溜达着去了桥北，不远，也就两百多步。项目快进入室内装修阶段了，她想远离那些连日来堆着相同的笑脸纷纷找上门来的人。也想借着花香驱散心中的郁闷，昨天，她和吴涛见过一面。

吴涛电话约她时，反复解释着土石方工程的事他根本不知道，甚至不知道公司法人的名字是他，这都是他爸吴永杰一手操纵的。言语中颇有愤恼之意,电话中感觉吴涛身上还没沾着世故、庸俗,急于表白中也未失真诚。安然相信他说的是真话,出国留学几年也算是有所收获。她欣然应允。到金皇大酒店茶座时吴涛已在静候。“态度不错。”她笑笑说,吴涛又局促起来,两人噶着伴儿长大,一直到“育新”,在她面前吴涛总是这样。都去了国外留学,还是同宗的英式文化,吴涛还似未有直视的底气。“坐呀!是你请客。”安然又说,吴涛赶紧让座。未等茶点上来,又解释起土石方工程的事:“我和我爸不一样,你应该看出来。那个公司他是要给我,我哪能要,坏了我的口碑。”吴涛郑重其事地说。安然想借机开导他,毕竟他接受了新思想和先进文明,别不近人情。她打住吴涛的解释,问了几句国外留学的事。吴涛显然放松下来,举手投足在努力显出些绅士的味道。安然却发现他又回到了原形,还是那个吴涛。

“一见你就觉得到底还是咱俩,不愧都有英国血统,槐花巷里的高端人士。”吴涛没顾安然在冷冷看着他,很绅士地打着手势。“槐花巷已经没有了。”她说。“先进的代替落后的,必然趋势。”他说,姿态挺得体,话却令她反胃。吴涛诉说着自己在新西兰的所见所闻,言语间不断优雅地打着手势,不时还“OK”“YES”的,还夸赞了她一句“beautiful than ever”。装腔作势。安然心里说。吴涛搅动咖啡时煞白的手指拃着像女人的兰花指,嘴又小口抿着。安然竟然不忍目睹,想拂袖而去。她还是忍耐下来。吴涛又讲了一番他从国外回来时吴家的热闹场面,他爸还大宴宾客,当众宣布,家中产业由他来接任。看着安然还是很冷漠,又说:“我才不靠他呢,我们这代人要自主创业。这不,成立了一个建筑装修公司,正准备大干一场呢!”他看着安然说。安然也看着他,“好哇。”安然终于说了这一句，吴涛兴奋起来：“那你得帮我。”“我又不会装修。”安然认真地说。“你们鸿达广场的装修工程我可以干呀！”“你又不懂。”“我可以招聘专业人士，不惜重金！”吴涛急切地说。“就学了这些回来？”安然鄙夷地看着他。“我总得有切入点。”吴涛理直气壮地说。“‘鸿达’可是钢浇铁铸的，岂容废料切入！”安然凝眉道。“看咱俩在槐花巷一起光屁股长大的份上，骨头断了还——”“休得无礼！也不要再提槐花巷！”安然突然正色道。“也让我那个姥姥看看，我出国一顿她还是看不起我。”吴涛露出乞求的眼神。“她还是有眼力。”安然站起身，拿起包儿时又盯了他一会，说：“吴家的名字在鸿达已经被勾掉了，先修身正名儿吧。”说完转身而去。“我也想独立创业，你说我该怎么办？”身后吴涛在说。她头也没回，却仿佛看到身后吴涛呆若木鸡地站在那里。吴涛是想靠个人奋斗干出些事业，安然想起安静说的吴涛回来后信誓旦旦和她说过这些，30岁冒头了也不谈女朋友，今天也绝非与吴永杰沆瀣一气。可还是空有豪气又在歧路上挣扎，却也孺子可教。回到办公室她思索再三，又给他打了一个电话。吴涛说他还在那里坐着反思自己，声音干涩着。安然又想起安静骂他那句话：出去一顿就披了一身花被套回来，里面还是破棉花。最后她说：“静下心来先想想这几年到底学到了什么。我提示一点，新西兰为什么从一个仅有几个土著人的荒芜小岛发展到高度发达？绝不是靠一夜之间发现了金矿，想好这些会有所启示。然后咱们一起想想出路应该在哪。”电话那边，吴涛沉默下来。

跨过胜利桥，沿着桥北最宽阔的那条马路笔直向前走着、看着，安然心中明朗起来。两天来，吴涛带来的不快一直隐隐萦绕在心中，又在被他出路的事忧思。看到了路边那一排排的老槐树她不觉脚步轻快起来，老爸经常提起他小时候顶着北风到桥北上学的事情，这些槐树定是为他挡过风雪。前面一栋红砖铺砌的楼房在绿树掩映中露出一角，走近一看，宽阔的操场外挂着一块牌子，上面写着“大连市七十二中学”。她驻足看着，应该就是这里，以前叫“民乐小学”。她心里温暖起来。

“这不是安然吗？”忽然，一个柔和的女声在身后响起。回头一看，一个装束考究的中年女人笑着站在身后。很优雅也很干练的样子，她仔细辨认起来。

“怎么，不认识我了？”那位妇女已经走到身前，慈爱的眼光在看着她。

”您是——？”“我是你林凌阿姨呀！也是槐花巷长大的。”她眼神中含着惊喜。见安然还端端地站在那里，又指着这栋大楼说：“我和你爸打小就是同学，那时候还一起肩并肩、手挽手冒着胜利桥的北风来这里上学呢！”她留恋地看着那栋楼房。安然忽地抿嘴笑了：“哦，您是林阿姨。”“记性真好，像你爸，他可是我们同学中的佼佼者呢！”林凌显出由衷的敬佩，“瞧，你长得也越来越像你爸。一笑这俩酒窝还像小时候，真漂亮。”安然被夸赞得不好意思起来。“你这是去哪儿？”林凌问。“阿姨呢？”安然微笑着反问道。“办点事情路经这里，”又感慨地说，“多年没见，却在我和你爸的母校门口相遇，咱俩还真有缘分。”安然笑笑。“不如我们进去看看，我也好久没到这里，真有点想呢。”林凌一脸深情看着里面的操场，未等安然表示，拉起她的一只手走进校园。礼拜天儿，操场上很静，两人慢慢走着。

“听你爸说过，你出国留学了？”林凌不经意地说。出国的事老爸不会和外人说，他不是那种张扬的人。而且，好久也没听他提到过林凌这个同学。安然迅即回味了一下刚才的情境,不像是偶遇?那些充满感情的言谈话语中,看似由衷却隐着些刻意奉承。她联想起近段时间那些五花八门的事情,心里不由警觉起来。她试探着感觉了一下林凌握着她的那只手,明显地缺少温度。她开始认真留意起林凌的话音儿。

“回大连了。”她笑着答道,抽开了手。“哦?”林凌停住了缓缓的脚步,现出些惊讶看着安然。

“阿姨很奇怪是吗?”安然还在走着。“不,不,人各有志,这点你们爷俩也像,”又问,“现在在哪发展?”林凌跟上她的脚步。

“鸿达广场。做项目经理。”安然首先直奔主题。“哎呦!年纪轻轻就干这么大的事业,还是女孩子!”林凌惊奇起来,“真是将门出虎——不,出龙女呀。可喜可贺,可喜可贺,”林凌连声称赞道,又眉飞色舞地说,“这是咱槐花巷的骄傲啊!”

“槐花巷不也没有了。”

“是太可惜!还有那棵老槐树也没了,当初我们还倚着树干望着天上的星星谈理想哩!”

“阿姨理想实现了吧?”安然停了下来,笑看着林凌。“想想那时太单纯,不过挺美好,”又说,“胡同和树没有了,人却都在呀。还出了大人才,就像你。”

“阿姨还得多指教。”安然朗朗说。“后生可畏,我们这辈儿落伍了,世界是你们的。”林凌在身后声音都抖着,安然已经又迈开了脚步,她紧赶几步走上前来。“别说,咱娘俩还真有些缘分,职业也差不多。”林凌侧脸看着她。

“阿姨也建大楼?”“哪里,却也在为大楼添砖加瓦。”林凌站住了。

“阿姨卖砖头?”安然兀自走着。“你们鸿达广场是不是准备室内装修了?这可是我的本行啊。”林凌又跟上来。

“真的?”安然惊奇地回头看着她。“我们可是大公司,在深圳注册的。有港资背景,我还是法人呢。”

“阿姨还真是做大事的人。”

“哪里,就是在深圳待过几年,有些人脉——”林凌忽然停下了。“阿姨在深圳就搞装修?”她显得很认真。“先是从事艺术类产业,后来扩大了经营领域。其实也是相关行业,装修可是与艺术密不可分。”林凌也认真地说。

深圳,艺术类,季子山叔叔……这几个字在安然脑子里倏然划过,林凌这个名字在脑子里清晰起来。

“阿姨真能干!”安然看着林凌。“其实也是沾了槐花巷的地气儿,干什么都觉得有底气。你爸更是。”林凌又现出敬重之色。

安然想了想,说:“你们可以参加我们的招投标。不过,竞争很激烈,审查也很严格。”“太好了,我立马回去准备,明天就派人过去接洽。”林凌脸上洋溢着期待。安然严肃地点点头。

林凌的“公司”很快将全部招投标文件报到鸿达公司,安然仔细看了,这家“公司”注册地确在深圳。她立即安排人与深圳总部进行了沟通,又和安子健通了电话。

经核查,这家公司前不久才进行了诸项变更。法人代表原来是香港人,公司早已无经营行为。法人变更为林凌后,注册资金也已经大部分撤走。种种迹象表明,这明显是临时买的壳公司,拉大旗作虎皮冲着鸿达广场工程项目而来。

“脚掌脏了,走哪儿都会留下污痕。穿上双金鞋又很容易迷住善良人的眼睛,得练就火眼金睛,得学钟馗打鬼,魔高一尺道高一丈。"事后，安子健神情凝重地说。

"爸，你终于觉悟了。现实是，清者很难'自清'，浊者也不会'自浊'，这点你会体会深刻。"安然神色淡定地说。

"我有些担心鬼多了又打不过来，虽说防人之心不可无，都绷着神经防人总归不是正路。"安子健还在忧心忡忡。

与"鸿达"的两次较量，吴永杰皆碰壁而归。处心积虑了好一阵子，本想在鸿达的项目上摘得一个好果子。既弥补运作槐花巷土地中造成的窟窿，又积累些资金，以图天津街改造复苏后再重新拿回土地，东山再起。如今却不但没有占得丝毫便宜，还弄了个臭名远扬。

槐花巷项目久久横在那里，凤姐南方的投资伙伴早已撤回资金，留下一个烂摊子给了吴永杰。那会子，凤姐慈爱地拉着他的手说："永杰，你该打头阵了。我老了，也不能总在前面挡着你。""总算有了出头之日，早该让了！"这曾是他梦寐以求的愿望。他兴奋异常，拿出多年的积累入了股成了大股东，终于当上了真正的大老板。渐渐他感觉出不对，自己捧了个烫手的山芋不说，随着项目的只出不进，那点钱眼看着露了底儿。五脏六腑都飞到了九霄云外，周身只剩下一副空皮囊。人家这是见大事不妙逃之夭夭了，自己还捡了狗头金似的。"这娘们太老辣！"吴永杰经常在梦中迸出这句话，醒来又骂安静，说娘俩合着伙儿熊他，歌舞厅挣的钱贴哪个小白脸了。安静很强硬，反骂他得便宜卖乖，这几年没有歌舞厅涛子还不在太平洋里刮旋风。骂完后心里又觉理亏，找了养她的娘。"救救杰子吧，他疯了不要紧，留个疯子爹涛子怎么办？"安静哭嚎着。"有贼心没有贼本事，总想躺在老娘身上空手套白狼，哪那么多好事。让他先扛着，有朝一日我还会带着钱回来。”凤姐很坚定。“再打把我也打进去了！你再也没有闺娘儿了！”安静要死要活的。“没出息的玩意儿！”凤姐虽骂着，却还是拿出了真本事：土地被收回去，公司宣告破产。虽说没有进项却也止住了血管子成天呼呼冒血。山穷水尽疑无路，柳暗花明又一村。吴永杰时常感到，危难之际老天爷总会帮他力挽狂澜。这不，振中动迁了，得了一大笔补偿金。他审时度势，用这笔钱买了一大批工程机械，靠着旧时打打杀杀那些功底干起了土石方工程，倒也得心应手，一时又风生水起。鸿达广场项目的出现，吴永杰心头一震。这既是老天爷赏赐的一棵摇钱树，又是天津街改造复兴的前奏。他欣喜若狂。如今，在鸿达项目中又两次败迹，不仅那些工程设备成了一堆废铜烂铁，更使自己成了臭狗屎，这无异于“断了后”，重拾槐花巷土地的愿望眼见成为泡影。看着鸿达广场日渐耸起来的巨大身影，他痛苦着。“妈的，总在跟我作对！”梦中，他又大声骂道。骂的却不是凤姐。

鸿达广场已进入紧张的内装修阶段。早上正式上班前，安然立在一楼宽敞的大厅里带领员工做早课。大厅里冰冷的混凝土墙面已被金碧辉煌所取代，晨曦透过明亮的玻璃幕墙洒在员工们脸上。今天，大家脸色却透着黯淡，心仿佛也都冷着，无了往日那种高昂的热情，连最后那句振臂高呼也降了八度。安然顿觉一股阴风袭来，这股阴风又在这座宏伟建筑的各个角落里四处飘散。她敏锐地感到，这股阴风是奔她而来。

猜测果然得到证实：安然是私生子，是她爸和在知青点时的旧情人所生，不然她妈不会也跟别人去偷情——这个女人现在上海有权有势，她去上海上大学就是扑着她亲妈去的。年纪轻轻就担此重任，就是她妈搞得裙带关系——她爸原来在泰安臭如狗屎,去了S集团还当了大官也是那个旧相好——云云。

“卑鄙!无耻小人!”安然心在颤抖,她感到阴风裹着一个恶魔向她扑来,她极力保持着镇定。“根儿斜苗儿不正,爷俩一个德行,都是道貌岸然的伪君子!”谣言渐渐升级为员工的一致认同。洪水扑过来了,安然渐渐感到窒息。她把自己关在办公室里给深圳的詹力打了电话。

“宗桑(畜生)!”詹力激愤道。安然开始抽泣起来。“侬,我这面没人,你哭吧!我拥着你。”詹力柔声说。似在外面受到欺负的孩子得到母亲的抚摸,安然放声哭起来。

“谣言猛如虎,先把虎牙拔掉喽!”见安然渐渐住了哭声,詹力铿锵地说。

“怎么拔?

“找吴涛呀。小赤佬头脑简单,他眼睛里你又像女神,神可以压邪。做好录音,谣言自灭。”

“这样也太龌龊。”“侬小朋友,对坏人要以恶制恶,这个侬要晓得。”

“我还是不想找他,吴涛也未必知道真情。”“对了,那就找安静阿姑,侬不是讲她随了点你家人吗?”

“这倒可以考虑。”安然眉头一展,心里闪出一道亮。“我欢喜侬,”詹力还在说,“撒度额,侬要好好修歇嘞(你要好好休息,别太累)。”詹力又说。

“还有这等事?反天了!”安静一接听安然的电话顿时火冒三丈,“好闺娘儿,咱不哭!你再慢慢说一遍,姑帮你捋捋。”她又焦急地说。安然又详细说了一遍。“肯定是吴永杰那个作死的干的,再不会有谁!”安静想着,又气愤起来,“我就觉得这几天他现了原形,杀人放火的心都有。”

“吴涛知道不？”安然问。“不会，从新西兰回来跟他爸仇人似的话都不说，”沉默片刻，又说，“你等着，有姑，晚上那个作死的回来我收拾他。”“姑——”“我知道该怎么做，姑可不是从前没脑子。你等着，姑把这干粑粑从你身上揭下来再扔他自己身上。”安静胸有成竹地说。

安静果然拿到了证据。她找到安然，打开自己的电话，里面存了吴永杰授意散布谣言的几段通话记录。她已把这些录了下来，里面还提到要向深圳总部写匿名信，举报安然在工程招投标中搞裙带关系，利用职权吃回扣，为企业造成巨大损失……安然先是如释重负轻轻吁了一口气，接着又蹙起眉心。“这样做是黑了些。但就得这样，都是学的。”安静说。

“姑，你也担待不少，难为了。”安然说。“谁叫我姓安!”安静说。

果然不久，深圳总部通知安然赴深述职。不年中不岁尾的，定是污水已经泼到了深圳。安然一身轻松去了深圳。回来时在大连机场一落地，安子健和余莉亚已经迎在那里，余莉亚还手捧着一束鲜花。她搂着安然泣不成声。

“告他诬陷罪！”余莉亚在车上怒气冲冲地说。安子健想了想扭头看看坐在后排的安然。“这种人不能饶了，早晚是祸害！”旁边的司机愤愤不平地说。“结束吧。”安然说。

鸿达广场正式开业了，天津街上一片欢腾。她沉寂了好久好久，似已被忘却，今天终于拂去灰尘，高昂起头昭示着她深厚的底气。晚间，宏伟的鸿达广场霓虹灯五彩缤纷闪烁着，月光下更显得气势恢宏。华丽的前门大厅里，竖着一个三米多宽，两米多高的巨大贝雕制品。图案中一片蓝色的大海，海岸两边两棵高高矗立的老槐树，绿叶白花隔海相望着，大海上空那片淡淡的白云，像是两簇芬芳的花香交融在一起，望着她仿佛闻到了那股特殊的沁人的芬芳。这幅贝雕画是季子山哥俩联手打造。画儿是季子山的手笔，他从画过的许多幅老槐树当中选出了这幅。贝雕工艺是他大哥历时一年亲手所做。材料用的是安子健、季子山从大连和烟台两处海边精挑细选出来的贝壳。还进行了夸张，两棵老槐树的树干更加粗壮，深深扎在土里的根须都清晰可见。今天的日子安子健再清楚不过，这是爷爷安礼盛带着吴顺儿当年从海那边儿来的日子，看来安然这孩子在牢牢记着。老了，当记性不好使的时候，闺娘儿搀扶着过来溜达溜达，看到这幅画，就会唤醒这个日子。就会想起一辈儿一辈儿的人，就会想起天津街一桩一桩的事儿。他咧嘴笑了，笑得很开怀。老槐树原来并没走远，只是挪了一条街，还和原来的槐花巷对着门哩！还和大海那面儿它的老子在海底下连着根儿哩！

从深圳前来参加大连鸿达广场开业仪式的鸿达集团总部领导，在仪式结束后，陪同大连市领导徐徐走进一楼大厅参观鸿达广场内部。当看到这幅贝雕画时他脚步停了下来，他仔细端详良久后感慨说，大连不愧一方宝地，有山有水，地灵，人杰。这幅贝雕作品创意太精妙，极具大师级水准。市领导说，这幅贝雕画的作者就是我国的工艺美术大师啊，还在人民大会堂受到过国家领导人的接见。他的艺术造诣早已享誉全国，并且作品已经远渡世界各地了。他不为名利，潜心钻研贝雕画几十年才有今天如此成就。他的老家就是大海那边的山东半岛，和你们的小安然是“同产地”。他指着身边的安然打趣说。不忘初衷，深耕沃土，百年繁茂。总部领导深深点着头，他又转向安然说，这幅贝雕画的意寓与我们“鸿达”的企业文化如出一辙，而且更加画龙点睛。鸿达广场从今天开始，借这棵老槐树的魂，深耕在大连这块沃土上，做百年企业。

“一定！”安然响亮地回答。百年鸿达！百年鸿达！安然身后的员工们齐声振臂高喝。站在不远处看着的安子健泪眼模糊了，他不断抬手擦拭着泪珠。安然看到后走了过去，拉着安子健的手走到领导们身边说：“这是我老爸。今天高兴也来了。”女儿有出息，父亲也高兴，人之常情。市领导握着安子健的手笑着说。“不但如此，我家曾经就住在对面槐花巷，我老爸是看着天津街长大的，他还是留学德国的工商管理硕士呢！他是看到鸿达广场给天津街带来了新的生机，也还了一生夙愿，心里激动的。”安然笑着解释道。无怪乎！大连天津街真是无愧百年老街，藏龙卧虎哇！总部领导感叹道。也有蛀虫。市领导神色黯然下来。“老槐树不怕，你看她一身铁甲，刀枪不入。”安然指着这幅画说。

宾客盈门的鸿达广场灯光渐渐暗淡下来，她迎来了开业后的第一天闭店。安然知道老爸在等她一起回家，匆匆从顶层办公室乘电梯下到一楼大厅，安子健还在看那幅贝雕画。余莉亚也来了，看到安然后兴冲冲走过去摸着她的脸蛋儿。“还把我当小闺娘儿。”安然红了脸。“再大、再能耐也是我的闺娘儿，”余莉亚自豪地说，“走，你爸说了，咱今天走着回家。”她拉起安然的手。“爸，你不累？”“也不远，半个点儿就到家。再说劲儿还足着呢。”安子健爽朗地说。“那我就和小时候一样，还在中间儿。”安然昂起头，一左一右扯起两只手走出大厅。

路灯昏暗起来，三个紧偎着的身影慢慢移动着。过了友好广场中央的大足球模型，上了昆明街。马路狭窄起来，两边儿的窗户都黑暗着，四处悄无声息。

“你这事儿张罗停当了，下个月我该和你妈一起去烟台老家看看，你兰子姑奶八十多岁的人了，那个成子叔成天就钻钱眼儿去了，也不孝顺他妈。”“他还干开发？”安然问。“好好的塔岭成了他自己的摇钱树，真可惜了那青山绿水，还理直气壮说要把以前的损失补回来。”“咱家怎么会出这种人。”安然鄙夷道。“他不是你们安家人，是捡回来的白眼狼。”余莉亚插话说。空旷、寂静的马路上，她的声音更加响亮，“你自己在家也留心点儿，这年头什么狼都有。”“我已经不是小孩儿了，还这么操心。”“狼倒不怕，小心狗。”安子健说。“小区里的狗都不咬人。”安然轻快地说。“街上的野狗。”昏暗中安子健眼睛里闪着幽蓝。

突然，身后一阵刺耳的急刹车声，紧接着，急促的脚步声紧紧逼来。安然首先转回头，未待看清来人，一个黑影已经扑了上来死死搂住她的脖颈。又一个黑影手中白光一闪，一把匕首已经逼近她的后背。此时安子健已经回过头来，见状扑向那只手持匕首的胳臂，他胳膊被紧紧攥住了，挣脱不得。又一道白光从那个搂住安然的黑影手中掠过，刺向安子健。余莉亚奋力一把推开安子健扑了上来，安子健竟被推倒在地。匕首狠狠地刺向余莉亚——忽然，不远处友好电影院侧门涌出一群黑影，是夜场的电影散场了。安然撕心裂肺地喊道：“杀人了——！”两个黑影一惊，匆匆跑回停着的汽车钻了进去，汽车一声怪叫疾驰而去。一扇车门还在张着，像一只巨大的断了翅膀的蝙蝠。

经抢救，余莉亚脱险了。慌乱中，凶手并未刺中要害。

警方迅速介入侦查。虽然车牌号被遮掩，汽车逃之夭夭时，安然却借助昏暗的路灯准确地记下了这辆车的品牌、颜色、新旧程度等特征，更重要的是车尾灯只亮了一个。根据这些重大线索，案件很快侦破，三名凶手被抓捕归案。和安子健判断的一样，果然是吴永杰雇凶所为。凶手在交代时说，策划这次凶杀事件初始，吴永杰并未想动用利刃，只是想惊吓一下安然使她精神遭受重大刺激。岂料，因吴涛突然失踪并留下一封信，他才更加丧心病狂。七天后，在深圳警方配合下，吴永杰在偷渡香港时被抓获。审讯中，吴永杰没有辩解，交代了作案的前前后后，但声称是安家害得他走投无路，如今又教唆他吴家唯一的根苗儿背叛了老子并下落不明，生死未卜！“吴家无望了，谁也别想活好！”最后吴永杰猩红着眼睛说。

“这样的根儿留下也是祸害。”病床上的余莉亚咬牙切齿。“他至死也不会明白是谁在一直掐着自己儿子的脖子。”安子健说。

千禧夜至今15年了，车子在人民广场中间一忽而过时，安子健脑子里瞬间穿越回那个夜晚的全过程。就是在这里，他逆着浩浩荡荡朝圣般的人流，鬼使神差地去被荡为平地的槐花巷，找寻那棵明知被连根儿挖走的老槐树。想到老槐树不甘地被拔起时那般悲壮，当时自己旁边也有安然。

看守所中，安子健见到了吴永杰。

隔窗相望，吴永杰苍老、消瘦了许多，端着宽宽的肩膀精神倒还矍铄。穿着橙红色的囚服，戴着手铐，却一副凛然的样子。见到安子健时嘴角一翘还笑了一下。这种神情安子健倏然历历在目。槐花巷，学校里，知青点——每逢见到敌手，最终不论胜，还是负，他总是不自觉地显现出这副表情。有大无畏，有心机重，有不甘。安子健直视着他，他歪头儿看着安子健，谁也没有说话。安子健笑了，他又翘嘴笑笑。安子健怒目而视，他还是笑。

“吴涛回来了。”安子健说。吴永杰怔了一下，又头一扭，笑笑。

“安然找回来的。”安子健又说。

“尸体吧！”吴永杰虽还扭着头，眼角中却露出凶光。

“活着好好的。比你现在好。”安子健抬高了声音。

“熊谁呢！”吴永杰跷起二郎腿。“坐姿端正！”身后狱警呵斥道。

“不想看看他现在什么样子？”安子健问。

“别装得像救世主。”吴永杰一脸不屑。

安然拿出手机，打开一张照片在窗户上对着吴永杰。吴永杰顿时瞪大眼睛看着，照片上吴涛站在安然旁边，眼睛盯着他。吴永杰身子抖了一下闭上眼睛。

“他活过来了，你却还死着。”安子健说。

“不如死了，再回到旧社会？还靠什么活！”吴永杰大吼一声。

“说得对，是回到了旧社会。”安子健说。吴永杰想想，闭上眼睛。

“放心吧，吴涛这孩子交给我。”安子健说。吴永杰睁开眼斜了他一下。“他已经决定到‘鸿达’上班，安然也——”

“闭嘴！”吴永杰猛地站起来，看守人员扑过去将他按下。“还给安家当奴隶，等我吴永杰死了那天吧。没出息的东西，那老太婆也会掐死他！”吴永杰呼哧呼哧喘着气。安子健苦笑了一下，他还没见过吴永杰如此歇斯底里。

“他说应该感谢你。”安然说。吴永杰拧起眉头看着她。“出国留学的钱不会让你白花。他现在大输血了。”安然又说。吴永杰忽然仰面朝天，大叹一声，嘴角在抽搐。

“你们害了我，还想合伙儿害他！”吴永杰脸上狰狞地扫视着。

“是你亲手在害自己的儿子。还想亲手主持他的葬礼？”安然目光如炬看着他。吴永杰身子抖了一下，避开她的眼光。

“他会来看你，安静姑姑也会。”安然又对着安子健说，“爸，我们该走了，到时候了。”说完转身走了。安子健站起来，身子竟趔趄了一下，转身时又看了一眼吴永杰。吴永杰已经被狱警押解着走回那扇小门，挪着步子头也没回。

尾　声

今儿是个晴天，巢里的鸟儿却在徘徊。

吴永杰走出了看守所。一大早，冬日的太阳刚刚从看守所楼顶冒出半拉头儿，他还是感到很刺眼。掏出刚才又奉还的墨镜潇洒地戴上，从容地转着脖儿看了看周边，又活动了一下手腕儿，他仰头笑了笑。门口很清亮，远处只有一个扫大街的环卫工人在蠕动着身子，他看着那身上橙红色的马甲不禁皱了皱眉。“真他妈晦气！”他骂了一句。刚转过一个弯儿，一辆出租车在身边停了下来，车窗摇下后司机在张眼望着他。顺着向里面看了一眼，再无他人。他恼怒地一挥手，出租车开走了。紧随着，一辆黑色轿车循着出租车的尾气又停在身前。那扇车窗落下：“吴总，请上车。”司机也张眼望着他说。吴永杰挺挺身子打开车门。司机面孔很陌生，他却嗅到了那股熟悉的味道。司机也无多言只顾开车，他却感到尽在不言中。两个月来再没见过一张熟悉的面孔，仅是一个律师来过两次，神情岸然着询问些不着边际的东西。这东西竟不透一丝口风，他走时吴永杰心里骂道。晚上他盘腿背向门面壁思过似的闭眼坐着，呼地那墙分明豁出一道缝：无声却有声！分明在说有人在关注你，不然我来干吗？傻瓜！他差点笑出声来：这点破事我还不懂，不就装聋作哑？视死如归也是我的看家本事。车没开进市内，而是朝着一处郊外开去，显然不是去他期盼的恒通大夏。真是越老越奸滑，这老太婆都颤颤巍巍了还这样机关算尽、不露痕迹。他又感到了那种力量带来的恐惧。车终于在一座农舍前停了下来，熄了火司机还没说话，好像车上根本没人。吴永杰不禁忐忑起来，他落下半截车窗向外看了看，这座石垒的农舍很古旧，距离聚堆儿的那些涂红抹绿的房子足有一站地。农舍外一块菜地里，旧岁的菜架子还在萧瑟的寒风中杵在那里，更使农舍像一个孤零零哀怨着无人搭理的五保户老汉，只有那扇新的黑漆大门昭示着这里还有着生气。司机朝里面努了努嘴，脸上终于活泛了一下。吴永杰摘下墨镜一跃下了车。门上，挂着一把金晃晃的大铜锁，吴永杰回过头来，这才发现司机还在车上。“汇报工作呢。”他心里笑笑，转头看着菜地里那些残枝败叶。“软禁？”他心里闪过一个念头。司机疾步走了过来，打开锁，吴永杰大步迈了进去。屋里倒是春暖花开，床上铺的、桌上摆的一应俱全。司机打开一个衣柜，从里面拖出一摞衣物，很熟悉，是他自己穿过的。“我，”他指着自己的鼻子，“张学良。”“你，”他又指着司机，“保密局？”司机没理会，掏出一个手机递给他：“吴总以后就用这个。”“谁给的？”他还是问了一句。司机没听到似的摁着号码，铃声响了，司机将手机又递给他。

“先拾掇拾掇自己，养两天。”他终于听到了那个声音，还是那样，不看到人会以为是个玉女。“就他妈在这儿养？”吴永杰心里骂了一句。“春天就要来了，别让这寒冬腊月给吓着。”声音仿佛真是沐浴在春色中，她显然猜到了他此刻的心情。“杀威棒！”他笑着说了一句。“干吗说得那么难听，我是你丈母娘，”她咯咯笑着，又说，“也不给你摆宴压惊了，都是经过风雨的人。正经事要紧。也急。”“急还连个面儿都不露？”他心里忿忿着，却又燃起了希望，从容下来：“说吧。”“你先喘喘气。晚上打过来，八点。”压低声音又说，“你苦尽甘来了。”尽管声音压在嗓子眼，他还是感到了沉重，里面裹着金砖般的沉重。放下电话时，司机已将洗漱用品打理停当，他悠闲地洗着脸，又换上衣服。“饿了。”他慵懒地说。司机望着他。“差一点儿是哑巴，可惜了长得亮亮堂堂的，倒也训练有素。”他心里发笑。“饺子吧，还真馋了。”司机转身走了出去，关上门。“咔嚓”，轻轻一声。听着汽车的马达声逐渐远去，吴永杰赶紧又拿起那部电话。没人接。“这老太婆还在日理万机，也怨自己心太急。”司机很周到，荤的、素的样样数数的饺子，他却嚼着一个味儿。吃完躺下，咂摸着刚才电话中那句话：“苦尽甘来！”他又兴奋起来。我吴永杰什么时候不是逢凶化吉，又要大难不死必有后福喽！咯咯笑了一下。倏地后背又一阵冷汗：“怎么也得10年哪！”他为自己判过刑。看守所里难得一静，他详详细细看了一遍自己自编、自导、自演的内部大片。

晚上准时八点他拨了电话。司机去了另一间屋子。老太婆说得一点儿没过火，又岂止是“苦尽甘来？”是金光大道！

有人又要投资槐花巷那块地。揣着真金白银的大老板，还是找上门儿来的。

“那些南蛮子靠得住？”吴永杰还在为上次那些投资商半路撤回资金心有余悸。

“这回不是南方人，是地地道道的大连人。以前就住天津街，还跟你们槐花巷有很深的渊源。”吴永杰听着睁大了眼睛。“你猜他是谁？”凤姐用少有的抑制不住的腔调说，显然被巨大的喜悦笼罩着。

“那个小白脸？”吴永杰简直难以置信，“就那个只知道泡嫚儿的秧子货！”

“那是旧黄历了，人家现在可不是小白脸那种奶油小生了,是手里抱着金匣子的财神爷。在戏里叫什么来着?”凤姐好像看到了吴永杰被惊掉了腮帮子了,要他回过神来。“花脸,铜锤花脸!”他没好气地说。凤姐没在意这些,悠悠说着。吴永杰面色渐渐展开。

看来这小白脸真是今非昔比了!他和经历过的一些事情对照着。是有这么一部分人,空手套白狼却手眼通天能办成大事。以前就听安静说过,这小子那时家里就背景不一般。这在日本混了几年长了些见识,回来后又跑到北京晃荡了两年,“整合”了人脉资源干起了掮客。凤姐做事向来不见兔子不撒鹰,何况还有过上次教训。她说的小白脸运作过的几个项目中,里面有的她还知道,还仰慕过这些人的能量。这能人现就在眼皮子底下,真是士别三日当刮目相看。他跃跃欲试了。

“让安静离他远点儿。”他想起什么。

“啧啧!还是老婆要紧,什么当口儿了。”凤姐未置可否。见吴永杰没了声响,又说:“都替你看着呢,你进去后就叫她搬到我这里。歌舞厅也兑了,太招眼。再说人老珠黄了也没人稀罕,静待闺中老实着呢。”她笑嘻嘻说着。吴永杰不禁涌出一阵感激,竟一时失语。

“涛子是靠不住了。”她又说出了他关心的问题。

“他怎样?”他感觉到此话验证了安子健爷俩在看守所中说的话。

“不过留根干净苗也好。”凤姐说。他想骂一句,又咽了回去。心里竟有了释然。

“还得你亲自出马,我也枯成了空壳子喽。”这倒有一半实话,吴永杰心里又腾起火苗。这老太婆又在玩儿隔岸观火,把自己推在前面冲锋陷阵。不过浑身零件也确实老化了，只有心还在强大，一直在窥视着槐花巷那块地。

“林凌呢？”他还是问到这句。

“早跑回深圳去了，大连街哪还有她的地儿。早看出这娘们靠不住，只是知道你在利用她也就不吱声。你永杰现在办事我放心了。”

一宿，吴永杰都大睁着眼盯着天棚，那天棚似被看穿了一个窟窿，他又望着那个黑洞。那屋司机睡得很沉，农舍里悄无声息。

“吴总，该起床了。”司机在外屋轻声说。吴永杰呼地起身，穿上衣服，见热气腾腾的洗脸水已经摆在外屋。他感激地看了司机一眼。

“吴总，你好像一宿没睡。”吴永杰洗着脸时司机说。他疑惑地看着他。

“我也没睡。”他说，神色中竟漾着真诚，和昨天判若两人。

“晚上也盯着我？”吴永杰问。他笑了，没回答。

“我认识吴涛，”司机忽然说，见吴永杰大张着嘴愣在那里，又说，“还有他电话号码。”“你是双重间谍？”吴永杰咧了咧嘴挤出一丝笑。他也笑了。

“吴涛现在哪？怎么样？”吴永杰没看他。

“在鸿达。”他回答得很快，也很清晰。吴永杰微微点着头。“在市场部干助理，干得一包劲儿！”竟没发现，他原来挺阳光。吴永杰似受了感染，伸出湿漉漉的手拍了拍司机的肩膀，然后用毛巾擦干脸。

“鸿达买卖怎样？”他问。

“火着呢，门庭若市，趋之若鹜——”司机连连说，吴永杰用力一挥手，眼睛里又腾起火苗。这小子原来也不哑。

“原来，吴涛或许像你。”他又说。吴永杰没搭理他，径直出了门。昨晚原来下了雪，许是又被风吹了，仅是菜地里的垄沟里依稀见些雪花。

“吴涛还不知道您出来了。”只听身后又说，回头看司机笔挺地站在那里。

“你念过大学？”吴永杰问了这句。问完后自己也觉奇怪。

“读过警校，后来又出国学过几年。”无怪像克格勃。吴永杰哼了一下鼻子。见孤零零的汽车上面沾了星星点点的泥污，司机走了过去擦了起来。

槐花巷啊，槐花巷！吴永杰念叨着。真的能像小白脸说的那样，自己亲手推倒了再亲手把它扶起来，建更好的？像鸿达广场那样……

太阳在山那边儿露了头，朦胧着看到了山坡上石砬子的沟沟缝缝中散落着些雪花。吴永杰又像昨天刚从看守所出来时那样感到很刺眼。他用手罩住眼睛，又不觉眩晕起来。恍惚中，那棵老槐树竟从石砬子的雪花中直立起来。

2019.3.9—11.20（一）

2020.1.9—5.22（二）

2020.6.30—9.26（三）

后 记

为何年入耳顺写起长篇小说，写大连，写城市版的“闯关东”？

用时下话说，大连这座城市很“另类”。一者，论其年岁，或老、或少，或老少皆宜，或扑朔迷离。似老酒装在新壶里，看着新艳，夺人耳目，有些像轻佻少年。品起来却醇厚浓郁，回味悠长，又像了正襟危坐的老者。就正式被定义为城市而言，百年确很年轻，而就人文发展史而言，它早已被老酒浸入了骨头。

早在春秋时期，齐桓公就在这里开疆扩域。齐灭莱国后（今胶东地区），大量莱国人开始渡海逃亡到此找寻新的家园，“闯关东”现象始现。清朝光绪年间这里开埠，“大连”名字源于一个叫“褡裢湾”的海湾。褡裢是山东人出门必备的器具，山东人凡事遵循个讲究，“褡裢湾”这名字似有天意在召唤，便更加认定此处乃海外天国，“闯关东”大潮开始汹涌。“闯关东”又是这老酒的陈曲。

“闯关东”是中国历史上旷日弥久，也是令人深思的人类大迁徙。无数山东人奔赴东北黑土地，为摆脱穷困而闯荡，也有人驻足大连这个当时的“大码头”，为另一种初衷而“深耕”。这“深耕”并非一夜间群山之巅森林遍布，博世人仰望，而是默默将根须埋入瘠土砾石中，必然伴随着煎熬和苦痛。又如萤火虫，冬日隐遁、白日无踪，每当夏夜却以萤火映照青禾，使大地生机盎然，却不知她顽强地抵御了寒冬。

愿用一生写一本书，自懂事起就埋下这粒种子（或许是受曾经“一本书主义”影响）。喜欢书，认字起就看，50余年从未间断。母亲年轻时写过小说，虽未能看到她的小作，但偶尔回忆起儿时看到的书信中的片言断语，已使当时幼小的我闻到了书香。时代变迁，泥沙俱下，这粒种子却未沉入泥流，反而在荡涤中愈加成熟。我也是大连人，更是闯关东后裔，为一种执著坚守书写，这种情感渐渐积淀于胸。适逢大连市整理、发扬乡贤文化，“安家”这个题材油然而生。

一条老街镌刻着一座城市的历史，天津街就清晰地刻着大连的百年脉络。如同车轮刻下车辙，车轮碾压着泥泞渐行渐远，车辙却在风吹日晒下愈久弥坚。大连正式建市确仅在上世纪初，还是相继由两个异族规划建设，初始被沙俄命名为达理尼。5年后，日本又在这里进行了长达40年的殖民统治。轮番、漫长的殖民统治，天津街在嗷嗷待哺中眼睁睁看着母亲被疯狂吸吮着本属于自己的丰润乳汁。泪水似饱含另一种特殊的营养，天津街强壮了，更渐渐驰名中外，成为与北京王府井、上海南京路齐名的著名的三条商业大街。沙俄始称“娜乌奥罗斯伊斯卡亚街”，日本人称“浪速町”。

大清朝亡了，大连却未屈服，拼争中大连长成，在中华人民共和国建立之初已成为中国北方重镇，如今更如一个伟岸男子立于渤海湾北畔。都说，天津街是大连“一张亮丽的名片”，这薄薄的一张纸片又岂能承载她百年的厚重与沧桑。

任何一个物种的强大都离不开非凡的给养，支撑着它们在抵御侵蚀中形成特有的基因，一个城市的发展亦然。城市也有基因，有基因就有血脉，城市的血脉是文化。大连是座移民城市，大连人中七成以上是山东人后裔。“俺老家是山东！”这句话遍及大连各个角落，耳熟能详，言者无不洋溢着自豪。无疑，大连的血脉中充盈着齐鲁文化基因，并成为大连人为之骄傲的文化主体。大连以强劲血脉激发出的坚韧秉性，抵御外来侵扰，并不断摈弃其中糟粕，使自己的血液更加纯净，周身更加充满活力。

我生长于天津街，见过形形色色在天津街上世代居住和从这里走过的人，听过许多“浪速町”上曾经发生的故事。曾经，长达两公里的大街上商铺云集、繁华似锦。虽以日本人经营居多，却不乏华商跃立其中，更是诞生了大连第一家华人百货公司。街面上行走、店铺前穿梭的虽以各种肤色的外国人居多，两旁的窄巷里却几乎住着清一色的中国人，在自己的土地上，他们被视作“四等公民”。畸形社会，人性深处的隐秘凸显。有的皱褶处淌着血，却修复、平润了。有的皱褶益深又积尽尘埃。这些人，这些故事又在脑海里穿梭、跳跃。抽丝剥茧将它们重新聚合，竟然发现只晃动着两个身影——进步与落后。

教化与传承。人类亘古不灭的使命。

人是教化之物。美与丑、善与恶皆源于此。人类从荒蛮走到文明绝非偶然，而是优胜劣汰之必然，唯有教化可担此重任。教化如春雨润物，于细无声中潜入肌理。现实中，却有因认知的缺憾导致教化不当，篱下生长出“歪瓜裂枣”，还在怨天尤人。

优秀的种族更源自于世代优良的传承，经历了一代代改良才成为更优秀的基因。这种优化的过程是痛苦的，有时甚至撕心裂肺。是在灵魂上动手术，割掉腐烂的，又决不能损坏一点点好的细胞。但这种基因是人类所共同需要、共同向往的，因为它是更新与进步。

于是，就有了《槐花巷》，有了“槐花巷”中安、吴两个家族四代人的生命历程。“槐花巷”悄悄隐于天津街身后，目睹了它的百年兴衰，并孕育了巷子里一代一代形形色色的人。“槐花巷”曾经是一个真实的街巷，名字叫“开明巷”，我生于斯。为本书命名的时候曾颇费踌躇，最终还是定下来“槐花巷”。槐花是大连的市花，“开明巷”已经从地球上消失，“槐花”却会在大连永存。

第三代的安子健无疑是书中主人公，作为“50后”在大连百年历史中处于中坚，他承前启后贯穿故事始末。构思初始，安礼盛、安承业前两代人只是作为铺垫匆匆而过。动笔写时却欲罢不能了，两人像是身后栓了条绳子拽着我无奈地跟随，有时竟踉跄起来。是很尴尬，渐渐我却放弃了执拗——让他们喧宾夺主吧，他们有这个资格。他们的命运撞击着我，却一次次强忍住楚痛坚定地敲击。后来，安子健邂逅知青女同学时，为报复妻子的不忠、为讨回事业上的不公而与之有染，我却生出欣慰——我深恶自己的龌龊，却还是如此敲击下去。

写到第四代的安然时，泪水终于不可遏制地落在键盘、手背上，那是一种不可名状的欢愉，拭去泪水更加坚定地敲击。安然没遭受先辈的那些悲苦，一路阳光中走来，我哭得不合时宜——她不失传统淑女风彩，更具时代楷模风范，在槐花巷诸多同龄人中脱颖而出，已在担当时代重任！

小说中的“安家”不是一个家族，更是一个族群。安家的“基因”因有新鲜血液的注入而日渐强大。大连早期革命志士孙先生父女使之愈纯；执著坚守传统工艺美术的季子山兄弟使之愈浓；葛老太等葛家峪乡亲使之愈有光泽；时代优秀女青年高青使之愈有活力。

“安家”又将这种“基因”传播开来，熏染他人。生性顽劣的孤女安静“加入”安家，身心在净化，在丈夫吴永杰陷害安然时毅然揭发其卑劣行径。日本侨民桥本深受安家影响重情重义，后来返回大连寻找妻女，并义助安子健出国留学。吴永杰之子吴涛，安家以德报怨使其终归正途。吴永杰何尝不是，身败名裂从看守所出来，穷途末路中面对槐花巷改造又将有新的资金注入，他未像以往那样见“利”勇为。就连富婆凤姐也意识到，攫得的钱财仅是“富”，开始追求“贵”，甚至色诱安子健欲沾沾“贵气”。是很荒唐，却也说明一种向往，向往是觉醒的前奏。

“槐花巷”从地球上消失了，槐花巷里生长的人却在。尽管已经各奔东西，遍布于大连各个角落，槐花巷的记忆却在每个人脑子里不会磨灭，幼时、少时闻过的槐香还在唇边萦绕。有人会驱散了它匆匆走了，凝存在心底的香气不知何时又会顽强地散发出来。老槐树的根须还在，他们还会聚在一起。写作期间，一次发小同学聚会，当提起开明巷的时候，热烈、嘈杂的场面霎时肃静下来，男的、女的，说的、笑的皆朝圣般肃穆而坐。当我说起在写这本书的时候，都不约而同瞪亮眼睛急切地说：快写呀！不然开明巷可真就没了。我们要把这本书好好存着，当宝贝留给孙子（外孙）。闻听此言，我真想离席而去，立刻庄重地坐在电脑前——又一次顿感使命在身。

一个初涉长篇小说写作的新人竟不知深浅一步闯入如此大部头的浩瀚海洋里，故事甚至涉及四代人，时间跨越近百年。写作过程中时感力不从心，曾自嘲落入自挖的“陷阱”里。有幸的是，作协领导孙学丽老师给予了鼓励并大力扶助才得以“上岸”。小说得以出版，终于深呼一口气，胸口的温暖犹存。这温暖中还有挚友陈爱群、张临新、王光杰、姬巍、姜峰、张英超、高守长、张洪星等文化达人，为小说创作或献言献策、或提供史实、或对创作思想给与肯定和支持。其中，高守长、张洪星两位不仅是知名画家、音乐家，更是“槐花巷”第三代人。国家工艺美术大师金大山先生顽强不息的事业追求也激励了我奋笔疾书。著名老作家邓刚老师更是亲授写作经验并欣然为本书作序。如果说，《槐花巷》能对大连的文化事业有一点点贡献，他们无疑是先行者。在此，本人由衷地向以上良师益友表示敬意！

这部作品难免稚嫩、粗糙，写作过程中却让我经受了一次心灵的洗礼，从中受益良多。愿它也能给读者带来同样的感受。

朱日光

2022年6月于大连